U0554262

野哭

弘光列传

李洁非——著

李洁非明史书系

人民文学出版社

图书在版编目(CIP)数据

野哭：弘光列传 / 李洁非著. -- 北京：人民文学出版社，2025(2025.7重印). --(李洁非明史书系). -- ISBN 978-7-02-019157-4

Ⅰ. K820. 48

中国国家版本馆CIP数据核字第2025D1K734号

选题策划　刘　稚
责任编辑　黄彦博
责任印制　苏文强

出版发行　人民文学出版社
社　　址　北京市朝内大街166号
邮政编码　100705

印　　刷　北京盛通印刷股份有限公司
经　　销　全国新华书店等

字　　数　424千字
开　　本　710毫米×1000毫米　1/16
印　　张　32　插页35
印　　数　4001—7000
版　　次　2013年6月北京第1版
印　　次　2025年7月第3次印刷

书　　号　978-7-02-019157-4
定　　价　128.00元

《江山无尽图》（清） 王翚 作

目 录

001...序

001...朱由崧 **偶然的谢幕人**
025...左懋第 **一个人的证明**
055...史可法 **抛骨竟无家**
091...四镇 **孤城落日斗兵稀**
119...名姬名士 **革命和爱情**
149...黄宗羲 **裸葬的情怀**
191...阮大铖 **诗与人**
233...夏完淳 **才子+英雄**
259...柳敬亭 **被删改的传奇**
285...龚鼎孳 **我原要死，小妾不肯**
315...徐汧 **士与死**
341...左良玉 **杀掠甚于流贼**
371...徐枋 **绝代之隐**
411...附 **辛巳、壬午开封之围**

442...后记

序

两年间，都在从事关于明末弘光朝的写作。去年写完一本，《黑洞：弘光纪事》，是从专题的角度来写，写了十个问题。这一本写人物，名之《野哭：弘光列传》。

书名取自少年英雄夏完淳的《细林野哭》。我在《夏完淳集》里一见到，就被“野哭”两个字攫住了，觉得有股异样的力量。“野”在古汉语，有无家、荒芜并兼野鄙陋文诸意。“野哭”并非只在完淳的笔下出现过，其他朝代，亦有以此为题赋诗者，如唐刘叉之七古，清沈曾植之五律等；但我感觉，似乎用于明清易代之际，这词才格外有百感交集的况味。

弘光年，是明为清亡真正而确切的时间。中国历史，在此面临一个大节点。盖自宋代以来，中国自身文明经二千年世界领先的农业生产、社会发展所积累的物质和精神财富，已开始闪现向新的文明阶段跃升或转型的轨迹，《万历十五年》曾称宋代诸多方面“已如现代国家”。惜为蒙人所灭，上述进程中断一百年。好在这一百年，从全球范围看，时间尚不紧迫，中国还耽误得起。蒙人被逐，重回荒漠，明继宋起，在思想、文化以及经济发展上，全面祧续宋人。明是个很奇特的朝代，一面很是衰迈、昏黯以至暴虐，一面又孕育着朝气蓬勃的社会历史因素，逮至万历间，各种突破迹象已十分明显。然天不佑中华，明朝自身积攒的激烈社会矛盾终于爆发而导致严重内乱，同时，曾为蒙古所败的金人后裔，在沉沦荒蛮、几近湮灭三百年后，重获新生，日渐具备强大破坏力，而益为明朝大患。内外双忧，并至齐发。明遂先于甲申年(1644)失北都，复于乙酉年(1645)丧南京，终于灭亡。这是继宋亡之后，作为汉族国家的中国第二次整体亡国。但这次后果更为惨痛，原因是同时西方的欧洲也开始其现代转型。无论从经济发展还是文化积累来看,东西方世界本可谓棋逢对手、铢两悉称,正待好好比试一番。可惜,中国却因一个意外情形,从竞赛中退出了——好比奥运会选手在起跑时却突然退赛。

我们于中国因被清廷所主所遭受真正损失的解读,不在民族主义方面或感情。这当中,过去不太注意或很少谈论的,是新统治者与中国文明之间有很大的落差。随之,带来两个后果,一是本身创新能力已然不足,次而,作为异族入主者又势必采取精神思想的高压与箍束。两个因素交织,造成各种羁绊,令中国活力顿失,而严重拖了历史后腿。事实证明,有清一代,中国虽能秉其发达农业之优势,以及在东方暂无敌手之地利,续其强盛国势至康雍乾时期,但在思想、制度和经济上,却无变革迹象。清朝的好处是,总算比元朝能识良莠,虚心接受、学习和融入高等的文化;而它的问题是,受制于自身高度,只能亦步亦趋,照搬照抄前朝,论创新的能力,实在不足观。这对中国,无形中是多大拖累,后人很难设身处地体会到。实际以明代最后五十年思想、政治、社会的情形来看,若非这一干扰,中国经过当时业已启动的思想启蒙,得以进入制度变革、完成历史蜕变,可能性相当大。然而,异族统治尤其是文化落差,突然间扭转了历史方向。中国落在西方后头,关键就在这二百余年。我对满人这民族不抱偏见,但从历史角度说,清朝统治在搅扰中国历史进程这一点上,实难辞其咎。此事若发生在中世纪,犹可另当别论。晋以后北中国有五胡之乱,唐以后五代也曾短暂如此,后来金灭北宋、蒙古亡南宋,每一次都对文明造成破坏与羁绊,情况也越来越严重,但我们觉得基本可以仅作为民族冲突来看,还谈不上扭转中国的历史方向。那是因为,第一,整个人类文明尚未到打开一扇新门的时候,世界历史还处在旧的格局当中;第二,中国自身也没有真正的新萌芽发育和生长,社会生产力以及配套的制度还算适合、够用,变革与突破的要求实际并未如何感受到。可十七世纪全然不同,人类近代化已肇其端始,中国在旧制度下的苦闷也忍无可忍、正待喷薄欲发,偏偏这个当口,清朝来这么一下子,真的令人扼腕。

故而明亡时刻,主要在这一层,才是中国历史值得高度关注的重大节点。对于它的历史与文化后果,当时中国不少杰出人物,便有明白的认识或强烈预感,后来反而认识不如当时清楚。鸦片战争以迄日本侵华,中国有将近百年处在生死存亡之间,故明季这段历史,因此被“触景生情”,更多从亡国之痛、民族冲突意义上，被近世夺为酒杯，浇“爱国”之块垒，这也没有什么不对抑或不可，问题在于这段历史本身所含问题及所达深度，实际远逾乎此。我觉得，黄宗羲、吕留良、徐枋等人思想里都隐约有这样的看法：明亡本身无甚可“痛”；可“痛”者，乃是明为清亡，亦即先进文明被落后文明所毁。那意味着，中国从一个已经达到的历史高度，大幅跌落并裹足不前。这才是明清鼎革无限悲凉处，不知此，对于“野哭”二字只怕难会其意。

不能从文明的损失着眼，矻矻于民族情绪，会使我们错失这段历史的真正教益。对各国历史来说，民族问题其实都是动态的，古代中国讲“夷夏之辨”，但这字眼简直无法作历史的推求，不要说满、蒙古、西域诸族，如果推到商代，连周人也算“外夷”。何况沿着狭隘民族主义观点朝前走，往往还将去往反方向，实用主义地模糊一些是非。即以清朝来论，当它作为入侵者、亡中国者时，固然是被痛恨的，但当它为中国带来大片疆土之后，好多人又破涕为笑，荣耀地认作一个伟大朝代。将近四百年来，明清易代这件事的真正意义，就这样被模糊、被遗忘、被丢弃，而彼时一代甚至几代中国人的苦痛酸辛，都成了过眼烟云。

我对短命仅一载的弘光朝感到不能放下，盖出于不忍以上况味就这样付诸流水，而想把它重新唤回于人们记忆，于是，钩故索旧、大书特书。《黑洞》把对弘光朝的所感所思，提炼为十个问题。《野哭》则换换方式和角度，借十余位在不同侧面有代表性的人物，来加呈现。我希望，借助于选材，加上我初浅的研究与表现，让这有转折点意义的时刻，得还鲜明。

被安排于书中露面的，有朱明王朝确切的末代皇帝朱由崧，有弘光枢臣和关键人物史可法，有称为“明代苏武”的左懋第，有以兵变致南明解体的左良玉，有普遍目为南京祸根的阮大铖，有秦淮河畔苦闷的青春叛逆群体，有时代思想高度的体现者黄宗羲，有以十七龄慷慨赴死的少年天才夏完淳，有传奇说书家柳敬亭，有“遗民现象”的典型徐枋……他们的身份，涉及帝王、武人、士大夫、学生、妓女、艺人、学者、隐士、起义者，还算广泛，覆盖了社会多个层面。

写作方法，也得考虑。过去说“文史不分家”，其实不对。文、史是分家的，或者说应该分家。文学和史学，一为艺术，一为学问；一个是主观、情感的表现，一个是客观、事实的陈述。不分家，既不合道理，还有不少副作用。中国史学某些先天不足，即因“文史不分家”而来。或者以美恶代替事实，或者视史撰如说部，觉得添油加醋、“支离构辞，穿凿会巧”[1]，关系不大。所以对本书这一类写作来说，“文”与“史”的确是一对矛盾，处理不善，极易“以文害史”。我给自己立了规矩：文史分家，才学相济。前半句讲要以史学为本，绝不让文学的东西有损史学；后半句讲另一面，即才足以济学，不能只剩下干巴巴的“学”，成了寻章摘句、掉书袋，而触碰不到历史的人性内涵。

具体讲，直到现在，关于传记写作还有不少人主张可以虚构，认为写到细节的时候如果史料不足，只好用虚构和想象加以填补。诚然，写作者有他的难处，史料总有所不足、有所不能到，因此，发挥一些想象，加点虚构，好像在所不免。问题是，没有哪位作者高明到能够确保他的想象或虚构可以符合实际。由于自认不能这样高明，我是宁付阙如，绝不虚构。还有人认为，传记写作免不了来点虚构无关史料和事实，而是基于叙事美学的理由；似乎不如此，人物很难鲜活，个性挖掘和表现就不能深入。这只是一个错觉。小说极盛时代以来，作家们普遍习惯于或过分依赖虚构，好像文学性便等于虚构。其实，虚构既非文学性的来源，亦非它最上乘的功夫。离开虚构便有些不知所措，乃是文章活性衰退所致。倘如语言有质感、有温度，非虚构非但不损失文学性，相反本身就带来独特的文章之美和阅读快感。当然，我们也确读到很多乏味的、史学足而文学不足的传记作品，但它们的问题都出在语言上，并非因为不擅虚构。

既然不用虚构，《野哭》便奉行“有一件材料说一分话”，做到人物言行（哪怕只言片语）、事件始末（哪怕细枝末节）无一字无来历，全都有案可稽。这就是为什么所有引文，据自何人何书，从版本到页码，我们都备具其详，以便验核。我没办法保证这些材料的原始真实性，但可以保证自己不曾脱离史料，另外虚构或杜撰过什么。这当中，有时涉及到同一事不同材料间的差异，倘在能力范围内，我也试予考证、辨疏（例如史可法的生年问题），以求去伪存真。

这样做，真正目的是想对历史拿出诚意。我觉得这正是我们一直缺乏的，而且越来越缺乏。虽然对历史的诚意，并不在于形式，但以我们现实来论，即便只是形式，也非常重要。形式至少有助

[1] 刘勰著、周振甫注《文心雕龙注释》议对第二十四，人民文学出版社，1981，第266页。

于约束我们，不是高兴怎么说就怎么说。我们说的每句话、每件事是有出处的，可查可考；这样，如果我们断章取义、夹带私货了，别人可以立予核实、指出或提出商榷。

历史需要敬畏。谑弄历史，无利可图。以历史为妾妇，呼来斥去，有时颇为快意，但就如课堂上不好好听讲、调皮捣乱的学生，到头来要懊悔的只有他自己。历史是一位好老师，它嘴里说出的每句话，都是可让人受益解惑的知识，应该注意听讲。

与此相关，又有四个字：尊重古人。可能是自视高明，当代史学多年来惯于对古人颐指气使。有时横加指责和训斥，有时相反，用当代思想感情拔高古人。对人对事都是如此，屡用今天义理来裁量，或强求、或曲解。姑举一例，比如史可法，有人嫉之如仇，原因居然是他为弘光朝制订政策时置“灭寇”第一而以“御虏”第二。然而，身为明朝大臣，这本是再自然不过的事。当时，李自成对明朝有“君父之仇”，清国名义上却替明朝报了这君父之仇（此即为何起初明室以“申包胥哭秦庭”故事视吴三桂借兵）。依礼法来论，“灭寇”第一乃明朝必有之义，不单史可法，孙可法、张可法、胡可法，不拘谁当那个东阁大学士，都得这么制订政策。今人尽可因自己立场而爱戴李自成，但若嗔怪明朝的首相史可法不具同样感情，就不免鸡同鸭讲了。凡此，即因不守“当时事，当时语”的原则，而那不过是史学不失客观性的起码要求。后人或许是比古人高明，但不要以此笑古人，古代的事情有它自身道理和原由，嘲笑和批判之前，至少该向读者讲清楚古人何以作此想、有此举。

类似还如孙中山称赞洪承畴：“五族争大节，华夏生光辉。生灵不涂炭，功高谁不知。满回中原日，汉戚存多时。文襄韬略策，安裔换清衣。”[1]较之当年，竟是南辕北辙了。关于“生灵不涂炭”，以我们知道的论，洪承畴降清实在不能说起到这种作用。清兵入关后，北方基本未闻屠戮，只因各地望风而降、未加抵抗，后来到了南方，凡不肯降的地方，都发生大屠杀。故而，非得称赞洪承畴“功高”，只能落在“力促中华一统”、“满回中原日”这层意思上。俗白地讲，洪承畴投降，好就好在让中国版图扩大了。这，一是

[1]王宏志《洪承畴传》，人民文学出版社，2009，第410页。

结果论，二是实利论——因有如此的结果和实利，便对事情另抱一种观点。但依同样逻辑，吴三桂的形象是不是也该变一下呢？看不出为何厚此薄彼。莫非因为吴三桂后又反清，洪承畴却只对大清忠心耿耿？古时有古时的语境和是非，因而比较稳妥的办法是，一面可以就古今的不同做出说明，一面对过往历史还是坚持“当时事，当时语”，不妄自改易，否则就会人为造成很多混乱，终至于无法收拾。

略事申陈，权为引子。

朱由崧

偶然的谢幕人

当马士英派人在淮安找到他时，他与一个叫花子相差无几，橐囊一空，靠向潞王借贷维生，头上裹着粗布头巾，衣袍是破的，腰间所束不是与身份相称的玉带，而是普通官吏乃至庶民所用的角带，他的一班随从甚至只能穿着草鞋。

一

我们接触一个人，不论在现实中或借助于想象，首先会在意他的模样，即平时所谓"音容笑貌"者。究其原因，尽管我们不是相面家，却对来自相貌的各种信息充满渴望，如不能觅得，就有雾失楼台之感，好像难以真正走近那个人。谈起弘光皇帝朱由崧，我便颇有此感。古代为帝王者，御容都要经宫廷画师描摹成图，虽往往加以美化，或者，因刻意比附隆准大耳一类所谓"帝王之相"而流于雷同，却总各有影绘存世。明代凡在南北紫禁城龙床上坐过之人，太祖朱元璋起，都有写真；惟两位例外，一位是建文帝朱允炆，一位便是后来庙号安宗的弘光皇帝朱由崧。朱允炆画像原来想必是有的，而被他的叔父朱棣抹得干干净净。至于朱由崧，考虑到清朝对崇祯以后史料能毁即毁，也不能断言他的形容根本不曾敷于纸墨，但作为眼前实际，我们确实不曾见到。说到这一点，他还不如自己的好些臣子。后者在刻行于世的文集中，或在族谱宗祠里，还往往留有图形。我又曾指望到文字资料中，找到有关他面貌的描写，结果也无所获。那些记述，只在意他的身份，不关心作为个人他有怎样的形态，纵有稍微具体些的笔触（那是很难一见的），仅及于他衣着上的变化，那也是因为这种变化与他的身份、境遇有关。总之，无论图与文，我们都得不到对于他面貌的认知。一次，从《眉叟年谱》读到对南巡时康熙形象的描绘："予随众瞻仰，见圣容微黑，大鼻三须，坐船首，一人旁执盖。"[1]虽着笔甚简，视线亦属遥遥一瞥，但还是给出了玄烨具体的形象。我对朱由崧形象所欲得者，仅此亦可，而竟不能。

这除了使我有些惊讶，也引起别的思索。他也许不是值得大书特书的人物，但好歹曾为君上，在世间的痕迹怎

[1] 许洽《眉叟年谱》，《丹午笔记·吴城日记·五石脂》，江苏古籍出版社，1999，第255页。

会如此之浅？当世之人为何不约而同给他以同样的忽视？那张脸，好像可有可无，不值一提。也许，并不出于忽视，而是来自一种虚离感。他短暂生涯，本有许多断断续续、亦实亦幻、真假难辨之处；而在南京的一年，倏忽而来，倏忽而去，萍飘蓬转，即之则杳，有如匆匆过客。从这意义上说，形象的阙如，似乎倒比较真实地反映着他在现实和历史中的处境——一种令人悬疑困惑的幻影般的存在。

二

其实，他的存在有真实的一面。这种真实性，直到少年时代还很具体。他生于万历三十五年七月乙巳日，换成公历则是1607年9月5日。父亲是万历皇帝第三子、福王朱常洵，母亲姓姚。他的乳名叫福八，听上去容易误为朱常洵第八子，其实是长子，且别无兄弟。母亲姚氏大概死得早，后来被他从河南迎到南京的母后邹氏，并非本生母。他应该算北京人，不光生在那里，且一直长到七岁才离开。万历四十二年，经过久拖、耗费无数口舌乃至酿成宫廷谜案之后，万历皇帝终于决定福王去洛阳就藩。朱由崧在那里度过平静的二十七年，平静到没有多少消息，我们只知这段时间他先是受封为德昌王，后晋福王世子。对于乃父的生活，《明史》亦仅以“日闭阁饮醇酒，所好惟妇女倡乐”[1]一语蔽之。

经过二十来年的沉寂，崇祯十四年起，有关福王一家的记载突然又多了起来。原因是李自成攻陷洛阳，朱常洵惨死。这件事，让福王一家重回社会聚光灯下。二十年前，由于“三案”缘故，他们曾占据这样的位置，随着崇祯即位、钦定逆案，波澜平伏，事情渐渐过去，他们也淡出政治焦点，在洛阳过自己花天酒地的日子。而那个冬天，朱常洵被杀，且死得那样恐怖——尸身被分割，与鹿肉同煮，名为“福禄宴”——震惊了全国。作为最有钱势的亲王，朱常洵如此下场，无疑是深刻象征，而刺痛很多人的神经。深受打击的，包括崇祯皇帝本人。洛阳事变后，他派人四处找寻堂弟下落，当听到朱由崧流落民间、衣不蔽体的汇报，皇帝泫然泪下，专门拨银三万一千两，派司礼监王裕民送去。以当时国库的捉襟见肘，这笔钱已是巨款，从中可以体会崇祯内

[1] 张廷玉等《明史》卷一百二十，中华书局，1974，第3650页。

《大明福忠王圹志》

1924年发现于河南孟津麻屯乡庙槐村南。福忠王即被闯军烹而食之的朱常洵，“忠”是谥号。立碑人即本文主人公、日后的弘光皇帝朱由崧。此碑该算福王父子留存于今极稀少的痕迹，但上面所谓“王独挺身抗节，指贼大骂”，“慷慨激烈，与城俱亡。刚肠浩气，虽死犹生”，却属瞎编。

潞简王陵

潞简王乃第一代潞王、朱常淓之父朱翊镠，与万历皇帝一母同胞，就藩河南卫辉府，1614年薨，谥号“简”。因死在乱世前头，故还能建这样的陵墓。甲申年（1644）正月，朱由崧投卫辉朱常淓避难，然后从卫辉启程，逃往淮安。

心浓厚的悲郁与恐惧。过了几个月，又颁旨朱由崧嗣福王位。

随着洛阳之变，原来寂寂无闻的福世子开始受到舆论关注，他的逃脱，他的流浪，他的穷困，他的寄人篱下……频频见诸报道和记述。有关他的故事如此之多，大大超过他过去二十多年经历的总和。照理说，他的形象应该由此变得清晰和具体了，实际却刚好相反。他的确越来越多在各种传闻里被提及和曝光，但他究竟是怎样的人这一点，反而更加混乱。有关他的描述，充满了道听途说，在时间、地点和过程上淆乱不一。这明显是乱世的作用。比如，他如何从洛阳脱身，以及脱身后到卫辉依潞王朱常淓这段时间当中的行止，既不确定也不连贯，至今史家不能使之凿实、次第完述，都只能囫囵了事。这留下了许多疑点，而各种对他的怀疑也就趁隙而入，直至有真假福王之论。

到此回看其平生，也有趣得紧：幼年他的消息少而简单，但那时他的真实性反而不成问题；现在消息虽然越来越多，他却变得越来越不可靠。表面上，他愈益进入人们视野，实际却离大家越来越远。这颇像结构主义中所指与能指之间那种奇妙的关系，能指愈丰富，所指便愈模糊。朱由崧从福八而福王，从福王而弘光皇帝，在历史舞台上一步步由远而近，渐渐趋向最前台；但当他终于站在大家面前，大家反而不知道他究竟是谁。

三

这种怀疑或不信任，在弘光末期达到顶点。当时，一起童妃案，一件太子案，都造成朱由崧到底是真是假的严重怀疑。人们猛然觉察一个很要命的问题，亦即，眼前这个据称是福王、大摇大摆坐在皇位上的人，事实上没有一个人知其底细，抑或，根本谁都不认得他。南京上上下下大小臣工，过去均未见过朱由崧。他确是依潞王来到淮安，但潞王也不能作证此人就是福王朱由崧，论起来这二人虽为叔侄，过去却也例未谋面，当初朱由崧是自行投奔卫辉潞王府，他提交了什么凭据，使朱常淓相信他便是皇侄朱由崧呢？我们并不了解。从始至终，我们只是知道有几位所谓福王府仆从一直追随左右，为他提供身份证明——万一这些人本身就是假的呢……钱秉镫曾就童妃案，写讽刺诗《假后》云："福国昔破散，骨肉如飘蓬。诸王更衣遁,妃主不得从。……不识今上谁,空死囹圄中。"[1]又于《南渡三疑案》中说:"童氏出身不可考,而决为德昌王之故妃也。"[2]意思很清楚,疑朱由崧而不疑童妃。这在当时,是非常普遍的看法。尤其经过失败的一年,大家对于"破散"、"飘蓬"期间朱由崧的踪迹无法征信这一点,很乐于理解为这位弘光帝其实是个赝品。最离奇的说法见《甲申朝事小纪》:

> 马士英抚凤阳时,有以居民藏王印首者,取视则福王印也。询其人云,有博徒,持以质钱,士英因物色之。士英与王初不相识,但据王印所在,则以为真世子。[3]

依此,在南京当皇帝的那人,不过是持有福王印的某位赌徒罢了。

不过,南京的一年当中,他又回到了真实。不管前头的经历如何扑朔迷离,他做了弘光皇帝、在南京临朝一年,这可是真真切切、有目共睹。我想如果与之面对面,我将对他这样说:我也许并不知道你究系何人,但我知道你是弘光皇帝。固然,他可能是个假冒的福王,但作为弘光皇帝却并非假冒,而是经南京重臣会商决定并专门迎送,又经过正式典礼确认的。他是一个真实的皇帝。

但接下来,若问真实的弘光皇帝到底是怎样的人?我们不免又含糊起来。史述中对他有大量、压倒性的负面描写。集中在两个方面。一是与马士英、阮大铖狼狈为奸,定策前主动联络马士英为己争位,登基后对马、阮言听计从、任其操柄。一是荒淫无度,纵酒滥性,尤其是喜好幼女,甚至彻夜痛饮而淫死幼女……这些描写,有些确有其事,有些却只是想象。假如我们希望还他一个本来面目,而不只想找一个历史替罪羊,对这些描写就需要给予细致的分辨。凡属于想象的,都将其剔除于事实之外,而不论这类话语多么甚嚣尘上、众口一辞。即便确有其事的那部分,也不能就事论事,不能孤立、单线条地看,而要深入一层看前因后果,知其然也知其所以然。我们这样慎重,实在并不为着朱由崧的缘故,他个人的毁誉,说实话无关紧要,问

[1] 钱仲联主编《清诗纪事·明遗民卷》,江苏古籍出版社,1987,第375页。
[2] 同上,第380页。
[3] 抱阳生《甲申朝事小纪》,书目文献出版社,1987,第538页。

升平署图样·《太平桥》之公主

中国传统戏剧服饰，都是明代样式，无论人物出自何朝何代。故后人看戏觉得是“古装戏”，在明代当时却不妨说都是“现代戏”。这样的公主扮相，朱由崧看了大概就很亲切。

第一出　計借張良

扮劉邦內白衆將官、唱

馱環著　向陳留取道。衆內白　得令、扮軍士將官王陵柴武周勃樊噲酈食其蕭何引劉邦上仝唱　向陳留取道。旌旗護繞。鼉鼓和軍、奏凱歌鐃。仗你謀猷智巧。將士樂歡騰、紛紛嬉笑。指日裏函關絕倒。早進取長安古道。鼓角敲。鑼鳴噪。看　破敵功成、檄書飛告。扮衆鄉民上白　我等陳留衆鄉民、迎接明公、劉邦白　起

升平署剧本

升平署是清代宫庭俳乐供奉机构，前身为康熙南府。康熙和乾隆这两个喜欢南巡的皇帝，持续从南方征调剧乐，直至乾隆末年四大徽班进京。之后徽班在京逐渐形成皮黄戏，北方戏剧才后来居上。明代与升平署相类的机构，叫教坊司。朱由崧在南京，除阮大铖的阮氏家班随时听用外，秦淮旧院理论上亦属教坊司管。

升平署图样·《泗洲城》之状元

京昆演出，对人物衣着很严格，“宁穿破，不穿错”。升平署当更如此，它将具体剧目中人物形象衣样绘于图册，专门注上“穿戴脸儿俱照此样”。

升平署图样·《玉玲珑》之梁红玉

梁红玉本巾帼女杰、抗金名将，而这幅的模样却如邻家女孩，娇小俏美、甜欢可爱。这是戏剧动人之处，它总能散发出与现实所不同、抚慰人心的魔力，朱由崧对此不能自拔。

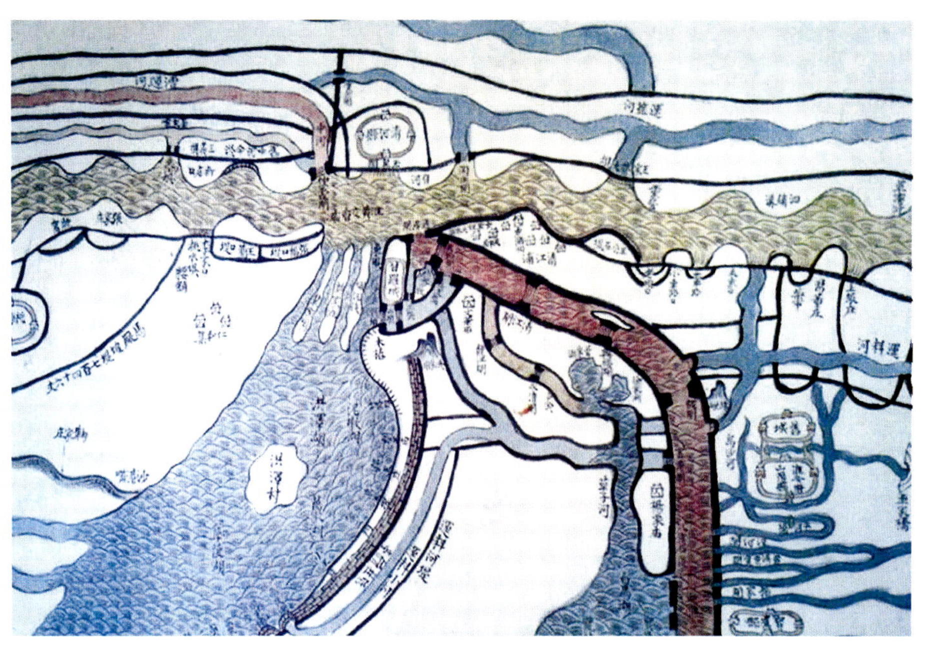

康熙年间《清淮运口图》（局部）

图中水系交聚，显示淮安作为漕运南北襟喉的要害位置。因尚在黄河夺淮期，黄河同时即淮河，居中处为“淮黄交叠处”，淮河在此逼入洪泽湖。淮安同时是大运河南北分界点，北运河终于清河县，南运河起于清江浦，皆辖淮安府，漕运总督府即设于淮安。甲申年春，“难民”朱由崧在这里听说他将被迎奉为君。

题在于对他的看法恰当与否，很大程度上会影响我们对那段历史认识是否正确；实际上，当时一些史述所以对他的形象展开了那些刻画，本身就由于不正确历史观的指导。

四

我们先从一种最耸人听闻的描写说起，亦即他的恣意声色。《明季南略》：

> 马士英听阮大铖日将童男女诱上。正月十二丙申，传旨天财库，召内竖五十三人进宫演戏饮酒，上醉后淫死童女二人，乃旧院雏妓马、阮选进者，抬出北安门，付鸨儿葬之。嗣后屡有此事。由是曲中少女几尽，久亦不复抬出，而马、阮搜觅六院亦无遗矣。[1]

"童男女"、"淫死童女二人"、"少女几尽"、"久亦不复抬出"、"六院亦无遗矣"……将这些字眼及片断挑出来，摆放面前冷冷打量一下，不难意识到其中充满妄测、夸张、虚构和杜撰，做得了这种事的人，没法是朱由崧，甚至没法是日常生活中任何一个真实的人，倒很像色情小说主角或所谓AV男优，大抵他们才能够对性事如此强悍。当然，杜撰者不是计六奇，他的《明季南略》是在搜集大量明季史料基础上，整理、编辑而成。不仅《明季南略》，几乎所有涉及这段历史的著作如《小腆纪年附考》《爝火录》《甲申朝事小纪》《甲乙事案》《南疆逸史》等，都不难找到相类笔触。连《桃花扇》也蜻蜓点水地掺杂几句"天子多情爱沈郎"、"你们男风兴头，要我们女客何用"[2]，来暗示朱由崧男女通吃。

关于朱由崧这方面的生活，黄宗羲《思旧录》里面，有个不易注意的材料，那是沈士柱所写《宫词》。沈士柱，字昆铜，崇弘间名士，时牵某案受祸，"收禁南都之大内，一年有余"，就羁押在南京紫禁城。宫词是古诗的特殊品种，专写宫闱题材，沈士柱因有这段囚于宫中的经历，便觉获得了写宫词的资格，以目击

[1] 计六奇《明季南略》，中华书局，2008，第156页。
[2] 孔尚任《桃花扇》，人民文学出版社，1982，第160页。

者姿态描写一些听闻：

赵瑟秦筝入选频，一年歌舞号长春。烟花金粉销沉尽，肠断南冠梦里人。

方传内药宰臣贤，亲制蟾酥御苑前。剩得鼓吹鸣聒耳，蛙声又在曲池边。

征马长江四面围，亲将骑射悦宫妃。那堪回首圜扉泣，落得倾城带笑归。亡国后故妃存者俱出嫁。

鹦鹉金笼唤御名，贵妃亲教调郎情。即今苦雨凄风夜，却听鸺鹠四五声。帝好鹦哥，帝号福八，贵妃因教鹦哥唤之。

移得豪家洛牡丹，幸姬争戴折花残。沉香亭北多烽火，系马谁怜旧倚栏。[1]

中间小字，系黄宗羲抄录时所添小注。诗的大意，不外是讽朱由崧沉湎声色，"赵瑟秦筝"指女乐，"内药""蟾酥""蛙声"均涉春药，"洛牡丹"寓意其福藩来历，同时又指美女，故下句有"折花残"的引申。总之，诗中描绘与《明季南略》等的叙事，颇能验合。由于作者在"南都之大内"关了"一年有余"，他的描写就和计六奇等得之道听途说截然不同，似乎可以坐实朱由崧的"纵淫"传闻。然而，细抠字眼，我们发现沈士柱所述未必来自他自己的第一手材料。"肠断南冠梦里人"、"那堪回首圜扉泣"、"系马谁怜旧倚栏"等句，分明显示诗作于朱由崧被俘之后。据黄宗羲讲，沈士柱这套《宫词》共二十四首，分"前""后"两组，称"前"者应为囚禁当时所作，称"后"者则系出狱后补续，以上所引五首，即属"后宫词"，那时作者已脱囹圄之外，可以接触外面的风言风语，故不能排除他所讲的，其实也无非就是酒酣耳热的坊间议论而已。但有一点却显而易见，即类似传闻铺天盖地，无论当时和后世，都是大家对朱由崧的共识。

共识就是事实？人人相信便等于真相？一般会这么看。既然众口如一、众口同声，事情就错不了。可是，往往

[1] 黄宗羲《思旧录》，沈士柱，《黄宗羲全集》第一册，浙江古籍出版社，1993，第354—355页。

也有众口铄金的情形——经过“众口”,金属都能熔化掉,何况肉身凡胎的人。“众口”力量之大,不光能把事实和真相确定下来,也可以把虚妄确定为事实和真相。有关朱由崧的欲望化叙事,大部分属于众口铄金一类。李清专门谈到了这一点:

于吴姬罕近也。然读书少,章奏未能亲裁,故内阉外壬相倚为奸,皆归过于上。如端阳捕虾蟆,此宫中旧例。而加以秽言,且谓娈童季女,死者接踵,内外喧谤,罔辩也。及国亡,宫女皆奔入民家,历历吐状,始得其实。又大学士吴甡寓居溧水,曾见一大珰,问及宫府事,言:“上饮酒宴乐有之,纵淫方药等传闻非确,惜为大学士马士英所挟耳。”[1]

其中一处情节与沈士柱《宫词》倒可衔接上,即“落得倾城带笑归”一句及黄宗羲所注“亡国后故妃存者俱出嫁”,与“及国亡,宫女皆奔入民家”之间。不同的是,逃入民家者仅为宫女,不是什么“贵妃”。这些宫女,对朱由崧那方面情形如何,是确切的在场者、当事人,比之于“众口”,她们人数虽少,却有真正的发言权。“于吴姬罕近也”,非不近,但不算热衷,更未及于依赖壮阳药、淫死童女的地步。有位流落宫外的大太监,对前首辅吴甡讲得更明确:朱由崧确有其耽乐沉迷之事,但不是性,而是“饮酒宴乐”——喝酒和看戏。

这恐怕是真实的朱由崧。至少我觉着,一个偏爱美酒、看戏,对女人和性却兴致未必多高的朱由崧,比较有趣,比较“这一个”。

帝王中诚然多好色之徒——其实倒不是他们格外地较常人好色,而是性权力、性资源得天独厚,欲望可以无度挥霍。这样的例子,明代就有好几位。个中极致,是在位三十天便做了风流之鬼的光宗朱常洛。在豹房里面欲海沉浮的武宗朱厚照,也很典型。由此,皇帝与壮阳药的关系确为明代显著者,《万历野获编》:

嘉靖间,诸佞倖进方最多,其秘术不可知。相传至今者,若邵、

[1] 李清《南渡录》,《南明史料(八种)》,江苏古籍出版社,1999,第415页。

> 陶则用红铅，取童女初行月事（少女初潮）炼之，如辰砂以进。若顾（可学）、盛（端明）则用秋石，取童男小遗（尿液），去头尾炼之，如解盐以进。此二法盛行，士人亦多用之。然在世宗中年始饵此及他热剂，以发阳气。名曰“长生”，不过供秘戏耳。至穆宗以壮龄御宇，亦为内官所蛊，循用此等药物，致损圣体，阳物昼夜不仆，遂不能视朝。[1]

世宗，就是嘉靖皇帝；穆宗，则是他的儿子、隆庆皇帝。父子俩都是“药物依赖者”。隆庆皇帝服了春药，居然“阳物昼夜不仆”，似乎方士及其药物还真并非浪得虚名。或许就因这类故事巨大的广告效应，民间对皇帝与方药的关系早已笃信不疑，然后推而想之，凡皇帝必滥性，凡滥性必方药。朱由崧大概就是这样，自然而然被代入上述“皇帝故事模板”，发生诸多“纵淫方药等传闻”。

这种推想虽非事实，很多时候可能并不错，因为它合乎逻辑，在多个皇帝身上屡试不爽。可这一回也许真会“爽”那么一下子。按照宫内知情人讲述，朱由崧对女人兴趣仅堪平平，较之美色，他更大的享受是杯中物和戏剧。这确有点“反常规”，常规情形下，性总是排为男人的头号乐趣。但我们得允许例外发生，仍以明代皇帝为例，在性事上感觉寡淡的并非没有其人，比如正德皇帝朱厚照滥性无度，但他父亲弘治皇帝朱祐樘就刚好相反，除了张皇后，“平生别无幸与”，以致沈德符惊叹：“无论鱼贯承恩，即寻常三宫亦不曾备，以至于上仙。真千古所无之事！”[2]什么原因？不好断言，似乎与两点有关，要么是张皇后擅宠、弘治怕老婆，要么是身体绵弱——朱祐樘曾受万贵妃迫害，命儿不保，先天不足。不论如何，弘治皇帝留下了一个先例，说明并不是每位守着取之不尽性资源的皇帝，都必视男欢女爱为最大乐事。既然朱祐樘如此，朱由崧未必不能这样，何况他身边的宫女太监已经作证“纵淫方药等传闻”乃莫须有之辞。

说来我们本不必就此喋喋不休，朱由崧“纵淫方药”也罢，不“纵淫方药”也罢，作为街谈巷议或书话演义，妄说妄听何妨？然而有一点，当时人们就朱由崧“个人作风问题”传谣、信谣，都基于一种心理隐秘，即甲申国变后，事情坏就坏在没得到一位好皇帝，反过来这其实

[1] 沈德符《万历野获编》，中华书局，1997，第547页。
[2] 同上，第86页。

是说，万一不摊上一位无道之君，事情尚有可为。过去，我讲过只反贪官不反皇帝的可悲，眼下则补上一句：只知皇帝可恨不知制度之坏，更是一叶障目。如果对坏皇帝的怨恨，是对所谓好皇帝的祈盼，对这种迷梦，绝对应该猛推一把，使之觉醒。朱由崧不是什么好皇帝，对他当骂则骂，该批则批，俱无不可；然而如果熟读史料、了解当时语境，我们却都知道他所以背负这么多丑闻，乃至夸张到有些妖魔化的地步，其实有一种特殊含义，这就是钱谦益等人打造的潞王神话，按照他们的说法，潞王"素有贤名"，可登大位。这是打道德牌，当时很有市场，连疯僧大悲都到处宣扬潞王贤明、皇帝该让与他做。且不说潞王与福王半斤八两，乙酉之变后他在杭州的表现完全说明这一点，就算果真德行较好而由他去当皇帝，明朝命运真能另有不同？明显是痴人说梦。古人的认识受制于时代，我们不能苛求，但作为后人，了解历史却不能顺从和重复古人的错误，而一定要将其指出。我们这里蛮认真地替朱由崧辩诬，清理某些有关他的不实之词，目的不是做翻案文章，而是防止将责任一古脑儿推到朱由崧那里，失掉对历史的正确认识。

五

朱由崧不是好皇帝，但确实谈不上什么很坏的皇帝。这与他的心性无关，而由"时势"决定。"皇帝"这种事物，有其固有之恶。其中最主要特征，就是黄宗羲概括的"以我之大私为天下之大公"[1]。自古以来，君权邪恶本质即在于此。不过具体而论，情形也有变化、发展和差别。黄宗羲紧随刚才那句话后面，做了有趣的补充："始而惭焉，久而安焉。"大家与历史对照一番，看看是否如此。一般，王朝初建之时，其一二代君主往往还能"与民休息"，独夫面目与特权贪欲有所克制，这就是"始而惭焉"。等到江山坐稳，那固有之恶可就情不自禁、不可阻挡地向外喷涌，无远弗届，不知餍足，此所谓"久而安焉"。杜牧曾讲到过"独夫之心"[2]，每个皇帝或许都有一颗这样的心，但分辨一下，却也有大有小。是大是小，通常跟国势强弱成正比。王朝愈当如日中天，独夫之心就愈盛。像"屠毒天下

[1] 黄宗羲《明夷待访录》，《黄宗羲全集》第一册，浙江古籍出版社，第2页。

[2] 杜牧《阿房宫赋》，刘盼遂、郭预衡主编《中国历代散文选》下册，北京出版社，1981，第154页。

之肝脑，离散天下之子女，以博我一人之产业”，“敲剥天下之骨髓，离散天下之子女，以奉一人之淫乐”一类肆无忌惮情形，多不见于王朝初期，也很难得逞于王朝末年，一般都集中在王朝中段。道理很简单，“久而安焉”，皇图稳固，固有之恶可以无忌尽兴一泄。故而，这往往也是集中涌现“坏皇帝”的时期。明朝就很明显，从明英宗朱祁镇起，到明熹宗朱由校，其间除弘治皇帝不在此列，劣陋之辈走马灯般接踵而来，没有最坏、只有更坏，一直发展到极其黑暗的天启七年，这股恶的能量似乎总算释放干净。这么说好像还不准确；恶，其实没完，如果允许、如果可能还会释放，只是物极必反，恶的堆积已达某种极限，从而失去了继续作恶的条件。

议至此，我想在“始而惭焉，久而安焉”的后头，替黄宗羲再添一句：“终而颓焉”。王朝末年通常都有这么一个阶段；在明代，崇祯、弘光就处于这个阶段，我们对相应这两位皇帝的认识，也紧扣“终而颓焉”几个字才比较得体。崇祯皇帝自谓“君非亡国之君”，有些心软的读者也附和他，以为这是一位好皇帝。而朱由崧，则在许多史述的妖魔化叙述下，被定格为坏皇帝。其实，作恶殆尽的王朝末年，无所谓什么好皇帝、坏皇帝。对于看起来疑似好皇帝者，我们不要忘记“终而颓焉”这个大背景，倘非如此，只怕我们绝无机会遇见一位所谓的“好皇帝”。对于被极力刻画、渲染出来的坏皇帝，大家也要多个心眼，想一想处在“终而颓焉”态势下的皇帝，其实又能“坏”到哪里去？

总之，皇帝的好坏，不取决于个人或心性，有什么“此贤彼愚”之分；取决于时势。凡恰当其势，“皇帝”这行当以其固有之恶，不出万一很难有什么好东西。这由制度来决定，不以人的意志为转移。

关于朱由崧，从个人角度论他的好坏，至少笔者觉得材料尤其是可靠的材料尚嫌不足，但我们却有把握说，作为皇帝他确已丧失了很大一部分作恶的能量。他是末世的君主。守着残山剩水，内寇外虏，朝不保夕，未来一片黯淡，乃至可以预见下场必属惨然。有鉴乎此，他还有多少心情去强打逞性妄为、跋扈自恣的精神，确是一种疑问。即便有此心情，客观上可以支撑他的资源、条件和空间，也大大萎缩了。试问，他能像他的爷爷万历皇帝那样贪得无厌，尽其一生以逞其极端自私的本性吗？所以，假设朱由崧这个人好坏，意义不大，问题不在这儿，问题在于时势。也许他本性一点也不好，然而时过境迁，想坏也坏不到哪儿去了，非不愿，是不能也。

这“不能”，除开王朝势穷力疲的基本面，还和朱由崧自己的特殊情况有关——他并非通过继承程序自动登基，而是被迎立，由人扶上帝座。这层关系，无论如何含着君弱臣强的意味。尽管以明朝之日薄西山，马士英恐怕也无心以迎立为资本，做那种挟天子以令诸侯、指鹿为马的奸雄。他的诉求主要是搞钱、捞取实利，表现也相应主要是疯狂贪黩而非篡位夺权。职是之故，朱由崧所受挤压尚未达到汉献帝的程度，至少小命无忧，但寄人篱下、看人眼色、诸多方面操于人手等等之状，却在所不免。这样一位皇帝，哪里能弄性尚气、偿其大欲。想想嘉靖皇帝吧，午门外将一百八十多位大臣打屁股，血肉横飞，那才算强势的君主，才具备让一己之恶随心所欲释放的能量。

当马士英派人在淮安找到他时，他与一个叫花子相差无几，而这种状态已持续有两年。橐囊一空，靠向潞王借贷维生，头上裹着粗布头巾，衣袍是破的，腰间所束不是与身份相称的玉带，而是普通官吏乃至庶民所用的角带，他的一班随从甚至只能穿着草鞋。他就以这副形象出现在南京大臣面前，“枕旧衾敝，帐亦不能具”[1]，看上去与其说是接受拜谒的君主，不如说是被救助的无家可归者。群臣或许不致因此有藐视君上之意，但朱由崧自己恐怕却少不了自惭形秽之感。

他无疑是带着心理上的弱势进入南京紫禁城。不特如此，对于当这个皇帝，朱由崧还极可能并不情愿。《明季南略》说，乙酉年四月下旬形势愈见危急时，朱由崧经常埋怨马士英“强之称帝”：

> 自左兵檄至，清兵信急汹汹，上日怨士英强之称帝，因谋所以自全。[2]

这记载，自然相当重要了，可惜我们仅见此一笔。我们知道定策时，关于迎立何人，南京高层争得很激烈，是一场轩然大波，其线索在整个弘光一年中都不曾消隐，从史可法黜出南京到周镳、雷缜祚被杀，都是它引出的下文。普通的推

[1] 文秉《甲乙事案》，《南明史料（八种）》，江苏古籍出版社，1999，第431页。

[2] 计六奇《明季南略》，中华书局，2008，第208页。

想，朱由崧作为受益者应是其中的活跃因素，是积极主动的争夺者。《南渡录》载："时王闻，惧不得立，书召南窜总兵高杰与黄得功、刘良佐协谋拥戴。"[1]这情节跟刚才《明季南略》所说朱由崧本不想当皇帝而是马士英"强之称帝"一样，也不见于他著。真相暂不可考，但揆以整个局势，我个人不相信朱由崧曾与几位武臣串通，让他们"协谋拥戴"，而比较倾向于他对于当那个皇帝，内心至少有些踌躇。对此，我们虽没有直接关于朱由崧的材料，但可以参考潞王朱常淓的情况。乙酉南京投降后，明朝政治焦点迅速从南京移到杭州，因为朱常淓在那里，朱由崧被俘后可以代之的就是朱常淓。不久，马士英奉太后（朱由崧母亲）逃到杭州，太后亲求朱常淓接过权力，却遭后者坚拒：

> 时潞王在杭州，诸臣有请王监国者。王不受。太后泣拜之，终不受。盖已与张秉贞、陈洪范决计迎款矣。[2]

朱常淓执意不肯，答案仍为"终而颓焉"四个字。大势已去、山颓木坏，此时为君何美之有？要啥没啥不说，还得担责受过、百般受掣。朱常淓很明白这一点，不肯将屁股坐到火堆之上。一年前，情况其实也差不多，那样一个烂摊子，搁谁手里都不享福，都是累赘。除非自我崇高，以英雄自命，以为自己是中流砥柱、可挽狂澜于既倒者——比如朱聿键。但朱常淓不是这种人，朱由崧显然也不是。实际上，定策中福王、潞王之争，原是两边大臣争得面热耳赤，跟他俩本人却都没有什么关系。

既然朱由崧对当皇帝其实并无兴趣，那为何还是去了南京？对此，我们只好妄自揣测。在我看，他糟糕透顶的现实窘境，是个关键。我们回顾一下洛阳落难后他两年来的行止：孤身逃出、四处漂泊、寄人篱下、饥寒交迫；后来总算搭了顺风车，随潞王船队平安来到淮安，但有迹象表明，诸王船队继续南下时不打算携他同行，因为到淮安后，朱常淓借给他一笔钱，之后他就搬出船队上岸，"寓湖嘴杜光绍园"[3]，大有就此分手之意。倘真如此，那么自到淮安之日起，朱由

[1] 李清《南渡录》，《南明史料（八种）》，江苏古籍出版社，1999，第126页。
[2] 徐鼒《小腆纪年附考》，中华书局，2006，第376页。
[3] 计六奇《明季南略》，中华书局，1984，第1页。

崧实即走投无路，往后的日子莫展一筹。恰在此时，杨文骢衔马士英之命找到他，密奏将迎至南京为君。你道他能如何？假设一下，倘若杨文骢来见时，朱由崧和朱常洵一样珠光宝气、饫甘餍肥，他又将作何选择？想必，也有不当皇帝的选择。眼下，以自己实际境况却实无拒绝的可能——除非他继续做叫花子。

假如《明季南略》"日怨士英强之称帝"的记载属实，以上便是我们就这笔记载的可能性与合理性，从心理层面展开的复原。所谓"强之称帝"，意思或许就是当初马士英利用了他的境况，利诱和说服他做那个皇帝。

以下一个重要问题，是朱由崧在接受皇帝位子时，是否与马、阮等预订政治同盟，明确结成一个利益集团？这也是我们判断他"坏"到何种地步的一个要点。以我对史料的研读，回答似乎是否定的，那是因为一个相当有说服力的情节。

诸著一致记述，甲申年五月初三，朱由崧在南京宣布监国，宣布一系列重要任命；其中，虽然升了马士英的官，使其一跃而为东阁大学士，与史可法平起平坐，但仔细品味却是一碗水端平，两边都不得罪。马士英虽名列辅臣，兼职却是都察院右都御史，尤其"仍督凤阳等处军务"[1]，仍放外任，并不置身中央日常事务，与史可法、高弘图等的"入值"截然不同。这当然大拂马士英所盼，与其"定策首功"比，毋如说是明升暗贬。这个人事安排，稿底应出于东林一派，但显然地，朱由崧也是默许的，没有行使其皇帝一票否决权。由此推而可知，当初朱由崧与马士英之间应不曾发生具体的政治交易，也许他暗中的盘算，未来还是稍偏于东林亦未可知。至于马士英，当然大出意外，所以才发生了后面有点逼宫味道的事。五月初八，朱由崧监国第五天，马士英率着他的部队，浩浩荡荡从凤阳起身，"由淮入江，船千二百艘"，经过淮安时，"凡三日始毕"，阵势相当唬人。他打着两个旗号，一是"入觐"，二是"劝进"（请求朱由崧由监国进皇帝位），冠冕堂皇，但同时"以史可法七不可之书奏之王"[2]（定策过程中，史可法曾给马士英信，列出不宜选择朱由崧的七条理由）。一是告史可法的状，二来未必没有提醒朱由崧不要忘恩负义的意思。经过这件事，史可法被挤出南京，督师江北，到五月十六日，"以马士英掌兵部事，入阁办事"[3]，终于完整地接过史可法的权力。从这个

[1] 徐鼒《小腆纪年附考》，中华书局，2006，第158页。
[2] 同上，第164页。
[3] 同上，第173页。

过程看，朱由崧与马士英并非沆瀣一气，反倒曾想保持一定距离。不过，在他这并不出于政见。对于政治，此人似乎既不抱有也不关心什么倾向。在国家兴亡之类问题上，我从他那儿始终只看见局外人心态。他愿意接受皇帝位子，主要出于自救，起码摆脱流浪的困境，至于别的，今朝有酒今朝醉、及时行乐而已。朝堂上的纷争，他多半只是察言观色，顺势而动，并没有什么立场、主张意欲坚持和表达。

既然马士英证明自己足够强势，他便顺水推舟，对后者唯命是从。他虽坐在皇帝位子上，内心却真没把自己当皇帝。这个心理我们要把握住。他并不真是为了当皇帝来南京，而是由于当皇帝有各种的好处。幸好他是这样的心态，否则真把自己视为皇帝，只怕免不了要为着志不能伸、受人摆布之类苦恼，长吁短叹、郁结不舒。事实上他一点也不烦恼，很知足很快乐，没心没肺地享受美酒和一流的戏剧演出。在他而言，这已是幸福人生。

六

我们能够落实的他的劣迹，主要就是享乐主义的生活内容和生存态度。在马士英、阮大铖辈看来，一位以饮酒、看戏为极大满足的皇帝，实在也是再省心不过了。阮大铖的高水平私人剧团，令朱由崧的南京生涯差不多就是一次跨年度的漫长戏剧节。某种意义上，对戏剧不可思议的痴迷"拯救"了朱由崧，他把整个身心扑在这一件事上，没完没了看戏，甚至从南京逃走前一个时辰也在看戏。这种过于集中的乐趣，使他少有别的乖张之举。既没像晋灵公那样，以弹弓袭击人民取乐；也不像隋炀帝那样，曾为自己挑选、储备十多万美女，以供临幸；更不像后梁太祖朱温或其祖宗明成祖朱棣那样，以杀人为消遣……总之，表现算是相当安静，史著里甚至没有提到他曾外出过紫禁城。他所履行的公务，仅限当朝堂需要时出面见见大臣，装装样子，讲些无关痛痒的话，此外便"躲进小楼成一统"，喝自己的酒、看自己的戏。在我印象中，闹得不像话的有两件事。一是将太后迎到南京时，为安顿太后选宫女；一是为自己筹备大婚，跟户部要钱、派太监征民女。这两件事，在他已是动静最大的了，但放到历史上看，跟许许多多前辈皇帝比，也

南京故宫午门五龙桥

民国老照片。午门又称五凤楼，楼前御沟上对应有五龙桥。图中，“雕栏玉砌”均不在，沟水秽浊不堪。

南京故宫午门

民国老照片。南京故宫午门仅剩墙体，楼阁荡然，宫外成为荒地，种着庄稼。

很平常。

不过，上面的叙述绝非就他“为人”暗示什么。他的安静，恐怕不是个人性格的表现。还是那句话：终而颓焉。从万历、泰昌、天启诸帝的不安静，到弘光皇帝的比较安静，正确的理解是势之使然。前面各位早已折腾个天翻地覆，朱由崧既无折腾的本钱，也没有多少可折腾的了。

说到“为人”，虽然观察的机会很少，但还是有一件事可供我们略窥朱由崧的“为人”。那就是“翻案”这件事。

我们知道，明末政坛浊乱都因“三案”而生，而朱由崧父亲老福王，正是“三案”的起因。崇祯即位，将阉党定为逆案，为“三案”画上句号。然而当初曾在逆案中落水的好些人，如阮大铖、杨维垣等，人还在、心不死。现在朱由崧既为“今上”，他们认为是翻案的绝对时机，紧锣密鼓撺掇此事。先是请求寻访已被崇祯下令销毁的阉党所修《三朝要典》并予重议，继而为逆案中若干人等请恤请复，最后策划重兴大狱、追论东林诸臣之罪，把他们“并行究治”。在这股势力及舆论面前，朱由崧的态度非常关键。从某种意义上说，阮大铖等的主张十分切合朱由崧的个人利益，当初若非东林党人阻挠，父亲朱常洵肯定将是万历皇位继承者，而假使如此，朱常洵便不会就藩洛阳而落个惨死下场，进而，朱由崧本人亦不至缒城逃亡、沦落民间、形如乞丐。万一他是个睚眦必报的人，与谋求翻案者们一拍即合，不妨说倒很顺理成章。但整个过程中，朱由崧的表现却意外地“有理有节”。他批准寻访《三朝要典》，命“宣付与史馆”，这相当于解除了崇祯对该书的禁令。当反对一方表示异议，他坚持自己的决定，并循循说出理由。如：

> 总督袁继咸言：“《要典》不必重陈。”有旨：“皇祖妣（郑贵妃）、皇考（朱常洵）之无妄之诬，岂可不雪！事关青史，非存宿憾，群臣当体朕意。”[1]

左良玉亦上疏谏止，认为：“《要典》治乱所关，勿听邪言，至兴大狱。”朱由崧答道：

> 此朕家事。列圣父子兄弟之

[1] 计六奇《明季南略》，中华书局，1984，第160页。

间，数十年无纤毫间言，当日诸臣，妄兴诬构，卿一细阅，亦当倍增悲愤。但造祸之臣物故几尽，与见在廷臣功罪无关，悉从宽宥，不必疑猜。[1]

态度相当坦率：第一，此为"家事"，从恢复皇家家族情感和谐角度他应该采取这种做法；第二，决不秋后算账，既往不咎，对当朝诸臣更不至兴狱。将这两点体会一下，竟是他所能有的最恰当反应——无意报复，这当然是极好的；但从孝道论，对于一件有损自己祖母、父亲名誉的事表示赞同，也说不过去——所以，撤销对《三朝要典》的否定，把它宣付史馆；但以此为限、到此为止，其他均置不论。

倒是逆案诸人不能以此为满意，他们非得看到对立面遭到打击报复的实际效果。及大悲和尚案发，阮大铖等捏制一份"十八罗汉、五十三参、七十二菩萨"名单，"欲阱诸异己"。李清说："非上宽仁，大狱兴矣。"[2]朱由崧没兴趣，不了了之。对袁继咸也是这样。当时阮大铖一伙对大力反对给《三朝要典》恢复名誉的袁继咸恨之入骨，疏劾他"公然怙逆"，朱由崧却及时表示了对袁继咸的信任。正因这一段的表现，对朱由崧几乎从无好评的徐鼒，不禁大加赞赏：

徐鼒曰：李清《南渡录》谓马、阮欲以《三朝要典》大兴党人之狱，累请不允，向疑清言之为其主讳也。及观其谕解良玉，委任继咸，词气婉而处置当，而且拒纳银赎罪之请，禁武臣罔利之非，盖非武、熹（正德、天启二帝）之昏骇比也。使得贤者辅之，安知偏安之不可为邪！庄烈帝曰："朕非亡国之君，卿等皆亡国之臣。"吾于南都亦云。[3]

后面的议论，明显过了。朱由崧绝没有"好"到那个程度。不过，说他没有"坏"到正德、天启皇帝的地步，可能差不多。

李清说他"读书少，章奏未能亲裁"，由此可知朱由崧文化程度不高。我估计，大概比天启皇帝朱由校强一些，不至于是白丁，然而阅读进士出身的大臣们那些转文拿调的奏章，会有相当的困难。

[1] 徐鼒《小腆纪年附考》，中华书局，2006，第326页。
[2] 李清《三垣笔记》，中华书局，1997，第122页。
[3] 徐鼒《小腆纪年附考》，中华书局，2006，第327页。

这意味着两点，一是权柄尽操旁人之手，不光内阁马士英，身边的太监等近倖肯定也少不了蒙骗利用他；二是自己没见识，遇事拿不出像样的主意。两者都很要命，是“皇帝”固有之恶中看似不起眼，却最糟糕、最可怕的一点，比具体干了哪些坏事严重得多。所谓“皇帝”，命中注定，与生俱来，无待能力与知识的检验，而天生握着至高无上权力。普天之下，没有第二件事比这更荒唐透顶。我们且不说禀性的良莠，单论不读书、没学问、少见地，胸无点墨、于世间万物的道理一窍不通，而国家、百姓福祉却托付在他的身上，这种制度何其儿戏？而帝权之下，这样的儿戏竟然是家常便饭。明中期以来，白丁抑或准白丁皇帝屡见不鲜，他们有的因复杂残酷的宫廷恩仇从小失去好的教育，更多则是生来养尊处优、不思上进，一味在浮冶嬉游中厮混。比如武宗正德皇帝，天资本来很聪明，却有一种百折不挠的厌学倾向。他十五岁死了父皇，继位为君，从这天起，就使出浑身解数逃避读书和学习。我们从《明实录》看到，从即位的弘治十八年，到改元后的正德元年、正德二年，围绕着“进讲”之事，朱厚照与大学士刘健、李东阳等人反复拉锯周旋，彼此扯了近两年的皮。一方以先帝嘱托为由，锲而不舍，反复劝学、奏请复讲，一方则想方设法加以拖延推辞。弘治十八年十月，刘健在奏章中说：先帝去世以来，进讲一直没有恢复；原来考虑到“梓宫在殡，圣孝方殷”，便将此事搁置下来；眼下，丧事全部料理完毕，天气即要转寒，再拖下去，进讲就要等到明年才能恢复（按规定，严寒季节或盛暑之时，皇帝学习可以暂停），因此，无论如何请求于十一月初三重开“日讲”。朱厚照勉强同意。但复讲之后，以三天打鱼两天晒网方式维持不过月余，至十二月十四日，即“以天寒暂免”。这一免，就免到了翌年二月。正德元年二月，举行了朱厚照当皇帝后的第一次经筵，由李东阳、谢迁分别讲授《大学》首章和《尚书·尧典》首章。但到三月份，我们却又看到刘健的奏章，说今年二月二日肇开经筵，“然自开讲以来，不时传旨暂免”，统计下来，一个多月里“进讲之数才得九日而已”，皇帝的学习态度，被形容为“一日暴之，十日寒之”。[1]又过一年，正德二年三月，李东阳最后一次上疏谈“进讲”；此后，《实录》再无这类记载，说明对于皇帝的读书学习，大臣们彻底绝望，已经闭口不提。

从根基上，帝权本已是极丑陋的事

[1]《明武宗实录》，国立北平图书馆藏红格钞本，中央研究院历史研究所校印，第0203—0348页。

物(如黄宗羲所论),再加上做皇帝的往往不读书,这种邪恶更达于无可救药地步。假使读书,起码还留置一条对他们启蒙、改良的渠道,尽管未必奏效。跟内置于帝权中、与之俱来的恶的强大诱惑相比,教育的力量其实是甘拜下风的。这就是为什么我们见有的君主,饱读饱学却仍惯于为恶,嘉靖皇帝便是这样。不过,比之于不读书必蒙昧、必顽劣,只要肯读书,终归还有别的可能。可惜通常来说,"皇帝"和读书几乎是一对天生的矛盾,"皇帝"两个字骨子里就埋着排拒读书的意志,夸张一点说,不读书正是"皇帝"的题内之旨。为什么?大家但凡想想读书一事本质何在,即能了然。说到底,读书无非是求知,无非是去弄懂各种道理。读书的意愿,来自希望了解和接受古往今来以为善的、正确的观念,尊重这些观念,按照这些观念行事做人。一句话,读书是为了融入社会理性,承担共同的社会义务。而"皇帝"一物,生而与之背道而驰。它建于另一种原理,如用一句话做最简概括,便是杜牧痛斥的"一人之心,千万人之心也"[1],霸道到极点,它简直就是专为将公共规则、普世价值践踏于脚下而来,又怎屑于对后者加以学习和认识?之所以每有皇帝不耐烦读书,视读书为仇雠,其底气盖在于此。不过从另一面讲,经过千百年荼毒,尤其明代,连续领教一个又一个近乎抑或干脆就是白丁的皇帝,中国人也终于弄懂了其中的根源。比如,吕留良案主角曾静,在深受吕留良思想影响的著作《所知录》中,就说出一段有挖根意义的话:

> 皇帝合该是吾学中儒者做,不该把世路上英雄做。周末局变,在位多不知学,尽是世路中英雄,甚者老奸巨猾,即谚所谓"光棍"也。[2]

光棍就是无赖,他们无傍无依、耍泼使浑,除一己私利私欲,世间任何道理都不认。曾静说,中国自古以来所谓"皇帝"其实就是这路货色,眼中毫无规则,将一切道理弃若敝屣;他们与普通光棍的区别,无非是被邪恶制度送上了社会顶层而已;今后"皇帝",不能再由这种人做,必须由"知学"亦即胸中存有并能尊重道理的人做。他虽还不晓得丢弃"皇

[1] 杜牧《阿房宫赋》,刘盼遂、郭预衡主编《中国历代散文选》下册,北京出版社,1981,第153页。

[2] 爱新觉罗·胤禛《大义觉迷录》,近代中国史料丛刊第三十六辑,文海出版社影印本,1966,第161—162页。

明孝陵

民国老照片。孝陵即朱元璋墓，明王朝祖坟，筑于钟山。民国时，上部明楼已圮塌。朱由崧入南京监国前，曾先至此祭拜，一年后，当其为清兵押俘“北狩”时，却未前来辞行。

南京旧城墙及钟山远眺

这张民国老照片中，旧南京的外观未失，保存完整的城墙建于夯起的土坡之上，城内无高出城墙的建筑，外则尽为田野。远处钟山独峙，因为空旷，轮廓清晰。

帝”名词,思想内涵却无疑已趋向于“民主”了。

正因了这样的趋向,读明史,才每每扼腕。我曾加以形容,明王朝在中国将近两千年帝制史上,犹如一颗熟透的大脓包,表皮薄如蝉翼,就差微弱的触碰,脓汁便溃涌而出。偏偏在这样的关头,清兵越关而入,把历史带往别的主题和矛盾。

话题回到朱由崧,回到这又一位“读书少”的皇帝与明王朝内在历史宿命的关系。

就事情本身而言,朱由崧成为明朝紫禁城末位君主,其实是个意外,有很大偶然性和随机性。假如不是当年朱棣通过“靖难之役”从侄儿朱允炆手里篡夺皇权,又难安于心而迁都北平、同时却不敢废撤南京(因为“祖陵”朱元璋墓在此),这样形成了莫名其妙的两京制,那么,崇祯自尽、北京被李自成攻破之日,明朝便不会再有什么新的皇帝。次而崇祯假如能够未雨绸缪,将诸子早些护送南来——崇祯死前曾议论过此事——则在南京即位的,肯定不是朱由崧。从朱由崧自身情况论,他只身逃出洛阳,苟延残喘,走伏无地,也是万万不会想到居然能位尊九五。一系列偶然都凑齐了,明王朝才有了这样一位末代皇帝。

七

可我们又得说,偶然之中代表朱家出场对历史谢幕的朱由崧,似乎却是个不二人选,特别恰当,也特别生动。我经常想,倘若明朝以崇祯之死落下大幕,对于我们认识或感受历史,恐怕会有相当的误导。因为崇祯此人虽然毛病很大很多,但相比而言多少有点正面的东西,比如登基后迅速果断摧毁、惩办阉党邪恶集团,又在山穷水尽时能有以身殉国的刚烈之举。所以他的结局,有悲剧意味和向上的格调。假如明朝真以这样的意味和格调画上句号,凡熟悉其历史者,心里都不免怪怪的。前面讲过,一百多年来除了弘治皇帝总体尚可,明朝简直没有第二位形象不算负面的皇帝。就好比一部荒诞派戏剧,眼看要结了,冷不防出现一位不够荒诞的角色,以致整出戏有可能被安上一个正剧风格的结尾——岂不怪哉?难道历史老人大失水准,留下这样的败笔?我们正在满腹狐疑,却见峰回路转，明朝死而复活，朱由崧出场，在南京登了帝位。尤其一年后，乙酉五月，当他“以油扇掩面”[1]，由叛将刘良佐押送，擒回南京，到这里我们才明白历史老人原来耍了花枪，先前崇祯一幕只是欲扬先抑、故作腾挪；真正落幕，地点将在南京，谢幕人则是朱由崧……言及于此，笔者忍不住再次掊击历来以1644年崇祯缢死煤山为明史终点的权威然而全然不通的界说；这种观点，不光根本不曾搞懂明史，也大大辜负了历史老人生花妙笔的种种隽永意味。

朱由崧成为皇帝本来只有不大的可能，然而却做了这个皇帝；朱由崧未必爱做皇帝，然而却无奈地做了。这多重意外的后面，却矗立和凸显着某种奇怪的合理性，那就是他作为朱家揖别其统治史的代言人所具有的绝佳形象。这样一个形象，应该是没落、破落乃至窝窝囊囊的，但又不能太坏、坏到仍然恣行其恶的地步，因为它已失去那种能量。应该强烈透出“无边落木萧萧下”的气息，但又不能从中传递忧伤、悲凉的情绪，因为正在发生的死亡，本质上是场喜剧，并不沉重，更多地带着谐谑。在这类历史内容面前，朱由崧的杂坐酣饮、倡优俳谐，乃至山颓木坏于前而心如止水、俨然看客，身为阶下之囚却“嘻笑自如”[2]……种种形容，都再合适不过。回味整个朱明统治史，当满是尘土的厚幕吱吱扭扭落下，历史之光穿透如磐的黑暗，罩定一张有着上述表情的面孔，我以为是极为完美的终结。

八

我还有一些意犹未尽的话。朱由崧更像一个意念、一个符号。在整个剧情中，他似乎是一种表现主义的存在，而非有血有肉的现实主义人物。提起此人，我总是陷于一种恍惚：一方面，至今无法道出那张脸是方是圆，更遑论上面的眉目五官；另一方面，我眼前又确确实实晃动着属于他的非常鲜明的表情——无所谓、爱谁谁、酒足饭饱、睡眼惺忪、嬉笑自若、轻松乃至轻佻……它们呼之欲出，触手可及。我非常奇怪，为什么对一个人的面目毫无概念，同时却能清晰看见他的表情？而一再回味敛思，才终于意识到，我所见并非朱由崧本人的脸，我看见的是飘浮在空中的一副副面具，它们

[1] 计六奇《明季南略》，中华书局，1984，第224页。
[2] 同上。

郎等進方物兼請定進貢額例　壬戌京師紛傳故明諸王私匿印信謀為不軌及行查果獲魯王荊王衡王世子金玉銀印魯王等十一人伏誅因集九卿科道大小各官傳諭曰

本朝舉兵征伐原非無故因萬歷年間數害辱我國以致憤興師旅令荷

天庥得膺大寶不修舊怨禮葬崇禎追加謚號其所獲諸王盡加收養乃不知感恩圖報反妄有推立魯王等私匿印信將謀不軌朕不得已付之於法其未與謀者仍與恩養因諭爾等知之吏部侍郎金之俊等奏曰若等背負寬仁謀為不軌實法所宜誅又諭曰朕每欲撫恤殘疆拯救孑遺勵精圖治

《世祖章皇帝实录》卷二六：朱由崧结局

清廷将朱由崧逮至北京，翌年，以栽赃手法声称搜得“私匿印信”，以“将谋不轨”罪名，将在押的前明宗室十一人一并处死。记述中避提朱由崧，把他隐在“鲁王等”字样之内。

王黑子楼

明末建筑遗存，位于洛阳新安县仓头镇孙都村。王黑子本名王应成，万历十三年生。2011年9月9日《洛阳日报》报道："相传，王黑子与福王朱常洵是金兰之交，黑子楼即因王黑子思念福王而建。""有关专家考证楼顶遗迹及残留楼基后称，王黑子楼应是一座为防盗匪、战乱而建的碉堡式建筑，防御对象主要是闯王李自成的起义军。"

由朱明王朝某些魂魄凝聚积淀而成，环绕着朱由崧，在他脸上交替变换。

以"无脸"或面具方式演完谢幕人角色的朱由崧，其最后消失只留下一个背影——他被清军押往北京，回到明朝这座已沦丧多日的第一首都以及他本人的出生地。这远去的背影，就是他最后形象。从安徽被擒回南京时，人们尚能从别的角度观察他："弘光以无幔小轿入城，首蒙包头，身衣蓝布衣，以油扇掩面……夹路百姓唾骂，有投瓦砾者。"[1]而离开南京以后，他永恒地保持着背影状态，虽然此后他存活达一年以上，但从历史叙述的文字层面，再也没有转过身来。谁都没有描述过背影之后的形象，他应是在绝密的情形中，入了北京，随后消失在高墙之后。其最后结局，钱海岳《南明史》述为：

> 二年五月甲子，清以弓弦勒令自尽，崩年四十。是日大风，凶问至南京，父老皆为流涕。后合葬河南孝哲皇后陵。鲁王监国，上谥曰赧皇帝；及幸舟山，上庙谥曰质宗安皇帝。永历十一年四月，改上今谥曰简皇帝，庙号安宗。[2]

此处的"二年"，为弘光二年（1646），非顺治二年（1645），因为钱氏《南明史》坚持奉明朝正朔。二年五月甲子，换为公历便是1646年7月1日。钱氏所述时间及情节，出处不明。我想，他必有所据，只是我在自己所阅中还没见到。我知道的结局，有些不同：

> 壬戌，京师纷传故明诸王私匿印信，谋为不轨，及行查，果获鲁王、荆王、衡王世子金玉银印。鲁王等十一人伏诛。因集九卿科道大小各官传谕曰："本朝举兵征伐，原非无故，因万历年间数窘辱我国，以致愤兴师旅。今荷天庥得膺大宝，不修旧怨，礼葬崇祯，追加谥号，其阵获诸王尽加收养，乃不知感恩图报，反妄有推立鲁王等私匿印信，将谋不轨。朕不得已，付之于法。其未与谋者，仍与恩养。因谕尔等知之。"[3]

[1] 计六奇《明季南略》，中华书局，1984，第224页。
[2] 钱海岳《南明史》，中华书局，2006，第55页。
[3]《清实录》第三册《世祖章皇帝实录》，中华书局影印，1985，第220—221页。

这是《清世祖实录》的记载，王先谦《东华录》有一模一样的文字。它们所述受害时间略早，为五月壬戌（十七日，公历6月29日）。也可能壬戌日被抓，而甲子日（五月十九日）被杀，中间隔了两天。清官方记载回避了处死方式（用弓弦勒死），也没有提及“福王”字样，而以“鲁王等十一人”笼统称之。显然，清廷虽从未承认朱由崧为明朝最后一位皇帝，实际仍忌之甚深，以致相当鄙诈地隐去他名字，藏于“等十一人”。顺治三年五月的行动，既是对前明诸王的公然的一揽子屠杀——“私匿印信”、“谋反”等，不必说都是拙劣的故事——同时又是一个掩人耳目的方案。遍查清朝官史，没有朱由崧何年何月死于何处的半点记载，秘密都在“等十一人”这几个字。

左懋第

一个人的证明

六月二十三日御前会议，弘光朝首次形成明确的对清政策。派使团去北京谈判；不过，直到七月十八日，使团才正式成行。造成拖延的原因之一，是正使人选难产。“难”在何处?《使臣碧血》一语点破：“众莫敢行。”就在这种局面下，本文的主人公出现了。

一

甲申年六月二十三日，弘光皇帝朱由崧召对阁臣，研究对清政策。这时离多尔衮率清军进入北京，已过去整整五十天。其间，明朝未与清廷打过任何交道，甚至连这样的意图也未曾表现。考虑到本国首都为对方所占，同时还面临诸多不利的形势，明朝若无其事、束之高阁，让人无从理解。事实上，假如不是出现了新的事态，南京可能继续保持着将头埋于沙堆的鸵鸟姿态。

新的事态，是清廷于六月初九"驰诏"江南各地，发布"告江南人民书"。所谓"驰诏"，大概是以机动性很强的小股骑兵，渡过黄河，以突击方式将诏书散发到明朝控制区。诏书的内容，可以在谈迁《国榷》中看到。它首先进行自我称颂，宣传明朝的国仇——崇祯皇帝被逼死——是因己得报；次而假惺惺释放善意，对福王之立姑予容忍："予不汝禁。但当通和讲好，不负本朝"，还提出联手追剿李自成；不过，诏书真正想说的是这样一番话："若国无成主，人怀二心，或假立愚弱，实肆跋扈之邪谋……俟予克定三秦，即移师南讨。"[1]很明显，它想要达到的目的有两个，一是瓦解明朝官民心理，二是为未来使用武力做铺垫。

诏书在南京引起了怎样的直接反应，我们不清楚。我所看到的最早的反应，并非出现于南京，而出现于江北——经身在前线的史可法提议并加以敦促，才有了六月二十三日的御前会议。

史可法于六月某一天——具体日期不详——以正式的奏章，催请朝廷紧急讨论对清政策。这就是著名的《款虏疏》。我个人相信，奏疏正是见到清廷"驰诏"之后所写。理由是，它在内容上与清廷诏书有确切的因果关联。例如，"予以义名，因其顺势，先国仇之大，而

[1] 谈迁《国榷》，中华书局，2005，第6118页。

特释前辜；借兵力之强，而尽歼丑类（指李自成）”，明显是针对“驰诏”所谓“各勦勍旅，佐我西征”而提出的建议。我还推测，史可法对清廷诏书的知悉相当及时。五月初以来，他督师扬州，但并非总待在那里；《青燐屑》说，他常到各地督巡，甚至直抵黄河南岸。所以，他极可能第一时间得知此事，然后迅即奏闻南京。

“款”有示好、求和之意，这也是这道奏疏的主旨。史可法首先批评朝廷在对清问题上沉默太久：“今胡马闻已南来，而凶寇又将东突，未见庙堂之下，议定遣何官，用何敕，办何银币，派何从人”，“万一虏至河上，然后遣行，是虏有助我之心，而我反拒之；虏有图我之志，而我反迎之。”鉴于同时面临虏、寇两大问题，他分析形势后主张：“目前最急者，莫逾于办寇矣。”亦即，为了集中对付李自成，对于清廷，不妨立足缓和，否则“以我之全力用之寇，而从旁有牵我者，则我之力分”，故而示好清廷“亦今日不得不然之着数也”。就此，他提出十分细致具体的建议：

> 伏乞敕下兵部，会集廷臣，即定应遣文武之人。或径达虏主，或先通九酋。应用敕书，速行撰拟；应用银币，速行置办。并随行官役若干名数，应给若干廪费，一并料理完备，定于月内起行。[1]

从事后诸葛亮的角度，我们很容易指出对清廷立足于“和”的策略，根本不现实。我们尤其不免遗憾，作为当时朝中少数能够睁眼看现实的大臣，史可法没有识破清廷诏书假仁假义背后的狼子野心——至少，警惕性不够。后来南京使团在北京的遭遇相当清楚地表明，清廷分毫没有和好之意。但是，我们不打算以此苛责史可法。首先，在客观情势上，明朝与清廷修好而全力对付李自成，有其理论与现实的两种必然；从现实说，明朝根本不可能同时与李自成、清廷为敌，而理论上，李自成对明朝有君父之仇，清廷却至少名义上对明朝有恩。其次，我们完全想象不到，明朝已瘫痪到何种地步，它的情报工作多么糟糕，实际上，对于北方究竟发生了什么，对于清廷的真实面目，南方几乎一无所知，而与清廷可能媾和的判断，就是在这种情形下做出的。

[1] 史可法《款虏疏》，冯梦龙编《中兴实录》，《南明史料（八种）》，江苏古籍出版社，1999，第648页。句逗略有改动，与原书不尽相同；另外，“即定”原作“既定”，据文意改。

与清廷修好，假如是作为外交策略，作为争取时间、缓和处境、激化敌人间矛盾的计谋提出，本来不失高明。可惜，南京思路却不是这样，而是对修好真诚寄予希望，甚至在心理上依赖这样的结果。这在方向就完全错了。陷于这种错误，除了眼盲耳聋、对事实无知，更根本的原因在于，从皇帝朱由崧到当权的马士英，只愿苟且、无心振作。客观上，就算史可法提出更积极的建议，也并无意义——根本不可能打动他们。相对而言，修好方案虽注定是空中楼阁，却至少引起了当权者兴趣，使他们愿意谈论北事。

《款虏疏》的确起到这种作用，它关于存在与清廷缔和的可能性的论证，对南京产生了相当的诱惑。所以，很快召开了六月二十三日御前会议，弘光朝由此首次形成明确的对清政策。内容完全是《款虏疏》的体现，主要有：与清媾和；派使团去北京谈判；以财物“酬谢”清廷；关于未来，不排除考虑割地……不过，《款虏疏》要求的“月内成行”，却未能实现。据陈洪范《北使纪略》，直到七月十八日，使团才正式成行。[1]造成拖延的原因之一，是正使人选难产——《明史》说：“时大清兵连破李自成，朝议遣使通好，而难其人。”[2]“难”在何处？《使臣碧血》一语点破：“众莫敢行。”[3]

二

就在这种局面下，本文的主人公出现了。

他叫左懋第，字萝石，山东莱阳人，万历二十九年（1601）生，崇祯七年（1634）进士，现任右佥都御史兼应（天）徽（州）巡抚。正当没有人愿意承担使命时，他进奏弘光皇帝，要求北上：

> 臣之身，许国之身也。臣忆去年七月奉先帝察覆之命，臣就道时，臣母太宜人陈氏嘱臣曰：“尔以书生受朝廷知遇，膺此特遣，当即就道，勿念我。”臣泣不敢下而行，

[1] 陈洪范《北使纪略》，《中国野史集成》第三十三册，巴蜀书社，1993，第35页。

[2] 张廷玉等《明史》卷二百七十五，中华书局，1974，第7050页。

[3] 钱䎖《使臣碧血》，《甲申传信录》卷十，上海书店，1982，第155页。

计今一年矣。国难家忧,一时横罹,不忠不孝之身,惟有一死。如得叩头先帝梓宫前,以报察覆之命,臣死不恨。[1]

"以报察覆之命",是指去年他衔崇祯皇帝之命离京办事,至今未曾复命;这次去北京,正好可在先帝灵前汇报。他用这样的语言,来表示内心对于职责的严格、严谨的信守。这当然是作为国使所必备的重要素质。

不过,这番话里更需要去了解的,是他所提到的一个人——生母陈氏。左懋第的过去与未来,都和这位女性最深切地联系在一起。中国的良好的家庭,传统上以严父和慈母并称。左懋第的父亲,我们对其形象没有特别深刻的印象,他精神的由来似乎都集中于母亲那里。而这位母亲,应该不乏慈爱的一面,但人们提到她时,谈得更多的却是教子之严。陆廷抡为李清(映碧先生)所编《萝石山房文钞》作序,关于陈氏这样说:"公母陈太宜人喜谈忠孝,时与公相摩切。"[2]去年夏天临别,她刚毅的表现竟使儿子"泣不敢下而行",可以想象,多少年来陈氏是怎样着力于坚定和刚强,来塑造左懋第的品格。这是一位胸怀大义、不让须眉的严母。

她不单单给了左懋第生命、有力地指引他成长,甚至付出生命来完成对儿子最后的训导——这便是左懋第在疏中所痛陈的"国难家忧,一时横罹"。

去年,母子北京一别,不料竟成永诀。左懋第这趟公务,是个长差,一去大半年都未能返京。恰恰这当中,发生塌天巨变。三月十九日,李自成攻破北京。陈氏独自在京,左懋第却在千里之外。虽然他"事母尽孝"[3],但王命在身,以严母历来的教诲,他绝不敢以私废公、擅离职守。在北京,很快发生了耻辱的一幕,满朝文武贪生怕死,纷纷屈膝降附,其中便有左懋第的堂弟左懋泰。在那段颠来倒去的时间,左懋泰先做了李自成的降臣,之后复降于清廷。其间陈氏的行止,因为缺乏记载我们一点也不知情,但从后来情节推测,她当时显然由侄儿照看。等到李自成一片石大败逃往陕西,而清廷尚未占领和接管北京,陈氏要求趁着这机会把她送回莱阳老家。这是很正常的情况,很多人都在这时逃离北京;至此,我们还分毫看不出异样的苗头。可

[1] 李清《南渡录》,《南明史料(八种)》,江苏古籍出版社,1999,第169—170页。

[2] 陆廷抡《萝石山房文钞序》,左懋第著、李映碧编《萝石山房文钞》卷一,乾隆刻本。

[3] 张廷玉等《明史》卷二百七十五,中华书局,1974,第7048页。

是,行至河北白沟,陈氏突然自杀了。王士禛在《池北偶谈》中,记载了亲耳从莱阳书生宋琏那里听得的讲述:

> 三月京师陷。公从兄吏部郎懋泰以车载母间道东归。而身与张尚书忻、郝侍郎晋徒步以从。至白沟河,仰天叹曰:"此张公叔夜绝吭处也。"呼懋泰前,责以不能死国:"吾妇人身受国恩,不能草间偷活。寄语吾儿,勉之,勿以我为念。"又见二公,责之曰:"公,大臣也。除一死外,无存身立命处。二公勉之。"言讫而死。盖出都不食已数日矣。与左公之死相距仅一载。[1]

从这里,回溯城破以来陈氏的内心世界,我们才明白她早已抱定死志。她所以未在北京采取行动,乃至提出回莱阳老家的要求,都出于一个特殊原因:等待白沟。为什么?因为北宋名臣张叔夜死于此处。我们一般对张叔夜的了解,多止于他曾亲手招安宋江这一传奇故事,然而他真正名垂青史的时刻,是当战败被俘押往金国途中,拒绝踏上金朝地面,于宋金交界处的白沟自尽:

> 遂从以北。道中不食粟,唯时饮汤。既次白沟,驭者曰:"过界河矣。"叔夜乃矍然起,仰天大呼,遂不复语。明日,卒,年六十三。[2]

绝食、白沟。原来,陈氏之死完全比照了张叔夜故事。她必是思前想后,再三斟酌,才为自己择定了这个归宿。在白沟,她做了一系列的事:重温张叔夜的精神;唤来侄儿左懋泰,给以正式的指责;对同行的两位明朝高官,晓以大义;留下遗言,嘱托转告她的懋第儿;最后,从容辞世。她的白沟之死,是为先烈张目,也是羞辱懦夫——更重要的是,儆励儿子,告诫他绝不可意志薄弱、苟且偷生。至此,回头看"公母陈太宜人喜谈忠孝,时与公相摩切",益知其分量,绝非豪言壮语、纸上谈兵。这不是普通的女性、寻常的母亲,其决绝源于历史和道义认知,且能将认知毅然践于行动。

陈氏自尽,四月下旬至五月上旬之

[1] 王士禛《池北偶谈》,中华书局,1997,第163页。
[2] 脱脱等《宋史》卷三百五十三张叔夜传,中华书局,1977,第11142页。

间。而死讯不知左懋第几时得知，复于何种情形下得知，但无论如何，定然都给了他无法言表的震撼。这不仅出于至孝之情，更在于母亲本不必死而死，其中，砥砺儿子是一大动机。可以想见左懋第从中的感受，将如何迥异于寻常的丧母之痛。我们没有太多的资料，去具体了解他的内心。除了他"不忠不孝之身，惟有一死"的表达，可以注意《南渡录》的讲述：

> 时懋第闻母讣音，自请解任，同总兵陈洪范招水师步卒倡义山东，以图恢复，兼负母遗骸。[1]

乍闻噩耗，左懋第当即决心离开江南，辞掉现职，投身抗敌第一线，回山东老家组织民间抵抗。从这个行为，我们清楚读出了他的内心。实际上，无论有无出使北京这件事，他都铁心北去。母亲之死向他发出了这样的召唤，尚停于天津的陈氏灵柩，不仅等待安葬，更是一种悲痛的提醒，令他时时意识到母亲的遗训。在被任命为北使之前，左懋第已欲辞职北去，这是个很重要的情节；否则，只看《明史》过简的叙述："懋第母陈殁于燕，懋第欲因是返柩葬，请行。"[2]人们难免以为他是出于要给母亲办丧事，顺便接受出使的任命。不是的，左懋第自请使节之任，已是他第二次要求北上。他根本无法待在南方，在心理和感情上，母亲献身的北方已注定是他的归宿。只不过，"自请解任"的要求未获批准，等到御前会议决定"使北"却难得其人，了却心愿的机会终于来了——这一次，"上许之"[3]。

三

冥冥之中，历史总有些精巧的安排。出使北京，是正式而重大的行动，正使之选当然最好是有丰富外交经验的专家，左懋第显然不是这样的人。他的为宦生涯，从知县做起，崇祯十二年提拔为户科给事中，崇祯十六年迁刑科

[1] 李清《南渡录》，《南明史料(八种)》，江苏古籍出版社，1999，第169页。

[2] 张廷玉等《明史》卷二百七十五，中华书局，1974，第7050页。

[3] 李清《南渡录》，《南明史料(八种)》，江苏古籍出版社，1999，第170页。

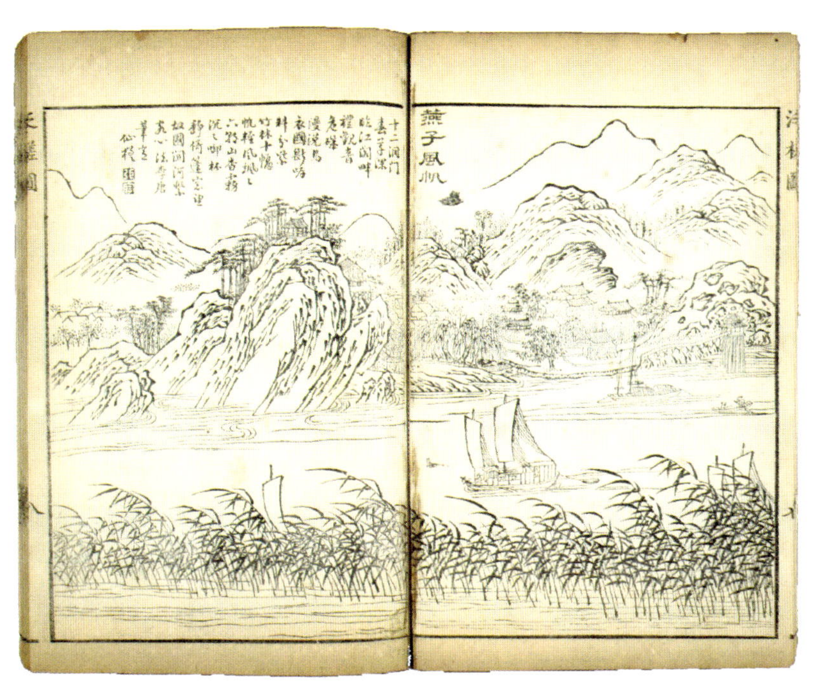

《泛槎图》· 燕子风帆

张宝是清代乾嘉间的南京人氏，他有两个爱好，“喜作画”、“癖山水”，《泛槎图》便是二者的结晶。头几幅所绘，恰好与弘光使团北京之行路线贴合，可为我们做一形象展示。“燕子风帆”描绘启程之初，即从南京北上，于燕子矶码头涉水过江。

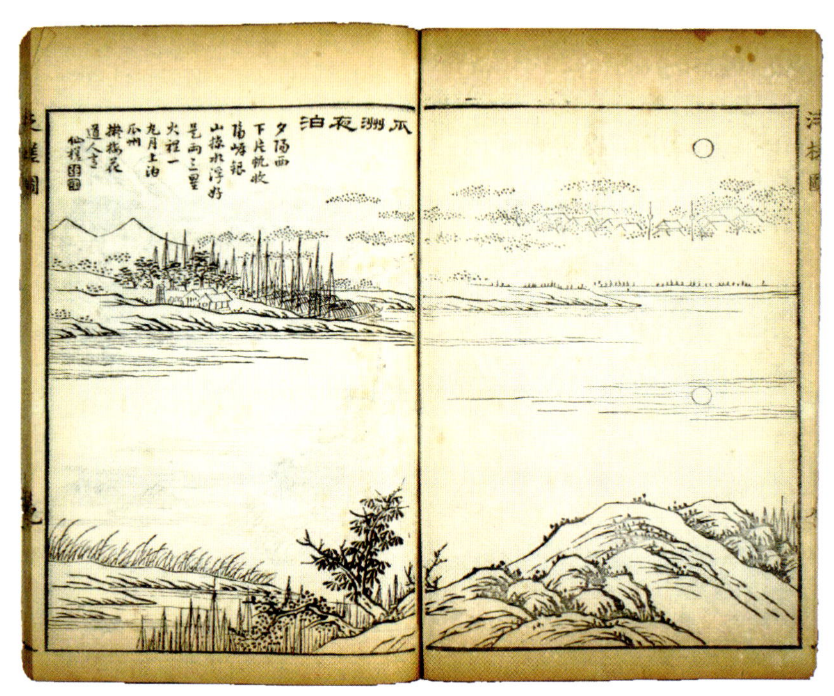

《泛槎图》· 瓜洲夜泊

如果早间自燕子矶起帆，约日落时才行到对岸，故曰“夕阳西下片帆收”。当晚在此暂歇，“一丸月上泊瓜州”，来日再行。

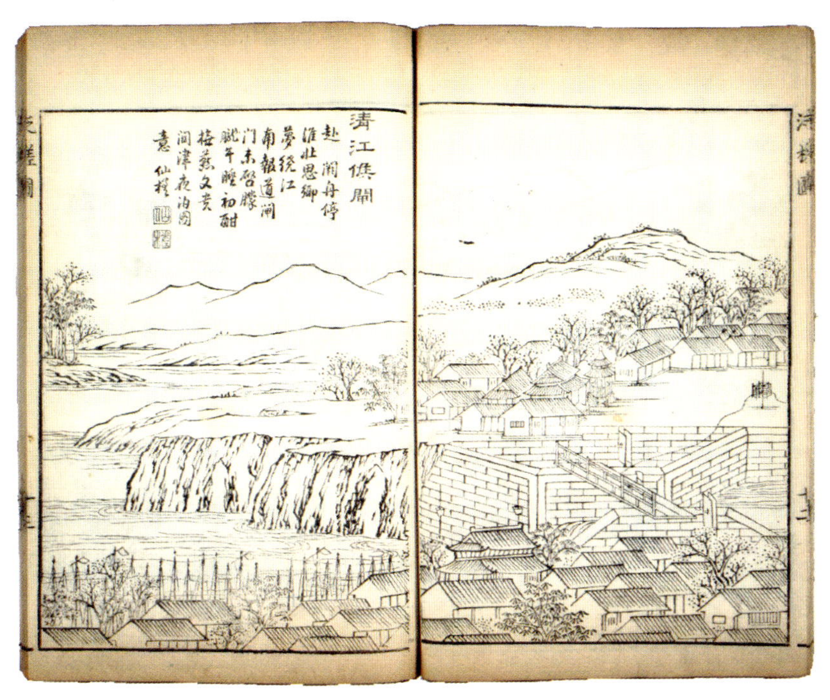

《泛槎图》· 清江候闸

行程下一要地淮安。所候之闸，便是有名的清江大闸，至今仍存。候闸的原因，一来船只众多、河道繁忙，需要排队；二是闸上闸下水位有落差，每过一船，由闸工用两边岸上所备“绞关”牵引，颇为费时。这两点本图均有表现，下方是林立之樯影，右侧对岸上转盘形装置即“绞关”。从陈洪范叙述知，弘光使团在清江浦有逗留，或与候闸有关。

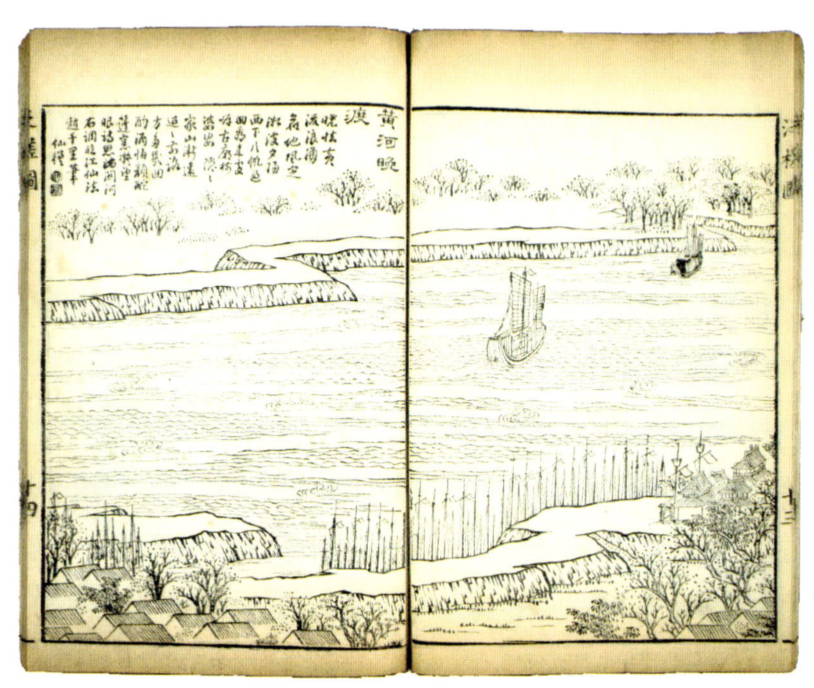

《泛槎图》· 黄河晚渡

出了清江浦，便是改道期的黄河。“晓怯黄流浪涌”，似乎黄河早间风大浪急，至晚方减，故通常选择“晚渡”。

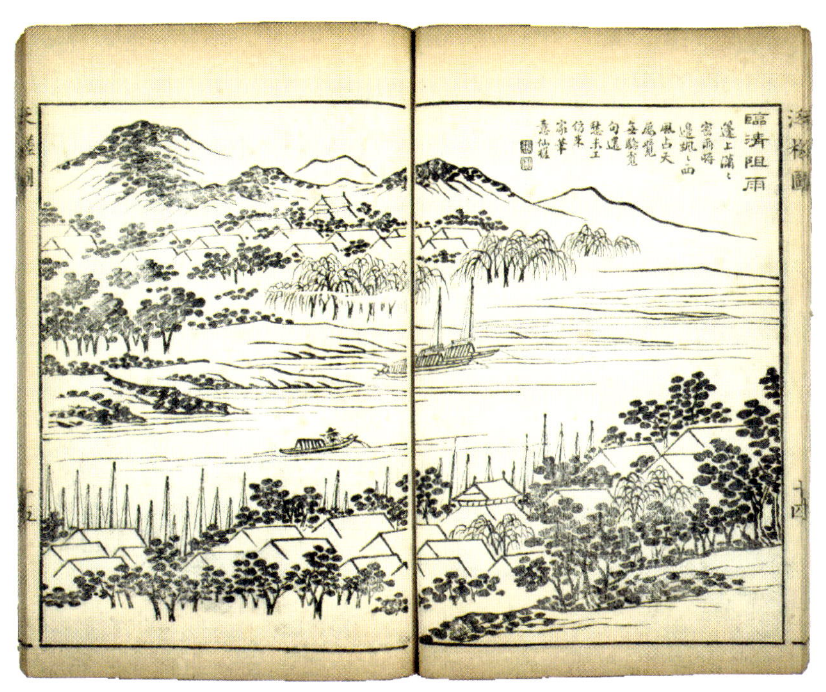

《泛槎图》· 临清阻雨

山东临清为北运河上一大商埠。对弘光使团来说，临清的意义是，在这里他们与清国方面有了初次接触：“（九月）十五日晚，临清有旧锦衣卫骆养性，（夷）用为天津督抚，遣兵来迎。”

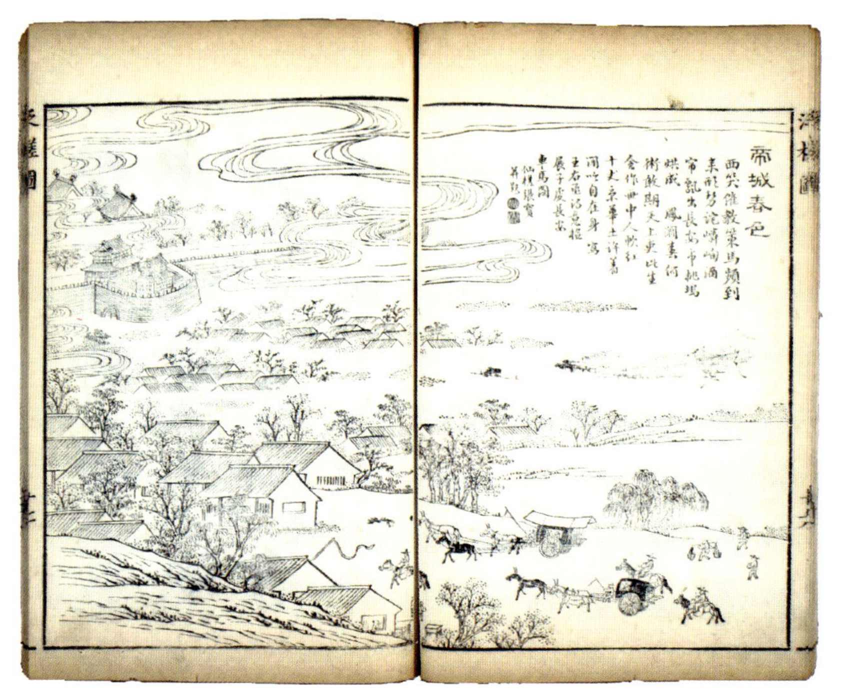

《泛槎图》· 帝城春色

北京在望，张宝诗曰："酒帘飘出长安市，桃坞烘成凤阙春。"左懋第眼中的北京断然不同。他上次离开，北京还是明帝国之都和自己白发萱堂所在的地方，重新看见它时，这两者都已失去。

陈洪绶《苏武李陵图》

苏武出使匈奴，被羁十九年，“始以强壮出，及还，须发尽白”。左懋第在北京宁死不屈，被目为“当世苏武”。

左给事中，弘光后任兵科都给事中，旋擢右佥都御史兼应、徽巡抚。从这履历看，可算一位财政专家，也擅长监察工作，但对外交事务确实并无阅历。然而阅读他的资料，我极为惊讶地发现，其平生最浓墨重彩的这一页，其实早有伏笔。

李清后来为左懋第整理编辑的《萝石山房文钞》，卷三收有《新汉典属国苏子卿墓垣记》一文。文末写道："丁丑春，余记之。"[1]这个丁丑年，应为1637年，即崇祯十年。当时，他在陕西韩城当知县。那么，"苏子卿"是谁？不是别人，恰是汉武帝时出使匈奴被扣、寒荒牧羊十九载而不屈的苏武。子卿是他的字。《汉书》说他"始以强壮出，及还，须发尽白"。[2]备历艰辛，不辱使命，始元六年（前81）春，终得还国。这时武帝已经故去，昭帝特地安排苏武带着祭品去武帝的陵庙告慰、复命，然后任命他做"典属国"，全面负责与"属国"有关的事务，实际也即汉朝的外交部长（虽然古人无"外交"的概念）。

说到苏武墓，如今大家知道在武功县，且列为陕西省重点文物保护单位。其实，直到明代还有两处苏武墓，武功之外，另一处在韩城，孰真孰伪当时尚无定论，左懋第便说："或曰武功亦有墓，韩人常与之争"[3]，韩城墓据说有汉代碑石为证。这笔官司，我们可不理会。关键是，韩城作为苏武可能的葬地与左懋第其人之间，完全应了"无巧不成书"那句话。韩城，是左懋第仕途的起点；而他一生的终点，便是出使北京、不屈而死，以"当世苏武"垂世。这看上去仅为巧合，实则不然，读《新汉典属国苏子卿墓垣记》，我们敢于断言，韩城五年，左懋第从其该地最重要历史遗产苏武墓那里，受到了深刻影响，埋下了日后执节不屈的思想种子。他这样描绘氤氲于韩城、浓得化不开的"苏武氛围"：

> 子卿墓在韩城西北五里姚庄村梁山之麓，因有墓，名"苏山"焉，邑有常祀。余为令，具羊豕拜其墓。麓多柏枝，咸南向。[4]

他深受感染，对韩城人坚持与武功人"争"苏武葬地，很以为然，说："噫！君子之忠，草木□格，争为之微，而谓人心

[1] 左懋第《新汉典属国苏子卿墓垣记》，《萝石山房文钞》卷三，乾隆刻本。
[2] 班固《汉书》卷五十四，中华书局，2002，第2467页。
[3] 左懋第《新汉典属国苏子卿墓垣记》，《萝石山房文钞》卷三，乾隆刻本。
[4] 同上。

能弃之欤?”[1]当韩城士民提出,墓地旁苏祠垣颓宜修,左懋第即表支持,认为是极有意义的事,“一土一石,而皆有以触人心之忠”[2]。一年后修葺完毕,特地写下此文。文中,盛赞武帝时代有很多“光华奇锐瑰异”的人物,文如司马相如,武如卫青、霍去病,但是,他们若跟苏武相比,都“不能与并论”[3]——评价奇高,我们从一般角度看,简直有些过誉;不过,把这作为个人抱负看就另当别论,事实上,我正是读了这篇文章,方觉着觅到了左懋第使北一切表现的精神根源。

四

七月初五,明朝使团正式组成,左懋第为正,左都督陈洪范、太仆少卿马绍愉副之。携去银十万两、金一千两、缎绢十万疋,作为对清廷的酬谢。除了谈判,另有几件必办之事:祭告祖陵、奠安崇祯帝后、寻访太子下落、晋封吴三桂为蓟国公并颁赏赐。行前,左懋第辞阙,对朱由崧临别进言:“臣所望者恢复,而近日朝政似少恢复之气。望陛下时时以天下为心,以先帝之仇、北京之耻为心”,“念河北、山东之赤子”。他特别强调“勿以臣此行为必成;即成矣,勿以此成为可恃”[4]。对于和谈前景,不甚乐观;而且认为,即便有所成,也并不可恃,朝廷还是要立足把自己的事情做好。事实证明,他的估计是清醒的。

挈辎既多,使团规模自然不小。不过,《明史》所谓“以兵三千人护行”[5],恐怕有些夸张。据陈洪范讲,所有行仪先用船运过江,原安排到了对岸将由瓜洲、仪真镇军拨与人马驮护,实际上没人管,“箱鞘繁重,苦不能前”;挨到清江浦(淮安),欲从集市上买马以充运力,亦不足;遂分两路,大宗缎绢不走陆路,改经运河水运,由刘泽清和淮抚田仰“各发兵二百余名护送”。[6]总之,情形颇狼狈。过了黄河,因战乱重创,许多地方为真空状态,“自渡河来,村落凋残,巷无居人,将士裹粮露宿。”不时遭遇强梁,如“廿五日,至马开屯……时值土寇

[1]左懋第《新汉典属国苏子卿墓垣记》,《萝石山房文钞》卷三,乾隆刻本。

[2]同上。

[3]同上。

[4]李清《南渡录》,《南明史料(八种)》,江苏古籍出版社,1999,第189页。

[5]张廷玉等《明史》卷二百七十五,中华书局,1974,第7051页。

[6]陈洪范《北使纪略》,《中国野史集成》第三十三册,巴蜀书社,1993,第35页。该文旧刻,字句多舛脱,括号内文字,系校订者揣原意所补。

劫屯，闻本镇至，半夜遁去"，"九月一日……遇土寇十人劫驮打仗，随行将士追杀数十人，寇退，箱鞘无急"。偶尔遇到完好的城池，都由清廷派了官员把守，不能入内："初五日至济宁州，(虏)官不许近城栖宿，放炮呐喊，有欲出打仗状"。他们不单拒绝使团为和谈而来的解释，还加以嘲笑、奚落："至汶上[1]县，(夷)官总河杨方兴统兵相遇，本镇告以通好之意，彼嫚言：'谋国要看大势，我国兵强，如要和好，须多漕粮来，我们好说话'"。[2]这不奇怪，使团北京之行，实际是不告而来，当时条件所限，等不及沟通停当再动身，所以使团只好在一路敌意中艰难前行。

以我所见，使团向清廷方面致以来意，最早为八月初一陈洪范、马绍愉分别写给吴三桂的信。两信原件，今存中国国家博物馆。这时，使团应该已经在淮安，因为陈、马信中各有"见在渡淮"[3]、"已放舟至河"[4]之语(当时尚处黄河夺淮期，故"淮"、"河"所指，实则一也)。陈洪范这样解释他们的使命：

朝议佥谓洪范与老亲台托谊葭莩，特命同少司马左懋第，冏卿(《尚书》周穆王命伯冏为太仆正，后因以称太仆寺卿为冏卿)马绍愉赍捧书币，奉酬清朝，崇封老亲台蓟国，诰敕褒励懋勋。奉命驰驱，见在渡淮，先此附闻。诸祈老亲台鼎力主持，善达此意，两国同好，同心灭贼，保全万姓，徼福无穷矣。[5]

马绍愉则说：

今上特遣大臣仝不肖持礼物，馈谢清国幼主暨摄政王，仍祭告上天，订盟和好互市，将前年之局结了，便是叔侄之君，两家一家，同心杀灭逆贼，共享太平，以成上天好生之德。此出自庙堂乾断，不似前年摇惑于人言者，想两国不违先人之志也。[6]

[1] 原印"汶土"，显系汶上之误。汶上县地处鲁西南，济宁之北。

[2] 陈洪范《北使纪略》，《中国野史集成》第三十三册，巴蜀书社，1993，第35页。

[3]《陈洪范致吴三桂书》，中国国家博物馆馆藏影印件。

[4]《马绍愉致吴三桂书》，中国国家博物馆馆藏影印件。

[5]《陈洪范致吴三桂书》，中国国家博物馆馆藏影印件。

[6]《马绍愉致吴三桂书》，中国国家博物馆馆藏影印件。

“前年之局”，指崇祯十五年，陈新甲奉崇祯皇帝密谕与清议和。当时，马绍愉以兵部职方郎担任特使。由两位副使出面给吴三桂写信，以私人渠道通其款曲，对此我们今人不免纳闷。但古时既无现代邦交的意识，更无可循可守的惯例，加上中国确有情胜于理的思想误区，相信笼络、恩惠或其他背后交易，效果好于开诚布公。事实证明，这着适得其反。《使臣碧血》说，吴三桂接信后，根本不敢拆看：“三桂不发书缄册，封奏摄政王览之。册内有‘永镇燕京，东通建州’语，王怒。”[1]吴三桂原封不动上交多尔衮的，除陈、马两人的信，还有“册”，也就是明朝晋封吴三桂为蓟国公的敕书，里面出现了严重的触忌语，令多尔衮大怒——出于历史原因，“东通建州”四个字既意味着明朝心目中的政治地理格局毫无改变，同时，继续视清国为“酋虏”。

吴三桂上交书册、多尔衮在北京动怒，使团自然无从得知。一千多公里的路上，使团对于清国方面态度究竟如何，大部分时间都蒙在鼓里。他们实际体验到的，是颇为矛盾的对待，时而有好消息，时而相反。“（九月）十五日晚，临清有旧锦衣卫骆养性，（夷）用为天津督抚，遣兵来迎。”[2]但三天后到德州，却听说“（夷）官巡抚山东方大猷告示，（云：）‘奉摄政王令旨：陈洪范经过地方，有司不必敬他，着自备盘费。陈洪范，左懋第，马绍愉止许百人进京朝见，其余俱留置静海。’”[3]骆养性在明朝任锦衣卫左都督，降清后为天津地方长官。先前陈洪范写给吴三桂的信，有“希先遣一旅，导行利往”[4]一语。现在，骆养性果然从天津专派一队人马来迎接，与前信正好相吻，似乎说明沟通顺利，清廷持欢迎态度。可是，方大猷告示却只有敌意，十分粗暴，连基本礼遇也不讲，“味其语意，目中已无使命”[5]。

同样是清廷地方大员，态度如此相左，究竟怎么回事？不久证实，骆养性“遣兵来迎”是个人行为，德州布告才反映清廷当局的真实态度。九月二十六日，使团将至天津，骆养性亲至静海迎接。这时，他带来的已是北京“止许百人进京”亦即与德州布告一致的旨意。陈洪范说：“养性虽奉（夷）旨，语言之际，似尚不忘故国。”看来，骆养性“不忘故国”

[1] 钱䎖《使臣碧血》，《甲申传信录》卷十，上海书店，1982，第156页。

[2] 陈洪范《北使纪略》，《中国野史集成》第三十三册，巴蜀书社，1993，第35页。

[3] 同上。

[4] 《陈洪范致吴三桂书》，中国国家博物馆馆藏影印件。

[5] 陈洪范《北使纪略》，《中国野史集成》第三十三册，巴蜀书社，1993，第35页。

的情绪，确实颇为浓厚，以致继先前擅自派兵到临清迎接明朝使团后，在清廷已表明了对使团的恶感情况下，仍然到静海给使团以隆重的远迎。只是他的个人情怀，传递了错误的信息，令使团一度以为在北方可能受到友好的对待。他本人也为此付出代价；静海相迎这件事，被密探“侦知以报，(夷)摄政王怒疑养性，削职逮问”。[1]核《东华录》，十月初十，“天津总督骆养性违旨擅迎南来左懋第、陈洪范等，部议应革职为民。得旨：养性有迎降功，革总督任，仍留太子太保、左都督衔。”[2]

对骆养性的处理，不光针对其本人，对所有前明旧臣都有警示作用。据陈洪范记述，随着使团趋近，清廷当局十分警惕，北京内外“访察甚严”，“有南人潜通消息者，辄执以闻”，前明旧臣“咸杜门噤舌，不敢接见南人。而甘心降(夷)者，惟绝通好、杀使臣、下江南以取容悦。”使团逗留通州期间，曾派成员王廷翰、王言等入城，去见几位如今在清廷位居要津的前明旧臣。他们先后见到洪承畴、大学士兼吏部尚书谢陞和大学士兼礼部尚书冯铨。据王言回来汇报，洪承畴“似有不安之色，含涕欲堕”，谢陞“默然忸怩”，冯铨最恶劣，开口就“厉声曰”：“何无摄政王启，辄敢持帖来见我！”[3]武将方面，曾联系吴三桂求见，所得回复是：“清朝法令甚严，恐致嫌疑，不敢出见！”[4]

据说，按照多尔衮的本意，对南京使团根本不必接纳，直接让其打道回府。后来经过讨论，“朝议既以礼来，且令使臣入见”[5]，为了表现得像文明人——入关以来，清廷一直努力这样做——多尔衮勉强收起性子，允许使团来北京，但人数大大压缩。

接下来问题是，以何种地位、规格接待来使。“时议以四夷馆处使臣”[6]，拟将使团安排于四夷馆。“四夷馆”，为接待属国使者的处所。换言之，清廷将以宗主国姿态处理此事。这在使团内部引起了一次比较严重的分歧。《使臣碧血》说“陈洪范无辞”，亦即不反对，左懋第则坚持不可。《使臣碧血录》(这是江苏古籍出版社《南明史料(八种)》的汇校本，与《使臣碧血》略有不同)此处还多

[1] 陈洪范《北使纪略》，《中国野史集成》第三十三册，巴蜀书社，1993，第36页。

[2] 王先谦《东华录》，《续修四库全书》三六九·史部·编年类，上海古籍出版社，2001，第224页。

[3] 陈洪范《北使纪略》，《中国野史集成》第三十三册，巴蜀书社，1993，第36页。

[4] 同上。

[5] 钱軹《使臣碧血》，《甲申传信录》卷十，上海书店，1982，第156页。

[6] 同上。

一句:“而洪范遂心贰于左”[1]。意思是,陈洪范的暗中叛变就是从这件事开始的。对比陈洪范的《北使纪略》,有以下一段:

> 至沧州,本镇与左部院商(榷),(夷)骄且嫚,相见之礼如何?若执不见,当日面承召对,天语丁宁,恐无以通好,济国事。因集马太仆、梅主事、各参谋(共)议,佥云:“时势异殊,但济国事,不妨稍从委曲。”再四踌躇,未协。[2]

从中可确定两点:第一,左、陈之间的确出现分歧;第二,体会陈洪范的语气,分歧是,陈洪范主张对清廷采取低姿态——“但济国事,不妨稍从委曲”——亦即可以接受“以四夷馆处使臣”,左懋第则拒绝这样做。当然,陈洪范把责任推给朱由崧,暗示自己是担心态度强硬可能导致使命失败、有负皇上重托。至于他上述意见得到使团内部广泛支持,显然是一面之辞。他自己承认“再四踌躇,未协”,争论激烈,并没有出现一边倒的意见。不过,说陈洪范因这场争论、从这一天起萌生叛意,却比较牵强。意见分歧,在每个外交使团内部都很常见,况且陈洪范对不能完成使命的担心也未必是假。他的叛变,应是多种因素交织的结果,尤其是到北京后触发的。第二天,随着左懋第出示两份重要文件,争论平息:

> 次日,左部院出首辅主议、廷臣覆疏二通,以示本镇。始知阁议申以“不屈膝、辱命,尊天朝体”,议论乃定。[3]

两份文件,一是“首辅主议”,亦即马士英起草的使北基本政策,一是“廷臣覆疏”,亦即重臣们就“首辅主议”进行集体讨论而形成的意见。其中,根本原则是“不屈膝,(不)辱命,尊天朝体”。显然,根据这个原则,以属国身份入见、居四夷馆,断然不可接受。两份文件事关使团行动指南和底线,必属绝密,所以由左懋第作为正使独自掌握,连陈洪范都不知道。眼下因为发生严重分歧,左懋第只好向陈洪范出示它们,以结束争论。

[1] 佚名《使臣碧血录》,《南明史料(八种)》,江苏古籍出版社,1999,第769页。
[2] 陈洪范《北使纪略》,《中国野史集成》第三十三册,巴蜀书社,1993,第35页。
[3] 同上。

五

十月初三，使团到达通州张家湾。

如今，张家湾在北京很少有人提到，倒退二三百年，它却天下闻名。永乐至成化间，南来漕粮悉数运此，众多朝廷关检机构随之设立，民间百商更是蜂攒蚁集。后来，漕粮转运他处，张家湾只用作商、客码头，但仍不失北中国水路交通终端的地位。水路因为舒适及安全远胜陆路，进出北京者无论官民泰半选择水路，南下者由此启程，北来者到此登岸，打个比方，彼时张家湾之于北京，就是今天的北京站外加西客站。

在张家湾，左懋第一行终于结束两个半月的漫长旅程。然而，上岸后却裹足不前，一待十天，不动如山。原因就是与清廷争“礼”。面对清廷所派“通事”，左懋第斩铁截铁地表示，“命以夷馆处使”绝对不可接受：“若以属国相见，我必不入。”[1]这一点，不容商量。只要不答应，使团便永远留在张家湾。他对这个问题的认识是，“礼节辞气屈则辱。”[2]谈到“礼”字，我们现在极少好感，觉得它充满迂腐的气息。这里，不妨试着把它换成“国与国交往的准则”，就能理解左懋第的锱铢必较。清廷何尝不如此？为了达到目的，它的“通事”在京城和张家湾之间“往反再四”，不厌其烦，但左懋第毫不松口，死死咬定清廷必须平等相待。但他并不一味示以强硬，也从其他方面做工作。王廷翰和王言就是这时被派往城中，拜会洪承畴等，“商御书、入城之礼”，争取有利的结果。他指示王廷翰和王言，无论怎么谈，“不以礼接御书，必不入城”，这道底线不动摇。左懋第还写便条给多尔衮、致函清廷内院，“以字与□(此字明显系“虏”，原书因刻于乾隆年，刓之以避，而代以□或■。下同)之摄政王，以书与其内院，折之以礼”。与此同时，给马士英、史可法写信，将目前情形以及自己采取的立场、策略，汇报朝廷。[3]

张家湾十日，可谓第一战役。左懋第既坚不可摧，又采取主动，工作极有成效。凡是他想传达给清廷的信息，不论虚实，悉数送到，而且全部发挥了作

[1] 钱軹《使臣碧血》，《甲申传信录》卷十，上海书店，1982，第156页。

[2] 左懋第《奉使不屈疏》，《左忠贞公剩稿》卷一，乾隆刻本，第22页。

[3] 同上。

用。例如对清廷前明旧臣开展工作，尽管后者个个畏首畏尾，但实际上左懋第并不指望他们出面相助，目的只是对他们造成心理压力，使廷议出现微妙因素。又如他与清廷"通事"打交道，晓之以理同时，也虚张声势，甚至放出狠话："义尽名立，师出有名，我何恤哉？"[1]言下之意，使团此来并非讨饶，是先礼后兵；一旦仁至义尽，大明也不辞一战。这些策略，全都奏效。"斯时朝士未知江左虚实，心惮懋第，乃议以鸿胪寺处之。"[2]十日僵局，终以清廷让步而了却。鸿胪寺是古代的国家典礼、礼宾机构，掌内外重大礼仪事宜。虽然受制于当时邦交理念，鸿胪寺对外国使节以"朝觐"、"入贡"视之，但没有那种基于主、属国关系的明显歧视意味。实际上，南京使团从四夷馆改由鸿胪寺接待，就是争得了平等地位。

这一点，正如清廷派遣专员、以正式而齐备仪仗，将使团迎入城中所表示的那样。十月十二日，"遣官骑来迎，建旄乘舆，肃队而入。"[3]《北使纪略》有相对细腻的场景：

> 十二日，鼓吹前导，捧御书从正阳门入城，使臣随之，左部院素服素帷，(夷)将使臣及官兵人等送至鸿胪寺居住。[4]

"素服素帷"，是对崇祯皇帝肃哀，同时无疑也很能在视觉上吸引和感染路人，此外还有隆重的仪仗与乐队，经正阳门堂堂正正进入皇城——起码以声势而言，大明使团重返旧都，足够尊严。这尊严来之不易，以当时明清两国强弱对比论，简直可以说是一场大胜。有趣的是，左懋第在《奉使不屈疏》中向朝廷报告此事，只有不动声色的叙述：

> 十月十一日晚，有□礼部乂奇库来迎。臣等随于十二日早拜发御书二道，选官持捧，同乂奇库前行，而臣等随即入城。[5]

[1] 钱䵍《使臣碧血》，《甲申传信录》卷十，上海书店，1982，第156页。
[2] 佚名《使臣碧血录》，《南明史料(八种)》，江苏古籍出版社，1999，第769页。
[3] 同上。
[4] 陈洪范《北使纪略》，《中国野史集成》第三十三册，巴蜀书社，1993，第36页。
[5] 左懋第《奉使不屈疏》，《左忠贞公剩稿》卷一，乾隆刻本，第22页。

从他的笔调，我们知道他在内心屏息敛念、绝不疏怠，精力高度集中，随时准备新的较量，根本顾不上丝毫的沾沾自喜。

果然紧接着，当天就遭遇新的刁难——捧御书的官员没有能够将御书呈递出去，而是原样捧回了鸿胪寺。左懋第得到的汇报是，清国方面“欲以御书送礼部”，捧御书官员知道事关原则，而加以拒绝。其含义如何？陈洪范告诉我们：“（夷）以谢礼为贡，以天朝御书同于他国贡文，以故御书不敢轻与。”[1]第二天，左懋第与清国礼部官员面争，理论的是同一个道理：

> 臣等折之曰：此御书应达尔摄政王，即不然，亦自内院转达；无到礼部之理。[2]

使团所赍，是明朝正式国书；作为对等的国与国交往，它理应由清廷最高行政级别接收，如果交给礼部，等于明朝自降一格。这些讲究，貌似繁文缛节，其实是国体所系。所以，双方全都斤斤计较。清国方面是见空子就想钻，南京使团则严防死守。当天御书递交未成，第二天（十三日）一大早，就有四位清国礼部官员赶至鸿胪寺，“径索御书，欲先拆看，其言甚□（悖？）。”左懋第严辞拒绝，来者仍纠缠不已，“必欲即刻力索，甚至■（悖？）语云‘各国进贡文书，必由礼部看过方入。’”左懋第“怒折之”，以上语将其顶了回去。四官员悻悻而去。

午后，一位清国大僚现身鸿胪寺。《奉使不屈疏》说，此人名“刚邦把什”，“又名刚林，具（居）内院之首也”。[3]

查《清史稿》刚林传，此人瓜尔佳氏，属正黄旗。清天聪八年（1634）“以汉文应试，中式举人”[4]。崇德元年（1636）授国史院大学士，“刚林相太宗，与范文程、希福并命”[5]，是清国最早的“宰相”之一。但左懋第所称其“居内院之首”这一点，传中没有提及。

又查《清世祖实录》。有几条记载，似可验证左懋第之说。例如，顺治元年

[1] 陈洪范《北使纪略》，《中国野史集成》第三十三册，巴蜀书社，1993，第36页。

[2] 左懋第《奉使不屈疏》，《左忠贞公剩稿》卷一，乾隆刻本，第22页。

[3] 同上，第23页。

[4] 赵尔巽等《清史稿》卷二百四十五，中华书局，1977，第9629页。

[5] 同上，第9638页。

十月一日也即明朝使团抵张家湾的前二天，顺治皇帝莅临北京郊祭大典，“上衣黄衣，南向坐。诸王文武各官侍立。鸣赞官赞令排班，大学士刚林从东班升阶，正中跪。学士詹霸于案上捧宝投刚林，刚林捧宝奏云……”[1]十一月廿三冬至日告庙，“上跪，诸王皆跪，赞读祝文。大学士刚林入殿内，跪于案左，宣读祝文曰……”[2]由此看来，说刚林“居内院之首”，即无其名，亦有其实。

关于清廷“内院”，也略加说明。它与明朝的“内阁”相仿，入关前已有而权限较小，入关后经洪承畴等建议：“按明时旧制，凡内外文武官民条奏，并各部院覆奏本章，皆下内阁票拟。已经批红者，仍由内阁分下六科，抄发各部院，所以防微杜渐，意至深远。以后用人行政要务，乞发内院拟票，奏请裁定。”[3]提升了它的权限，赋予“票拟”（起草圣旨）的职能。雍正间，这一地位渐为军机处所代。总之，将顺治初年的清廷内院视为与明朝内阁对等的机构，是可以的。这就是为什么左懋第坚持，所赍御书倘若不直接面呈多尔衮，至少应由内院接收。

随着“内院之首”被逼现身鸿胪寺，清廷不啻再输一盘。两番较量，先是欲置使团于四夷馆，继而使出以礼部接御书的骗招将明朝暗降一格，都被左懋第见招拆招，一一化解。可以想象，当刚林虽不甘却不得不来鸿胪寺时，心情肯定谈不上舒畅。为了维持实际已然无多的心理优势，只好乞灵于徒具其表的恫吓。他是这样出现的：

> □服佩刀，率十数□官至。踞椅而坐，诸□官佩刀而地坐于其左。一通使姓常，立于旁，刚邦把什盛气雄坐以待。臣等三人同出，通使谩指臣等，令坐于其右。臣等折之曰：我们从不地下坐！大声呼椅。遂以三椅与对坐。[4]

外交场合，这种赤裸裸的威压不光小儿科，实际也很无奈，等于承认自己无牌可打。刚林本想造成气势，结果收获了喜剧。当左、陈、马三使臣如愿以偿，每人一椅、稳稳坐下，他的把戏突然间变得何其无聊。

接着，自然是一通唇枪舌剑。清廷

[1]《世祖章皇帝实录》卷九，中华书局，1985，第92页。
[2]《世祖章皇帝实录》卷一一，中华书局，1985，第108页。
[3]《世祖章皇帝实录》卷五，中华书局，1985，第60页。
[4]左懋第《奉使不屈疏》，《左忠贞公剩稿》卷一，乾隆刻本，第23页。

一面从道义上抬高自己，一面提出各种指责，明朝使臣则逐条批驳。整个过程中有一奇怪现象，清朝方面始终由那位常姓通事大包大揽，刚林在旁边沉着脸，一言不发。我对照了陈洪范的记述："夷通事车令即刚陵之弟，其人狡黠舌辩，通夷夏语。"[1]原来，通事是"刚林之弟"。车、常音近，左懋第或因此误以为此人姓常。我们前面讲过，刚林是以汉文获取科举功名。所以，他这位所谓通事弟弟，在此纯属多余。这又是小花招，目的不知何在。也许是避免开口以防有何把柄落于明使之手，也许是彼明我暗、有利进退。总之，装聋作哑，诡诈阴险，毫无诚意。论辩的高潮，是"刚林之弟"又以"发兵"相威胁，左懋第不示弱，答："江南尚大，兵马甚多，莫便小觑了！"那个"大"字似乎格外刺耳，对方勃然大怒："江南不小，这是谁的话？"左懋第"亦厉声应之"："我语也"[2]——我说的，怎么啦！据陈洪范讲，这时他也奋起抗辩："（使团之来）原是通好致谢，何得以兵势恐吓？果要用兵，岂能阻你？但以兵来，反以兵往！""况江南水乡胡骑能保其必胜乎？"至此，不欢而散，"刚陵不答，径起而出"。[3]

六

写到这里，我觉得要说明一下：以上叙述难免留下一种印象，左懋第过于硁执气节，一味刚直不屈，或致使团殊少回旋余地。不是的，左懋第汇报时专门谈到，"□语虽多，臣等应之，不肯过激，以伤酬好之意。然断不肯以一语屈抑以辱天朝之体。"[4]左懋第没有把北京作为个人爱国表演的舞台，他来此是为了严格执行朝廷的求和意图，努力替国家达到目的，只有当事关国体时才不肯退让。同时，我们也看得十分明白，从头到尾清廷对和谈毫无诚意，他们已经打定主意挥师南下，夺取整个中国；他们只想看到明朝使臣屈服、屈从，对别的皆无兴趣。

就此而言，不论左懋第怎样努力，以及在一个又一个回合中怎样获得似

[1] 陈洪范《北使纪略》，《中国野史集成》第三十三册，巴蜀书社，1993，第36页。

[2] 左懋第《奉使不屈疏》，《左忠贞公剩稿》卷一，乾隆刻本，第23页。

[3] 陈洪范《北使纪略》，《中国野史集成》第三十三册，巴蜀书社，1993，第36页。

[4] 左懋第《奉使不屈疏》，《左忠贞公剩稿》卷一，乾隆刻本，第23页。

乎扬眉吐气的胜利,也注定是失败者。在《奉使不屈疏》里,我不断读到一个字眼:折之——“臣折之”、“臣怒折之”……他在北京的每一天,不断地重复做着这同一件事。表面看,他干得非常漂亮:四夷馆改鸿胪寺了,斥退礼部、逼出刚林了,连清廷鸡肠小肚所吝啬的三把坐椅也乖乖送到跟前……然而,把目光投向两国间的大势,突然会觉得这些奋力抗争、来之不易的胜利,那样微不足道。

最后,使团肩负的真正使命,一个也没完成。根本没有进行任何谈判,祭奠先帝的要求被断然拒绝,就连御书最终似乎也没有递交成功。清廷只做了一件事:派人把使团所带银十万两、金一千两、缎绢十万疋,全部索讨、取走,包括本应由吴三桂亲自领取的那部分赏赐,也强行要去。南京来使终于意识到,他们原以为会与某个邻国打交道,对方却只打算以强盗面目出现。

但是,使命全部落空,责任丝毫不在使团。他们在力所能及范围内,不光做了所有能做的事,事实上恐怕还超出了他们真实的能力。这时候,我们应该把话说回来。鸿胪寺、刚林、那三把坐椅,虽然微不足道、无关痛痒,但对于1644年弱不禁风的弘光政权,已是不可思议的瞬间辉煌。除了这点成就,我甚至想不起来它还有别的更风光的时刻。

十月十五日,清廷内院、户部等官前来强取财帛。之后,使团在北京已纯属多余。多尔衮召集内院诸人,询问如何打发明使:

> 过此数日,(杳)无消息,令人密探,闻(夷)摄政王问内院诸人:“南来使臣,如何处他?”十王子曰:“杀了他罢!”(夷)摄政摇手。冯铨曰:“剃了他发,拘留在此!”(夷)摄政不答。洪承畴曰:“两国相争,不斩来使,难为他们,下次无人敢来了!”(夷)摄政曰:“老洪言是!”遂有放回之意矣。[1]

应该说,洪承畴人品不错,多尔衮也算是满人中有胸襟的。

十月二十六日,忽有清廷某官至鸿胪寺,通知“明日可行矣”。俄顷,刚林带着十几名官员蜂拥而至。勿以为他是来送行的。“你们明早即行!我已遣兵押送至济宁,就去知你江南,我要发兵

[1] 陈洪范《北使纪略》,《中国野史集成》第三十三册,巴蜀书社,1993,第36页。

南来!”明使重申“为讲好而来”,刚林完全不耐烦:“来讲! 河上可讲,江上可讲,随地可讲!”[1]再明显不过了,刚林兜里只揣着两个字:战争。这是明朝使团在北京二十余天唯一和最后的收获。

翌日一早,两名清朝军官领兵三百,到鸿胪寺,立促出京;正如刚林所说,采取押送方式,沿途“不许一人前后,一人近语”[2],形如囚徒。十一月初一,过天津。初四,抵沧州——至此,尚无异常。

刚刚离开沧州,风云突起。《奉使不屈疏》讲述其经历:

> 十一月初四日,行次沧州之南,忽有□丁追至,云后面有官来讲话,不令前行。而□兵遂结营截南路矣。午后,前通使(即左懋第以为姓常而陈洪范称作“刚林之弟”者)同数□官至寓云:行得慢了,后边兵至矣。乃云令镇臣陈洪范前行,而谓臣等文官不便鞍马,在兵后行。时三臣俱在职寓。臣等应之曰,你们兵阻不肯令行,既要速,同行未尝不速。□官不应。[3]

“刚林之弟”带来命令:陈洪范一人先行。理由相当粗糙,完全不成样子——盖因不屑于有何理由——左、马是文官,不便鞍马,走得太慢。对此,左懋第当即指出:慢,是因押送清兵不让快行。“刚林之弟”理都不理,只是催促陈洪范抓紧上路。当左懋第等再次交涉,最初所谓其余人“在兵后行”的说法已变,变成不准南归、羁回沧州;也就是说,除陈洪范外,使团被扣押了。

一切,因为陈洪范叛变。

清廷针对陈洪范的劝降工作,早在出使以前即已提出。六月初八,前明降将唐虞时进言:“原任镇臣陈洪范可以招抚。”[4]六月二十六日,唐虞时的建议被付诸行动,“摄政和硕睿亲王以书招故明总兵陈洪范。”[5]不过,这并不具有什么特殊含义,比如,陈洪范比别人更加适合招降,或陈洪范已经显现对明朝不忠之类。就在唐虞时提出招降陈洪范同一页,《世祖实录》记载了另一位降清

[1] 陈洪范《北使纪略》,《中国野史集成》第三十三册,巴蜀书社,1993,第37页。
[2] 同上。
[3] 左懋第《奉使不屈疏》,《左忠贞公剩稿》卷一,乾隆刻本,第25页。
[4]《世祖章皇帝实录》卷五,中华书局,1985,第62页。
[5] 同上。

将领吴惟华的进言:“故明督理漕运总兵官、抚宁侯朱国弼见在淮扬,宜遣其部将张国光谕令来归。摄政和硕睿亲王从其言,以书招谕之。”[1]就连史可法也是招降的对象,多尔衮写给他的那封著名信件,有句:“至于南州诸君子,翩然来仪,则尔公尔侯,列爵分土,有平西王典例在,惟执事图之。”[2]就是以高官厚禄和吴三桂之例劝降。进占北京后,招降纳叛是清国一大工作重点,而已经降清的前明文武官员,也纷纷迎合,自告奋勇,希以此建功。所以,唐虞时在建议招抚陈洪范后,紧接着请求清廷委派他专任此事,“乞即用为招抚总兵”,并说出理由,他的儿子唐起龙是陈洪范女婿,且曾在史可法标下为参将,“彼中将领多所亲识。乞令其赍谕往招,则近悦远来,一统之功可成矣。”[3]

陈洪范究竟什么时候叛变的?很幸运,我在《世祖实录》里发现了很具体的记载:

> 顺治元年甲申十一月乙酉朔……伪弘光使臣陈洪范南还,于途次具密启请留同行左懋第、马绍愉,自愿率兵归顺并招徕南中诸将。摄政王令学士詹霸等往谕,勉其加意筹画,成功之日以世爵酬谢之。遂留懋第、绍愉。[4]

十一月乙西,即十一月初一。质之陈洪范《北使纪略》,有记:

> 初一日,至天津,遇后运缎绢,有夷差户部主事一员押之而北。[5]

两相参较,我们可以清楚地确定,陈洪范叛变时间是十一月初一,地点是天津,投降信是托那位押运缎绢的清国户部主事带往北京。另外,我们顺带还搞清一点,被左懋第误为“常姓通事”、陈洪范误为“刚林之弟”者,其实是内院学士詹霸,我们曾在顺治皇帝郊祭大典中见他露过面:“学士詹霸于案上捧宝投刚林”——他应是刚林的副手。或因满人

[1]《世祖章皇帝实录》卷五,中华书局,1985,第62页。
[2]《摄政王与史可法书》,抱阳生《甲申朝事小纪》,书目文献出版社,1987,第608—609页。
[3]《世祖章皇帝实录》卷五,中华书局,1985,第62页。
[4]《世祖章皇帝实录》卷一一,中华书局,1985,第105页。
[5]陈洪范《北使纪略》,《中国野史集成》第三十三册,巴蜀书社,1993,第37页。

北使紀畧

陳洪範撰

闖寇肆虐逼犯北京先帝賓天宗社淪喪洪範世受國恩過年廢居海濱驚聞異變泣憤
同仇徒跣至鎮江史閣部招同過江議安將士忽接禮部劄付奉旨召對始知為吳三桂
借　破賊顧大宗伯薦往北使蒙皇上回金讚對國事多艱惟命所之義不敢辭但使人
甚重非武臣可以專任必得文臣同往部議兵部侍郎左懋第太僕寺卿馬紹愉留行以
銀十萬兩金一千兩緞絹一萬疋為酬　之儀因以祭告祖陵奠安先帝居封吳三桂為
薊國公本鎮恐　情甚狡事難遥度就中機宜必奉廟算可以奉行具疏上請復蒙皇上
召對親切羣臣廷議僉同七月十八日銀幣甫齊始得汎舟行至瓜儀原請借用各鎮馬
騾鮮有供者箱鞘繁重若不能前至清江浦僱騾市馬不足馱運分留緞絹從河汎舟劉
更平田淮撫各發兵二百餘名護送十五日渡黄河廿一日至宿遷忽接　使唐起龍等
六人賫　攝政王書與本鎮事涉嫌疑不敢遠進當即具疏奏聞念已奉使在道難以中
阻與左馬二使酌議前行廿五日至馬蘭屯為沂滕之衝時值土寇圾屯聞本鎮至半夜
適去次日委標下游擊孫國柱執本鎮與九部院諭牌招撫仍留國柱在本屯團練鄉勇
即有土寇千人就撫為兵八寨俱散一方獲全九月初一至望塜貢家樓遇土寇十人刼
馱打仗護行將士追殺數十人寇退箱鞘無恙初五日至濟寧舟　官不許近城棲宿故

陈洪范《北使纪略》

和谈不果，使团返回途中，于沧州被扣，陈洪范独被放还。之后，他写了《北使纪略》来掩盖其已通敌的秘密，但于使团经历的大略情节，还是具有独家的史料价值。

陕西武功苏武墓

苏武墓所在地，如今俨然就是武功；韩城的那一座，默默无闻。但对左懋第来说，韩城苏武墓很真实，是他的精神支柱。

发音口齿含糊,“詹”字被误听为“常”、“车”。

追溯陈洪范叛变历程,笔者认为其心迹萌动当在北京期间。使团软禁鸿胪寺,清廷除加以箝制、恐吓,亦试图利诱和收买,“摇动千端,恐吓无所不至,欲致噪变”。《奉使不屈疏》记述,十月十六日以后的数日禁抑中,清廷曾以宴请、馈赠貂皮良马等分化使团,“其中不无为所惑者”,左懋第召集全体人员开会,严申纪律,而大多数成员“皆奋然作气,咸有宁死不辱之语”,正气抬升,动摇之迹因而收敛。[1]但这颇为重要的情节,陈洪范《北使纪略》却一笔未载,不知他是否就在“不无为所惑者”之列。其次,我还推测,十月二十六日刚林极为凶悍的“临别赠言”,施加了重要影响;清廷直言必征江南,以双方强弱之分明,投机贪生如陈洪范,最有可能于此时“认清形势”,而决心叛变;此后经过几天思考,他写好投降信,十一月初一,伺机私自接洽那位清朝户部主事,嘱其速送北京,于是乃有初四詹霸的飞骑赶到……以上,诚然都只是笔者借一些蛛丝马迹,对陈洪范叛变经过的推理式复原,非有实据,聊供想象而已。

让我们回到“沧州之南”现场。左懋第继续写道:

> (詹霸)随至镇臣洪范寓催行,臣等复至。镇臣已装载倚马将行矣……但有数十□丁促镇臣行,而镇臣遂挥泪别臣懋第。臣语之曰:“我辈不必哭。一哭则□笑我怯。我此身已许国,惟有一死断(以下以墨围遮去二十九字)……”[2]

这是令人作呕的一幕。陈洪范的哭,远比作假恶劣,何谓“猫哭耗子”,看看他就知道了。前面清廷记录甚明,沧州之变所有细节,都出自陈洪范“密启”的设计。从现场情形看,左懋第显然没有引起任何怀疑;虽然工作中他与陈洪范有过分歧和争论,但这位志诚君子,没有妄自猜忌同僚的习惯与心机,他反而安慰陈洪范“不必哭”,以免被敌人小看,并平静说出心中盘旋已久的打算。然而我们从旁观者角度,面对由陈洪范“猫哭耗子”和左懋第“惟有一死”之语构成的分别

[1] 左懋第《奉使不屈疏》,《左忠贞公剩稿》卷一,乾隆刻本,第24页。
[2] 同上,第25页。

场面,实不能不感到世事之丑触目惊心。顺便交待一下,陈洪范回到南京后继续伪装,还写了《北使纪略》来掩饰;此书之作,虽出于"潜伏"需要,但经与左懋第叙述相对照,基本情节仍然可采。

陈洪范叛变与出卖,是整个使北故事的一大转折。某种意义上,是陈洪范成全了左懋第。在这以前,左懋第可圈可点,却尚不足以称为超众拔俗、世人仰慕的英雄。故事几乎就要平淡收场了,沧州之变,突然让一切峰回路转。从这儿,左懋第终于开始去完成他"当世苏武"的个人形象了。

七

故事迅速地从一次外交经历朝着英雄传说的方向转换。此前,我们很少渲染左懋第的个人魅力,并非有意回避,而是当时故事重心不在那儿。动笔前,我花了一些时间来回味材料,发现以沧州之变为界限,左懋第判若两人。之前,他的表现相当职业,忠于使命,一丝不苟,所言所行都以服从工作为要,强硬不是激于意气,是为国家利益抗争所需,和缓也不是出于自己喜欢,而是顾全大局、理智隐忍。然而,从沧州回到北京,先前一直克制、藏抑的内心和自我,却如岩浆,淋漓尽致地喷涌了。我一度困惑,不知他截然不同的表现,道理何在。后来明白,原先,他身负议和使命,举手投足都要自觉受此身份的约束,而今清廷悍然将来使扣下,使命已告终结,这意外地把他从约束中解放出来。不再需要周旋、拿捏,他回归自己,回到了本真的情感世界,可以无所遮拦地去暴露心中的所仇所恶了。

我们可从如下细节体会他的内心。沧州闻变,左懋第马上做了一个决定:"随行将士钱粮告匮,多令归去乃可支持。于是咸令随镇臣归。"[1]我觉得,其中有许多含义。这实质上就是解散使团。清廷的行径,意味着此后重返北京的不复是大明使团,而是被俘的囚犯。既然如此,数百随行将士已无必要继续留在身边,作为使团领导者,他感到有责任做出这样的临时决定,让大家免于灾厄。同时,这又是一种决心,亦即,他想要孤

[1] 左懋第《奉使不屈疏》,《左忠贞公剩稿》卷一,乾隆刻本,第26页。

身前往北京，独自面对危险直至死亡，他将此视为个人的挑战与证明。总之，这貌似简单的决定，包含丰富的内心话语，有仁有义，有智有勇。也正因如此，他一旦将其宣布，随行将士“忠义所激，皆洒泣不肯去”，左懋第一再做工作，只能“勉强遣其三分之一”[1]，大多数人都留了下来。因清廷加以限制，有些随左懋第到北京，还有一部分坚持在沧州就地等候，希望有朝一日与主帅共同还朝。这些我们已无从知其名姓的明朝将士，明明可以离开，却为一种人格所感召，选择了坚持、囚禁甚至可能是死亡。

押往北京的时刻到了，清廷高度戒备：“□官皆列马路间，严兵以俟。”清廷已将随行将士全部缴械。行前，左懋第郑重发表对清廷的谴责，“立舆路上，责其非礼”，然后从容登程。[2]十一月十一日，左懋第一行第二次进入北京。最初仍居鸿胪寺，几天后迁太医院——清廷礼部诡称，鸿胪寺要供百官习礼之用。这次，左懋第未与之争论。此刻，他不再是国使，是阶下囚。从个人角度，他不拒绝或不惧怕清廷的任何挑衅，能够安然处之。迁太医院后，情形彻底成为拘禁，清廷取消了一切礼遇，除了看守，“无一人来”。[3]

《奉使不屈疏》所报告的情形，到此为止。后面经过，我们已没有左懋第的亲述。据《甲申朝事小纪》“左萝石纪”，其间，颇有一些“故交”想见，全被骂回。如现任清朝内院大学士、曾于出征时受崇祯皇帝“推毂”礼遇的李建泰，来太医院探望左懋第。看守刚报上姓名，左懋第就奇怪地说：这个人，怎还有脸见人呢？“李闻之，遂不见而去。”“嗣后朝臣汉士往往欲见之者，唾骂拒绝，或不得已一投刺，以示不绝也。”[4]遭到拒绝的，还有左懋泰：“其从弟懋泰先为吏部员外郎，降贼，后归本朝授官矣，来谒懋第。懋第曰：‘此非吾弟也。’叱出之。”[5]

他又曾致函多尔衮，抗议、抨击，指其“上干天和，下戕民命”。多尔衮很生气，令内院警告“懋第静听之，勿有违越”。这封信，曾给一位参谋看过。参谋看了很替他担心，劝他：“今日之事，有可否无成败。”意思是，使命已经结束，如今一切事都与成败无关了，而应

[1] 左懋第《奉使不屈疏》，《左忠贞公剩稿》卷一，乾隆刻本，第26页。

[2] 同上。

[3] 同上。

[4] 抱阳生《甲申朝事小纪》，书目文献出版社，1987，第734页。

[5] 张廷玉等《明史》卷二百七十五，中华书局，1974，第7051页。

考虑值得不值得。左懋第说:“我心如铁石,亦听之而已。”吾志已决,想怎么待我,请便!翌年五月,南京失守消息传到北京,有部下因而试探他是否有新的打算,他再次说:“我志已决,毋烦言!”[1]

《左忠贞公剩稿》卷四,难得地保存着几篇羁拘期间写的诗文,可能是我们探问他此时内心所仅有的第一手资料。如《古剌水诗》,诗前短序说:

> 乙酉年五月客燕之太医院。从人有从市中买得古剌水者,上镌“永乐十八年熬造古剌水一罐”,净重八两,罐重三斤,内府物也。挥泪赋此。[2]

乙酉五月,恰好是南京崩溃的月份。左懋第以一件永乐旧物为题,借抒思国之情。这“古剌水”,为古时极名贵的酒,今已失传。古剌,实际是一种香料,可制酒亦可作薰衣之用,因产自古剌国得名,其国究竟与今天何地对应,似不可考。《万历野获编》补遗卷四:“今禁中诸香,极重古喇水,为真龙涎之亚,其价超苏合油、蔷薇露加倍。”[3]清初诗人袁枚也藏有一罐古剌水,《随园诗话》:“余家藏古剌水一罐,上镌:‘永乐六年,古剌国熬造,重一斤十三两。’五十年来,分量如故。钻开试水,其臭(嗅)香、色黄而浓……”[4]看来,鼎革之际,这些宫中秘藏因乱流散于外。左懋第睹此物,兴废感慨油然而生:“再拜尝兹水,含之不忍咽。心如南生柏,泪似东流川。”“南生柏”下,有他的自注:“子卿墓柏大小数百株,枝皆南向,在韩城余曾为文记之。”品古剌水、心怀故国,左懋第思绪又回到韩城,回到苏武墓。

五言诗《客燕》,有数字题解:“得归字,时奉命北使”,意即,诗是围绕“归”字来写的。末句:“人间忠孝事,意与鹤同归。”[5]认为,人以其一生忠于国家、孝敬双亲,就能达到鹤的境界。古人相信鹤有仙性,清越不朽。

还有珍贵的《绝命诗》,那应该是遇害前留下的最后心声吧:

> 峡坼巢封归路迴,片云南下意

[1]抱阳生《甲申朝事小纪》,书目文献出版社,1987,第731—732页。
[2]《左忠贞公剩稿》卷四,乾隆刻本,第22页。
[3]沈德符《万历野获编》,中华书局,1997,第931页。
[4]袁枚《随园诗话》,中华书局,1982,第232页。
[5]《左忠贞公剩稿》卷四,乾隆刻本,第29页。

如何？寸丹冷魄消难尽，荡作寒烟总不磨。[1]

他说，我的身体是无法还朝了，然而，将化为一片自在的白云，飘向南方；使一个人肉体毁灭并不难，但精神这东西谁能磨灭得了呢？

八

从甲申年十一月至乙酉年六月，左懋第等在押凡七月。江南既下，清廷撕掉伪装，强推薙发令，北京太医院中的原明朝使团也不例外。至此，副使马绍愉终于投降清朝，率领他的部下接受薙发令。而左懋第及所部誓不从，其中有个副将艾大选"首髡如诏"，还跑来劝左懋第。"懋第大怒，麾从官立杖毙之。"事发，清廷于六月十九日以擅杀罪将左懋第逮捕，左懋第昂然道："艾大选剃头倡叛，恨不以军法枭示通衢。我自行我法，杀我人，与汝何与？可速杀我！"

多尔衮对左懋第，暗怀敬重。他希望谨慎处理此事，决定亲见左懋第，大聚朝臣，展开劝降。而在左懋第，竟是迎来最壮美的舞台：

二十日，加铁锁，命入内朝。懋第丧冠白服，不北面，南坐于廷下。[2]

洪承畴出现了，左懋第一见，无待其开口便说：来的是鬼吧？我所知的洪承畴，统制三边，已经以身殉国，先帝为此曾亲赐祭典，优以恤荫。这都是众所周知的事，来者必定是鬼！洪承畴本就心存愧疚，想说点什么，经左懋第犀利讥讽，已难以启齿，"卒不得发而罢"。现在清朝任吏部侍郎的陈名夏与辩，左懋第一语斥之："汝曾中先朝会元，今日何面目在此与我说话？"陈名夏顿时"语塞，不复言"。某亦为降臣的兵部侍郎(当是金之俊)对左懋第说："先生何不知兴废？"他立刻听到这样的反问："君何不知廉耻？"这时，所有在场汉臣"无复言者"，多尔衮只好亲自开口，他质疑："尔既为明臣，何食我朝粟半年而犹不知？"左懋第立即回击：

[1]《左忠贞公剩稿》卷四，乾隆刻本，第37页。
[2]抱阳生《甲申朝事小纪》，书目文献出版社，1987，第732页。

“贵国食我土地之粟，反谓我食贵国之粟耶！”此语呛得多尔衮“色变”，一怒之下，挥出斩之。据说，在场的左佥都御史赵开心欲救左懋第，被旁边的人死死拉住，等左懋第已押出，赵“始得前启王曰：‘杀之适足以成其名，不如释之。’摄政王将可其奏，而懋第已死矣”。[1]

左懋第就义处，是如今北京菜市口：

> 懋第昂首高步，神气自若。既至，南向而拜，端坐。而后受刑。

负责行刑的杨姓刽子手，“挥涕稽首懋第前”，跪在左懋第面前痛哭不止，全不顾四周众目睽睽，“少顷，徐起举锻”……这样的行刑场面，这样的刽子手与受死者，从古到今舍此不知可有二例？“左萝石纪”写道：

> 是日，大风昼晦。都人奔走流涕，拜送者不可胜计。

同日遇害的，还有部下陈用极、王一斌、刘统、王廷佐、张良佐等。五天后，一直羁留沧州的部分将士杨逢春、张友才等，得知死讯，“一时号泣遂解散云”。第二年六月十九日，左氏就义将届周年，陈洪范于重病中，“亟言左公来，遂卒”。[2]

九

读左公事迹，有些问题挥之不去。像他这样的人和事，出现在蓬勃、向上、昌明的国度，不难解释，因为信心饱满、信念坚定，精神容易强大、劲拔。但是，左懋第却置身江河日下、千疮百孔、穷途末路的明末。这是“明代苏武”与“汉代苏武”最大和最重要的不同。他展示的精神，无论质地与分量都与苏武相当，而不逊色；但我能够了解苏武之能如

[1] 依“左萝石纪”，左氏被害日期为顺治二年六月二十日，《明史》左懋第传则写为同年闰六月十二日。查《顺治实录》、《东华录》，对此事居然都未载，或因瞒讳而抹去。按：清廷薙发令下达日期，《顺治实录》、《东华录》均为六月丙寅（十五日），而左懋泰系因抗拒薙发令被害，故《明史》闰六月十二日之说不可信。

[2] 以上，均见抱阳生《甲申朝事小纪》，书目文献出版社，1987，自732至734页。

跋

予少壯喜讀書，老則目痛，而生平又無他嗜，不得已日發櫝中藏書，廣布几席，旹循眎爲樂。忽見公集，爲潸然出涕，獨念公精忠大節，爭光日月，所謂眞鐵漢非耶，哭近婦人矣。遂收淚而止。已又念予與公稱莫逆交，失怙同，登籍同，給諫同，好作古文辭同，所不同者，公死予生耳。嗚呼愧矣，因跋數語，非徒志感，且志愧云。年弟李清謹跋

《萝石山房文钞》李清跋文

《萝石山房文钞》四卷，由李清在左懋第死后编就，但直至乾隆末年方由左氏后人印行。李清在跋文中，讲述了动念编此书的经过，“发椟中藏书……忽见公集，为潸然出涕，独念公精忠大节，争光日月，所谓真铁汉非耶，哭近妇人矣。”

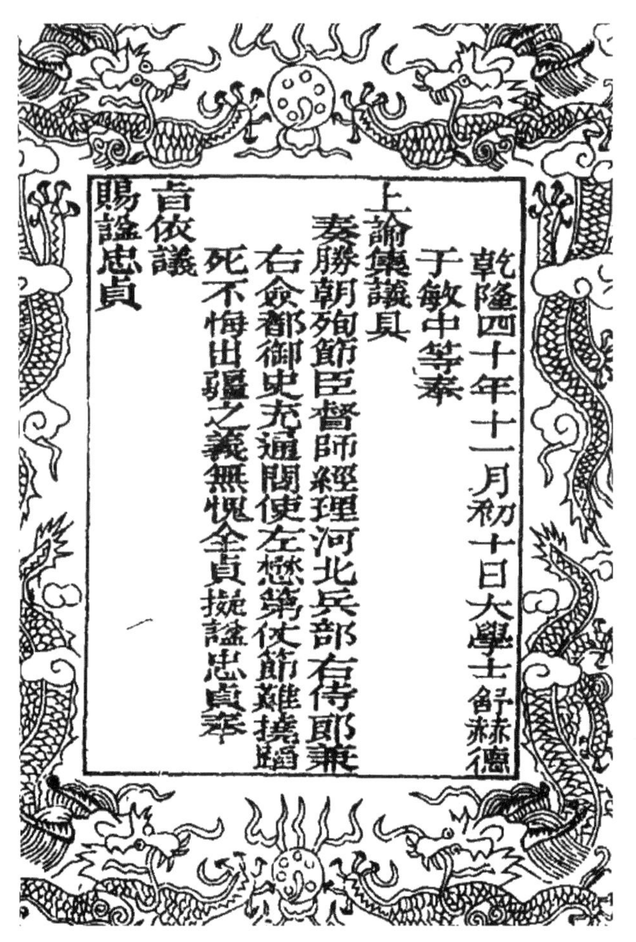

乾隆四十年十一月初十日大學士舒赫德
于敏中等奉
上諭集議具
奏勝朝殉節臣督師經理河北兵部右侍郎兼
右僉都御史充通問使左懋第仗節難撓蹈
死不悔出疆之義無愧全貞擬謚忠貞奉
旨依議
賜謚忠貞

赐溢左懋第“忠贞”的乾隆圣旨

载乾隆刻本《左懋第剩稿》卷首，书成于乾隆癸丑年（1794）。先是左懋第、刘宗周等前明忠臣于乾隆四十年得旨褒谥，左氏后人才敢将私藏的《奉使不屈疏》等文，收录于书中。

此，却不甚明了左懋第是怎样做到的。孔子好几次谈到“邦无道”情形下，个人可取的态度。一次说：“危邦不入，乱邦不居。天下有道则见，无道则隐。”[1]一次说：“邦有道，危言危行；邦无道，危行言孙。”[2]孙同逊，朱熹注曰：“危，高峻也。孙，卑顺也。”还有一次说：“邦无道，则可卷而怀之。”[3]卷是柔软、收拢，怀是怀藏。——即依先师之见，当着明末那样黑暗的政治，刑政纪纲俱紊，如果知难而退、明哲保身，也不算品格有亏。显然，左懋第的行为大大超出了一般的道德高度，甚至超出了时代对他的要求。

他应该是想证明什么。在总共八个月、长达二百多天的过程中，面对咄咄逼人、不可一世的清国征服者，他全身挺直，目光炯炯，未尝稍懈。他应该是把自己视为明朝的代表，以至中国历史和精神的代表，进行一番“中国有人”、“中国精神犹存”的证明。可惜得承认，他什么也证明不了。他的努力，在腐朽、土崩瓦解、溃不成军的朝廷衬托下，那么无力，可谓惨败。但在个人层面，他做出了极其强大、堪称壮丽的证明——我完全无法从脑际抹去那个行刑前在他面前“跪泣不止”的刽子手的形象。左懋第征服了每个人，甚至多尔衮和以后的乾隆皇帝。而这力量从深层看，确实又并不仅与个人相关，确实是“中国历史和精神”的证明。倘若如此，最终，左懋第可称“赍志以终”；血，还是没有白流。

乾隆四十年，乾隆皇帝批准表彰明朝忠臣，左懋第在其内；大学士舒赫德、于敏中奉旨集议，做出的评介是：“仗节难挠，蹈死不悔出疆之义，无愧全贞。”乾隆据此赐谥“忠贞”。[4]这样，左氏族裔才敢将私藏多年的左懋第文稿，成册刻行，凡四卷；左公诗文幸赖以存，否则，恐怕早就毁佚无多。

之前康熙间，前任弘光朝大理寺丞并与左懋第相厚的李清，私下辑成《萝石山房文钞》。他为文集写了感人的跋，叙述已在耄耋之年的他，如何于旧藏之中翻检出左氏作品，读之，“潸然出涕”，“念公精忠大节，争光日月，所谓真铁汉非耶！”那场痛哭，李清自己形容“哭近妇人矣”。收起泪水，他决心忍着老年的“目痛”，将所存左氏之作汇编成书。他最后写道：

[1] 朱熹《四书章句集注》，《论语》集注卷四泰伯第八，中华书局，1983，第106页。

[2] 朱熹《四书章句集注》，《论语》集注卷七宪问第十四，中华书局，1983，第149页。

[3] 朱熹《四书章句集注》，《论语》集注卷八卫灵公第十五，中华书局，1983，第163页。

[4]《左忠贞公剩稿》卷一，乾隆刻本，卷首。

公死予生，呜呼愧矣！因跋数语，非徒志感，且志愧云。[1]

李清的“愧”，除了他自己，也属于整整一个时代。

[1]《萝石山房文钞》卷四，乾隆刻本，卷尾。

史可法

抛骨竟无家

读《史忠正公集》卷三所收十四通家书和五份遗书，那是人所不知的史可法；柴米油盐、家长里短。左支右绌、半筹不纳。既忧老父沉疴，复虑妻母不和，还要操心弟弟的婚事和前途。每信，从无片语豪言，更不见半点风花雪月、闲情逸致，有的只是焦劳与苦恼。

一

2010年晚秋，为访弘光朝事旧迹，我曾至扬州，在梅花岭谒史公墓。入院，即见两边游廊壁上嵌满碑刻，多为1962年纪念史可法诞辰三百六十周年所立，而尽出于耆老宿将，如邵力子、蔡廷锴、陈叔通、郭沫若、赵朴初、张爱萍、胡厥文等。其中，蔡廷锴所撰碑文引我驻足良久：

> 率孤军守孤城，临难不苟，宁死不屈。

寥寥一语，既是史可法殉难扬州的再现，也令人想起蔡廷锴本人1932年率十九路军淞沪抗战的往事，碑文内外，古今辉映。

岁月如轮，距蔡将军撰此碑，转眼又将半世纪。值此2011岁尾，我终于要动笔写一写史可法。不知怎的，临笔之际，反而觉得心头有些空乏，不复如访史公祠时昂奋。试析原由，发现可能是一年来于案头间形成了一些感受。

二

照预先设想，围绕这么重要的历史人物，一定有丰富的著述可资借鉴和利用，然而很出意表。以传记论，迄今似乎只有一本朱文长所作《史可法传》，而它的问世，已是七十年前（民国三十二年）旧事[1]。这且不说，难以置信的是，直到眼下连史可法的生年都还是个问题。

旧史中，官方的《明史》未载，私撰例如《小腆纪传》等等也不曾明言，而这一类

[1] 1974年台湾商务印书馆曾翻印再版。

基本事实层面的含糊，在史可法研究中屡见不鲜，有些简直非得形容为粗枝大叶。魏斐德教授的《洪业——清朝开国史》，算是有关明清鼎革之际的名著，它在写到史可法的时候说：

> 1620年，他通过县试。1626年中举人。1626年中进士。[1]

我不知道他根据是什么，或从哪里看来的说法。1626年，旧历为丙寅年。是年，中国不可能举行殿试——没有殿试，又如何中进士？这涉及明代科举制度，《明史》“选举二”：

> 三年大比，以诸生试之直、省，曰乡试。中式者为举人。次年，以举人试之京师，曰会试。中式者，天子亲策于廷，曰廷试，亦曰殿试。[2]

很明白的，乡试以上考试，三年一次，而乡试、殿试相连——头年乡试，次年殿试（殿试前头有会试，从结果论，会试是殿试的“前奏”，简便起见我们将它略而不谈）。所以，史可法不可能同一年既中了举人，又中了进士。但这还不是最大的错误。明代乡试以上考试，除了三年一次，还有年份上的规律：

> 子、午、卯、酉年乡试，辰、戌、丑、未会试。[3]

这规律来自中国干支纪年法，我们避其繁琐内容，略而言之：凡乡试年份，必含“子、午、卯、酉”四字中的一个；凡殿试年份，必含“辰、戌、丑、未”四字中的一个。而1626年，岁在丙寅，既不可能有乡试，也不可能有殿试。在“三年大比”的循环期中，一年必有乡试，一年必有殿试，另外一年轮空，而1626丙寅年恰好就是轮空年！当然，中国的朔闰法是很麻烦的东西，汉学家有所疏忽与误解，不足为奇。但它提出或警示于我们的问题，

[1] 魏斐德《洪业——清朝开国史》，江苏人民出版社，1995，第288页。

[2] 张廷玉等《明史》卷七十，中华书局，1974，第1693页。

[3] 同上。

却不能不注意，那就是迄今为止有关史可法的研究，的确处在相当粗糙的状态。我们不会苛求高鼻深目的洋人，但不能不躬问中国史学自身的不足。比如说，到现在我们连一本靠得住的史可法年谱都没有，否则，魏斐德教授大约是可以避免1626年举行过乡试、殿试那种纰漏的。

本文的写作，也因此不得不与最早的打算有所不同。当初，我于这篇文字的设想，是想凭借丰富翔实的已知材料，就史可法展开一番深入解读，重点放在他内心世界的探索，而不是作传记或生平的研究。现在发现，一些基本的研究或考证，已经绕不开。比如生年问题，如果不解决，以后每件事可能都受它的羁绊；何况像这样一位历史人物，对他生命轨迹含混了事，我们又于心何忍？所以在这情况下，也不得不兼顾少许的考辨工作。

先从破解史可法生年论起。过去官史及私史所以对史可法生年无明载，并非行文上的疏忽，而是确无一眼可见的材料。明末的官方史料流失厉害，崇祯以后便无《实录》。而在个人笔记、回忆录、亲历记方面，当时写作非常活跃，如《弘光实录钞》《青燐屑》《甲乙事案》《南渡录》《幸存录》《烈皇小识》《圣安本纪》等等，内容虽大量涉及史可法，但以我读到的论，均未提及其生年或适时的年龄（据之可推算生年）。另外，史可法自己著述中，也没有明确直接的表达。再者，他主要是官员、政治家，不像学者和著作家有众多且富于连贯性的著述，可从中稽索、分析生平经历。我曾细读所见到的他每篇诗文和书信，找寻一语自述年龄之字句，而无所发现。所以二十世纪前，关于史可法生于何年并无明说。甚至到八十年代，魏斐德教授谈到这个问题仍说：

> 史可法生于1601年（据刘约瑟：《史可法和满族入侵时中国的社会政治》）或1602年（此说较可信。见《史可法传》，第99—106页）。[1]

即拢共有1601年和1602年两说，两说分别来自刘约瑟和朱文长，魏斐德倾向于“1602年”说，但他对“1601年”说何以不够可信，未具体说明。据魏著所附“西文引书目录”，刘约瑟（Joseph Liu）论文于

[1] 魏斐德《洪业——清朝开国史》，江苏人民出版社，1995，第288页。

1969年在巴黎发表[1]，原文我们无缘得见，但我们有件原始的材料可借以观之。

那件材料虽不很偏僻，但并非一眼可见，首先要能发现和捉住几个关键字眼，再围绕它们转好些弯子来解读。它见于崇祯八年(1635)，史可法为致祭左光斗墓而写的祭文：

> 盖师素擅文名，更称冰鉴，当其提衡冀北，八郡群空，法甫弱冠，亦随行逐队，步诸生后，声名固寂如也。师不以为不才，而拔之以冠八郡，且谓法曰："尔当于卯辰脱颖去。"维时法未之信，不虞两试暴腮，果以卯辰售也。从来文字遇合有奇焉如此者乎？[2]

这段话，回忆了当年左光斗对自己的赏识与发现。内有三处关键字句，即"弱冠"、"两试暴腮"和"果以卯辰售"。"弱冠"最好解，古时年二十举成人礼，《礼记》："二十曰弱，冠。"[3]"暴腮"典出《太平御览》："河津一名龙门，巨灵迹犹在，去长安九百里。江海大鱼洎集门下数千，不得上，上则为龙，故云暴腮龙门。"[4]后藉以喻举业成败，金榜题名曰"登龙门"，失利曰"暴腮"。"卯辰"，指含有卯字、辰字的两个年份，以史可法当时实际论，只能是丁卯年(1627)和戊辰年(1628)。加以串通，这段话是说：史可法二十岁那年，左光斗预言他将于丁卯、戊辰之际脱颖而出，而史可法当时不敢相信。之后，他两次投考均失败，却果然在丁卯年成为举人、旋于次年亦即戊辰年高中进士。据此，我们完全确定了史可法生平两个重要事实：第一，他当上举人是1627年、取得进士是1628年，绝不是魏斐德说的1626年，更不是同一年既做了举人又做了进士。第二，"果以卯辰售"之前，曾"两试暴腮"，亦即参加过二轮乡试，依"子、午、卯、酉年乡试"的制度可知，两次失败的考试分别为辛酉年(1621)和甲子年(1624)。另外，同样很明了的是，左光斗道出预言是在"两试暴腮"之前，因而可知"年甫弱冠"必非1622年，否则丁卯年之前史可法便仅有一次乡试机会，而

[1] 魏斐德《洪业——清朝开国史》，江苏人民出版社，1995，第1082页。

[2] 史可法《祭左忠毅公文》，《史忠正公集》卷四，商务印书馆，民国二十五年十二月，第48页。

[3] 阮元校刻《十三经注疏》，中华书局，1982，第1232页。

[4] 李昉等《太平御览》卷四十地部五，龙门山，中华书局影印，1995，第191页。

无从“两试暴腮”——归结一下：史可法“弱冠”为辛酉年（1621），是年，他受左光斗知遇、得其预言，且于当年首次乡试而告失利，又于甲子年（1624）再次失利。

绕了许多的弯子，我们总算搞得确实，史可法弱冠亦即二十岁，便是1621年。如此算来，生于1601年岂不彰彰明甚，又何来1602年之说呢？先不要着急，古人年龄算法与我们今天不同，较之今天，他们的年龄普遍得减去一岁，因为今人年龄都算周岁，这算法是西方的习惯，而在实行公历以前，中国人所称年龄通常是虚岁[1]，比如黄宗羲生于1610年、卒于1695年，黄炳垕《黄梨洲先生年谱》记为享年八十六岁。我们现在，尽可照着周岁理解古人享年，所以我们若认为黄宗羲在世八十五岁而非八十六岁，并无不可，但如果涉及古籍中年龄计算问题，就不能不知道应按虚岁来推其时间。因此，1621年史可法“弱冠”，所表示的恰恰是他生于1602年。就像魏斐德因为闹不明白干支纪年与科举的关系，而把史可法中举人和进士误为同一年，刘约瑟恐怕也是不知中国古时一般不算周岁因而有1601年说。

然而，与史可法有关的讹误，又并非只出自洋人汉学家，所以我要再举一个例子。马其昶所著《桐城耆旧传》，于左光斗传中说：“及公逮系，史已举于乡矣。”[2]称史可法中举，在左光斗被逮（天启五年）之前。《耆旧传》突兀具此说，对其由来所本，并未交待。但我们分明从史可法自述得知，他的中举在丁卯年（天启七年）。那么，马其昶是怎样犯了这么大的错误呢？我推测是因为两点。其一，他应该没有细读过《史忠正公集》；其二，所本为方苞《左忠毅公逸事》，然而又误读了它。方文中有句：“及试，吏呼名至史公，公瞿然注视，呈卷，即面署第一。”马其昶之误盖即由这句导出，出错原因是以为这次考试是乡试，而将“面署第一”误为左光斗当面取史可法为头名举人。其实，这是一次童生“入学”考试。《明史》：“士子未入学者，通谓之童生。”“生员入学，初由巡按御史，布、按两司及府州县官。正统元年始特置提学官，专使提督学政。”“提学官在任三岁，两试诸生。”[3]《明史》又载，1620年（该年既是万历四十八年，也是泰昌元年），左光

[1] 古籍极少却非完全没有以周岁来算的，例如《三国志·蜀书·谯周传》：“昔孔子七十二，刘向、扬雄七十一而没”，考孔子、刘向、扬雄三人生卒，可知这里的七十二、七十一岁都是周岁。

[2] 马其昶《桐城耆旧传》左忠毅公传弟四十四，黄山书社，1990，第161页。附注：这里“弟四十四”，并非“第四十四”之误；马氏身为桐城派大家，用字刻意求古。

[3] 张廷玉等《明史》卷七十，中华书局，1974，第1687页。

斗"出督畿辅学政,力杜请寄,识鉴如神"[1],也即《左忠毅公逸事》所称的"视学京畿"[2],它在左、史相遇的前一年。次年,左光斗作为畿辅学政外出巡视途中,慧眼识珠,发现史可法,于同年生员入学考试中将其拔为头名,史可法就此从"童生"成为"诸生",亦即俗称的"秀才"。对此,我手头有陈耀东《方苞刘大櫆姚鼐散文选》一书,其就方苞"面署第一"注曰"当面批上取中秀才第一名"[3],这才是正确的。我们当然很不解,马其昶应该没有犯上面那种错误的可能——他列《清史稿》十名总纂之一[4],还是清末桐城古文名宿——然而,又确确实实犯了。连这样的硕学大家,笔下都不免讹舛,可见史可法史实中的淆溷情形,真的让人很有些头疼。

三

年来披读材料,我高度警觉的正是这一点。这当中,有佚毁、改窜造成史料本身失真和断续不一,有以讹传讹,有各种因疏忽、误读而致的错误,更有出于某种原因在原始材料阶段就形成的主观故意编造(后面我们自然会谈到)。总之,有些事实可以确定,有些则不能确定;即便可以确定的事实,也每每有一二细节并不明朗。在史可法身上遭遇这种情况,虽非全无思想准备,但确不能料到这么严重。不过,意外有一点好处,提醒我不管面对什么材料,无论官史私史、亲见旁闻,一律读辨并举,用质证方式求其实,只从确定的事实讲起,尚未确定的设法使它确定,如不能确定则坦而明言。

比如下面的问题:史可法是哪里人?

搜"百度百科",输入"史可法",瞬间会得一词条。里面说,他是"祥符人"。对此,随后括号里有这样的注解:"今河南开封,祖籍顺天府大兴县(今北京)。"

我注意到,这词条截至我们引用它为止,曾被编辑八十九次之多,浏览量则达到二十五万二千零二十五人次。尽管网络信息一般很难要求其严肃性,

[1] 张廷玉等《明史》卷二百四十四,中华书局,1974,第6331页。

[2] 陈耀东注译《方苞刘大櫆姚鼐散文选》,三联书店(香港)、上海古籍出版社联合出版,1990,第26页。

[3] 同上,第28页。

[4] 《清史稿发刊缀言》,《清史稿》,中华书局,1977,第14732页。

我们早有心理准备,可这一条的不严肃,还是让人不能释怀。首先,它关系着中国历史乃至民族精神方面相当重要的一个人物;其次更在于,它业已经过不同作者之手总共编辑了近九十次,实难想象在这种情况下仍有致命错误完好保存下来,并进入数十万次的浏览与接受的过程。

纠正这个错误,举手之劳,只须把编辑者的注解加以颠倒:史可法,大兴人,祖籍祥符(开封)。虽然好像是不起眼的差别,但我们知道如不纠正,其较诸事实本身,却完全应了"差之毫厘,谬以千里"这句话。

为何有这样貌似毫厘而实为根本的错误?又是因为误读。《明史》史可法传:"史可法,字宪之,大兴籍,祥符人。"[1]《小腆纪传》史可法传亦为:"史可法,字宪之,号道邻,大兴籍,河南祥符人也。"[2]问题出在对"籍"字的理解上。今人提起"籍",一般作"籍贯"理解,亦即祖籍。殊不知,当时的"籍",指的却是隶籍于何地,亦即在哪里出生、是哪里居民;相反说某地人,反倒是祖籍何处的意思。所以,《明史》中的"大兴籍,祥符人",今人按自己现在的理解一"翻译",便南辕北辙,把史可法从大兴人、祖籍开封,变成开封人、祖籍大兴。本来,稍微多想,很难搞错。就像大家知道的,史可法是左光斗"视学京畿"时发现的,这意味着他必是北京一带学子,假如是开封人,是不可以在北京参加科举的。

专门举这个例子,除了所含错误确应纠正,更因它被反复编辑了几十次,错误仍旧安然无恙。这真值得我们好好地警惕。在我们周围,这一类不断被谈论、被认可,貌似可靠而完全错误的"知识",正不知有多少。这样的结果,是几十年来粗糙恶劣、信口雌黄、不重事实的学风所必有。

四

至此,我们对于史可法的最基本的信息,总算不存疑云了:1601年,他诞生于顺天府大兴县。《明史》"地理一"顺天府一段说:

大兴倚(紧挨着京城)。东南

[1]张廷玉等《明史》卷二百七十四,中华书局,1974,第7015页。

[2]徐鼒《小腆纪传》列传第三,史可法,中华书局,1958,第115页。

有大通河，亦曰通惠河，水自玉河出，绕都城东南，下流至高丽庄，入白河，即元运河也。又有玉河，源自玉泉山，流经大内，出都城东南，注大通河。[1]

看来，今昔大兴，地理上是两回事。据上所述，明代的大兴县，应该自东便门起，沿通惠河直到通济桥之间，大抵是现属朝阳区的一片区域。照这样的概念，我们尽可以说，史可法是不折不扣的北京人。

"北京人"史可法，生在一个锦衣卫家庭，"世锦衣百户"[2]。"世"字需要解释一下。明代制度，"其军皆世籍"[3]，孟森先生曾加以概括："兵与官皆附卫为籍，世世不改，则并计人数而较增多耳。"[4]有两个特点：一、世袭制，军籍之家，永世为军；二、"附卫为籍"，户籍由驻防地来定，在哪个卫所，即隶籍该地。锦衣卫也是军队系统一种，是皇家卫队。史家的"大兴籍"，即因作为锦衣卫成员，随军从河南落户北京。随着年湮时远，到后来，虽然从户籍角度史家仍属锦衣卫，有一个"百户"的职务，但也可以通过参加科举求取功名。起码从祖父史应元那里，史家开始向知识家庭转化。史应元"举于乡，官黄平知州"[5]，以举人得官。父亲史从质、史可法本人和弟弟史可模，都是读书人。史可法以及堂弟史可程，又先后中进士。这时，史家可以说彻底地从世袭军人迈入士大夫阶层。

说到史可法出生的经过，《明史》称："从质妻尹氏有身，梦文天祥入其舍，生可法。"[6]当然荒诞不经，但我们不能只是嗤之以鼻，而要弄明白《明史》为什么这么写。

这样的笔法说明，到了编修《明史》的时候，史可法已从清人所亲手杀害的人，变成他们想讨好和利用的对象。为此，开始加以神化。这一点，史可法生前当然做梦也想不到。然而，政治这样摆布历史，或者说以历史为妾妇，实在并不鲜见。

也有另一种修饰，虽然可能出于"善意"。比如，扬州史公祠里的塑像。假如史可法死而复生，看见这座塑像，

[1] 张廷玉等《明史》卷四十，中华书局，1974，第885页。
[2] 张廷玉等《明史》卷二百七十四，中华书局，1974，第7015页。
[3] 张廷玉等《明史》卷九十，中华书局，1974，第2193页。
[4] 孟森《明清史讲义》，中华书局，1981，第42页。
[5] 张廷玉等《明史》卷二百七十四，中华书局，1974，第7015页。
[6] 同上。

一定打死不敢相信这是他的尊容。虽然设计师很费了番心思，巧妙地把塑像安排成坐姿，来回避某些问题。但从身体比例看，塑像真的过于魁梧、高大了，让任何普通人自惭形秽。如果我们视“梦文天祥入其舍”为一种陈旧骗局，那么，史公祠塑像则要让人对当代某些思想特色回味不已。

实际呢？计六奇在《明季南略》中说，顺治六年冬，他入城应试，与一位昔年“久居于扬”的浙江人相遇，后者以亲眼所见相告：“史公为人形容猥陋，而忠于体国”。[1]这与《甲申朝事小纪》“史可法小纪”的描写相吻合：“可法为人躯小貌劣，不称其衣冠，语不能出口。”[2]即便试图有所美化的《明史》也写作：“可法短小精悍，面黑，目烁烁有光。”[3]比之于史公祠塑像还不算太离谱，还没有把一个矮小的人，活脱脱变成“高大英雄”。

所以我们又得修复一个事实——史可法的真容是，身量相当短小，面貌也不好看，甚至超出了不好看，得以“猥陋”“貌劣”来形容。其貌不扬以外，语言又很乏味……总之，单从观感来看，没有丝毫的魅力。

五

这样的史可法，没有迎合我们关于英雄或伟人相貌的想象。我们由此知道，英雄或伟人，可以“躯小貌劣”，可以不高大、不伟岸、不俊美，甚至比普通人还不中看。或许更重要的，是由此去发现藏在我们脑中的一些莫名其妙的观念，比如所谓“完美”。它假设英雄总是十全十美的，不会有缺点和缺陷，不光思想好，仪容也出众。其实没有这样的人。所谓“完美”，似乎从来是用于隐瞒与欺骗的。史可法的非英雄仪表，不曾引我吃惊，反倒是历史经过人为如何一点点地虚离和诗化，很刿目怵心。我觉得，从造访史公祠启程的史可法解读，更多是一种“拾级而下”，从仰视到平视，以至于一定意义上的俯视。“俯视”不是“小觑”。对他，我仍抱极深的敬意，只是如今的敬意，与其说来自云端峰颖，还不如说原于平凡抑或太平凡。

[1] 计六奇《明季南略》，中华书局，2008，第205页。
[2] 抱阳生《甲申朝事小纪》，书目文献出版社，1987，第692页。
[3] 张廷玉等《明史》卷二百七十四，中华书局，1974，第7016页。

明末叱咤风云的人物，每每出身世家巨室。比如"四公子"，比如复社那班才子名士。我曾见过黄宗羲描述的陈继儒(眉公)：

己巳秋，余至云间，先生城外有两精舍，一"顽仙庐"，一"来仪堂"，相距里许。余见之于"来仪堂"。侵晨，来见先生者，河下泊船数里。先生栉沐毕，次第见之，午设十余席，以款相知者。[1]

这么精雅、考究的生活，史可法想都别想。其家境之窘迫，恐不在任何人想象之中。尽管祖父曾经为官，但显然并未积下什么家产。"史可法小纪"云："数岁时，短衣无火，寒涕交加。"[2]穷酸如孔乙己，尚有一件长袍，幼年史可法却只能"短衣"打扮，与贩夫走卒无异。《左忠毅公逸事》写左、史相遇，正是一番贫寒场景："一日，风雪严寒，从数骑出，微行入古寺。庑下一生伏案卧，文方成草。公阅毕，即解貂覆生，为掩户。"[3]解貂覆生、为掩户，都是在衬托、突出史可法的贫寒。此亦获证于史可法自述，谈到过去，他以"贫甚"一语来形容——

且师(左光斗)之于法，固不第文字之知己也。又因法贫甚，而馆之宦邸中，每遇公余即悬榻以俟，相与抵掌时事，辨论古今，不啻家人父子之欢。[4]

原来，古寺邂逅之于史可法，不止于得遇恩师，还是摆脱贫困的开端——左光斗将他搬到府中居住，供他的饮食，给他安心读书的条件。这情节仅见此文，他处未载。难怪史可法心中，对左光斗情如父子。后来，左光斗被阉党下狱、史可法冒险探监的故事，大家耳熟能详，但未必会注意文中史可法"敝衣、草屦，背筐，手长镵，为除不洁者"的形象，并从中体会他贫苦的身世。这形象，只能属于一个穷苦的青年。换作公子哥儿，纵便心怀感恩，也没法拿出同样的行动。

这是真正从底层走来的"宰相"。

[1] 黄宗羲《思旧录》，《黄宗羲全集》第一册，浙江古籍出版社，1985，第340页。

[2] 抱阳生《甲申朝事小纪》，书目文献出版社，1987，第692页。

[3] 陈耀东注译《方苞刘大櫆姚鼐散文选》，三联书店(香港)、上海古籍出版社联合出版，1990，第26页。

[4] 史可法《祭左忠毅公文》，《史忠正公集》卷四，商务印书馆，民国二十五年十二月，第48页。

俭苦自持，是他身上最大的特征，乃至是岐嶷于时代的标志。多年军旅生涯中，凭借这品质，他做了别人无法做到或不屑于做的事。《明史》说他“与下均劳苦”，吃的苦和部下一样多，“士不饱不先食，未授衣不先御”，士兵吃饱前他不动箸，部队冬装没发下来他不先换冬衣。又说：

> 可法为督师，行不张盖，食不重味，夏不箑，冬不裘，寝不解衣。[1]

此时，他贵为宰辅（东阁大学士）、国防部长（兵部尚书），兼前敌总司令（督师），却与任何普通兵丁毫无分别。如果这仍不足具体了解他如何能吃苦，不妨看《左忠毅公逸事》中的细节：

> 每有警，辄数月不就寝，使将士更休，而自坐幄幕外，择健卒十人，二人蹲踞而背倚之，漏鼓移则番代。每寒夜起立，振衣裳，甲上冰霜迸落，铿然有声。[2]

这篇散文史上的名作，我在十几岁时读到，后来又不知读过多少次，每每读到这儿，还是禁不住打个寒颤。从前面的“为除不洁者”到“甲上冰霜迸落，铿然有声”，我们面前何曾有什么“大人物”，所看到的，只是一位吃苦耐劳不逊农夫的朴实汉子。

不过，这汉子的确是朝廷中地位最高的重臣。拿那样的身份与其行状比较，常人非但理解不了，反觉他形同怪物。对史可法颇有微辞的应廷吉，借另一位部下黄蠡源（字月芳）之口说：

> “月芳老矣，不能日侍左右，师台亦当节劳珍重，毋以食少事烦，蹈前人故辙……何必昼夜损神，以躬博劳瘁乎？”公曰：“固知公等皆受用人，不堪辛苦。”蠡源曰：“兵者，杀机也。当以乐意行之。将者，死官也。须以生气出之。汾阳声伎满前，穷奢极欲，何尝废乃公事乎？”公笑而

[1] 张廷玉等《明史》卷二百七十四，中华书局，1974，第7023页。

[2] 陈耀东注译《方苞刘大櫆姚鼐散文选》，三联书店（香港）、上海古籍出版社联合出版，1990，第27页。

不答。[1]

汾阳，指唐代名帅郭子仪，他一边花天酒地，一边不断打胜仗。黄蠡源举这个例子，来微讽史可法的躬劳是不必要的。史可法则笑而不答，无话可说。其实，他前面讲了，"公等皆受用人"。各位都是会享福的，而我不是。

言至此，不能不提到明代的"享乐主义"气质。虽然这朝代，有许多人辗转冻馁之间，"人相食"情形也并不少见，但它的确以享乐主义为其突出和基本的气质。自古以来，饮馔之精，居止之适，娱乐之盛，无过乎明代的。这方面，不知留下多少遗韵。我们看徽州明代民居，到处有不厌精细的砖雕、窗雕。我们看至今藏家爱不释手的明式家具，造型何其优雅，材质何其奢华，气息何其怡然。我们看苏州诸多私家园林，无论创意、布局或情调，都将生活的愉悦升华到极致。我们还不曾谈论明代的瓷器、戏剧、绘画、服饰、图书……其实有个浓缩了一切的窗口，就是秦淮河畔那座座院坊和如云的姝丽，其间的陈设、品位、才艺、情趣和欲望，对明代享乐主义之表现，可谓纤细无遗、妙到巅毫。

就在这温柔富贵之乡，我们却面对一位苦行僧般的"宰相"。他与所有享受无关，不论饮食男女。崇祯八年被任职皖南以来，他实际就是鳏夫，夫妻异地，自己也从不近女色，中间除崇祯十二年至十五年丁忧三载，一直鞍马在外，"年四十余，无子"。在到处声色犬马的氛围中，这实在是很"另类"的存在。我们不说偎红依翠的名士风范，也不说穷奢极欲的马、阮之流，当时，即便历来目为粗人的武夫，也都沉湎享乐不自拔。四镇之一刘泽清，在淮安大兴土木，宫室之丽令人咋舌。

放眼明末，无论正邪，都找不出第二个这号人物。所以，把史可法看成英雄之前，我们必须知道他的平凡或朴素。"公等皆受用人"，在那业已习惯享乐、从皇帝到文武众官不享乐毋宁死的时代，这个生来不懂抑或不善于"受用"的人，只能像头老黄牛，将重轭套在脖子上，一步一踬，独自垂头走着。而边上的人，还投以奇怪的目光，认为他无济于事。的确无济于事，大厦将倾，一根独木如何撑得住？看看满朝上下的朝云暮雨、恬嬉风流，即知史可法徒劳一场必不能免了。但他的意义，本不在于成功，而在

[1] 应廷吉《青燐屑》，留云居士《明季稗史初编》，上海书店，1988，第435页。

力行——事不可为而为之。

六

写本文,有两个心愿。其中之一,想把史可法从英雄光环笼罩底下往外拽一拽,而还他以血肉。材料读得越多,越觉得那光环对他有极大遮蔽。他受的苦,他的黾勉支撑,他的心力交瘁,以及愁闷、寂寞、黯淡……这些我真切看到的东西,在光环下统统不见了,只剩下义薄云天和高山仰止。三百六十多年来,崇隆每增添一点,我们与他内心的距离也拉大一点。当只能摆着凛然、威严的姿态,变成史公祠的一座塑像时,他就完全扁平化了,成为一个符号。

读《史忠正公集》卷三所收十四通家书和五份遗书,对此感受格外强烈。那是人所不知的史可法;至少,在我如此。柴米油盐、家长里短。左支右绌、半筹不纳。既忧老父沉疴,复虑妻母不和,还要操心弟弟的婚事和前途。每信,从无片语豪言,更不见半点风花雪月、闲情逸致,有的只是焦劳与苦恼。我对两个方面印象最深,一是拮据,二是庸常。

关于前者:

> 日费艰难,又添忧恼,乞父亲凡事宽解……京中诸物腾贵,日费艰难,前吴逢顺、刘应奎寄去些须,恐不足用,不妨暂贷于诸友,容男陆续补还。[1]

> 此时都中米珠薪桂(米如珠,柴如桂;极言其贵),欲寄盘费恐途次差池,只得待之敌退后。诸亲友处,可以借贷权宜行之。有今日之苦,方知前日劝留之为是也。[2]

养家尽指望于他,而崇祯以来由于内乱边衅,物价飞腾,仅米价即至万历间十倍以上,史家捉襟见肘,不得不告贷维持。借钱的事,几乎每信都有提到。除了负

[1] 史可法《家书三》,《史忠正公集》卷三,商务印书馆,民国二十五年十二月,第36页。

[2] 史可法《家书五》,同上,第37页。

担父母妻弟生活，偌大家族，叔伯姑舅人等，亦不时给予照顾、支出。例如，五婶母不知出了何事需帮衬，史可法无奈竟让妻子变卖首饰：

五婶母事该当相助，但此时手中空乏，不能顾人。今寄去银十五两备用，夫人可将首饰变卖用度，将寄去银，以数两与之，亦阴德事也。[1]

凡此种种，有时书信竟至如同账单：

前寄书仪有未用者，以二金奉四太爷过节，一两奉五婶母，一两奉舅太太过节，以二两奉三弟买书，余不能概及也。[2]

先前某信，史可法曾流露对寄钱回家被抢的担心，没想到，居然成为现实：

乘此春月，当为可模急完亲事。男欲寄些盘费，因途间难行，前令承差丁应扬寄银三十两，为家中杂费，竟被北兵抢去，空自逃回，是以不敢轻寄。都中亲友有可借处，父亲设法借之，事平路通，男自一一措还。惟望父亲母亲宽怀珍重要紧，勿以男为念。[3]

而拮据之愁，不限于家用，公职中复如是。下信谈及办公费用的极度不足：

兄巡抚年余，仅有四百三十金公费，七百金纸赎，而岁用几至二千两，其不足者，皆于别项代支，尚无偿补之法。近因敌犯内地，又将一年公费，捐以充饷。道途奔走，纸赎全无，窘索太甚。[4]

"庸常"，是我对史家气氛的感受。这个家庭，普通到有些俗气。那些磕磕碰碰、怄气使性，北京的胡同人家至今犹然。家书中，为各种琐事而周旋、劝

[1] 史可法《家书十一》，《史忠正公集》卷三，商务印书馆，民国二十五年十二月，第41页。
[2] 史可法《家书九》，同上，第38页。
[3] 史可法《家书六》，同上，第37页。
[4] 史可法《家书十二》，同上，第41页。

释、赔小心、唉声叹气的史可法，满脸烟火色，浮现着地道平民的忧沮愁烦。

那是个大家庭，亲眷众多，虬结缠绕。除了“太爷”、“太太”（即父亲、母亲），夫人和弟弟史可模（史可法有时称他“八哥”，大概在叔伯兄弟中排行第八），信中还提到三太爷、四太爷、舅太太、三弟（即堂弟史可程）、大舅、五婶母、大兄，以及杨太爷和杨太太等。

关于杨太爷、杨太太，我认为就是史可法岳父岳母——也据而可知，史夫人姓杨。太爷、太太，是当时对父母的称谓；父为“太爷”，母称“太太”。史可法的十四封家书中，两次提到杨太爷、杨太太，而两次都是在写给夫人的信中，其为夫人之父母，甚明。一次说：“杨太爷太太及阖家想俱平安，见时为我致意。”[1]另一次说：“不知太爷病体比前如何？又不知太太及杨太爷、杨太太近日俱安否？”[2]前信问安岳父母阖家，后信以双方父母并叙，意皆甚明。另外，乙酉四月二十一日扬州城破前所留遗书，也以“太太、杨太太、夫人”并提，云：“恭候太太、杨太太、夫人万安：北兵于十八日围扬城，至今尚未攻打，然人心已去……”[3]此三人乃史可法之至亲者，亦当无疑（其时史父已于崇祯十二年病故；未提杨太爷，谅亦如此）。所以，史夫人姓杨应该是没有问题的。

专门讲一下这个问题，是因以往朱文长有这样一种说法：“史可法最初娶李氏为妻，次娶杨氏。因为后者较前妻身份更高，因此他视她为第一夫人，并尊称‘太太’。”[4]不单称史可法有正侧两室，且具体指出她们的姓氏。倘使果如朱文长所说，史可法家信和遗书中不会没有踪影，但我们将它们逐字读下来，并无一丁点迹象。相反的，所有家信和遗书表明，史可法只有一位妻室。大家知道，史可法膝下无子，他在写给夫人的《家书八》中谈到此事：“如今我年已长，又无子嗣……目下分离，日后自然聚会，万一上天见怜，生得一子，受用正自不尽，何必忧愁。”[5]明显地，话语只预设了一个对象，亦即收信者。换言之，对史可法来说，子嗣之谈，除夫人外再无其他对象及可能；假如有侧室，像“万一上天见怜，生得一子，受用正自不尽，何必忧

[1] 史可法《家书四》，《史忠正公集》卷三，商务印书馆，民国二十五年十二月，第36页。

[2] 史可法《家书十一》，同上，第40页。

[3] 史可法《二十一日遗笔》，同上，第44页。

[4] 魏斐德《洪业——清朝开国史》，江苏人民出版社，1995，第508页。

[5] 史可法《家书八》，《史忠正公集》卷三，商务印书馆，民国二十五年十二月，第38页。

愁”这种话，明显是不可以用来宽慰正室的。另外，《明史》明确记载史可法曾回绝夫人“置妾”建议，更可证他绝无侧室：

> 年四十余，无子，其妻欲置妾。太息曰：“王事方殷，敢为儿女计乎！”[1]

既如此，为什么朱文长仍然发明了侧室之说？一番旁搜远绍，我发现大概出于《家书八》这样一句话：“杨太太肠窄，凡事须要宽解。夫人虽苦，然上有父母、下有丈夫……”[2]朱文长必定妄度了“杨太太肠窄”几个字，觉得很像在调解大小老婆之争，于是附会出一个“侧室杨氏”。前面，我们已经辨明，“杨太太”乃史夫人之母。而朱文长为何张冠李戴？很简单，他将“太太”的意思搞错了，以为明朝也和现代一样，以“太太”称夫人，不知道那时“太太”不是配偶而是“母亲级”（妈妈或岳母）的称谓，所以才有“他视她为第一夫人，并尊称‘太太’”这样的无稽之谈。不过，朱文长何以不但杜撰了正侧二室，且指那位“正室”姓氏为李，我们就毫不知情了。我知道的是，史家确有位李氏儿媳，但她却是史可模之妻，史可法曾在信中多次提到他们的婚事。

十四封家书，写于崇祯十一年十一月至十二年二月之间。这时，史可法人在安徽，担任安庆、庐州（今合肥）、太平、池州四府巡抚。北方家中，父亲身患重病，几经反复之后死去。除了惦念父亲的病情，史可法另外操心不已的，是家中几个女人：母亲尹氏、夫人杨氏和岳母杨太太。看起来，她们均非知书达礼之人，细大不捐，易生龃龉，而难于谅人，常置史可法于一地鸡毛。过去，我们习惯于英伟人物身后，站着胸怀宽广、品性高拔的女性。比如孟母三迁的故事、岳母刺字的故事；与史可法同时的左懋第，身后也有一位刚烈而识大体的母亲。但这故事模式，到史可法这儿却烟消云散。关于岳母杨太太，前面有“肠窄”一语。又曾在给弟弟史可模信中说：“嫂子心窄性执，凡事当谏劝之。”[3]至于老夫人尹氏，他不能口议母非，我们只见他给弟弟信中以“素多忧虑”[4]、“心窄，凡事须宽解之”[5]微

[1] 张廷玉等《明史》卷二百七十四，中华书局，1974，第7023页。
[2] 史可法《家书八》，《史忠正公集》卷三，商务印书馆，民国二十五年十二月，第38页。
[3] 史可法《家书十二》，同上，第42页。
[4] 史可法《家书五》，同上，第37页。
[5] 史可法《家书九》，同上，第39页。

言其性情，更多的，要借他与杨氏的通信了解。这些信，再三出现“万万不可灰心”[1]，“不可惹气”[2]，“不可时时愁苦”[3]，“夫人是极好心人”[4]，“只愿夫人作个大贤大孝之人”[5]等叮咛、央求、打气之语，这些话语背后，一般指向婆媳麻烦。

府中三位女眷，心胸都与“窄”字沾边。她们的日常交集，将生出多少闲气，一目了然。这当中，最值得同情也许是杨氏。结婚多年而终无一子，在那时是天大的烦恼。夫妻长期分离，迹近守寡不算，侍奉公婆及持家的担子全在一肩之上。这样的日子，即心胸豁达之人也难免愁眉不展。再者，连“夫贵妻荣”这一点，也没沾上光。她为此责怪过丈夫，史可法当时答道：“我在任已经年半，再过年半，就该考满、请诰封。所言覃恩，久已奉旨不准，非我不请也。”[6]覃恩，一般指皇帝给予臣民的封赏、赦免等，这里具体所指不明，大概是杨氏可以指望的某种恩典。至于“请诰封”，后来大概没有落实。因为未及“再过年半”，史可法丁忧去职。总之，杨氏不但身体辛苦，精神上亦无安慰，她的“心窄性执”只能日甚一日。而史可法所可指望的，仍然是她，每信不断予以鼓励以至恳求，崇祯十一年腊月一封长信最典型，一口气谈了奉公婆、和妯娌（弟媳妇即将过门）、保信心等五件“最要紧之事”，读来苦口婆心、烦言碎语：“太太娶了八哥媳妇，夫人更要小心，凡事务须含妨，不可存一点成心，只要求公姑欢喜，让得人，受得苦，才是享福之人。”“何必忧愁，就是凡事不如意都有个命在，看到他人家破身亡，我们便是有福之人，务要多方劝解。”[7]

中国有“畏大人”传统，位高权重则“异于常人”。史可法位非不高，权非不重，但我们看他的家庭生活以及所纠结之事，与常人有何不同？即有不同，似也是愁烦更多不少。我们并非廉价谈论什么“从神到人”、“从英雄到普通人”。我从中想到的是，像这种易被宏大叙事架空的历史人物，恰恰要回到日常状态，从生活情态切入，才能重新感知他，恢复对他的新鲜感，找到为之设身处地的情境。比如，我注意到他文字中有个

[1] 史可法《家书十一》，《史忠正公集》卷三，商务印书馆，民国二十五年十二月，第40页。
[2] 史可法《家书八》，同上，第38页。
[3] 史可法《家书四》，同上，第36页。
[4] 史可法《家书八》，同上，第38页。
[5] 史可法《家书四》，同上，第36页。
[6] 史可法《家书十一》，同上，第41页。
[7] 史可法《家书八》，同上，第38页。

常见的字眼:“苦”。通信《与杨某》,以下语自况:

> 弟事事苛细,徒自苦耳。[1]

临难前,遗书母亲:

> 儿在宦一十八年,诸苦备尝,不能有益于朝廷。[2]

给弟弟史可模的遗言,同样喟叹:

> 扬城日夕不守。劳苦数月,落此结果,一死以报朝廷。[3]

这个“苦”字,在以往对他的议论中,似乎无人觉得可以注意一下。赞美他的人,好像不便提到“苦”,好像他如有这种心情和感受,则有损于形象。批评他的人,又无视他的“苦”,拿不成功求全责备,质问他的能力,或究竟办成了哪一件事。但双方其实没有分别,都从“大人物”角度看他,想象他三头六臂,或用三头六臂要求他。其实他和常人一样,也两条胳膊两条腿;而所处局面,无论家事国事,却到处一地鸡毛。里里外外看下来,史可法既当不起英雄的光环,却也绝不该担负某些袖手清谈之辈的率意苛求。末日时刻,他有这样的感慨:“身死封疆,实有余恨。”[4]又说:“遭时不遇,有志未伸。”[5]他自知不成功,是失败者,而并不需要别人似乎一针见血、振聋发聩地指出。他带着余恨死去,有志未伸,心留惭愧。可实际看一看,他的志怎么个伸法?我不厌其烦,描述他的日常景状及种种琐事,一是还他以普通和平凡,另一面,也作为弘光政局的一番隐喻。后者的一地鸡毛,毫不逊于史可法有点焦头烂额的家中情形:七姑八嫂、人多口杂;左右掣肘而众难群疑,上下不睦而恩牛怨李,补苴罅漏而计尽力穷,跋前踬后而动辄

[1] 史可法《与杨某》,《史忠正公集》卷二,商务印书馆,民国二十五年十二月,第29页。
[2] 史可法《遗书二》,同上,第43页。
[3] 史可法《遗书四》,同上。
[4] 史可法《遗书一》,同上。
[5] 史可法《遗书五》,同上,第44页。

得咎。

七

因此，继前面讲过以“凛然、威严的姿态”把他做成塑像那种遮蔽之后，现在要讲另一种反方向的遮蔽——因他身系中枢、位高权重，就觉着他无所不能或应该无所不能。

后一种遮蔽，无过乎顾诚《南明史》。此书针对历来对史可法的称道，大做反面文章，给予几乎全部负面的评价，其强辞夺理、略无恕悯，到了罕见而怪异的地步。在史可法研究还很稀薄的情况下，这种声音会无形地放大。许多缺乏阅读古籍能力，不得不借今人著作了解历史的读者，很难辨别里面的是非。

《南明史》对史可法形象的改写，集中见第五章“弘光政权的瓦解”。不及翻至正文，我们即能于目录看见第二节标题写作“睢州之变和史可法南窜”。“南窜”这种词，几十年来都被革命话语当做一种丑化而用于匪帮敌寇，眼下竟加诸史可法，令人不由讶然，诧异作者何以鄙之如此。通读之后，原因又并不曲晦。第一，作者对弘光间正派力量都不抱好感，在他眼中不光史可法，东林—复社这股知识分子新兴政治力量亦属丑类：“直至社稷倾覆，江山变色，东林—复社党人仍把责任全归之于弘光昏庸、马阮乱政，自我标榜为正人君子，实际上他们自己也是一批追名逐利、制造倾轧的能手，对弘光朝廷的覆亡负有直接责任。”[1]第二，史可法的“联虏平寇”，尤为其所不满：“似乎他在考虑同清军作战了。然而，史可法的真实意图仍然是尽量避免同清方兵戎相见，继续一厢情愿地谋求与清军配合镇压大顺农民军。”[2]通过用词，我们清楚体会到了作者的感情倾向。熟悉昔日笔法的读者知道，“真实意图”、“配合镇压”，都是用于“批判”和“揭露”的。

其实呢，史可法或明朝当局报“君父之仇”、以李自成为不共戴天之敌，乃当时伦理上必有之义，“平寇”先于“却虏”的顺序也实出必然（且不说彼时清国击走李自成，对明朝还算“有恩”）。本来，

[1] 顾诚《南明史》，中国青年出版社，1997，第168页。
[2] 同上，第169页。

这都是昭然若揭、天下大白的道理，哪有什么需要隐藏的“真实意图”。至于“镇压”字眼里所含“当代义愤”，更非情理可解；那时没有马克思主义，史可法也不曾读到《中国社会各阶级分析》，或“在中国封建社会里，只有这种农民的阶级斗争、农民的起义和农民的战争，才是历史发展的真正动力”[1]这种论述，难道身为明朝枢臣，他还应爱戴李自成不成？

书中涉史可法而罔顾事实的笔触，比比皆是。例如，高杰死后，高夫人请以其子拜史可法为义父，而史可法不允。顾诚说：

> 这本来是史可法增进同高部将士感情的一个机会，然而史可法却因为高部是“流贼”出身，坚决拒绝，命高杰子拜提督江北兵马粮饷太监高起潜为义父。由此可见史可法政治偏见之深和不通权变。[2]

“因为高部是‘流贼’出身，坚决拒绝”，这样的说法，不知其据何书何载。我从诸记看到的刚好相反。史可法不但从未以“流贼出身”嫌弃高部，反而对其格外重视、倚重，以致有一定“偏爱”。这一点，从当初高杰争扬州时即如此，扬州市民对史可法的处理很有意见。史可法这种态度有两个原因。一是因为高杰实力最强，史可法心中将其视为北进的希望；其次，跟高杰为人有关，他野蛮粗狠、杀人如麻，但心地直爽、尚可感化，是个鲁智深式人物，后来证明确实如此。总之，史可法对高杰和他的部队不但没有“政治偏见”，简直还可以说另眼相待。同样，史可法在高杰部威望很高，根本不像顾诚说的感情有待“增进”。而当日情势（睢州大变后），史可法与高部间这种感情色彩，与其说该加强，不如说正好要适当淡化。他是朝廷在前线负责全局的督师，江北有四镇，非高部一镇，而四镇修怨日久，睢州大变后黄得功、刘泽清等正摩拳擦掌、寻隙滋事，冲突一触即发。往日，史可法既已令人觉得对高部不无偏倚，此时此刻，息事宁人犹且不及，再收高子为义子岂不火上浇油？高夫人之请，意图甚明，而史可法的不便应允，也是一目了然。此与“流贼出身”何干？

从《南明史》读到这类段落，我每每

[1] 毛泽东《中国革命和中国共产党》，《毛泽东选集》第二卷，人民出版社，1991，第625页。

[2] 顾诚《南明史》，中国青年出版社，1997，第173页。

史可法像 清·叶衍兰绘

叶衍兰（1823—1898）清代后期书画家，叶恭绰的祖父。他这幅史可法像，虽亦出自想象，但至少尊重史可法同时代人的目击，没有虚饰拔高。

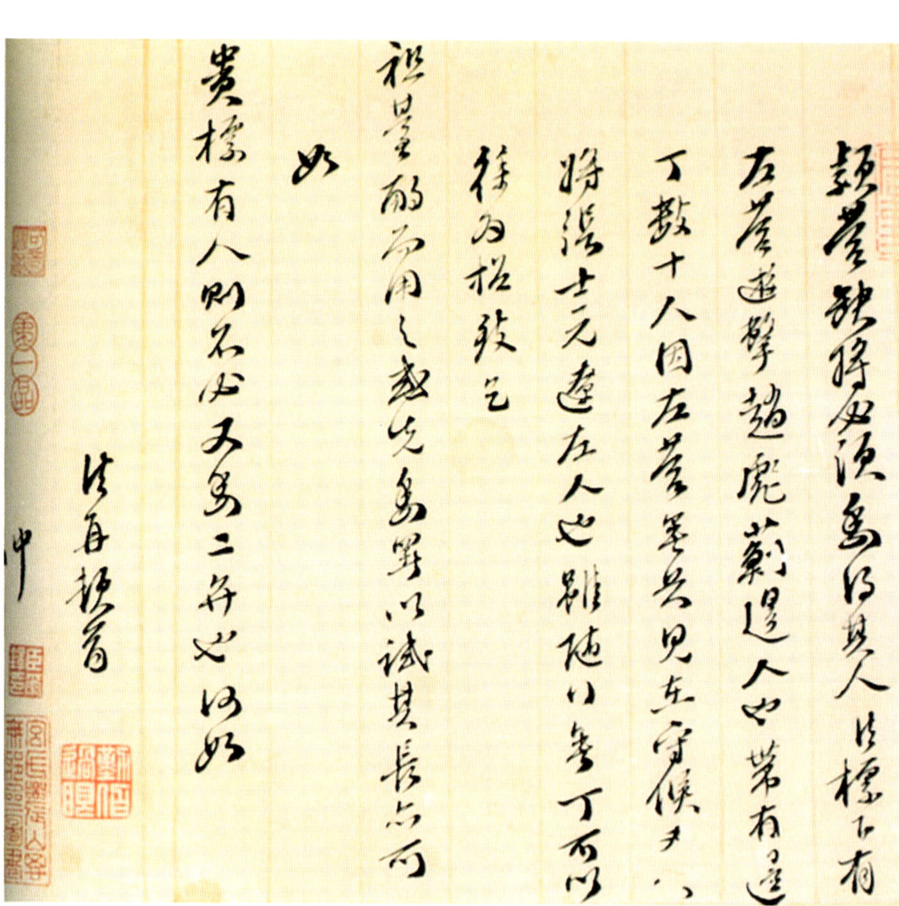

史可法信函

收信人不明，内容是推荐两位将领。一名赵彪，“蓟边人”，一名张士元，“辽左人”。从两人籍贯看，信中“左营”应即左良玉部。

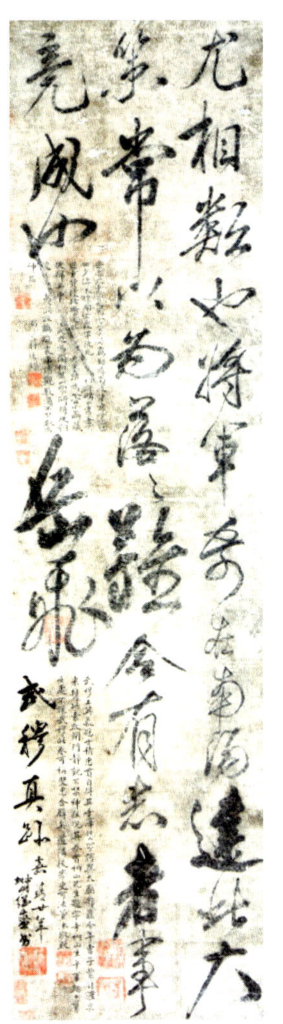

有史可法、杨继盛题跋的岳飞“手迹”

2009 年据称发现一幅岳飞遗墨，更巧的是上有杨继盛、史可法两人题跋。杨题：“武穆真迹。”史公所题在右侧：“……考椒山（杨继盛号椒山）生平事迹，忠勇之处不让武穆，此卷可称双忠合璧矣。”2011 年 3 月 1 日《扬州晚报》报道：“近日，故宫博物院专家将来扬作最后鉴定。”下文不知如何。岳飞真迹至今无一可以确认，此幅更是成疑。

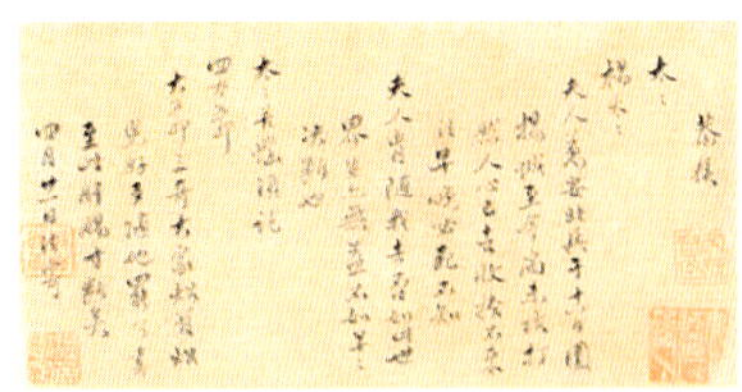

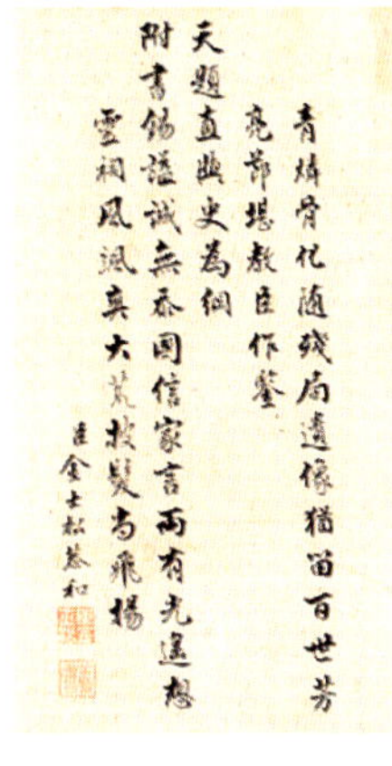

青燐骨化隨殘局遺像猶留百世芳
亮節堪教臣作鑒
天題直與史爲綱
附書錫謚誠無忝國信家言兩有光遥想
靈祠風颯爽大荒披髮尚飛揚
臣金士松恭和

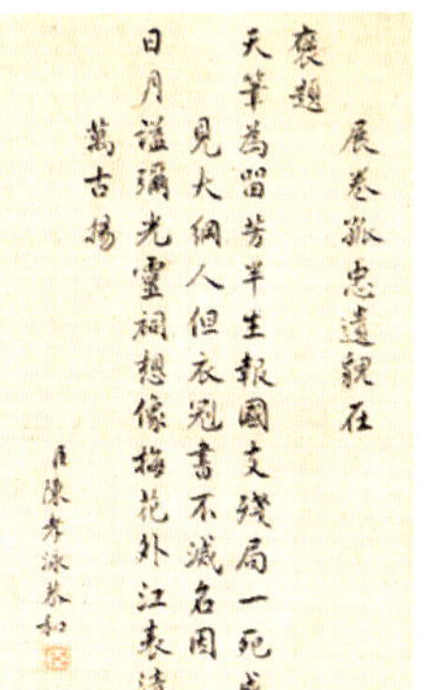

褒題
展卷瞻忠遺貌在
天筆爲留芳半生報國支殘局一死成仁
見大綱人但衣冠書不滅名同
日月謚彌光靈祠想像梅花外江表清風
萬古揚
臣陳孝泳恭和

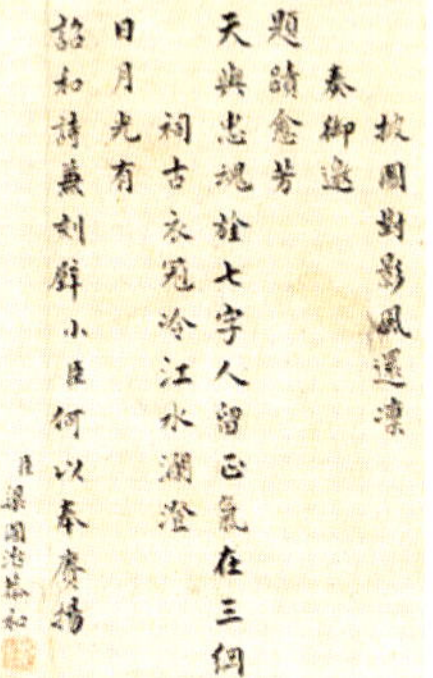

披圖對影風遺凜
奉御遙
題讀愈芳
天與忠魂詮七字人留正氣在三綱梅花
祠古衣冠冷江水瀾澄
日月光有
詒和詩無劉辟小臣何以奉賡揚
臣梁國治恭和

乾隆表彰史可法

清人在杀掉史可法一百年后，对他大力表彰。乾隆四十二年，爱新觉罗·弘历御题“褒慰忠魂”，亲制题像诗并文，共史公画像、家书，及大学士于敏中抄缮的《复摄政睿亲王书》、诸廷臣对御诗的和韵之作等，作为一卷装潢箧贮，置梅花岭史祠：“此卷如有愿求展阅者，亦听其便，但当加意护守，勿使稍致污损。”（《赐题遗像谕旨》）上即卷中部分图文。

同治丁卯歲首夏重鐫
史忠正公集
合州章士堂藏板

同治刻本《史忠正公集》

史可法既获清廷官方表彰，由义子史德威曾孙史开纯响应乾隆圣旨，将遗稿“分编列为四卷”，是为《史忠正公集》。书中文字，多有删改。

不知所措。直接看其议论，会以为作者于若干史实懵然无知，乃有与明确事实大相径庭的错判。但我们很清楚，原因不在此。作为资深的明史专家，那些并不偏僻的材料，理应在其所阅之中；恐怕，还是积年训养下渗入思维的"阶级斗争"意识及其史学模式起了作用。自五十年代或更早一点，以政治义理强史以就，便是当代史学根深叶茂的传统。代表者如郭沫若，学问未必不深厚，对史实未必不胸悬明镜，却在具体论述上，往往义理挂帅、以今昧古。这种风韵被泽数代，直至今日仍属可观。

定策及督师江北以来，史可法的言策、举措、行状，有大量材料及记述，《南渡录》《甲乙事案》《幸存录》《圣安本纪》《国榷》《明季南略》《爝火录》等等，载之甚明，仅史可法亲上奏章，《史忠正公集》即收有二十三篇全文，它们虽经清廷改窜，却仍不失研究工作的资料首选，而《南明史》颇置不顾，极乐意采信某些非主流言说。例如：

> 沛县著名文人阎尔梅当时正在史可法幕中，劝他"渡河复山东，不听；劝之西征复河南，又不听；劝之稍留徐州为河北望，又不听"，"一以退保扬州为上策"，即所谓："左右有言使公惧，拔营退走扬州去。两河义士雄心灰，号泣攀辕公不驻。"这就是被许多人盛誉为"抗清英雄"的史可法的本来面目。[1]

阎古古（尔梅号）其人，血气恣扬，慷慨激昂，有侠士风：

> 破产养死士，罹狱几濒于死。手刃爱妾亡去，历齐、楚、蜀、粤、秦、晋、燕塞。被株连者数十百家，时有不及附范孟博之叹。[2]

他是豪杰品质、激情性格，义薄云天不假，可往往行事冲动，但凭胸臆而激于一时。他的诗，就反映着这类特点。时人论之："出古古口中，都无恒语。"[3]"徐州阎古古尔梅，独工七律，对仗极齐

[1] 顾诚《南明史》，中国青年出版社，1997，第174页。

[2] 卓尔堪《明遗民诗》，钱仲联主编《清诗纪事》明遗民卷，江苏古籍出版社，1987，第134页。范孟博即范滂，东汉末名士，孟博是他的字，以气节刚硬闻名。

[3] 邓汉仪《诗观三集》，钱仲联主编《清诗纪事》明遗民卷，江苏古籍出版社，1987，第135页。

整，时有生气，亦颇能造警句，惟粗率廓落处太多耳。”[1]因了这性情，加上沛县地近山东，他以往在山东游历多、感情深，收复愿望特别迫切，惜乎想法如其诗，“粗率廓落处太多”。他“散家财万金，结豪杰，往来山东、河南，数有兵起，旋皆破灭”[2]，这种奋不顾身、不计后果、鱼死网破的个人英雄主义，史可法无从效仿。两人身份不同，阎尔梅可以“不在其位，不谋其政”，史可法不行。史可法是朝廷大臣，手下军队乃朝廷饷银所养，非他个人私募的兵丁，他没法做到阎尔梅那样，仗义即行。况且朝中掣肘、刁难、暗算等种种复杂内情，更非以为“抛头颅、洒热血”即济其事的阎尔梅所能想象者。这就是阎尔梅“数上奇计”，而史可法不能用的原因。至于“劝之稍留徐州为河北望，又不听”，又是怎么回事呢？彼时，高杰被害，史可法星夜赶来徐州，稳定帅位空虚、军心浮动的高杰所部。不料，事情刚刚停妥就传来消息，与高杰宿怨极深的黄得功闻风而动，欲进兵扬州，尽杀高部留在后方的妻子家眷。一闻此讯，高部李成栋等将即从徐州拔城而退。史可法忧心如焚，他要紧急赶往扬州制止内讧，对于阎尔梅之劝留，当然不能从命。此事原委不过如此，顾诚却以此暗示史可法不肯抗清。说到力主“恢复”，满朝上下我不知还有谁比史可法更切盼这种局面，唯一的几乎每奏必言“恢复”“北进”的大臣，不就是史可法么？凡此，顾诚不可能不清楚，然而他却引了几行明显激于辞气的诗句，来揭露史可法的“本来面目”。

阎古古虽然偏激，但忠肝义胆，他对史可法不满系忠义所致，不存恶意。应廷吉就不一样了。应廷吉对史可法暗怀幽怨，其于扬州之变后所著《青燐屑》，以史幕近僚身份讲述许多“独家”见闻。职是之故，它是我们较重视的参考书，然而，其中不少地方挟怨寄私，彰彰明甚，即无慧眼亦不难见——有关应廷吉之怨的由来，及《青燐屑》抹黑史可法之处，后面再具体指出——而《南明史》第五章第四节“扬州失守”，却主要以《青燐屑》为本，尽采其意于史可法不利的说法。如说“史可法惊惶失措，胸中漫无主见”[3]；又说，面对几支逃军，“史可法以倘若阻止他们出城投降恐生内变为理由，听之任之，不加禁止”[4]，似乎“恐生内变”是史可法所编造的托辞；还如，“当清军

[1] 朱庭珍《筱园诗话》，钱仲联主编《清诗纪事》明遗民卷，江苏古籍出版社，1987，第135页。
[2] 邓之诚《清诗纪事初编》，同上，第136页。
[3] 顾诚《南明史》，中国青年出版社，1997，第182页。
[4] 同上，第183页。

初抵城下时，总兵刘肇基建议乘敌大众未到，立足未稳，出城一战。史可法却说：‘锐气不可轻试，且养全锋以待其毙。’”[1]暗示史可法贻误战机、坐以待毙。情节均取自《青燐屑》，顾氏则在此基础上变换字眼，宛转发挥、添油加醋，像“惊慌失措”（应廷吉原话为“阁部方寸乱矣”）、“以……为理由”、“却说”之类，皆属此类小技巧，以将读者印象进一步引向不佳。

最后，作者拿出了一揽子评价：

> 作为军事家，他以堂堂督师阁部的身分经营江北将近一年，耗费了大量的人力、物力、财力，却一筹莫展，毫无作为。直到清军主力南下，他所节制的将领绝大多数倒戈投降，变成清朝征服南明的劲旅，史可法驭将无能由此可见。即以扬州战役而言，史可法也没有组织有效的抵抗……把史可法捧为巨星，无非是因为他官大；孰不知官高任重，身系社稷安然，史可法在军国重务上决策几乎全部错误，对于弘光朝廷的土崩瓦解负有不可推卸的责任。[2]

未遑亲读史料的读者，见了这一段，不知将把史可法想成如何渺小可鄙之人。而稍知史事者，则将极诧于作者抹煞、昧没情理一至于斯！

上面每个具体指责，都无视明确事实，我们现在就一一辨之。

且以所谓“耗费了大量的人力、物力、财力”为例。真相是什么？真相是：史可法督师江北，最苦无饷，名义上财政应拨钱款数额明确，事实上则迟迟不能落实，诸记以及史可法奏疏中，催讨记录正不知有多少，无奈，史可法不得不思屯田图之，甚至亲至大户人家劝捐……我们且看几个材料。甲申八月，为军饷屡讨不至，性格善忍的史可法罕见地发起牢骚：

> 近闻诸臣条奏，但知催兵，不知计饷。天下宁有不食之兵、不饲之马？可以进取者，目前但有饷银可应，臣即躬率櫜鞬为诸镇前驱。[3]

九月间：

[1] 顾诚《南明史》，中国青年出版社，1997，第183页。
[2] 同上，第184—186页。
[3] 李清《南渡录》，《南明史料（八种）》，江苏古籍出版社，1999，第212页。

以高杰方刻期进取，为请饷于朝，而马士英以镇将与可法协，为不利己，阴裁抑之。可法因疏言："臣皇皇渡江，岂直调和四镇哉？朝廷之设四镇，岂直江北数郡哉？高杰请进取开、归，直捣关、洛，其志甚锐。臣于六月请粮，今九月矣，岂有不食之卒可以杀贼乎？"士英益靳之，不发，数诏趣出师，可法举示四镇，皆曰："不能给我饷，而责我战乎？"由是坐困。[1]

十一月，史可法敦促朝廷下达"讨贼诏书"，又提到：

兵行最苦无粮，搜括既不可行，劝输亦难为继。请将不急之工程，可已之繁费，朝夕之燕衎，左右之进献，一切报罢……振举朝之精神，萃万方之物力，尽并于选将练兵一事，庶人心可鼓，天意可回。[2]

同月，一股清兵首次出现于黄河以南的宿迁、邳州一带，史可法派总兵刘肇基、李栖凤往援，同时将动向上报南京：

已而报至南都，士英大笑。时杨士聪在坐，惊问："何为？"士英曰："君以为诚有是事邪？此史道邻妙用也。岁将暮矣，将吏例应叙功，钱粮例应销算，为叙功、销算地也。"[3]

马士英念念于猜忌、掣肘，有此人在，而说史可法"耗费了大量的人力、物力、财力"，罔顾事实，岂可如此？此说之诬史可法，较马士英闻报笑称不过是"为叙功、销算地也"，颇有异曲同工之处。

次如"驭将无能"。若能平心而论，都不会否认史可法固有督师之名，实则迹近光杆司令。且不说马、阮在南京始终作梗、遥加沮抑，即诸家镇将，除高杰后为史可法所感、愿供驱策，哪个不是

[1] 徐鼒《小腆纪传》列传第三，史可法，中华书局，1958，第123—124页。

[2] 张廷玉等《明史》卷二百七十四，中华书局，1974，第7021页。

[3] 徐鼒《小腆纪传》列传第三，史可法，中华书局，1958，第124页。

拥兵自重、唯知自保不肯利国的军阀？史可法对他们确不能驭，然而，原因竟是他“无能”么？

还有扬州“没有组织有效的抵抗”的问题。粗知当时实情者晓得，清兵迫近之前，黄得功和刘良佐已被马士英西撤对付左良玉，而刘泽清和高部李成栋则各率大军逃至沿江。及清军兵临城下，扬州守军又有甘肃镇李栖凤、高岐凤部及川军胡尚友、韩尚良部先后逃走、投降。不要说野战主力，稍有战斗力的地方部队也不过是刘肇基所率四百余人[1]。如此兵微将寡，你让史可法怎样对装备红衣大炮的多铎大军实施“有效抵抗”？史载颇明：“城内兵能战者少，可法乃闭门坚守。”[2]当此绝境，史可法不动如山，以身殉国，我们又何忍责其更多？

而尤不可理喻，明军的普遍望风而降，居然也归咎于史可法。稍具理智都不可能无视两个基本事实：诸将都降了，唯独史可法作为督师未降；南京整个内阁班子，或降或逃，唯独史可法未降未逃而死任上。面此事实，“他所节制的将领绝大多数倒戈投降，变成清朝征服南明的劲旅”这句话，究竟想说什么？凡此种种，如果据而认为顾氏对史可法有一种怪异难解的敌意，实在不能算强加于他。不过，怪异难解仅是从事实或“人之常情”角度讲，自顾氏本人观念而言，却一点不难解释。我就从书中读出了两点，一是作者对史可法以“平寇”优先深深嗛恨，无法释怀；二是出于如下一种心迹：“把史可法捧为巨星，无非是因为他官大；孰不知官高任重……”还是那个“大人物”的话题，亦即质疑史可法是否配得上“大人物”。你都官至宰辅、兵部尚书了，却不能扭转乾坤、一柱擎天；如此，讥而啐之，有何不可？他想必主张英雄和伟人都是伟大、光荣而正确的，而失败和没落如史可法者，必定不配。

八

说起来，批评史可法，也并不自顾诚《南明史》始。史可法同时代就有这样的声音，乃至出于“同一营垒”，例如黄宗羲。《弘光实录钞》刚刚开篇就说：

[1]应廷吉《青燐屑》，《明季稗史初编》，上海书店，1988，第441页。

[2]徐鼒《小腆纪年附考》，中华书局，2006，第358页。

士英之所以挟可法，与可法之所以受挟于士英者，皆为定策之异议也。当是时，可法不妨明言，始之所以异议者，社稷为重、君为轻之义；委质已定，君臣分明，何嫌何疑而交构其间乎？城府洞开，小人亦失其所秘，奈何有讳言之心，授士英以引而不发之矢乎？臣尝与刘宗周言之，宗周以为然，语之可法，不能用也。[1]

这是就定策一事，批评史可法失误。黄宗羲认为，当时，应本着社稷为重、君为轻之义，开诚布公，大胆陈述不迎福王朱由崧而迎潞王的道理，史可法却惧担嫌疑，不能坦荡坚持，反被马士英钻空子，作为把柄捏在手中。单论道理本身，我投黄宗羲一票。然而黄的思想层次——唾弃君主专制——史可法达不到，他是传统意义上的正派朝臣，而非叛逆者，没有多少批判精神，要他超越礼法是不现实的。再者，史、黄还有一点不同，前者在位谋政，后者是可以率性而论的清流；这个差别远比想象的重要。

前面的阎尔梅，也是一个著名的史可法批评者。但阎尔梅也好，黄宗羲也好，批评史可法乃是基于政治或策略的异见，其间孰是孰非，都可以或者有待辨析和讨论。应廷吉所著《青燐屑》则不同。作为以亲历记面目出现的江北史幕见闻记，其史料价值不必抹煞。不过，文中对史可法的评论乃至某些陈述，心存芥蒂甚而捏造杜撰，是很明显的。下面一段就比较突出。应廷吉说甲申年十一月初四，在一次私下谈话中，对时局倍感失望的史可法这样说：

揆厥所由，职由四镇尾大不掉。为今之计，惟斩四臣头悬之国门，以为任事不忠之戒，或其有济。昔之建议而封四镇者，高弘图也；从中主张赞成其事者，姜曰广马士英也。依违其间无所救正者，余也。[2]

惊人地透露，设四镇主张出自高弘图，姜曰广、马士英积极支持，自己只是别无良策而予以附和。这是《青燐屑》的

[1] 黄宗羲《弘光实录钞》卷一，《黄宗羲全集》第二册，浙江古籍出版社，1986，第3—4页。
[2] 应廷吉《青燐屑》，《明季稗史初编》卷二十四，上海书店，1988，第429页。

独家"爆料",只能用闻所未闻形容。此外所有记载表明,设四镇虽经内阁集议,但构想来自史可法;史可法本人《议设四藩疏》也明确写道:"臣酌地利,当设四藩。"[1]我们若拿"爆料"与事实相对照,对于史可法很难不留下推卸责任、饰非掩过的坏印象。然而稍析之则可知,此必为伪说无疑。史、应二人之间,远非可寄以心腹的关系。史幕左右甚多,这番话如非同寻常,与闻者必非应廷吉,如可逢人便说,又为何只有应廷吉知道、别人均无所载?最最明显的,里面有个致命漏洞,即"为今之计,惟斩四臣头悬之国门,以为任事不忠之戒"这句话。当时,高杰已率军北进,史可法半年来努力总算看到一点进展,他怎么可能在这时愤然提出"斩四臣头悬之国门",且将高杰包括在内?其说之伪,立然可断。

在《青燐屑》里,这种意在抹黑史可法的笔触,并非个别,而是处处可见。如丘磊被杀事,"虽史公奉旨而行,实东平(刘泽清)修怨为之也。"[2]微讽史可法杀丘磊以满足刘泽清,此亦《青燐屑》独家之说。"四方倖进之徒接踵而至……廷吉病之,白史公曰,是皆跃冶之士,究无实用……相聚数月,既无拔萃之才,亦无破格之选。"[3]说礼贤馆尽收留一些无用之辈。理饷财政也很失败,"复以周某为理饷总兵,兴贩米豆,官私夹带,上下为奸。利之所入,不全在官。"[4]"遂议屯田","迄无成功",应廷吉为指其弊,而"公不以为然,强之视屯田佥事事"。[5]军事防务上搞形式主义,"沿河筑墩,以为施放炮火之地",应廷吉指出黄河沿岸为沙地,"土性虚浮","安能架炮","而同事诸公,方欲以筑墩多少居为己功",不听[6]。后面又就扬州的失陷,历数史可法的种种失误(即顾诚《南明史》所乐于采用者)。览其全文,史可法除了精神尚属可嘉,别的一无是处,就连他宵衣旰食、夙夜辛劳,也是工作不得要领的明证(前引黄月芳的劝谏),难怪顾诚能以《青燐屑》为本,据而得出史可法"毫无作为"的结论。

由于《青燐屑》对史可法的描述几乎都是独出机杼的"孤证",我们纵表怀疑,却没有办法否证,特别是涉及很具体的细节时。不过,有一个办法,我们可以看他的行文,看他的逻辑,由此确定他写作态度是客观唯实,还是意气用

[1] 史可法《议设四藩疏》,《史忠正公集》卷一,商务印书馆,民国二十五年十二月,第3页。
[2] 应廷吉《青燐屑》,《明季稗史初编》卷二十四,上海书店,1988,第429页。
[3] 同上,第430页。
[4] 同上。
[5] 同上。
[6] 同上,第430—431页。

事、昧私爽言。就此,我们可以注意两点。第一,作者对史可法不够重视自己,相当失望。他几处描写史可法不辨贤愚、不纳嘉言,都与自己有关,同时对史幕中有人受到更高礼遇,怨艾不已。如:

> 卢渭是年充岁贡生,赴扬谒见,实有非分之望。公优礼有加,剧谈不倦。及试职衔,识卓议高,词采濬发,原拟压卷;公手其文,击节叹赏。[1]

这是暗讽史可法喜欢谀奉。这个卢渭,就是马士英排挤史可法出京时,"率太学诸生乞留可法"[2]并说出"秦桧在内,李纲在外"[3]名言的那个人。应廷吉用显而易见的渲染,隐指史可法对卢渭到来所予隆重礼遇,包含私心。同时在别的地方一再暗示,对于像他这样无故非亲之人,史可法态度完全不同,人、言俱不能用。其中他觉得较为有力的一例,是史可法"锐意河南"、他则主张"取道于东",认为首选应为山东,强调彼地百姓"翘望王师如雨济旱","义声直进,彼中豪杰,必有响应者",效果一定超过河南,史可法却拒不采纳。[4]还有几件事,应廷吉也感到自己理由充分,都被置若罔闻。这让他明显负气,并用情绪化的笔触来表达心中不满。比如,这么描写高杰的出征仪式:

> 仪征返旆,决意河南之行。番山鹞(高杰绰号)于初十日祭旗,风吹,大纛顿折,红衣大炮无故自裂。杰曰:此偶然耳。遂于十月十四日登舟。应廷吉私谓人曰:旗断炮裂,已为不祥,今十四日,俗称月忌,又为十恶大败,何故登舟?[5]

事既荒诞,而意若怨恨,简直是以恶意的摇唇鼓舌诅咒史可法必然失败,一个人心胸如此,出言怎能做到公正平和?第二,我们明显看到,他的思想有严重的神秘主义和命理色彩。他对此相当自鸣得意,以为不同凡响之处,极力张扬和凸显这一点,开篇便讲了一串"天

[1] 应廷吉《青燐屑》,《明季稗史初编》卷二十五,上海书店,1988,第438页。
[2] 梅村野史《鹿樵纪闻》,台湾文献丛刊第五辑《东山国语·鹿樵纪闻》(合订本),台湾大通书局,1995,第2页。
[3] 徐鼒《小腆纪年附考》,中华书局,2006,第173页。
[4] 应廷吉《青燐屑》,《明季稗史初编》卷二十四,上海书店,1988,第427页。
[5] 同上,第428页。

儆”、“异象”，如他曾在北京遇见一种怪鸟，“所见之国亡”；又曾见一种特殊雷电，“电中聚火，人君绝世”；以及“天津抚院将台旗竿终夜号泣”、“五凤楼前门拴，风断三截”，诸如此类。[1]他号称“三式之学皆精、天官之微更悉”[2]，居奇炫异，亟欲以此售于史幕。还举出实例，说明自己如何灵验：

> 八月十五日，阁部升帐，忽旋风从东南起，吹折牙旗一面，其风旋转丹墀，良久方散。公以廷吉初至军前，欲试其实，即命占之。占曰：“风从月德方来，为本日贵人。时当有贵臣奉王命而至者。风势旋转飘忽，其事为争，音属征、象为火、数居四。二十日内，当有争斗之事。五日前后，须防失火，且损六畜。”越三日，城西北隅火焚，死一驴，毁民舍三间。匝月，遂有土桥之变，而督师高大监以王命至。公因其学之非妄也，时咨问焉。[3]

实有其事否？他姑妄说之，我们也只姑妄听之。但无待烦言，史可法不便听之信之，恰恰也在于此。军国大事非儿戏，除非疯子才肯按照那种奇谈怪论行事。所以应、史之间的情形，一点也不难于明白——清谈无妨，其言难用。不过，史可法可以这么看他，旁观者也可以这么看待他，应廷吉却绝不这么看待自己。他可能认真地相信自己那些“特异功能”，而将货而不售叹为无理的排斥。他对自己在史幕中的遭际牢骚满腹，对史可法则卑之无甚高论。总之，一对史可法厚此薄彼不满，二对史可法不用其学不满；因为这样，他写到史可法时很多地方都是带着情绪的，哪怕是事实，从他笔下出来也不免变味，更不必说有些一望可知绝非事实。

九

年来的阅读，终至于有这种感觉：假如把现存的史可法材料一件件在桌上摆开，一眼望去，简直不知道是否有一件完全靠得住，似乎都有可疑之处——要么无瑕得可疑，要么又劣陋得可疑，而清廷官方审定的《史忠正公集》和应

[1] 应廷吉《青燐屑》，《明季稗史初编》卷二十四，上海书店，1988，第421页。
[2] 同上，第424页。
[3] 同上。

廷吉《青燐屑》便是分别的代表。这真的相当麻烦。一来人物面目不能不受很大影响，二来给我们的工作平添了难度。按我体会，不要说不曾靠自己双眼亲读史料，即便读过一二种的人，也不能指望去把握和确定其中的事实。陷阱太多，或明或隐，非得尽量多读，才绕得过它们，曲折接近真相——甚至绕过了陷阱，而仍不知真相。这种情况，倒并非只在史可法那里才遇到，很多“大人物”都是如此。人们一般只看到“大人物”彪炳青史，事迹传广流远，虽死犹生。实则这仅为一面，而在另一面，名声愈显赫、地位愈重要，面目可能愈搞不清——因为“说法”太多。读史可法，始终有此感觉。我们好像不难在主干大节上把握他，但一到细节处，却每每雾失楼台。

发此感慨，是因马上又要面对一个谜团。

本文从史可法生年疑难中开始，眼下即将收尾，情况却并未变得更顺利，相反又有疑难等待我们。那就是“史可法之死”。之前生年问题，悬之已久，我们努力一番，算是侥幸解决了。此番不同，关于他是怎么死的，这个问题，老老实实说到现在还是无望水落石出。假如过去有人告诉我，史可法从生到死都是一笔糊涂账，我断然不信。然而此刻我想对读者说的，却正是这句话。

起初，或者说事情发生不久的时候，人们有关其下落的讲述——如李清《南渡录》、顾炎武《圣安本纪》、顾苓《金陵野钞》、夏允彝《幸存录》、文秉《甲乙事案》等——要么不知道，要么不能肯定。顾炎武说“不知所在”[1]，李清说“或云被执，叩之不应，见杀；或云不知所之”[2]，文秉说“可法拥七十骑突围而出，行至班竹园地方，清兵追及，歼之，史遂死乱军中”[3]，顾苓说“督师兵部尚书武英殿大学士史可法，不知所终”[4]，夏允彝说“扬州城破，可法死之；或云遁去未死也”。[5]还可以听听应廷吉怎么说。《青燐屑》以“阁部没后”一语肯定史可法已死，却丝毫不提是怎么死的，稍后则引用了一名清军将领的自叙：“有北将曰：‘曩下淮扬，吾当先摧敌，若史公者，业手刃之矣。’”[6]

[1] 顾炎武《圣安皇帝本纪》，《南明史料(八种)》，江苏古籍出版社，1999，第115页。

[2] 李清《南渡录》，《南明史料(八种)》，江苏古籍出版社，1999，第405页。

[3] 文秉《甲乙事案》，《南明史料(八种)》，江苏古籍出版社，1999，第548页。

[4] 顾苓《金陵野钞》，《南明史料(八种)》，江苏古籍出版社，1999，第212页。

[5] 夏允彝《幸存录》，《明季稗史初编》卷十五，上海书店，1988，第309页。

[6] 应廷吉《青燐屑》，《明季稗史初编》卷二十五，上海书店，1988，第442页。

此人声称，他亲手杀掉一位相貌与史可法相仿的人。这说明，连应廷吉都不直接知道史可法下落，他只能援引一个道听途说的情节，而这情节实际仅仅是说，他杀掉了一个似乎是史可法的人。

众说纷纭，莫衷一是。须知以上诸书有的成稿可能相当晚，距事发时或至二三十年后，但史可法下落仍旧扑朔迷离。

所有讲述中，最接近"第一现场"的，当为史德威的回忆。乙酉四月二十五日：

> 阁部知势已去，乃与德威诀，持刀自刎。参将许谨，双手抱住，血溅衣袂，未绝；复令德威刃之，德威不忍加。相持昏绝间，(许)谨同数十人拥阁部下城，至东门，谨等被乱箭射死。阁部问："前驱为谁？"德威以豫王答之。阁部大呼曰："史可法在此！"北兵惊愕。众前，执赴新城南门楼上。豫王相待如宾，口呼"先生"。[1]

多铎再行劝降，史可法断然拒绝。据史德威说，这时他因担心身上所携五封遗书的安全，"奔盐商段姓家藏《遗书》"，之后再折回南城楼：

> 回视阁部词色俱厉。豫王曰："既为忠臣，当杀之以全其名。"阁部曰："城亡与亡，我意已决。即劈尸万段，甘之如饴。但扬州百万生灵，既属于尔，当示以宽大，万不杀！"遂慨然就义于扬之南城楼上，尸为众兵舁失。[2]

过程算很具体了——死于何地，为谁所杀——后来一般均依此说。但这当中是有疑点的。疑点便是史德威一度离开，然后返回南城楼这个情节。他有没有这样的机会？既然清军已知捉住的是史可法，防范会如此疏松吗？还有，稍前一点，众多扈从死于乱箭，为何史德威独活？特别是脱身后又折返南城楼，可能性如何？须知当时情形，不是街头看热闹，去而复还，无异送死……基于诸

[1] 史德威《史可法维扬殉节录》，《甲申朝事小纪》，书目文献出版社，1987，第13—14页。

[2] 同上，第14页。

多疑惑，我忍不住“以小人之心度君子之腹”——史德威会不会之前（乱箭齐发时）已趁乱逃走，而根本不曾目睹史可法被捕、被害之情形？读其于顺治四年所写《家祭文一》，上述疑问似乎有一些线索：

> 四月二十有五日，维我府君授命扬之小东门，慷慨激烈，不孝侍侧，肺肝摧裂，非不欲死，方思治棺，旋复被执，几十有二日。[1]

在此，他的视线截止于小东门，亦即“乱箭”齐发那一刻，而不及于南城楼。嗣后，“方思治棺，旋复被执”。说明他离开了，去治棺（这确是史可法托付的事），而且似乎在办这件事过程中被抓。稍后，他又说：

> 非不可死，夫情有所欲死，力有所能死，势有所可死，而卒三年如一日，忍死以至于今日。[2]

对当日之未死，有一种愧疚。这愧疚，是缘于曾从死亡跟前逃开么？我们有此疑惑，非为追究史德威之不死（他在艰难困苦中终生践行史可法嘱托，忠耿可敬），而是觉得他关系着史可法生命的终点。从目前看，这终点仍然存着问号，还不能画上句号。

但这谜团的最大责任人及制造者，实际是清廷政权。他们并非如一百年后表现的那样，对史可法足够尊敬。当他们在扬州杀害他时，压根儿不当回事，就像杀掉任何一个不肯投降的俘虏。史可法生前很看重死有所葬，收史德威为义子，主要也是为己了此心愿，他在给母亲、弟弟的遗书中都提到“得副将史德威为我了后事”[3]。据史德威说，他被抓后关在叛将许定国营中拷审，五月初一获释，“以全忠臣后嗣”。甫放出，即“进城找寻阁部遗骸。但见尸积如山，时天炎热，众尸蒸变难识，不敢妄认”，于是赶往南京向老夫人报讣（尹氏、杨氏已于史从质死后迎至南京）。又过一个多月，史德威再赴扬州，“至段宅找寻原藏

[1] 史德威《家祭文一》，扬州史公祠陈列件。
[2] 同上。
[3] 史可法《遗书四》，《史忠正公集》卷三，商务印书馆，民国二十五年十二月，第43页。

衣冠冢

史可法尸骨无存。扬城陷后一个多月，史德威返回，将史公衣、冠、笏三件遗物，“葬于梅花岭旁，封坎建碑，聊遵遗命”。然而，墓中即便这三样东西是否原物，其实也无从得知。

史公祠陈列的古炮

扬城攻守，炮战猛烈。“铅弹大者如罍，堞堕不能修，以大袋沉泥填之。”守军炮火远逊清军，扬州最后就是破于炮火：“巨炮摧西北隅，崩声如雷，城遂陷。”此陈列品固非当时遗物，但可借以想象战时情形。

《遗书》，而段门杀掠殆尽”，所幸最终“于破屋废纸内捡出”，这便是《史忠正公集》所录五封遗书。以后，他把史可法的衣、冠、笏三件遗物，“葬于梅花岭旁，封坎建碑，聊遵遗命”，此即今之史公墓——实际是座衣冠冢。下葬时间，书中印作“丙午清明后一日”[1]，“丙午”（康熙五年）恐为“丙戌”（顺治三年）之误。总之，扬州衣冠冢是抹不去的物证。它证实：第一，清廷将史可法草草地杀掉了；第二，史可法尸骨无存，我们相信他死于扬州，但确实不知道他于什么时间、什么地点、经何人杀死——自法医学角度，他的死，至今是个无头案。

十

乾隆十年（1745），亦即史可法牺牲整整百年，史德威子史纂写下《家祭文二》，讲述一家的悲惨经历。他说，父亲多年奔走于吴晋之间（史德威是山西人，据文秉《甲乙事案》，还是少数民族，“夷种也”[2]），“流离困苦，每至墓侧，血泪交流，惧守祀之无人也。”庚戌年（1670，康熙九年），史德威“仓卒见背”，很突然地死去。当时，史纂“尚在襁褓”，母亲带他回到娘家，靠“十指缄线”把史纂拉扯大。己巳年（1689，康熙二十八年）史纂大约二十岁时，母亲也去世。之后，史纂生活极其艰辛，一度竟至“提携幼子，藉眠僧榻”，寄居寺院。他说，由于这些原因，“纂数十年来，蒿目松楸，而未能上请祀典者”。实际上，史德威一死，史墓既无人祭祀，也无人照管。雍正四年（1726），史纂景况稍好，到扬州谒祖，发现已“被巨猾占污”，墓不成墓。他找到地方官，“泣请当路驱除，筑园砖圹”，并叹道：“嗟乎！使护守维谨，何致惨遭践蹂。”[3]

乾隆九年（1744），情况始有变化。史纂说，那年扬州“详定春秋牲牢，我祖今始得邀明禋之典”。[4]尚系地方官之所为。又三十年，彻底大变。乾隆四十年（1775），乾隆皇帝颁旨，以史可法为忠臣楷模，隆重表彰。圣旨评价是：“节秉清刚，心存干济，危颠难救，正直不回。”[5]

[1] 史德威《史可法维扬殉节录》，《甲申朝事小纪》，书目文献出版社，1987，第14页。

[2] 文秉《甲乙事案》，《南明史料（八种）》，江苏古籍出版社，1999，第548页。

[3] 史纂《家祭文二》，扬州史公祠陈列件。

[4] 同上。

[5] 《钦定胜期殉节诸臣录》，《史忠正公集》卷首，商务印书馆，民国二十五年十二月，第3页。

赐谥“忠正”。乾隆皇帝并亲制御诗一首，题于史可法画像；命大学士于敏中及以下七人，步其韵各作诗一首；又命于敏中专门到“内阁册库”找出史可法当年给多尔衮的复信，由于敏中抄写之后刻碑；次年正式在扬州为史可法建祠。至此，史可法从死无葬身之地，一跃而享有个人专属祠堂。

故事未完。时间来到二十世纪。从“驱逐鞑虏，恢复中华”到抗战爆发，史可法成为与文天祥齐名的民族英雄。这形象一直保持到六十年代初，正如我们从史公祠诸多题辞看到的。而仅隔数年，一九六六年一月十日，“文革”尚未正式开始，《文汇报》发表了《应该怎样评价史可法——评中国历史小丛书〈史可法〉》一文，判定他为“镇压农民起义的刽子手”。虽然“文革”仅维持十年而破产，这评价却并未随之销声匿迹，反而似乎作为“经典”视角或关于史可法的条件反射，沉淀在一些人意识中。

我自己体会，五花八门各种评价中，以陈去病《五石脂》转述的张伯玉一番话，与一年来感受最相投契。陈氏介绍说：“有山阳人张伯玉者，名璵若，曾以布衣参公军，特为文祭公。”这位与应廷吉一样的督师府昔日幕僚，如此表述史可法的意义：

> 谓公居无如何之时，值不可为之地，而极不得已之心。当夫天崩地圮、日月摧冥，不死于城头，而死于乱军。无骨可葬，无墓可封，天也人也？亦公自审于天人之际而为之也！[1]

天也人也？我于史可法，取那个“人”字。尽人事以听天命。他所做的，大抵如此。

[1] 陈去病《五石脂》，《丹午笔记·吴城日记·五石脂》，江苏古籍出版社，1999，第327页。

四　镇

孤城落日斗兵稀

明末，理想的态度只见于士大夫、文人，而几乎不见诸武人。整个武人集团中，脱于蒙昧、抱旨而行的例子，微乎其微。明末文武之间在精神品质上的悬殊，已经构成那个时代最具特色和兴味的问题。

一

谈明之亡，不能不谈其武力；谈其武力，又不能不谈江北四镇。

甲申年五月十五日，朱由崧甫由监国即皇帝位，史可法等即以“设四藩”奏闻。这是对前一日召对的复命。它制订了有关江北的一揽子军事部署，主要内容是：以督师一员，驻于扬州，居中调度。下设四镇，以刘泽清、高杰、刘良佐和黄得功分驻淮安、泗州、临淮（凤阳）、庐州（合肥）。四镇的任务，近期在防务，远期为“恢复”。淮安镇未来沿山东方向恢复，泗州镇未来沿开封、归德方向恢复；临淮镇未来沿陈州、杞县方向恢复；庐州镇未来沿光州、固始方向恢复。

到最后实施时，出现以下一些变化：原拟以马士英为督师，但马采取准军事政变手法，带兵赴南京，如愿以偿地成为内阁首辅留在南京，而把史可法挤到扬州当督师。高杰不肯去泗州，猛攻扬州，志在必得，朝廷屈服其压力，把他驻地改为距扬州仅三十余里的瓜洲，使扬州危机化解。高杰改瓜洲后，为了有所抑制，史可法又把黄得功从庐州移到仪真（仪征）。所以，最终江北军事体系是这样的：

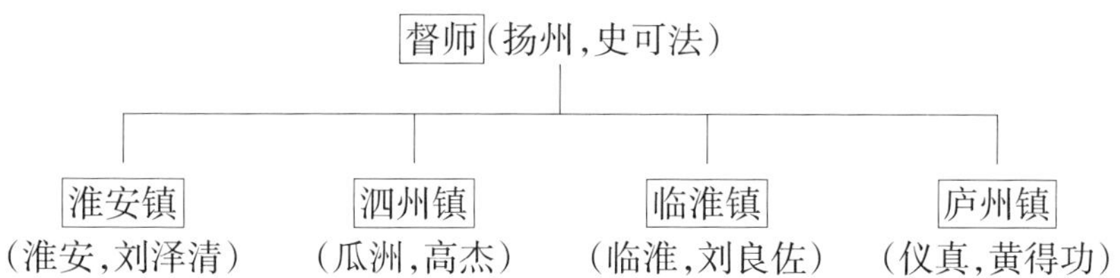

后人多因四镇体系没发挥任何作用，而指其是“豆腐渣工程”。这样看问题，有失客观。就构想和方案上而言，四镇之设层次井然，进退可据，有呼有应，加上

长江中游左良玉部，从北而西是一个流畅完整的扇形，辐射面涵盖鲁、豫、陕、鄂、川，且兼顾了近期稳守、远期进取两种需要，颇富逻辑性。我们看崇祯以来内忧外患、战火连绵的明末，军事上还没有过这样带体系性的设计，如能不打折扣地付诸实施，其结果纵不估计过高，至少不至于不堪一击。后人所以觉得是“豆腐渣工程”，是用乙酉年四、五月间的一溃千里，倒过来断言它有如聋子的耳朵——摆设。然而，世间事物因果关系并非线性，事之成败，取决于多方面；尤其变化着的过程，常常起到意想不到的作用。所以结果不好，不一定代表最初的安排与设计不好。

二

我们先来认识四位将领。他们的简略情况如下：刘泽清，山东曹县人，时为山东总兵，甲申年二月，李自成进攻保定，上谕“命以兵扼真定”[1]，拒不奉命，从冀鲁交界的临清大掠南下，三月北京陷，刘泽清率兵逃过黄河。高杰，米脂人，李自成同乡，也是李自成起义的元老，崇祯八年投降政府军，由副游击、游击、副总兵而总兵，他在潼关失守后，从陕西而山西、河南，一路南退。刘良佐，河北人，原漕运总督兼庐、凤、淮、扬四府巡抚朱大典部下，与刘泽清、高杰自北方溃退而来不同，他是驻于本地的将领，近年一直作战江淮之间，官至总兵。黄得功，开原人，祖籍合肥，四镇中他军功最著，崇祯十六年在桐城险些捉住张献忠，是唯一崇祯皇帝在世时已晋封伯爵者。

他们在当时明朝军界的分量，史可法设四藩的报告给予了这样的评价，称此四人“优以异数，为我藩屏”。实力超群，均为干城。朱由崧看到这个评价，批示：“四藩如何优异，还著确议来行。”[2]要求作更具体的汇报。史可法想必因此另有奏闻，可惜这个本章我们现在看不到，无法将他的论述转告读者。以下，根据诸记所载加以综述，俾以略知其“优异”。

崇祯初年以来，明朝腹背受敌，战火连年。所谓腹背受敌，是同时面对内地起义和边地告急。围绕这种形势，全

[1] 徐鼒《小腆纪传》，中华书局，1958，第729页。
[2] 李天根《爝火录》，浙江古籍出版社，1986，第131页。

国主要有四大战区：与清军交战的辽东战区、以李自成为第一对手的中西部战区（陕晋豫）、以张献忠为第一对手的长江中游和江淮战区，此外北直及山东也算一个——其当清兵铁骑突入关内，几遭掩杀，尤以崇祯十一年底最惨，卢象升战死，清军“连破五十七州县，不知杀了多少人，昨山东济南满城官员家眷都杀绝了”。[1]大的战事既集中在上述四区域，明军主力自然也为之吸引而布于其间。到甲申国变，中西部战区明军被李自成完全击垮，辽东精锐吴三桂部降清，在长江中游的湘赣，明军也已不支。只有皖鄂，战况大致不失均势，有时或能略微占优，从而保存几支劲旅。山东一带，十一年底那次惨败之后，战事相对较少，官军还算完好。所以，当王朝系统在南京重启，军队家底首先是长期在江淮一带作战的部队（左良玉、黄得功、刘良佐），其次是渡河南逃的山东一部（刘泽清），以及中西部战区的军力残余（高杰）。

这五大集团军，规模都不小。左良玉部经多年招降纳叛，部众据说达百万。而四镇当中，高杰最强，人马四十万，有李成栋、李本深、杨绳武、王之纲、胡茂贞等“十三总兵”[2]。黄得功、刘泽清、刘良佐所部，各自兵力当在三万至十万之间。按四镇方案的规定，各镇兵额仅三万，但这表示的是朝廷拨款时给予承认的人头，当时财政窘迫，养不起太多军队，故对兵额加以限制，而实际远不止此，清史馆《贰臣传》“刘良佐传”说：“顺治二年，豫亲王多铎下江南，福王就擒，良佐率兵十万降。”[3]可作为各镇实际兵力的参考。另如刘泽清，诸记也都载其在淮安扩军，致军费不足而由淮抚田仰为之请饷的事：“泽清益横，选义坊之健者入部肆掠于野，巡抚田仰无如何，乃为请饷。”[4]后来左良玉兵变，真正原因也是部队规模过大而朝廷饷粮不敷其需。当然，这里讲明朝北变后军队规模仍很庞大，是仅从数量言，由于军阀化倾向很严重，这些军队能否为朝廷所用亦即是否代表明朝军事实力，还另当别论；不过即使只是数字，从敌方角度，如此规模的军队仍没法小觑。

次而看战斗力。左良玉部队扩张过猛，眼下有些乌合之众的样子，原先它确系劲旅。崇祯十一年正月，“大破

[1] 史可法《家书八》，《史忠正公集》卷三，商务印书馆，民国二十五年十二月，第38页。

[2] 抱阳生《甲申朝事小纪》，书目文献出版社，1987，第215页。

[3] 周骏富辑《清代传记丛刊》057，名人类16《贰臣传》，台湾明文书局影印，1986，第442页。

[4] 徐鼒《小腆纪传》，中华书局，1958，第730页。

贼于郧西”,张献忠夺路而逃,“追及,发两矢,中其肩,复挥力击之,面流血,其部下救以免”。张献忠无奈假降,“良玉知其伪,力请击之”,若非熊文灿执意受降,此役张献忠恐遭全歼。[1]但左部不在四镇之列,姑置不论。在四镇范围内,黄得功、刘良佐两部的战斗力,无疑是经过考验的。历年在江淮之间,他们身经百战,谈不上无敌,但确取得过重要战果。黄得功原为京营,大约于崇祯十一年移师这一带,从那以后,张献忠就发现遇到了一位劲敌。十五年二月,黄击败张献忠某部,有一敌将,“年少嗜杀,号无敌将军”,对黄得功不以为然,对旁人的畏惧感觉好笑,说:“汝曹何怯也! 吾为汝曹擒黄将军以来!”——

> 众贼皆按辔观之。无敌将军奋勇大呼,驰至得功前,得功立擒之,横置马上,左手按其背,右手策马去。贼众大惊。[2]

甚至张献忠本人也两次险遭不测。十六年七月,张献忠围桐城,“桐急,请救于得功。得功来救,斩贼数千级。得功射献忠,中之,复举刀向献忠,而得功马蹶。乃易马追之,献忠逸去。”[3]随后与刘良佐部合力追击,又“大破张献忠于潜山,斩首六千级”[4],是为有名的潜山大捷。九月,张献忠去而复还,再围桐城。《桐城纪事》云,黄得功得桐城县令告急,“日行六百余里”,从凤阳星夜赶来,人还未到,张献忠派出的细作已急速回报,“呼于军中曰:‘走! 走! 黄家兵至矣!’贼营皆乱,仓皇弃其军资而去”,“桐人欢声如沸,相庆更生”,而黄得功穷追不舍,至北峡关,“将军追及之,献忠呼曰:‘黄将军何相阨也! 吾为将军取公侯,留献忠勿杀,不亦可乎?’得功曰:‘吾第欲得汝头耳,何公侯为也!’急击之,贼大败。”张献忠“以辎重牛马遗民男女塞道”,脱险。[5]刘良佐部亦非等闲,除与黄得功协同,获潜山大捷,还曾于崇祯十年击败“流贼罗汝才合其党摇天动等众二十余万”[6],十四年,“破贼袁时中数万众”[7]。

四镇中,有两支是本地部队,两支

[1] 张廷玉等《明史》卷二百七十三,中华书局,1974,第6991页。
[2] 抱阳生《甲申朝事小纪》,书目文献出版社,1987,第487页。
[3] 同上,第488页。
[4] 徐鼒《小腆纪传》,中华书局,1958,第217页。
[5] 抱阳生《甲申朝事小纪》,书目文献出版社,1987,第491页。
[6] 徐鼒《小腆纪传》,中华书局,1958,第729页。
[7] 计六奇《明季南略》,中华书局,2008,第31页。

为外来的逃军。败军之将，不可以言勇，不过也要具体分析。外来的高杰一部，眼下虽为败军，但之前在贺人龙及孙传庭麾下颇打过几场硬仗。崇祯十三年与张献忠战，“杰随人龙及副将李国奇大败之盐井”。十五年在南阳，孙传庭遭遇李自成，其时高杰投诚未久，被用为先锋而与旧主首次正面对垒，“遇于塚头，大战败贼，追奔六十里”。李自成情形颇危，幸亏罗汝才来救，“绕出官军后”，致其后军左勷部“怖而先奔，众军皆奔，遂大溃”，本来的大胜，瞬间转为大败。不过大溃之中，顶在最前头的高杰部反而“所亡失独少”[1]，可见该部素质不一般，其真实战斗力并不像从山西一路南奔所表现的那样脓包，日后通过已经降清的该部主力李成栋部连克江、浙、闽、粤，我们才看得比较清楚。但另一支外来军刘泽清部，的确比较脓包，战斗力当是四镇中唯一的软肋。这支山东集团军，史书上查不到一点骄人战绩，我们甚至不知道它曾有什么像样的作战行为，无论在崇祯时期还是弘光时期。

三

千军易得，一将难求。古代战争史，似乎就是一部“名将史”。我们读《三国》《水浒》《说岳》等，千军万马都在其次，关键看将领是否“有万夫不当之勇”，是否“虽千万人，吾往矣”，是否“百万军中取上将首级，如探囊取物一般”。里头或有小说家者流的夸张，但也是从古代战争特点而来。眼下弘光四镇，领衔者有没有古大将之风，配不配得上这样的担子，自然需要考量。

且从相对平淡的刘良佐说起。前面我们介绍了他一些功勋，从中约略窥见他的戎马生涯，不过那些叙述极简，史家们对他较细的笔墨都集中在降清后，那时他干了一件“遗臭万年”的事——亲自率军赶到太平府板子矶，在那里捉住弘光皇帝朱由崧再把他押回南京。他就此留下的形象，不仅是个“逆臣”，而且让人觉得苟命贪生。不过，在有关他的不多而草草带过的叙述中，我捕捉到一点特别的信息。那是他的绰号“花马刘”——“尝乘花马陷阵，故亦号‘花马刘’云”[2]，“良

[1] 张廷玉等《明史》卷二百七十三，中华书局，1974，第7004页。

[2] 徐鼒《小腆纪传》，中华书局，1958，第729页。

佐杀贼亦有威名，每乘斑马破贼，故贼中称之曰‘花马刘’云。”[1]虽只是个绰号，也可以体会到一些东西。大概从宋代起，开始流行起绰号，明代更普遍。“闯王”实际是个绰号，当时不光李自成，农民军领袖多有绰号，如“满天星”、“闯塌天”、“八爪龙”、“过江王”、“黑心虎”之类，说明他们是成名的人物抑或以某种特征著称。换言之，绰号不赠无名之辈，有绰号意味着有威望、出类拔萃；哪怕出于恶意和憎恨，也是表示对方“臭名昭著”，当年阉党就曾给每位东林要人各起过绰号。刘良佐这个“花马刘”绰号有几个特点：一、是对他战斗形象的概括；二、是褒意，是惊艳与叹奇；三、不是自封，却是对手相赠——“每乘斑马破贼，故贼中称之曰‘花马刘’”。总之，对他杀阵的英姿，“贼中”不但畏之抑且慕之，以致奉上一个身手俊俏的绰号。

至于黄得功，不必说，绝对是天生武材，当时即被目为有古大将之风。这不是一般的评价，所谓古大将，不惟武功盖世，还得品调高拔。我们从黄得功死后，竟被传为岳飞再世这一点，体会到他的分量：

> 靖南自刎后，金陵有人忽奔真武庙中者，跳舞大呼曰：“我靖南侯也，上帝命我代岳武穆王为四将，岳已升矣！”言毕，手提右廊岳像于中，而己立其位，作握鞭状，良久乃苏。[2]

徐州的著名文人阎尔梅，本人生性豪放、任侠，眼中英雄从来不多，连史可法他都不表佩服，但黄得功是一个。他后来写了一首《芜湖吊黄将军》：

> 艨艟百队锁征云，帅纛风摧日色曛。矶底灵蝾吞战血，每逢阴雨哭将军！[3]

如借他的目光看，黄得功的威风、恢雄，仿佛不逊荷马笔下的阿喀琉斯。

别看黄得功这样了得，有个人却能令他让其三分，他便是兴平伯高杰。多

[1]抱阳生《甲申朝事小纪》，书目文献出版社，1987，第481页。
[2]同上，第214页。
[3]同上，第820页。

年前，我曾耽迷《三国志英杰传》，里面对一流武将以打分方式品其高下，如“关羽：武力98、智力84、统御力100”、“张飞：武力99、智力42、统御力83”、“赵云：武力98、智力84、统御力87”，些微的差别，令人玩味。而读黄、高二将传略，我油然有比照《英杰传》以打分品其强弱的趣想，他们似乎也和关、张、赵一样，差距不过毫厘之间，可是对这种等级的大将，毫厘之差却又如霄壤。所谓一山不容二虎，自从高杰南渡，这对本地与外来的两雄之间，争强便不可避免。他们彼此一直不服，睥睨渐积渐累，遂于甲申年九月发生“土桥之衅”。高杰派兵在高邮附近的土桥伏击黄得功，“得功出不意，亟举鞭上马，而飞矢雨集，所乘马值千金，中矢踣，腾上他马逸去”[1]，险遭不测。后经史可法努力，兼以朝中有旨，黄得功接受调停，但要高杰赔其三百马匹的损失。“杰如命偿马，马羸多毙，可法自出三千金代之偿，又令杰以千金为得功母赗（丧事之费），憾始稍解焉。”[2]高杰道歉实际停留在口头，实际行为与其说表示歉意，不如说给予新辱。对此，黄得功却“憾始稍解”。是出于高风亮节吗？不然。虽然黄得功为人忠义，但此番不然。不但此番不然，只要涉及高杰，他都不抱这种胸襟。后来高杰睢州被害，黄得功在仪真立刻闻风而动，打算起兵袭击高部留在后方的家眷，并夺取扬州，足见他从未放下嫌隙，当初的和解，只是无奈暂忍而已。高杰其人如何猛武威强，后面还会具其形容，此刻且借黄得功的态度，曲以映衬。总之这两人不单在明末，置诸历朝各代，亦不失“虎虎上将”，用《明史·黄得功传》中一句话说：“所称万人敌也。”[3]

以上略述诸军规模、战斗力以及主将风采，算是替史可法“优以异数，为我藩屏”之论，做一点解释。以往，我们由于明朝末年军事上屡战屡败，遇“寇”遇“虏”都不堪一击，容易生成一种印象，以为那时将弱兵羸。这也很自然，因为大的事实如此。不过，有时大事实、大趋势会误导人忽略局部或具体的情况，将两者等量齐观，实际可能并不一致乃至相反。明末的兵败如山与其军中仍有虎将、仍有战斗力之间，正是一对真实的矛盾。前著《黑洞：弘光纪事》里我引用过《祁彪佳日记》中一个资料，这里再用一次：祁彪佳担任苏、松巡抚后，令麾下部队展开大练兵，规定：“标中之兵，力必在六百斤以上，其九百斤者，则拔

[1] 徐鼒《小腆纪年附考》，中华书局，2006，第257页。
[2] 同上，第258页。
[3] 张廷玉等《明史》卷二百六十八，中华书局，1974，第6903页。

为冲锋官。”[1]每个士兵必须做到有举起六百斤的力气，如能举九百斤，就可以提拔为冲锋官。这并非停留于纸面，后来对练兵结果做了验收，九月十二日在“礼贤馆”，“召标中新募兵过堂”，“内有未冠者五六人，皆力举七八百斤”，“又试诸冲锋官技力”[2]。须知祁彪佳手下这支部队，只是地方武装，单兵能力已如此强劲，像四镇那样的野战主力，没有道理比它低弱。

故四镇之设，无论从思路到现实支撑，并不能以向壁虚构视之。

不过以刘泽清为四镇之一，是明显的败笔。他这环节，四镇工程确实出现一个“豆腐渣”段落。此人极擅向上爬，崇祯六年迁总兵，九年“加左都督、太子太师”[3]，几乎爬到武职最高端。明设五军都督府，“中军、左军、右军、前军、后军五都督府，每府左、右都督”[4]，五军都督府相当于五总部，左都督（正一品）相当于全军五大总长之一。然而查一下经历，刘泽清从来没有确切的战功，直到现在我也不明白他怎么官至“左都督”。然而我们不能明白之处，可能就是他的所长。《甲申朝事小纪》有“刘泽清佚事”，说他出身微贱，原是天启时户部尚书郭允厚的家奴，“少无赖，为乡里所恶”，后在本州当了一名刑警（捕盗弓手），“遭乱离从军”，战乱发生后参了军——此说真假，盖不可考。[5]同书又有“四镇纪”，写到他有句评语：“将略本无所长。”[6]这倒是被事实一再证明的。《明史》本传云：“泽清为人性恇怯，怀私观望，尝妄报大捷邀赏赐，又诡称堕马被伤。”[7]他与其他三镇最大不同，在于不论别人各有如何重大乃至致命的缺点，禀性皆属武夫，既以征伐陷阵为乐，亦赖此立足。这在刘泽清身上却没有一丁点影子，他的品类，借现在流行语似乎更像一位“文艺青年”。《明史》本传特意写道：“泽清颇涉文艺，好吟咏。”[8]武将而好吟咏，要么超越了一般武将的层次，要么相反，只是冒牌的武夫。刘泽清应系后者。他虽然地道的行伍出身，不像袁崇焕、卢象升那样由文转武，却从来不喜欢打仗。斩关夺隘、攻城拔寨这些为军人们普遍渴念的功业，丝毫引不起他的兴趣。从一开始，军队在他眼中就与军事无关，而完全是

[1] 祁彪佳《祁忠敏公日记》，《历代日记丛钞》第八册，学苑出版社，2005，第467页。
[2] 同上，第488页。
[3] 张廷玉等《明史》卷二百七十三，中华书局，1974，第7006页。
[4] 张廷玉等《明史》卷七十六，同上，第1856页。
[5] 抱阳生《甲申朝事小纪》，书目文献出版社，1987，第474页。
[6] 同上，第214页。
[7] 张廷玉等《明史》卷二百七十三，中华书局，1974，第7007页。
[8] 同上，第7008页。

政治的工具。我们可以给他如下的定位:他与其说是军人,不如说是典型的披着军人外衣的政客。他在政治抑或搞阴谋诡计、害人使坏方面的天赋,远远超过兵马之事。对刘泽清,我每每想起他的一位山东老乡康生。这两人虽然相隔三百年,但性情、风格及才具均如一奶同胞。在刘泽清,阴谋家的本性深入骨髓,他不光在明朝以政客方式操弄军权,降清后仍出一辙而终死于斯:“大清恶其反复,磔诛之。”[1]他曾坦率地讲过一句话:“吾拥立福王而来,以此供我休息,万一有事,吾自择江南一郡去耳。”[2]清兵南下之际,他确实照此而行,只不过被马士英下令用炮隔江打回,不能如愿。言至此,看看四镇各自结局是很有意思的:高杰慨然北进途中,因骄傲、疏放命丧叛将之手;黄得功护驾无望,于四面楚歌、山穷水尽中自裁。这两人的结局,很符合他们的“大将风范”。刘良佐无此格调和规格,但他的投降,一是在扬州告破、大势已去的情势下,二是既降无诈,不反复、不捣鬼,起码不失职业武人的精神。唯独刘泽清,根本不曾与敌打其照面,闻风弃地,拔腿而逃,蓬转萍飘,东突西奔;逃之无门则降,降而又伪,伺机再叛,一切尽出机会主义。

不必说,他便是拥兵自用、除个人利益一概不知的标准军阀。既然如此,对这样的人为何还寄以重任、倚为干城?我归纳了三个原因:一、他手握重兵,应有所用,不用等于资源浪费;二、“定策”中有功,就藩封伯是对他的回报;三、不但自身是山东人,还长期任山东总兵。末一点或尤重要,从四藩计划“以刘泽清辖淮海,驻淮安,海、邳、沛、赣十一州县隶之,恢复山东一路”[3],看出有关他的任命,山东背景是一大因素,希望将来他领着山东子弟兵在恢复山东时一马当先。这期待本在情理之中,只是对象错误,刘泽清自己对它不值一哂。

四

至此,有关四镇之设我们从各方面,兼顾优缺点,客观地摆了一遍。印象上,应该不是纸糊的灯笼。以人选论,四人有三位算是颇堪大任或尚堪一用,以我们历来喜欢讲的“三七开”,有

[1] 张廷玉等《明史》卷二百七十三,中华书局,1974,第7007页。

[2] 计六奇《明季南略》,中华书局,2008,第30页。

[3] 李天根《爝火录》,浙江古籍出版社,1986,第152页。

七成左右把握，事情即属可观。可是，不管以上论证如何头头是道，自结果言，四镇之设确确实实没有发挥任何作用。这又是怎么回事呢？

问题来到这个层面，才渐至佳境。

无论读史还是在现实中，我们一再遇见开端挺好的事，结果一出来，却面目全非。《诗经》"大雅"有一首《荡》，据说是召穆公因为"伤周室大坏"、"厉王无道"而写，末句很有名：

> 天生烝民，其命匪谌。靡不有初，鲜克有终。[1]

"谌"，当相信和真实讲。诗句大意是：都道百姓是上天的爱子，到头来命运从不这样；什么事情刚开始看着都不错，可是善始善终怎么那么难！说来也怪，三千年前中国就苦于"靡不有初，鲜克有终"，至今仍出不了这怪圈。孔子曾说："始吾于人也，听其言而信其行；今吾于人也，听其言而观其行。"[2]看来，他也吃过这样的苦头。其实，这个怪圈并没什么大不了的秘密，一是消极因素太多，二是不肯真正为克服消极因素找办法。消极因素万世皆有，"消灭"云云，不过是乌托邦。对消极因素，管用的办法不是消灭，而是用好而细的制度设计去防范和抑制。但我们（或我们文化）的性格比较空想，比较志大才疏，不爱脚踏实地计划行事，喜欢"爆竹声中一岁除"，喜欢一夜之间改朝换代、迎刃而解。于是我们历史就以一种周期性变更的方式，在不断苦尽甘来和"多行不义，必自毙，子姑待之"[3]的想象与翘盼中轮回，表面上总在经历结束与开始，其实呢，因为什么都没做，所谓历史向前大致不过是循环往复而已。就像召穆公对周厉王所问"靡不有初，鲜克有终"，中国历史一定程度上无非是在对一个厉王表示这疑问之中，期待着下一个厉王出现，然后再对他提出同样的问题。

以上说得不免远遥，还是回头谈四镇之设为何也落入"鲜克有终"的窠臼。通盘想了一下，得到八个字：既无组织，又无理想。里头有两个问题，我们分别论之。

[1]《毛诗注疏》卷第十八，阮元校刻《十三经注疏》，中华书局，1982，第552页。

[2]《论语·公冶长》，朱熹《四书章句集注》，中华书局，1983，第78页。

[3]《春秋左传正义》卷二，阮元校刻《十三经注疏》，中华书局，1982，第1716页

“既无组织”，是指朝廷的中枢彻底烂掉了。就好比一个人，大脑休克或索性已处在脑死亡状态。这时候，他虽有一躯四肢，却实在仅为摆设。别人来取他性命，他是不会做出任何反应的。

四镇方案制订时，史可法还是内阁首辅。等皇帝将它批准，短短十天左右，南京政治核心已遭颠覆——马士英以近乎逼宫的激烈方式，率兵“入卫”，以武力相威胁，来夺史可法的权柄，索要他认为自己作为“定策”首功所应得的利益。不过，马士英来势虽凶，真实事态却并没有那么夸张，并不至于史可法如不相让，马士英当真就敢造反、攻打南京。真实情况是，史可法二话没说交了权，几乎是欣然地离开南京、过江督师。史可法这样做，有他的道理。一是，不回避在“定策”问题上自己有失误而马士英有功，基于此，虽然马士英伸手夺权脸皮奇厚，但从自己角度言，不肯让位也问心不安；二是，正人君子爱惜羽毛，既然受到指责，是诬是实都要暂置不论，而首先虚怀受之、退避三舍，没有相争的道理；三是，过江督师对他倒有些正中下怀，可以明其“鞠躬尽瘁”、无意贪恋权位的心迹。

然而，史可法的这点道理，与国家利益反而是矛盾的。此时此地他非但不宜寻求内心平衡，相反就该挺身相争，拒不让出首辅权位。政治的疑难就在这里。人们都期望正派清明的政治，但实际上在政治面前不能一味正直，或者说，过于正直的人对政治的正派清明反而不利。因为正邪之间，彼此不进则退，正派一方道德上苛己过严，其实是给邪派腾让空间。很多人认为，弘光朝的事不可为，从史可法慨然应允去扬州那一刻，就已经决定了。当时，诸生卢渭领衔，串联一百多名知识分子，共同签名和递交请愿书，要求收回派史可法江北督师的成命，内中，“秦桧在内，李纲在外，宋室终北辕”[1]一时成为名言，播于众口。《史忠正公集》“附录”，收有这篇《公恳留在朝疏》。在表达了对最初授史可法“东阁大学士，仍管部务”，“群心踊跃、万姓欢呼，咸颂陛下知人善任”的鼓舞后，它这样谈论对最新事态的极度失望：

忽闻出代督师之命，众心惶惑，未识所措。虽淮扬系南都门户，毕竟朝廷是天下根本，若可法

[1] 李天根《爝火录》，浙江古籍出版社，1986，第162页。

在朝，则出师命将、真可取燕云而复帝都，固本安民，奚但保江淮而全半壁。淮扬虽急，宜别命一督臣，使可法从中调度，则兵粮有着着应手之模；万一可法自行（离中枢而亲赴前线），则虽身任督师，而中枢已更成局，实战守有事事纷扰之渐。即后起必有善图，而前功不无变废。机会一失，局面尽移。此江南士民所以奔走号呼，不能不伏阙哀吁者也。[1]

主要弊患，讲得很清楚，后来事情症结也都在此。

五

我们有“人亡政息”一语，表示政治与个人之间存在直接而密切的联系。这种认识，到了现代法制民主政体下，一般意义不大，甚而视为“人治”格局的表征。其实并不尽然。现代法治民主政体较人治体制，其于政治错误的防范能力后者无从仰望，这固然不错，但任何体制究竟不是美军无人机，只要输入程序即可自我操控，不管什么体制底下，政治实践最终还是落实于人。以自由选举制来论，最终也以选出某人为结果，而选举并不能解决此人愚贤问题，可能选出贤者，可能选出愚者，概率各占一半。自由选举的真正好处，不是确保胜选的必为贤者，而是确保经过一定实践检验，若为愚者，人民可将其抛弃，这是它真正的功德（至今中国仍有人以未必选出贤者嘲笑自由选举，真是愚不可及）。而古代在没有这种制度的情形下，政治清浊对个人的依赖，几乎是决定性的。同样一件事，同样一个位子，由怎样的人做与坐，结果可至南其辕而北其辙。南京士民请愿书所表达的正是这样一种认识，我们不必挑剔他们如此依赖“清官”和“好人”，在当时，对正派政治家个人品质的依赖，这种诉求不单是无可奈何，重要的在于非常实际、完全管用。所以，“秦桧在内，李纲在外”的变化，对整个弘光朝是有决定意味的。

古时对善、恶两种政治力量，一般以“君子”“小人”相称。我们尊重当时语境，继续使用这种字眼。不过对于其

[1]《公恳留在朝疏》，《史忠正公集》附录，商务印书馆，民国二十五年十二月，第65页。

间的道德意味，却认为应加剔除。古人鄙薄"小人政治"，往往与主张和向往"君子"情怀、人格有关，这些内容在今天已失去意义。我们延承或者认同对"小人政治"的摈弃，主要因为这种政治总是产生无穷无尽的内耗和自耗，从而伤害到历史。换言之，我们是站在历史的角度，而非道德的角度。有关这一点，我想谈谈与古人不同的看法。我认为，历史向政治索要的，并不是道德楷模。如果道德上崇高俊美，国家却治理得一塌糊涂，这样的政治家绝不值得称美。反之，道德并不比人高出一头，哪怕还有所不及，但所施之政却确切地利国惠民，作为政治家我认他好于前者。中国在这方面走过不少弯路，以致出过很多伪君子，满口高尚义理，实际施政却祸国殃民，教训极其惨痛。

所以，我们下面抨击"小人政治"，不是在旧有的忠奸意义上，而是基于历史应当更具效率的价值观。我们认为，从时间到物力，历史都是有限的资源。对历史正确与谬误的判断，应看历史的效率是高还是低。高效的历史，浪费最少、损耗最低；低效的历史，则必定伴随大量无谓的浪费与损耗。这跟我们今天追求的环保，是同一个道理。好的、理性的历史，必是环保的历史；而劣质的历史，必是高耗的历史——这种高耗说明，它不断地做着无用功。而在历史上，"小人政治"专做这个损耗工作。

它被什么所驱动，而拼命做这种事？说来也简单，就是四个字：极度自私。我们说的是"极度自私"。单讲自私二字，没什么不好，它实际上是推动历史向前的积极因素，资本主义兴起时就曾将自私作为社会动力加以弘扬。反之，倒是大公无私之类的高论有时可能别有用心，黄宗羲即曾将君权的丑恶本质揭露为"使天下之人不敢自私"，"以我之大私为天下之大公"。[1]人类经验教训表明，需要警觉的不是人的自私本性，而是这种"以我之大私为天下之大公"的情形。适当自私，有益无害。仅有一种情况，自私才真正变得有害，那就是当自私与权力相捆绑的时候。插上权力翅膀的自私，将打响一场贪婪、攫取的超限战。在权力的保驾与襄助下，自私不仅成为少数人的特权、专利——就像民谚所说"只许州官放火，不许百姓点灯"——且无所不用其极，而又无往不胜，从而恶性膨胀为"极度自私"。如果检讨一下人类文明

[1] 黄宗羲《明夷待访录》，《黄宗羲全集》第一册，浙江古籍出版社，1985，第2页。

史，会发现它从不是通过消灭自私取得进步的历史，而是一部与“极度自私”做不懈斗争，并为每个人争取合理自私的权利，从而不断进步的历史。

眼下，“极度自私”在弘光朝就正向恶性膨胀的高度挺进。史可法去位，不是个别职位的变动，而带来了整整一个小人系统的启动。它包括大学士马士英、王铎，兵部尚书阮大铖，吏部尚书张捷，左都御史李沾，东平伯刘泽清，诚意伯、提督操江刘孔昭……一定程度上，也包括皇帝朱由崧和当时的钱谦益（礼部尚书）。因为信奉“极度自私”，这个系统一旦运转，必产生强烈排异性，所有于它不利的人都会被一一挤走、清洗，这样它才使自己达到最高效率。所以继史可法后，吕大器、姜曰广、刘宗周、高弘图、徐石麒，也渐次消失在南京中枢之外。

这系统的一望而知的表现，是贪腐。马士英、阮大铖弄权填欲的事迹，过去我们一表再表，于兹无须再多赘述。简而言之，他们完全把国家当成银行兼当铺，一边取钱一边变卖，犹恐银行关门过早或变卖不及而被别人掠美。他们的心态，就如破产企业的高管，拼命赶在倒闭前偷拿侵占，多多益善。读读见证者李清在《三垣笔记》中的记述，就知道小人系统对于受贿、卖官之类，已至明火执仗。当时有民谣：“都督多似狗，职方满街走，相公只爱钱，皇帝但吃酒。”[1]里面点了马士英（相公者也）和朱由崧，其实跟阮大铖比起来，他们还差得远。

六

不过，本文所欲谈却不在这个方面。那些有形、直观的溷乱，有目即见，所贪无非鬻一爵“七百金”、“千五百金”、“三千金”[2]之类。小人系统出于“极度自私”而干的另一些坏事，隐蔽、间接，也不牵涉具体的钱帛数目，但严重后果却可至无法衡量的地步。

我所指的是：小人系统为使攫夺过程不受干扰、攫夺成果最大化，使出浑身解数，破坏国家权力形态，扰乱其组

[1] 夏完淳《续幸存录》，留云居士辑《明季稗史初编》卷十六，上海古籍出版社，1988，第327页。
[2] 李清《三垣笔记》，中华书局，1997，第115页。

彩绘《三国演义》· 云长攻拔襄阳郡 金协中绘

论忠勇二字，黄得功像极关羽。但两人相类之处更在于缺点，都不能顾大局，只不过关羽已被理想化，手里握着一本《春秋》。

彩绘《三国演义》· 张翼德大闹长坂桥　金协中绘

高杰有张飞之猛，连心地的浑朴也有几分相像。张飞酒后梦中被怀怨的部将割下头颅，高杰也差不多是这样遭了暗算。但张飞好歹粗中有细，高杰连这一点也做不到。

彩绘《三国演义》· 诸葛亮安居平五路　金协中绘

史可法有孔明之德，而乏其才。他做到了鞠躬尽瘁，而不能更多。这当中，整体现实的制约超过了他的个人局限性。考虑到现实，他将高杰成功感化，难度不亚于收伏孟获。

江北四镇示意图

四镇体系是：以督师一员，驻于扬州，居中调度。下设四镇，以刘泽清、高杰、刘良佐和黄得功分驻淮安、泗州、临淮、庐州。近期防务，远期“恢复”。未来，淮安镇沿山东方向恢复，泗州镇沿开、归方向恢复，临淮镇沿陈、杞方向恢复，庐州镇沿光、固方向恢复。

织，使有序变无序——古人谓之朝纲荡然、法纪废弛。这才是历来小人政治重创社会、历史之最甚者。与此相比，有形、具体的招权纳赂，从物质和实有层面挖国家墙脚，根本不在一个量级。它拆毁的是国家形式、机制和原理。古代各种制度本来阙漏就多、粗疏不密，而再经这种淆紊，真可谓国之不国。历来，仅有贪腐都还不足以亡国，一旦到了纲纪荡然的时候，才彻底无可救药。对以马士英为首辅之后的南京，当时的人以及后世观察家，一般都最痛心疾首于贪腐一端，现在我们要为大家指出，它真正可怕的征候，在于国事已无法做任何有组织的管理，或者说，一切需要有组织地管理的事务都不能展开。从甲申年五月到乙酉年五月，终弘光一朝，如历梦幻，一事无成，根由就是国家组织功能丧失。当时虽然风雨飘摇，东南一隅局面尚稳，但社会未乱，中枢却已坏死，国家遂为有身无头的行尸走肉。

像设四镇这样的全局性重大军事部署，它的实施与执行，必以正常的国家组织功能为前提。正如南京士民所强调的："使可法从中调度，则兵粮有着着应手之模；万一可法自行，则虽身任督师，而中枢已更成局，实战守有事事纷扰之渐"。因此，史可法去位之更深层的意味，是从此南京将不再会发挥有效的组织功用。这不仅很快显现出来，而且迅速发展到惊人的地步。甲申年六月，出外督师一个多月的史可法以一道《款虏疏》，敦促朝廷紧急研究对清政策。其中一段，把南京中枢的散架面貌揭示得淋漓尽致："敌兵闻已南来，凶寇又将东突，未见庙堂议定遣何官、用何敕、办何银、派何从人，议论徒多，光阴已过。"[1]几个"何"字，犹如一连串问号，悬挂在南京"庙堂"之上。这是真实写照，朝中衮衮诸公逐日上朝、退朝，但无人知道他们究竟忙些什么。

岂但不起组织作用，反过来还起破坏作用。孤悬在外的史可法，最后徒具"督师"之名，催饷不应，调兵不灵。马、阮视手中权为禁脔，一味猜忌，一味刁难，不仅钱粮靳而不发，更以"掺沙子"之术，安插亲信心腹加以沮抑，必欲史可法徒劳无功而后快。史可法一度灰心绝念，引咎求退。他于乙酉年一月上《自劾师久无功疏》：

[1] 史可法《请遣北使疏》(此题系清人所窜，原为《款虏疏》)，《史忠正公集》卷一，商务印书馆，民国二十五年十二月，第7页。

> 臣本无才，谬膺讨贼，亦谓猛拚一死，力殄逆氛，庶仰酬先帝之恩，光赞中兴之治。岂知人情未协，时势日艰。自旧岁五月出师，左拮右据，前疐后跋，初则调停诸镇，继则踯躅河上。[1]

此疏之上，事出有因。当时有个卫胤文，"欲媚士英"，提出一个"督师多余论"，说"国家兵事问镇臣，粮饷问部臣，督师赘疣也"。史可法因而乞罢，旨意当然不准，"切责胤文，而谕可法尽职"，"然士英心窃喜之"。不久，马士英"擢胤文为兵部右侍郎，总督兴平(高杰)营将士兵马"。[2]

单看事实，"督师赘疣也"讲得也并不错，史可法自己都怅叹"踯躅河上"，大半年光阴，碌碌无为、只是虚抛。然而后人从中所见并非史可法无能，恰恰是小人系统在内耗、自耗上释放着怎样巨大的能量。有它从中作梗，就算周公复生、孔明再世，也要落个师老无功的下场。在一群硕鼠啃啮拖拽下，朝廷完全散架，不能组织起来做任何事，像设四镇那样的从指挥到后勤要求百密不疏、环环相扣的军事计划，尤其不可能贯彻实施——此即"既无组织"之谓。

七

继而谈"又无理想"。

"既无组织"是国家层面的无序，"又无理想"却是指个人。盖人都有理想，理想不一定是多么高远的东西。人的一生，小至对工作或所做任何一件事的态度，大到抱负和自我期待，都可视为理想。而理想主义，也不是非具"解放全人类"雄心方可言之，认真做人、凡事不苟、敬业惕悚、问心无愧、力求善美、所得和索取不逾乎奉献及付出，就是理想主义。所以，理想和理想主义，都并不自天上求之，都不是超凡脱众的品质，而应由各行各业求之，从日常生活人人自身求之。一个失去这种品质、从世人心中难觅理想和理想主义的时代，必处没落之中，也必然从根子上出了问题。我们读班超、班固或苏武那样的故事，不独为其传奇色彩

[1] 史可法《自劾师久无功疏》，《史忠正公集》卷一，商务印书馆，民国二十五年十二月，第21页。

[2] 徐鼒《小腆纪传》，中华书局，1958，第127页。

击节，而尤为他们矢志以行、践己所诺而肃敬。从他们赤裸的心怀，我们看见上面刻着理想二字，得到什么是做人有理想的启示。明代末年，包括弘光一朝，不是没有这样的人。仅弘光覆灭前后那段时间，史可法、左懋第、刘宗周、高弘图、祁彪佳、夏允彝等许多人，理想的风采均足光耀千古。虽然我们对这时代有很多指摘和嗟叹，但就理想犹存人心这点而言，它不是历史上最可鄙、可悲的时代。然而我们也发现一个十分奇怪的现象，即在明末，理想的态度只见于士大夫、文人，而几乎不见诸武人。整个武人集团中，脱于蒙昧、抱旨而行的例子，微乎其微。这方面称得上完整的例子，历弘光、隆武、鲁监国、永历四君，我觉得只有郑成功算是一个。而大量的却是刘泽清、郑芝龙（郑成功父）那种全无礼义廉耻之人。对我来说，明末文武之间在精神品质上的悬殊，已经构成那个时代最具特色和兴味的问题。

我们不从刘泽清、郑芝龙那种类型说起。由于他们的表现比较极端，反而无助说明问题。我觉得，一般性地了解明代武人的特点，从高杰入手比较合适。

无疑，他是天生的武夫，用“大将之材”称道他这一素质可谓实至名归，历来形容武将神勇的种种笔触，他都当之无愧。关于他，我会想到尼采《悲剧的诞生》“泰坦诸神自然暴力”、“原始的泰坦诸神的恐怖秩序”、“日神前泰坦时代的特征”、“酒神冲动的作用也是‘泰坦的’和‘蛮夷的’”等字眼[1]。泰坦，是希腊神话中巨眼巨手的巨人，象征自然原始之力，西方后世每以“泰坦”表示极雄伟之事物，那艘撞冰山沉没的巨轮“泰坦尼克号”亦得名于此。读高杰传叙，就仿佛面对一个泰坦式人物。

他的夫人邢氏，本为李自成之妻，《明史》载：“邢氏趫武多智，掌军资，每日支粮仗”[2]，诸将都从她手里领取物资。仅此有限交往，竟令邢氏心生慕恋，而决意背叛李自成，投于高杰怀抱。这一则要冒极大风险，绝对是掉脑袋的事情；二来，试想李自成何许人也——堂堂“闯王”，盖世英豪，邢氏却肯为高杰而抛弃之，可见在这美妇眼中，高杰之魅无法抵挡。可惜我们找不到很多对高杰形容的描写，仅于《明史》本传见一句“氏伟杰貌，与之通”[3]，据而想见他应该雄性

[1] 尼采《悲剧的诞生》，三联书店，1986，第11、15页。
[2] 张廷玉等《明史》卷二百七十三，中华书局，1974，第7004页。
[3] 同上。

十足、强壮伟岸，致邢氏难抑其英雄美人之思。

邢氏从女人的角度，为我们鉴定高杰的雄伟，尤其这鉴定是在李自成和高杰之间做出，更令人印象深刻。接着再看同为男人、武夫、自身同样鸷悍的同行的鉴定。前面我们就此讲过黄得功的例子，现在讲另外一个人，他就是将高杰杀于睢州的许定国。关于此人，《明季南略》这样写：

> 许定国，河南归德府睢州人，膂力千斤。[1]

具体如何，有两个小故事。其一：

> 许定国尝与众少年聚饮，众请曰："欲观公神勇。"许曰："可！"急跃起，手攀檐前椽，全身悬空，左右换手走。长檐殆遍，颜色不变。[2]

其二：

> 许定国守河南某城，流贼奄至，箭如雨射之。定国立敌楼，以刀左右挥箭，尽两断，高与身齐。笑向贼曰："若之乎？急归人障一版，来受洒家箭！"贼挟版至，定国射之以铁箭，枝皆贯人于版死焉。贼惊遁去。[3]

可见"膂力千斤"既无夸张，身手之健更堪惊人。然而，这样一位骁将，对高杰却如鼠遇猫。高杰军抵睢州，许定国"先数十里，跪马首迎"[4]，"下马伏于道侧"[5]，以致高杰都嫌他过分谦卑："若总兵，奈何行此礼，顾尔众安在？"你好歹是个总兵，这样子，置自己部下于何地？入城后见面，许定国仍"顿首"答话，"杰见其詘服，怜而信之。"[6]在许定国固是一番诡计，以软化高杰，让他失去警觉，但客观上则确实自知不

[1]计六奇《明季南略》，中华书局，2008，第157页。
[2]抱阳生《甲申朝事小纪》，书目文献出版社，1987，第220—221页。
[3]同上，第220页。
[4]徐鼒《小腆纪传》，中华书局，1958，第224页。
[5]郑廉《豫变纪略》，浙江古籍出版社，1984，第192页。
[6]徐鼒《小腆纪传》，中华书局，1958，第224页。

敌，不得不卑躬屈膝。

高杰之为虎将、猛将、强将，毋庸置疑。假使“千军易得，一将难求”这句话有点道理，高杰就属于那“难求”的一将。四镇有此一将，不特为南明之幸，亦应是“虏”“寇”之忧。然而且慢匆忙判断，我们对他了解还不够多。

回顾高杰的过往表现，我们发现，他的力量、攻击性以及霸气，历来发泄得不是地方。他与许定国有怨、与黄得功构衅；在扬州，所部“杀人则积尸盈野，淫污则辱及幼女”[1]，甚至扣留前来劝解的督师史可法，“止可法于其军，屏其左右，易所亲信者，杖、刀侍侧。可法谈笑不为动”。[2]勇则勇矣，横则横矣，天不怕地不怕，然而除了暴露体内的蛮昧与原始，恐怕连他自己也不知意欲何为。

他的许多行为相当残暴，我们所以不把他定性为“恶”，而说“不知意欲何为”，是因确实有一种人，做很坏的事而不自知。京剧《除三害》里周处就是如此，他横行不法，恶贯满盈，以致乡亲将他与恶蛟、猛虎并称“三害”，可他本质不坏，只是灵魂暗昧，经过太守王晋指教，他幡然醒悟了，后来成为有学有节的义士。高杰几乎是周处的翻版，我们从以后的事实相信，他先前的种种，是由于灵魂一团漆黑、一片浑沌。直到被史可法点化，他很像一头被本能驱使着的猛兽。

自扣留史可法而“可法谈笑不为动”那一幕后，他平生头一遭知道什么叫敬重，《明史》本传写道：“至是，杰感可法忠，与谋恢复。”[3]脱胎换骨，如迎新生。我们来看看他此后的言行：

> 疏言：“今日大势，守江北以保江南，人能言之。然从曹、单渡，则黄河无险，自颍、归入，则凤、泗可虞。犹曰有长江天堑在耳，若何而据上游，若何而防海道，岂止瓜、仪、浦、采为江南门户已邪？伏乞通盘打算，定议速行，中兴大业，庶几可观。”[4]

读这样的议论，谁都不能与过去那个暗黑、野蛮的高杰联系起来。变化非常惊人：他开始具有了大将的高度，表现出大将的眼光和见识，甚至还获得大将的

[1] 计六奇《明季南略》，中华书局，2008，第33页。
[2] 徐鼒《小腆纪传》，中华书局，1958，第119页。
[3] 张廷玉等《明史》卷二百七十三，中华书局，1974，第7005页。
[4] 徐鼒《小腆纪传》，中华书局，1958，第223页。

胸襟和觉悟——

> 又云:“得功与臣,犹介介前事。臣知报君雪耻而已,肯与同列较短长哉?”[1]

甲申年冬,他于北进途中疏言:“臣以一旅之饥军,忍冻忍饥,惟力是视,誓欲收人人心,再整王宇。”[2]字字都是真实写照。又致函清肃亲王豪格:“三百年豢养士民,沦肌浃髓,忠君报国,未尽泯灭,亦贵国之垂鉴也。”[3]所剖陈的心迹,俨然是在圣贤书中浸淫颇深的儒将——虽然稿出左右幕僚,非其亲笔,心意肯定是他的。豪格回了一封诱降的信:“肃王致书高大将军:果能弃暗投明,择主而事,决意躬求,过河面会,将军功名不在寻常中矣。”同时支使亲熟者也写一信:

> 劝其早断速行,有“大者王,小者侯,不失带砺,世世茅社”之语。杰皆不听,身先士卒,沿河筑墙,专力备御。[4]

到这时,高杰真如他名字一样,既高又杰。他最后死于许定国之手,除了骄傲大意,我们更应看到是因为怀抱赤诚,真心与许定国修好、泯却往日恩仇。为这缘故,他随身仅带了千余人,“所部诸将如前三营胡茂贞、李本深、李成栋等兵最强,皆以分镇莫得从”。到睢州一见许定国,高杰即“与之盟,约为兄弟”。许定国请高杰入城是有阴谋的,“左右不可。杰杖妄言者,遂与其杰(巡抚越其杰)等诸文武宾从俱入。从者可七八百人,余皆屯于城东。”[5]他就这样敞开胸怀、近乎不设防地走向一个宿敌——为了“恢复”大业。

当高杰以那种情形遇害,我们认定,他已从不折不扣的“肌肉男”,变成有理想且为之高蹈的杰出军人。依先前的情形推想,他或许终生不能走出浑沌本能和黑暗欲望;现在,却献身于内心所明了和追求的事业。

[1] 徐鼒《小腆纪传》,中华书局,1958,第223页。
[2] 李天根《爝火录》,浙江古籍出版社,1986,第371页。
[3] 同上,第368页。
[4] 同上,第372页。
[5] 郑廉《豫变纪略》,浙江古籍出版社,1984,第192页。

他的转变晚了一些，但仍有意义。这种意义，不是实际帮助到明朝。正如我们知道的，他出师未捷身先死。不过，他虽不曾影响明代的历史，却有助于我们对明代历史某一方面的认识。他以前后的判若两人，采取自我对比的方式，为我们讲述明代武人的根本困境。还作为一面镜子，供我们参照，去认识他的同侪。

比如黄得功。较之高杰，黄得功有他很鲜明的特点。与高杰生性愚鲁不同，黄得功是那种未经教化然而根性朴正的人，他身上，始终有朴素的良善。他解救桐城一城性命后，县人加以感谢：

> 得功深自辞让，而劳苦将士及诸生父老，且曰："贼已西，一二孑遗，当深耕易耨，而户口流亡，室庐已尽，今吾将获贼牛五百给与民间，有司当劝耕毋怠。"[1]

根性的纯厚，使他天然地合于兵道，"军行纪律甚严，下不敢犯。"[2]以此根性，他原有极好的条件成为一代良将。可惜，这么一个人最终却无缘勇智兼备的境界，而以"肌肉男"的面目谢世。

在勇的方面，他传奇无数，厕身史上一流武将绝不逊色。这是他的神武：

> 微时驱驴为生计。有贵州举人杨文骢、周祚新北上，于浦口雇其驴，初未知为豪杰也。道经关山，突遇响马六人，文骢、祚新等亦娴弓马，欲与之敌。得功大呼曰："公等勿动，我往御之。"时杨、周管家亦颇材武，已于驴背跃下。行李与牲口重数百斤，得功一手挟驴，一手提行囊，突扑响马。响马大惊，乞止之，且曰："有言相告。"得功不听，扑击如故。响马急，齐下马罗拜曰："老兄真英雄，吾辈愿拜下风，勿失义气。"得功方止。[3]

这是威风气势：

> 生有神勇，杀贼，贼不敢逼视。得功一部，皆为精兵。每与贼

[1]抱阳生《甲申朝事小纪》，书目文献出版社，1987，第491页。
[2]同上，第833页。
[3]计六奇《明季南略》，中华书局，2008，第28页。

战，辄饮酒数斗，提铁鞭上马，前自冲阵，而三军随之。得功威名振于贼中，贼相戒勿与黄将军苦战……于是，江、淮之间以得功为长城矣。[1]

以及作战装备和战法：

侯乃上马，旁一卒授之弓，执左手；又一卒授之枪，挂手肘；又一卒授之鞭，跨左腿下；一卒授之锏，跨右腿下。背后五骑，骑负一箭筒，筒箭百随之。抽箭乱射，疾如雨，箭尽，掷弓，继以枪。枪贯二骑，折，旋又击死二骑。须臾掷枪，用鞭、锏双挥之。肉雨坠，众军已歌凯矣。[2]

关羽白马坡斩颜良，曹操赞道“将军真神人也！”[3]我们欲以此转赠黄得功。

他的“勇”让人五体投地，然而谈到“智”，我们却为之痛惜不已。由于最后护驾尽忠而死，他在大家心目中形象一直相当正面。然而，细细研究弘光朝的覆灭，却有震惊的发现：黄得功与此有很大干系，乃至可称为一个罪人。我们来看主要经过：乙酉年一月，高杰抵睢州为许定国所害；杀高后，许立即渡河向清国投降，并请豪格转奏清廷发兵南下，自己愿当先锋；史可法闻睢州之变，星夜赶到徐州，立高杰子为世子，使大军重获稳定；事情刚刚停当，突然传来消息，黄得功联手刘泽清，欲从仪真、淮安夹击高部将士留于后方的家眷，夺占扬州，徐州高部大惊，李成栋等拔营而走，史可法措手不及，也仓皇南还处理严重事态，河防遂为之一空，清兵以许定国为先头部队渡过黄河，“丙午（三月廿三日），王师破徐州”[4]……很清楚，有两个触发者；许定国杀高杰、引狼入室在前，黄得功内讧火并、致前线溃于一旦在后，两件事接踵而来、互为表里，情势遂不可收拾。

对此，稍稍过甚其词，我想说黄得功实际起了清国内应的作用。自然，他绝无意于此；岂但无意，如以这样的结果相告，他恐怕还难以置信。他的忠诚无可怀疑，也断不会在明知情况下损害

[1] 抱阳生《甲申朝事小纪》，书目文献出版社，1987，第479页。
[2] 同上，第214页。
[3] 罗贯中《三国演义》，江苏文艺出版社，2010，第211页。
[4] 梅村野史《鹿樵纪闻》，台湾文献丛刊第五辑《东山国语·鹿樵纪闻》（合订本），台湾大通书局，1995，第11页。

明朝。但在事实层面，他确实做了那样的事。他有大将之才，心地也淳古，然而情商低得可怜，以致分不清“亲者痛、仇者快”，不能辨大局与小节。前面介绍过，他与高杰之间的过节，是非在他这边。当他点兵袭杀高部后方时，心里大概自认正义，可这只是他个人的正义，不是从国家利益出发的正义。他在自认有理的情况下，做了愚不可及而悖逆大义的事情，并对所错浑然不觉。

明代武人的悲剧，恐怕无过乎黄得功。一个禀赋这样好的人，竟只能沉沦于愚昧。他尚且如此，余者更何足论？四镇中，另外加上左良玉，最后只走出一个高杰。他踽踽北去的身影，不仅写下孤独，更写下明军满营的麻木。高杰感受着这孤单，于途中“疏请以重兵驻归德，东西兼顾”，但看不到任何动静。他希望自己动身后，黄得功能够跟进担当后援，不意反而“近见黄得功具疏，犹介介口角”，他大度地表示“臣若不闻”。[1]“然得功终不欲为杰后劲，而泽清尤狡横难任，可法不得已，调刘良佐赴徐，为杰声援。”[2]可刘良佐应该也没有采取实际行动，虽然史可法有此调令，我们却没有见到该部曾向徐州运动的记载。

高杰的踽踽独行，令人确切领教了同侪的“空心”。为什么会这样？假如是刘泽清、左良玉、郑芝龙辈，不妨归咎于心性和品质，但在黄得功那里，继续这种挖掘，死路一条。我们不难解释“坏”人的“坏”，困难的是如何解释“不坏”之人的“坏”。面对这样的问题，解释已经无法从个人身上求之。

八

黄宗羲《明夷待访录》有《兵制》三篇，专论明朝军事制度的特点、变迁和弊病。其中，与本题相关的有以下二段：

> 国家当承平之时，武人至大帅者，干谒文臣，即其品级悬绝，亦必戎服，左握刀，右属弓，帕首袴鞾，趋入庭拜，其门状自称走狗，退而与其仆隶齿。[3]

[1] 李天根《爝火录》，浙江古籍出版社，1986，第371页。

[2] 同上。

[3] 黄宗羲《明夷待访录》，《黄宗羲全集》第一册，浙江古籍出版社，1985，第32页。

> 夫天下有不可叛之人，未尝有不可叛之法。杜牧所谓“圣贤才能多闻博识之士”，此不可叛之人也。豪猪健狗之徒，不识礼义，喜虏掠，轻去就，缓则受吾节制，指顾簿书之间，急则拥兵自重，节制之人自然随之上下。试观崇祯时，督抚曾有不为大帅驱使者乎？此时法未尝不在，未见其不可叛也。[1]

第一段讲“制度”，第二段讲“人”。

制度方面，抉要以言，无外《明史》“选举二”那八个字：“终明之世，右文左武。”[2]古以右为尊、左为卑；右文左武，就是重文轻武。黄宗羲为我们讲了明朝大部分时间里文武之间情态，一般地谈重文轻武，想象不到那个样子，由他的描写，我们很具体地知道武人在明朝低下到什么程度——武臣见文臣，尽管对方品级远低于己，也要以最隆重的方式前往；既至，要加快脚步向前、行拜见礼，以示卑微，投上名帖以“走狗”自称，退下则只能跟文官的仆从称兄道弟。这种打压，不惟从地位上，亦复及其人格，久之，武人不能堂堂正正立朝，心理上自认鄙下低贱。而朝廷所以行此右文左武制度，并非对于文化情有独钟，说到底，源于极权之极度自私阴暗动机。我们看得很清楚，自从秦朝始创君主极权以来，“右文左武”思路一直处在不断生长和完善之中，从早期“狡兔死，走狗烹”的滥杀功臣式，渐至宋太祖“杯酒释兵权”以及制度上“文武分为两途”[3]，明承宋制而更上层楼，宋“犹文武参用。惟有明截然不相出入”[4]，遂达极致。这种心思，所瞩皆在一个“权”字，为之大防而已。“干戈兴则武夫奋，《韶》《夏》作则文儒起。”[5]此为极权者所深知，故于武夫不单削其兵权，更使置于文臣之下，加以屈抑堕弱。这其实是一种赌博，因为武力有其益、害两面性，权力既仰其保障，亦怕被它摇撼，于是极权思路赌其一端，为求不被从内部摇撼，宁肯自弱、自废武力。

比之借制度加强武力控制还要险恶的，是从人格上矮化武夫，茁壮其体魄而愚昧其灵魂，俾以打造肉身机器，

[1]黄宗羲《明夷待访录》，《黄宗羲全集》第一册，浙江古籍出版社，1985，第34页。

[2]张廷玉等《明史》卷七十，中华书局，1974，第1695页。

[3]黄宗羲《明夷待访录》，《黄宗羲全集》第一册，浙江古籍出版社，1985，第34页。

[4]同上。

[5]葛洪《抱朴子外篇全译》，贵州人民出版社，1997，第776页。

亦即黄宗羲所形容的“豪猪健狗”——勇蛮之“猪”、劲健之“狗”。我们所见弘光间武人，多半带有这种特征。朝廷指望以虚其心实其腹的办法，将武人养为看家护院的鹰犬，无思无智，唯听命于主人。这想法，卑劣犹在其次，关键是其蠢无比，愚蠢地假设人可以没有灵魂。人不单都有灵魂，且灵魂都有“贤达”和“愚瞀”两种潜质，不去往彼则去往此。“多闻博识”，人人可致“贤达”——这也就是现代民主社会从每个人身上所追求的，通过教育与启智，令人人成为聪明而理性的个体。反之是极权体制中的情形，不但不开发民智，反而施予各种蒙蔽和愚化，直至剥夺个体对自我生命的尊严感、荣誉感和目的性；极权者这样做，目的在于独私其利，因为人民愈愚昧愈便于驱策。明廷对于它的军队和军人，实际就持这种策术，然而殊不知，虽不无得逞最终却将适时收其反作用力。我们看到，等到明末威权堕地，其军人武臣身上普遍表现出对本职毫无归属感和责任心，“不识礼义，喜虏掠，轻去就，缓则受吾节制，指顾簿书之间，急则拥兵自重”，陷于“有奶便是娘”的实利主义。极权者总是过于自信，以为铁桶般制度能够扎牢篱笆，以为给豢养的鹰犬勒辔戴嚼可保无失。然而事实却是“天下有不可叛之人，未尝有不可叛之法”。法在心外，虽有实无。故孔子曰：“听讼，吾犹人也；必也使无讼乎。”[1]威权鼎盛之时不明显，一至乱世，立刻看出缰绳无用，正所谓“法未尝不在，未见其不可叛也”，空心而无任何理想的军人武夫，只能作蝇营狗苟、诈伪趋利、抱头鼠窜状。

就本文做个小结，大致是：我们首先摸清江北四镇从建立到瓦解的过程中，并不只有“豆腐渣”、形同虚设的一种可能。史可法与高杰之间的情形说明，如果组织得当、主将奋起，四镇之设所待望的屏藩江南、进取中原，非不可行。但是，这种可能昙花一现，甚至昙花未现即告夭折——所以又说明，个人间的感化不能改变整体。虽然“武人”与“文臣”可能结成“一帮一，一对红”的关系，使某个蛮昧灵魂偶然被唤醒，但很难指望那成为一种模式。在明代军制积弊以及弘光朝彻底失去组织功能的政治环境下，本来不乏合理性的四镇方案，注定是空中楼阁。除非南京拥有一个洗心革面而高效的军政中枢，但那一点也不符合明朝自身的历史逻辑。合乎逻辑的，其实是最后

[1]《礼记正义》卷六十，阮元校刻《十三经注疏》，中华书局，1982，第1674页。

史可法独守孤城，呼天不应、叫地不灵那样一幕。“孤城落日斗兵稀”，是唐边塞诗人高适《燕歌行》中的一句，原描述的是边远征戍的情形，但我发现用于1644—1645年中国腹地沿江的景况，也意外地合适，遂以为题。

名姬名士

革命和爱情

秦淮香艳的大红大紫，诸姬香名大振，根本是因复社名士常做流连、热烈追捧所致。因为从不曾有过像这样一个有组织、成规模、盘踞日久的名士集团。

一

余怀《板桥杂记》上卷"雅游"："旧院与贡院相对，仅隔一河，原为才子佳人而设。"[1]

旧院，"人称曲中"[2]。曲中，就是妓院。古代青楼有所谓"雅妓"，即色艺双全者。她们的才艺，颇为广泛，可以是诗文、书画、琴棋以至烹饪等，而度曲、演唱是基础（在中国，妓女的古源是"女乐"），所以也称较高等的欢场为"曲中"。

随着需求扩大，这行业也在变化，慢慢开始出现有无才无艺而仅供肉欲、以色事人者，如旧北京之八大胡同，一解饥渴而已，别无蕴藉，连留下的故事也是粗恶的。如所皆知，当年同治皇帝私游其间，染了一身梅毒，死得很不成样子。

明末的秦淮香艳，不是这样。"原为才子佳人而设"，点出了它的特点。其实，当时南京的欢场，已有不同类型和档次，如"珠市"和"南市"。珠市的客人，多为富商大贾，单论美色与豪奢，此处不在秦淮之下。"其中时有丽人，惜限于地，不敢与旧院颉颃。"[3]公认为姿色第一的名妓王月，即属珠市。而论品位，珠市却距秦淮颇远。至于南市，"卑屑所居"[4]，是廉价的去处。三个地点的服务对象大致固定，秦淮乃文人雅士的畛域，珠市为阔佬之乐园，南市则供下层社会消遣。

其之如此，环境使然。说到秦淮南岸的旧院，就不能不说北岸的贡院。

贡院，是科举高级别考场，用于举人资格的乡试。这里，指南京"江南贡院"，今大部已毁，明远楼仍存，上有"江南贡院"的匾额。不过，"江南贡院"是清初南直隶改江南省后而得名，在明

[1] 余怀《板桥杂记》上卷雅游，周瘦鹃校阅《板桥杂记（全一册）》，上海大东书局，民国二十二年，第6页。

[2] 同上。

[3] 余怀《板桥杂记》上卷雅游，珠市名妓附见，周瘦鹃校阅《板桥杂记（全一册）》，上海大东书局，民国二十二年，第28页。

[4] 余怀《板桥杂记序》，周瘦鹃校阅《板桥杂记（全一册）》，上海大东书局，民国二十二年，第1页。

代，它应该叫“应天府贡院”。

这座贡院，可同时容二万余人考试。虽然各省会以及北京也有贡院，却规模据说都不比南京。1905年废科举以后，它被拆除，如今尚能从照片窥其旧貌：排排号舍，密密麻麻，栉比鳞次，一望无际。倘若还原样保存在秦淮岸边，我们身临其地、放眼一望，对“旧院与贡院遥对，仅隔一河，原为才子佳人而设”的意味，或更易了然。

它的建成，并不很早。《典故纪闻》：

> 应天初无试院，每开科，借京卫武学为之，学地狭，每将仪门墙垣拆毁，苫盖席舍，试毕复修。至景泰五年冬，始以应天府尹马谅言，以永乐间锦衣卫纪纲没官房改造试院。[1]

景泰五年即1454年，距明朝立国已近百年。另外，文中提到的纪纲，是朱棣手下大特务头子，替朱棣杀人无算，《永乐大典》主纂、名臣解缙，即死彼手，而他自己最终下场也很惨，被朱棣处以剐刑。不料，贡院便建于纪纲府邸旧址，令人不免心生异样——毕竟，在血腥酷吏与温文尔雅之间，反差太大。

从时间上说，河对岸的勾栏瓦舍，早于贡院之建。我们从元人萨都剌《念奴娇》“歌舞尊前，繁华镜，暗换青青发。伤心千古，秦淮一片明月”，略知其为欢场，由来颇久。另参《板桥杂记》：“洪武初年建十六楼以处官妓，轻烟淡粉，重译来宾，称一时之盛事。自时厥后，或废或存，迨至百年之外，而古迹寖湮，存者惟南市珠市及旧院而已。”则南岸旧院，洪武年间已有，为官妓十六楼之一。不过，我们推想，那时它与一般青楼或无太大差别，1454年贡院的建成，是秦淮香艳发展史的一大节点，随着“旧院与贡院遥对”格局确立，这一带妓院才逐渐衍为“雅游”之地。

二

关于秦淮香艳，要抓住旧院、贡院彼此呼应这一点，从二者因果求得对它

[1] 余继登《典故纪闻》，中华书局，1997，第226页。

的理解。南岸的旖旎，根本以北岸的文采为背景，而北岸的文采，反过来也受着南岸的滋养与激发。两相互动，而达成了余怀的概括："衣冠文物，盛于江南，文采风流，甲于海内。"[1]衣冠文物、文采风流，此八字是秦淮香艳的灵魂，抽掉它们，所谓秦淮香艳与八大胡同只怕也没有分别，不成其"佳话"。

这八个字，还解释了另外一个问题，即为何贡院他省亦有，却不曾催生自己的秦淮香艳，也来一个"旧院与贡院遥对"。很简单，各地文物、文采之盛，不能达到南京的高度。关于这一点，话题需要拉得远一些。

中国的物质与精神文明，既因自然条件的变化，也因数次遭遇北方蛮族大的冲击，自晋代起，就向南偏移了。东晋、六朝是第一浪潮，南宋是第二浪潮，明代是第三浪潮。经此三大浪潮，经济文化重心南移，遂成定局。黄宗羲说："今天下之财赋出于江南。"[2]董含《三冈识略》也说，有明三百年，"江南赋役，百倍他省"[3]。或有夸大，但基本格局是这样。物力如此，文亦随之。截至唐宋（北宋），中国人文犹以北方为盛，查一查那时一流诗哲的籍贯，会发现多出于黄河流域。之后，尤其明代，明显转到南方，特别是集在东南一隅，北方文教则衰颓得厉害。有学者依省籍统计明代"三鼎甲"（含会试第一名的会元）人数，显示两个结果：一、东南一带（苏、皖、浙、赣、闽，大致为今华东地区）达一百九十三位，几乎是全国其余地方的四倍；二、其中，仅南直隶一省人数，已超过东南以外各地总和。[4]

这种盛衰之比，甚至导致明朝出台一项特殊政策。大家可读《明史·选举二》，里面专门讲到"南卷"、"北卷"问题。"初制，礼闱取士，不分南北"，但洪武丁丑年会试，"所取宋琮等五十二人，皆南士"，惹得朱元璋大怒，"怒所取之偏"，竟将主考官或杀头或流放。[5]朱元璋认为不公平，有他的道理。可是客观上，南北两地文教水准，反差确实很大。"北方丧乱之余，人鲜知学"[6]，考生本身质量偏低，科举竞争力无法跟南方比，所以，单靠杀人解决不了问题。迫不得已，便想出"南北卷"的办法。强制名额分配，南人若干，北人若干，相当于把

[1]余怀《板桥杂记序》，周瘦鹃校阅《板桥杂记（全一册）》，上海大东书局，民国二十二年，第1页。

[2]黄宗羲《明夷待访录》，《黄宗羲全集》第一册，浙江古籍出版社，1985，第24页。

[3]董含《三冈识略》卷四江南奏销之祸，安雅楼藏清钞本。

[4]陈正祥《中国文化地理》，三联书店，1983，第22页。

[5]张廷玉等《明史》卷七十，志第四十六选举二，中华书局，1974，第1697—1698页。

[6]张廷玉等《明史》卷六十九，志第四十五选举一，同上，第1679页。

“全国统一录取”改为“划片录取”，硬性规定北方士子在进士中所占比例。

朝廷如此，是无可奈何。因为无论从文化平衡发展考虑，还是出于政治需要（官僚集团构成的合理性），都不能坐视南北差距过大。不过，尽管以“南北卷”加以扶植，终明一代，北方人材劣势都不能彻底改观，而只起舒缓作用。南方的强势，不仅保持，且一直缓慢然而坚定地增长。万历以降，这势头达于顶点，东林崛起便是这样的标志。东南士夫势力之强，居然足以和皇帝叫板。当中虽经阉党摧折，而无改基本走势，及至崇祯朝，无论朝野，政治和文化主导权已尽操东林—复社之手。

等清国取代朱明，才真正将这势头遏止。清国不独地理上处于“北方”，更在文化上属于“蛮夷”，明人蔑称为“北虏”。也恰恰出于这一点，清国入主之后，不久即着手打压南人。康雍乾几次大的文字狱，哭庙案、南山集案、吕留良案等，对象均为南籍士子。血雨腥风，飘散百年。这当中，除民族矛盾、文化冲突，其实也隐含地域相抗之意味。到此，南方在文化上所居压倒优势，以及南方士林甚嚣尘上的情态，终于稍减。有清一代，其科举、学术及文艺，虽仍以南人略占上风，但北方却有强劲复苏，如今因影视剧热播而成清代文化明星的纪晓岚、刘墉，以及曹雪芹、蒲松龄等主要的文学作者，都是北方人。类似情形，元代也曾有而更不加掩饰，民分四等，以北人、南人区分中国人而置后者于最末等，清代好歹未至于此。

近代，南北间的抑扬再谱新篇。清室的衰微，果然表现为南人重执政治文化之牛耳。晚清重臣曾国藩、李鸿章、左宗棠等，戊戌变法中的康梁谭、翁同龢，悉属南籍。庚子之变，“东南互保”，南方数省公然拒奉清廷命令。辛亥革命，其实也不妨称之为南方革命（而与北方义和团的护清，相映成趣）。此后“五四”直到中共创建，活跃人物陈独秀、胡适、鲁迅……差不多个个来自南方。这种南北相抗，晋代迄今一千六七百年的时间，很少不与之发生关系，包括时下网络之中，也时常引发口水战。但这现象本身以及其中意味，实际并不口水而不无严肃，于中国文明的起伏、流向及况味，颇足楬橥。

文题所限，不容我们于此着墨过多，还是收起笔头，来谈余怀所指出的秦淮香艳与衣冠文物、文采风流之间的关系。

以中国物质、精神文明重心南移为背景，会特别注意到南京这座城市的意义。在帝制以来二千多年的范围下，南京乃唯一堪与西安、洛阳、开封、北京等争辉的南方大城，是物质、精神文明重心南移趋势在地理上的聚焦点，并因这趋势而形成持续建都史。它整个历史共有三个峰值，一、从三国孙吴经东晋到六朝；二、明代；三、中华民国。三个时间点均极重要，第一个是夷夏冲突正式成为中国现实问题的时刻，第二个是向现代转型的前夜，第三个是中国揖别帝制、步入现代国家行列的开端。从中我们觉得，南京之于中国历史，一来有头等的政治意义，而更大特点在于似乎是文明的节点与标识，它的枯荣似乎总是拨动中国那根文明的琴弦，一个王朝在此崛起与消失，似乎不仅仅是政治的兴废，而每每有文化沧桑、沉浮的意味，也许，这就是为什么古代诸大城，独南京形成了“金陵怀古”这固定的诗吟主题，无数诗人至此难禁睹物伤情的幽思，为之感慨、怀想和悼亡。

此外从城市文明角度，二千年看下来，只有两座城市是真正具代表性的：汉唐为长安，之后是金陵。它们既各自演绎了北南两段繁缛，又共同呈示和见证中国文明重心的南渡史。中古以前的“西京情愫”，与中古以后的“金陵春梦”，相映成趣。汉唐时人心目中的长安，与明清时人心目中的金陵，具有同等的文化和审美价值，也唯有它们可以相提并论。《明夷待访录》“建都”篇曾谈到长安和金陵之间历史地位的变化：

> 或曰：有王者起，将复何都？曰：金陵。或曰：古之言形胜者，以关中为上，金陵不与焉，何也？曰：时不同也。秦、汉之时，关中风气会聚，田野开辟，人物殷盛；吴、楚方脱蛮夷之号，风气朴略，故金陵不能与之争胜。今关中人物不及吴、会（会稽，代指浙江）久矣……而东南粟帛，灌输天下，天下之有吴、会，犹富室之有仓库匮箧也。[1]

此大势一目了然。故而我们看到金陵之于曹雪芹，一如长安之于司马相如、王维等。“昌明隆盛之邦、诗礼簪缨之族、花柳繁华地、温柔富贵乡”[2]，这些

[1] 黄宗羲《明夷待访录》，《黄宗羲全集》第一册，浙江古籍出版社，1985，第20—21页。

[2] 曹雪芹《红楼梦》，人民文学出版社，1981，第2页。

字眼若在汉唐必属长安，而到曹雪芹时代，却非金陵不匹。他借贾雨村之口，这样描绘金陵：

> 去岁我到金陵时，因欲游览六朝遗迹，那日进了石头城，从他宅门前经过，街东是宁国府，街西是荣国府，二宅相连，竟将大半条街占了。大门外虽冷落无人，隔着围墙一望，里面厅殿楼阁，也还都峥嵘轩峻，就是后边一带花园里，树木山石，也都还有葱蔚洇润之气，那里像个衰败之家?[1]

《红楼梦》，是欲为中国雅文化具结、唱挽悼亡之作，所谓"悲金悼玉的'红楼梦'"[2]。而作者曹雪芹，北人也，其身世是个谜团，有未到过金陵更不可确知[3]。他把故事发生地置之金陵，盖出两个原因：一是乃祖任江宁织造的历史，使之对江南文明之盛梦寐倾倒，心向往之；二是从小说主题和内涵论，此地必为金陵而无二选——我们替他体会一下，"靥笑春桃兮，云髻堆翠；唇绽樱颗兮，榴齿含香"，这种气息、情态，北地或无可寻，或纵可寻而置之其地却韵味全失，实在是到了明清时代，典型中国文化之美，确非北方可以代表、言传。故而，曹氏以汉军旗满人，假金陵为背景敷演《红楼梦》，是那时代的文化理想、文化想象使然，也是它的表现。

我虽无根据，然而感觉或相信曹雪芹必定读过《板桥杂记》，且深迷恋之。因为凡有心人都不难看出，他笔下的"金陵十二钗"虽然赋予了"名媛"身份或名义，实际都有浓浓、暧昧的"曲中"韵味。大家只消看看第五回"贾宝玉神游太虚境，警幻仙曲演红楼梦"，只消读"刚至房中，便有一股细细的甜香，宝玉此时便觉眼饧骨软，连说：'好香！'入房向壁上看时，有唐伯虎画的'海棠春睡图'……"便知这一段所写，哪里是什么闺房，分明就是风月之地。至于"红楼"云云，也无非是避言"青楼"而已。

至此，对于秦淮香艳为何独显于南

[1] 曹雪芹《红楼梦》，人民文学出版社，1981，第17—18页。

[2] 同上，第61页。

[3] 冯其庸先生在1994年修改后的人民文学出版社校注本前言称："《红楼梦》的作者伟大作家曹雪芹就是出生在南京的。直到雍正六年曹家抄没后才全家迁回北京。"有此一说，姑备以闻。然而以红学历来的浑沌，我们局外人对其诸说一般难辨真假，未敢轻信。例如，即在此篇前言中，冯其庸对周汝昌等主曹雪芹祖籍为河北丰润之说，就评论为"没有任何根据的臆想"。

京,我们草草明其缘由。归结起来,一切禀自上千年历史所注入这座城市的文化底蕴,及其唤起的巨大的文化想象。所以,虽然各地都有贡院与娼业,然而,此贡院非彼贡院,他处娼业亦非秦淮旧院。南京的情形,无法作为模式,移植于别处。就算各地硬搞什么“旧院与贡院遥对”,也是有其似、无其实。

三

尤其我们现在讲的一段,更有特殊性。

此即崇祯、弘光两朝,它是秦淮香艳的真正鼎盛期。

这个时间点,过去似乎没有如何引起注意。说起秦淮香艳,往往囫囵吞枣地以为是从来如此的悠久现象。其实要做一点细分。单讲作为风月之地,秦淮的历史当然漫长,前引余怀之述显示,光是明代就可从洪武年间算起。然而,从普通风月场向“雅游”之地转化,并非一蹴而就。从现有线索推测,应该是于景泰五年北岸修建贡院之后才有可能。之前的情形,我们虽并不清楚,但从环境本身特点尚不具备来想,崇、弘间旧院那样高、精、尖的极雅妓院,恐怕还是无源之水。贡院之建,加上金陵文化和历史中固有积淀,两者相互氤氲,再经百余年含英咀华,终于崇、弘间达到绚烂的极致。而其为时并不算长,从头到尾不过十几年光景;换言之,真正播于人口的秦淮香艳,不过是明代之尾转瞬即逝的事情。

根据是,我们耳熟能详的秦淮名妓,无一出现在崇祯以前。

《板桥杂记》所记,为“崇祯庚、辛”即庚辰(1640)、辛巳(1641)年之前余怀在秦淮的闻见[1],这是基本的时间窗。而它所提到的诸姬,时龄多为十来岁。如董小宛、卞赛(玉京)十八岁,李香、李媚都只有十三岁,顾媚(横波夫人)稍长,亦仅二十多岁[2]。另,《板桥杂记》未载之柳如是,据陈寅恪《柳如是别传》:“崇祯十三年庚辰之冬,河东君年二十三。”[3]从年龄看,很显然,明末这一群星璀璨的名妓群体,都是崇祯年间涌现出来;此前,她们或甫临人世,或尚处幼齿,不可能操此业。

[1] 余怀《板桥杂记》上卷雅游,周瘦鹃校阅《板桥杂记(全一册)》,上海大东书局,民国二十二年,第8页。

[2] 孟森《横波夫人考》,《心史丛刊》二集,大东书局,民国二十五年(1936)。

[3] 陈寅恪《柳如是别传》,三联书店,2001,第574页。

由此，我们将所谈的秦淮香艳，做了时间段上的固定。随后，我们还要解释，其道理何在？为什么偏偏是崇祯后，而没有早些出现？刚才说景泰五年北岸建贡院是一大节点，然而从贡院建成到崇祯，中间长达一百七十年，却并没有诞生类似这样的群星璀璨的名姬群体，为何崇祯以后，却“忽如一夜春风来，千树万树梨花开”？难道我们对此，只能以“厚积薄发”之类虚言应对，而没有稍为实证的解释？

这样的解释是有的。我们可以明确指出，秦淮香艳的井喷，完全是因复社的缘故。

为此，要讲一讲崇祯以来的时局。1627年，天启皇帝朱由校一命呜呼，临终传位其弟朱由检，是为崇祯皇帝。随着崇祯践祚，客、魏毙命，阉党覆灭，毒雾驱散，荆棘尽扫，惨遭毒狱的东林东山再起，明代政坛上演大逆转。而随此登上历史舞台的，有不少东林之后。在崇祯元年平反冤假错案高潮中，我们看见一批天启党祸冤死诸臣之子的身影，如黄宗羲（黄尊素之子）、袁勋（袁化中之子）、杨之易（杨涟之子）、周茂兰（周顺昌之子）、魏学濂（魏大中之子）。他们各自上书，替父伸冤，其中魏学濂从浙江徒步至京，伏阙讼冤，血书进奏，致“天子改容”[1]。可以说，凭借新朝新政，这些东林后人以强劲、抢眼的姿态，跃入社会和历史视野。等大局已定，东林重为朝堂主流，朝堂之外的主导则为复社，而核心骨干恰恰是东林名宿之后。复社之于东林的关系可以这么理解：一是政治上为东林之后备军，二是思想文化上各引导着不同层面——东林“处庙堂之高”，复社“居江湖之远”。东林在庙堂有多大势力，复社在江湖也毫不逊之。

与此相应还有一点：东林纵横驰骋，主要是政治中心北京；复社左右风流，则更多依凭南京这座文化中心。一来这由北京、南京在明朝的不同特色所决定，二来复社老巢本为“吴下”。说到这，有个小故事：

> 壬申，方密之吴游回，与府君言曰：“吴下事与朝局表里，先辨气类，凡阉党皆在所摈，吾辈奈何奉为盟主？曷早自异诸！”[2]

[1] 计六奇《明季北略》，中华书局，1984，第609页。
[2] 钱㧑禄《先公田间府君年谱》，《国粹学报》，国粹学报馆，1910年，第七十五期。

讲的是方以智劝钱秉镫与阮大铖决裂事。这三人，都是皖中桐城人氏，当时，阮大铖在桐城组建中江社，钱秉镫为其社友。壬申，即崇祯五年，在苏南游历的方以智返桐，带回消息，说那里“与朝局表里，先辨气类”。此语准确描述了复社特征，“朝局”便即东林，言复社以东林为其里，而己为东林之表，“先辨气类”则是一切从政治上划清界限，凡政治上属于奸邪、小人，断不往来。不过，当时这风气还只限于“吴下”，桐城近在咫尺，犹未省之，所以钱秉镫尚与阮大铖共结诗社。经方以智指点，“不习朝事”的钱秉镫，由此知时下潮流，立刻疏远阮大铖，不再参加中江社活动。

眉史氏《复社纪略》之“复社总纲”，有复社酝酿、草创及发展壮大的简要时间表。崇祯二年第一次集会，于苏州尹山湖举行，称“尹山大会”。崇祯三年第二次集会就进军南京，称“金陵大会”。是年，一些复社领袖在科举中全面开花，“乡试，杨廷枢中解元。张溥、吴伟业并经魁。吴昌时、陈子龙并中式。”[1]翌年会试，吴伟业（梅村）高中头名（会元），继而殿试连捷中了榜眼；张溥则为会试“会魁”（大致相当前五名）。由此，复社名声大振。再过一年，即壬申崇祯五年，举行著名的“虎丘大会”，“张溥为盟主，合诸社为一，定名复社。”[2]方以智回乡劝说钱秉镫事，恰在此年，我们推测他不但出席了“虎丘大会”，而且是带着大会精神返乡，将复社影响扩大到江右。

复社开展的政治思想斗争，暂且按下。眼下单讲一个时间问题，即我们已由上述时间表发现，复社崛起与旧院名声鹊起，时间上完全咬合。仅出于偶然，还是确有因果关系？

答案不言而喻。秦淮香艳的大红大紫，诸姬香名大振，根本是因复社名士常做流连、热烈追捧所致。明代过去也不乏风流才子，然而到复社这儿，才称得上“于斯为盛”。因为从不曾有过像这样一个有组织、成规模、盘踞日久的名士集团。他们以群体形态出现，声势浩大，能量极为惊人，登高一呼，天下翕然。只要他们热炒，没有哪件事、哪个人不名动天下。

[1] 眉史氏《复社纪略》，中国历史研究社编《东林始末》，神州国光社，1947，第167页。
[2] 同上，第168页。

这本是个青春叛逆人群，多世家子，加上时局有利，正在春风得意、挥斥方遒之中，其放浪疏狂、恣肆无忌，人们多少年后说起，仍旧咋舌：

> 闻复社大集时，四方士之拏舟相赴者，动以千计。山塘上下，途为之塞，社中眉目，往往招邀俊侣，经过赵李。或泛扁舟，张乐欢饮。则野芳浜外，斟酌桥边，酒樽花气，月色波光，相为掩映。[1]

崇祯十年，苏州一个被复社排斥的名叫陆文声的人，上疏告了一状，除政治攻击外，专门提到复社"宴会则酒池肉林"，盖言其一贯声色荡靡。陆文声别有用心，但所指之事并非捏造。复社名士与秦淮诸姬非同一般的关系，后面我们还会详叙，眼下且借一事，觇其大略：

> 南都新立，有秀水姚澣北若者，英年乐于取友，尽收质库所有私钱，载酒征歌，大会复社同人于秦淮河上，几二千人，聚其文为《国门广业》。时阮集之(大铖)填《燕子笺》传奇，盛行于白门(南京)。是日，勾队未有演此者。故北若诗云："柳岸花溪澹泞天，恣携红袖放镫(灯)船。梨园弟子觇人意，队队停歌燕子笺。"[2]

这个姚澣(表字北若)，本人无甚名堂，但很以结交名人为幸。他想讨复社的欢心，竟倾其家产，在秦淮河上搞一次两千人规模大聚会，并征集诗文成其一书以为纪念。关于同一件事，我们正好有一位在场者作见证，他叫陈梁(表字则梁)，曾与张明弼(表字公亮)、冒辟疆等人结为兄弟，《同人集》收有他几十通书信或便条，都与当时南京复社活动有关，其中一个条子，是通知冒辟疆来参加这次"十二楼船大会"的：

> 姚北若以十二楼船，大会《国门广业》，不特海内名人咸集，曲中殊艳共二十余人，无一不到，真胜

[1] 陈去病《五石脂》，《丹午笔记·吴城日记·五石脂》，江苏古籍出版社，1999，第353页。

[2] 吴翌凤《镫窗丛录》卷一，《涵芬楼秘笈》第九集，六种八册一函，商务印书馆，民国九年。

事也！辟疆即来，我辈舟中勒卣代作主也。[1]

勒卣即周勒卣，与陈子龙等并为“云间六子”（云间，松江古称）。至于“曲中”，余怀已讲过就是旧院的别称。从姚澣想出的讨好的点子与方式，我们便知复社同人们所好是什么了——这天，姚澣居然把旧院二十多位“殊艳”都请来，“无一不到”，可见他确下了大本钱，更可见复社与旧院关系确不一般。

四

在复社与旧院关系史上，庚午（崇祯三年，1630）大概对彼此都是关键的年度。这一年，复社士子聚集南京，举行了“金陵大会”。而之所以搞了一个“金陵大会”，是这年乃大比之期，四方举子齐赴南京，沉寂三载（乡试三年一期）的贡院重新喧阗，人如潮涌。同时值得一提，这是“一举粉碎客、魏集团”以来首次乡试。人人扬眉吐气、心高气爽、骚动不宁，都有一股做点什么的兴奋。

复社的萌芽，几年前出现，但影响区域还未逾苏州左近。本期乡试，提供了绝好的会盟四方之士机会，所以在尹山、金陵、虎丘三次“大会”中，这次最具里程碑意义，它令复社真正变成了号令整个东南青年士林的组织。

黄宗羲是本期乡试的参加者。他后来写有《思旧录》，历言平生所交师友，其中每每可见“庚午”这个关键词。“张溥”条记道：

庚午，同试于南都，为会于秦淮舟中，皆一时同年，杨维斗、陈卧子、彭燕又、吴骏公、万年少、蒋楚珍、吴来之，尚有数人忘之，其以下第与者，沈眉生、沈治先及余三人而已。[2]

这是一份令人眼晕的名单。张溥不必说，复社创始者；以下，维斗是杨廷枢，卧子是陈子龙，骏公是吴梅村，年少是万寿祺，眉生、治先是沈寿民、沈寿国兄

[1] 冒襄《同人集》卷之四，书，水绘庵清刻本，北京师范大学图书馆藏，第二十三页。
[2] 黄宗羲《思旧录》，《黄宗羲全集》第一册，浙江古籍出版社，1985，第361页。

弟，再加上一个黄宗羲……个个风华绝代，都是中国文化史上夺目之星。

要注意“为会于秦淮舟中”。“秦淮舟”何物？便是有名的秦淮灯船：

秦淮灯船，天下所无。两岸河房，雕栏画槛，绮窗丝障，十里珠帘。主称既醉，客曰未晞。游楫往来，指目曰：某名姬在某河房，以得魁首者为胜。[1]

秦淮灯船未必兴于庚午，但一定自此而盛。过去，何曾有过这么多抱团、嚣张、风雅而轻狂的举子，三天两头在此邀妓同船、聚游酣饮。只有在他们手中，秦淮才变成一片热土。

“韩上桂”一条，记了在旧院的另一番经历。韩上桂，时为南京国监丞，庚午年黄宗羲在南京“与之为邻”。他大宴名士于曲中，让伶人演唱自己所作词曲，凡为名士击节叫好者，当场给予重赏，出手极阔：

伶人习其填词，会名士呈技，珠钗翠钿，挂满台端，观者一赞，则伶人摘之而去。在旧院所作相如记，女优傅灵修为《文君取酒》一折，便赍百金。[2]

“张自烈”条下，写到一班复社公子“无日不相征逐”，尤其是《桃花扇》主角侯方域的行状：

而社中与予尤密者，宣城梅朗三（梅朗中）、宜兴陈定生（陈贞慧）、广陵冒辟疆、商丘侯朝宗、无锡顾子方（顾杲）、桐城方密之（方以智）及尔公（张自烈），无日不相征逐也。朝宗侑酒，必以红裙，余谓尔公曰：“朝宗之大人方在狱，岂宜有此？”尔公曰：“朝宗素性不耐寂寞。”余曰：“夫人不耐寂寞，则亦何所不至？吾辈不言，终为损友。”尔公以为然。[3]

世所称的“明末四公子”悉在座。而侯方域的形象，与《桃花扇》之中有所出

[1] 余怀《板桥杂记》上卷雅游，周瘦鹃校阅《板桥杂记（全一册）》，上海大东书局，民国二十二年，第3页。

[2] 黄宗羲《思旧录》，《黄宗羲全集》第一册，浙江古籍出版社，1985，第353页。

[3] 同上，第358—359页。

人。“大人方在狱”，指其父侯恂获罪被逮，而朝宗照旧追声逐色。此实为复社人等常态，黄宗羲看上去似较持重，但亦不知他于“吾辈不言”的看法是否果行。

不过，侯方域虽痴于风情而不拔，但毕竟父厄家远，在南京囊橐颇空，不能大弄，否则，后来也不会有阮大铖托人转致三百金欲予收买之事。“四公子”中风头真正强劲的，是方以智：

> 己卯岁牛女渡河之夕，大集诸姬于方密之侨居水阁。四方贤豪，车骑盈闾巷。梨园子弟，三班骈演。阁外环列舟航如堵墙。品藻花案，设立层台，以坐状元。[1]

“状元”在此指参加献演诸姬之优胜者。这次活动，不妨名之“秦淮名姬选美、才艺大赛”。

“四公子”另两位，宜兴陈贞慧、如皋冒辟疆，也出手不凡。旧院名姬李小大（《板桥杂记》称“李大娘”），红极一时，“定生（陈贞慧）访之，屡送过千七百金，犹未轻晤。”[2]冒氏晚年，一位世家晚辈于赋诗时叹道：“江左一时风流人物，今复存者，惟我辟疆先生，年登八十……”此语竟令耄耋辟疆唏嘘不已，和其诗：“寒秀斋深远黛楼，十年酣卧此芳游。媚行烟视花难想，艳坐香薰月亦愁……”诗余，意犹不尽，专门写了一段跋，来回忆往昔风流，而时间的起点就是庚午年：

> 余庚午与君家龙侯、超宗，追随旧院。其时名姝擅誉者，何止十数辈。后次尾、定生、审之、克咸、勒卣、舒章、渔仲、朝宗、湘客、惠连、年少、百史、如须辈，咸把臂同游，眠食其中，各踞一胜，共睹欢场。[3]

列于其间的，是一些复社名士的表字。“咸把臂同游，眠食其中，各踞一胜”，足见他们整天泡在欢场之中。所以，如果说自庚午年起，旧院已是复社的宿营地，应该没有多少夸张成分。

[1] 余怀《板桥杂记》中卷丽品，周瘦鹃校阅《板桥杂记（全一册）》，上海大东书局，民国二十二年，第28—29页。

[2] 冒襄《和书云先生己巳夏寓桃叶渡口感怀原韵》，《同人集》卷之十一，己巳唱和，水绘庵清刻本，北京师范大学图书馆藏，第二十四页。

[3] 同上。

当中，还有魏大中之子魏学濂（表字子一）的一桩趣事。壬午（1642）乡试头场，冒、魏夜半交卷，一同出来，且谈且走，魏一直把冒送到寓所门口，正待别去：

> 忽有女郎携奁衾入。子一变色去，即至则梁（陈梁）兄寓，同札交责甚厉。余躬至两兄处，述所以。子一自父兄难后，不衣帛兼味，不观剧见女郎。知董姬经年矢志相从……子一肃衣冠揖之，为作美人画，题诗于上。[1]

这个女郎、董姬，便是董小宛。半夜抱衾至，一望即知为妓女，故而魏学濂大惊失色，匆匆而逃。随即，联合冒辟疆结义兄弟陈梁，致信谴责——陈梁完全是混迹旧院的同伙，此时只是装清纯而已——冒辟疆见信，专程前来郑重解释董小宛人品如何，魏学濂方始释然。然而不久，魏自己也成了旧院常客。《板桥杂记》说到李香（即李香君）的成名：

> 余有诗赠之云："生小倾城是李香，怀中婀娜袖中藏。何缘十二巫峰女，梦里偏来见楚王。"武塘魏子一为书于粉壁，贵竹杨龙友写崇兰诡石于左偏。时人称为三绝。由是，香之名盛于南曲。四方才士，争一识面以为荣。[2]

从"不观剧见女郎"，到"为书于粉壁"、活跃于捧妓行列，魏学濂之变可谓大矣。

五

不过，如果只看到复社、旧院之间"狭邪"一面，则所见差矣。

庚午、南京、复社，这三个关键词相联，是有浓厚政治意味的。《思旧录》"周镳"条记道：

> 庚午，南中为大会，仲驭招余

[1] 冒襄《往昔行跋》，《同人集》卷之九，往昔行，水绘庵清刻本，北京师范大学图书馆藏，第五页。

[2] 余怀《板桥杂记》中卷丽品，周瘦鹃校阅《板桥杂记（全一册）》，上海大东书局，民国二十二年，第27—28页。

冒姬董小宛傳

金沙　張明弼　公亮

董小宛名白一字青蓮秦淮樂籍中奇女也七八歲母陳氏教以書翰輒了了年十一二神姿豔發窈窕嬋娟無出其右至針神曲聖食譜茶經莫不精曉顧其性好靜每至幽林遠壑多依戀不能去若夫男女闐集喧笑並作則心厭色沮亟去之居恒攬鏡自語其影曰吾姿慧如此即詘首庸人婦猶當數采鳳隨鴉況作飄花零葉乎時有冒子辟疆者名噪如皋人也父祖皆貴顯年十四即與雲間董太傅陳徵君相倡和弱冠與余暨陳則梁四五人刑牲稱雁序于舊都其人姿儀天出神清徹膚余常以詩贈之目爲東海秀影所居凡女子見之有不樂爲貴人婦願爲夫子妾者無數辟疆顧高自

《同人集·冒姬董小宛传》

冒辟疆晚年“取其故人投赠诸作”，编为《同人集》，所谓“同人”，多半是当年秦淮河畔的旧游。本篇董小宛传作者张公亮，与冒辟疆、陈则梁等数人是“狐朋狗友”，于冒董之恋可谓切近的在场者。

板橋雜記

上卷雅游

三山余懷澹心著

金陵爲帝王建都之地公侯戚畹甲第連雲宗室王孫翩翩裘馬以及烏衣子弟湖海賓游靡不挾彈吹簫經過趙李每開筵宴則傳呼樂籍羅綺芬芳行酒糾觴留髡送客酒闌棋罷墮珥遺簪真慾界之仙都昇平之樂國也

舊院人稱曲中前門對武定橋後門在鈔庫街妓家鱗次比屋而居屋宇精潔花木蕭疎迥非塵境到門則銅環半啟珠箔低垂升階則猧兒吠客鸚哥喚茶登堂則假母肅迎分賓抗禮進軒則丫鬟畢妝捧娘而出坐久則水陸備至絲肉競陳定情則目挑心招

板橋雜記

《板桥杂记》

余怀以将近耄耋之年写就的《板桥杂记》，而今似乎已成一篇花柳实录，只从窥淫的角度引起阅读兴趣。无人去思考，那颗古稀之心，何以被年少之际狭邪往事久久稽淹。

入社。[1]

"大会",是"金陵大会";"招余入社",组织、动员也。黄宗羲话虽甚简,我们却不难感受当时的紧锣密鼓。酒肆、寓所、游船、街头、妓院……为某日某件事,南京到处有人串联、拜访或邀约。那种气氛,古时少见,现代人反而不陌生——我们一般称之"闹风潮"或"闹革命"。或许,我的思考方式过多掺杂了现代生活的影响,但复社传递过来的信息,的确唤起了我对革命的联想。

茅盾回忆录"一九二七年大革命"一节,讲到热烈的革命气氛中,也飘散浓郁的荷尔蒙气息:流行"五分钟恋爱观"[2],几位漂亮革命美人,"一些单身男子就天天晚上往她们的宿舍里跑,而且赖着不走"[3]。昂奋、激情似乎会传染,就连早有家室的茅盾自己,也不免心旌摇荡:"有一次,开完一个小会,正逢大雨,我带有伞,而在会上遇见的极熟悉的一位女同志却没有伞。于是我送她回家,两人共持一伞,此时,各种形象,特别是女性的形象在我的想象中纷纷出现,忽来忽往,或隐或显"。[4]这是大革命时期的广州、武汉和上海,而其风范,我们于明末的南京,好像亦觉眼熟。

革命与荷尔蒙,总是相互刺激。虽然名士挟妓在中国算是老套子,但此番秦淮河边的喧谑,应该越出了那种单纯的放浪形骸。我们读《同人集》,复社诸人当时的体验与后日的怀想,都不仅止于荷尔蒙发作,而明显是革命情绪与荷尔蒙并作。于情场得意中自我崇高,又在自我崇高中征服情场。政治正确为他们赢得了性的肯定,而性的肯定又令政治激情益发高扬。对崇、弘间的秦淮风情,看不到革命的罗曼蒂克,只看到偎红依翠,实际没有读懂那个时代。

从庚午年起,南京似乎就有明末"青年革命中心"意味。北方饥荒和战乱,离此尚远,京师政坛的犬牙交错,这里亦无踪影。思想和文化,南京一边倒地处在复社影响之下。阮大铖曾警告:"孔门弟子三千,而维斗等聚徒至万,不反何待?"[5]言复社势力之大,足以造

[1] 黄宗羲《思旧录》,《黄宗羲全集》第一册,浙江古籍出版社,1985,第352页。
[2] 茅盾《我走过的道路》上,人民文学出版社,1981,第357页。
[3] 同上,第361页。
[4] 同上,第351—352页。
[5] 朱希祖《书刘刻贵池本留都防乱揭姓氏后》,《明季史料题跋》,中华书局,1961,第23—24页。

反，意在危言耸听，但复社势力骇人却是真的。其所集会，规模动至上万人，山呼海啸。东南一带，文脉尽为所控，有人愤愤不平："东南利孔久湮，复社渠魁聚敛"[1]，《思旧录》"吴应箕"条一笔记载，可证不虚："复社《国表四集》，为其所选，故声价愈高。尝于西湖舟中，赞房书罗炌之文，次日杭人无不买之。坊人应手不给，即时重刻，其为人所重如此。"[2]几有一言兴邦的能量。南京既为留都，政治神经发达而密布。复社在别处影响，或多体现为文化追星与膜拜，在南京，则以政治能量表现出来。谈到南京那段时间，吴梅村说：

> 往者天下多故，江左尚晏然，一时高门子弟才地自许者，相遇于南中，刻坛埠，立名氏。阳羡陈定生、归德侯朝宗与辟疆为三人，皆贵公子。定生、朝宗仪观伟然，雄怀顾盼，辟疆举止蕴藉，吐纳风流，视之虽若不同，其好名节、持议论一也。以此深相结，义所不可，抗言排之。品覈执政，裁量公卿，虽甚强梗，不能有所屈挠。[3]

这些人，连举人都不是，然而，"执政"为所品评，"公卿"任凭短长。"虽甚强梗，不能有所屈挠"，是指对有很大权势的人，也不放在眼里。之能若此，其实并非因为"贵公子"身份，真正原因是身后有复社这一强大组织的背景。

说到这一点，倒也真显出明末的某种特别，亦即，言论和精英派别、组织的力量，对政治影响越来越大，政治话语权一定程度上独立于官职或行政权力。而这特点，始显于复社，其前驱东林仍是在朝政范围以内谋求对于君权的独立性，复社领袖与骨干大多都没有进入政坛，他们是通过思想、舆论，通过掌握文化领导权，获取实际政治影响力。在只有"庙堂政治"的帝制中国，这既是新的政治意识，也是新的政治现象。他们实际上是在搞一场革命，读一读黄宗羲《明夷待访录》学校篇，便知他们乃是有意为之，并非步入仕途之前的权宜之计，"必使治天下之具皆出于学校，而后设学校之

[1] 朱希祖《书刘刻贵池本留都防乱揭姓氏后》，《明季史料题跋》，中华书局，1961，第23页。

[2] 黄宗羲《思旧录》，《黄宗羲全集》第一册，浙江古籍出版社，1985，第357页。

[3] 吴梅村《冒辟疆五十寿序》，《吴梅村全集》卷第三十六文集十四，上海古籍出版社，1990，第773页。

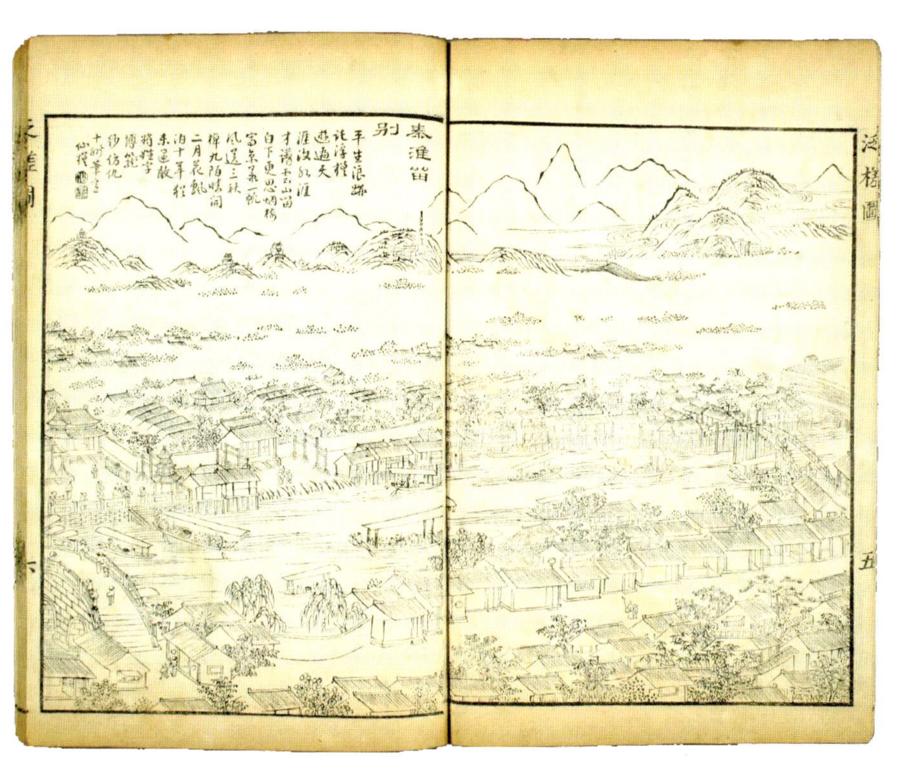

《泛槎图》· 秦淮留别

夫子庙、贡院、两岸河房、游船……秦淮胜景历历可见。题诗末句："漂泊十年从来过，敢将姓字博笼纱。"笼纱，即制作灯笼外罩的绢纱，常代指灯笼，进而寓指出游。

晚明文人情态·葛震甫像 曾鲸绘

葛震甫（1567—1640），名一龙，号罨园居士，吴县人。屡试不售，游于白门，与四方名士结“秦淮诗社”，可谓复社之前秦淮风情的先驱。图上有范景文等名流题跋，王思任题曰：“诗人也，文人也，酒人也，而又所谓游侠人也。”

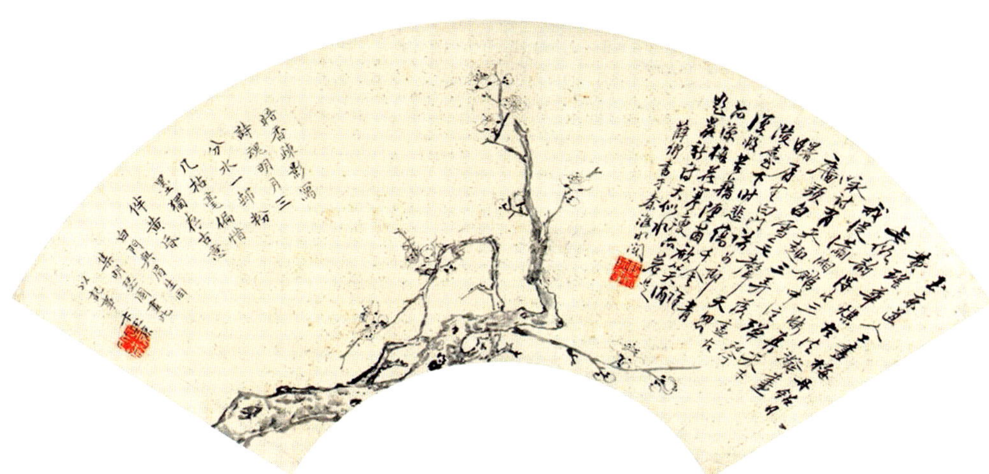

《暗香疏影》卞玉京绘

吴梅村说卞玉京擅画兰，这一幅是梅。作者亲笔题记："白门与眉生同集明瑟园画此以记事。""白门"即南京，"眉生"为名士沈寿民表字。弘光后沈与徐枋、巢鸣盛并称三大遗民，也是黄宗羲一生最好的朋友。

《河东君初访半野堂小影》余秋室临顾苓原作

河东君即柳如是，她好服男装，“常衣儒服，飘巾大袖”，反叛前卫。余秋室为乾隆间人，因嗜画仕女，世有“余美人”之称，陈寅恪在《柳如是别传》中说，“余美人”未中状元，是受累于画了柳如是。

《李香君小像》清·陈清远绘

陈清远为清中期画家，值得品味的是，他想象李香君时眼前浮现的，是一种手不释卷的形象。

《玉肌冰清图》董小宛绘、冒襄题

冒、董联袂赠友之作。纸本设色立轴，款识“抚赵子固本写呈赤厓先生教正 小宛董白”，冒襄题诗并署“赤厓先生属题 雉皋冒襄灯下”。“赤厓先生”俟考。

意始备”[1]，复社就是这样的“学校”——一种置于政权之外而“品覈执政，裁量公卿”的独立政治力量。

他们试图挑战政治秩序，开辟从官场之外参与政治的新途径。我们不必说他们尝试的是民主政治，但他们的确想要打破官僚系统的政治垄断。他们的组织化，明确指向这意图。他们有组织的行动，则将这意图直接付诸实践。

关于组织起来，典型事例是桃叶渡大会。事在丙子(1636)，而起于乙亥(1635)冬。丙子年，又逢大比，为了备考，举子们去年冬天就陆续来到南京，温习热身。魏学濂也在其中。奇怪的是，他在南京不敢抛头露面，和一个朋友在马禄街秘密租了间房子，隐身避迹。为什么呢？因为阮大铖之故。他的父亲魏大中，惨死党祸。天启四年，吏科都给事中职缺，阮大铖循例应补，且事先得同乡左光斗允诺支持，不意，东林大佬以该职重要，认为应安排同志任之，临时变卦，以魏大中顶掉阮大铖。此为阮大铖与东林反目之始。崇祯元年，昭雪期间，魏学濂千里赴京，伏阙陈冤，血书进奏，指阮大铖以私怨陷其父致死(其实并无实据)，阮大铖就此名列逆案，废斥还籍，彼此怨仇益深。就在乙亥年，因“流氛逼上江”，阮大铖已从怀宁流寓南京。“怀宁(指阮大铖)在南京，气焰反炽。子一茕茕就试，传怀宁欲甘心焉”，好像到处打听魏学濂下处，意欲寻仇。冒辟疆从陈梁那里听说此事，当即往访。叩门之际，情形还颇为紧张，一番试探，知来者为友，魏学濂才敢出见。冒辟疆叫他们不要怕：“旧京何地？应制(科举)何事？怀宁即刚狠，安能肆害？”大家凑了一百多两银子，替魏学濂在桃叶河房冒辟疆寓所旁租房，这里“前后厅堂楼阁凡九，食客日百人，又在通都大市”，众目睽睽之下，又有冒辟疆守视，看阮大铖如何加害。纵如此，魏学濂“犹鳃鳃虑怀”，担惊受怕。事实证明，冒辟疆是对的。“场毕，果亡恙也。”魏学濂从联合起来尝到甜头，考试结束后，于观涛日“大会同难兄弟同人”。观涛日即八月十五，以扬州、镇江一带“秋月观涛”得名。“同难兄弟”，则是东林冤死诸臣遗孤，据冒辟疆说，只有“杨忠烈公(杨涟)公子在楚不至”。“一时同人咸大快余此举，而怀宁

[1] 黄宗羲《明夷待访录》，《黄宗羲全集》第一册，浙江古籍出版社，1985，第10页。

饮恨矣。”[1]

桃叶渡大会，大长志气，轰动一时。如果说，这件事基本还是被动防御，两年后《留都防乱揭帖》就是主动出击了。那是复社政治斗争史上辉煌一页，在南京人脉极广的阮大铖，居然被逼得遁形荒郊，不敢入城。历史上，揭帖事件有两个突出的意义：一、它的成功，完全是思想、舆论的成功，整个过程，复社学子手无寸铁，亦未以靠山为后台，仅仗秃笔击走阮大铖。二、表面看来，只是赶跑阮大铖，但我以为更重要的是第一次作为这样的实验，显示从精神和思想上组织起来，可以在权力之外单独形成社会改革力量，而这一点，跟近三百年后火烧赵家楼的“五四”的发生，没什么两样，故而如果写中国的学生运动史，第一页应该从这儿写起。

诸般迹象显示，崇祯年间的南京城，是帝制中国一座非典型城市。而典型的帝制城市，当如北京那样，一切在体制内发生，哪怕变革也只能指望朝堂、官僚体系中的进步力量，那里的民间社会，看不见主动性，政治只是有权人内部的游戏。相形之下，此时南京，从传统角度说简直是令人陌生的城市。体制和官僚系统似乎失位，阮大铖广交政界，却无人替他出头，那些毛头学子，不但占领思想文化制高点、引领舆论，也在社会现实层面呼风唤雨、兴风作浪。它某些侧影，完全不像仅有“民氓”与“有司”的标准古代城市，两者之间似乎出现了第三者，一种不符合古代城市秩序与特点的新兴力量，而我们在近现代革命时期的城市，倒时常看见这样的自由的人流。

六

能够为明末南京上述独特氛围作表征的，与接踵不断的盛大集会、街谈巷议的政治热情、集体围观的大字报之类的景观同时，还有秦淮河上岸边容光焕发、纵情荡冶的情侣。将十七世纪初南京上下打量一番，我们最鲜明的印象，集中在两个字眼。一个是“革命”，另一个是“爱情”。不妨说，革命与爱情相结合，是那段时间南京的基本风貌。这真是

[1] 冒襄《往昔行跋》，《同人集》卷之九，往昔行，水绘庵清刻本，北京师范大学图书馆藏，第三一四页。

罕见的情形，整个帝制时代，我不知道还有第二座城市曾有过这种状态。

清代同治间诗人秦际唐读《板桥杂记》写道：

> 笙歌画舫月沉沉，邂逅才子订赏音。福慧几生修得到，家家夫婿是东林。[1]

他将从书中得来的印象，归结于“家家夫婿是东林”。虽诗家极言之语，未必真到“家家”地步，但秦淮名姬与“东林”订情，确一时风行，要不然《桃花扇》亦无托名士名姬抒兴亡之叹的灵感。举如李媚姐与余怀、葛嫩与孙临、顾媚与龚鼎孳、董小宛与冒辟疆、卞玉京与吴梅村、马娇与杨龙友（杨以同乡关系，甲乙间与马士英近，而累其名声，其实崇祯时他本与东林、复社过从甚密）、李香与侯方域、柳如是与钱谦益，等等。

革命与爱情结合，是近代喜欢的文艺题材，也是近代以来才有的题材，如外国的《牛虻》、中国的《青春之歌》。过去爱情题材，则不出爱情本身，一直到《牡丹亭》《红楼梦》，实际都没越过《子夜歌》“始欲识郎时，两心望如一。理丝入残机，可悟不成匹”的层面，虽亦足动人，但在现代人看来，终究是缺少一些宽广的东西。

可这一贯的爱情模式，到《桃花扇》却一下子打破了。我们从孔尚任笔下所见，不再是老套的郎情妾意，而是全新的革命加爱情。中国爱情文学真正破了古典藩篱而有近代意味，就得从《桃花扇》算起，大家如果把它跟古典文学任何有关爱情的诗歌、小说、戏剧做对比，可以一眼看出这作品处在前所未有的格局中。为什么能够这样？就应了艺术源于生活那句老生常谈，《桃花扇》的跳出旧窠臼，并非孔尚任拍拍脑门悟出来的结果，完全来自崇、弘间秦淮两岸现实本身。这部剧作，几乎是非虚构作品，孔尚任是在几十种史著和亲自走访基础上，依照史实写成，剧中主题、情节、人物，都是生活本身所奉献。所以，《桃花扇》之奇，首先在于现实之奇，是明末南京的全新爱情，哺育了这部作品。

事实上，只要对秦淮香艳有深入了

[1] 秦际唐《题余澹心板桥杂记》，李金堂校注《板桥杂记（外一种）》前言，上海古籍出版社，2000，第6页。

解，都必在其男欢女爱中看到一些更具重量和力度的东西。所以，继《桃花扇》后，从同样背景引出的另一名作——陈寅恪的《柳如是别传》，也登高望远，煌煌其言：

> 披寻钱柳之篇什于残阙毁禁之余，往往窥见其孤怀遗恨，有可以令人感泣不能自已者焉。夫三户亡秦之志，九章哀郢之辞，即发自当日之士大夫，犹应珍惜引申，以表彰我民族独立之精神、自由之思想。[1]

以“自由之思想”而赠一妓一士，很应该被深思和回味，可惜不少人于此书徒然作为学问来膜拜，老先生的满腔激情、萦郁索结都看不见了。

李香与侯方域引出《桃花扇》，柳如是与钱谦益引出《柳如是别传》。两作都力能扛鼎，思其缘由，作者的功力及贡献之外，我们亦讶于那个时代蕴藏之富、气象之奇，短短十几年，却有那么多瑰意奇行、可风可传的人与事。以我所知，像顾媚与龚鼎孳、董小宛与冒辟疆、卞玉京与吴梅村的故事，精彩丰饶都不逊色，可惜还没有大手笔来写。

卞玉京事，晚年吴梅村有《过锦树林玉京道人墓并传》，叙之极悲。卞的身世，连吴梅村也不知其详，只听说她是“秦淮人”，大概父母原来就是干这行的。《板桥杂记》：“曲中女郎，多亲生之，母故怜惜倍至。”[2]鸨儿即亲生母亲。卞玉京大概也是这种情况。她本来只有姓，无名，“姓卞氏”。《板桥杂记》记为“卞赛，一曰赛赛”[3]，不大像本名，可能是艺名或昵称。“玉京”也不是名字，“后为女道士，自称玉京道人”[4]。她和吴梅村相遇，不在秦淮而在苏州。“年十八，侨虎丘之山塘。”[5]对此，可参《五石脂》：

> 明时旧院姝丽，赋性好游。往往雅慕金阊繁盛，轻装一舸，翩然戾止。于是白傅堤边，真娘墓畔，载赁皋庑，小辟香巢。吴中人士以其自南都来也，特号曰“京帮”，所

[1]陈寅恪《柳如是别传》，三联书店，2001，第4页。
[2]余怀《板桥杂记》上卷雅游，周瘦鹃校阅《板桥杂记（全一册）》，上海大东书局，民国二十二年，第5页。
[3]同上，第20页。
[4]同上。
[5]吴梅村《过锦树林玉京道人墓并传》，《吴梅村全集》，上海古籍出版社，1990，第250页。下同不赘。

以别于土著也。就中若卞玉京、董小宛诸姬,风流文采,倾倒一时。[1]

吴对她的印象,一是修养极佳,“知书,工小楷,能画兰,能琴”,一是极洁净,“所居湘帘棐几,严净无纤尘”,一是全身之美集中在眼睛上,“双眸泓然,日与佳墨良纸相映彻”,说它们潭水般深湛,是被精美文化润泽而成。又写她的为人:“见客初亦不甚酬对,少焉谐谑间作,一坐倾靡。与之久者,时见有怨恨色,问之辄乱以它语”。以对比,写出才趣灵雅——“其警慧虽文士莫及”——和内心的矜持、寡欢、郁纡。而其内在性格,通过如下场景,电光火石般突然迸发:

与鹿樵生(吴梅村别号)一见,遂欲以身许,酒酣拊几而顾曰:“亦有意乎?”生固为若弗解者,长叹凝睇,后亦竟无复言。

“酒酣拊几而顾曰:‘亦有意乎?’”寥然几个字,人物跃然纸上,有声有色,意态毕呈。从“不甚酬对”,瞬间变而火辣直率。“欲以身许”之意,非愿荐枕席那样简单,而是愿结同心。也不知当时被吓住了,还是其他原因,吴梅村竟不敢接话,“长叹凝睇”,卞玉京则只此一言,不复启齿。五六年后,丧乱之余,卞、吴有过重逢。那是钱谦益因吴梅村久不能忘怀于卞,出面撮合。又是一段有声有色的故事:

尚书某公者,张具请为生必致之,众客皆停杯不御,已报“至矣”,有顷,回车入内宅,屡呼之终不肯出。生抑怏自失,殆不能为情,归赋四诗以告绝,已而叹曰:“吾自负之,可奈何!”

由此,知当初“亦有意乎”出言之慎重和郑重,亦知吴梅村嗫嗫嚅嚅伤之何深,更知她敢爱敢恨、孤洁自傲的个性。然而,至此其实还有我们所不知道的深情。在拒不相见之后数月,卞玉京终于见了吴梅村一次:

[1] 陈去病《五石脂》,《丹午笔记·吴城日记·五石脂》,江苏古籍出版社,1999,第354—355页。

逾数月，玉京忽至，有婢曰柔柔者随之，尝着黄衣作道人装，呼柔柔取所携琴来，为生鼓一再行，泫然曰："吾在秦淮，见中山（中山王徐达）故第有女绝世，名在南内选择中，未入宫而乱作，军府以一鞭驱之去。吾侪沦落，分也，又复谁怨乎？"

可见在卞氏而言，"亦有意乎"的主动，实出于未以妓视己，同时以为吴梅村是不计物议的脱俗之士，不料，却错看或高看了他。吴"长叹凝睇"，刹那间提醒了卞玉京，"吾侪沦落，分也"。这样一个从不轻许、"严净无纤尘"的女子，终于觉得遇上心仪可托之人，而吐露心曲，却遭当头一棒，实在是锥心之痛。此后，卞玉京"持课诵戒律甚严"，"用三年力，刺舌血为保御书《法华经》"。郑保御是一位年七十余的浙江老翁，他收留了卞玉京，照顾她的生活。"又十年而卒，葬于惠山"[1]，从十八岁与吴梅村相遇算来，一生应不到四十岁。

我一直觉得刺舌血写经的举止，有无尽的意味。卞吴故事的阴差阳错、失诸交臂、悲凉惨淡，以及人性、心理的细微与复杂，真是让人愁肠百结。到了现代，忽然生出吴梅村是《红楼梦》作者之说。所以有此凿附，恐怕也只因为卞吴情史过于凄离，以为非有此经历不足以去写《红楼梦》。

与卞玉京的凄离不同，顾媚故事完全是另一种风格。顾媚嫁龚鼎孳被捧为至宝，后来甲申之变竟引出龚鼎孳"降贼之后，每见人则曰：'我原要死，小妾不肯。'"的奇闻（小妾，即顾媚），以及入清后顾媚在京施手庇护义士遗民阎尔梅（"阎古古被难，夫人匿之侧室中，卒以脱祸。"[2]）等，人或知之。我们这里且讲点她出名之前的一些事。

早在龚鼎孳现身前，顾媚就与一班复社文人打得火热，尤与冒辟疆结义五兄弟最密切。这五人是冒辟疆、陈梁、张公亮、刘渔仲、吕霖生，结盟地点，正是顾媚所居眉楼："岁丙子（1636），金沙张公亮、吕霖生，盐官陈则梁，漳浦刘渔仲，如皋冒辟疆盟于眉楼。"[3]《同人

[1] 余怀《板桥杂记》中卷丽品，周瘦鹃校阅《板桥杂记（全一册）》，上海大东书局，民国二十二年，第21页。

[2] 孟森《横波夫人考》，《心史丛刊》二集，大东书局，民国二十五年（1936），第51页。

[3] 余怀《板桥杂记》下卷轶事，周瘦鹃校阅《板桥杂记（全一册）》，上海大东书局，民国二十二年，第35页。

集》所存陈梁数十通书信便笺中，涉及顾媚甚多，称谓既密且奇：媚兄（或眉兄）。而观其口吻，介乎爱敬、怜护之间，中有一信曰：

> 眉兄今日画扇有一字，我力劝彼出风尘，寻道伴，为结果计。辟疆相见亦以此语劝之。邀眉可解彼怒，当面禁其，此后弗出以消彼招致之心，何如？[1]

"彼"之所指，盖即《板桥杂记》说到的"浙东一伧父"（伧父，鄙称，意略近今"老土"、"土老帽"），那是顾媚当时的一件大麻烦：

> 然艳之者虽多，妒之者亦不少。适浙东一伧父，与一词客争宠，合江右某孝廉互谋，使酒骂座，讼之仪司，诬以盗匿金犀酒器，意在逮辱眉娘也。[2]

此事沸沸扬扬，而那个帮凶"江右某孝廉"是谁，诸记皆未明指，连孟森考据甚细的《横波夫人考》，也没有点出其人。我读黄宗羲《思旧录》时，意外找到答案：

> 一日，礼部陶英人邀饮，次尾出一纸，欲拘顾媚，余引烛烧之，亦一笑而罢。[3]

次尾，是吴应箕的表字。过去关于他，我听到的都是好名声，不料在这件事中扮演了恶人的角色。"欲拘"，与"意在逮辱眉娘"互见，但余怀"讼之仪司"之述易使人以为已惊动官府，实际还没有——吴应箕写的那纸状子，被黄宗羲当场亲手烧掉了。事情可能是争风吃醋，也可能是顾媚恃骄不买账所致，但以势欺人实在过分。据余怀说，是他仗义执言摆平。而陈梁则是就此事为顾媚长久计，

---

[1] 陈梁《书》，《同人集》卷之四，书，水绘庵清刻本，北京师范大学图书馆藏，第三十一页。

[2] 余怀《板桥杂记》中卷丽品，周瘦鹃校阅《板桥杂记（全一册）》，上海大东书局，民国二十二年，第16页。

[3] 黄宗羲《思旧录》，《黄宗羲全集》第一册，浙江古籍出版社，1985，第357页。

劝她“出风尘”，找个人嫁掉，正如孟森所说：“至陈则梁苦劝，然后果于从良。”终于跟了龚鼎孳，此乃后话。就先前言，顾媚惹那样的麻烦，并不意外，那时她大红大紫，自己也爱周旋、享受男性追逐，像个大众情人。孟森据其所见吴德旋《闻见录》，说顾媚曾与一个叫刘芳的文人“约为夫妇，横波后背约，而芳以情死”，称“此亦横波少年一负心事”。[1]我在陈梁那里也读到类似的情节，但发生在张公亮身上：

> 顷，张公亮过我。知媚兄明日作主请公亮。公亮辞以有方密之席，彼云：“即赴方席，一更二更过我不妨。”[2]

完全是命令的、不容拒绝的口气，可见顾媚确恃骄惯了。张公亮应是她诸多情人中的一个，她对这样一位大才子，内心大概不无爱慕，然而恃骄的性情使她喜欢捉弄人，让别人围着自己转却摸不透。刘芳就是这样痴情地死了，张公亮也头晕脑涨。他在一首诗里写到对顾媚犹疑彷徨的心理：

> 揭来秦淮道上初见顾眉生，倭坠为髻珠作袒。本歌巴蜀舞邯郸，乃具双目如星复若月。脂窗粉榻能鉴人，黄衫绿衣辨鸿硕。何年曾识琴张名，痴心便欲掷红拂。顾我自憎瓦砾姿，女人慕色慕少恐负之。以兹君赠如意珠，我反长赋孤鸿辞……[3]

隐约说，顾媚有意嫁给他，但他没有接受。孟森先生不以为然，视之“然则亦一词客邀宠者也”，“殆横波果有心许之事耶，或亦刘芳之类耳。”我觉得倒也不排除相反的可能：刘芳的前车之鉴，让张公亮对顾媚不敢轻信。

七

人类的骀荡淫佚，并不仅当朽腐没

[1] 孟森《横波夫人考》，《心史丛刊》二集，大东书局，民国二十五年(1936)，第29—30页。

[2] 陈梁《书》，《同人集》卷之四，书，水绘庵清刻本，北京师范大学图书馆藏，第二十二页。

[3] 张公亮《结交行同盟眉楼即席作》，《同人集》卷之五，五子同盟诗，水绘庵清刻本，北京师范大学图书馆藏，第二十五页。

落时，面临解放或处在渴望解放的苦闷之下，亦有所表现。北美六十年代性解放，多半就是社会变革苦闷所致，它与左派思潮、黑人民权运动、蓝调摇滚、大麻、反战同生共随。我们对明末崇、弘间南京的秦淮香艳，也觉得可以如是观，而非区区“反礼教”之类陈词滥调可明了者。

读《同人集》《板桥杂记》等，每每想到秦淮河畔的情形与“世纪末”时期巴黎塞纳河左岸颇有几分相似。那里，充斥着精神和肉体自我放逐，自比波希米亚人，以漂泊、流浪为乐事的反传统艺术家。而崇、弘之间的南京，也有一个飘浮无根、萍水相逢、客居游荡的群体——那些因赶考而聚集南京的青年举子，很多人后来已经忘掉原来的目的，或把它降到次要的位置，他们几年以至十几年滞留南京（冒辟疆、侯方域都是如此），参加一轮又一轮乡试，而一次又一次失利，却仿佛乐此不疲、心满意足。

冒辟疆于桃叶渡大会即席赋诗放歌，头四句说：

> 昨日浪饮桃花南，今日浪饮恶木西。自笑飘流若无主，逃酣寄傲天地宽。[1]

看看那些字眼：昨日浪饮、今日浪饮、飘流、无主、天地宽，这难道不是解放的一代吗？

他们热爱和享受南京的氛围，在秦淮安营扎寨，少数有钱可以住得阔绰，多数只是像三十年代上海左翼文人那样住小阁楼、亭子间，却体会着自由、无羁、思想充实、四方“同人”其乐融融的全新生活，“今日姚兄送我一舟，即泊小寓河亭之下，又送媚兄来，朱尔兼、顾仲恭、张幼青诸兄俱在我舟，吾兄可竟到我处……”[2]“送我入场，感辟疆。多此三日夜辛苦，又当怪辟疆也。明早乞同去侯朝老处，与李香快谭（谈）。”[3]读此，觉得这些明代书生的生存情状没有任何方巾气，倒与很多现代自由知识分子、学生思想群落的景象，不分轩轾。

对这些精神流浪者，旧院成为极好

[1] 冒辟疆《五子同盟诗》，《同人集》卷之五，五子同盟诗，水绘庵清刻本，北京师范大学图书馆藏，第二十四页。

[2] 陈梁《书》，《同人集》卷之四，书，水绘庵清刻本，北京师范大学图书馆藏，第二十二页。

[3] 同上，第二十九页。

的润滑剂。性的风骚和思想的风骚，天然投合，彼此激发，新鲜和解放的生命意识在放浪、驰荡之中获得更多的能量和刺激。整个古代，只有在崇、弘之际的南京，娇娃丽姬才超越买欢卖笑角色，而成为众星捧月的社交中心，和近代欧洲名媛一样，她们的居处，分明就是南京的思想和文化沙龙。《板桥杂记》写到李十娘：

> 性嗜洁，能鼓琴清歌，略涉文墨，爱文人才士。所居曲房秘室，帷帐尊彝，楚楚有致；中构长轩，轩左种老梅一树，花时香雪霏拂几榻，轩右种梧桐二株，巨竹十数竿，晨夕洗桐拭竹，翠色可餐。入其室者，疑非尘境。余每有同人诗文之会，必至其家，每客用一精婢侍砚席，磨隃麋，爇都梁，供茗果。暮则合乐酒宴，尽欢而散。然宾主秩然，不及于乱。[1]

这样的场所，明显不仅是男欢女爱之地，而演变为公共思想的空间。它的出现，证明了南京公共思想的活跃，也证明了开展这种思想交流的强烈需求。它是对“庙堂”式思想空间的打破、破除，这里所论所谈，必非冠带之说、茧疥之思，料然属于无忌无拘、放任自由的所在。它是自由思想地带，也是个性地带，“狭邪之游，君子所戒”[2]，青楼非书斋，君子可留书斋不必来此，来此即不必道貌岸然，而要嘻笑怒骂、真性示人。然而，秦淮河畔的个性，不再是“独坐幽篁里，弹琴复长啸”，不再是魏晋风度，不再是孤高自许、自外于世，这里的个性解放指向社会解放，以历史变革为己任，追求群体价值认同……

聚会、宴饮、放谈，追逐名媛、沉湎爱情。这样的场景，我们在十八世纪欧洲（尤其法国）许多小说、戏剧、诗歌、传记、绘画中见过。比它早一百年，“衣冠文物，盛于江南，文采风流，甲于海内”的南京，也曾有过。这既非巧合，也非形似，而发乎同样的时代和精神气质。可惜“千古江潮恨朔风”[3]，白山黑水的寒流，将此一扫而空。又可惜时湮代远，中间隔了三四百年之后，今人既不知道也不理解当时究竟发生了什么，说

---

[1] 余怀《板桥杂记》中卷丽品，周瘦鹃校阅《板桥杂记（全一册）》，上海大东书局，民国二十二年，第10—11页。

[2] 余怀《后跋》，周瘦鹃校阅《板桥杂记（全一册）》，上海大东书局，民国二十二年，第45页。

[3] 钱谦益《观闽中林初文孝廉画像读徐新公传书断句诗二首示其子遗民古度》，《有学集》，上海古籍出版社，1996，第35页。

起秦淮香艳，仅目之为花间月下。

余怀以将近耄耋之年写就的《板桥杂记》，而今似乎已成一篇花柳实录，只从窥淫的角度引起阅读兴趣。无人去思考，那颗古稀之心，何以被年少之际狭邪往事久久稽淹；也无人注意他自序中的表白：

> 聊记见闻，用编汗简，效东京梦华之录，标崖公蚬斗之名。岂徒狭邪之是述、艳冶之是传也哉！

东京梦华之录，即《东京梦华录》。此书乃孟元老南渡之后，为繁华汴梁献上的追忆。余怀效之，以《板桥杂记》为锦绣南京——尤其是崇、弘间我所称的那段“革命和爱情”——奠祭。书中叹道，鼎革后，“间亦过之，蒿藜满眼”。“红牙碧串，妙舞清歌，不可得而闻也；洞房绮疏，湘帘绣幕，不可得而见也；名花瑶草，锦瑟犀毗，不可得而赏也”[1]。尤侗为该书题言，亦曰：“未及百年，美人黄土矣！回首梦华，可胜慨哉！”[2]

岂止现在，清代初年，便已不能理解秦淮香艳的内涵。尤侗说，余怀把《板桥杂记》手稿交给他，“示予为序”，有人看到了书稿，不以为然说：“曼翁少年，近于青楼薄倖，老来弄墨，兴复不浅；子方洗心学道，何为案头着阿堵物？”[3]既贬损了余怀，也批评了尤侗。尤侗答以“曼翁纸上有妓，而曼翁笔下故无妓也”。此有妓、无妓之辨，人竟多已不能识，正像尤侗感叹的，“未及百年”而如隔世。透过那位不知其名的俗儒、腐儒之所谓“洗心学道”四字，我们看见明末的个性觉醒、解放和自由精神，在清代怎样荡然一空。

上世纪三十年代，周瘦鹃先生为大东书局校编《板桥杂记》，将大约作于清乾隆庚戌年（1790，据黎松门《续板桥杂记序》）的珠泉居士《续板桥杂记》同时收入。从提供和保存资料角度，很值得感谢，然而，就其文自身言，实有狗尾续貂之感。正像秦淮河水原本活净、如今却污浊不堪一样，珠泉居士津津乐道的“十数年来，裙屐笙歌，依然繁艳”，徒具

[1] 余怀《板桥杂记序》，周瘦鹃校阅《板桥杂记（全一册）》，上海大东书局，民国二十二年，第1—2页。
[2] 尤侗《题板桥杂记》，周瘦鹃校阅《板桥杂记（全一册）》，上海大东书局，民国二十二年，第1页。
[3] 同上。

风尘味，蕴藉全无——此秦淮非彼秦淮，续之何为？

余怀《后跋》说：

> 余甲申以前，诗文尽焚弃。中有赠答名妓篇语甚多，亦如前尘昔梦，不复记忆。但抽毫点注，我心写兮。亦泗水潜夫记《武林旧事》之意也，知我罪我，余乌足以知之！[1]

他写的不是事和人，是心。而这颗心永远留在了"甲申以前"，那是中国的一段不幸夭折的历史，是一种我们今天已经触摸不到的过去。

[1] 余怀《后跋》，周瘦鹃校阅《板桥杂记（全一册）》，上海大东书局，民国二十二年，第46页。

黄宗羲

裸葬的情怀

自从注意到黄宗羲晚年有变，我即希望遇见可释疑解惑的疏诠，而迟迟未得——直至不期然读到与裸葬有关的材料。那一刻，积疑纷然披解，我有抵达秘境之感。

一

康熙二十七年(1688),七十八岁的黄宗羲开始考虑后事。他写信给远在北京的儿子黄百家:

> 吾死后,即于次日舁至圹中,殓以时服,一被一褥,安放石床,不用棺椁,不作佛事,不做七七,凡鼓吹、巫觋、铭旌、纸钱、纸旛,一概不用。[1]

黄百家是因修《明史》而被清廷征召至京。一见信,他便"皇遽告辞",请假回乡。上司得知,也当即特准其"在家纂辑,携书亟归"。总之,信中的想法,任何人看来都足堪惊骇。

厚葬,是中国重要而根深蒂固的传统,它来自居正统地位的儒家伦理。春秋末年,比孔子后起、同样在鲁国推销其学说因而与儒家有思想竞争关系的墨子,曾以诋毁的口气谈道:

> 厚葬久丧,重(读chóng)为棺椁,多为衣衾……此足以丧天下。[2]

黄宗羲眼下表示要做的,似在迎合墨子的批判,两者惊人地吻合。

我们来看他的具体打算:一、死后第二天就入土——这是反对"久丧"(繁琐冗长的过程)。二、"殓以时服",下葬时只想和日常一样着装——这是拒绝专门置办寿衣,反对"多为衣衾"。三、

[1] 黄百家《先遗献文孝公梨洲府君行略》,《南雷诗文集附录》,《黄宗羲全集》第十一册,浙江古籍出版社,1993,第426页。

[2]《墨子校注》卷之十二,公孟第四十八,中华书局,1993,第706页。

所有大操大办、乌烟瘴气的套路，那些意在营造哀荣气氛的厚葬风俗与手法，他欲一应摈除。四、最惊世骇俗的，当系“安放石床，不用棺椁”。棺椁，是厚葬的内容重点和集中体现。以往每个中国人，一俟人到中年，即以拥有一口好棺木为余生奋斗目标。它与人之间，有标识贫富贱贵之差的意义。富贵的程度及等级每提高一步，都在棺木上有所表现。《庄子·天下》：“天子棺椁七重，诸侯五重，大夫三重，士再重。”[1]椁，是棺外所套大棺。天子从里到外有七层，诸侯五层，为官者可以三层，知识分子可有二层，普通平民有棺无椁。这就是墨子“重为棺椁”一语的具体内容。倘依古制，黄宗羲可享受一棺一椁的待遇，而他的意思是什么也不要——实际上，他想要裸葬。

我们暂不探讨他这么做的原因，而先指出其后果。以当时论，以上想法倘然果行，有两点是一定的。第一，黄宗羲本人将被目为离经叛道。第二，子女亲属必然背负沉重巨大的不孝骂名。

黄宗羲不是墨子，不是任何意义上的儒家反对者。相反，他是地地道道的名教中人，是明末尤其自清朝康熙年以来享誉儒林的耆宿、大儒。裸葬之念，根本逾越、违背了儒家的“核心价值观”。这一点，他当然十分清楚。

真正的压力在子女亲属身上。就黄宗羲本人而言，既然抱定一种价值观，是可以不顾物议，以“身后是非谁管得”的态度，超然去往另一个世界。而子女亲属无法做到超脱，他们将继续留在人世，去面对强大的舆论和习俗。儒家伦理有如一张蛛网，覆盖生活每个角落；何况蛛网早不仅结在外部世界，也布满和裹住了每个人自己的心灵。

所以，愿望能否实现，直接和最大的障碍或许恰恰是家人。黄宗羲给黄百家写信，距其终辞人世，尚有七年。之所以早早放出风声，一定出于周详的考虑。第一，以此表示，裸葬意愿不是心血来潮，而是郑重的决定；第二，留出充分时间做家人的工作，使他们最终能够消化这一想法。毕竟，身后事将由家人料理。他本人再坚决，愿望都有两种可能：被执行，或者不被执行。他需要防范因家人思想不通，死后在身不由己情况下，葬事被处理成所反感的样子。

事情正如所料，七年中，亲属一直

[1]《庄子集释》卷十下，天下第三十三，中华书局，1985，第1074页。

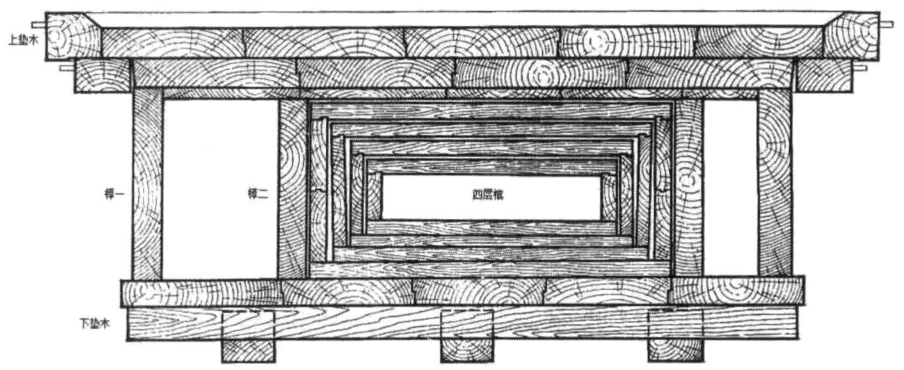

汉代棺椁剖面图

此系马王堆汉墓棺椁结构，由二层椁室、四层套棺组成，还有上下垫木，计用木板七十块、五十二立方米，其中最大的单块木板重达一千五百公斤。墓主身份为汉初列侯（轪侯）。

黄宗羲墓

在余姚化安山中，左近有其父黄尊素墓。他对自己实行裸葬，墓内仅石床一座，不用棺椁。墓前荷池，是他所要求的："其下小田，分作三池，种荷花。"(《梨洲末命》)

设法劝他收回成命，但他从不稍动。康熙三十四年（1695，他于这年逝世），年逾八秩的黄宗羲，把当初借书信吐露的心声，正式立为遗嘱，此即收在《黄宗羲全集》第一册的《梨洲末命》。明确规定："吾死后，即于次日之蚤，用棕棚抬至圹中。一被一褥，不得增益。棕棚抽出，安放石床。圹中须令香气充满，不可用纸块钱串一毫入之；随掩圹门，莫令香气出外。"又新增有关祭扫的要求：一、"上坟须择天气晴明"——必须是阳光灿烂的日子，断不可恪守俗期而在阴雨天致祭（"清明时节雨纷纷"）；二、"凡世俗所行折斋、做七"，这些神神鬼鬼的仪式，"一概扫除"；三、凭吊者不得携纸钱、烛火之类，"尽行却之"，对那些"相厚之至"而坚持有所表示的亲友，可以告知欢迎他们"于坟上植梅五株"。[1]

对这份正式遗嘱，亲属也不甘心接受。过去七年，黄宗羲三子中长子、次子相继殁故，眼下，三子百家是遗嘱唯一执行人。这意味着全部压力，俱落其一人肩上，他难以支承，便求族中长者做父亲工作，使事情稍稍可行。黄百家提出："诸命皆可遵，独不用棺椁一事，奈何？"搁弃其他争议，只请黄宗羲同意用棺。但在黄宗羲，裸葬正是不可更改的。为此，他端出父道尊严的架子："噫！以父之身，父不能得之子耶？"父亲的吩咐，儿子可以不照办么？

他知道，光靠"父为子纲"不行，还要讲更多的道理。他专门作了一篇《葬制或问》，征史稽古，论证裸葬之举既有充分依据，更为不少先贤所实践。主要引述了四件材料：第一，《西京杂记》记载，直到汉代，"所发之冢，多不用棺"，说明裸葬不单曾经很普遍，且更合古风、古意。第二，东汉大儒、《孟子章句》作者赵岐"敕其子曰：'吾死之日，墓中聚沙为床，布簟白衣，散发其上，覆以单被。即日便下，下讫便掩。'"第三，宋代命理大师陈希夷，著名的"陈抟老祖"，"令门人凿张超谷，置尸于中"。第四，汉武帝时"杨王孙裸葬，而子从之，古今未有议其子之不孝者"。[2]

杨王孙的例子，是专讲给黄百家、帮他打消顾虑的。杨王孙是实行裸葬的代表人物，他的特点在于，"家业千金"、以极富之人而坚决抵制厚葬，立遗言："吾欲臝（通"裸"）葬，以反吾真，必

[1] 黄宗羲《梨洲末命》，《黄宗羲全集》第一册，浙江古籍出版社，1993，第191页。

[2] 黄百家《先遗献文孝公梨洲府君行略》，《南雷诗文集附录》，《黄宗羲全集》第十一册，浙江古籍出版社，1993，第426—427页。

亡(勿)易吾意。死则为布囊盛尸，入地七尺，既下，从足引脱其囊，以身亲土。”其子万般为难，“欲默而不从，重废父命，欲从，心又不忍”，便请父亲的至交祁侯代为相劝，祁侯给杨王孙写了一封信，杨王孙修书作答，条分缕析，祁侯完全折服，“曰:‘善。’遂羸葬。”[1]

《葬制或问》，便是黄宗羲版《答祁侯书》。文章替反对者设想了各种理由，并揣摩他们可能的心态及做法。其中写道:“问者曰:‘诤之不可。父死之后，阴行古制，使其父不背于圣人，不亦可乎?’”显然是给儿子打预防针，戒之不得阳奉阴违，严厉指出:“恶！是何言也！孝子之居丧，必诚必信……父之不善，尚不敢欺。父之不循流俗，何不善之有?”敢作此想，岂止不孝，何异欺父、叛父。

又将两首诗，付诸子手:

筑墓经今已八年，梦魂落此亦欣然。莫教输与鸢蚁笑，一把枯骸不自专。

年来赖汝苦支撑，鸡骨支床得暂宁。若使松声翻恶浪，万端瓦裂丧平生。

鸢蚁，指大大小小生灵。松声，以墓旁常植松柏，借喻墓园环境。他说:别让我一把枯骨不能自专，连鸢蚁之类都不如;别让我于九泉下听到那样的消息，儿子在人世违我意愿，令我一生瓦全亦不可得。话说得很重，也相当恳切。

黄百家述至此，枉然叹道:“呜呼！严命如此，不孝百家敢不遵乎?”[2]

二

这件事，我知道得有点晚。

我对黄宗羲的阅读，可追溯到大学时代，记得是从古代文学作品选的课程上第一次读到《原君》，很为之震撼。然

[1]班固《汉书》卷六十七，杨胡朱梅云传第三十七，中华书局，2002，第2907—2909页。

[2]黄百家《先遗献文孝公梨洲府君行略》，《南雷诗文集附录》，《黄宗羲全集》第十一册，浙江古籍出版社，1993，第428页。

而，我们这些并非对他做专门研究的人，阅读上有个特点，就是不系统，东一榔头西一棒，读到什么尽属随机，不是循序而进。当时读《原君》，我就似乎并不知道那是《明夷待访录》中的一篇，抑或虽然知道，也未想到找来全书把其他篇什都通读一遍。我无非由《原君》而对黄宗羲留下深刻印象，以后如果再“随机”与其文字相遇，就会留意读一读。这么散漫、零乱地读了几十年，日积月累，所读过的黄宗羲，单论数量倒也颇属可观。后来我终于拥有全部十二册《黄宗羲全集》的时候，曾经将陆续读过的篇章做了一番估摸，发现居然已占到十之五六。然而，是无序的，从中无法得到他完整的思想脉络、过程。

接触到裸葬这件事之前，我正陷在一种苦恼中。多年杂泛的阅读，使我对黄宗羲其人累积起不少困惑。原因正如上面所说，不是读得少，恰恰是读得并不少但毫无系统，这种情况最易似是而非。

以黄宗羲的名气，对他有一定了解，并无须太多阅读。比如问及黄宗羲何许人，能答以君主制的批判者、抗清志士和明遗民的，应该不少，而这未必对黄宗羲著作与生平有多深涉猎，因为他的作品为各种人文课程所必选，经历一定教育者，总会遇到。

拿上述三点描述黄宗羲，一般来说，大致不错。但若多读，就知道这其实太粗略。黄的一生，跨度非常大，活了八十五岁，历经六位皇帝（明代四位，万历、天启、崇祯、弘光；清代二位，顺治、康熙），其间改朝换代、山河易色，从汉族眼光看中国整体地亡了一次，更兼恰逢中国从“百代都行秦政法”[1]开始向新文明过渡、转化的节骨眼儿，用黄宗羲本人的话讲，叫做“天崩地解”，而他又正是这一历史与思想的沧桑过程最具代表性的表达者……如此之人，他生命和精神内涵的丰富性，少有可比。他曾从文明使命、历史责任的意义，隐约以当世孔子自期，这并非自命不凡，而是以时代的局面和格调，二者之间确有很多相似之处。这样的跨度，这样的阅历，这样的时代交集，都凝汇一身，使他无法三言两语被概括。我自己体会就是，随着阅读增多，与其说认识愈益清朗了，毋如说转而含糊，至有扞格之感，对先前所知似乎反而动摇起来……

[1] 毛泽东《七律·读〈封建论〉呈郭老》，《建国以来毛泽东文稿》第十三册，中央文献出版社，1998，第361页。

这动摇，是他不再追随鲁王、离开舟山回到现实或公开状态，从而慢慢结束抗清活动的晚年生命轨迹，所带给我的。

在那以后，他发生了很大的变化。这样的变化，对他仅具粗略知识的人，往往了解不到。比如，他跟吕留良之间的反目；比如，他称颂康熙皇帝“圣天子”；比如，《明夷待访录》“待访”之所指是否为清政权，包括他派儿子黄百家代替自己参加清廷的《明史》编修工作……这些，导致他的晚年陷入很大争议。

章太炎曾经激烈批评他“俟虏之下问”[1]，邀清廷盼睐（“虏”是对清廷的蔑称）。陈寅恪认为，《明夷待访录》写作时间值得注意，恰当“永历延平倾覆之逝”（按：《明夷待访录》于康熙元年[1662]始作，翌年完稿，然而也是1662年，南明最后一位君主永历皇帝在缅甸被俘，效忠明朝的最后一位大将、年仅三十九岁的延平王郑成功在台湾病死，此二事标志反清复明希望彻底熄灭），暗示黄宗羲写《明夷待访录》与这一背景之间绝非巧合，称该书主旨是“自命为殷箕子”，而“以清圣祖（即康熙皇帝）比周武王”[2]，意思和章太炎相仿，亦指黄宗羲倚望清廷的赏识。

以章、陈的分量，他们既然对黄宗羲加以明确指摘，自然不会轻率出唇。除了引起重大质疑的《明夷待访录》，我自己读黄宗羲晚年诗文，也发现不少与清朝“和解”、妥协的迹象，较之以往激烈的反清立场，确实大大后退了。

以往我对黄宗羲，虽未目之为完人，却觉得“英雄”二字于他是相配的。他的嫉恶如仇、敢作敢为、仗剑侠游，在一般书生身上很少见。作为大儒、杰出思想家，对“大智”他自然受之无愧，而他又并非思想的巨人、行动的矮子，我们看他前半生，很少窝在书斋里，而是积极投身社会政治，不辞危艰，捐躯赴难，所以“大智”之外也堪称“大勇”。大智亦复大勇，这样的人难得一见，尤其在满口“子曰诗云”的文人儒士中间。那时关于他，想到的往往是豪胜卓荦、重义轻身这样一些词。

因此，目睹他晚年一些行状——开始奉清朝正朔，赞美清朝的统治，支持弟子参加清朝科举考试，跟朝中要人来往……感觉极突然，尽出意表之外。所

[1] 章太炎《说林·衡三老》，《民报》第九号，1906年5月12日。

[2] 陈寅恪《柳如是别传》，三联书店，2001，第861页。

谓“突然”，不止是前后反差过大，更因为似乎找不到答案，无解。

人间沧桑，天翻地覆未足奇。不论人事与世事，陵谷变迁，我们正不知见过多少，历来并不因其幅度之大而惊愕失色。原因是变化再巨，其实都有迹可寻，只要仔细认真，总找得到合理解释。但在黄宗羲身上，至少我以往未能寻获令我疑无可疑的线索。变化，是确实的；很多人基于这确实而得出了结论或看法，如章太炎，如陈寅恪。但以我看，并不踏实。倘若我们只掌握了变化的现象，而尚未找到变化的由头，那么，此时就对那变化来一番品评，恐怕并非其时。章、陈认为黄宗羲之变，是为了博清廷之青眼；其实，这也是吕留良与黄宗羲反目的根本理由。但这解释却得不到事实支持；事实是，黄宗羲坚持了遗民身份，本人至终不曾为清朝所用(征用的旨意曾经发出，却遭婉拒)。你无法认为，一个人有那样的动机却不采取那样的行动。

除章、陈或吕留良的理解，关于黄宗羲晚年变化，还有其他解释吗？以我所知，没有。自从注意到黄宗羲晚年有变，我即希望遇见可释疑解惑的疏诠，而迟迟未得——直至不期然读到与裸葬有关的材料。那一刻，积疑纷然披解，我有抵达秘境之感。

三

《鲁之春秋》黄宗羲传：

> 南都破，得免，归。与弟宗炎、宗会，纠合黄竹浦子弟数百人起兵，随督师孙嘉绩军营于江上，江上呼为世忠营。[1]

南都即南京；“得免”，指清军南下前，阮大铖紧锣密鼓迫害复社诸人，黄宗羲也是逮捕对象，幸因南京失陷而事寝。脱身后，回到家乡黄竹浦，组织义军，起兵抗清。

以上叙述颇简，中间缺一些环节，兹以《明遗民录》参补：

[1] 李聿求《鲁之春秋》卷十，浙江古籍出版社，1984，第100页。

南都亡，踉跄还浙东。时宗周已殉国，鲁王监国，孙嘉绩、熊汝霖兵起，乃纠合黄竹浦宗族子弟数百人，随诸军于江上，人呼之为“世忠”。黄竹浦者，宗羲所居之乡也。宗羲请如唐李泌故事，以布衣参军事，不许，授职方主事。[1]

“踉跄还浙东”到起兵之间，有三个比较重要的情节，即老师刘宗周的死、孙嘉绩与熊汝霖在余姚举义，以及鲁王监国。刘宗周是出于绝望殉国，以不食而死。清军攻下南京，弘光皇帝朱由崧被俘，明朝诸臣遂在杭州拥朱由崧的叔父潞王朱常淓登位，但潞王自己无此心情，不久，清军一到，他即献降。这时候，孙嘉绩、熊汝霖却在余姚率先树起反抗旗帜，杀掉清国委派的县令；很快，章正宸、郑遵谦等在绍兴，钱肃乐、王之仁等在宁波，张国维等在东阳，亦各起事。甲申国变后，从北方避难到浙的明宗室共五位，其中有一位鲁肃王，名叫朱以海，人在台州。他这一支乃朱元璋十世孙，与万历皇帝朱翊钧（天启、崇祯、弘光，都是朱翊钧之孙）只算旁亲，但浙江起义者认为，“时入浙五王，惟王最贤”[2]。“时张国维至台州，与陈函辉、宋之普、柯夏卿及郑遵谦、熊汝霖、孙嘉绩等合谋定议，斩北使禡旗，拥戴鲁王监国，此乙酉六月二十七日戊寅也。”[3]

黄氏故里黄竹浦，就在熊汝霖、孙嘉绩首义地余姚。所以，黄家三兄弟很快闻风而动，从乡下发动抵抗。另外，还有一层刘宗周的关系。浙东为蕺山学派老巢，刘门弟子众多，首义的熊汝霖即列《蕺山弟子籍》名册，继之而起的另一位起义领导者章正宸，也是刘宗周门徒：“佥都御史祁彪佳、给事中章正宸与宗羲，时称宗周三大弟子。”[4]师出同门，声气相通，而一呼百应。黄宗羲追随鲁监国，有这层关系。当时除朱以海，还有被郑鸿逵、黄宗周在福建拥为绍武皇帝的朱聿键。

这就是南京失陷以后，南中国风起云涌的反清复明运动。黄宗羲是它的积极参与者，为之献身十多年，从三十

[1] 孙静庵《明遗民录》，浙江古籍出版社，1985，第69页。
[2] 钱海岳《南明史》第二册本纪五监国鲁王，中华书局，2006，第286—287页。
[3] 计六奇《明季南略》，中华书局，1984，第287页。
[4] 李聿求《鲁之春秋》卷十，浙江古籍出版社，1984，第100页。

来岁到五十岁，整个壮年尽付于此。

这种抵抗，主要是民间性质的。国家已经崩坍，军队实际也已瓦解，无从在朝廷层面组织和供给抵抗活动。起义队伍，多依凭宗族姓氏，由有声望的士绅大户领头，毁家为赀，自集人马、自筹钱粮，是民间自发的救国行为，之称“义师”，“义”字含义就在于此。

黄宗羲兄弟组建的黄竹浦义军，号“世忠营”。这个旗号，是对宋名将韩世忠的祧绪。镇江金山之战，韩世忠大败金兀术，“是役也，兀术兵号十万，世忠仅八千余人。”[1]后“守楚州十余年，兵仅三万，而金人不敢犯。”[2]由韩世忠这些事迹，可以窥知黄家军自命“世忠营”的寄意，一是高蹈民族大义，二是以力寡死战精神自励。

关于黄宗羲“请如唐李泌故事，以布衣参军事”，事见《新唐书》。李泌，中唐时人，神童，“及长，博学，善治《易》”，喜游名山，不入官学，无功名。

> 肃宗即位灵武，物色求访，会泌亦自至。已谒见，陈天下所以成败事，帝悦，欲授以官，固辞，愿以客从。入议国事出陪舆辇，众指曰：“著黄者圣人（龙袍黄色），著白者山人。”[3]

不光李泌，“世忠营”所比附的韩世忠，初亦为布衣身份，“世忠曰：‘吾以布衣百战……’”[4]黄宗羲请求以布衣加入抗清运动，首先因为他确实仅为布衣。他取得的功名止于生员，几次应试都未果，还没有做官的资格。但这主要不是资质问题，而是一种个人意愿，主动要求保持布衣身份，如同李泌的“愿以客从”。其中深意，以后再谈。但监国不允，还是给他安排了官职，先封为监察御史兼兵部职方司主事，最后官至左副都御史。

四

可是，黄宗羲对那些职衔好像并不当回事。今存他的一幅亲笔手迹《自

[1] 脱脱等《宋史》卷三百六十四，中华书局，2000，第11362页。
[2] 同上，第11367页。
[3] 欧阳修、宋祁《新唐书》卷一百三十九，中华书局，1975，第4632页。
[4] 脱脱等《宋史》卷三百六十四，中华书局，2000，第11367页。

题》，里面将自己一生划为三段：

> 初锢之为党人，继指之为游侠，终厕之于儒林。其为人也，盖三变而至今。[1]

分别指老、中、青三个阶段。青少年，因阉党迫害其父黄尊素而受牵连，故曰“锢之为党人”；晚年潜心著书立说，真正成为学者；中年，便是投身抗清活动这一段，他很奇怪地用了“游侠”来形容。考诸《史记》，司马迁对其首创的“游侠”一词有此定义：

> 今游侠，其行虽不轨于正义，然其言必信，其行必果，已诺必诚，不爱其躯，赴士之阸困，既已存亡死生矣，而不矜其能，羞伐其德，盖亦有足多者焉。[2]

这里的“正义”，并非今天作为“邪恶”反义词的意思，而主要指“合法”、“正途”、“正统”。又说：

> 而布衣之徒，设取予然诺，千里诵义，为死不顾世，此亦有所长，非苟而已也。[3]

可见，“游侠”特征是以布衣取义，这也正是当初黄宗羲请“以布衣参军事”的注脚。从一开始请“以布衣参军事”，到晚年自认为“游侠”，黄宗羲对于他在反清斗争中的姿态，一直在坚持着什么。这究竟包含何意，答案其实就藏在“不轨于正义”几个字里，读者可先留意，原委以后便知。

以下，我们且把黄宗羲的十年反清活动，做极简的交待。极简，并非悭吝篇幅，而是事迹本身实在不算丰厚。虽然浙东起义者们的热血和勇毅，很可感

[1] 黄炳垕《黄宗羲年谱》，中华书局，1993，插页。
[2] 司马迁《史记》卷一百二十四游侠列传第六十四，上海古籍出版社，1997，第2399页。
[3] 同上，第2400页。

佩,但客观上力量极孱弱,方方面面情势都占不到任何便宜,内部组织又十分的涣散,确实是乏善可陈。顺便说一下,自清国在南京得手以后,明朝残余力量的反抗相较而言以粤、桂、滇等地略显可观,福建因为郑成功亦稍有声色,浙东的情形却基本只是给人以卵击石之感。

起兵后,黄宗羲的战斗经历实际仅一次。那是第二年(1646)初夏,黄宗羲的西进之策获支持,于是得到总共三千的兵力,另有朱大定、陈潜夫等的小股部队"数百人附之",计划"渡江,劄(通"札",驻扎之意)谭山,将取海宁"。这三千主力,好不容易方才凑得,"两督师(指孙嘉绩、熊汝霖)所将皆奇零残卒,不能成军"。[1]但抵抗力量对此次行动却颇寄厚望,"嘉绩蒿目望之,俟捷音至,欲令义兴伯郑遵谦夹攻杭城"[2],一旦得手,就要夺取杭州。这显然不切实际。行动刚一开始,未能渡江便大败,"以江上兵溃而返"——说来也是天不作美,是岁,正赶上大旱,"夏旱水涸,有浴于江者,徒步往返"。清军北人,本来恐水,此时大胆放马试之,"不及于腹",于是挥兵过江。这边义师则被冲得七零八落,"走死不暇",苦苦聚集的三千人马登时烟消云散,连监国朱以海也从绍兴仓皇出逃,"上由江门出海",直接漂泊海上了。[3]

黄宗羲失去和朱以海的联系,以所剩五百人逃入四明山,"结寨自固",暂所栖身,然非长久之计。稍作喘息,黄宗羲决定乔装打扮自己下山,去访朱以海下落。他"再三申戒,以山民皆贫,不可就之求粮"。可话虽如此,部队也并非不明白这道理,终不能白白饿死。黄宗羲走后不久,"部下粮绝,不得已取之山民。"而山民看来也无甚政治觉悟,不因你是抗清武装就甘心被抢,"以语逻卒,导之焚寨",向清国的侦探告发了这支武装的存在,且为之当向导,"夜半火起",黄宗羲手下汪涵、茅瀚二将"出战死之",余者或死或逃。而黄宗羲查访空手而回,回来则"无所归",山寨早已荡为平地,只好潜回黄竹浦,"而迹捕之檄累下",从此过着东躲西藏的日子。[4]

他主要躲避的地点,是化安山。在那人迹罕见之地,他用研究历法和数学

[1] 黄宗羲《行朝录》,《黄宗羲全集》第二册,浙江古籍出版社,1993,第130页。

[2] 李聿求《鲁之春秋》卷十,浙江古籍出版社,1984,第101页。

[3] 黄宗羲《行朝录》,《黄宗羲全集》第二册,浙江古籍出版社,1993,第130页。

[4] 李聿求《鲁之春秋》卷十,浙江古籍出版社,1984,第101页。

打发时间。我们往往只知他是人文学者，其实，黄宗羲算得上近世重要的科学家。清代历算之学以梅文鼎成就最高，全祖望却说："梅徵君文鼎本《周髀》言历，世惊以为不传之秘，而不知公实开之。"[1]称梅氏先驱实为黄宗羲。而其自云："勾股之术，乃周公、商高之遗，而后人失之，使西人得以窃其传。"[2]一是认为中国数学衰落已久了，言下之意，到他这儿才重续旧脉。其次，似乎他的历法与数学得之"西人"，当然，以他看来西方这类学问源出中国，他不过使之回了娘家而已，但由此看出，他是中国近世较早向西方学习自然科学的人物之一，具体经过我们并不清楚，有人推测可能从前在北京游历时与汤若望等有过交往。避祸二三年间，他总共写了十几种历法、数学著作，如《勾股图说》《开方命算》《割圆八线解》等，惜多佚，仅存名录。

藏身两年后，1649年（即顺治六年，为尊重此时黄宗羲的立场，我们不书清朝年号）他终和鲁王重新接上头。这时，鲁王经过一段萍漂，落脚于宁海以南、台州以东的健跳所（所，为明朝的军事防卫单位）。黄宗羲赶去从亡。朱以海之所以落脚健跳，是因地处海边，敌退我驻，敌来我跑，可随时遁入大海。这种日子，实在无聊得很。黄宗羲述之："诸臣无所事事，则相征逐而为诗……愁苦之极，景物相触，信笔成什。"形容"寄命舟楫波涛"。[3]

无聊犹在其次，穷途末路才是挥之不去的感受；说是有了落脚点，实际上大多时间漂于海上，鲁王君臣的光景，即令俄底修斯见了也自叹弗如。"每日朝于水殿"[4]，"以海水为金汤，舟楫为宫殿"[5]。古代城墙、宫墙绕以护河，称"金汤"；眼下，朱以海的"金汤"便是海水。"水殿"云云，说来好听，其实就是破船而已。黄宗羲这些笔墨，似幽默而实苦涩，苦中作乐况味跃然纸上。还有更具体的摹绘：

海泊中最苦于水，侵晨洗沐，不过一盏。舱大周身，穴而下，两人侧卧，仍盖所下之穴，无异处于棺中也。御舟稍大，名河船，其顶即为朝房（金銮殿），诸臣议事在焉。落日狂涛，君臣相对，乱礁穷

[1]全祖望《梨洲先生神道碑文》，黄炳垕《黄宗羲年谱》附录，中华书局，1993，第94页。
[2]同上。
[3]黄宗羲《海外恸哭记》，《黄宗羲全集》第二册，浙江古籍出版社，1993，第209页。
[4]黄宗羲《行朝录》，同上，第138页。
[5]同上，第141页。

> 岛，衣冠聚谈。是故金鳌橘火，零丁飘絮，未罄其形容也。[1]

“无异处于棺中”，他日后坚持裸葬，或与这段压抑记忆有关抑未可知。他感慨：“有天下者，以兹亡国之惨，图之殿壁，可以得师矣！”倘把如上情景绘于宫墙，那些为君的就明白绝不可做亡国之人了。

不过，这日子在他并不长：

> 公之从亡也，太夫人尚居故里，而中朝诏下，以胜国遗臣不顺命者，录其家口以闻，公闻而叹曰：“主上以忠臣之后仗我，我所以栖栖不忍去也，今方寸乱矣，吾不能为姜伯约矣。”乃陈情监国，得请，变姓名，间行归家。[2]

胜国，不是战胜国，相反，恰系亡国。姜伯约，即姜维，伯约是其表字，他在诸葛亮死后辅佐后主北复中原事业。陈情，指因奉孝之故提出辞职请求，晋武帝时李密写了千古传诵的《陈情表》，后遂以“陈情”指此类事。当时，清朝为扑灭抵抗运动，下令对所有参与者的家属予以登记，其实就是以株连相威胁。黄宗羲说，为了母亲不受牵累，他要回家。

黄宗羲辞去，直接理由是清朝这道政令，而我以为，也只是一个理由罢了。其他从亡者，故里自然也各有亲眷，所受威胁是相同的，却并未都就此辞去。不过，黄宗羲找了个借口离开，又不等于当反清运动的逃兵。其实，从很早以前，对于黄宗羲我们就应该有将“反清”与“复明”区分来看的意识。在很多别的抵抗者那里，两者可能勾连并立，在黄宗羲却并非如此。这几乎是理解黄宗羲时最最关键的一点。

“吾不能为姜伯约”，潜台词是对追随鲁王抗清，已不认为还有希望。前面引用他对健跳情形的描写，那种笔触，墨渖之间，充满乏竭空虚，待在这里，徒自凄苦而已。他不愿做这样无谓的事，或通过与鲁王不离不弃来表达什么。

就这样，他离开健跳，回黄竹浦了。然而不数月，他又回来——此时鲁

[1] 黄宗羲《行朝录》，《黄宗羲全集》第二册，浙江古籍出版社，1993，第141页。

[2] 全祖望《梨洲先生神道碑文》，黄炳垕《黄宗羲年谱》附录，中华书局，1993，第90—91页。

王已移驾舟山。为什么呢？因为鲁王召他充当副使，去日本长崎乞师。显然，只要有事可做，只要实实在在有益于抗清事业，他还是不辞驱策的。关于出使日本，黄宗羲后在《行朝录》卷八《日本乞师》中未有一语提及自己，那是出于避讳，而事情本身是确实的。全祖望《梨洲先生神道碑文》："监国由健跳至翁洲（即舟山），复召公副冯公京第乞师日本，抵长崎，不得请。"[1]其后人黄炳垕所撰《黄宗羲年谱》亦载："十月，监国由健跳至舟山，复召公偕冯侍郎跻仲京第、副澄波将军阮美，乞师日本。"[2]

乞师，便是向日本借兵，请日本援华打清廷，"诉中国丧乱，愿借一旅，以齐之存卫、秦之存楚故事望之。"最早是乙酉年（1645）秋，由一个名叫周鹤芝的日本通首先联络。据说"大将军慨然，约明年四月发兵三万，一切战舰、军资、器械，自取其国之余财，足以供大兵中华数年之用"，只待"中国使臣之至"，经正式外交途径确认。其后，戊子年（1648），御史冯京第与黄斌卿之弟黄孝卿到了长崎，但正赶上西方天主教徒扰日，日本对外戒严，冯京第不得登岸，"于舟中朝服拜哭而已"，后遇日本某"如中国巡方御史"的官员，"京第因致其血书"，日王见后，"曰：'中国丧乱，我不遑恤，而使其使臣哭于我国，我国之耻也。'与大将军言之，议发各岛罪人。"拟以日本列岛狱中犯人组成军队，盖以此令其立功赎罪也。冯京第得到答复后先回，留黄孝卿留日作为联络人。日本打算援华，并非虚言，因为冯京第回国时，日方赠款"洪武钱数十万"令其携回，当时，日本还不掌握铸钱技术，故"但用中国古钱"，洪武年间所铸之钱，中国都已少见了，"舟山之用洪武钱，由此也"。应该说援华行动已经开始，问题是，留日代表中国的黄孝卿造成了很不好的影响。如今，日本AV发达，其实其声色之盛，自古而然，黄孝卿在长崎即为此出丑：

> 长崎多官妓，皆居大宅，无壁落，以绫幔分为私室。每月夜，每悬琉璃灯，诸妓各赛琵琶，中国之所未有。孝卿乐之，忘其为乞师而来者，见轻于其国，其国出师意亦荒矣。

[1] 全祖望《梨洲先生神道碑文》，黄炳垕《黄宗羲年谱》附录，中华书局，1993，第91页。

[2] 黄炳垕《黄宗羲年谱》，中华书局，1993，第27页。

丧国之人，处声色而乐之，被人瞧不起，出兵事因而搁浅。但当时浙闽抗清力量实在单弱，故对于日本援兵的想望很难割弃。又过一年，己丑(1649)冬，乃再遣使节赴日，这就是黄宗羲参与的一次，算来已经是第三次乞师。黄宗羲记述：

> 十一月朔，出普陀，十日，至五岛山，与长崎相距一望。是夜大风，黑浪兼天，两红鱼乘空上下，船不知所往。十二日，舵工惊曰："此高丽界也！"转帆而南。又明日，乃进长崎。

然而这次中国使团未获日人信任，原因似乎是充当联络人的湛微和尚在日名声不佳。黄宗羲则谈了以其观察得来的印象：

> 日本自宽永享国三十余年，母后承之，其子复辟，改元义明，承平久矣，其人多好诗书、法帖、名书、古奇器、二十一史、十三经，异日价千金者，捆载既多，不过一二百金。故老不见兵革之事，本国且忘武备，岂能渡海为人复仇乎？

说日本生活太好，耽于安逸，不可能涉兵革之事。因是亲历，这一有关十七世纪中叶日本情况的讲述，颇为真切。[1]

乞师不成，回国后，黄宗羲仍返故里，而非在鲁王身边留下。说明他接受使日，是临时的，不代表在健跳"陈情"辞职的想法有所改变。略加分析，从中显而易见，同意出使乃是因为这件事或能实际帮助到抗清事业，故不辞远涉，而有一段奇历。此更证实，健跳之别，不等于"当反清运动的逃兵"。

之后，黄宗羲转入地下，继续抗清。他只是不再作为鲁王驾下"左副都御史"而已，某种意义上，现在他是一名"自由战士"，独立的民间抵抗者。他为义师传递情报、营救抗清志士、替抗清武装

[1] 黄宗羲《行朝录》，《黄宗羲全集》第二册，浙江古籍出版社，1993，第180—183页。

筹措经费、策反清军将领……与他合作的，主要是钱谦益，两人联手做了许多事。最大的行动，是为反攻长江的郑成功大军充当内应。这种地下独立抗清，持续多年。大致以1659年郑成功攻打南京而功亏一篑为标志，黄宗羲终于感觉无望，渐渐放弃努力，变得离群索居、沉默寡言。对此，他曾写《怪说》一文，述其“坐雪交亭中”之状：

> 不知日之蚤晚，倦则出门行塍亩间，已复就坐，如是而日、而月、而岁，其所凭之几，双肘隐然。[1]

除偶尔散步田间，天天整日枯坐，以致双肘支于几案上，隐隐磨出印痕。那必是痛苦的思索，并在内心与一种情感和生命惜别。又五年，老友和同志钱谦益病故，他益形孤单。

他不能不意识到，历史的一页，业已翻了过去。

五

他自己的人生也将翻开新的一页，上面写着一个“终”字：“初锢之为党人，继指之为游侠，终厕之于儒林。”那是他最后的归宿。

尽管后来人们差不多只知道他是一位大儒，可实际上，他和“儒林”这个字眼的关系很不谐顺，很费周折。

他一生的功名，仅至生员为止。他于十三岁（天启三年，1623）“补仁和博士弟子员”（仁和县今不存，已为杭州市郊一部分），成为一个县学学生，而这竟是他一生最高学历。生员，俗称秀才，是被地方官学录取的学生，算是一种正式功名，但没有做官资格。在明代，做官通常须有举人以上资格，最起码也得是贡生（由地方官学选拔出来，进入国子监即国家最高学府的学生）。以上二者，黄宗羲毕生不曾获得，更不必说进士出身。

他几度乡试（举人资格考试），全部暴腮。二十岁（崇祯三年，1630）在南京

[1] 黄宗羲《怪说》，《黄宗羲全集》第十一册，浙江古籍出版社，1993，第72页。

黄宗羲手札

黄宗羲嗜书，年轻时家贫，曾组织抄书会，抄而致之。后来与吕留良的龃龉，也跟书有关。此信是他在别人处见到新版欧阳修文集，迫切欲览，欲以所藏古本与对方换阅。

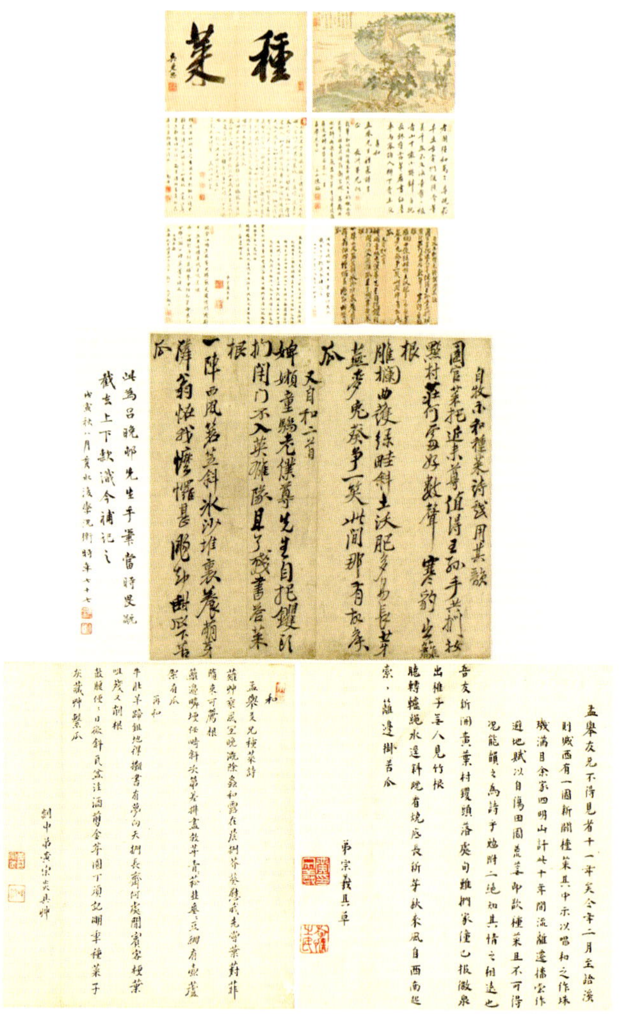

《种菜诗唱和诗册》

黄宗羲、吕留良交谊的见证。黄诗序云："孟举兄不得见者十一年矣，今年二月至语溪……"可知事当其访吕留良时。孟举乃当时名诗人吴之振的表字，此件即其后人所藏。参与唱和者凡十四人，图中央为吕留良手迹，下部为宗羲（右）、宗炎（左）黄氏兄弟手迹。

清圣祖玄烨

即康熙皇帝。黄宗羲晚年盛称他“圣天子”，誉其统治“五百年名世，于今见之”。此点曾遭章太炎等痛诋。然若不抱偏见，康熙的开明、睿达与仁笃，毕竟少见。况且对于政治，黄宗羲还有一个根本观点：“不在一姓之兴亡，而在万民之忧乐。”

日人所绘《舟山岛画卷》

画中所绘，已是二十世纪上半叶之舟山。1649年11月，黄宗羲正是从舟山启程，作为鲁监国代表之一，前往日本乞师。

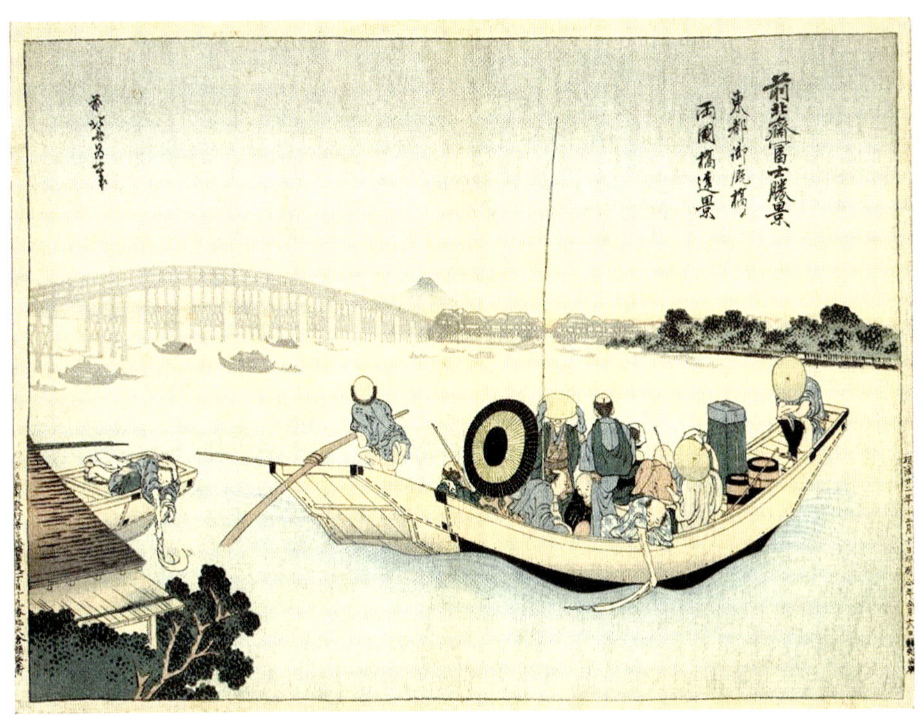

日本明治风俗画

黄宗羲记其乞师日本见闻："承平久矣，其人多好诗书、法帖、名书、古奇器、二十一史、十三经……故老不见兵革之事"。

“始入场屋”，落榜；文震孟读了他的考卷，“嗟叹久之，谓：‘异日当以大著作名世，一时得失，不足计也。’”竟似已预见他功名无望，将来只能以“大著作名世”。二十六岁（崇祯九年，1636），在杭州第二次参加投考，也未果。二十九岁（崇祯十二年，1639）又到南京应试，仍然货而不售。三十二岁（崇祯十五年，1642），长途北上，试于北京，还是铩羽，“阳羡周相国延儒欲荐公为中书舍人，力辞不就”，周延儒大概看在烈士后代分上，见他一考再考不中，想“荐”（不经科举正途）他做个小官，被拒绝了。从头到尾，四回乡试，屡战屡败。

以他的才具，大家都莫名其妙。曾有朋友来黄竹浦乡下造访，“村路泥滑。同来沈长生不能插脚，元子笑言：‘黄竹浦，固难于登龙门也。’”[1]

从自身找原因，他小的时候不很以举业为念。“课程既毕，窃买演义，如《三国》《残唐》之类数十册，藏之帐中，俟父母熟睡，则发火而观之。”[2]用全祖望的话说，“垂髫读书，即不琐守章句”，“每夜分，秉烛观书，不及经艺”。[3]总之，不是循规蹈矩的好学生。等到父亲卷入党祸，他的家庭与生活又失去了平静，备历坎坷，“无暇更理经生之业，不读书者五年”。南京第一次参加乡试时，对科举完全一窍不通，由新结识的好友沈寿民（眉生）临时辅导，手把手地教他，“开导理路，谆谆讲习，遂入场屋。”[4]

有些大才槃槃之人，对科举不屑一顾，压根儿不入那个笼套，比如前面提到的唐代李泌。黄宗羲倒非如此。他对举业很上心，花了很大工夫，从二十岁到三十来岁，十几年光阴尽付其间。后来谈起这一点，他很懊悔，觉得是徒耗生命，并痛惜当老师刘宗周在世时，自己因为“志在举业，不能有得”，没有珍惜学习的机会，“聊备蕺山门人之一数耳”[5]，只能说滥竽充数。他回忆崇祯七年陪老师从嘉善乘船去省城杭州，舟中刘宗周谈了好些学问上的事，黄宗羲承认：“弟是时茫然。”[6]什么也没听懂。

在科举魔障里，他着实兜了好些年圈子。最终破门而出，得感谢生活和现实：

[1] 黄炳垕《黄宗羲年谱》，中华书局，1993，第11—20页。

[2] 黄宗羲《家母求文节略》，《黄宗羲全集》第十一册，浙江古籍出版社，1993，第24页。

[3] 全祖望《梨洲先生神道碑文》，黄炳垕《黄宗羲年谱》附录，中华书局，1993，第85页。

[4] 黄宗羲《思旧录》，《黄宗羲全集》第一册，浙江古籍出版社，1993，第349页。

[5] 黄宗羲《恽仲昇文集序》，《黄宗羲全集》第十册，同上，第4页。

[6] 黄宗羲《与顾梁三分书》，同上，第204页。

> 天移地转，僵饿深山，尽发藏书而读之，近二十年，胸中窒碍解剥，始知曩日之孤负为不可赎也。[1]

关键在于，科举那种铸模子、格式化的路子，跟他的才具天然地格格不入，然而，那时他却并不自知。他足够刻苦和勤奋，“年二十二，读二十一史，日限丹铅一本……手不去编，寒夜抄书，必达鸡唱，暑则穴帐通光，以避蚊蚋。”[2]“既尽发家藏书，读之不足，则抄之同里世学楼钮氏、淡生堂祁氏，南中则千顷斋黄氏，吴中则绛云楼钱氏，穷年搜讨。”[3]换一个平庸之才，这么努力，总会有所回报；在他，效果却很微寡。古往今来的经验显示，考试，仅为普通人才之间比试高低而设，而不世之才，于其中反倒每每显得低能。因为后者巨大的创造性秉赋，很难适应规格化思维的要求和训练。黄宗羲的情况，正是如此。在练习举业的过程中，他心智的泉眼从未捅开，处在“学而不思”的状态，可是，却又做不到如天生擅长或适合应试者那样，真真正正机械、心如枯水、浑浑噩噩地死读书和读死书。

这样，直到中年，黄宗羲竟然还是一副碌碌无为的样子，功名蹭蹬以外，文章学问也没有什么建树。简直可以这样说，倘使他只活四十岁，今天便不会有多少人谈到他——依了先前的情形，谁也看不出他将来有成为中国三百年屈指可数的文化巨擘的潜质，虽然文震孟似乎有一番先见之明，然揆以实际，“异日当以大著作名世”云云，没准只是浮泛的客套罢了，因为那时从他身上，实在看不出什么这类根苗。

一切就像突然来临。这个时间，大体在1649年，以黄宗羲离开健跳、离开鲁王，以及从日本乞师失败而归作为标志。全祖望说：“海氛澌灭，公无复望，乃奉太夫人返里门，于是始毕力于著述。”[4]邵廷采则说：“遂奉太夫人避居山中，大启蕺山书，深研默究。”[5]他自

[1]黄宗羲《恽仲昇文集序》，《黄宗羲全集》第十册，浙江古籍出版社，1993，第4页。
[2]邵廷采《遗献黄文孝先生传》，黄炳垕《黄宗羲年谱》附录，中华书局，1993，第79页。
[3]全祖望《梨洲先生神道碑文》，同上，第87页。
[4]同上，第91页。
[5]邵廷采《遗献黄文孝先生传》，黄炳垕《黄宗羲年谱》附录，中华书局，1993，第80页。

己也有个总结：

> 受业蕺山时，颇喜为气节斩斩一流，又不免牵缠科举之习，所得尚浅。患难之余，始多深造，于是胸中室碍为之尽释，而追恨为过时之学。

总之，是突然开窍的。何以致之的呢？“患难之余，始多深造”，这句是关键。前面引过他一段话，也讲到“天移地转，僵饿深山，尽发藏书而读之”，意思相同。过去，为了举业，为了求出身和功名，他也头悬梁、锥刺股地苦读，但全无感觉，更不必说开窍；如今，经过了丧乱、颠沛流离、苦海浮槎，读书一下子闪现了全新的意义，焕发了夺目的光泽，是如此充盈、丰满、厚实。

归根到底，在于他终于发见了自己，走向自己。他这种人，注定不能在名缰利锁的驱赶之下读书和为学，不少读书人属于此类，而黄宗羲不是，或者说真正的思想者都不是。对黄宗羲，那反而是一种毁坏，会把他变得比一般读书人还要乏善可陈。一旦与别人展开试卷上的竞争较量，他简直一无是处；一方面，那是为循规蹈矩、缺乏真正创造性、只适合平步青云的人预备的游戏，另一方面，他自身种种优长——独立的思考与发现、深刻的忧患、巨大的心灵、求知解惑的饥渴与能力等等，全都丢在一边，没有用武之地。所以从头看过，“初锢之为党人，继指之为游侠，终厕之于儒林”，初、继、终，这三部曲在黄宗羲竟是环环相扣、缺一不可。他非得有那样的初，那样的继，才有那样的终。我们也曾讲过阮大铖的故事，他就无须什么初和继，而是三脚两步，一下就厕于儒林。这还不算什么，那时还有“连中三元”的极品，接连解元、会元、状元，一马平川、略无停顿、直登儒林。但显然，那是另一种儒林。中国自古便有两种儒林，黄宗羲所“厕”的，不是考试专家、职场宠儿所“厕”的儒林。这就是为什么他得等到四十岁后，历了许多磨难、看了许多沧桑，才开窍，才找到读书和为学的感觉。当然，也是他自己走了弯路，去跟考试天才们就试卷的优秀一争短长，而浪掷了不少的时光。就此言，那个“天崩地解”、“天移地转”的时代，于他既为不幸，又是一大幸运。如非这现实的激发、刺痛和历练，他也许还觉悟不过来，也许还握不住自己的本质。现在，他无疑牢牢抓在手里，而所有的苦难、愀然和悲闷，都化为一笔巨资，助他一跃登上时代思想之巅。

六

如下的反思,说明了他的觉悟:

> 举业盛而圣学亡。举业之士,亦知其非圣学也,第以仕宦之途寄迹焉尔,而世之庸妄者,遂执其成说,以裁量古今之学术,有一语不与之相合者,愕眙而视曰:"此离经也,此背训也。"于是六经之传注,历代之治乱,人物之臧否,莫不各有一定之说。此一定之说者,皆肤论瞽言,未尝深求其故,取证于心,其书数卷可尽也,其学终朝可毕也。[1]

他加以批判的,无疑正是他打算反其道而行的。所谓不能离经背训、所谓一定之说,在他看来都是肤论瞽言,中国正应该以"深求其故"打破肤论、以"取证于心"摆脱瞽言。

他的贡献,凸显于两个主要的方面。一是有明一代思想源流、思维方式、价值观的系统探究、总结,尤其是批判;二是从文明或人类正义的高度,对整个中国历史作深刻反思。他的工作,实际上从中国精神资源内部,疏通了古典与未来的关系,打开了中国文化自我更生(注意,是自我更生,而非仰赖异国文明的灌输及引导)之门。因此,他实际为我国之但丁、彼特拉克、伏尔泰、卢梭、孟德斯鸠式人物,他的存在,提示类似的思想进步或突破,在前现代的中国已是事实。可惜,由于清廷的异族统治,由于这统治必然要有的对汉族尤其是明遗民知识分子、思想者言论学说的箝制、禁毁和打压,黄宗羲以及他这一批人的思想成果无法进入和影响中国的历史与现实。这是关于中国社会—历史转型之较欧洲白白损失和晚迟了二百年,我们能够认定的重大原因。

他做了一件很要紧的事情,就是重新发现和解释孟子。孟子为儒家亚圣,地位紧随孔子之后,儒家思想也常称作

[1] 黄宗羲《恽仲昇文集序》,《黄宗羲全集》第十册,浙江古籍出版社,1993,第4页。

孔孟之道。但这两大圣贤之间,在思想色彩的层面其实有相当的不同。孔子致力于“立”,孟子致力于“破”;孔子热诚地追求理想、向人描绘美好和谐的景象,孟子则嫉恶如仇,专注于暴露现实的丑陋与弊端,是暴政和民贼独夫的毫不容情的批判者;孔子的话语文质彬彬、温良敦厚,孟子出言犀利、擅长驳论。某种意义上,孟子之于中国精神文明的意义或在孔子之上,他更多的是一位反对者,为中国提供了批判现实的传统,因而是独大、专制权力所害怕和反感的人。朱元璋曾想把他从文庙配享中驱撤,后又大幅删削《孟子》,规定科举考试只能以阉割后的《孟子节文》为本。在一意向中国学习文化的我们的东邻日本,孟子思想也不受欢迎,原因同样为着他对君权加以肆无忌惮的攻击。孟子思想,应是中国古代文化质地最好的一部分,甚至置诸整个古代世界,也未有可与之争辉者。它在二千三百年前就触及了含着民主、民约论意味的政治理性,此实足证明中国人对于进步的思想有杰出原创能力,以及中国的文明高度原本并不低于世界的水准。它的存在,能够击破要将民主意识或传统外在于中国的企图,以及所谓民主不合中国国情的抹黑中国人和中国文化的奇谈怪论。1669年,黄宗羲作《孟子师说》七卷,他解释此作直接原因,是刘宗周对儒家基本经典都有阐说,“独《孟子》无成书”,所以他替老师来做这件事,“以补所未备”。这大概是动因之一,但我以为,更重要的在于黄宗羲本人思想与孟子有特殊的血缘关系,视《孟子》为中国最优秀的精神宝库,而必予以推重、张扬,使它在中国历史进化中发挥现实作用。在对《孟子》的讨论中,他强烈突出、渲染了天下为公、君轻民贵、正义(仁义)乃伦理之本的认识:

> 伊尹之志,以救民为主,所谓“民为贵,君为轻”也。“放太甲于桐”与“放桀于南巢”,其义一也。向使桀能迁善改过,未尝不可复立,太甲不能贤,岂可又反之乎?[1]

太甲是商汤之后第四代帝君,因为失道无德,被他的宰相伊尹放于桐宫,令其悔过,三年后,伊尹认为太甲已经自新,

[1] 黄宗羲《孟子师说》,《黄宗羲全集》第一册,浙江古籍出版社,1993,第156页。

将他迎回复位。桀是夏代末位君主，在中国开暴君的先河，商汤推翻了他，把他放逐在南巢。黄宗羲认为，对那些虐害人民的暴君，可以推翻，可以流放，可以诛杀（《明夷待访录》里有此明言），人民则有权起来革命——这些都是自古就有的道理。还说，欢迎坏君主改正，虽然是桀，改了也允许接着当他的帝君，太甲如果不改，能被迎回吗？——这语气，在当时真可谓“悖乱”之至了。对于伊尹惩处君上，黄宗羲称赞是对的，因为伊尹意在“救民”，是从人民利益出发；把君主放到比人民次要的位置，才是正确的伦理次序，而非颠倒过来。谈到《孟子》“伯夷辟纣”这一章，他出于摈弃忠君之论，力改《史记》对伯夷、叔齐商亡后“义不食周粟”在首阳山饿死的说法，并把《论语》的相关意思一并重新解说——实际是加以消解：

> 《论语》称伯夷、叔齐饿于首阳之下，民到于今称之。盖二子逊国而至首阳，故饿也。民称之者，称其逊国高风也。[1]

说伯、叔二人根本不是不食周粟饿死，而是耻于在纣王暴政下做孤竹国的诸侯，主动弃国逃亡，而在逃亡途中饿死。人民之称道他们，所称道的也并非他们对商朝的忠实，而是他们的“逊国高风”，亦即对暴政的抛弃和不合作。又引了王安石的话：“夫商衰而纣以不仁残天下，天下孰不病纣，而尤者伯夷也。”意思是，天下无有不恨纣王的，伯夷其实恰恰是最恨的一个。

十二册《黄宗羲全集》，逾九千页，洋洋大观，这里只能权举一隅，稍窥他的探索。而对他遗诸我们的精神财富居何等价值，且借两位学者的评价，取一概观的认识。首先是侯外庐，他说：“此书（《明夷待访录》）前于卢梭‘民约论’一个世纪”，又说：“此书类似‘人权宣言’，尤以‘原君’、‘原臣’、‘原法’诸篇明显地表现出民主主义思想。”[2]又说：“宗羲是中国近代第一个把历史上所谓农业为本工商为末的观点颠倒过来，具有工商业自由生产的理想的人”[3]，以及“宗羲的经济思想，已有‘国民之富’的萌芽”。[4]尤其他还说：“‘明夷待

[1] 黄宗羲《孟子师说》，《黄宗羲全集》第一册，浙江古籍出版社，1993，第95页。

[2] 侯外庐《中国思想通史》第五卷《中国早期启蒙思想史——十七世纪至十九世纪四十年代》，人民出版社，1956，第155页。

[3] 同上，第145页。

[4] 同上，第150页。

访录'之合于恩格斯所指的'近代推论的思维方法',就不是梁启超所能知道的。"[1]次如台湾金耀基《中国民本思想史》,亦指《明夷待访录》"较之卢梭之《民约论》已着先鞭",《原君》《原臣》《学校》诸篇,"置诸洛克《政府论》中可无逊色",[2]说黄宗羲对"人民为政治之主体"之肯定,"逼近了西洋近代'主权在民'的思想"[3],盛称其"与孟子先后辉映,与卢梭东西媲美"[4]。

七

我们要着重探一探他晚年一桩公案。这件事,关系到他思想的走向以及我们对他的看法。

1660年,黄宗羲年满五十。这一年,吕留良来与他会面。吕小他九岁,1619年生。他们的聚首,是黄宗羲二弟宗炎(表字晦木)引见的。去年,吕留良先遇到黄宗炎,为此,他郑重地写了一篇《友砚堂记》,作为纪念:

> 己亥,遇余姚黄晦木。童时曾识之季臣兄坐上,拜之东寺僧寮,盖十八年矣。当崇祯间,晦木兄弟三人,以忠端公后,又皆负奇博学,东林前辈皆加敬礼,所与游者负重名,如梅朗三、刘伯宗、沈昆铜、吴次尾、沈眉山、陆文虎、万履安、王玄趾、魏子一者,离离不数人,天下咸慕重之,一二新进名士欲游其门不可得,至有被谩骂去者。既乱,诸子皆亡略尽,而晦木气浩岸如故,后起不知渊源,习俗变坏,益畏远之,然晦木固不能一日无友者,左右前后顾则索然尔矣。于是得予,则喜曰:"是可为吾友。"晦木求友之急至此,盖可悲矣。晦木性亦嗜研(砚),时端州适开水坑,同吧有官于粤者,予从购石十余枚,与晦木品其高下。晦木又喜以为有同好也,谓予曰:"予兄及弟子所知也,有鄞高旦中者。此非天下之友也,而予兄弟之友也。"戊子,遂与旦中来,其秋,太冲(黄宗羲表字)先生亦以晦木言,会予于孤

[1] 侯外庐《中国思想通史》第五卷《中国早期启蒙思想史——十七世纪至十九世纪四十年代》,人民出版社,1956,第156页。

[2] 金耀基《中国民本思想史》,台湾商务印书馆,1997,第150页。

[3] 同上,第151页。

[4] 同上,第155页。

山。晦木、旦中曰:"何如?"太冲曰:"斯可矣。"予谢不敢为友,固命之。因各以研赠予,从予嗜也。其研,有出自梅朗三、陆文虎、万履安者。[1]

"友砚堂"的名号便因这番以砚订交而来。自吕留良笔下,我们知道黄氏三兄弟的名望,确是人所仰慕的。但他也透露,"既乱"亦即亡国之后,许多旧友"皆亡略尽",而世态炎凉,"习俗变坏",对明确抗清的黄氏兄弟(八年前黄宗炎因此被捕,险死)"畏远之"。在这种情形下,吕留良表示愿意成为黄宗炎的朋友。交往一年后,黄宗炎认为他可以信任,先介绍他认识高旦中,不久带他去见黄宗羲,地点便在如今西湖景区中央的孤山。见面过程颇可玩味,"何如?""斯可矣。"似乎请黄宗羲鉴其人品而定,吕留良心中或许稍感别扭,故有"谢不敢为友"的表示,但黄宗羲随后态度是热情的,他和宗炎、旦中各赠一方砚给吕留良,原主人俱为一时名节之士,现在转赠留良,是很重的友情。

我们故事的主要情节,由这四位朋友构成。这里要单表一表高旦中。从刚才《友砚堂记》的记叙,我们窥见吕留良与黄宗炎的结交,是因反清立场引为同志,这自然也是高旦中的背景。他本名高斗魁,宁波人。宁波高氏是望族,却因高旦中的抗清活动,耗掉了大部分家财,全祖望隐晦地称之为"以好义落其家":

是时江上诸遗民,日有患难,先生为之奔走,多所全活。

其于黄宗炎,恩义尤重。"余姚黄先生晦木自亡命后无以资生,五子诸妇困于穷饿,先生念无可以赈之者,始卖药于苏湖之间,以其所入济之,又不足,则辗转称贷于人以继之。"[2]依吕留良之说,不单黄宗炎,连黄宗羲结束"游侠"之后的生活,也是靠高旦中接济的:

若旦中之医,则固太冲兄弟欲藉其资力以存活,故从臾旦中提囊出行,其本末某所亲见具悉。[3]

[1] 吕留良《友砚堂记》,《吕晚村先生文集》卷六,《续修四库全书》一四一一·集部·别集类,上海古籍出版社,2001,第175页。

[2] 全祖望《续甬上耆旧诗》卷四十一,《高隐君斗魁》,清抄本,杭州图书馆缩微品,1995。

[3] 吕留良《与魏方公书》,《吕晚村先生文集》卷二,《续修四库全书》一四一一·集部·别集类,上海古籍出版社,2001,第92页。

所以这四位朋友，第一实在是以共同的反清意志为纽带，第二大家的风节品质都很高亮，本该以佳话始、以美谈终，不想后来却闹得那么不堪。

订交后，他们友谊极笃，癸卯年（1663）春夏间，黄宗羲欣然接受吕留良聘请，到语溪吕家梅花阁做家庭教师，与吕留良一道给吕家子侄教书。据吕留良长子吕葆中所撰《行略》：

> 时高旦中先生自鄞至，黄晦木先生兄弟自剡至，与同里吴孟举、自牧诸先生以诗文相唱和。[1]

四友之间，真是其乐融融。他们逐日相聚，谈道论义，各出诗篇，用黄宗羲的话讲："座中无有不成章。"当时，黄宗羲正在写他最重要的著作《明夷待访录》（起稿于1662，成于1663年冬），而吕留良也处在思想上与过去——他在入清后曾参加科举，并热衷编写科举辅导材料赚钱——决裂的关键期，所以此时他们的聚首，对中国近代思想史实在是应该瞩目的事件。尤其吕留良，与黄宗羲交往，对他反清思想应有很大推动。他那首著名的七言诗，就是认识黄宗羲后写成的：

> 谁教失脚下渔矶？心迹年年处处违。雅集图中衣帽改，党人碑里姓名非。苟全始识谭何易，饿死今知事最微。醒便行吟埋亦可，无惭尺布裹头归！[2]

视参加清朝科举为失足，"醒便行吟"是说现在终于觉醒了，从此高举民族大义。几年后，生员考试前夕，吕留良造访县学教谕陈执斋寓所，当面出示以上之诗，"告以将弃诸生"，宣布放弃秀才身份、拒绝清政府的出身：

> 执斋始愕眙不得应，既而闻其终曲本末，乃起揖曰："此真古人所

[1] 包赉《清吕晚村先生留良年谱》，台湾商务印书馆，1978，第61页。

[2] 吕留良《耦耕诗》其二，《吕晚村诗》怅怅集，《续修四库全书》一四一一·集部·别集类，上海古籍出版社，2001，第19页。

难，但恨向日知君未识君耳！"于是诘旦传唱（考试前点名），先君不复入，遂以学法除名，一郡大骇，亲知无不奔问徬徨，为之气短，而先君方怡然自快。[1]

黄宗羲逗留月余，因三弟黄宗会病危"驰归"，这段吕家西席经历也告结束。但他们联系仍是频密的，常有书信诗文往还。黄宗羲曾几次来语溪会吕留良，单单1664年，就于二月、十月来了两趟，而吕也曾去黄竹浦回拜。[2]比较有特殊意义的一次，是甲辰年(1644)四月，宗羲、宗炎、高旦中、吕留良四位朋友"同至常熟"。常熟是钱谦益的乡里，那时，他患了大病，黄宗羲等专程前来探他。我们已经知道，黄、钱是地下抗清的同志，两人有许多"不足与外人道"的秘密，此番黄宗羲既偕吕留良同来，自是视为可寄心腹的生死之交了。也正是这次探望中，发生了戏剧性的小故事。钱谦益长年支持抗清，"破产饷义师，负债益重"，此时"卧病于东城故第，自知不起，贫甚，为身后虑"。[3]所谓"身后"，指棺木。正好有位当官的求其三文，润笔颇丰，但自己已写不动，就临时抓黄宗羲的差：

一见公以丧事相托，公未之答，虞山言："顾盐台求文三篇，润笔千金，使人代草，不合我意，知非兄不可。"即导公入室，反锁于外。公急欲出，二鼓而毕，虞山叩首称谢。[4]

故事既具情见性，也使人感慨不已。

这样亲密的友情，前后持续了六年。《黄宗羲年谱》中吕、黄最后一次打交道的记录，为丙午年(1666)：

五月望，东归，旋复之语溪……祁氏旷园之书，乱后迁至化鹿寺。公过郡，与书贾入山翻阅三昼夜，载十捆而出。[5]

未直接提到吕留良，实际此行却是两

[1] 吕葆中《行略》,《清吕晚村先生留良年谱》,台湾商务印书馆,1978,第68页。
[2] 黄炳垕《黄宗羲年谱》,中华书局,1993,第32—33页。
[3] 钱仲联主编《清诗纪事·明遗民卷》,江苏古籍出版社,1987,第286页。
[4] 黄炳垕《黄宗羲年谱》,中华书局,1993,第32页。
[5] 同上,第34页。

人商量要共同办一桩事。“祁氏”，即绍兴祁家，世代书香，藏书极丰且精，“旷园”（或称“旷亭”），即其藏书处。黄宗羲《思旧录》曾记昔年在祁彪佳书房的见闻：

入公书室，朱红小榻数十张，顿放书籍，每本皆有牙签，风过铿然。公知余好书，以为佳否，余曰：“此等书皆阊门市肆所有，腰缠数百金，便可一时暴富。唯夷度先生公之父所积，真希世之宝也。”[1]

夷度先生，即祁彪佳父亲祁承㸁，大藏书家。祁彪佳的意思，自然想听对自己书房的好感，黄宗羲却贬了眼前、独赞乃父所藏，不知何意。只是从中可见，他对祁氏“旷园”心仪已久。明亡，祁彪佳殉国，其子等又因牵连抗清，或死或放，祁家由是散涣，藏书暂存化鹿寺（在绍兴若耶山，若耶山又名化鹿山），准备低价处理。黄宗羲此来语溪，便是与吕留良商议共同出资收购事。谈妥后，黄宗羲去了绍兴，吕留良没去。结果发生了龃龉。全祖望说：

吾闻淡生堂（祁氏藏书楼号）书之初出也，其启争端多矣。初，南雷黄公讲学于石门，其时用晦（吕留良的表字）父子俱北面执经，已而以三千金求购淡生堂书，南雷亦以束脩之入参焉。[2]

亦即，购书款主要来自吕留良，黄宗羲仅以束脩（教书费）入股。然而，书到手后的分配，正好颠倒过来：

旷园之书，其精华归于南雷，其奇零归于石门。[3]

全祖望并且说，后来人们只知道吕、黄之间不可收拾，“岂知其滥觞之始，特因淡生堂数种而起，是可为一笑者也。”还说，吕留良所出三千金，也并不是自己

[1] 黄宗羲《思旧录》，《黄宗羲全集》第一册，浙江古籍出版社，1993，第344—345页。

[2] 全祖望《小山堂祁氏遗书记》，《鲒埼亭集外编》卷十七，乾隆四十一年刻本，第十四页。

[3] 全祖望《小山堂藏书记》，同上，第六页。

的,“而出之同里吴君孟举”,且亦“及购至,取其精者,以其余归之孟举。于是孟举亦与之绝”。[1]和黄宗羲做法一般无二。总之,收购祁家藏书之事,真是一个很大的风波,活活拆散了当时浙省两大知识分子。

其实,我们既不知此事的确切经过(吕留良方面有不同说法),也不知它在吕、黄交恶中是否真有全祖望讲的那种关键作用,只是觉着事情倘仅因“可为一笑者也”而起,有些讲不通。实际上,四年后的一件事,可能更足以表示深刻的对立。

1670年高旦中不幸去世,冬天下葬,黄、吕等各自赶来,黄宗羲还亲自撰写墓志铭。《黄宗羲年谱》:“冬,为甬上高旦中题主,至乌石山。”[2]吕葆中《行略》:“时会葬高先生于鄞之乌石山,先君芒鞋冒雪,哭而往。”[3]初无异常,然而,那篇墓志铭,引出了大恚争。吕留良以几乎忍无可忍的语气,对其大加挞伐,谓之“固极无理”、“词气甚倨”,不满主要在于:“凡铭之义,称美而不称恶,原与史法不同。称人之恶则伤仁,称恶而以深文巧诋之,尤不仁之甚。”[4]感到不妥的,非止吕留良,据黄宗羲《与李杲堂陈介眉书》:

> 万充宗传谕:以高旦中志铭中有两语,欲弟易之,稍就圆融:其一谓旦中之医行世,未必纯以其术;其一谓身名就剥之句。弟文不足传世,亦何难迁就其说?但念杲堂、介眉,方以古文起浙河,芟除黄茅白苇之习,此等处未尝熟谙,将来为名文之累不少,故略言之,盖不因鄙文也。[5]

这是另外两个人,请黄门弟子万斯大(表字充宗)捎口信,希望黄宗羲就两个说法加以修改。黄坚持不改,理由一是那些话在高旦中生前自己就当面讲过,“生前之论如此,死后而忽更之,不特欺世人,且欺旦中矣。”二是别人以为不中听,在他却不过是对好友一番惋惜之情,“哀之至故言之切也。”可能他心中

[1] 全祖望《小山堂祁氏遗书记》,《鲒埼亭集外编》卷十七,乾隆四十一年刻本,第十五页。
[2] 黄炳垕《黄宗羲年谱》,中华书局,1993,第34页。
[3] 包赉《清吕晚村先生留良年谱》,台湾商务印书馆,1978,第82页。
[4] 吕留良《与魏方公书》,《吕晚村先生文集》卷二,《续修四库全书》一四一一·集部·别集类,上海古籍出版社,2001,第91页。
[5] 黄宗羲《与李杲堂陈介眉书》,《黄宗羲全集》第十册,浙江古籍出版社,1993,第154页。

确作此想，也可能如吕留良认为的别有原因；但他的固执是一目了然的。我曾将黄比为明代鲁迅，认为这两位越中老乡骨头一样硬，也一样尖刻、坚顽，要他们低头，几乎不可能，黄宗羲对大家的批评、劝说，就明确表示他要“一以古人为法，宁不喜于今人”，哪怕别人讲得有道理，哪怕在墓志铭中批评逝者确有些“违仁”，哪怕被批评者于己有恩有义——黄宗羲所不满的高旦中因行医挣钱而疏怠学问，本来正是毁家救友、为黄氏兄弟付出的牺牲。

除对高旦中“深文巧诋”，志铭另外有个地方，更令吕留良不满：

> 旦中临绝有句云：“明月冈头人不见，青松树下影相亲！”此幽清哀怨之音也。太冲改“不见”为“共见”，且训之曰：“形寄松下，神留明月，神不可见，即堕鬼趣。”[1]

死者遗诗而大笔一挥擅改，这大概就是“甚倨”的表现。可问题好像不这么简单，《吕留良年谱》的作者包赉说：

> 在表面上看去好像是文艺问题，但我们仔细看看，实在是重大的民族思想问题。他说的“明月”并不是“山间之明月”的明月，他说的“青松”也不是黄山的青松，他说的明月就是那胜国的明朝，他说的青松就是新兴的统治者清朝……意会这两句诗就是复明还未实现，我人已先死了！这就是“出师未捷身先死，长教英雄泪满襟”的意思。如其硬要抓住字面，都不免要“堕入鬼趣”。太冲改“不”为“共”，就因犯了太舍不得字面的缘故。[2]

结合高旦中一生，结合此为其临终绝笔之诗，也结合吕留良“幽清哀怨”的点评，包赉的分析是很让人赞同的。

但是，黄宗羲改诗，恐怕却不是“太舍不得字面的缘故”，单单字面之争，吕留良也不必这样锱铢必较，他必有别的外人见所不及的解读。高旦中1670年

[1] 吕留良《与魏方公书》，《吕晚村先生文集》卷二，《续修四库全书》一四一一·集部·别集类，上海古籍出版社，2001，第93页。

[2] 包赉《清吕晚村先生留良年谱》，台湾商务印书馆，1978，第94页。

亡故，而在这之前两年，黄宗羲的甬上证人书院正式创办，这引起了他昔日密友的严重不安。那么，办书院收徒授学，有何不安的呢？吕留良的弟子严鸿逵透露，老师亲口对他讲了这样的话："公于此事云云，盖太冲方借名讲学，干渎当事，丑状毕露"。[1]原来，黄宗羲意在参与时事、授徒应举。而吕留良刚刚放弃功名、自请除名，二者行径诚如冰炭了。但这矛盾、分歧，难道仅只存在于吕、黄之间么？非也。黄宗羲最亲近的弟弟宗炎，也自此与他疏远了，严鸿逵甚至说"晦木因与太冲恶……"不光是疏远，且到了交恶的程度。后来，吕留良去世，黄宗炎痛哭流涕，写《哭吕石门四首》，大赞他"晚年解鳌腕，弃去真俊杰。""自放草野没，耻从公卿后。"[2]其于乃兄授徒应举的鄙薄，推而可知。由此，益觉高旦中临终"明月冈头人不见，青松树下影相亲"的感慨，和黄宗羲对它的"一字之易"，各有隐情。高旦中之所以用"不"，黄宗羲之所以要改为"共"，四友之间大概心知肚明，旁人却不免以为只是文字的歧见。

这四位因排满而相惜相厚的朋友，如今竟至于睥睨相向了。又十多年，留良、宗炎亦次第作古，当年孤山聚首的人影，只剩下黄宗羲自己，而他告别人生的状态、心怀，身边已无人可以注目和体会。

八

约自十七世纪六十年代中期起，黄宗羲接受了清廷入主的事实，抑或承认了清政府之合法性，此毋庸置疑。清末，新的排满兴起时，黄宗羲的"思想身份"成了一个很大的问题。一些想借重其革命性思想的维新者，为其后期而棘手以至惶惑，只好矢口否认他对清廷的接受和承认；反之，另一些维新者出于同样原因则感到极大失望，而亟诋其晚节不保。及至当代，因为功利和实用主义的义理的引导，具体说看在清朝和康熙替中国大拓了疆土的份上，有人又把他的晚年表现当成顺应潮流、与时俱进加以歌美。

以上态度之种种，都混淆了许多东西。而不加混淆的办法，就是，凡为事实的都原原本本承认，舍此以外不添油

[1]卞僧慧《吕留良年谱长编》，中华书局，2003，第237页。

[2]全祖望《续甬上耆旧诗》卷三十九，《寓公鹧鸪先生黄宗炎》，清抄本，杭州图书馆缩微品，1995。

证人书院旧址

黄宗羲讲学的证人书院，地点并不一定，白云庄是较固定的一处。其为宁波万家产业，因万斯选世称“白云先生”得名。

鲁监国之墓

鲁肃王朱以海，太祖十世孙，乙酉年（1645）六月由张国维等奉为监国，1662 年薨于金门。其在金门甚苦，常以地瓜果腹，人称“番薯王”。金门现存两处监国墓，一为道光间林某据文献所寻，报经官方确认。1959 年，当地炸山采石，偶现一洞，入内检视，获“皇明监国鲁王圹志”碑一座，方知旧墓为假，又三年建成新墓，立碑亭，碑刻蒋介石“民族英范”题字。八十年代初由于新的出土，又证此处实为宋代某命妇墓，鲁王葬处终究成疑。

加醋。黄宗羲的最后二十五年,只有两个事实。一、他确实不再反对清政府,二、他从没有跑到清政府里做事。我们不需要讲太多太复杂的话,只把这两条讲清楚,黄宗羲的晚年自然随之清楚。

先说放弃对清廷的敌对态度。这在他有很多表现,比如,与官府或其官长交往、鼓励弟子参加旨在从政的科举考试。下面,再增加两条证据。

一是开始奉清朝正朔。他给亡母姚氏所写传记,以很明确的历史时间概念开头:

> 先妣姚太夫人,生于万历甲午二月初二日,卒于康熙庚申正月初十日,享年八十有七。[1]

承认母亲身跨两个王朝、曾经是它们分别的子民。同类写法,例子很多,如《紫环姜公墓表铭》《高古处府君墓表》《毛烈妇墓表》等等。对于他这样深知、极重历律与王统关系的历法专家(他曾是鲁王历法的编制者),这种书法,作为完全接受改朝换代之事实的标志,是没有半点争议的。

而变化不单显现于使用清朝年号上,随之而来的,是文字里大量的第二类证据,即他渐渐习惯了从正面和肯定的角度谈论清廷。有篇碑文,不光用了康熙年号,且以"王师下江南"称清军南下。[2]又一墓志铭,以此句起首:"新朝天下初定,未有号令……"[3]余如《乡贤呈词》:"幸遇圣朝,干戈载戢,文教放兴。"[4]《余姚县重修儒学记》:"圣天子崇儒尚文,诸君子振起以复盛时人物,行将于庙学卜之矣。"[5]尤其是康熙二十六年(1687)——之前我们未书清朝年号,现在据他本人态度相应地变一下——给徐乾学的信,对清廷的赞扬已完全达到流畅、坦然、毫无心理障碍的状态:

> 去岁得侍函丈,不异布衣骨肉之欢。公卿不下士久矣,何幸身当

[1] 黄宗羲《移史馆先妣姚太夫人事略》,《黄宗羲全集》第十册,浙江古籍出版社,1993,第529页。

[2] 黄宗羲《山西右参政吁之丘公墓碑》,同上,第253页。

[3] 黄宗羲《奉议大夫刑部郎中深柳张公墓志铭》,《黄宗羲全集》第十一册,浙江古籍出版社,1993,第36页。

[4] 黄宗羲《乡贤呈词》,同上,第30页。

[5] 黄宗羲《余姚县重修儒学记》,《黄宗羲全集》第十册,浙江古籍出版社,1993,第129页。

其盛也。今圣主特召,入参密勿,古今儒者遭遇之隆,盖未有两。五百年名世,于今见之。朝野相贺,拭目以观太平,非寻常之宣麻不关世运也。[1]

至于"皇上仁风笃烈,救现在之兵灾,除当来之苦集"之句,都有点肉麻。这封信有求于徐乾学(为父亲祠堂碑文、儿子太学学籍以及自己筑墓费用等三事),不免拣好听的说,虽然过甚其辞,但已经融入现实、自认为清朝子民的心态,并非假装。

从坚持抗清十多年、濒于九死,一变至此,似乎可以说面目全非了。不过且慢,先不急于这么说。我们再来看一封信,那是康熙十七年(1678)写给门人陈锡嘏(表字介眉)的。这时,黄宗羲已经和吕留良等闹翻,证人书院培养的弟子已有一大批考取清朝的举人、进士并入朝为官,陈锡嘏便是其中之一。陈于康熙十五年登进士第,刻下正在翰林院做着编修。是年,康熙皇帝下了一道征选令,要将全国仍处民间的硕学俊彦都网罗上来,当时掌翰林院的侍读学士、《明史》总裁叶方蔼,向康熙举荐了黄宗羲,得到批准,叶遂拟下正式公文要地方将黄宗羲送到中央。此事被陈锡嘏知道,大惊失色,万一公文一到,黄宗羲来个拒不应召,便骑虎难下。他代老师做了个主,立刻求见叶方蔼,诉其原委,叶虽为贵官,骨子里也是学者,能够体谅,于是按下未发。事既稳,陈锡嘏把经过写信告诉老师,这便有了黄宗羲的答书:

吾兄与国雯书见及。言都下诸公,欲以不肖姓名尘之荐牍,叶讱菴先生且于经筵御前面奏,其后讱菴移文吏部,吾兄力止。始闻之而骇,已喟然而叹,且喜兄之知我也。

证明陈锡嘏的估计完全正确。而有意味的是下面一段:

某年近七十,不学而废,稍涉人事,便如行雾露中,老母年登九十,子妇死丧略尽。家近山海,兵声不时撼动,尘起镝鸣,则扶持遁命。二十年以来,不敢妄渡钱塘,渡亦不敢

[1] 黄宗羲《与徐乾学书》,《黄宗羲全集》第十一册,浙江古籍出版社,1993,第68—69页。

一月留也，母子相依，以延漏刻，若复使之待诏金马，魏野所谓断送老头皮也。

魏野是宋代高士，一生守寒不为官，“不喜巾帻，无贵贱，皆纱帽白衣以见”[1]，他也曾有推辞皇帝征召的故事，然检《宋史》本传，未见“老头皮”之说，应系黄宗羲误记，其当出宋人笔记《侯鲭录》卷六：“今日捉将官里去，这回断送老头皮。”[2]相当于说，做官等于“完蛋”——这时，我们又想起了当年黄宗羲对鲁王“请以布衣从”的往事。最后，再次感谢陈锡嘏解围：“非兄知我，何以有是乎？”并以此作结：“讱菴先生处，意欲通书，然草野而通书朝贵，非分所宜。”顺便说一下，《与陈介眉庶常书》写得情致生动、文采斐然，全不是《与徐乾学书》那么虚浮客套。这种不同，恐怕不在于收信人——他和徐乾学的关系并不浮泛——而在事情不同，《与陈介眉庶常书》所谈之事，明显触动了他的心曲，把全副情感和笔墨都调动起来，是真正的垂文自见之作。[3]

某种意义上，黄宗羲的晚年，全在这两封信中。一个，是经常与当局、官员打交道以致有些密切的黄宗羲；一个，是回避直接、正式为清朝做事或成其座上宾的黄宗羲。他于这二者，似有一道惟自己才看得清的分界线，而又拿捏得极好，总是将将在可迎可拒之间。那也是没办法的事，既然他打算放弃“游侠”生涯回到日常状态，奉母、养家、过活、读书、治学，总得有个态度，有个对策。何况他对甲乙以来的中国，以及整个历史、社会的道理，还有自己与众不同乃至越于时代所能理解程度之外的思考。

九

对于《明夷待访录》，只要受过一定教育，很少未曾耳闻。但是，知道这部名著尚有其前身的人，或寥寥无几。但对我们来说，黄宗羲思想变化轨迹和最后的精神密码，都藏在这两件系出同源

[1] 脱脱等《宋史》卷四百五十七隐逸上，中华书局，1977，第13430页。

[2] 赵令畤等《侯鲭录 墨客挥犀 续墨客挥犀》，中华书局，2002，第164页。

[3] 黄宗羲《与陈介眉庶常书》，《黄宗羲全集》第十册，浙江古籍出版社，1993，第1610—1612页。

而又存在重大差异的文本之中。

他自己是这么交待的:

> 癸巳秋,为书一卷,留之箧中。后十年,续有《明夷待访录》之作,则其大者多采入焉,而其余弃之。[1]

这卷写完后未公开的文稿,便是《留书》——“留之箧中”之书也。癸巳年,即顺治十年(1653)。那时,他脱离鲁王,做了一名独立的“自由战士”,进入真正的“游侠”情状,而《留书》自然反映着那时的思想状态。过了十年——清朝已从顺治来到康熙时期——他却把它改写了,有的保留,有的“弃之”。在我们看来,所弃的那些,无疑大有文章。

《留书》原八篇,今存其五:《文质》《封建》《卫所》《朋党》《史》,不存的《田赋》《制科》和《将》三篇,有目无文,“钞者谓已入《明夷待访录》。故不录。”[2]以此观之,《明夷待访录》虽由此而来,却是做了重大调整的。

这个调整,就是对“夷夏之防”主旨的抛弃。这在《留书》,乃是贯穿始终的纲领,作者全部思考,都以它为总摄。其中最突出也最重要的,为《文质》《史》和《封建》三篇。

所谓“文质”,换了我们今天的语汇,便是“文明”与“野蛮”,是讲这二者的高下、冲突、格格不入,以及文明之难之艰之易毁灭。他从苏洵的一个论断讲起,“人之喜文而恶质与忠也,犹水之不肯避下而就高也”,那意思,在我们看来并不错,但黄宗羲却拿了许多历史现象来证明,情形与苏洵所论并不相符,毋宁说刚好相反。就像一切对现实易抱不满之感的思想者一样,他是一位古典的推崇者,认为人类并非变得越来越好,而总是越来越堕落的。他觉得,“周之盛时”,文化是更精美更考究的,后来却更粗鄙。接着,又加以横向的比较,以周同时代的“要荒之人”为例,问何以周的文化如此之盛,而以外“要荒之人”却是那样一种形容——“其形科头露紒,未尝有冕服也;其食汙尊抔饮,未尝有俎豆也;其居处

[1]黄宗羲《留书题辞》,《黄宗羲全集》第十一册,浙江古籍出版社,1993,第14页。

[2]《留书》编者注,同上,第1页。

若鸟兽，未尝有长幼男女之别也。”就此，他自问自答：

> 然则同是时也，中国之人既喜文而恶质与忠，彼要荒之人何独不然与？是故中国而无后圣之作，虽周之盛时，亦未必不如要荒；要荒之人而后圣有作，亦未必不如鲁、卫之士也。[1]

区别或关键在是否有圣人作，而“圣人”者，并非俗所以为伟大光荣、徒供匍匐膜拜之神灵也，其实就是于文明能创、能厚、能弘扬的人杰。他认为，周之盛是因为涌现了有光大文明的力量的人，周以外的“要荒”，则因没有这样的人物。他觉得普遍来看，人性是懒惰而不肯上进的，假如没有大智大杰出世，实行创造、引领和教化，一般的人们都宁愿选择和安于“质”（野蛮）而非主动追求文明。他又驳斥了一位古人由余。这个由余在游说秦穆公时说，历来文明愈发达，疆土都越来越小，可见文明无用而有害。黄宗羲斥之：

> 呜呼！由余之所谓道，戎狄之道也。[2]

他终于点出了自己的反对对象：戎狄之道。同时也看出戎狄之道在他那里，不必限于异族，中国历史上秦代就是实行戎狄之道的。他说：“缪公之谥为‘缪’，不亦宜乎！”缪，是错误、乖误的意思。秦缪公与这称号，不是很般配吗？

《文质》篇相当于主脑、总纲，是《留书》立言的基石。其他的思考和观点，都植根在兹。既然视文明为天，而以“戎狄”为文明对立面，那时，他对“戎狄”的敌视真是处在无以过之的地步，觉得他们唯以毁坏文明为能事。所以《史》篇中说：“后之夷狄，其谁不欲入乱中国乎？”“宋之亡于蒙古，千古之痛也。”这种认识，完全地解释了他曾经的九死一生致力于抗清的行为。他还强调，史学必须强烈突出夷夏之防的观念，他对《宋史》竟由蒙古人修成，痛心疾首，而批评本朝（朱明）光复中华之后，对此置之罔顾：

[1] 黄宗羲《留书》，《黄宗羲全集》第十一册，浙江古籍出版社，1993，第3页。

[2] 同上，第4页。

本朝因而不改。德祐(宋恭帝赵显的年号)君中国二年,降,书瀛国公,端宗、帝昺(南宋末代君主赵昺)不列《本纪》,其崩也,皆书曰“殂”;虏兵入寇则曰大元,呜呼!此岂有宋一代之辱乎?[1]

在他看来,此岂仅为宋人之辱,也是整个华夏和文明人的耻辱。面此,我们并不怀疑,他今后思想学术将会沿着这样的观念走下去。

《封建》篇有更堪惊异的思想。黄宗羲明白表示,不赞成中国搞大一统、中央集权,主张类似联邦制或邦联制国体。这主张,一则系出对秦代制度的厌恶与摈斥(秦为大一统、中央集权的创立者),其二便是从夷夏之防角度考虑。他说:

秦未有天下,夷狄之为患于中国也,不过侵盗而已。其甚者,杀幽王于骊山,奔襄王于汜邑。然幽干之祸,申侯召之;襄王之祸,子带为内应。其时之戎狄,皆役属于申侯、子带,非自能为主者也。及秦灭六国,然后竭天下之力以筑长城,徙谪戍以充之,于是天下不胜其苦……自秦至今一千八百七十四年,中国为夷狄所割者四百二十八年,为所据者二百二十六年……乃自尧以至于秦二千一百三十七年,独无所事,此何也?岂夷狄怯于昔而勇于今哉?则封建与不封建之故也。[2]

“封建”是封藩建屏,这里所指,应相当于以统一的国家而实行充分地方自治。他所论的秦以前二千多年历史,因为并不确实,算不得数。但我们知道他想法的根源,来自对独大的极权的反感,认为这制度,既不利于中国的安全,更损害了中国的建设与文明:

古之有天下者,日用其精神于礼乐刑政,故能致治隆平。后之有天下者,其精神日用之疆埸,故其为治出于苟且。[3]

一位三四百年前的古人,能有这样的立

[1] 黄宗羲《留书》,《黄宗羲全集》第十一册,浙江古籍出版社,1993,第11页。
[2] 同上,第4—5页。
[3] 同上,第6页。

场、视角、襟抱，我们今人犹有可借鉴者。而他对中国需要破除大一统、中央集权，很自信："后之圣人复起，必将恸然于斯言。"

看了他这些主张，而回瞻其与吕留良的关系，就不难明白初遇的时候，他们是何等心灵投契。其实可以推断，吕留良应是因与黄宗羲交往，而得到激励和启发，一跃成为坚定的"夷夏之防"论者和反清斗士。根据是，第一，黄宗羲《留书》的思想表达远远在前；第二，吕的大变，确是孤山之会后发生的。

但是，有个不幸的交错。前面曾讲，黄宗羲接受聘请到语溪梅花阁做西席时，正在《明夷待访录》写作之中。这个写作，促成了也标志着黄宗羲思想的转折性发展。就是说，他那时刚好在变化的开端。然而，吕留良却无此思想的进展；他所遇见的黄宗羲，是夷夏论残余期或尾声的黄宗羲，而他自己，则刚刚走入这种思想，勃勃然方兴，两个人就在这样的瞬间相遇。此后，黄宗羲已弃夷夏论而沿《明夷待访录》的方向去了。吕留良相反，在夷夏论的方向行之益远，终为清初这一思想的大旗，害得后来雍正皇帝不辞辛苦，亲撰《大义觉迷录》跟他论战，并起其尸于地下而戮之。

他们以后的分歧究竟何在呢？或者说，黄宗羲究竟怎样抛弃了夷夏论呢？把《留书》和《明夷待访录》对照起来读，就非常明白。两者的价值核心未变，均以文明为天、以文明为己任、以文明为衡量一切是非的标准，但在《留书》中，主要批判对象是夷狄，亦即那些化外的、野蛮的民族，觉得他们是文明的大敌，而《明夷待访录》中，居于这个位置的，已悄然变成了暴政、独夫、以天下为一姓之私产的极权制度。他这方面的论述闻名天下，毋待在此再予赘引。我们只须指出，这是一个根本的变化，可谓思想的飞跃。此后，黄宗羲复经《孟子师说》的探察，而完全跳出"忠君"、"家天下"的窠臼，来到一般儒家知识分子根本不能想望的眼界。撇开日常琐事纠葛不论，仅就思想层面论，他后来不被昔日同道同志理解，实在是后者没有与他一道形成思想的飞跃。

一个重要原因是，很少有人如他那样，亲历极权、暴政对家庭的迫害，创巨痛深。"屠毒天下之肝脑，离散天下之子女，以博我一人之产业，曾不惨然！"这句话，这"惨然"二字，一般人岂能道出？不要说别人，即便他几个弟弟，都未必如他一样有切肤之痛。他有那样正派、善良的父亲，却只因正派、善良，被全无人性地虐害而死。他作为长子，自小被父亲携于任上，从宁国到北京，很多事情他亲眼所见。独大的极权如何毁灭一个人、一个家庭，从头到尾他悉收眼底，而为之怵目惊心、刻骨难忘。他之能在崇祯初平反冤假错案中，以一介少年，袖藏长锥，独至京城，当着崇祯皇帝面，对酷吏奸臣奋力一刺，实是悲懑所致、愤恨已极。对那个丧尽天理的明朝，他内心真的引不起一丝"忠"的情感，只不过暂还无力从思想、理论上去确认罢了。

我们曾隐约其辞，对于他的自命"游侠"留下伏笔，现在可以挑明：他在乙酉之后的十几年，实际是只抗清、不复明。抗清与复明，对很多志士是一而二、二而一，黄宗羲绝不可能具这种情感。反清是因"夷狄"乃文明对立面，然而"复明"又是为何？是要恢复那个以人民为仇雠的丑恶政权么？不过，早期他应该没有想明白，应该在纠结中，应该还解决不了这样的矛盾。他思想暂还不能越过夷夏论更往前一步；清廷之为"夷"、朱明之为"夏"，这道障碍还横亘在他胸间。然而，他明显表现出困扰和犹疑，试图以"布衣"加入反抗、不肯像真正的"忠臣"那样追随鲁王到天涯海角、末了以"自由战士"姿态独立从事反清活动，都反映这种心迹。

他是在苦思中，走出逼仄的。那萌芽，其实在强烈反清的《留书》中，已经闪现，那就是"中国而无后圣之作，虽周之盛时，亦未必不如要荒；要荒之人而后圣有作，亦未必不如鲁、卫之士"。没有"后圣"的中国，未必不能变得和野蛮民族一样；"要荒之人"如有"后圣"，也未必不能是礼义之邦。他的思想一步步清晰起来：国家、民族、制度、文化，根本只在"正义"；合于"正义"，不论何国、何族、何种文明，就应推崇、趋往与效仿，如否，则唾之弃之。我因而想起孟德斯鸠"能以最合乎众人的倾向与好尚的方式引导众人，乃是最完善的政府"之论，想起雨果所说"绝对正确的革命之上，还有一个绝对正确的人道主义"。这样的黄宗羲，已彻底站到了文明的高度，以及人类的高度：

> 盖天下之治乱，不在一姓之兴亡，而在万民之忧乐。[1]

真是光芒万丈的一语，它至大至尊的道理，不要说将近四百年以前，即在当下，

[1] 黄宗羲《明夷待访录》，《黄宗羲全集》第一册，浙江古籍出版社，1993，第5页。

亦非人人皆已了然者。

故而，道出此语的黄宗羲，不可能怀抱“复明”之想。毋如说，“以天下之利尽归于己，以天下之害尽归于人”的朱明之死，自他看来咎由自取、死不足惜。益至晚年，他益愈明了这一点，乃于回首往事时，援司马迁之义，称其反清生涯为“游侠”——是“千里诵义”、为文明而战，绝非为某“一姓”效劳也。

十

当七十八岁的黄宗羲决定裸葬时，他的心胸已迈过了许多沟壑。寻常之人站不到那样的高度，不免反而因自己的一叶障目而对他困惑以至非议。比如对康熙皇帝的态度问题，众人眼睛还盯着“爱新觉罗”这么个异族姓氏，而黄宗羲目光却已投在了别处。众人只想到他不该作为一个“中国人”而称道一个“外来统治者”，却不曾单独地看看这“外来统治者”表现如何、做了哪些事、坏事多还是好事多、比过去的朱姓汉家君主如何，尤其是普通的中国人——老百姓得失如何……当然，这些问题不简单，有千头万绪的内容缠绕其中，谁也没法一语廓清。但黄宗羲无疑有他的道理，那道理也许距现实有些远，也许再过一千年就是人间很普通的道理——因此也许是现实还裹在沉重因袭里，一层一层的走不出来。

无论如何，他基本是走出来了，裸葬便是最好的表征。

体会一下：不要棺木、不要纸块钱串、不要做七七、凡世俗所行一概扫除，这是与“一定之说”、“肤论瞽言”、种种可笑的束缚人的习规决裂；“殓以时服”，不刻意着明朝装束表示遗民身份，只如平时衣着，这是顺其自然，去身份化、以自我回归。

以上是“不要”，而他又“要”什么呢？要三池荷花、要“相厚之至者”每人于坟上植五株梅树、要与自然亲近、与鸢蚁们的平等与融洽……古时，没有我们嘴边的时髦词“自由”，却并非没有那意识或精神。“莫教输与鸢蚁笑，一把枯骸不自专。”自专，差不多是自由的意思吧，至少是自主。“残骸桎梏向黄泉，习惯滔滔成自然。”[1]这一句，意思清楚多

[1]黄宗羲《剡中筑墓杂言》，《黄宗羲全集》第十一册，浙江古籍出版社，1993，第322页。

了——他不愿意自己的身体纳在习惯的桎梏里，就算死掉了，那把骨头也不愿进入桎梏。

康熙三十四年(1695)七月三日，为“文明”思考终生的黄宗羲，用死亡完成了最后一次思想过程。遗愿得到遵从：

> 不孝百家谨遵末命，于次日舁至化安山，不用棺椁，安卧圹中石床，前设石几，置所著述图书其上，即塞圹门。[1]

随后，弟子们讨论给他上一个怎样的私谥。首先确定下来“文”字，皆无异议。第二个字，有人提出“孝”，仇兆鳌不可，主张用“节”：

> 先生抗蹈海之踪，而高不事之守，直使商山可五，首阳可三，此宇内正气之宗，有明三百年纲常所系也。谥以“文节”，乃不失先生之大全矣！[2]

仇兆鳌学问很好，此番议论却不让人佩服。说什么乃师一生行迹，足令“义不食周粟”的首阳二贤平添一位，变成三贤；尤其还扯到“有明三百年纲常”，若黄宗羲有知，恐叹其死读书、读死书矣。众同门相执不下，遂“共就先生像前决之，得‘文孝’二字”。——黄宗羲真是把“自专”进行到底了，竟然冥冥中替自己确定了“文孝”之谥。“文”，是他一生的事业、内涵和理想。“孝”，则有袖锥刺贼、替父伸冤的少年壮举和多年“负母流离”为依据。

以上过程，由门生万言完整录于《文孝梨洲先生私谥议》。根据这记载，自由思想者黄宗羲于死后拒绝将自己与“节”字联系起来。

---

[1] 黄百家《先遗献文孝公梨洲府君行略》，《南雷诗文集附录》，《黄宗羲全集》第十一册，浙江古籍出版社，1993，第417页。

[2] 万言《文孝梨洲先生私谥议》，《黄宗羲全集》第十一册，浙江古籍出版社，1993，第415–416页。

阮大铖

诗与人

他的疯掉，实不惊人。我有关他的阅读，视线一直愈益集中到一点：此人被人格分裂折磨已久。可惜，由于满足于谈论“奸臣”那一面，他这深刻的精神困境，不论当时或以后，都还不曾引起注意。

一

我们读小说，不喜欢“扁平人物”；看戏，亦觉面具化角色最乏味。而阮大铖在众人印象中，相当程度上却如此。我对他最早的认知，来自多年前所看黑白影片《桃花扇》，一身绫罗绸缎，一张苍白的脸，还有卑劣下作的目光……后来开始读点弘光史料，印象也还如此。他在《明史》中，入了“奸臣传”。这于他，本是实至名归、罪有应得，但中国官史却有个毛病，戴伦理、意识形态帽子，一入“奸臣传”，只能是万人唾骂的嘴脸。其实即便入了“奸臣传”，也可以不只述其奸，仍给他一个完全的描述。说到这一点，不能不怪罪我们思想上一贯缺少客观态度，抑或不肯采取这种态度。好人好事没有缺陷，坏人坏事一无是处。这很没意思，况且，根本没这样的人。爱憎固不可没有，但爱憎不能搞得一黑一白。非黑即白，通常不是真相，多半有瞒与骗——无论以什么名义。到头来，难免因事实被牺牲，引来翻案文章。这种文章我们见得可真不少，过去有关秦始皇和曹操，都是很有名的例子，近来听说秦桧也有翻案文章可做。从中应该反思中国文化里头客观精神的匮阙，梁启超认为从孔子《春秋》开始就是这样，“为目的而牺牲事实”[1]。1921年，他在反思中国史学传统时，说了一段深中肯綮却一直不被记取的话：

> 吾侪今日所渴求者，在得一近于客观性质的历史。我国人无论治何种学问，皆含有主观的作用，搀以他项目的，而绝不愿为纯客观的研究。例如文学，欧人自希腊以来即有“为文学而文学”之观念。我国不然，必曰因文见道。道其目的，而文则其手段也。结果则不诚无物，道与文两败俱伤。惟史亦然，从不肯为历史而治

[1] 梁启超《中国历史研究法》，华东师大出版社，1995，第20页。

历史，而必侈悬一更高更美之目的，如“明道”、“经世”等，一切史迹，则以供吾目的之刍狗而已。其结果必至强史就我，而史家之信用乃坠地。此恶习起自孔子，而二千年之史无不播其毒。[1]

责任是否由孔子一人承担，另当别论，二千年“无不播其毒”则实有其事。至今，“得一近于客观性质的历史”，还是难乎其难的幻想。比如刚才所说的翻案文章，它本是因某人某事有失客观而起，但我们明明看到，许多翻案文章自身也不求事实、求客观，也“搀以他项目的”，如敌人拥护我们反对、敌人反对我们拥护之类。所以自古以来，我们的史学只有拥护/反对的一种，没有“近于客观性质的历史”。这问题如何紧要，一般并不在意。大家眼里，历史时过境迁，是翻过的一页，陈芝麻烂谷子，既当不了饭吃，又死不了人，总之与现实和自己没啥关系。表面或许是这样。然而，一个民族和国家如何对待历史，是精神品质问题。对历史不求其诚，其他方面都不免苟且。这就是为何我近来屡言史学重要，乃至认为，中国若要变好其实须从史学的改良开始。

眼下，我们就借着阮大铖，做一点点这样的实事。首先，这不是一篇翻案文字。几年前写严嵩，我也曾有此表示。一来我对那种文章不抱兴趣，假如确有必要，应本着有一分材料说一分话的原则，用考据和辨正的方法说清事实，不必摆出战斗的翻案姿态。二来，阮大铖无案可翻，基本史实清楚，基本评价我也不存异议。既如此，照过去的习惯思维，简直就没什么文章可做。但我觉得恰恰不是这样。在我看来，如果意欲使我们的史学有所改益，阮大铖这种情形反而是极好的凭借：我们不改变对他的评价，但并不意味着拒绝深入了解这个人；我们记着他在历史上扮演的角色、所起的作用，但不觉得为了强调这一点可以故意遮蔽、掩盖其他事实；我们确实掌握了他灵魂中某个突出方面，但不认为、不相信他从头到尾只有一张面孔。世无完美之人已是常识，同样，世无“完丑”之人也应是常识——即便是入了“奸臣传”的人。达此认识，并不会宽容邪恶，只会增进理性，而理性一直是我们文化和我们自身欠缺的素质。我们警惕偏见，认为偏见有碍文明，懂得凡当偏见发生，受害的不

[1] 梁启超《中国历史研究法》，华东师大出版社，1995，第44—45页。

止是偏见承受者，也有我们自己。但一般人心中，偏见之防似乎仅限于好人和常人，不包括坏人。其实，偏见之防如果达于理性，应对所有人——不论好坏——概无例外。正如对罪犯，法律只追究其违法事实，此外则仍予常人的尊重。我们不会因为是盖棺论定的反面人物，就有理由对他收起公正。任何偏见，不论施诸何人，都不符合文明的利益。

二

关于阮大铖，我有把握讲两点：首先，他肯定是历史上一个丑类；其次，他又肯定因丑类的缘故遭遇了严重偏见。人们对前者不乏了解，对后者却几无所知。长久以来，大家只记得他是奸臣，使阮大铖三个字被“奸臣”所整除，其余则隐匿不见、遗忘殆尽。故而，本文既要说说一个丑类，也打算谈谈这个丑类所受的偏见。

我们从其籍贯讲起。在《明史》“奸臣传”中，马士英与阮大铖作为有明一代第九、第十位大奸臣，双双联袂登场：

> 马士英，贵阳人。万历四十四年，与怀宁阮大铖同中会试。[1]

说他是怀宁人。自《明史》以阮大铖为怀宁人，此说即为主导。如《小腆纪传》阮大铖传：

> 阮大铖，字圆海，怀宁人。万历丙辰，与马士英同年中会试。[2]

明显承自《明史》。但这错误不自《明史》始，与阮大铖同时代的人，已认他是怀宁人。例如，张岱《石匮书后集》阮大铖传写道：

> 阮大铖，怀宁人；万历丙辰进士。[3]

[1] 张廷玉等《明史》卷三百零八，中华书局，1974，第7937页。

[2] 徐鼒《小腆纪传》，中华书局，1958，第706页。

[3] 张岱《石匮书后集列传》，周骏富辑《明代传记丛刊·综录类11》，明文书局，1991，第395页。

张岱当年在南京与阮大铖颇有交谊,彼此熟识,居然也以为他是怀宁人。

然而,这是错的。民国四年《怀宁县志》选举表云:“大铖为桐城人,《太学题名碑》可考,《明史》误以大铖为怀宁人,附识于此以正之。”[1]阮大铖是桐城人;更确切地说,桐城人、怀宁籍。古时“籍”与今天相反,今指籍贯、祖籍,古时指隶籍何地,相当于户口所在地,而“某地人”反倒指的是籍贯和祖籍。所以,说阮大铖怀宁人,肯定错了。

《明史》乃官史。国家为修官史,专立史馆,馆内延揽的均为饱学之士,又在广征史料、组织完备基础上,经年累月研究、编撰、芟定,通常是严谨慎重的。但我们认为,至少在涉及阮大铖时,《明史》或史馆诸人,态度有失严谨。他们显然未做起码的核实、征考工作,当时,明明有材料可落实阮大铖是桐城人,这些材料也并不难找,结果却草率写成怀宁人。原因我们并不真正了解,作为可能的推测,很难说与阮大铖“奸臣”、“小人”的定位无关。对“奸臣”、“小人”,心里先存轻慢鄙薄,认为对他把握住大节即可,细枝末节则无须严审。这是不是一种偏见,或是否反映了一种偏见呢?

桐城、怀宁相距不远,同属安庆府;桐城人也罢,怀宁人也罢,差别似乎很小,马虎一点的人或认为,些许之误无关紧要。事情却不这么简单。以阮大铖为怀宁人,会造成他身世以及生平思想变化方面诸多盲点、空白区。怀宁、桐城虽距不远,意义有很大不同。明清两代,尤其明末清初这一段,桐城在中国政治文化地理上是特殊的地点,政治、学术和文学都俊彦辈出,形成一个人数众多、持续长久的桐城士夫群落。阮大铖不单是其中一员,他的社会生涯及人际交往更与之密不可分。他好些事情都有桐城背景,例如与钱秉镫、方以智的关系(这两位都是桐城人)。尤其是决定他一生的“党争”问题,即由桐城渊源而来——当初,若非与左光斗的同乡之谊,阮大铖与东林未必至有龃龉。总之,失掉桐城背景,他身上有很多地方我们看不清,也解释不了。

阮大铖曾祖名阮鹗,嘉靖间官至右副都御史。与他同时代,后于隆庆年间

[1] 朱倓《明季桐城中江社考》,《国立中央研究院历史语言研究所集刊》第一本第二分,民国十九年,第253页。

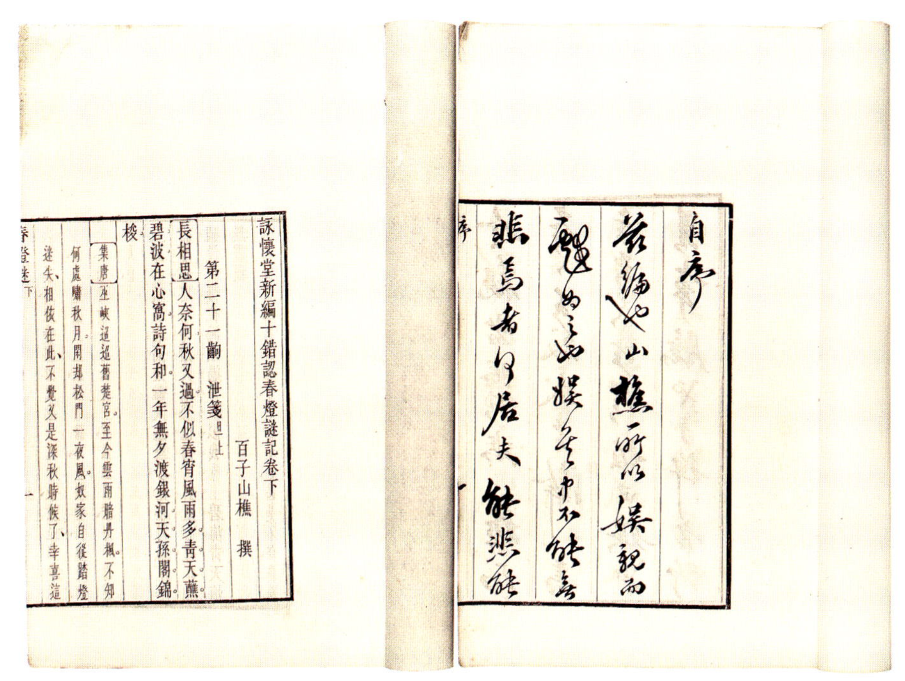

自序

詠懷堂新編十錯認春燈謎記卷下

百子山樵　撰

第二十一齣　泄箋旦上

長相思　人奈何。秋又過。不似春宵風雨多。青天蘸碧波。在心窩。詩句和。一年無夕渡銀河。天孫閣錦梭。

集唐　巫峽迢迢舊楚宮。至今雲雨暗丹楓。不知何處蕭秋月。閑却松門一夜風。奴家自從踏燈迷失、相依在此、不覺又是深秋時候了、幸喜這

《咏怀堂新编十错认春灯谜记》

阮大铖戏剧史地位十分重要。阮氏家班水准首屈一指，且只演阮大铖本人剧目，恐怕是中国最早的集演创于一身的剧团。此为清末梦凤楼暖红室刊校本。

桐城风光

桐城有山有水，田园秀美。阮大铖诗法陶王孟谢，与其为人对不上号，从故乡风貌中或许可以求得一些解释。

《高逸图》(亦名《竹林七贤图》) 唐·孙让绘

著名的竹林七贤中，阮大铖的先人占了两位。阮咸是他直系之祖，阮籍则是阮咸的叔父。阮籍以《咏怀诗》垂史,阮大铖“咏怀堂”的名号，就是祖述着阮籍。

魏文帝曹丕

汉献帝建安末年，曹丕写过一卷《典论》，凡二十篇，别的都散佚了，只留下来一篇文学专论《论文》。其中对建安时期优秀作家做了概括和点评，此即“建安七子”，中国文学史因而出现第一个“相提并论”的作家群。“建安七子”中排第五的阮瑀，正是所知桐城阮氏最早的始祖。

任内阁首辅的李春芳(即《南渡录》《三垣笔记》等书作者李清的高祖),写有《阮公墓志铭》。文中说:

> 晋黄门侍郎遥集自陈留受节镇皖,乐𠕇山之胜,因家焉。历唐讳枞江者以大将军显,宋讳师简者以进士显,文武后先辉映。[1]

这里将阮家始祖溯至晋代的阮遥集,说他受命镇皖,从陈留郡(今河南开封一带)迁桐城,因喜桐城𠕇山("𠕇"读"偶",桐城、溧阳、宜兴各有一处𠕇山[2])风景,安家定居于此;传到唐代,出了一位大将军,名叫阮枞江;宋代又出一位进士,名叫阮师简。这些材料,应出于阮家提供,而李春芳加以照录。其中不少信息,对我们有用。比如阮大铖把剧本《牟尼合》冠以"遥集堂新编《马郎侠牟尼合记》",这个"遥集堂"名号,显然是为纪念阮遥集而起。他还有一个书斋,名"咏怀堂",大名鼎鼎的《咏怀堂诗集》即得名于此,而这个名号来自另一先祖,以下我们就会说到。

关于阮家先祖,若追溯得比阮遥集更早些,可阅阮氏后人阮易路于清代道光年间所修《阮氏宗谱》。其云:

> 七世阮咸,瑀长子熙子……传至三十世枞江。[3]

枞江,我们已知道是在唐代做大将军的那位,但这儿又出现三个名字:阮咸、阮瑀、阮熙,他们又是谁?先说阮瑀。魏文帝曹丕有一名篇《典论·论文》,其中说:

> 今之文人,鲁国孔融文举,广陵陈琳孔璋,山阳王粲仲宣,北海徐干伟长,陈留阮瑀元瑜,汝南应瑒德琏,东平刘桢公干。斯七子者,于学无所遗,于辞无所假,咸以自骋骥騄于千里,仰齐足而并驰。[4]

[1] 李春芳《都察院右副都御史𠕇峰阮公墓志铭》,《李文定公贻安堂集》卷七,李戴刻本,明万历十七年,国家图书馆藏(缩微品)。

[2]《康熙字典》子集下,上海共和书局石印,民国己巳年,第12页。

[3] 阮易路修《阮氏宗谱》,文焕堂活字本,清道光十年,国家图书馆藏。

[4] 曹丕《典论·论文》,郭绍虞主编《中国历代文论选》上册,中华书局,1962,第124页。

他说，当今文苑，有七人并驾齐驱，而阮瑀（表字元瑜）就在这七人之列。单这么讲，大概还引不起我们太多兴致，所以要明确一下——曹丕这段话，便是文学史上“建安七子”之说的出处；换言之，所知最早的阮大铖始祖，乃是“建安七子”之一阮瑀。

接着讲阮咸。由《阮氏宗谱》“瑀长子熙子”这句，知阮咸系阮瑀长子阮熙所出，亦即阮瑀之孙。但仅仅如此么？阮咸自己在历史上有何名堂没有？我们在《晋书》中找到阮咸的传记，且摘数段：

> 咸字仲容。父熙，武都太守。咸任达不拘……[1]

宗谱无误，阮咸的确是阮熙之子、阮瑀之孙。他以“任达不拘”出名，喜欢、擅长两件事，音乐和饮酒：

> 咸妙解音律，善弹琵琶。虽处世不交人事，惟共亲知弦歌酣宴而已。[2]

下面是他惊世骇俗举止中的一个：

> 宗人间共集，不复用杯觞斟酌，以大盆盛酒，圆坐相向，大酌更饮。时有群豕来饮其酒，咸直接去其上，便共饮之。[3]

一群猪跑来喝他的酒，他为之由衷高兴，骑着猪，与它们抱头共饮。魏晋有著名的“竹林七贤”，到《世说新语》里找一找，从中可发现阮咸的大名——没错，他就是“竹林七贤”的一员。不但如此，我们还得提到七贤中另一位，随嵇康之后排名第二的阮籍。《晋书》阮咸传：

> 与叔父籍为竹林之游，当世礼法者讥其所为。[4]

[1] 房玄龄等《晋书》卷四十九，中华书局，1974，第1362页。
[2] 同上，第1363页。
[3] 同上。
[4] 同上，第1362页。

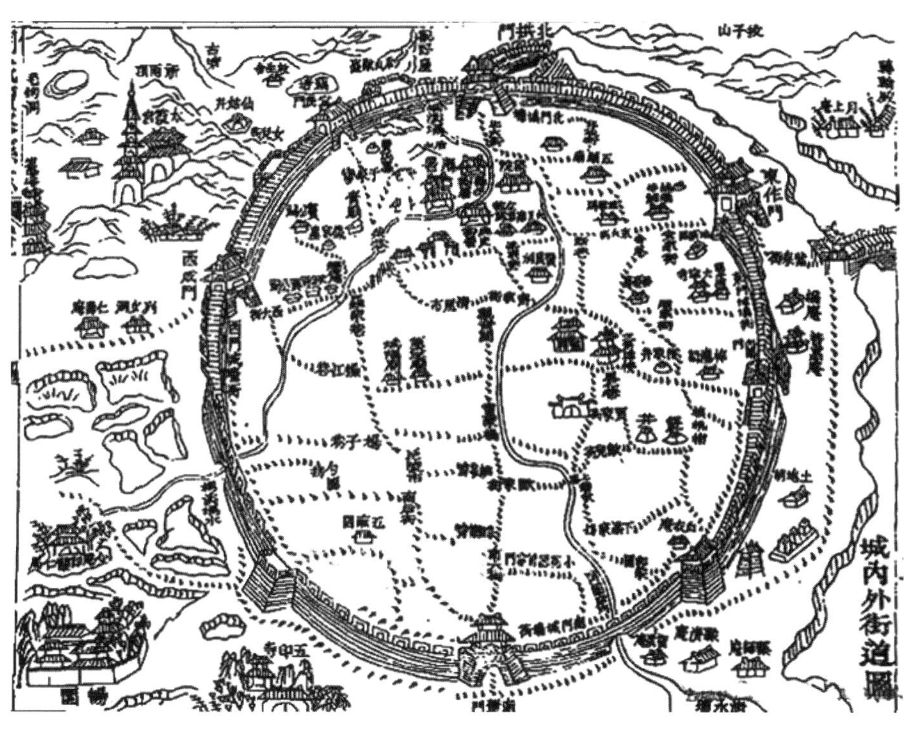

明清桐城县图

阮大铖，桐城人。十一岁或更晚，他才迁居怀宁。他好些事情都有桐城背景，尤其是决定他一生的“党争”问题，即以桐城为渊源。

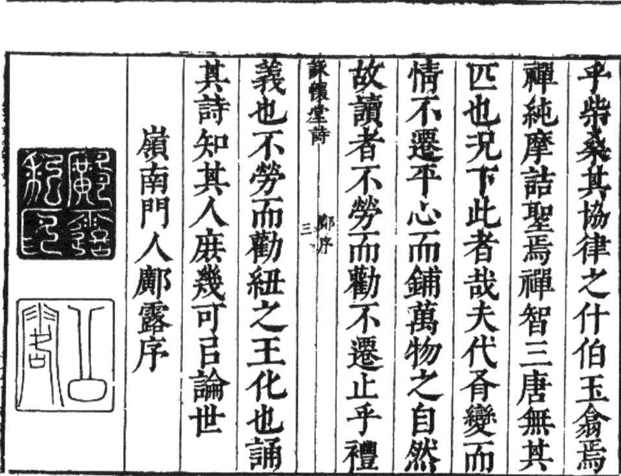

清廟賡載肅邕而啁哳乎江潭蕩瀁之濱鞶繭膻胝哭秦完宋沮麠裒而顛連乎五噫之廡明乎王政之因革風俗之播遷鬼神之悲悼餔糟審矣離騷牢矣伯玉行季悔其少作釆生平汗牛充棟不盈卷掬小子志之敦袛討論不汚彝好觀海觀瀾牢籠衆妙歠明堂袵鄒之醇割西園南皮之腴彈厭六代而砥柱

乎柴桑其協律之什伯玉翕焉禪純摩詰聖焉禪智三唐無其匹也況下此者哉夫代脅變而情不遷乎心而鋪萬物之自然故讀者不勞而勸不遷止乎禮義也不勞而勸紐之王化也誦其詩知其人庶幾可㠯論世

嶺南門人鄺露序

《咏怀堂诗集》

崇祯八年刊本，亦即阮大铖避乱于南京的第二年。阮大铖本身即出版家，此书或为他亲自监印，版刻之佳，绝然上品。

是的，阮籍、阮咸乃是叔侄。换言之，阮籍也是阮瑀之子、阮熙的兄弟。实际上，前引李春芳《阮公墓志铭》那段话前头，就有“系出步兵”几个字(阮籍官步兵校尉，史称阮步兵)，我们卖个关子，故意隐去，现在才来抖这个“包袱”。

至此，对阮大铖的根源我们总算摸清——具体讲，桐城阮家是阮咸这支的嗣息，在晋代，由阮咸之后阮遥集从陈留迁至桐城——他祖上，有一人厕身“建安七子”，两位名列“竹林七贤”。如此灿然的家史，古今可得几例？阮大铖自己也十分引以为荣，前曾说他另有一个书斋名号“咏怀堂”，正是暗中祖述阮籍。阮籍在文学史上，以《咏怀诗》垂世。《晋书》阮籍传：“籍能属文，初不留意。作《咏怀诗》八十余篇，为世所重。”[1]

由这根源，我们更知道以阮大铖为怀宁人，是必须澄清的错误，它在多方面使我们失去了解阮大铖的端绪。我们虽诧异阮瑀、阮籍、阮咸等逸尘超俗的名字后面，最终尾随一个猥劣的后裔，却也不禁感到，阮大铖那不世出的才情禀赋，终有了可以解释的泉源。在他们之间做这种勾连，貌似是想象，其实有很坚实的事实依据：阮咸有音乐天赋，是古代音乐史的重要人物，无独有偶，其若干代之后人阮大铖，偏偏也具有同样的极特出的禀赋。阮大铖戏曲独步天下，最重要原因不在文学上(尽管其剧作在文学上也极出色)，而在音律的精通，为此他很骄傲地将自己置于汤显祖之上。阮籍咏怀诗流芳千古，阮大铖以咏怀堂自命，似乎托祖自荫，其实不然，《咏怀堂诗集》艺术质地丝毫不令乃祖蒙羞，而配得上克绍其裘。我们的确鄙其为人，然而，对阮瑀、阮籍、阮咸到阮大铖的上千年血脉流淌，不得不叹作奇观，而视为中国最盛产艺术天才的家族。

三

自那位宋代进士阮师简后，桐城凤山阮家看来中落了，在元代寂寂无闻。《桐城耆旧传》说，宋亡后阮家“戒子孙不得仕宦”[2]。到了明代，故芬重吐，重新有人做官，但真正谈得上门楣光大，有待阮大铖的曾祖阮鹗。

[1] 房玄龄等《晋书》卷四十九，中华书局，1974，第1361页。

[2] 马其昶《桐城耆旧传》，黄山书社，1990，第61页。

阮鹗在明史上算个名人。大家若读过高阳小说《草莽英雄》,可找到他的形象:"阮鹗是胡宗宪一榜的同学,本是浙江的督学使者;一向喜欢谈兵,眼见倭患日深,百姓非设法自保不可,因而每到一地,合集秀才讲话,总是劝他们习武。"又说:"胡、阮的交情本来很好,但到这时候却生了意见。胡宗宪主张招抚;阮鹗决意作战到底——当然胡宗宪的主抚别有深意,只是不便透露……"[1]他被看成明代桐城阮家的一个转折点,《桐城耆旧传·阮爱公传弟十六》:"终元之世,子孙皆不仕。其在桐城者,至先生季子鹗,始为显仕。"[2]虽然阮鹗政治生涯结局不幸,但他的显达却构成契机和刺激,令阮家从此"高位运行"。阮鹗以下三代,连续出了四位进士,俨然望族。婚配也多与进士门第联姻,阮大铖之妻吴氏便是如此。这意味着门风以及文化、经济积累,否则,很难出阮大铖那样的人物。

阮大铖生父阮以巽,只是个廪生。不过,阮大铖自幼过继给伯父阮以鼎,他是万历二十六年进士,"子一,即大铖,举应天癸卯乡试,盖公弟之子也,娶参政吴公岳秀孙女。女一,适进士倪公应眷字善。孙女一,许聘太仆少卿方公大美孙某。"[3]过继的经历,对阮大铖想必也蛮重要,进士之家自非廪生可比。

阮大铖成长得到两位进士熏陶,一是嗣父阮以鼎,再则叔祖阮自华(表字坚之)。从资料看,阮自华影响应在嗣父之上,是阮大铖成长史不可不提的人物。

阮鹗起,阮家的有功名者不稀奇,但似乎只是从政做官,或者居乡为绅,对文学之好以及富于文采方面,少有拔尖的。阮自华是个例外。钱谦益《列朝诗集小传》写到了他:

> 嗜酒,为长夜之饮。为理官时,直指行部,扶醉入谒,甫下拜,咯呕狼藉,喷污直指衫袖,遂致露章(被人以奏章公开参纠)。晚为郡守,不视吏事,宾客满堂,分简赋诗,遨游山水间,称风流太守。尝大会词客于凌霄台,推屠长卿(屠隆)为祭酒,丝竹殷地,列炬熏天,宴集之盛,传播海内。复为直指所纠而罢。坚之记诵奥博,捃摭富有,汉魏乐府至枚

[1] 高阳《草莽英雄》,海南出版社,1996,第297—298页。

[2] 马其昶《桐城耆旧传》,黄山书社,1990,第61页。

[3] 顾起元《中大夫河南等处承宣布政使司右参政兼按察司佥事盛唐阮公墓志铭》,沈云龙主编《明人文集丛刊23·嫩真草堂集》卷二十二,台北文海出版社,1970,影印本。

(乘)李(白)古诗,无不摹拟。[1]

凌霄台诗会,轰动一时,其盛况还可参以《列朝诗集小传》屠隆条:

> 阮坚之司理晋安,以癸卯中秋,大会词人于乌石山之凌霄台,名士宴集者七十余人,而长卿为祭酒,梨园数部,观者如堵。[2]

我们觉得,从阮自华的身上,才算见到阮家先祖的风范,阮瑀、阮籍、阮咸的遥响,到他这里又重新回荡和苏醒了。有趣的是,癸卯年(万历三十一年)正是阮大铖中举那一年,这不光是时间上引人遐思的交集,从"梨园数部"几个字所透露的阮自华对戏剧的偏好,更让我们在祖孙间找到特殊联系。而且,他不单以自己的意趣,对阮大铖潜移默化,也给予了直接的指点和引领:

> 居恒语其从孙集之(集之是阮大铖的表字):"诗,岂时流贵人、时文名士所能为,以子之才,不思单出独树,自致千古,日与某某相唱酬,吾悲其诗之日下也!"[3]

这种眼界,对阮大铖一定有宝贵的作用。它一面会借平时谈诗论艺的臧否,从见识和境界上给阮大铖好的影响;一面,还转化为人际交往,通过与一流人物友近,带给阮大铖不一般的艺术氛围,使他的心气一开始就保持在相当高度。除钱谦益提到的屠隆,汤显祖、"三袁"之一的袁中道(小修)、名僧达观,都与阮自华过从。王世贞、袁中道为他诗集写过序。而晚生后辈的佼佼者,也聚在他周围,敬其诗艺诗学,以他为师。明末奇才方以智,青年时即曾随阮自华学过《离骚》。[4]总之,阮自华对阮大铖是非常好的土壤和环境,是他成长史不可或缺的环节;若无这种影响,历史上阮大铖或将失其一半的面貌。

连阮大铖变成怀宁人,似乎也是阮

[1] 钱谦益《列朝诗集小传》丁集下,周骏富辑《明代传记丛刊·学林类9》,明文书局,1991,第686页。

[2] 钱谦益《列朝诗集小传》丁集上,同上,第485页。

[3] 钱谦益《列朝诗集小传》丁集下,同上,第686页。

[4] 刘致中《阮大铖家世考》,《文献季刊》,2004年7月第3期。

自华的作用。《桐城耆旧传·阮巡抚传弟二十二》：

> 万历二十六年，子自华及孙以鼎同举进士。华官福建邵武府知府，鼎官河南布政使司参政。其后移居怀宁，遂为怀宁人。[1]

何时移居，讲得很不具体，然可得两点，一是肯定在万历二十六年即阮自华、阮以鼎叔侄同举进士之后，二是从辈分论，移居的主意应当出自阮自华。万历二十六年，公历为1598年，是年阮大铖多大呢？郑雷《阮大铖丛考》一文，对他生年考得甚详，说他生于万历十五年丁亥（1587）八月[2]。据之而知，万历二十六年，阮大铖年十一岁。不过，揣《桐城耆旧传》"其后"之口吻，移居不一定就在当年，也可能再过几年。从《怀宁县志》"大铖为桐城人，《太学题名碑》可考"的表述看，一直到登了进士，他的户口也还属于桐城。郑雷解释为"应试时仍占籍桐城"，意即人已迁居怀宁，却以桐城籍参加考试。就此我们认为，阮大铖随叔祖搬怀宁，首先是绝不早于十一岁，其次还可能在度过整个少年时代之后。

四

少年阮大铖没有"奸恶"的苗头。不但少年没有，青年时期亦无劣迹。他诸事顺遂、一帆风顺。十六岁（万历三十一年）就成为举人，时人惊为"天资骇发，名冠贤书"[3]。二十九岁（万历四十四年）高中进士。科举途中如此顺利的例子凤毛麟角，功名蹭蹬的滋味他分毫未尝。这既拜绝顶聪明天资所赐，同时是勤读苦学的收获。《咏怀堂诗集》有这样的篇什，忆及当年在桐城发愤潜读的情形。至此为止，他的人生很符合聪明加勤奋的成功规律。从这经验推求其内心，可想见他一定从中自信，凭借过人的才情而辅以刻苦的努力，凡愿皆能所偿，而人生无非如此。如果他做此想，后来的现实，无疑是给了他迎头痛击。

[1] 马其昶《桐城耆旧传》，黄山书社，1990，第81页。

[2] 郑雷《阮大铖丛考（上）》，华侨大学学报（哲学社会科学版），2004年第1期。

[3] 康熙《怀宁县志》卷二十五文学志。转自郑雷《阮大铖丛考（上）》，华侨大学学报（哲学社会科学版），2004年第1期。

我们对于人的丑恶，不认为与生俱来，而认为源自环境和社会现实的雕刻与塑造，教育的缺失或不良、门风败坏、交友错误、贫穷生活对心灵的扭曲等等，都可以成为恶的温床。但奇怪的是，这些因素在阮大铖那里一个也找不到。他无论哪方面拥有的，皆可谓佳良。他的家境、教育，还有少年得意的经历，一般难以想望。而最令人慨叹的，是阮家门风。我曾设法从其先人同辈、近亲远支，找寻用于解释其“奸恶品质”的元素。然而徒劳。这个诞生了有明一代奸臣之殿的家族，没有负面的记载，相反，多令人起敬。

阮师简，阮家可考的头一位进士，名晋卿(师简是他的表字)。他是南宋咸淳间进士，做官不久，“宋遂亡。自临安以宗人起义不就，闻元兵渡江，不食死。”[1]就是为这缘故，晋卿的儿子雪堂“痛父之志”，立下家规，禁子孙出仕元朝。他们绝料不到，将近四百年后，在与南宋末年差不多的情形中，阮家将要出现一位认贼作父的败类。

在近处，令阮家“中兴”的阮鹗，也是个光前裕后的人物。他最为人所厚的德行，是在杭州救了数十万百姓性命：

> 俄改浙江提学副使。时，浙久患倭寇，公至，即督诸生习弓矢，讲阵法。未几，浙城戒严，属邑士民竟趋城下。城门闭，议者禁毋得开门，惧贼阑入。士女数十万哭城下，公愤甚，曰：“贼去我尚一舍，奈何坐弃吾民以委贼乎?”即手剑开武林门，陈兵月城中，令负辎重者左，妇孺右，以次进，毋相践。士卒皆传餐，马上更休，如此者四五日，尽存活之。[2]

为这件功德，杭州人为阮鹗立祠纪念，祠堂到清代中叶还在：

> 杭州武林门外，旧有公祠，雍正初彭城李公巡抚浙江，饬有司重葺之，是公之有造于浙，民久不忘。[3]

阮鹗为宦生涯的顶峰，是抗倭史上著名的解桐乡之围：

[1] 马其昶《桐城耆旧传》，黄山书社，1990，第61页。
[2] 同上，第80页。
[3] 同上，第81页。

> 贼首徐海众三万攻乍浦，公募壮勇突贼围，攻之，潜兵夜击贼嘉兴临平山。追至皂林，贼悉，众奔桐乡。公先已驰入，与知县金燕死守，相持四十余日。贼势分，而总制胡宗宪因得从容设方略以诱贼，戮其魁，桐乡之围亦解。[1]

《草莽英雄》写的就是这一段。之后他任福建巡抚，却在那里走了麦城，《桐城耆旧传》说："是时闽军窳不可用，公益持重不轻战"[2]，《明史》则说他接受倭寇贿赂、"敛括民财"[3]，总之受到弹劾、被逮下狱。消息传来，"浙人争诣岳武穆祠为公祈禳"[4]，闽人则无此反应。好像他在浙闽两地官声大相径庭，何以至此，真相可见李春芳所写墓志铭。李春芳说，阮鹗以功蒙圣眷，引起嫉妒，在浙江时即已为"用公而忌者愈忿，谋夺公柄，移公专镇闽"，打发他到事情难办的福建，继而"力谋倾公，乃指摘公糜费储饷……"[5]所指，似为胡宗宪。阮鹗的政治生涯就此结束，好在丢官没丢命，从狱中放出，落职为民。他虽为罪臣，却实在是蒙冤。《桐城耆旧传》和《阮氏宗谱》均载，长子自仑（即阮大铖祖父）当时就替父诉冤，"不报"，没有结果；万历间次子（《宗谱》作"季子"）自华"复泣血疏陈"，终得改正，"诏复爵，赐祭葬，祀'乡贤'"。[6]依陈继儒所记，"诏复原官"则早得多，在万历之前的隆庆朝："及隆庆丁卯，奉诏复原官，而公以是冬殁。"[7]据此，阮鹗赶上了在有生之年洗冤。两说孰是，虽未确知，但以李春芳所作墓志铭推测，隆庆说应属可靠。"隆庆丁卯"即隆庆元年（1567），阮鹗卒于是年冬，李春芳则恰恰是从隆庆二年七月开始任首辅，阮家因而借重，替死者求墓志铭，时间很吻合，而李春芳之肯应允，应该就因阮鹗已恢复名誉，据此在墓志铭给阮鹗做出重新评价。

叙至此，忽然想到，后来阮大铖身陷逆案，十余年锲而不舍、硁硁谋复，未

[1] 马其昶《桐城耆旧传》，黄山书社，1990，第80页。
[2] 同上。
[3] 张廷玉等《明史》卷二百零五，中华书局，1974，第5415页。
[4] 马其昶《桐城耆旧传》，黄山书社，1990，第80页。
[5] 李春芳《都察院右副都御史㠘峰阮公墓志铭》，《李文定公贻安堂集》卷七，李戴刻本，明万历十七年，国家图书馆藏（缩微品）。
[6] 马其昶《桐城耆旧传》，黄山书社，1990，第81页。
[7] 陈继儒《㠘山阮中丞外传》，《陈眉公先生全集》卷三十，国家图书馆馆藏湖北省图书馆1988年缩微制品。

知乃祖往事是否作为家族记忆，暗中发挥着作用？这非常可能。阮大铖逆案问题，世人虽以为彰彰明甚，其实事出有因、其来有自，他本人一直认为是蒙冤受屈。他这么想的时候，祖辈不屈不挠抗争、终于翻身的往事，应该是一种不小的激励。

阮鹗以下，阮家其他在朝为官之人，声誉都不错。阮鹗之侄阮自嵩，嘉靖三十五年进士，曾"忤严嵩"，以刑部主事贬为沔阳州判。当地很多百姓因无力完纳赋税被关押，阮自嵩"乃出官钱抵逋，一日脱二百余人于狱"。又因清理境内宗亲景王所夺民田"被论"，所幸嘉靖皇帝"原其无罪"。后转任濮州，"平役法，均田赋，民深戴之。"最终还是因为"复触权要"，从沧州太守任上卸职。[1]阮大铖嗣父阮以鼎，虽无阮自嵩那样突出的事迹，却也规规矩矩做官。他被任命为河南参政时，"以积劳病亟图归省"，本想回乡养病，但"铨曹以中州缺官久，趣公至任"，他也就身抱沉疴赴任，"公舆疾驱入境，病大作，浸寻至不起"，竟死在任上。而"居官十三年，田庐无所增"。[2]反观阮大铖，废斥居怀宁间，行贿纳赂、把持乡讼，"弥月之内，多则巨万，少亦数千"[3]，诚不知当作何解。阮以鼎弥留之际，祖父阮自仑不顾高龄，千里奔豫，"携阮大铖视公署中，得执手与公诀"[4]，阮大铖等于亲睹嗣父劳死职内。有父如此，他何以成为那样狼贪鼠窃的人呢？

五

以上毛举细务，不厌琐末，就为显示一点：所谓的"坏种"（黄裳先生语[5]）既没有什么根由，也没有前科；变化，是极其突然的事。

这猝然之变，在天启四年。其最简要情节，即如他曾经的朋友张岱所述："天启间，为吏科都给事中；厕身魏珰，与杨、左为仇。"[6]魏珰即魏忠贤，杨、左分别是杨涟、左光斗。不过，这么简要

[1] 马其昶《桐城耆旧传》，黄山书社，1990，第81页。

[2] 顾起元《中大夫河南等处承宣布政使司右参政兼按察司佥事盛唐阮公墓志铭》，沈云龙主编《明人文集丛刊23·嫩真草堂集》卷二十二，台北文海出版社，1970，影印本。

[3]《留都防乱公揭》，《国粹学报》，国粹学报馆，1910年，第七十四期。

[4] 顾起元《中大夫河南等处承宣布政使司右参政兼按察司佥事盛唐阮公墓志铭》，沈云龙主编《明人文集丛刊23·嫩真草堂集》卷二十二，台北文海出版社，1970，影印本。

[5] 黄裳《咏怀堂诗》，《读书》，1981年第6期。

[6] 张岱《石匮书后集列传》，周骏富辑《明代传记丛刊·综录类11》，明文书局，1991，第395页。

的叙述虽能看出是非，却看不出原委。欲知原委，非得看他另一位旧友、青年时代与阮大铖深入交往的桐城老乡钱秉镫（后改名澄之）所著《皖髯事实》。此传在《藏山阁集》中题《皖髯事实》，亦以《阮大铖本末小纪》见于《所知录》卷六，二者实一也。钱、阮关系非比寻常，彼此十分知根知底；而且叙事态度上，钱氏跟赍负"导向"使命的官方的《明史》毕竟不同，虽有是非，却不至于只突出是非而抹去别的真实细节，故为了解阮大铖所必看。以下便是阮大铖之变始末：

> 皖人阮大铖，少有才誉，万历丙辰通籍（通籍，开始做官），授行人，考选给事中，清流自命。同乡左公光斗在台中，有重望，引为同心。其人器量褊浅，几微得失，见于颜面。急权势，善矜伐，悻悻然小丈夫也。天启四年冬，将行考察，会吏掌科（吏科都给事中）缺，以次应补者，江西刘弘化在籍，有丁忧信，后资无逾大铖，大铖亦方假回。左时已转佥院，急招入京。大铖既至，而当事诸公，意属魏公大中，以察典重大，大铖浅躁，语易泄，不足与共事也。左意遂中变，语大铖曰："某公艰信已确，但抚按疏久未至，奈何？现在工科缺出，且宜暂补，俟其疏至，再行改题，可乎？"大铖业心知其故，谬曰："可。"于是具疏题补工科都给事中。凡再题而命不下，诸公怪之。而外议喧传吏科缺出已久，不得已，乃更以吏科请，疏朝上而命夕下，盖大铖于此时始走捷径，叛东林也。大铖到任未数日，即请终养归，以缺让魏公大中，与杨左诸公同掌察典。归语所亲曰："我便善归，看左某如何归耳。"杨左祸机伏于此时矣。[1]

里头，有这样几点重要事实与关节：一，吏科都给事中一职出缺，按照资历应授此职者，第一顺序为江西刘弘化，第二便是阮大铖；而刘丁忧（凡丁忧，官员都应离职回乡守制二十七个月），已被排除，所以正常情况，此位置非阮大铖莫属。二，以上是从公事公办角度说，从私人关系或政治人脉角度，阮大铖与朝中实权派的东林近迩，尤与桐城老乡——我们再次看到桐城背景——左光斗友善，以至"引为同心"，而左光斗已允该职将归

[1] 钱秉镫《皖髯事实》，《藏山阁集》，黄山书社，2004，第432页。

阮大铖，并亲自将正在回乡休假的阮大铖“急召入京”。三，阮大铖赶到北京后，却被当头泼了一瓢冷水，东林大佬经过密议，否定了左光斗的承诺；就此而言，东林背弃在先，而阮大铖叛东林在后。四，东林方面的变故，系出其政治集团利益之考虑，所谓“察典重大，大铖浅躁，语易泄，不足与共事也”，以吏科之掌关乎人事重权，决定安排可信任、放心之人；这种考虑，从与阉党斗争角度说可以理解，但对阮大铖个人，无疑是严重不公。五，对阮大铖爽约、不公已甚不妥，复不具实相告而另捏诡辞，不但错上加错，亦属欺人太甚。六，阮大铖何等聪明之人，如此伎俩岂瞒得住他？在先被抛弃、继遭哄骗情况下，他转投东林对立面魏忠贤怀抱，而东林浑然不觉，堪称颟顸；此时，阮大铖终于让人见识了他的“机敏滑贼”[1]——先假魏阉之手得到他本该得到的吏科都给事中一职，几天后却又主动去职，把位子让给魏大中，回家等着看东林的好戏，“杨左祸机伏于此时矣”。

以后之事，另当别论，仅就阮大铖的突变而言，览其全过程我们可指责阮大铖之处甚少，责任明显几乎全在东林方面。对阮大铖必加谴责，只能责其两点：一，不高风亮节，不能将那官职视如敝屣；二，对不平与不公，不知隐忍而反戈一击。可是，这样的要求仅合于圣贤，无法用于阮大铖。他的反应，是遭受类似境况时，泰半之人会有的反应。作为旁观者，我们必须说：事态是东林一手造成，东林是导致阮大铖乍然转变的主因。至于辅因，可从阮大铖自身寻找。钱秉镫以对他的熟知，特意指出“器量褊浅，几微得失，见于颜面”，尤其“悻悻然小丈夫”一语，是切近如钱秉镫方能道出的诛心之论——气质细敏，感受深刻，极在意别人对自己的态度，每有“生命不能承受之轻”，抗击打能力差，难以面对坎坷。回想先前所述他自幼一路坦途的成长史、成材史，或更能体会天启四年这番挫折将如何折断他脆弱的心灵。

六

这个过去并无什么污点的人，终在三十七岁、眼看步入不惑之年的时候，因一场宦海风波，从原本的受害者，一

[1] 张廷玉等《明史》卷三百零八，中华书局，1974，第7937页。

夜之间卷入污泥浊水，且一发而不可收，愈行愈远，直至变成一个龌龊的人。

我们细予分辨，从起因上必须讲明一点，他叛出东林、委身阉党，是政治原因，而非理念或意识形态的选择。政治原因，是指遭东林抛弃后，他审时度势迅即认清，只有阉党可助他反戈一击。在这过程中，他一面抱上述政治目的，一面又以得位后的迅速抽身，显示自己在理念和意识形态上不喜欢或至少不看好阉党，内心并不糊涂，而是明镜高悬。某种意义上，他深知这次挑战东林，是一次意识形态的玩火，亦即迈出了与“奸恶”同流的危险一步。他明知如此而仍然敢行，除了实难咽下那口气，还因他自认为思前虑后，有很好的布局。一旦泄忿，马上撤退，脱其干系。他会觉得，自己一箭双雕、两全其美，既让东林尝了厉害，又不真与魏忠贤绑在一起。他其实做了两个预言，一是“我便善归，看左某如何归耳”，看出东林祸到临头；二是以逃之夭夭的行为，表示已料到阉党可得势一时，却终将没有好下场。天启四年，他在政坛弈出的这两手棋，应该说算路颇深。

可惜，人生正如行棋，也总有算不到处。有关他对触发天启党祸所起的作用，钱秉镫写道：“次年春难作，毒遍海内。”[1]《南疆逸史》说：“未几，汪文言狱起，连杀琏、光斗等六人……”[2]亦即，惨案恰在他向东林发难不久很快爆发。这一时间上的咬合，本身并无太多必然性，东林、阉党之间矛盾酝酿已久，其爆发既非一日之功，更不是阮大铖所能左右，故而钱秉镫一面点出时间的咬合，一面讲了句公道话：“其实非大铖所能为也。”[3]不过，阮大铖的倒戈及出卖在时间上的特殊性，仍成为一个标志，而被普遍认为是惨案导火索。之后，他性情中“几微得失，见于颜面”的轻薄一面，也替自己惹了一些嫌疑。《南疆逸史》说：“是时，大铖里居未与事也。然对客则诩诩自矜其能，谓‘我坐而运筹，能杀人于千里’，欲使人畏己。由是人皆指目，谓魏阉之恶，大铖实导之。”[4]类似的表现，阮大铖是有的，但以上描述不合情理，不大可信。同样情形，钱秉镫所述方觉丝丝入扣：“大铖方里居，虽对客不言，而眉间栩栩有伯仁由我之意。”[5]对客不言，是抽身撤退策略的继续，而“眉间”之意却暴露了他“悻悻然小丈夫”的

[1] 钱秉镫《皖髯事实》，《藏山阁集》，黄山书社，2004，第432页。
[2] 温睿临《南疆逸史》，中华书局，1959，第445页。
[3] 钱秉镫《皖髯事实》，《藏山阁集》，黄山书社，2004，第432页。
[4] 温睿临《南疆逸史》，中华书局，1959，第445页。
[5] 钱秉镫《皖髯事实》，《藏山阁集》，黄山书社，2004，第432页。

心性。这才是阮大铖:头脑明睿,但自控弱,好自矜,不能喜怒不形于色。

以后二三年,他徘徊清醒与难捺之间。这是他的自我搏斗,是体内明睿与愚蠢两种力量的厮咬。他对大局认识不成问题,却有动摇的时候。“丙寅冬,召起太常寺少卿,数月即回,心知魏阉不可久恃。”[1]丙寅即天启六年(1626)。他没禁住诱惑,居然赴任,但马上后悔,又在短时间内后退。阉党阵营中,他是唯一料定魏忠贤必败而未雨绸缪的人。“凡有书币往候,随即购其名刺出”。一边勾结,一边销毁证据。后来魏氏覆灭,追查余党,虽然东林亟盼获得阮大铖罪证,花了不少气力,却竟然“无片字可据”,末了只能用“阴行赞导”的不实之词给他定罪。

应该说,阮大铖不是被东林打败,而是被自己打败的。假如他能完全听从其过人的聪黠,而抑制住耐不得寂寞、蠢蠢欲动、性情轻躁的另一面,或连“阴行赞导”的罪名都可躲过。他不该在魏氏垮台前一年,接受太常寺少卿职位,更不该于翌年崇祯即位之初,引火烧身。后一次失误最严重,令他以杰出预判为基础的苦心布局,付诸东流:

> 先帝即位之初,举朝皆阉余党,东林虚无一人,于是杨维垣乘虚倡议,以东林、崔魏并提而论,盖两非之;不意倪公元璐于词林中毅然抗疏,极诋其谬,分别邪正,引绳批根,维垣为之理屈词穷。而大铖在籍,既闻阉败,急作二疏,遣赍入京。其一疏特参崔魏,一疏为七年合算,以熹宗在位凡七年,四年以后乱政者魏忠贤,而为之羽翼者崔呈秀辈也;四年以前乱政者则为王安,而羽翼安者东林也。谕役特示维垣,若局面全翻,则上前疏;脱犹未定,即上合算之疏。是时维垣方与倪公相持,得大铖疏,大喜,即上之。从此东林诸公切齿大铖倍于诸阉党矣。[2]

何谓“聪明反被聪明误”,这里的阮大铖就是典型。当其“急作二疏,遣赍入京”时,大概很为自己的聪明而兴奋,一如孔明付锦囊之计于赵云。所出之计,也确实高妙。翻手是云覆手则为雨、鱼和熊掌兼得、万无一失、立于不

[1] 钱秉镫《皖髯事实》,《藏山阁集》,黄山书社,2004,第432—433页。
[2] 同上,第433页。

败之地……似乎都可形容其高妙。而他因何有此冲动？仅仅是神算子的自我陶醉？还是因见杨维垣身陷难局，一时技痒，没能忍住出手的欲望？他确有这种性情，以及表现欲。但关键不在这里。大家注意"七年合算之疏"当中一个词：天启四年。以此为界，"四年以后乱政者魏忠贤，而为之羽翼者崔呈秀辈也；四年以前乱政者则为王安，而羽翼安者东林也。"我们知道，他与东林分道扬镳、借阉党之力得到吏科都给事中职位然后抽身还乡，即在该年。玩味一下，他制订这个时间表，暗藏两个动机：一、希望东林与魏忠贤一样被清算，这是几年来他内心最炽热的饥渴。二、以天启四年为界划分东林、魏党专擅期，极利于他自我保护——相对于天启四年以前，他是东林受害者，相对于天启四年之后，他则以远居乡里、置身事外而择清与魏党的关系。所以"七年合算"是个很完美的设计，细针密线、机关算尽。唯有一点，对形势完全误读。当时，魏忠贤虽走投无路自尽身亡，但整个局面尚不明朗，此即钱秉镫所讲"举朝皆阉余党，东林虚无一人"，阮大铖误判形势，客观上与此有关，但根本而言，他错在没能辨认什么是暂时混沌，什么是大势所趋。以其思谋能力，本不难辨认，但对东林的刻骨仇恨，终于使蠢蠢欲动的机会主义情绪占据上风，在不该出手时出手。他用几年的时间，抹去、掩盖与阉党的关系，现在却冲动一时，提出什么"七年合算"，以为能捅东林一刀，结果铸成大错。

这是他命运的真正转折点。过去，不论天启四年职位之争，乃至天启六年昏头出任太常寺少卿，虽都是污点、嫌疑，却尚不足以把他推上风口浪尖。此番不然，钱秉镫言之甚明："从此东林诸公切齿大铖倍于诸阉党矣。""七年合算"之说一出，他身陷逆案的结局再也不可避免了。

有个重要然而不大被注意的事实："七年合算"之疏前，阮大铖不仅安然无恙，且在起用名单中；不但被起用，还官升一级——"崇祯元年，奉优旨起升光禄卿"。足见他在新时代的开端，顺利而美好，"东林诸公切齿大铖倍于诸阉党"既是以后的变故，原本甚至可以避免。只因投机性情间歇性发作，引火烧身，亲手把自己推向逆案，"旋被劾罢回"，处分是"削夺配赎"，削去官职、剥夺身份，但免于法办，允许他赎罪为民，"十七年不能吐气矣"。[1]十七年，是崇祯皇帝在位的总年数。因为是"钦定逆案"，与个

[1]钱秉镫《皖髯事实》，《藏山阁集》，黄山书社，2004，第433页。

别、孤立案件不同,一损俱损,除非整个案子推翻,否则身入其中,永远不得翻身。

阮大铖咎由自取,但就事论事,整个过程东林方面可谓相当霸道。前面说过,阮大铖被指从逆时,“无片字可据”。这意味着什么?意味着从法律角度,罪名不能成立。若在今日,即便人人皆知、人人皆信某人犯有某罪,但只要没有疑无可疑的证据,辄不得论其罪。美国辛普森案就是一例,当时由于警方几点重大失误,致辛普森无罪释放,美国民众眼睁睁看着必为其人的辛普森逍遥法外,亦无可如何,因为大家懂得,对法律的信守,比辛普森受惩远为重要。我们不会要求十七世纪初明朝具有这种法治水准,但即以当时眼光看,东林对待阮大铖亦难辞党同伐异之嫌。阮大铖获罪,不光是全无证据,实际上,导致他名列逆案的,并非是与阉党的关系,而是“七年合算”之疏。这道奏疏,无非提出以天启四年前为东林专擅期,不论它如何混淆了是非,归根结底,只是一番言论而已。所以,阮大铖实际是以言获罪。

根据眼下所知,关于阮大铖与东林的恩怨,我们约可这样概括:恩怨之起,是因东林有负阮大铖,阮大铖随即叛东林而与魏党近迩,借此得到了他本应得到而在东林把持下被剥夺的职位,还以颜色后他迅速离职回乡。其间,他与魏党保持联系,还曾得到任命,然仅就与东林冤狱的关系而言,他一是不在“犯罪现场”,二是没有实施罪行所需职权,应该不负任何责任。崇祯即位,他代杨维垣草疏,提出“七年合算”,用心确在打击东林,然事情本身无逾乎建言献策,东林将其打入逆案,亦属恃权倾轧。这是继天启四年后,东林再次重创阮大铖;较诸上回平白夺其职位,这次由于逆案的“钦定”性质,东林从政治上彻底葬送了阮大铖。纵观两次恩怨,撇开阮大铖人品不论,东林都扮演了“加害者”角色,一次完全理亏,另一次道德正确而过程毫无公正可言。

七

整个十七年,阮大铖都如过街老鼠,极度孤立。钱秉镫在乡先与之善,然后避如瘟疫一事,便很表现他恶劣的境地。废斥里居,阮大铖寄意诗文,一来是才情自逞,二来借此交友、消其寂寞。“当是时,大铖发愤为诗,抒其才藻,以博人之称誉，今南京盋山精舍所刻《咏怀堂诗》十卷，大都皆为其罢官里居时所作。”[1]“一与时忤，便留神著述。”[2]崇祯五年（壬申，1632），中江社在桐城成立。朱倓说：“明季结社，其数盈百，而势力之伟大，无如复社；而与复社隐然相抗与之敌对者，其惟中江社。”[3]该社实际领袖，便是阮大铖。钱秉镫之子钱扔禄所撰《先公田间府君年谱》（钱秉镫晚号田间老人）讲述了由来：

> 邑人举中江大社，六皖名士皆在，府君与三伯与焉，首事潘次鲁、方圣羽也。次鲁为阉党汝桢子，圣羽则皖髯门人，皖髯阴为之主，以荐达名流饵诸士，由是一社皆在其门，皖髯与余家世戚，门内素不以为嫌，府君乡居，不习朝事，漫从之入社。[4]

从中可见，当时一般外省对朝中政治派别、意识形态对立，不甚以为意，例如钱家明知阮大铖以逆案废斥，却仍以“世戚”视之，“门内素不以为嫌”，所以阮大铖的文望诗名犹具号召力，而能罗致“六皖名士”，结成大社。但情形很快有变。同年，方以智到“吴下”（苏南一带）游历一番，而我们知道苏南乃东林渊薮，他回来时，带来外面的消息，并促钱秉镫与阮大铖决裂：

> 壬申，方密之吴游回，与府君言曰：“吴下事与朝局表里，先辨气类，凡阉党皆在所摈，吾辈奈何奉为盟主？曷早自异诸！”因私结数子课文；其中江社期，谢不至，诸公既知有异心矣。[5]

“不习朝事”的钱秉镫，由此知时下潮流，立刻疏远阮大铖，不再参加中江社活动。

钱秉镫对阮大铖的疏远，应有相当代表性。它显示，阮大铖继从官场败归后，又因舆论影响在社会中益形孤立；

[1] 朱倓《明季桐城中江社考》，《国立中央研究院历史语言研究所集刊》第一本第二分，民国十九年，第254页。

[2] 叶灿《诗序》，《咏怀堂诗集·咏怀堂诗外集》，《续修四库全书》集部·别集类，上海古籍出版社，2001，第328页。

[3] 朱倓《明季桐城中江社考》，《国立中央研究院历史语言研究所集刊》第一本第二分，民国十九年，第251页。

[4] 钱扔禄《先公田间府君年谱》，《国粹学报》，国粹学报馆，1910年，第七十五期。

[5] 同上。

其次，复社正在取代东林，成为他的主要烦恼。东林和复社，两者一脉相承，这种关系中有两个要点：第一，如果东林是朝堂政治的主流，复社则控制着在野的思想导向；第二，复社是以诸生为主体的青春知识团体，它许多重要人物，本身就是东林名宿之后，人称"小东林"。阮大铖既被逐出政坛，斗争空间则从朝堂移至社会，复社开始扮演斗争主角。钱秉镫在方以智劝说下走向阮大铖对立面，就显出这种作用。而最著名的例子，无过乎轰动一时的崇祯十一年秋《留都防乱揭帖》事件，复社精英发动声势浩大的"痛打落水狗"行动，迫使客居南京的阮大铖遁迹牛首山。

列名逆案以来，阮大铖与东林—复社之间发生的一切，通常看作正邪之斥。其实，还有一种解读，即生存空间的攘取。一方不断地挤压，另一方则作悬崖边的抵抗，而看起来两边各有理由。阮大铖政治上已经是失败者，他失掉了以求取功名为目标的人生，甚至失掉了回归的希望，剩下的不过是以文会友、"抒其才藻，以博人之称誉"，然而，连这点空间也不断遭挤压，他的感受只能是"逼人太甚"。而在东林—复社看来，灰溜溜铩羽而归的阮大铖，是隆冬之蛇，假死不僵，甚至假死都谈不上，不甘寂寞、四处活动、心怀叵测，念念不忘东山再起，对这样的人如果掉以轻心，何啻姑息养奸？

八

谈到阮大铖"人还在，心不死"，确有其事。他积极谋复，拜见回籍首辅周延儒，重贿之，周当时表示："倘得再出，必起君。"崇祯十四年，周延儒果然再召入阁，但因阻力太大，难践其诺，遂提出一个曲线方案："倘意中有所为一人交者，当用为督抚，俟其以边才转荐，我相机图之，必有以报耳。"[1]阮大铖无奈，如言荐一人，便是当时也谪居南京的同年进士马士英，周延儒"即拔士英为凤督"——此即马、阮特殊关系的由来，弘光格局则由此铸成。过去，对于他的积极谋复，多从东林视角看，乃觉适足证明其人之险恶。但换换视角，感受似乎不同。困兽犹斗，而况人乎？穷寇勿追，而东林—

[1] 钱秉镫《皖髯事实》，《藏山阁集》，黄山书社，2004，第434页。

复社留给阮大铖的余地，确实太小。钱秉镫事后反思，指出："攻之愈急，则其机愈深；郁之愈久，则其发愈毒。譬如囚猛虎于阱中，环而攻之者不遗余力，一旦跳跃而出，有不遭其搏噬者几人哉？"[1]隐指阮大铖最终走到那一步，是东林—复社为渊驱鱼、为丛驱雀，是逼其成奸。

方方面面看下来，截至眼前，我们对阮大铖其实仍无从断其是非。天启四年延绵至此的事态，起因在东林，之后情节无非是双方围绕积怨的反弹和互动，逾此范围之外的问题还没有出现。

质变，发生在甲申国变后。自那时起，阮大铖与东林—复社之间已不单是个人龃龉，他的行为开始从是非难断的恩恩怨怨变成祸国殃民。

甲申四月至乙酉五月，我们终于握有阮大铖是"奸臣"的证据。归纳一下，有三大表现：一，公权私用。二，损害国家利益。三，招权纳贿。过去，关于其人其事我们保持中立，或者竟认为他与东林—复社之间，道理较多在他一边。现在，要完全站到反对者的立场上了。因为他所干的一切，都有了新的性质。

他的问题，不在于借定策抢班夺权、交通中贵谋求起复升迁，而在于权力到手后用来浊乱朝政；不在于对权力的追逐，而在于对权力的理解——完全是为个人利益服务。不在于结党串通、翻案复仇、构陷东林—复社——考虑到东林—复社也曾对他"环而攻之者不遗余力"——而在于除了这种事不曾做别的，"虽居兵部，职巡江，顾一切军事不问，惟阻挠六部权"[2]，他对弘光朝的贡献，只是从内部将其搞垮。甚至，也不在于搞了权钱交易，而在于骇人听闻地达到权即钱、钱即权的变态地步，"纳金则纠者免、荐者予。否则反是。""白丁隶役输厚金，立跻大帅，都人语云：'职方贱如狗，都督满街走。'其谬诞黩货如此。"[3]从曾祖阮鹗那里，阮家人就喜欢谈兵，有军事抱负。当年厚赂周延儒谋复，他也冀以边才召，如今在弘光朝终替自己搞到兵部尚书职衔，算是满足了这一自我想象。但他更大爱好其实是掌控用人权。"吏部尚书缺，马辅士英欲用张司马国维"，阮大铖却暗中运作，通过太监搞到中旨直接任命张捷，"内传忽出，士英抚床惊愕，自此始惮大铖矣。"[4]盖因吏部司组织人

[1] 钱秉镫《皖髯事实》，《藏山阁集》，黄山书社，2004，第435页。
[2] 徐鼒《小腆纪传》，中华书局，1958，第708页。
[3] 同上。
[4] 李清《三垣笔记》，中华书局，1997，第118页。

事，安插私人，一利于贬黜宿仇，二实便于卖官，故阮氏为此不惜得罪老友马士英而与夺食。这件事，令人油然记起曩往阮大铖与东林结怨，因吏科都给事中之职而起，而一朝之忿、衔恨之深，于兹尽得其解。

九

现在，我们大概可予阮氏其人一个总的了断：迄今那种主导性的，将他一言以蔽，视为奸恶、小人和“坏种”的见解，值得商榷。一言以蔽，不如分而论之来得客观。亦即，前后有两个阮大铖；一个是弘光前的，一个是弘光中及以后。前者我们无由鄙之，后者才是四百年来众口所谈的阮大铖。倘若就弘光前阮大铖——包括其遭际——做一鉴定，我们推荐夏完淳《续幸存录》的论述：

> 阮圆海之意，十七年闲居草野，只欲一官。其自署门曰：“无子一身轻，有官万事足。”当事或以贵抚或以豫抚任之，其愿大足矣。圆海原有小人之才，且阿珰（媚事阉党）亦无实指。持论太苛，酿成奇祸，不可谓非君子之过。阮之阿珰，原为枉案。十七年田野，斤斤以十七年合算（“十”字衍，应为“七年合算”）为杨左之通王安、呈秀之通忠贤，同为通内，遂犯君子之忌。若目以为阿珰，乌能免其反击乎？[1]

“阮之阿珰，原为枉案”，“持论太苛，酿成奇祸”，所论极平，至为公允，弘光以前应如此作结。弘光之后，性质全变。阮大铖怙权为恶，意无旁顾，其间“朋党势成，门户大起”，表面上是冤怨相报，而揆诸现实，大敌当前、国势危殆，“清兵之事，置之蔑闻。当清之初入也（指清兵入关时），我一旅北征，山东、河南人心响应，岁币之供，清可去也。士英漠然不问，但与大铖等章（通“彰”）贿赂、树彼此而已。”[2]故而我们对阮大铖所为，不能仅以倾东林—复社视之，必须指出，他是实实在在地损国家、害社稷，不管有何种前因旧缘，均不可释其恶。至于“以铨部为

[1] 夏完淳《续幸存录》，《明季稗史初编》，上海书店，1988，第326页。

[2] 同上。

奇货”、滥鬻官爵、疯贪狂黩，更是祸国铁证，绝无遁辞。

李清曾精细地说，马士英是“贪庸误国”，阮大铖是“贪奸误国”。[1]一字之差，点出异同。我们借此谈另一话题。

话题就是从“庸”、“奸”之别引出。平时，我们一见到“奸”，反应都在“丑”和“恶”上。可是若论丑恶，马、阮彼此彼此，谁都不是好东西。所以，李清特以“庸”、“奸”论之，意思并非他们恶有大小，而是说，丑恶的特色各异、原因有别。马士英误国，一以贪，一以庸；贪，乃私欲所致，庸，则是水平和能力。我看过很多对马士英的评论，对他的人品，没有不认为低劣的，但普遍来说，不觉得他具很大危害性。夏完淳讲过这么一句话，值得体会：“马是小人中之君子，阮是小人中之小人。”[2]这可不是表扬马士英，而是说他实属樗栎之材，才力所囿，坏虽坏，坏的能量究竟有限。阮大铖截然不同，李清置马士英于“庸”，而以“奸”字赠阮大铖，包含才具的评价。换言之，只有丑恶不足为“奸”，才、恶相济，方可达“奸”的层次。

这其实有不少实例。古代视为头号权奸的曹操，大家都知道他是荦荦大才。在明代，严嵩的“奸名”无出其右，然而很多人不知道，他同时是大才子，学问文章均属一流，聪明过人，与心思极细的嘉靖皇帝周旋十几年，而滴水不漏。在我们当代，也有一位此等人物康生，此人阴狡之至而博雅多识、灵慧机巧，别的不论，单说书法他就能左右开弓且都达很高造诣，似脱常人左右半脑掣其一端的局限……

丑恶的人到处都是，丑恶而配伍奇才的人辄百不一遇，而非后者不足以言“奸”。阮大铖、马士英之间，区别就在这里。两人皆贪，是他们的共同点和携手的基础，但仅此成不了搭档、组合，还取决于另一条件，即才智上彼此借重、依存。倘使马士英聪明劲儿不减阮大铖，阮大铖多半要另选合作者；反过来，如果阮大铖乃是庸才，马士英亦将嫌其多余。惟因一“庸”一“奸”，配置合理，才一拍即合。我们知道，马士英脱颖而出，源自周延儒对阮大铖建议曲线谋复时阮大铖的推荐，这推荐，一定考虑了后者便于操控。不仅如此，马士英后来以定

[1]李清《三垣笔记》，中华书局，1997，第119页。

[2]夏完淳《续幸存录》，《明季稗史初编》，上海书店，1988，第326页。

策而攫得首辅之位，也都出自阮大铖幕后出谋划策。可以说，马士英之有今天，全拜阮大铖所赐，虽然南京陷落后，马士英对过度依赖阮大铖感到懊悔："士英亦以南渡之坏半由大铖，而己居其恶，意固不平，由是渐相矛盾。"[1]但他忘记了，没有阮大铖，他或者什么也不是。

一开始，我们就提出扁平人物、面具化问题，这是重点。如果写来写去，末了阮大铖仍只能被"看扁"，则本文之作亦可休矣。一直以来，奸臣话语都是我们扁平化思维的突出代表，其源盖出于用单一、极端的道德褒贬将历史叙事彻底覆盖。历史叙事肯定不能排除道德批判，问题不在这儿。问题在于只剩下道德批判，其余一切剔除得一干二净。旧戏里面，曹操、严嵩涂着大白脸，犹未登场，格调已定。电影《桃花扇》虽是当代作品，却也还是把阮大铖搞成獐头鼠目、胁肩谄笑的模样，生怕不如此观众不晓得他是甚等样人。在中国，不但早已习惯奸臣如此这般，乃至一闻奸臣二字，大家能自动在脑海中画出这副形容。其实多半相反，"奸"不是普通坏蛋的层次，丑恶而至于奸，这种人往往既有千夫所指的一面，又有正常情形下大家所欣赏、以为出类拔萃、愿意在自己身上也看到的东西。单论禀赋，历史上很多奸臣该算人中之杰，只是心性所致，没走正道。人类的所长与所短，被他们揽于一身；他们的复杂性其实是超过一般人的，人性在他们身上遭遇更多的矛盾冲突，自我分离、自我撕裂的情形往往更为严重。这样的人，明明更适宜性格和心理的多面考察，怎么反倒是扁平的呢？

反思起来，都在于太功利。中国的许多不好，小至产品粗制滥造，大至道德上心粗气浮，都是因为急功近利。我们对道德，历来重实用不重认识，急于拿出简简单单的标准，树立好坏典型，来垂范、戒告社会。至于人性的多面与复杂，则置之不论；不单不论，还恨不得摈于视听之外，倘若有人谈起，往往斥为给丑类"涂脂抹粉"。以阮大铖为例，他的奸臣身份确定以后，大家就好像心头一块石头落了地，皆大欢喜，从此这个人就打入另册、束之高阁，有关他的探问几乎绝迹。1981年，黄裳先生作《咏怀堂诗》一文，是几十年来寥寥无几的一篇有关阮大铖的文章，但它结尾却是这样的：

四十五年前鲁迅说过："要论

[1] 钱秉镫《皖髯事实》，《藏山阁集》，黄山书社，2004，第435页。

中国人，必须不被搽在表面的自欺欺人的脂粉所诓骗，却看看他的筋骨和脊梁。”这里不但指出了鉴别古今一切人物的好方法，也是坚定信心鼓舞斗志的有效的手段。是我们应该牢牢记住的。[1]

脂粉，是一种理解。复杂性，是另一种理解。笔者主张后者。我因而想到在西方似乎从没有哪个人物由于是坏人而被束之高阁的现象，相反越是这种人，大家探究的愿望越强烈，无论一般犯罪者还是独夫巨奸，往往引得作家反复书写。那是因为，里面有一种人性信念，认为坏人的意义不在于坏，而在于人性不知何故在他们那里被强烈扭曲和压抑。知道一个人的坏，何须吹灰之力，了解他们为什么坏才最重要、对社会最有参考的价值。我们却是相反的。我们满足于判定一个人的坏，然后把他扫入历史垃圾箱。我们不想真正认识人性，认真取得教益。由此受影响的，恐怕不仅是文学深度，更在于民族思维和心智是成熟或幼稚。

十

因此，我们虽不作翻案文章，却打算还一个真实的阮大铖。所谓真实，不是说以往主流叙事和评价呈现的阮大铖有假，而是指它们以扁平化、面具化，遮蔽掉他奸臣以外的许多东西，致迄今广为人知的阮大铖，并不完整，有不少缺失。

不过，复原完整的阮大铖，又谈何容易。奸臣下场，不光令其面目扁平，也让相关材料流失惨重。以剧作论，全部十一种今仅存世四种；诗歌方面，“清代藏书家于其诗率少著录”，《明史》“削其诗不登《艺文志》”，“朱彝尊《明诗综》不载大铖姓字，附论于李忠毅诗前，曰：‘佥壬反复，真同鬼蜮，虽有《咏怀堂诗》，吾不屑录之。’”[2]“终满清二百八十年之际，除《燕子笺》《春灯谜》两传奇外，殆无人能举《咏怀堂诗》之名者矣。”[3]即便如此，现有材料所能补充于我们的认识，也将大大有异于只是一介小丑的阮大铖。

[1] 黄裳《咏怀堂诗》，《读书》，1981年第6期。
[2] 柳诒徵《咏怀堂诗集跋》，胡金望、汪长林点校《咏怀堂诗集》附录，黄山书社，2004，第529页。
[3] 胡先骕《读阮大铖咏怀堂诗集》，胡金望、汪长林点校《咏怀堂诗集》附录，黄山书社，2004，第531页。

把目光移出政治，我们将面对一个全才人物，以致可以说他凡所涉足，不处顶尖、即为大家。

先从一本书说起。目前所知“我国第一部系统全面论述造园艺术的专书”[1]、日本人尊为“世界最古之造园书籍”[2]的计成(表字无否)《园冶》，便是阮氏出品。据阚铎《园冶识语》对日本内阁文库所藏明刻本的描述：

> 睹末页之印记，一圆形楷书“安庆阮衙藏板，如有翻刻千里必治”十四字，一方形篆书“扈冶堂图书记”六字，知为安庆阮氏所刻。[3]

由此来看，阮氏出品似成规模和品牌，常遭盗版。而《园冶》这样的书由他出版，又同时说明很多问题。比如对园林艺术的造诣、见识和感情。这种书，不同于冯梦龙所刻印的小说、传记，也不是复社学阀垄断下的科举选文，那些书，都可大量印行，很有赚头，《园冶》却是冷门的专业书籍。古时印书，一页一雕，赀用甚高。阮大铖出此书，明摆着无钱可挣，又非因巴结讨好(作者计成完全是个穷艺术家)，而只出于对造园的懂与爱。说到“懂”，阮大铖于造园不止于鉴赏，也是实践家。其为《园冶》所写叙中，谈到曾亲试造园：“予因剪蓬蒿瓯脱，资营拳勺，读书鼓琴其中。”[4]若非如此，造园高手计成也不会引他为知己。《咏怀堂诗集》《咏怀堂诗外集》中，以园为题的篇什甚多。举一例，《改筑集园诗六章》，其六：

> 高情无剌促，小阁领清芬。月涌千灯墖，霞敷千赍文。坞深花失曙，林迥叶留曛。不识羊求侣(王莽时“归隐”典故)，谁来就白云。[5]

隐者格调以外，对园艺细微之妙的把握，更可体会，如“坞深花失曙，林迥叶留曛”一句。他曾专门为计成写过一首诗，刻画这位造园家的同时，表达自己

[1] 罗哲文《总序》，《园冶注译》，中国建筑工业出版社，1998，卷首(无页码)。
[2] 同上。
[3] 阚铎《园冶识语》，《园冶注译》，中国建筑工业出版社，1998，第23页。
[4] 阮大铖《冶叙》，同上，第32页。
[5] 阮大铖《改筑集园诗六章》其六，胡金望、汪长林点校《咏怀堂诗集》，黄山书社，2004，第236页。

对园林艺术的颖悟：

> 无否东南秀，其人即幽石。一起江山寤（寤即梦），独创烟霞格。缩地自瀛壶（瀛洲），移情就寒碧。精卫服麾呼，祖龙（嬴政因是“始皇”，后世称之祖龙）逊鞭策。有时理清咏，秋兰吐芳泽。静意莹心神，逸响越畴昔。露坐虫声间，与君共闲夕。弄琴复冲觞，悠然林月白。[1]

赞叹计成作为天才园艺家，如其造设一样，自己也是挺秀东南的幽石。形容高超的园艺，能唤醒江山于梦中，将从来只是幻想的瀛洲化为现实，浓缩于方寸之地，而鬼斧神工，连填海之精卫、求仙之帝王也愿供驱策。

上世纪九十年代末，我在计成故乡江苏同里镇，意外见到《园冶》而购之。也就是读了此书，而隐约意识到对阮大铖有进一步探究的余地。

之前，除了奸臣身份，只知道他还是个戏剧家。但所谓知道，也很空洞。说起来，大学期间我还特别在意古典戏曲，毕业论文写的就是汤（显祖）沈（璟）之争，然而当时所读戏曲史著作，都没有给阮大铖什么具体的评价。他的戏剧家身份所以未被埋没，其实主要也是这可以作为他笼络弘光皇帝使其堕落的误国证据，孔尚任《桃花扇》就是这样处理的。

戏剧，确被他用为上述工具，但他于戏剧的意义却远不止此。我们可简简单单而绝无虚浮地说：他是中国戏剧史上的巨子，他对这领域的贡献，可以排到前五名。

曾有精研京剧之先生某，专门与我探讨阮大铖作为京剧渊源的可能。据他研究，以往将京剧前身“徽班”认作徽州徽剧是错误的，所谓“徽班”其实是安庆府一带的戏班。他在安庆民间访到一些民谣，描述了该地梨园以阮大铖为祖、戏剧如何因阮大铖而兴起。京剧源自安庆、安庆戏剧兴于阮氏，这线索令他推想，阮大铖或为京剧之祖。他向我求证阮氏在怀宁从事戏剧的具体情形，可惜我所知有限，抑或资料本身就有限，未能给以确切的回答。

目前所知的是，阮大铖确系逐退之

[1] 阮大铖《计无否理石兼阅其诗》，胡金望、汪长林点校《咏怀堂诗集》，黄山书社，2004，第249页。

后，居乡期间开始了戏剧活动。例如其名作《春灯谜》自序云："兹编也，山樵所以娱亲而戏为之也。"[1]意思是，为娱乐亲友写了这部戏，而所署日期"崇祯癸酉三月望日"即1633年4月22日，时在崇祯六年，而他避居南京为翌年，故可肯定其戏剧活动始于怀宁而非南京。当时有人说："金陵歌舞诸部甲天下，而怀宁歌者为冠，所歌词皆出其主人。"[2]所指即阮大铖，似乎阮氏在南京的私人剧团，就是从怀宁带过去的，唯不知此怀宁家班所习弋阳腔还是昆腔。我们暂无他从事戏剧早于逐退（崇祯元年）的资料，但自年龄言，彼时他已四十一岁，不可能于此时方接触戏剧且顿成大器，而必有一积累潜习过程，从前文所述阮自华凌霄台"梨园数部，观者如堵"盛况看，阮大铖之于戏剧应有家学渊源，实际修研或早至少年亦未可知。

但他戏剧才华井喷，的确是在官场失意闲居乡里之时。他的剧作，有两点他人无可比拟之处。一是真正原创，情节人物不借自改编，尽出自己虚构："其事臆也，于稗官野说无取焉。"[3]古人写戏，多从旧史传说取材，很少自创，而阮大铖缘何不肯如此？以下的话，显示了个性："盖稗野亦臆也，则吾宁吾臆之愈。"[4]不屑拾人牙慧，这既是骄傲，也是更好的创作意识。二是他大破文人剧作的格局，真正将剧本与戏曲自身规律熔于一炉，不但在文学层面上求善美，更在戏剧表演层面求当行，别人作品往往可读不可演，他的作品则首先便于演、利于演，在舞台上大放硕采：

> 余词不敢较玉茗，而差胜之二：玉茗不能度曲，予薄能之。虽按拍不甚匀合，然凡棘喉殢齿之音，早于填时推敲小当，故易歌演也……即歌板外一种颊（颦）笑欢愁，载于衣褶眉稜者，亦如虎头（顾恺之乳名）、道子，丝丝描出，胜右丞自舞《郁轮》（王维曾作曲《郁轮袍》，此处似指其同时亦为歌舞）远矣，又一快也。[5]

---

[1] 阮大铖《春灯谜自序》，《阮大铖戏曲四种》，黄山书社，1993，第5页。

[2] 陈维崧《奉贺冒巢民老伯暨伯母苏孺人五十双寿序》，冒襄《同人集》卷之二，水绘庵清刻本，北京师范大学图书馆藏。

[3] 阮大铖《春灯谜自序》，《阮大铖戏曲四种》，黄山书社，1993，第5页。

[4] 同上。

[5] 同上，第6页。

玉茗，指汤显祖。阮大铖很尊敬汤显祖，却明白无误地表示，自己比他略胜一筹：彼“不能度曲”，己“薄能之”而“易歌演”。其实他足够谦虚了，考虑到戏曲艺术特性，从整体戏剧观而非单一文学角度看，阮大铖是比汤显祖更先进的。汤显祖仅为骚人墨客，阮大铖则以诗人兼音乐家，打一比方，汤显祖只写了歌剧脚本，阮大铖却在写脚本同时连曲子也谱好。除音律的考究、切合，阮大铖写戏又极注意人物刻画上文学与表演两种因素的结合，在剧本中已充分预留表演空间，此即他所说“歌板外一种频笑欢愁，载于衣褶眉稜者”。对此，他不掩得意，觉得自己剧作之善摹人物，堪比顾恺之、吴道子，乃至苏轼赞为“诗中有画，画中有诗”的王维，竟不在其话下。

他是否过于狂妄呢？一点也不。从前引时人“金陵歌舞诸部甲天下，而怀宁歌者为冠”的评论，可知他的独步天下，乃世所公认，连政治上的敌人也不持异议。更堪奇者，他还不单是作家、音乐家，乃至是表演艺术家，能亲自登场演戏——黄宗羲好友沈士柱以骂他为目的而写《阮大铖祭文》说：“弘光半载，公涂面登场，自为玩弄。”[1]意在丑之，却让我们对其才能又多知一种。所以，他能自任剧团导演、艺术总监，阮家私班是他一手调教，每戏亲为演员讲解。大家可读《桃花扇》中有关段落，尤其是曾亲睹阮家班演出的张岱的描述：

> 阮圆海家优讲关目，讲情理，讲筋节，与他班孟浪不同。然其所打院本，又皆主人自制，笔笔勾勒，苦心尽出，与他班卤莽者又不同。故所搬演，本本出色，脚脚出色，齣齣出色，句句出色，字字出色。余在其家看《十错认》、《摩尼珠》（张岱或误记，应为《牟尼合》）、《燕子笺》三剧，其串架门笋（剧情衔接和转合）、插科打诨、意色眼目（演员表情及交流），主人细细与之讲明。[2]

张岱是大玩家、大鉴赏家，他既如此高看阮氏戏剧，必非虚誉。“本本出色，脚脚出色，齣齣出色，句句出色，字字出色”，这样完全没有保留的好评，舍此我

[1] 沈士柱《阮大铖祭文》，胡金望、汪长林点校《咏怀堂诗集》，黄山书社，2004，第520页。

[2] 张岱《陶庵梦忆·西湖梦寻》，上海古籍出版社，1982，第73—74页。

还不曾见过。

以上,我们对阮大铖的超世之才,印象应该已经很深。然而,有关他的重新认识,或许刚刚开始。此人才华与成就,为人所知的较之实际,相差太远。论到其中偏颇,我最吃惊的还不是他本人如何遭淹抑,而是与之沾惹的人和事,也会随之灭迹。即如《园冶》一书,今天造园界奉为至宝,却"终有清一代二百六十八年间,寂然无闻"[1],"有清三百年来,除李笠翁《闲情偶寄》有一语道及,此外未见著录"[2],若非东邻日本有藏,几乎绝世。为什么?就因作者计成与阮大铖是朋友,"不免被人目为'阮氏门客',遭人白眼,遂并其有裨世用的专著,亦同遭不幸而被摒弃。"[3]政治、道德可以讲,但讲到不管不顾、万事皆可抛的地步,也真是民族和文化的可悲。

十一

为此,我们更多地谈一谈他的诗及其中国诗歌史地位。在他,这是被遮蔽最严重的方面;在中国文化,同样是无必要的损失。

阮诗的再发现史,令人感慨。与计成《园冶》命运一样,阮大铖人亡之后,"其能文之名,因之亦泯",前引胡先骕言已明,有清二百八十年,无人知《咏怀堂诗》,"其集既未为《四库》所收,士君子复深鄙其人,世间遂少流行之刻本。"[4]1916年,陈寅恪的老师、国学大家王伯沆先生费尽心力,觅得《咏怀堂诗集》、《诗外集》四册[5],惜仅至崇祯十一年(戊寅,1638)止。1921年,柳诒徵先生又偶然从南京旧书肆发现《辛巳诗》一册,使发现的阮诗推至崇祯十四年(辛巳,1641),"阮诗之存于天壤间殆具于是"[6]。因王、柳两先生的重大成果,1928年,南京国立中央大学国学图书馆盋山精舍以刻本印行《咏怀堂诗集》,不惜重金,品质极精。[7]此书一出,即为国学界瞩目,饱学之士纷予评

[1] 陈植《园冶注译序》,《园冶注译》,中国建筑工业出版社,1998,第5页。

[2] 阚铎《园冶识语》,同上,第23页。

[3] 陈植《园冶注译序》,同上,第5页。

[4] 胡先骕《读阮大铖咏怀堂诗集》,胡金望、汪长林点校《咏怀堂诗集》附录,黄山书社,2004,第532页。

[5] 据柳诒徵有《咏怀堂诗集跋》,当发现于丁氏八千卷楼。

[6] 胡先骕《读阮大铖咏怀堂诗集》,胡金望、汪长林点校《咏怀堂诗集》附录,黄山书社,2004,第532页。

[7] 《咏怀堂诗集》刻印一年后,又有新发现,而出盋山精舍1929年版《咏怀堂诗补遗》。

论，沉寂三百年的阮大铖研究终于打破，翌年朱倓作《明季桐城中江社考》，于《历史语言研究所集刊》第一本第二分发表，是为现代重启阮大铖学术研究的首篇专论。

反应为何如此强烈？因为人们意识到，发现了中国诗史上一位极重要的诗人。

先看陈寅恪之父、国学耆宿、名诗人陈三立（散原）如何评价。阮大铖诗集发现者王伯沆，曾从陈三立学，后聘为陈寅恪昆仲家学业师，因这层关系，阮诗发现后陈三立得以先睹。他在扉页上先后两次写下题记，一云：

> 大铖猾贼，事具《明史》本传，为世唾骂久矣。独其诗新逸可诵，比于严分宜（嵩）、赵文华两集似尚过之，乃是小人无不多才也。[1]

所论还未尽脱君子、小人畛域之囿。为此大概意犹未尽，陈三立又第二次写下感想。此番略无犹豫，而发为激赏：

> 芳絜深微，妙绪纷披。具体储韦，追踪陶谢。不以人废言，吾当标为五百年作者。[2]

储韦指储光羲、韦应物，陶谢盖即陶渊明、谢灵运。认为，阮诗有如储韦再现，可称陶谢的传人。接下来，评论非常惊人：假如不以人废言，陈三立愿视阮大铖为明清至今五百年诗史上第一人！后来柳诒徵购得《辛巳诗》，陈三立读后又题，叹为“可居之奇货”。

继有章炳麟的评论。他对阮诗的品调，见解和陈三立相近，但更具体地提出阮诗不同体类之间的高下：

> 大铖五言古诗以王孟意趣而兼谢客之精练。律诗微不逮[3]，七言又次之。然榷论明代诗人如

[1] 陈三立《咏怀堂诗集题记》，胡金望、汪长林点校《咏怀堂诗集》附录，黄山书社，2004，第528页。
[2] 同上。
[3] 黄山书社版印为“律诗散不逮”，疑误，据他本改。

大铖者尟矣。潘岳、宋之问险诐不后于大铖，其诗至今存，君子不以人废言也。[1]

王孟即王维、孟浩然；谢客为谢灵运，他幼年曾被寄养，呼“客儿”，后因称“谢客”。章炳麟认为，阮大铖五古最佳，兼备王、孟、谢之长；排第二位的是律诗，七言古诗较弱。这应合乎实际，阮大铖特爱陶渊明，而陶诗多为五古，他所学自然也于五古用力最多。章氏还说，论人品，潘岳、宋之问都不比阮大铖更高，诗作却流传下来；显然觉得诗与人应该分开。

对阮诗发现有重大贡献的柳诒徵先生，在跋中讲了有关诗集发现和印行，并及阮大铖身世的一些情况，末了特意引夏完淳《续幸存录》说阮大铖“阿珰原为枉案”的话，感慨道：

夫以东林子弟躬受大铖荼毒者，而为恕词若此，使大铖丁甲申之变，终已不出，读其诗者挹其恬旷之致，于品节或益加恕焉，未可知也。然则君子之于小人固不可疾之已甚，而负才怙智不甘枯寂，积苦摧挫，妄冀倒行逆施，以图一逞，卒举其绝人之才，随身名而丧之者，良足悲已。[2]

叹之“绝人之才”。此外，似认为阮大铖人生分水岭为“甲申之变”，即若无以后那些事，历史评价可以是另外的样子。此与本文所论合。

钱仲联先生对于阮诗风格，感受略同，而视之极高，“阮石巢诗，集孟浩然、韦应物及孟郊、谢翱之长于一手。”与别人仅表看法不同，他结合一首五古，作细致文本分析，以证所言。因稍长，这里割爱不引，而从若干字眼如“高远”、“十分舒适恬美”、“雕琢而仍归于自然”、“以闲淡之笔，写空灵之境”等，可以领略。尤其末句总评“全首结构严整，意境清深，钟谭诸家，自当望而却步”[3]，道出了阮诗的历史地位。钟谭即钟惺、谭元春，他们的竟陵派执明末诗坛牛耳，但在阮诗面前，却“望而却步”。

[1] 章炳麟《咏怀堂诗集题记》，胡金望、汪长林点校《咏怀堂诗集》附录，黄山书社，2004，第529页。
[2] 柳诒徵《咏怀堂诗集跋》，同上，第530—531页。
[3] 钱仲联《评阮大铖诗》，同上，第538—539页。

盋山精舍《咏怀堂诗集》附录所载诸名家论、跋，以胡先骕《读阮大铖咏怀堂诗集》篇幅最长，也以它论述、展开最深最广。它给阮大铖如下历史定位：

> 有明一代唯一之诗人。[1]

认同于陈三立“吾当标为五百年作者”之说，而又甚之，不惜赠以“唯一”。文章开篇第一言便说：“吾国自来之习尚，即以道德为人生唯一之要素。”作者面对阮诗，痛感这种偏见的鄙陋。他一面破除偏陋，一面梳理中国诗歌源流，指有“人文”、“自然”两派，“二者之人生观截然不同，其诗之意味亦以迥异”，而阮大铖“则自然派之子裔也”。复论阮诗在自然派中居何高度：

> 咏怀堂诗在自然派诗家中别树一帜。吾尝遍读陶公及王、孟、韦、柳诸贤之诗，虽觉其闲适有余，然尚欠崇拜自然之热诚，如英诗人威至威斯（即华兹华斯，William Wordsworth）之“最微末之花皆能动泪”之精神，在陶韦诸贤集中未尝一见也。如陶公《归田园居》、《饮酒》……然皆静胜有余，玄惊不足，且时为人事所牵，率未能摆落一切，冥心孤往也。惟咏怀堂诗，始时能窥自然的秘藏，为绝诣之冥赏。故如“春风鲜沉冥，霁心难与昧”；“林烟日以和，众鸟天机鸣。泽气若蠕动，痒物亦怀荣”；“息影人春烟，形释神亦愉”；“卧起春风中，百情皆有属”；“春风荡繁圃，孰物能自持。人居形气中，安得不因之”；“山川若始生”；“水烟将柳色，一气绿光浮。坐久领禽语，始知非梦游”；“隐几淡忘心，懼为松云有”；“息机入空翠，梦觉了不分。静抱虚白意，高枕鸿濛云”等诗句非泛泛模范山水，啸傲风月之诗人所能作也，甚且非寻常山林隐逸所能作也。必爱好自然，崇拜自然如宗教者，始克为之。[2]

文中尚有诸多精细到字词的分析、阐发，惜不能尽引。

胡先生推崇阮诗，可谓倾心之极、溢于言表。我们不一定均予接受，但不

[1] 胡先骕《读阮大铖咏怀堂诗集》，胡金望、汪长林点校《咏怀堂诗集》附录，黄山书社，2004，第532页。
[2] 同上，第533—534页。

能不了解他何以至此。这一方面如其文所言,有文学史的品鉴为依据,有他破除偏陋的主张为内涵,也有中西文学比较为坐标,而另一方面,更重要的在于胡先骕跨人文、自然两个科学领域的身份和地位。此文纯以文人、哲人面目示人,所显示的旧诗造诣与视野,不输于人文学者。其实,这篇阮大铖诗评,仅为其人文厚养的吉光片羽,须知,他曾于1919年发表《中国文学改良论》,针砭陈独秀、胡适所倡文学革命,更于1921年与梅光迪、吴宓共创《学衡》杂志,为学衡派中坚。然而他更是一位科学巨擘,尤有意义的是,他的领域并非数学、化学等那一类自然科学——他是中国近现代生物学尤其是植物分类学的奠基者。对他这一地位,无待多言,只须知道毛泽东对他以"中国生物学界的老祖宗"[1]相称,即窥一斑。作为这样一位与自然风物关系最直接最紧密的科学家,胡先骕于阮诗所评,除大家可体会的文学与审美理由,必有一般所感悟、领会不到处。故而,由他来称道、发扬阮诗"非寻常山林隐逸所能作也。必爱好自然,崇拜自然如宗教者",至少对我来说,说服力非同一般;我亦由此知"有明一代唯一之诗人",包含了什么含义。

十二

然而积重难返。尽管给予阮诗高度评价的,皆为硕学大师,也仍不敌以人废言的传统。迄今为止,哪一本文学史曾给阮大铖应有地位?不要说应有的地位,一席之地也谈不上。连我们这些中文系出身的人,都从未从课堂上知道阮大铖能诗,更不知其成就如此之高。

但我个人对阮诗所更关注的,还不是成就与地位。那的确值得反思,但补正工作要由古代文学史、诗歌史研究者们来做。我从中思考和提出的,是另外的问题。

很清楚的,对他的诗作,诸家都认为属于陶谢王孟一脉,且极得其纯与正——我之困惑即由此来。

这派作品,是我私衷最抱好感的古

[1] 陆定一《对于学术性质、艺术性质、技术性质的问题要让它自由》,《陆定一文集》,人民出版社,1992,第495页。

诗流向。尤其陶渊明诗，我置之心中最高位置。不单那种极朴、极淡，是我理解的最好的诗艺，还因为它们的纯任率真，是我极感亲切的人生态度。“狗吠深巷中，鸡鸣桑树颠”；“披草共来往，相见无杂言”；“采菊东篱下，悠然见南山”……品得其意，人生熨帖。照理，我们都会认为，这样的心怀，与阮大铖那种人相距何远？虽然他曾下大的功夫来研摩，自云：

> 吾里居八年以来，萧然无一事，惟日读书作诗，以此为生活耳。无刻不诗，无日不诗，如少时习应举文字故态……吾诗渊源于三百篇，而沉酣于楚骚文选，以陶王为宗宜，以沈宋为法门，而出入于高岑韦柳诸大家之间，昼而诵，暮而思，举古人之神情骨法，反复揣摩，想象出入，鉥心刿肝，剞肠刻肾……[1]

然而我们明明知道，技术层面可以学，风格层面一定程度亦能摹仿，心性却没法由外植入。它根植自身，乃是襟抱中固有之物。以阮诗对照其为人，我一度完全想不明白这个问题。因为在他诗中，有许多感受、意动，确非技巧和风格可以解释，而是无此心断断乎到不了。前面胡先骕文章列举了一些，我也随手摘一句：“村煖杏花久，门香湖草初。”[2]前半句犹可，后半句如非化心于自然而眷恋之，根本不能体会。我们不怀疑陶、王等将启发他如何写诗，但我们不相信别人能代替他思考和感觉。这样的心灵，的的确确只能是他自己的。可是，难道不奇怪么？一个那样权焰、贪婪、羁于名缰利锁的人，却有如此澄静、松恬、温柔的心境，能张开每个毛孔去呼吸自然的气息。请勿以“虚伪”、“假相”论之，心到不了，谁也写不出这句子。那些感受，清晰地呈现于阮大铖心间。他的灵魂，可以际会这样的美、愉快和单纯……后来我发现，自己一直在回避一种似乎不可思议的可能性，亦即，尽管此人在社会或政治方面有很多丑陋表现，但自我精神世界确有着清净的角落。如果脱离外部生活实际、回到内心、单独面对自己，他可以听见这样的心声，专注它、凝视它，并确切

[1] 叶灿《诗序》，《咏怀堂诗集·咏怀堂诗外集》，《续修四库全书》集部·别集类，上海古籍出版社，2001，第326—327页。

[2] 阮大铖《同白瑕仲石塘湖上行即望其所居》，同上，第354页。

从中领受幸福。

我于是得了一种启示或假设:对于阮大铖,其诗与其人,或许可以分开。所谓分开,并非忽而是人、忽而是魔鬼,而是说他的心灵具有两面性,他存在自我分裂,受到这两面的争夺和撕扯。进而,我还有一个推想,当他行种种丑恶之际,未必没有自我鄙视和憎厌——他其实知道,自己做的某些事,是卑污的。

十三

清军兵临之前,阮大铖逃离南京。钱秉镫说,他出逃的路线是先到今安徽境内的太平县,再从太平逃奔浙东,在金华投朱大典。朱大典是个没有党派色彩的正派人,钱秉镫说他跟阮大铖“交好”,所以收留了他,然而金华的士绅不乐意,“公檄声其罪,逐之出境”。阮大铖转投绍兴方国安,马士英也在那里。在绍兴待了近一年,其间,开始通敌,“杭越书信,往来不绝,大铖因是潜通降表于北,且以江东虚实启闻北帅”,为清军当卧底。“丙戌(1646)六月,贝勒渡江(钱塘江),马士英与方国安等走台州,大铖独至江头迎降,盖冯铨已荐为军前内院矣。”[1]到此为止,阮大铖写完自己从受害者一变权奸,再变叛国者的明朝篇章。

而他的清朝篇章,极短暂,转瞬即逝。其之死也,去降未久,具体日期不可确考,然据《小腆纪传》“越数日,始舁板扉上,天暑,尸虫四出”[2]描述,知当时天气犹热,应不迟于八月。

从降清至离世,阮大铖这两个月左右的余生,幸有《皖髯事实》为我们备述。情节来自其间一直与阮大铖左右相处的目击者,“耿君字伯良,粤东反正,擢升司空,戊子(1648)冬在端州刘侍郎舟中,叙其事甚详,袁总宪在坐,属予纪之。”[3]如果钱秉镫所言为实,下面一切应十分可靠。

这些记述,每个细节都给人异样感,为了确认,我反复读了多遍,终于相信,降清后的阮大铖出了问题。

其时,“大兵所过,野无青草”,清军上自内院下至从征官仅饭疏食,伙食很

[1] 钱秉镫《皖髯事实》,《藏山阁集》,黄山书社,2004,第435页。
[2] 徐鼒《小腆纪传》,中华书局,1958,第709页。
[3] 钱秉镫《皖髯事实》,《藏山阁集》,黄山书社,2004,第438页。

差。阮大铖却每每可备一桌盛馔,“邀诸公大畅其口腹”。众人皆讶,问从何而来。阮大铖这样回答:“小小运筹耳。吾之用兵,不可测度,盖不翅(同“啻”)此矣。”驴唇不对马嘴,别人只是好奇丰馔从何而来,他却夸耀自己兵法。

清军营中,初不知其戏剧大师名头,后渐耳闻,乃询之自己能唱否:

> 即起执板顿足,高唱以侑诸公酒。诸公北人,不省吴音,乃改唱弋阳腔(附识:此可证阮大铖确会弋阳腔),始点头称善,皆叹曰:“阮公真才子也!”每夜坐诸公帐内剧谈,听者倦,既寐有鼾声,乃出。遍历诸帐,皆如是。诘朝天未明,又已入坐帐中,聒而与之语,或育其枕上诗。诸公劳顿之余,不堪其扰,皆劝曰:“公精神异人,盍少睡一休息。”大铖曰:“吾生平不知倦欲休,六十年犹一日也。”

假如前一情节,犹不足凭,到了这里,辄可以断言:阮大铖已经精神失常。或曰,其乖常表现,是为了讨好清军。这种因素,应亦存在。但讨好清军的动机,无助于解释他的亢奋、夸张、整夜不眠、不顾体统、于他人态度和反应(厌倦、不堪其扰)浑然不觉等状。这是明显的自我意识模糊、自制力丧失、精神紊乱的表现。我们可以不认为他已彻底疯掉,但不得不说他有疯掉的迹象,或处在了疯掉的边缘。

情况还在发展。一天,忽然脸肿,大家为他担忧,对负责的人说:“老汉(是年阮虚岁六十)不宜肿面,君可相谓,令暂驻衢州,俟我辈入关取建宁后,遣人相迓。”负责人把大家意见告诉阮大铖:

> 大铖惊曰:“我何病?我虽年六十,能骑生马,挽强弓,铁铮铮汉子也。幸语诸公,我仇人多,此必有东林、复社诸奸徒,潜在此间(离间)我,愿诸公勿听。”又曰:“福建巡抚已在我掌握中,诸公为此言,得毋有异志耶?”

他的反应,所说每个字,皆可入《狂人日记》而无不当。所谓此必有东林复社奸徒、所谓福建巡抚已在我掌握中,是典型的妄想狂症话语。

计成亭

为纪念造园大师计成而建。其《园冶》乃世界造园学最早的名著，由阮大铖为之出版于崇祯七年。

仙霞关

位于浙江省江山市保安乡仙霞岭，地当浙、闽、赣交界处，素称“两浙之锁钥，入闽之咽喉”。1646年夏末秋初，阮大铖随清军从仙霞关经过不久，在登岭途中，死于心脏病突发。

随后，他便死在莫名的精神亢奋中：

于是与大铖同行，既抵关下，皆骑，按辔缓行上岭。大铖独下马徒步而前，诸公呼曰："岭路长，且骑，俟到险峻处，乃下。"大铖左牵马，右指骑者曰："何怯也，汝看我筋力百倍于汝后生！"盖示壮以信其无病也。言讫鼓勇先登，不复望见。久之诸公始至五通岭，为仙霞最高处，见大铖马抛路口，身踞石坐，喘息始定。呼之骑不应，马上以鞭掣其辫，亦不动，视之，死矣。

直接死因，系心脏病突发——脸部水肿，正是心功能不全的明确信号。间接死因，则是精神失常。综合来看，精神失常中，他无视身体症候，反在登仙霞岭时弃马徒步，昂扬身先，遂致心脏病突发。

有明一代奸臣之殿，阮瑀、阮籍、阮咸的后人，明代顶级戏剧家、诗人和艺术全才，阮大铖、阮圆海、阮石巢、阮胡子，最终作为精神病患者死去。

三百六十多年来，阮大铖之死从无明说，本文以此圆之。虽出于分析，但严格依据史料，并无添油加醋。读者明鉴。

关于他何以在降清之后疯掉，还可补充一个材料。或许受曾祖阮鹗业绩感召，众所周知，阮大铖平生抱负，是自视"边才"，很愿意在抵御外侵方面有所作为。他屡有表示，一般不以为意。但南明史研究先驱者陈去病，读了《燕子笺》，认为阮大铖是严肃的，其有攘虏之心"实未昧也"：

而余尤爱其《刺奸》《平胡》诸折。觉令班超、傅介子复生，其志节亦不过尔尔。如云："望天天护佑，仗三尽龙泉，扫除腥垢。肯做画虎无成，反落他人后。逾垣入，匕首投，这羯奴头在吾手。"词气何等壮烈。又其诗云："霜重笳声黯不流，龙泉已斩月支头。捷书一奏天颜喜，麟阁高标郭细侯。"句亦可当凯歌读。[1]

他觉得剧中情感出于肺腑，真挚强烈，堪比边塞英雄班超、傅介子。傅介子，

[1] 陈去病《五石脂》，《丹午笔记·吴城日记·五石脂》，江苏古籍出版社，1999，第352页。

便是李白《塞下曲》“愿将腰下剑，直为斩楼兰”诗句所歌颂的斩杀楼兰王的西汉孤胆勇士。假如陈氏所论有参考的价值，那么可以想象，一个曾怀此等抱负的人，却以降附“羯奴”收场，小丑般混迹其间，其苦闷与不堪，将不止于面目全非、揽镜自嫌。

从这角度，他的疯掉，实不惊人。我有关他的阅读，视线一直愈益集中到一点：此人被人格分裂折磨已久。可惜，由于满足于谈论“奸臣”那一面，他这深刻的精神困境，不论当时或以后，都还不曾引起注意。

夏完淳

才子＋英雄

历来说“文史不分家”，实际文与史断乎不同，善治史者固然未必有顶尖的文才，但顶尖的文才更未必可以成为一流的史家，因为一流史家所应备的胸襟、识学，实在是很难达到的。完淳竟以犹未弱冠的少年，将二者集于一身。

一

1931年，鲁迅将郭沫若一语定为“才子＋流氓”——其实，并不专指郭沫若，而是整个创造社都一网在内的。那篇《上海文艺之一瞥》的讲演中原说的是：“新才子派的创造社……”不过，郭沫若和张资平被特别地点了一下名：“这就是说，郭沫若和张资平两位先生的稿件……我想，也是有些才子＋流氓式的。”[1]彼时，郭沫若因了大革命失败，躲在日本避风头，他所见的鲁迅文章，是经日人译成日文的，与原文自稍有出入，于是到郭那里，“才子＋流氓”变成“才子＋痞棍”，意虽相近，却益发恶劣些，郭大忿：“这一段文章做得真是煞费苦心，直言之，便是‘郭沫若辈乃下等之流氓痞棍也’。”[2]就为此不忿，他专门作了一部自传体的《创造十年》来表白和洗刷自己。

鲁迅＋号之后的部分，只能说历来见仁见智，前头两个字则鲜闻异议。虽然民国初年以盛产才子著称，若论到才情的广博、辞藻的天纵，在郭氏面前却都不免落些下风。但我们眼下要讲的主角却并不是他，只是借重他，来引出一位古人。早年，我之注意起这位古人，即因郭沫若而起。那时我的惊讶在于，居然有这样一个人，让我们公认的郭大才子五体投地，不吝笔墨、连篇累牍，写了好些诗文外加一部五幕大型剧作，那便是《南冠草》。须知郭泰斗的剧作，岂泛泛之辈可厕其间而居一席之地？更不必说还是舞台中央众星拱月的主角。

此人是谁呢？他姓夏名完淳，表字存古，明末华亭人氏。

这姓名，想来如今很多人闻所未闻，全不知其何方神圣。也罢，且看郭大才子如何谈论他：

[1] 鲁迅《上海文艺之一瞥》，《鲁迅全集》第4卷，人民文学出版社，1957，第233页。

[2]《恩怨录·鲁迅和他的论敌文选》，今日中国出版社，1996，第545页。

> 夏完淳无疑地是一位"神童"。五岁知"五经",九岁善词赋古文,十五从军,十七殉国。不仅文辞出众,而且行事亦可惊人。在中国历史上实在是值得特别表彰的人物。
>
> "神童"这个名称,近来不见使用了,间或在文字上称人为"天才"或"才子",差不多等于是骂人的词令。但有这种幼慧早熟的人存在,却是无可否认的事实。[1]

原来,也是一位"神童"、"才子",难怪郭氏惺惺相惜,于心若戚戚然焉。当年他挨鲁迅讥骂时,曾一边委屈,一边替古往今来的"天才"辩护说:"无论在怎样的社会里,天才是不能否认的,不同的只是天才的解释罢了。"[2]眼下相隔了十多年(《夏完淳》一文发表于1943年),仍不能放下,又说:"我不愿意摹仿一般轻薄的时髦谈客,一动笔便要嘲笑'神童',奚落'才子'——这样的名称我们假使不高兴就改称为'怪物'或其它的恶名都可以,但总不能否认人间世中是有这种现象的存在。"这"轻薄的时髦谈客",其指鲁迅无疑。由此看来,夏完淳所以引郭氏一再吮毫挥墨,竟是拜鲁迅骂"才子"之所赐,隐然地成为郭氏借以浇自家块垒的酒杯了。

以上略微讲些题外话,博君一粲。其实,郭沫若写《南冠草》,态度是认真的,即便有一番慕惜其才的私衷,主要和直接的原因还是为其事迹所感奋。

说到夏完淳,确实是我们史上少有的大才子,郭沫若再才高八斗,跟他一比,也只好矮掉半截。诸君如若不信,现成有一本厚至七八百页的《夏完淳集笺校》,不妨找来翻翻,看看有谁可以想象那是一位享年不过十七岁的少年取得的成就。笔者回首自己十七岁之时,尚满脑子语录和社论,以为美国人民的日子比我们远愧弗如,除了这一点点知识,便"不知有汉、无论魏晋"。如今的十七之龄一代,自然远胜我辈,至少会做习题、会玩电脑、晓得美国人民日子并不太惨,然而,倘若也写一部《夏完淳集》,恐怕搜遍全国也找不出半个这样的十七龄童。还有一条,顶顶重要,夏完淳夏才子的大名后头,从来无人附以"流氓"二字,一

[1] 郭沫若《夏完淳》,《郭沫若全集》文学编第七卷,人民文学出版社,1986,第413页。

[2]《恩怨录·鲁迅和他的论敌文选》,今日中国出版社,1996,第540—541页。

定“＋”上两个字，只能是“英雄”。他是一位传奇的英雄，任何人提起，只能竖大拇指。怎样传奇，又如何英雄呢？一时似乎还找不出特别适合当代人理解力、一望可知的例子。就姑以刘胡兰为例罢——刘胡兰自然没有夏完淳的才学，其实事迹也无甚可比之处，但两人都是未成年而捐躯就义者，伟人“生的伟大，死的光荣”题辞，前半句不敢妄言，后半句加之于夏完淳，他是绝对配得上的。所以，郭沫若称之“在中国历史上实在是值得特别表彰的人物”，单论这句话，倒真是不折不扣、允当之至。

二

我们从他祖父这一辈讲起。

夏家“世为华亭人”[1]，是地道的华亭人。而华亭又是哪儿？便是如今上海松江。明代的时候，有松江府，下辖华亭等数县，府治便在华亭。民国初，华亭县改名松江县，华亭古名从此消失。松江另有一个古称，叫“云间”，那时诗文中常出现“云间”的地名，所以也先一并交待。在今日上海，松江已算郊县，可倒退二百年刚好得颠倒过来，松江才是这一带的中心、文綵人物的渊薮，特别是明末，松江文气之盛，海内闻名。

从前，夏家在当地并不突出。完淳的祖父讳时正，字行之，别号方余，后辈都尊他“方余先生”。幼年夏时正很聪慧，学业出类拔萃，童子试名列第一，但不知怎的，后来功名一直不顺。陈子龙所写传记说：“久困省试，则刻意为古文词、诗歌，其才浩漫，纵横变合，不局局于绳墨。”[2]省试，即考取举人之乡试，夏时正一再败北，止步于生员。久之，便死了心。所谓“刻意为古文词、诗歌”，就是不再钻研应时的八股制艺，转而听凭所好，写作古文和诗歌。这其实是科场失意的表现。

方余先生自己功名不顺，教子却大获成功。他有二子，长子之旭没能超过他，也到诸生为止，次子允彝却不但考取举人，还终于登了进士。他的教子，

[1] 陈子龙《夏方余先生传》，《夏完淳集笺校》，上海古籍出版社，1991，第505页。

[2] 同上。

颇有“魔鬼”的况味：

> 先生严责课之。夕不奏文，即弗授餐，或不当意，稿必三四易，常中夜父子枵然相对，卒弗去也。[1]

布置的文章不完成，就不给饭吃；就算完成，倘不满意，也得来来回回改。更绝的是，不光不让儿子吃饭，自己也陪着饿肚子，父子们经常大半夜相向而坐，饥肠辘辘，纹丝不动。

夏时正活了六十八岁，不算高寿，却是从他算起祖孙三代男性家庭成员唯一善终的人。

老二夏允彝，亦即完淳的父亲，是明末士林极具影响的人物。陈子龙说：“余自为童子时，长乐君以举于乡，有盛誉。”夏允彝曾在福建长乐做知县，所以称他“长乐君”。夏允彝中举在万历四十六年(1618)，而陈子龙生于万历三十六年(1608)，是时年方十岁，故云自己还是“童子”。夏的中举轰动闾里，他留有很深印象。可是，足足过了十九年，到崇祯十年(1637)，夏允彝才成为进士。会试、殿试在乡试的翌年举行，每三年一次，据此可推算出，他足足考了六轮。陈子龙也是这年举的进士，竟然做了同年兄弟。当时，夏四十一岁，陈二十九岁。

然后，夏允彝就去做了长乐县的知县，政绩很好，年终吏部考核中被定为全国优秀县长。张岱述其事：

> 摘伏如神，旁邑有疑狱不能决，上官多下长乐令决之。冢宰建德郑公，荐天下廉能吏七人，以公为首。召见，将特擢，以丁内艰归，未及用。[2]

侯玄涵《吏部夏瑗公传》亦同：

> 五年，邑大治。癸未，冢宰上计，举天下廉卓第一，上每朝群臣，咨天下廉吏，大学士方岳贡首以公

[1] 陈子龙《夏方余先生传》，《夏完淳集笺校》，上海古籍出版社，1991，第506页。
[2] 张岱《江南死义列传》，同上，第528页。

名进，上颔焉若素知者，书公名御屏，将膺殊命，会丁母丧归。[1]

都说他考评第一，引起崇祯皇帝注意，将委重用，事因丧母服制而寝。

不光官声这么好，他在文化界的地位，更被推重，这是因为他和陈子龙一道，创办了明末重要的思想团体“几社”：

是时东林方讲学苏州，高才生张溥、杨廷枢等慕之，结文会名曰复社，允彝与同邑陈子龙、何刚、徐孚远、王光承辈，亦结几社相应和，名重海内。[2]

按以上所述，几社创建是受复社影响且是对它的响应，源起大概如此。但后人常把它们视为各自两个社团，而不知崇祯二年(1629)经尹山大会已统一为一个组织。眉史氏(沈眉史)《复社纪略》：

是时江北匡社、中洲端社、松江几社、莱阳邑社、浙东超社、浙西庄社、黄州质社，与江南应社，各分坛坫，天如(张溥)乃合诸社为一，而为之立规条，定课程……因名曰“复社”……又于各郡邑中推择一人为长，司纠弹要约，往来传置。[3]

据此来看，“复社”名称的意思，就取自“合并各社”。照沈眉史后面开列的名单，松江府社员共九人，而夏允彝列其首，可能他就是“于各郡邑中推择一人为长”而产生的松江府复社之长。

吴伟业也说：

初，先生(指张溥，吴受业于他)起里中，诸老生颇共非笑其业以为怪。一时同志：苏州曰杨维斗廷枢，曰徐九一汧，松江曰夏彝仲允彝，曰陈卧子子龙；而同里最亲

[1] 侯玄涵《吏部夏瑗公传》，《夏完淳集笺校》，上海古籍出版社，1991，第518页。

[2] 王鸿绪《夏允彝传》，同上，第521页。

[3] 眉史氏《复社纪略》，中国历史研究社编《东林始末》，神州国光社，1947，第181页。

善曰张受先采，读书先生七录斋……乃与燕赵卫之贤者为文言志，申要约而后去。[1]

与沈眉史所述乃同一事，即各地思想社团达成统一组织的“尹山大会”，而夏允彝和陈子龙作为几社代表参与了这一合并过程。

人们一向以为，在中国，政党政治一则是近代以降始有，二来为西方输入之舶来品。这两个知识，并为错误。中国自万历末期起已有政党政治，此无待置疑。东林与阉党的惨烈斗争，有很突出的党派色彩，双方虽各不承认党派之名——“黨”这个字，从黑，古时候不是好字眼——但又各视对方为“黨”，而在自己阵营内部都以明确的意识抱为同志。整个明末，万历、泰昌、天启、崇祯、弘光五朝，政治已完全党派化，除了党派政治再无其他形式。其中，万历末为党派政治形成期，泰昌至天启初东林党主政，天启四年汪文言案标志着魏党上位，崇祯元年魏党垮台、东林重新上台，甲申国变后朱由崧即位、魏党残余在南京夺回大权。而政党政治在形态上的发展，也很明显。初，东林有政党之实，但尚无明确组织形态，而十几年下来，党派政治的事实却已然培育出了自觉的党派意识，从而有崇、弘间风起云涌的民间结社运动。这些社团虽往往以思想、学术为标榜，真正指向却无疑都在政治，目的是凭借思想认同，结成统一诉求的政治力量，最终干预社会和现实。这是以往东林的斗争所指明的方向，但比东林更进一步的是，后起的年轻一代开始谋求组织化，懂得组织形态的重要。复社所谓“立规条，定课程”，所谓“为文言志，申要约”，其实就是今天之“党章”，而“于各郡邑中推择一人为长，司纠弹要约，往来传置”，则于具体组织层面求内部秩序、领导系统的严密建设。故而，复社完全可视为中国历史上第一个完整意义的政党；其作为政党组织，已不惟有其实，亦略具其形。它于崇祯二年、三年、五年，连续举行三次“大会”（尹山大会、金陵大会、虎丘大会），相当于后世党代会；并在南京领导、实施了统一的政治行动——“防乱揭帖”倒阮事件；又在崇祯死国之后，就新君选定拥戴事宜，与东林大佬合谋运作……凡此种种，非政党则不足以言之。

作为复社骨干，夏允彝自可视为我

[1] 眉史氏《复社纪略》，中国历史研究社编《东林始末》，神州国光社，1947，第184页。

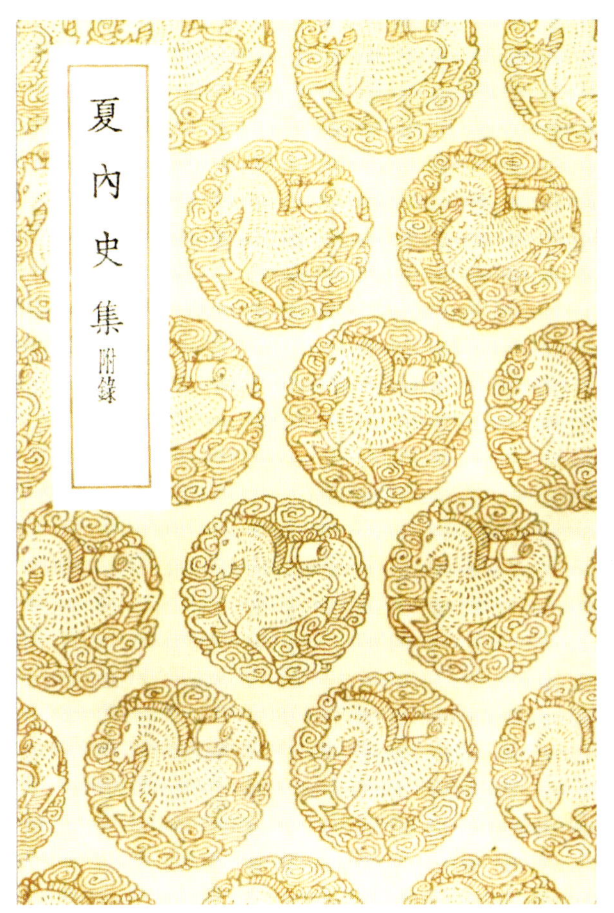

《夏内史集》

商务印书馆民国二十八年出版，铅印，九卷。卷一、二为赋骚，卷三五古，卷四七古，卷五五律，卷六七律，卷七七绝，卷八长短句，卷九散文（包括书信），以及附录一编。

国较早的政党活动家。"北都变闻,恸哭累日……扁舟渡江,走谒尚书史可法,与谋兴复,闻福王立,乃还。"此行,无疑是含着党务色彩的。嗣后,也因此被马、阮揪住不放,兴师问罪:

> 其年五月,擢吏部考功司主事,疏请终制,不赴。及马士英、阮大铖乱政……劾允彝及其同官文德翼居丧授职为非制。[1]

尽管夏允彝不曾到任,但对他的新任命明显是基于党派原因做出的安排——弘光即位前,南京政局尚握于东林之手——且为着党派利益,将礼法置于不顾了。从礼法角度,官员居丧不能出来做事。这条小辫子,马、阮可谓逮个正着。马、阮当然并非对捍卫礼法感兴趣,他们目的也在党争,礼法不过是打击政敌的武器,就像如今不同政党间经常拿道德做文章、攻击对方,却把自己打扮得很高尚一样。

对政党政治,平时我们易于或更多看到它的倾轧和不择手段,这固然是不错的。然而三四百年前,这情形亦适足表现一种政治竞争的开展,它实际是君权萎缩、政治的重心向职业政治家集团转移所致。在明代,这变化明显以嘉靖为分水岭,嘉靖是最后一个把大臣玩得团团转的皇帝,之后则颠倒过来了。而且,这还不能都用君主黯弱来解释,万历、泰昌、天启几位,固然昏碌得不理朝政,崇祯皇帝可并不那样。崇祯皇帝很积极、很勤奋,甚至到了待己苛苦的地步,很愿意让乾纲独奋的有为君主形象在自己身上重现,可他根本玩不转了,政治已经变成朝中党派游戏,没皇帝什么事,他临死前说君非亡国之君、臣皆亡国之臣,一部分就是在抱怨这种过去所不曾有的现实。

马、阮其势汹汹,咄咄逼人,亏得弘光朝转瞬即逝,不能拿夏允彝怎样。乙酉之变消息传来,他"徬徨山泽间,欲有所为。闻友人徐石麒、侯峒曾、黄淳耀、徐汧等皆死,乃以八月中赋《绝命词》,自投深渊以死"。[2]具体过程,与他有亲戚关系的侯玄涵所知更详。侯家是嘉定名门,清军制造"嘉定三屠"惨案,即由

[1] 王鸿绪《夏允彝传》,《夏完淳集笺校》,上海古籍出版社,1991,第522页。

[2] 同上。

玄涵的伯父侯峒曾所领导的抗清而起，玄涵的兄长玄洵娶了夏允彝之女、夏完淳的异母姊夏淑吉为妻。他所写《吏部夏瑗公传》记述：

> 乙酉夏，王师南下，士大夫相率奉手板入谒，公独不可。时江南总兵吴志葵顿兵海上，同郡给事中陈子龙、孝廉徐孚远，阴与陈湖亡命起兵湖中，志葵故公门生，子龙说公以尺书招之。志葵与参将鲁之璵率舟师三千，自吴淞口入澱、泖，窥苏州。[1]

行动以失败告终，败军逃往海上。有人劝说夏允彝也“入海趋闽”。入海，是随败军一起逃走；趋闽，指投奔福建。当时唐王朱聿键由郑鸿逵、郑芝龙（郑成功父）和黄道周拥戴，在福州即了皇帝位，而夏允彝自己曾在福建为官，有很好的官声。他拒绝逃走，说：“举事一不当，而行遁求生，何以示万世”，“吾将从虞求、广成游”。虞求为徐石麒，广成为侯峒曾。他于《绝命词》中写道：

> 少受父训，长荷国恩，以身殉国，无愧忠贞。南都继没，犹望中兴；中兴望杳，安忍长存！[2]

这时，完淳年方十五。

三

完淳一直以父亲为榜样，而父亲也对他特别钟爱——那或因是独子的原因——把他随时带在身边，包括当年在长乐任知县。夏允彝弟子蔡嗣襄说：“彝仲每见余辈，必令存古陪。”有意识地给以熏陶，让他长见识：

> 存古时年十二岁，秀目竖眉，举止如一老成人。出所为诗赋相示，已成帙，席间，抵掌谈烽警及九

[1] 侯玄涵《吏部夏瑗公传》，《夏完淳集笺校》，上海古籍出版社，1991，第519页。
[2] 同上。

边情形，娓娓可听，其伯父止之曰："有客在座，小子可啧啧焉？"[1]

伯父止之，父亲却没说什么，他心里其实是暗中鼓励和赞赏的。

古人都有名、字、号；当然，得是有身份的人家，穷人一般不专门起名，只以排行为名，吴晗就曾考证朱元璋本名重八，元璋是后起的。名、字、号中间，名和字由父亲或更高的长辈起，号由自己起。字之于名，有解释或引申的作用，故又称"表字"。夏允彝给儿子起名完淳；淳，是质朴、纯粹的意思，完淳，便是质朴、纯粹的极致，而儒者眼中，这种极致只有古时候才见得着，所以又将他的表字定为"存古"，希望他能够留存古代的精神。

中国人对于起名，有很神秘的看法，认为足可决定一生。此虽无妄，但有时候以其名揆其人，确有种种吻合之处。或许名字中的含义，自动形成和散发长久的心理暗示，到头来，反以此方式影响了人的一生亦未可知。

完淳便与其名和字很是投缘。有关他的早慧文才，那是众所公认、交口称赞的，如说："操笔立就，奇丽可观"[2]，"为文千言立就，如风发泉涌"[3]，"幼以神童名，有隽才"[4]，"弱冠才藻横逸，江左罕俪"[5]等等。不过，这些只是一般地表彰他的不凡，还不能具见他的性情。说到这一点，得佩服一下郭沫若。他虽为身名所累，但慧悟确有过人之处，对夏完淳，他的眼光就很敏锐，不单称其文采，更注意到他"六朝以后的史事人物便很少提及，诗不提李、杜、元、白，文不提韩、柳、欧、苏，词不提周、柳、苏、辛，曲不提关、白、郑、马，甚至如行迹相似之文天祥、陆秀夫之类的宋人亦绝未提及"。[6]这就不是泛泛而谈，而是知人之论。

慕古，似乎是他与生俱来的天性。前面蔡嗣襄讲，看到十二岁的完淳，留下了"举止如一老成人"的印象。这其实也是他文章的格调。一般这种年龄的孩子，不论才情多么卓颖，我们所能想象的总是不越于"青春文学"之上的写作，总是逗留在"少年不识愁滋味"的

[1] 蔡嗣襄《夏存古传》，《夏完淳集笺校》，上海古籍出版社，1991，第546页。
[2]《增修紫隄村志》，同上，第544页。
[3] 王弘撰《夏孝子传》，同上，第545页。
[4] 查继佐《行取知县夏公传》，同上，第531页。
[5] 温睿临《夏允彝传》，同上，第538页。
[6] 郭沫若《夏完淳》，《郭沫若全集》文学编第七卷，人民文学出版社，1986，第442页。

情状。盖因才华归才华，年少者的情怀却一定与其人生经验相埒。但在完淳这儿，我却遭遇了极大的意外。若他仅是"弱冠才藻横逸"，在我们，也无非视为三百年前"八〇后"，虽然是更可叹绝的"八〇后"。可他根本不是这样。他诗文所透出的眼界、胸次，那种历史厚度、那种忧患沧桑，以及心灵所触摸、感应、萦绕的东西，全非那年纪所能有。他最早引世人惊诧的，是一篇拟庾信的《大哀赋》，后人陈去病盛誉"几疑开府复生"[1]。我们都知道杜甫名句："庾信文章老更成"，那是历来中国文学臻于"老境"的象征，而这十来岁的少年，一出手便追摹着这种境界。似乎我们应该注意一下他感兴趣的文体，那时，他完全沉浸在兴于汉代而自隋唐后基本死掉、连成年人都鲜有问津抑或不能驾驭的大赋，连续写下《大哀赋》《寒泛赋》《江妃赋》《秋郊赋》等十余篇，仿佛非此恢宏铺排、一唱三叹的文体，就不足承载他浩广恣溢的情感。汉赋以外，他还喜欢庄子之文、屈宋骚体和乐府歌行，都是开阔而古远的样式。实际去读他作品，所得感受将比别人所不吝赞赏于他的还令人称奇，因为大家一般只是指出他身怀异禀，其实，更所罕见的是他的襟抱；关于后者，待会儿我们结合他的事迹，再具体举一些诗文为例。

此刻，横在这十五岁少年跟前的，是天塌地陷的一幕：他敬爱的父亲，撇下家人，惨烈殉国："投松塘死。水浅自伏而绝，背衣犹未湿也。"[2]怎么"自伏而绝"的呢？据说，由于水非常浅，夏允彝"怀石沉嵩塘以死"[3]——死死抱住一块石头，生生溺毙了自己，那该是何等无悔与决绝！

四

我很想知道完淳目睹父亲这般姿态的尸首后，内心是何感受。不料，长于文墨的他竟不曾写过祭文来悼念父亲，翻遍《夏完淳集笺校》和民国二十八年商务印书馆版《夏内史集》，只见到《六哀诗》中一首《先考功》，将父亲与徐石麒、侯峒曾、黄蜚等一道推重，并不是从父子角度吐诉私衷。倒是大姊淑吉在父亲就义周年之际，写过三首七绝：

[1] 陈去病《五石脂》，《丹午笔记·吴城日记·五石脂》，江苏古籍出版社，1999，第290页。

[2]《增修紫隄村志》，《夏完淳集笺校》，上海古籍出版社，1991，第544页。

[3] 朱溶《忠义录》，同上，第528页。

轻生一诀答君恩，伯道无几总莫论。不忍回肠思昨岁，楞严朗诵一招魂。

翻疑爱重谪人天，子女缘微各可怜。拜慰九京无一语，花香解脱已经年。

望系安危一代尊，天涯多士昔盈门。丘山零落无人过，夜月乌啼自断魂。[1]

父亲死后，淑吉入了空门，故云“楞严朗诵一招魂”。“子女缘微各可怜”一句，最见心声，因为父亲死得太早，做子女的难免生出“缘微”之感，所以“轻生”二字略露怨艾。不过，对父亲所抱之志还是理解和尊重的，认为那选择于他是“花香解脱”。而从“望系安危一代尊，天涯多士昔盈门。丘山零落无人过，夜月乌啼自断魂”两句看，夏允彝身后是有些寂寞的，从前宾客盈门，现在却“无人”来坟上看望。

不知完淳是否也和大姊一样，叹息“子女缘微各可怜”？他的无所表示，是真的不做表示吗？我曾找到一个迹象，说明他自父死后，一直在设法不去面对这件事。那是他写《续幸存录》时，叙其原委，讲到父亲临终前如何嘱托他代为完成那未竟之作，可他却足足一年不敢看父亲遗作一眼：

呜呼！手泽存焉！父书犹不忍读，何况续其遗书耶！然先志不可违也。自草土以来，恒思纂述，而哀瘠之余，形神俱涸，一经置笔，念及先忠惠风雨一编，便凄然自废。景光如逝，忽焉小祥矣。[2]

辞世周年曰“小祥”，所以他确实经过了一年，才强逼着自己从回避中走出来。

[1] 夏淑吉《先考功忌日三首》，引自《郭沫若全集》文学编第七卷，人民文学出版社，1986，第418页。

[2] 夏完淳《续幸存录》自序，《夏完淳集笺校》，上海古籍出版社，1991，第422页。

恐怕不光是极度悲伤，我更觉着还有一种可能，即他或许感到父亲的死对于自己，已根本超出了文字所能表达的限度。我们换个角度来看，自夏允彝赴水那天起，完淳可以说无时无刻不在对父亲做出回应——只是从来不用文字罢了。一直到牺牲为止，他的笔是从来没有停下的，诗、文、传记，以及给亲人们的遗书等等，写了很多很多，却就是不曾专为父亲写点什么。我想来想去，对此只有一个解释，即：凡涉及父亲的，都无法形诸笔墨，而只能化为行动。

完淳从此成为"无家"之人。他把妻女（当时他已有一女）送回外家，自己就像孤魂野鬼，在旷野里四处奔走，不断地投身到不同的起义队伍。屈大均《皇明四朝成仁录》之《吴江起义传》，概括了他后两年的生命：

> 从其师陈子龙起兵太湖，遵父遗命尽以家财饷军鲁监国，遥授编修。子龙战败，完淳走吴昜军，为参谋。昜败，复与吴圣兆连谋反正，被执，至留都。[1]

吴圣兆即吴胜兆，原系明军李成栋部将，时已降清，为松江提督；他于1647年起兵反正，时称"丁亥之变"。

以上过程，《东山国语》有较细的讲述——

父亲死后，完淳"作表潜通海上达鲁王，为奸者所觉。北镇吴胜兆得其表，寝匿不出。吴本旧将，就降于北，颇怀旧，纵完淳去"。他先是悄悄上书给在浙东称监国的鲁王，被截获，但吴胜兆瞒下这事，放过了他。之后完淳"私入太湖受盟而还"，找到在太湖中打游击的义师，秘密加入他们，之后返回，想必是替义师做侦探。而清军防范甚严，四处耳目，或对完淳有所注意，"时多窥伺，避祸，以舟为家"，为甩掉盯梢，完淳一度只能漂泊湖上。[2]

年底，他躲到浙江嘉善岳父钱栴的家。

钱栴，表字彦林，是个举人，其父钱士晋做过云南巡抚。说起他们翁婿，还有一个小故事。完淳十三岁时，随父赴

[1] 屈大均《皇明四朝成仁录》(一)，明代传记丛刊·名人类，台湾明文书局，1991，第484页。
[2] 沈起《东山国语补》，台湾文献丛刊第五辑《东山国语·鹿樵纪闻》(合订本)，台湾大通书局，1995，第101页。

长乐之任，路过嘉善，可能也是为与钱家小姐钱秦篆订婚，专门拜见钱栴：

> 时四方多故，兵食交困，完淳启请曰："处今日时势，大人所阅何书？所重何事？"彦林方以童子视之，欲致答，仓猝中未能持一论，但曰："吾与君家阿翁所学略同。"[1]

钱栴措手不及，仓猝答道：我和你爸爸观点差不多吧。估计这一见一问，未来的老丈人便再也不"以童子视之"了。

钱栴也是抗清义士。南京陷落后，与堂兄钱棅起兵，钱棅在嘉善守城，他则率儿子钱熙、钱默援协嘉兴。两城次第告破，钱棅入太湖打游击，"遇大兵大战，身被四创而死"；钱栴则逃往浙东投奔鲁王，之后回到故里，图谋再起。一年后，"丁亥，栴预吴胜兆密谋"。[2]

"丁亥之变"是这样发生的：

> 丙戌(1646)，云间北镇吴胜兆志不忘旧，欲以兵起，恐失援，知陈卧子(陈子龙)与半村(钱栴人称"半村先生")密，隐通于完淳。完淳喜，往合卧子，约海上舟山黄斌卿以海师进吴淞。吴淞守者系胜兆腹心，乐内应。完淳日往来其间，故常在舟中。斌卿业与陈、夏订期，将至淞，忽飓风大作，覆十余舟，斌卿几不免，退归。胜兆至期，置酒高会，宴诸文武优戏。酒半，起穿优服语众曰："此我明制服也。"首戴进贤，令众皆易服。复曰："用夏变夷，在此一刻。"同谋者已预备明制，易服拜见。中有府属明职降北者，反以为不可。胜兆怒，立杀二人。众惧，听约束。于是城中缙绅士庶皆踊跃因卧子、存古输情于胜兆。逾日，海师不至，闻斌卿覆舟之变。武弁中有北籍者，是夕不得已易服，原非本志，惧祸，诳言请事。胜兆已中战，问："何事？"曰："请密语。"入密室，猝起杀胜兆，举其首号于众曰："苏州土督有密谕，令斩叛者。苏州大军即至

[1] 沈起《东山国语补》，台湾文献丛刊第五辑《东山国语·鹿樵纪闻》(合订本)，台湾大通书局，1995，第101页。

[2] 李聿求《鲁之春秋》钱栴传，浙江古籍出版社，1984，第135—136页。

矣。"众震骇,皆从满服。往索卧子,已逸去。

这是太湖流域最后一次较大的起义。"苏州土督",即清江宁巡抚土国宝。文中可知,完淳所起作用,是在"叛军"与民间抗清义师之间充当"交通",传递信息、串通联络。起义本身,不啻飞蛾扑火,实际上也只在脱掉满服、重换汉装的意义上发生,但仅仅几天又换回了满服,此外则实际未发生别的事。然而,历史不得以成败论英雄,飞蛾扑火之中,自有一腔热血,适为民族精神不死之证。

五

对于飞蛾扑火,完淳早就了然于胸,毋如说,他根本是抱了这种态度走完人生最后的两年。他有五言诗《精卫》:

北风荡天地,有鸟鸣空林。志长羽翼短,衔石随浮沉。崇山日以高,沧海日以深。愧非补天匹,延颈振哀音。辛苦徒自力,慷慨谁为心!惜哉志不申,道远固难任。滔滔东逝波,劳劳成古今。[1]

笺者曰:"当是乙酉国难后作,藉精卫以明心志。"精卫,是徒劳而不屈的象征。诗中以"北风"喻清廷,而以鸣于空林的小鸟自比。他知道自己有志力薄、有心无力,相反,清廷统治却一天天强大、稳固起来(崇山日以高,沧海日以深),他知道自己补不了天,所能做的无非是于世上发出一点悲伤的哀鸣罢了,但他只想尽这样一点点的力量,不辞徒劳,也不怕徒劳,他愿意这样汇入历史河流,成为历史的一部分。

又有咏刺秦义士荆轲的《易水歌》:

白日苍茫落易水,悲风动地萧条起。荆卿入秦功不成,遗恨骊山暮烟紫。昔年此地别燕丹,哀歌变

[1] 夏完淳《精卫》,《夏完淳集笺校》,上海古籍出版社,1991,第146页。

徵风雨阑。白虹翕翕贯燕市，黄金台下阴云寒。袖中宝刀霜华重，此事千秋竟成梦。十三杀人徒尔为，百二河山俨不动。呜呼，荆卿磊落殊不伦，渐离慷慨得其真。长安无限屠刀肆，犹有吹箫击筑人！[1]

古人视秦为反文明的黑暗时代，在完淳眼中，清廷便是“当代之秦”。和《精卫》一样，诗中同样明示，虽然反抗难逃“功不成”、“徒尔为”的下场，反抗者却仍是伟大无伦的英雄。这种伟大无伦在于，“长安无限屠刀肆，犹有吹箫击筑人”，中国需要这种证明。

《六君咏》[2]，为缅怀乙酉年六大死国名臣而作，分别是史可法、黄道周、刘宗周、徐汧、金声和祁彪佳，他们或毅然自裁，或战至最后一刻。完淳此作，歌美忠义的寓意无遑多言，关键是他在诗中表现的精神高度，与所写对象略无差异，而难以置信作者仅为十六七岁的孩子。他评史可法：“忠清卓荦姿，夙昔事戎马。隆望震华夷，嘉名泽风雅。”叹之“出师计不成，战死维扬野”，以“西风五丈原，冥冥云龙驾”称赞史可法的精神可与诸葛亮比肩。评黄道周“漳浦介以廉”，一生正直、清白，也指出“戎马非所长”，但认为这不重要，重要的是“破胡虽不成，报国心已毕”。说刘宗周“刘公执法臣，威仪世所则”，刘宗周司职监察工作，官左都御史，认为他对职守之忠，堪为天下之表，次而说“弟子三千人，绍兴邹鲁迹”，孟子邹人，孔子鲁人，意谓刘宗周对儒学的贡献，可比做当世孔孟。徐汧在清兵下苏州、发布薙发令后，不是简单一死了之，而是在虎丘以郑重仪式公开自裁，围观者达数千人，以此向世人昭示气节，完淳盛赞他“始知风雅儒，大勇甘沟壑”。金声是清军南下后，皖南抗清的领袖，兵败被执，拒降，临刑“谓刑者曰：‘但绝我气，无断我头。’于是，撚须仰面，饮刃而没。”[3]完淳恸之曰：“轻生贵任侠，英爽殊逼人。功名尽一剑，壮志苦不伸。”祁彪佳是刘宗周得意弟子，世代书香，绍兴祁氏旷园淡生堂，是明末最大私家藏书家，他的死，也和出身、家门一样，在六人中最恬淡宁静，当时他收到清军“檄诸生投谒”的命令，对妻子说“此非辞命所能却，若身至杭州，辞以疾，或得归

[1] 夏完淳《易水歌》，《夏完淳集笺校》，上海古籍出版社，1991，第171页。

[2] 夏完淳《六君咏》，同上，第111—121页，以下不赘。

[3] 温睿临《南疆逸史》金声传，中华书局，1959，第97页。

耳”。“阳为治装将行者，家人信之不为意。至夜分，潜出寓园外放生碣下，投水死。先书于几云：‘某月日已治棺，寄葴山戒珠寺，可即殓我。’其从容就义如此。”[1]所以完淳提到他，笔下也浮动着一种唯美的光彩：“中丞多风姿，简贵出尘表。修饰好羽仪，凌云独矫矫。”我们看他这些评骘，丝毫没有因对象均为名高望重的前辈而仰视的目光，俨然是平起平坐的朋友，而其从容沉静、不温不火、娓娓道来的语气，以及恰如其分、约言抉要的见地，实在不是年方十六七岁的少年所能至。这当中，除远超常人的纵览饱读，更难得的是言谈背后的高卓眼界。

他最后同时亦为其生平最杰出之创作，乃诗集《南冠草》。郭沫若的剧名即取于此。那是他从被捕起，沿途以及狱中吟得，可以说是这非凡少年向人间辞行而留下的心路历程。“草”字易解，未定之稿也，所谓“文之蒿草”，尚不足以称文，故为草。“南冠”却有典故，出《左传·成公九年》：“南冠而縶者”，当时，晋景公援郑伐楚，捉到楚臣为俘，而有此语；完淳在此借以自指——对清国来说，他也是“南冠而縶者”。

其第一首《五律·别云间》说：

> 三年羁旅客，今日又南冠。无限河山泪，谁言天地宽！已知泉路近，欲别故乡难。毅魄归来日，灵旗空际看。

首句可谓是对父亲死后自己生命历程的总结：父死三载，他也流浪了三年，而终以囚徒结束。“无限河山泪，谁言天地宽”，何时读来，此句都令人泪不能禁！这位脸上一定还未脱稚气的少年，那犹在发育中的胸膛，却装着祖国大好山河，为她悲恸和不忍。他已知此去绝无生还理，在心里暗暗地和乡亲、祖辈世代生息之地告别了，再回故乡时，他将作为“毅魄”，骄傲地看着自己的灵旗在空中飘扬。

第二、三、四首，分别写给嫡母盛氏、妻子钱秦篆、大姊淑吉以及他的外甥侯檠。对嫡母，他说：“古道麻衣客，空堂白发亲”，黑发人从此不能孝奉白发人，白发之人倒要面对黑发人之丧（麻衣，丧服也），他不禁叹道：“负米竟谁人？”日后，谁又来为年迈老母负米回家呢？对

[1] 李天根《爝火录》，浙江古籍出版社，1986，第504页。

細林野哭 南冠草

林山上夜烏啼。細林山

伯。昔日曾來訪白雲。落

意氣親。去歲平陵鼓聲

《细林野哭》片影

“‘野’在古汉语，有无家、荒芜并兼野鄙陋文诸意。‘野哭’并非只在完淳的笔下出现过……但我感觉，似乎用于明清易代之际，这词才格外有百感交集的况味。”——本书自序。

夏氏父子之墓

位于松江昆冈荡湾村，原为夏氏宗族墓，新中国成立后修为夏氏父子墓，墓碑为陈毅1961年所题“民族英雄夏允彝夏完淳父子之墓”。

妻子，他满怀疚意："忆昔结褵日，正当擐甲时。门楣齐阀阅，花烛夹旌旗"，结婚之日起，自己就被迫拿起刀枪，夫妻并无一日恩爱厮守，眼下又将永诀……末句"珍重腹中儿"，尤令人痛，此时钱氏又有身孕，而完淳却再也看不到这新的生命了，只及留下这样一句嘱托！大姊淑吉嫁与侯玄洵为妻，关于嘉定侯家的高洁，我们先前已曾介绍，所以完淳开头写道："门阀推江左，孤忠两姓全。"夏、侯两家，都是好样的！第三句写："愧负文姬孝，深为宅相怜"，以大姊比蔡文姬，因为淑吉也是出名的才女。他们姐弟感情很深，临别，完淳还要为着日后尽孝的重任都压在姐姐身上，而不安和抱愧。最后一句"大仇俱未报，仗尔后生贤"，是写给外甥侯檠的，他俩年纪相仿，且都富文才，平时相得甚欢，每与唱和，此时完淳留给侯檠的心愿是，牢记两家共同的大仇，未竟之事就全靠你了！

全部《南冠草》，计五律十首，七律三首，七古二首。我们这里不及逐一拜览，概而言之，格调无不高古，感情无不真挚，襟怀则无不深沉。它们不但应在中国诗歌和文学史上占一特殊地位，也理当是中国爱国传统教育的必选教材——如果我们的这种教育真正建立在悠久历史基础上，真正秉承从这历史中自然生发出来的至正至大精神，像夏完淳这样的少年英雄是绝不该忘却的。

但我还是忍不住再提一提《南冠草》里头两首七古《细林野哭》和《吴江野哭》，那是他解往南京途中，分别哭两位父辈的同志陈子龙和吴易的。两诗都写得英气勃发、荡气回肠，尤其《细林野哭》，辞气和笔力很有太白遗风：

> 细林山上夜乌啼，细林山下秋草齐。有客扁舟不系缆，乘风直下松江西。却忆当年细林客，孟公四海文章伯。昔日曾来访白云，落叶满山寻不得……

余如"黄鹄欲举六翮折，茫茫四海将安归"、"天地跼蹐日月促，气如长虹葬鱼腹"、"抚膺一声江云开，身在罗网且莫哀"等句，也纵逸骏发、气象阔大。

骚赋之外，完淳另有一重要著作《续幸存录》。那是对《幸存录》的续写。《幸存录》写于崇祯死国之后，当时夏允彝居丧在家，痛定思痛，感到必须一探国家走到如此不可收拾地步的根源，遂有此作。但"述至先帝死社稷，遂绝笔不复纪”[1]，从万历写起，及写到崇祯之死，自己也殉了国难，独独缺了弘光这一段。他留下遗命，要完淳续完全部，可见他对儿子的才学多么信任，毫不怀疑他足以去做这样一件严肃而重要的事情。而完淳的杰出，我们都已亲眼看见，他以十六龄童，不仅承担和完成了这相当于断代国史的撰述，而且做得极为出色，高屋建瓴，器局宽宏，持言正平，议论精当，如“朝堂与外镇不和，朝堂与朝堂不和，外镇与外镇不和”[2]，“士英虽有用小人之意，而无杀君子之心”[3]，“史道邻清操有余，而才变不足；马瑶草守己狼藉，不脱豪迈之气。用兵将略，非道邻所长，瑶草亦非令仆之才。内史外马，两得其长”[4]等，皆非人云亦云而能独出己见，尤其是很好地承接了父亲《幸存录》欲跳出党派立场之外、实事求是总结亡国经验的立意。虽然后来黄宗羲对夏氏父子的表述很不高兴，认为“是非倒置”[5]，我们作为后世旁观者，却更倾向于赞同李清的观点，夏氏父子“存公又存平”[6]，是真正的良史之风。后世称完淳“夏内史”，就是因为书中发议论的段落以“内史”自名，而大家也一致公认他配得上这称呼，可见《续幸存录》作为史著的成功，以及人们对完淳作为史家的认可。历来说“文史不分家”，实际文与史断乎不同，善治史者固然未必有顶尖的文才，但顶尖的文才更未必可以成为一流的史家，因为一流史家所应备的胸襟、识学，实在是很难达到的。完淳竟以犹未弱冠的少年，将二者集于一身，对此，我每每觉得是超乎想象的事。

六

完淳被捕的时间，郭沫若认为是丁亥年（1647）六七月之交，地点为华亭。因是要犯，被捕后，清政府很快将其解往南京。上述时间，正好途中有熟人目击，故可以确定：

> 顺治丁亥七月望，夏子存古以奉表唐王谢恩，为海上逻卒所获。洪经略密行土抚军，索存古甚急。

[1]夏完淳《续幸存录》自序，《夏完淳集笺校》，上海古籍出版社，1991，第422页。
[2]同上，第431页。
[3]同上，第434页。
[4]同上，第455页。
[5]黄宗羲《汰存录》，《黄宗羲全集》第一册，浙江古籍出版社，1993，第327页。
[6]李清《自序》，《三垣笔记》，中华书局，1997，第3页。

时余读书虎丘石佛寺，不知也。一日，乘凉散步，将至憨憨泉，见一小沙弥同青衣数人汲水而饮，遥望沙弥有似存古，趋视之，则竟是也。问之，则曰："我已就缚上道，无资斧，其为我谋之。"余急索囊中所有倾付之，送其登舟。有经略差官王姓者，虑有他谋，诘询姓名，词气甚厉。余以世谊交情详告之。且曰："吾为行者治装，于尔未尝无益，何怒之有？"于是沽酒脯为别。[1]

从杜登春目击的情形看，完淳上路时一身萧然，而清政府却不对犯人提供任何帮助，时当盛夏，连饮水都只能路旁急就。沙弥，就是小和尚；这两年完淳大概一直做此装束，一来作为对薙发的抗拒，二来利于在斗争中掩护身份。完淳自己也在《南冠草》"虎丘遇九高"（九高是杜登春的表字）中记了这次巧遇："竹马交情十七年，飘流湖海竟谁怜"，并说"楚囚一去草如烟"，[2]好像"南冠草"的题目便是在这首诗中酝酿的。

洪经略即洪承畴，清军下江南后，委他做"招抚南方总督军备大学士"，眼下，是他催令土国宝急解完淳到南京。他的出场，将为完淳的英雄谢幕做最好的陪衬。屈大均记曰：

被执至留都，叛臣洪承畴欲宽释之，谬曰："童子何知，岂能称兵叛逆？误堕军中耳。归顺当不失官。"完淳厉声曰："吾尝闻洪亨九先生本朝人杰，嵩山杏山之战，血溅章渠，先皇帝震悼褒衃，感动华夷。吾尝慕其忠烈，年虽少，杀身报国岂可以让之。"左右曰："上坐者，即洪经略也。"完淳叱之曰："亨九先生死王事已久，天下莫不闻知，曾经御祭七坛，天子亲临，泪满龙颜，群臣呜咽。汝何等逆贼，敢伪托其名以汙忠魄！"因跃起，奋骂不已。承畴无以应，惟色沮而已。[3]

完淳为洪承畴所杀是事实，但上述具体情节，虚构和演义的可能性大。因为同一情节，也曾出现在别人身上，例如左懋第被扣北京期间，洪承畴出来见他：

[1] 杜登春《童心犯难集》，《夏完淳集笺校》，上海古籍出版社，1991，第618—619页。
[2] 夏完淳《虎丘遇九高》，同上，第334页。
[3] 屈大均《皇明四朝成仁录》(一)，明代传记丛刊·名人类，台湾明文书局，1991，第484—485页。

懋第叱曰："此鬼也！承畴统制三边，松、杏沦亡，身殉兵革。先帝赐祭，加醮九坛，优以恤荫。承畴死久矣！若何得复存？来者鬼也！"[1]

几无差别，其中必有张冠李戴者。

完淳在狱中大概关押了一个多月，其间确切可信的事迹，还是以《南冠草》和两封遗书为准。由《南冠草》我们得知，他是被监禁于从前某位明朝太监的宅第中；《被羁待鞫在皇城故内珰宅》："重来中贵宅，空挂侍臣冠。"又从《御用监被鞫拜瞻孝陵恭纪》知，审讯地点为前御用监，但也变更过别的地点，例如西华门（《西华门与同难诸公待鞫》）。

被害日期，为当年九月十九日。陈去病《五石脂》：

存古就义之日，向仅附见《苏州府志·刘曙传》，云系九月十九日，殊未敢信。顷读吴下逸民所撰《刘公旦死义事略》，亦谓九月十九日赴市，同刑者三十余人。[2]

据洪承畴当时呈自南京的报告，内言：

玖月拾捌日，臣准刑部咨，该臣题前事："奉圣旨：'刑部核拟速奏，钦此。'钦遵。抄部送司，核拟呈堂，该本部看得：叛犯顾咸正等叁拾叁名，通海寇为外援，结湖泖为内应，秘具条陈奏疏，列荐文武官衔，其中逆党姓名，历历可据。不轨之谋既确，俱应依谋叛律，不分首从皆斩……"臣查玖月拾捌日部文到日，提督臣张大猷已于拾柒日先督兵赴淮安剿贼，臣随会礼部侍郎臣陈泰、操江院臣陈锦，将顾咸正等叁拾肆名取齐。内有沈台壹名，先据署按察司事马政道、卢世扬报称，已于玖月拾柒日在监病故，臣委听用都司黄鼎铉等相验戮尸讫。见在叛犯顾咸正、钦浩、吴

[1] 抱阳生《甲申朝事小纪》，书目文献出版社，1987，第732页。

[2] 陈去病《五石脂》，《丹午笔记·吴城日记·五石脂》，江苏古籍出版社，1999，第290页。

江南各省招撫內院大學士洪承疇題本
欽命招撫江南各省地方總督軍務兼理糧餉內院大學士太子太保兵部尚書兼都察院右副都御史今守制臣洪
承疇謹題爲傳奉事玖月拾捌日臣准刑部咨該臣題前事奉聖旨刑部核擬速奏欽此欽遵抄部送司核擬呈堂該
本部看得叛犯顧咸正等叁拾叁名通海縱爲外援結湖泖爲內應秘具條陳奏疏列薦文武官銜其中逆黨姓名歷
歷可據不軌之謀既確俱應依謀叛律不分首從皆斬妻妾子女入官爲奴財產籍沒充餉父母祖孫兄弟不限籍之
異同皆流貳千里安置奸細孫龍與顧咸正等決不待時除已斬之唐簡趙欽朱國維及物故之陳濟邦已正厥辜無
庸再議外僱工人張成等陸人知情不首各責肆拾板站徒叁年趙良新胡志纓周化原不同謀俱應釋放董佐申黃
廣確查另結未獲叛犯侯玄瀞等貳拾貳名嚴緝另結等因具題本年捌月貳拾貳日奉聖旨顧咸正等叁拾肆名着
即就彼處斬餘俱依議欽此欽遵合咨貴院部煩爲遵照聖旨及查咨文內事理希將顧咸正欽浩吳鴻夏完淳謝堯
文劉曙管定武喬墀毛雲臺韋鶴村朱啓宸翁英董剛張謝石侯其偉黃有德徐佑徐汝純李之檀朱彥選董琠申洪
中孚江敬袁楠楊芳華賢辭彭鶴齡馬都沈彰陳安邦沈襄朱玄端朱仲貞孫龍即會官處決仍將決過緣由徑自具
奏餘俱欽遵查照發落施行等因到臣臣查玖月拾捌日部文到日提督臣張大猷已於拾柒日先督兵赴淮安剿賊
臣隨會禮部侍郎臣陳泰操江院臣陳錦將顧咸正等叁拾肆名取齊內有沈襄壹名先據署按察司事馬政道盧世
揚報稱已於玖月拾柒日在監病故臣委聽用都司黃鼎鉉等相驗戮屍訖見在叛犯顧咸正欽浩吳鴻夏完淳謝堯
文孫龍等共叁拾叁名欽遵聖旨即於玖月拾玖日會官梟斬正法訖臣又備咨移會江寧撫臣周伯達蘇松按臣盧

明清史料 己編第一本 三四 中央研究院

洪承畴就处置夏完淳等给朝廷的报告

此系清朝内阁档案。《夏完淳集笺校》笺校者白坚说："从中非仅尽悉此案被难者姓名，且可确知完淳在此案中之实际地位……完淳自与顾咸正同为主谋首事者，诸家记载乃据实直书，并非因其年少才高而故为夸饰也。"清亡后这批档案险遭化浆造纸的厄运，后由中央研究院历史语言研究所组织整理，陆续出版。

夏完淳像

“神童”这个名称，近来不见使用了，间或在文字上称人为“天才”或“才子”，差不多等于是骂人的词令。但有这种幼慧早熟的人存在，却是无可否认的事实。（郭沫若）

鸿、夏完淳、谢尧文、孙龙等共叁拾叁名,钦遵圣旨,即于玖月拾玖日会官枭斩正法讫。[1]

此件为清廷内阁大库档案。民国间,由中央研究院历史语言研究所将内库档案陆续整理出甲至丁编,该所迁台后,又从运台的一百箱余档,整理出戊至癸各编。洪承畴这份报告,便收在己编第一本。当年陈去病自不可能看到,不过,它最终证实了陈的看法:完淳被害于丁亥年九月十九日。

从洪承畴报告知,先是刑部于审讯结束后奉圣旨"核拟速奏",迅速复核并拟定量刑,之后刑部上报:罪行确凿,所有涉案三十三人,一律处死。刑部的判决于九月十八日到达南京,次日,洪承畴就将它予以执行。

据以上推断,完淳的绝笔——留给嫡母和发妻的两件遗书——应写于九月十八至十九日之间,即被告知死刑判决后。其间,遗恨、愧负、心痛之种种,是不必说了。比较重要的是,我们借此得知两点:一、父亲一死,"淳已自分必死",明确自己也不久于人世;"斤斤延此二年之命","贵得死所耳",多活了这两年,只是为了死得正确。二、特别嘱咐有孕在身的妻子:"淳死之后,新妇遗腹得雄,便以为家门之幸",盼望这遗腹乃是男胎,将来好继承他的遗志。[2]

同日被害三十三人中,还有他的岳父钱栴。有人说事到临头,钱栴发生动摇:"半村、完淳皆被执,赴南都,同锢一室。半村未免乞哀,且重行贿以祈脱。完淳怫然以为不可,赋诗规之"[3]。但也有说他"不屈死"[4]。未知究竟,但有一点是肯定的,他们翁婿双双遇难。这时,我们当然会想到那年仅十八的钱家小姐秦篆,她在同一天,既失去丈夫,又失去了父亲。

七

到此为止,华亭夏家的男性成员已无孑余。方余先生的两个儿子都是自杀身亡:继夏允彝之后,他的兄长夏之

[1]《江南各省招抚内院大学士洪承畴题本》,中央研究院历史语言研究所《明清史料己编》第一本,1957年原版,中华书局影印,1987,第93页。

[2]夏完淳《狱中上母书》,《夏完淳集笺校》,上海古籍出版社,1991,第413—414页。

[3]沈起《东山国语补》,台湾文献丛刊第五辑《东山国语·鹿樵纪闻》(合订本),台湾大通书局,1995,第102页。

[4]李聿求《鲁之春秋》钱栴传,浙江古籍出版社,1984,第136页。

旭也因藏匿陈子龙被清廷追究，于丁亥五月二十五日，自缢于文庙颜子牌位旁。眼下，孙辈完淳也捐躯了，这很可能是方余先生一支的绝嗣。夏之旭膝下似乎无子，如有，从完淳很乐于与亲属中同辈人唱和的习惯看，我们应能发现他或他们的存在。前面说，完淳自己有个遗腹，但生下来是男是女，以及下落，异说难定，很不明朗，只知道钱秦篆自己后来也削发为尼了。因此我们认为，夏家的下场多半是满门都为国尽忠而亡。

不单如此，夏家两边的姻亲也丧之殆尽。大姊所嫁嘉定侯家，出了抗清著名领袖侯峒曾、岐曾兄弟（侯岐曾便是淑吉的公公）。兄弟二人所生诸子，又有数人自尽或被清廷杀害。嘉善钱家，钱栴和堂兄弟钱棅同样死于国难，钱栴的两个儿子亦即完淳的内兄钱熙、钱默都随父起兵，后来钱熙“参总督吴昜军事，昜未败而熙先以病卒”[1]，钱默则削发为僧。

还有他的老师陈子龙，在至友夏允彝死后，坚持抗清两年，终被捕，“系舟中，泊跨塘桥下，子龙伺守者懈，猝起投水死。”[2]

短短几年，夏家亲朋故旧，如风摧林，飘零满地。

清廷刑部尚书吴达海在上呈顺治皇帝的报告中写道：

> 问得一名顾咸正，年五十七岁，系苏州府昆山县籍，由前朝癸酉科举人，历任陕西延安府推官。状招咸正遭崇祯国变，回家潜藏不出，有已正法子顾天逵，系官兵擒获已斩侯岐曾女婿，又顺治二年曾以谋逆被大兵杀死侯峒曾，有脱逃未获子侯玄瀞，系前年大兵杀死夏允彝在官子夏完淳姐夫。彼此俱系姻亲，常在侯家相会，谈及时事，各蓄异谋。[3]

“彼此俱系姻亲”，让我们看到了明末东南士夫气节之烈。这口宝贵的正气，经清廷一个世纪的努力，通过杀夏完淳、杀金圣叹、杀戴名世、戮吕留良尸……终于斫伤一空。愈从事后看，我们愈明白完淳“长安无限屠刀肆，犹有吹箫击筑人”这股热血的由来。他对现实的感

[1] 李聿求《鲁之春秋》钱栴传，浙江古籍出版社，1984，第136页。

[2] 同上，第132页。

[3]《刑部尚书吴达海题本》，《夏完淳集笺校》，上海古籍出版社，1991，第632页。

陈子龙

明末杰出文人，与夏允彝等并称“云间六子”，共创几社。乙酉夏，在太湖起兵，夏完淳就是追随于他从事抗清活动。

侯岐曾石刻像

他便是完淳大姊淑吉的公公。其兄侯峒曾因领导嘉定抗清被害，侯岐曾本人也因支持陈子龙而被捕、不屈死。

受，以及对历史的了解和饱读，使他不难预见到中国将面临一段虎狼之秦式的黑暗和倒退。这也是明清鼎革之际每位有文明之忧之士，共同的悲戚。而近代以来，由于中国对西方的落后，连知识分子也把罪责归到中国文化身上，归到自己身上。逮至当代，知识分子更因了这番“原罪”横遭唾骂与羞辱，称“臭老九”，从品质到人格皆被蔑视，谁都嘲笑为“嘴尖皮厚腹中空”的无用之辈。其实人们忘了甚或已根本不知，直到明代末年，中国文化及其知识分子并未失去创造力与激情，更未堕其品格；落后西方的那二百年，对中国来说，亡国犹属其次，更主要在于被一种落后文化死死拖了后腿，原已浮现的晨光熹微因而遮蔽和驱散了。面对夏完淳们的故事和存在，我们应该知道，在中国，知识分子并非生就委琐之相，也绝不是天然的摇尾系统。

柳敬亭

被删改的传奇

在那风云际会的时刻，这个手执醒木、以“耍嘴皮子”为业的说客，因为某种意外，扮演了一个特殊角色。在这角色中，他曾被寄予厚望；而其一生的传奇性，也因之走向顶点。

一

记得那次去钞库街38号媚香楼，在门口见一牌，上书："本馆是省级文保单位，馆内'媚香楼'及其河厅、水门，是十里秦淮两岸唯一保存的明、清时期古建筑。"编这瞎话儿的人，想必不知道《板桥杂记》有一段：

> 鼎革以来……一片欢场，鞠为茂草。红牙碧串，妙舞清歌，不可得而闻也。洞房绮疏，湘帘绣幕，不可得而见也。名花瑶草，锦瑟犀毗，不可得而赏也。间亦过之，蒿藜满眼，楼馆劫灰，美人尘土。盛衰感慨，岂复有过此者乎?[1]

余怀说得很明白，浩劫后他故地重回，所见"蒿藜满眼，楼馆劫灰"，根本已是荒地，哪里还有什么"保存"下来?

其实，秦淮旧迹休说今天无从觅得，再早一百年，也踪影杳然。我们很多人对秦淮河的印象，来自朱自清散文，读来诗情画意，却更多是作者从旧诗文中得来的对秦淮风情的想象或愿景，并非写实。比朱作略晚，1929年，南社文人姚鹓雏有一本谴责小说《龙套人语》，里面秦淮河是另一景象：

> 说什么"珠香玉笑"、"水软山温"，简直成了浊水淤渠，无穷荒秽。若是拿《板桥杂记》、《儒林外史》中所铺张的"河房风月""旧院笙歌"来对照一下，那才要叫人笑掉了牙呢。[2]

[1] 余怀《板桥杂记序》，周瘦鹃校阅《板桥杂记(全一册)》，上海大东书局，民国二十二年，第2页。

[2] 龙公(姚鹓雏)《江左十年目睹记》，文化艺术出版社，1984，第1页。小说原名《龙套人语》，由现出版者改。

这描写，也获证于林语堂。他有一篇谈妓女之文，直截了当地称："南京夫子庙前又脏又臭的秦淮河"。可见上世纪二三十年代，南京的秦淮河已可比美北京的龙须沟，根本是污泥浊水，虽仍有"桨声灯影"，却跟风流蕴藉没什么关系了。

不过，林语堂那篇文章，也犯了一点错误：

> 在那盛夏的夜晚，黑暗将那条肮脏的小河变成了一条威尼斯水道。学士们坐在那可供居住的船只上，倾听附近那来回游动的"灯船"上歌伎们唱着的爱情小调。[1]

这段话，写的是明末。他所犯错误就在于，以为明末的秦淮河已经"肮脏"。据珠泉居士《续板桥杂记》：

> 秦淮河凿自祖龙，水由方山来，西流沿石城，达于江。当春夏之交，潮汐盛至，十里盈盈，足恣游赏；迨秋季水落，舟楫不通，故泛舟者始于初夏，迄于仲秋。[2]

秦淮凿于秦始皇年代，水源在方山，不过，那点水源微不足道，历来得仰仗长江，夏季江涨而倒灌则水沛，仲秋复枯，实际是条季节河。那么，当秦淮河还保持这特点的时候，是不至于脏污的。

这特点何时失去，笔者不能说得确切。珠泉居士为乾隆时人，以这一点看，起码那时秦淮尚非"肮脏的小河"。但清末一定是了——姚鹓雏提到，晚清举子已经拿秦淮河的肮脏作对子，以讽刺科举：

> 尿粪血脓虫
>
> 贡监廪增附

五样脏物，对应应举者的五种身

[1] 林语堂《妓女与姬妾》，宗豪编《林语堂：幽默人生》（"人生文丛"），中国戏剧出版社，2002，第25页。

[2] 珠泉居士《续板桥杂记》，周瘦鹃校阅《板桥杂记（全一册）》，上海大东书局，民国二十二年，第3页。

份。我们也不知道，是肮脏益甚呢，还是清末以来一直都差不多，总之姚鹓雏以自己眼睛看过去："望过去黑沉沉胶腻腻一片清波……风过处，端的使人肠胃翻身，五脏神也要溜之大吉。"[1]听起来真是让人难以招架。以今所见，秦淮虽确实不像活水的样子，却尚不至于这种地步。

二

以上权为引子。所以绕个弯子从十里秦淮讲起，主要是这背景对于理解柳敬亭必不可少。

如果读过《桃花扇》，便知他不单是剧中人，且是活跃角色。男主人公侯朝宗刚出场，他随后也出现了，比李香君露面还早。和侯、李一样，他在剧中是少数几个贯穿始终的人物，直到失散的侯、李在栖霞山重逢，他都陪伴在旁。这些情节，其实是虚构。不过，孔尚任的虚构来自一个基本事实：在崇祯、弘光间的秦淮河畔，柳敬亭是响当当的人物，与很多东林、复社文人过从甚密。

说到此人，如今一般都认他是大说书家。黄宗羲写的那篇传记，被收入中学课文，他的事迹因此也流传甚广。但这篇课文，并非黄宗羲原文，而是经过了教材编辑者的关键性删节。由于这种处理，作者原意不仅大变，实际还被引向了相反的方面，而留下来的柳敬亭，完全被当作一位艺术大师突出着。我暂不揣测教材编者出于何种原因做这种删改，但我知道，它对柳敬亭其人其事给予了严重误导。

我们先讲相对次要的一种误导，即今人、古人对于说书及说书艺人的时代视阈之差。刊落之后的黄传，完全成了一篇对柳敬亭不吝赞美与惊叹的颂文，而以黄宗羲的大儒名公身份，很容易让人以为，在古代，表演工作者可以享有社会的推崇和敬重。这是很大的误导，会让学生不经意间就模糊了古今，接受错误的历史信息。

的确，演艺一行现在不但没人鄙夷，反而炙手可热，以至仰慕。然而几十年前还不是这样，三四百年前就更不

[1] 龙公（姚鹓雏）《江左十年目睹记》，文化艺术出版社，1984，第4页。

是。那时，操此业者谓之俳优，而优与倡并称，为社会最低贱者之一。为什么？因为两条：第一，这行纯属买与卖关系，有人买就得卖，掏钱者皆可颐指气使，卖艺之人毫无尊严，其去青楼既未远，之于乞丐也仅半步之遥——所以，演艺者首先从人格层面被歧视。第二，古人“家”观念很重，“家破”与“人亡”同属人生绝境，而卖艺者恰为萍漂蓬转状态，他们一生“跑码头”，在哪儿都无根无柢，迹近流浪，在土地依附、乡土观念根深蒂固的古代，他们的可悲就好比欧洲人眼中的吉卜赛人——这是另一种歧视，社会层面的歧视。

这些歧视的根源，如今都不在了。商品经济席卷一切，百业皆不脱“买卖”二字，包括古人目为大雅的文学，自有职业作家以来，实质不也是“买卖”？至于那种与故土厮守终老的“家”的观念，也早被社会的解放、交通的发达击得粉碎，每个人一生都飘浮不定、都在“流浪”，或者都“无家可归”——从甲地到乙地，甚至从甲国到乙国，有几人不是“客居者”呢？

而文化价值观也大变。旧以演艺乃贱业、以从业者为戏子，今则登上“艺术”殿堂、获“艺术家”之称誉，这有如霄壤的跨度，只要问问侯宝林一辈的艺人，并不难于求证。六七十年前，相对已属“现代”，尚不能对艺人有真正尊重，何谈三四百年前？当中学课文经一番删削，把黄宗羲《柳敬亭传》变成对一位“艺术家”的礼赞时，既悄悄地用当代视角阉割了历史，也让柳敬亭其人其事迷失本相。不过，始作俑者并非中学教材，以我看到的论，新中国成立后围绕柳敬亭故事即开始进行新的解释。这种解释，以“古为今用”的当代意识形态为背景，而中学课文不过是承其思路而已。

柳敬亭事肯定是个传奇，否则不会流传到今。然而，是怎样的传奇，抑或因何传之为奇，今人所知道、所认识的，却已非原样原义。这种差别，也和故事发生地秦淮河一样，名为一物而面目全非。本文所欲做的，便是还柳敬亭故事于明朝语境。

三

当时，以说书饮誉一方的，不止柳氏一人，连吴梅村那篇为他大张其目的传记也提到：

> 柳生之技，其先后江湖间者：广陵张樵、陈思，姑苏吴逸，与柳生，四人者各名其家。[1]

说明至少还有三位说书名家，当时可以并驾齐驱。实际还不止此，比如《扬州画舫录》，又提到另外两个人：

> 评话盛于江南，如柳敬亭、孔云霄、韩圭湖诸人。[2]

可是，张樵、陈思、吴逸、孔云霄、韩圭湖等，日后名头休说比肩柳敬亭，简直已消失得无影无踪。同为知名艺人，柳敬亭声望历久弥坚，旁人却都遭遗忘，这似乎不能简单归结于技艺。

相反，我们从史料得到的印象是，柳敬亭后来已被神化，成为供膜拜的对象，而其情形，是明显超出正常的聆艺状态与需要的。且看亲历其说书现场的张岱的描述：

> 主人必屏息静坐，倾耳听之，彼方掉舌，稍见下人呫哔耳语，听者欠伸有倦色，辄不言，故不得强。[3]

可以注意，单论技艺本身，柳敬亭亦不足令人全神贯注。他的听众，照样有交头接耳，乃至打呵欠、犯倦的。这并非他不够好，但那种好，也还在常识以内，并未到口坠天花、令人如闻纶音的地步。别的说书家表演时遇到的困扰，他也还是会遇到。但普通说书家须仰望的是，他无须掩饰自己的情绪，可以耍大牌、对听众甩脸色。在奉“各位看官”为衣食父母的古代，这种态度，是相当

[1] 吴伟业《柳敬亭传》，泰州市文史资料第8辑《评话宗师柳敬亭》，江苏省政协文史资料委员会出版，1995，第57—63页，后引皆此不赘。

[2] 李斗《扬州画舫录》卷十一，中华书局，1997，第257页。

[3] 张岱《柳敬亭说书》，《陶庵梦忆·西湖梦寻》，上海古籍出版社，1982，第45页。

过分以至有乖常理的。不必用艺术地位和声望来解释，以我们知道的论，旧时代即使荣宠如谭鑫培，也不敢（实则不会）这样耍态度。把观众听众“伺候”好，是艺人打小形成的习惯和本能。然而柳敬亭却逾越在外，在我们无法视为正常，于是对其原因，自也不能做通常的思索和求取。

然而，随着时间推移，他这派头居然有增无减——由明入清，他的出演根本不能目为登台献艺，俨然上升为一种仪式；每出场，如尊神降临。晚生的王渔洋，终于赶上瞻仰一回，据他说：

> 所至逢迎恐后，预为设几焚香，瀹芥片，置壶一、杯一。比至，径踞右席。说评话，才一段而止，人亦不复强之也。[1]

这哪里是说书和听书，分明迎神拜神。此时之柳敬亭既非靠手艺吃饭的表演家，蜂拥而至的听众，目的也不关乎饱其耳福——台上是供瞻仰，台下则俱为瞻仰者——大家就这样共同完成一个与说书已无太多关系的仪式。

明显地，这情形背后，有一套奇特的、极富魅力与魔力的话语支撑。而出于庸常的心理，类似话语总是让人趋之若鹜。偶尔的例外，只有当那套话语对某人本来不起作用，于是，他便成为那种场合的冷眼旁观者，而留下与众不同的观察。

王士禛似乎就是如此。关于那次南京听书经历，他给出的评语是：“试其技，与市井之辈无异。”[2]在已将柳敬亭神化的漫天议论中，这看法极为孤立。它当即就遭到柳敬亭崇拜者（康发祥、夏荃等）的痛斥，几百年后也如此，当代几位柳敬亭传记的作者更是借别的题目加以发挥。如《柳敬亭考传》以“新贵谰言”看待王评，称他为“满清的宠儿”，借此撤销他观点的正当性。其实呢，王士禛只不过是谈了谈一次听书的感受而已。书中还揣摸王士禛心事，说他“少年得志，凌烁一时”，而“柳敬亭曾是笑傲公侯，平视卿相的人物”，未把小小的扬州推官放在眼里，“以致引起王士禛的不满”，“妄加贬辞”。[3]其实，在那时，扬州的推官贬抑某说书先生无“妄”可言，反倒是推

[1] 王士禛《分甘余话》卷二，泰州市文史资料第8辑《评话宗师柳敬亭》，江苏省政协文史资料委员会出版，1995，第115页。

[2] 同上。

[3] 周志陶《柳敬亭考传》，姜堰文史资料第8辑，姜堰文史资料编辑部，1998，第56—57页。

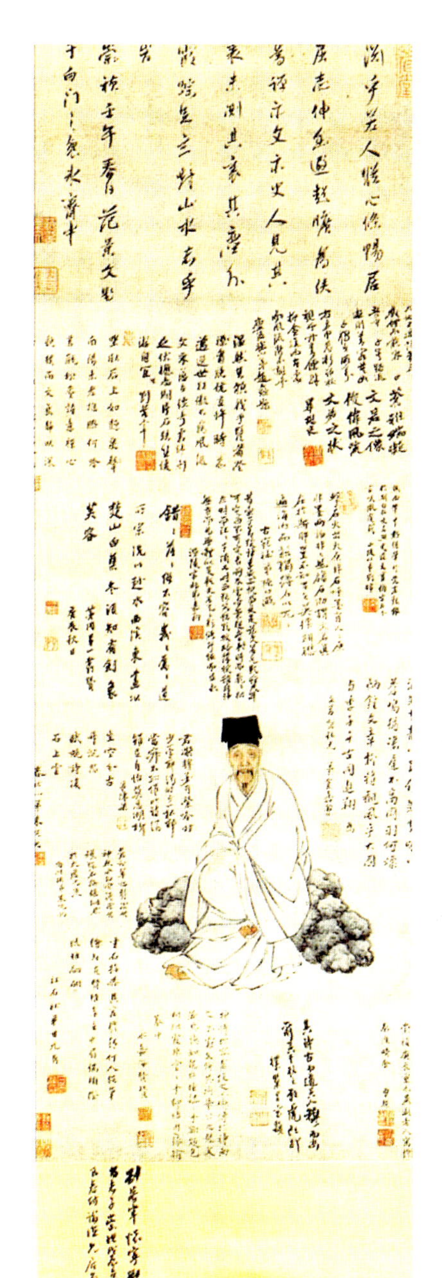

柳敬亭像（存疑）及局部

此画现藏德国某氏，2012年6月3日《泰州晚报》报道为明末曾鲸所绘。曾鲸确曾为柳绘像，张岱《柳麻子说书》诗句："波臣写照简叔画"，波臣即曾鲸表字。辨本画，有三点颇合：一、上方为范景文题辞，柳名声大振，正仗范氏；二、右下落款确为曾鲸;三、遍邀文人墨客，写满题辞，也像柳敬亭之所为。然画中诸多题赠显示，画的主人表字"文若"，是"盟社"中人，而以我们知道的，历来（包括吴伟业、钱谦益等）都对柳敬亭直呼其名，说明他有名无字。此外尚有别的疑点，如人物年龄等。

《说书图》清·金廷标绘

金廷标，乾隆宫廷画家。本画是典型的“奉旨而作”——乾隆写了首“御诗”，即大学士于敏中“敬书”于画面右上者：“瞽目先生小说流，稗官敲钵唱街头。村翁里妇扶携听，傥为欢欣傥为愁。”看来，乾隆皇帝也是书迷。

《浓荫说书图》清末民初·金寿石绘

夏日乡村一景，盲人说书者正由童子牵引，向树下纳凉的几位村夫走来。从前，农村多以听书消暑，这时说书人便会走村串庄。

汉代鼓书陶俑

两件陶俑，决然一流的艺术品。这样浸透了世俗人性与生活气息的作品，公元纪元前后大概只能在中国见到。它的美妙，固得之陶艺家，但也证明汉代说书表演已登鼎盛。说书人神态身心的无羁放恣，至今观之仍足倾倒。

官无法理解众多名卿为说书先生而倾倒,比较正常。

对我们来说,有关柳敬亭说书技艺的具体褒贬是不必在意的,因为好与坏本来见仁见智,是评价、不是事实。什么是事实呢?王士禛所记述的柳敬亭说书的排场、派头和经过,是事实。我们在注意这些东西。而我看到这样的记述时所形成的反应是:这人已不是说书家,是一个偶像。

四

如果我们觉得围绕着柳敬亭的许多情形,已逾常理之外,自然就有追询的愿望,想探探其中的道理。

我自己走近这个人物,最初受三篇文章的吸引。这三篇文章,先前都已提到,分别是吴梅村、黄宗羲的《柳敬亭传》,以及张岱的《柳敬亭说书》。它们的作者,都是当时了不得的大文人。说起这一点,后来我深感自己有欠敏锐,竟然未引起注意。一直到专门搜集柳事资料,读了更多,才猛然意识到这其实是个少有的奇观。

怎样的奇观呢?我们继续往下看。

我们知道清初诗坛有"江左三大家",钱谦益、吴伟业(梅村)、龚鼎孳。他们在当时,都翕然成宗。而这样的三大家,不光曾为柳敬亭不止一次写过诗文,且全部引他为好友。柳氏名播海内,吴传居功至伟(后来黄宗羲之写《柳敬亭传》,实因吴传而起);传记外,吴还有《楚两生行(并序)》《赠柳敬亭·调寄沁园春》、《为柳敬亭陈乞引》《柳敬亭赞》诸作。钱谦益写过《左宁南画像歌为柳敬亭作》;柳敬亭丧子后,钱谦益亲自出面募集葬资,兼替柳敬亭筹营建生圹的费用,为此写了一篇致士林的公开信《为柳敬亭募葬地疏》。至于龚鼎孳,柳敬亭神话先前归之吴伟业,晚年则主要靠龚鼎孳;入清后,龚与惭悔归隐的钱、吴不同,基本一直居于要津,在京城士夫影响极大;康熙元年(1662),他把柳敬亭隆重请到北京,大邀宾朋,逐酒征歌,时人载其事:

(柳敬亭)入都时邀致踵接。一日,过石林许曰:"薄技必得诸君子赠言

> 以不朽。”实庵(曹贞吉)首赠以二阕。合肥尚书(龚鼎孳)见之扇头,沉吟叹赏,即援笔和韵。珂雪之词,一时盛传京邑。学士顾庵(曹尔堪)叔自江南来,亦连和二章,敬亭由此增重。[1]

这次长达四年之久的北京之行,让柳敬亭名声达致一生顶点。

“江左三大家”齐捧一位说书先生,已让人目瞪口呆,然而这却只是小小的缩影。

泰州市政协文史资料委员会,曾将涉柳诗文辑为《评话宗师柳敬亭》,属明清两代的便有八九十篇,作者六十人上下。其豪华耀眼,匪夷所思。“江左三大家”外尚有:张岱、黄宗羲、冒襄(辟疆)、陈维崧、顾开雍、阎尔梅、毛奇龄、余怀、杜濬(茶村)、方拱乾、孔尚任……我一面翻读,一面愕然。古往今来,以一位艺人而倾倒天下如此,无过乎柳敬亭。我不知他算不算史上最优秀的演员,但信他是拥有最豪华粉丝团、得到最顶级关注的伶人。由此,油然想到三百年后他的乡党梅兰芳。梅氏无论艺术成就与影响,若不在其上,至少不亚于他,然而论到为主流知识精英所认可与亲近,梅氏实在愧之远甚。别的不说,鲁迅对梅兰芳的讥讽大家都应记得。虽说鲁迅尽可以不欣赏梅兰芳,但他的不屑,与历来主流知识精英对瓦舍勾栏之类的态度,多多少少是有关系的。

从这传统看,柳敬亭唤起顶尖文人的集体膜拜,确是反常而绝无仅有之奇观。自从注意到一点,柳敬亭这个演艺史神话的重心,对我来说就从他本人移到了那些追逐者、谈论者。我认为,这远比他的技艺不可思议。我们知道,从《史记》“滑稽列传”写到春秋战国几位名伶算起,表演这职业在中国总有二千年历史了。然而,从头到尾有幸留下姓名的人物都寥寥无几,而像柳敬亭这样,被频密书写、倾心吟咏的例子,一人而已。为什么?真的就是因为他天才盖世、才技绝伦?我想到另一位古人,杜甫笔下那个舞剑的绝顶高手公孙大娘,这不世出的舞者——从“来如雷霆收震怒,罢如江海凝清光”的诗句,我们体会她舞蹈的天才实在是天纵的——却只不过侥幸得到一位诗人的关注,而柳敬亭何其之

[1] 曹禾《〈珂雪词〉附录柳事》,泰州市文史资料第8辑《评话宗师柳敬亭》,江苏省政协文史资料委员会出版,1995,第119页。

奢，整整一个时代的一流诗哲都在谈论他！我们绝不认为，公孙大娘与柳敬亭各自所得，公正地反映了他们在技艺上的情形。这种此厚彼薄，绝不代表艺术评价。就古代价值观而言，身负绝技的公孙大娘不为士大夫所重，比较符合当时客观实际，倒是对柳敬亭的津津乐道，才异乎寻常。

一个人，仅因“小技”，甚至是视为卑屑鄙微的末技，而名动公卿，这样一件事必定不是那么简浅的。为此，我们不得不将他的故事从头说起了。

五

他本不叫柳敬亭，甚至不姓柳。这在他，跟寻常的更名改姓不同。他不光是改换了姓名而已，而是就此摇身一变，完全变成另一个人。

中国人爱说，行不更名，坐不改姓。对此，又得提到中国的“家文化”。在这文化中，姓氏可谓根本，只须看看我们修家谱、宗谱的热情，便知姓氏对我们的价值。究竟什么样的人，才至于丢弃自己姓氏呢？柳敬亭的情况，正是一种。

以下是道光年所修《泰州志》有关他身世的记载：

> 柳敬亭者，名逢春，本姓曹，住曹家庄。年十五，犷悍无赖。李三才开府泰州，缉地方恶人，有司以逢春应，乃走。[1]

这种事，如今称“畏罪潜逃”。单看以上记载，曹逢春究竟身犯何“罪”，倒也未必。但他大概在本乡是出了名的恶棍，眼下恰逢新官上任，为了政绩，便锐意治安、开展“严打”。新官的手下于是拿他应差，而他得了风声，来个脚底抹油，溜之大吉。

这一走，曹逢春消失，中国却出现了说书家柳敬亭。

以他的那个样子，家庭状态多半不好，本人也很难踏踏实实掌握点生活技能。所以，逃走以后，生计一定是大问题。正是在这里，我们得承认他确实是

[1]《道光泰州志》，泰州市文史资料第8辑《评话宗师柳敬亭》，江苏省政协文史资料委员会出版，1995，第28页。

一位说书的天才。吴梅村《柳敬亭传》说：

走之盱眙，困甚，挟稗官一册，非所习也。耳剽久，妄以其意抵掌盱眙市，则已倾其市人。

逃到盱眙，简直走投无路。除了随身携带的一本话本小说，别无长物。从那本小说，我们推测他虽然文化不高，却尚非白丁，而粗粗读得懂。没想到，这本"稗官"却成了他的救命稻草。他从未学过说书，但一边自己读这话本，一边可能听过几次说书，居然也无师自通，慢慢在盱眙干起了这行，又居然很有市场。

他怎样改姓为柳的呢？

久之，过江，休大柳下，生攀条泫然，已抚其树，顾同行数十人曰："嘻，吾今氏柳矣！"闻者以生多端，或大笑以去。[1]

在我们语义中，柳有离别意。他"攀条泫然"，想必是为从此告别本姓而伤情，可见放弃曹姓、易之为柳，在他也是深有感慨的，又可见此人虽因身世未读诗书，心宅质地却颇细腻，此适可解其善摹善绘说书天分之根由。

但到此，"柳敬亭"三字尚未傲立于世。真正做到这一点，还要再等二十年：

后二十年，金陵有善谈论柳生，衣冠怀之辐辏，门车常接毂，所到坐中皆惊。有识之者曰：此固向年过江时休树下者也。

衣冠，指有身份、有地位的人们。他们争相接纳一位说书先生，来迎接他的车辆，一个接一个。但有人认出那说书的，说：他不是当年在江边柳树下发感慨的那个小混混吗？他逃出家乡时十五岁，现在，时间又过去了二十年以上。依龚鼎孳、阎尔梅等人赠诗所述他的年龄推算，他当生于万历十五年（1587）。这样，他在南京成名已然四十多岁，亦即崇祯初年那阵子。

[1] 吴梅村《柳敬亭传》，《吴梅村全集》，上海古籍出版社，1990，第1055—1058页。下同。

所谓"成名",有很具体的标志,那就是得到大人物的赏识。这一点,古今皆然。在中国,一个艺人真正声誉鹊起,不能单靠市场。市场口碑,只是引子,真正确立地位,多要靠有地位和名望的人推重。

柳敬亭的鹊起,得之两个大人物:"当是时,士大夫避寇南下,侨金陵者万家。大司马吴桥范公,以本兵开府,名好士。相国何文端,阖门避造请,两家引生为上客。"大司马吴桥范公,就是范景文。《明史》本传:"七年冬,起南京右都御史。未几,就拜兵部尚书,参赞机务。"[1]何文端则为何如宠,"文端"是其谥号。他于崇祯元年十二月任大学士,"四年春,副(周)延儒总裁会试。事竣,即乞休,疏九上乃允。"[2]他是桐城人,退休后还乡,崇祯七年张献忠乱皖,大批士绅逃离,何如宠、阮大铖都是此时避居南京。

成为范、何府上"上客",对柳敬亭脱颖而出乃是决定性的。一来他们身份太不一般;二来官场原是巨大链条,尤其像何如宠曾"总裁会试",门生众多,人脉广布,被他赏识之后,会引起怎样连锁反应,可想而知;三来平时在二府中进进出出的,本就多一时俊彦,这里有个具体例子,柳敬亭与毕生好友、《板桥杂记》作者余怀结识,便在范景文府上,那时余怀正为范充当幕僚。

这样,柳敬亭成为"说书名家"的时间、地点和原因,我们便都能确定下来了。即:崇祯七年(1634)、南京、范景文与何如宠。此时,重新回首那个以"年十五,犷悍无赖"而逃出泰州的曹逢春,我们不能不惊叹,一个人的一生,可以这样陵谷变迁。

六

我们已经了解,柳敬亭文化低微,实际是极聪慧的人。以他的慧根,不难悟到自己命运转折中,名流和文化人所起作用至为关键。他们掌握着这个社会的评价,从他们齿间发出的声音,纵很微小,也远远胜过勾栏听众声震屋宇的喝彩。而柳敬亭真正与众不同的地方在于,不单有此意识,更能果决行动。我们不知道其他与之技艺水准和名气不相上下的说书家是否懂得其中道理

[1] 张廷玉等《明史》卷二百六十五,中华书局,1974,第6834页。

[2] 同上,第6491页。

——或许也懂，然而不能像他那样“厚颜”、大胆地付诸行动。毕竟，在俳优与雅流之间有身份上的巨大悬殊，前者一般不能克服卑微的心理，趋近后者并索取点什么。柳敬亭全然不同。在这里，他“犷悍无赖”的天性或许很好地帮到了他，使他不致畏怯，最大限度去利用名人雅士。

总之，他或是中国第一个懂得那种广告术的演员——他特备了空白册页，随身携带，专供名士题辞，抓住一切机会求诗求言。他的折扇也经常发挥这种功用。这显然成为他的习惯和特征，深知其心思的龚鼎孳，康熙初年把他接到北京，大宴宾朋，一个重要目的就是帮助柳敬亭使其已很丰厚的题辞簿再添上一批北京名流的痕迹。

他自己这样说：“薄技必得诸君子赠言以不朽。”[1]他于此事的执着或纠缠，有时让人哭笑不得。晚年去浙江，便曾这么纠缠毛奇龄。那时毛奇龄正在生病，本答应给他写诗，可一提笔大汗淋漓，未果；不料，柳敬亭复以一信追索，终于讨来两首《赠柳生》，其一有云：“扶病来看柳敬亭，秋花开满石榴屏。”[2]

不过，我们并不认为他对文化人的追逐，都出于广告、功利目的。他以很薄的文化底子，在满腹诗书的人群中周旋，表达了内心的一种向往，希望有他们那样的头脑、见识。这是有原因的，他曾从中尝到甜头。吴传记述，他自学说书后的技艺大进，得益于儒者莫后光。“莫君之言曰：‘夫演义虽小技，其以辨性情，考方俗，形容万类，不与儒者异道。’”在莫的点拨下，他上了一个台阶，悟出很多道理。

所以，他对有墨水和学问者的亲近，是由衷的。为着这种意愿，他对自己揠苗助长，以至于有些刻意和矫情。黄宗羲《柳敬亭传》：

> 钱牧斋尝谓人曰：“柳敬亭何所优长？”人曰：“说书。”牧斋曰：“非也，其长在尺牍耳。”盖敬亭极喜写书调文，别字满纸，故牧斋以此谐之。[3]

黄、钱为至友，只要不是故意诬陷，

[1] 曹禾《珂雪词》，泰州市文史资料第8辑《评话宗师柳敬亭》，江苏省政协文史资料委员会出版，1995，第119页。

[2] 毛奇龄《赠柳生(并序)》，同上，第101页。

[3] 黄宗羲《柳敬亭传》，《黄宗羲全集》第十册，浙江古籍出版社，1993，第573页。

钱谦益背后曾这么调侃柳敬亭，当确有其事。况且还有旁证，亦即刚才提到的毛奇龄赠诗之事。在那两首诗前头，毛有一序述其由：

> 柳敬亭说书人间者几三十年，逮入越，老矣。杨世功曰："敬亭将行，不得大可诗，且不得一会祖道，似恨然者。"予时病，强起，将从之，汗接下，不果可往。敬亭书至，云："如相会者，早间，世功言及相会，惜然相会只此。"是时，寓康臣宅，发缄皆笑。[1]

大可，是毛奇龄表字，祖道则为另一人。所引柳敬亭信中数语，应系实录，因为那似通而非通的转文状态，是编不出来的。他想说什么呢？替他翻译一下，大致是："我们见面这件事，早上杨世功都已讲好，可惜讲好的事最后却变成这样。"他不会文言，却又不肯写成大白话，结果就成了这疙里疙瘩的模样。兹适可证"极喜写书调文"，是他又一出名的特点，正如酷爱征集文人墨宝一样。

七

通过以上，我们试图发微他的内心。历来对这位大说书家，评价很热烈、推崇也够隆重，但他的内心没怎么得到过关注。我们重视一个人，喜欢从外在给他崇隆，对于内心却很少留意。

我的兴趣，是相反的。我把他列为考察的对象，不是为了表彰他，而是在他的故事和命运中，有些谜样的东西——他何以有那种生命轨迹，他和历史的关系……都欠缺合理的解释。所以，我一点一点探触他的内心，希望找到历史与这个人之间形成那种奇特交汇的原因。

为着甜头也罢，出于渴望也罢，置身南京的柳敬亭与之前最大不同，明显在于改换了生活和交往的圈子。之前的柳敬亭，是市井的；眼下，他周围"谈笑皆鸿儒，往来无白丁"。从前我们多听见文人走向民间、返璞归真的例子，柳

[1] 毛奇龄《赠柳生(并序)》，泰州市文史资料第8辑《评话宗师柳敬亭》，江苏省政协文史资料委员会出版，1995，第101页。

敬亭的道路可以说与此正好相反，而他也确从中大大受益。假如他不来南京，抑或来了而仍只混迹“天桥”模式的市井场合，几百年后，我们是决计不能仰其大名的。

他的这类交往，起初没什么指向、立场，似乎凡是读书人，他都乐于结纳。这就不免陷于盲目。当时在他，可能以为肚里装着墨水儿的，都应尊敬，都有接近的必要。他如何知道，儒林内部却有着严重的“正邪”对立。对一位门外汉来说，这没有什么可以苛责的，但他那时确实险些因此误入了“歧途”——《桃花扇》中，他还未出场，陈贞慧、吴应箕见着侯朝宗，提议一道去听柳敬亭说书，侯朝宗怒道：

> 那柳麻子新做了阉儿阮胡子的门客，这样人说书，不听也罢了！[1]

“门客”之说不可能。一位江湖艺人没有做“门客”的资格，阮大铖废斥闲居亦无养“门客”之必要。但柳、阮曾经近迩之事却是真的，吴传称：“阮司马怀宁，生旧识也。”阮大铖既与何如宠同年避居南京，据此推知，柳敬亭名噪南都之初，在争相邀他至府的人中间，可以有阮大铖。阮大铖除和别人一样有文士身份，还是那时首屈一指的戏剧大师。他于表演的在行，一般知识分子无法相比。故而柳、阮之交，或许额外有一层技艺上切磋吸引的关系。但是，柳敬亭不知道，他无意中犯了艺术第一、政治第二的错误。

这就得讲讲那时南京的氛围了。崇祯年间的南京，是一座革命之都、启蒙之都。中国帝制历史的穷途末路，以及晚明万历以来黑暗历史所共同积累的苦闷，随着崇祯登基将阉党定为逆案，终以思想解放的方式爆发。而其激靡之地，不在沉重灰暗的北京，理所当然出现于经济、社会和思想都更多更早孕育了新意的南都金陵。恰与柳敬亭扬名南京同时，该城正在演为一个带革命与青春特色的新兴思想群体的大本营。这群体，便是东林的后进而较之更激进的复社。崇祯三年，复社同人以金陵为会师地，举行全国代表大会（“金陵大会”）。从此，它的许多骨干分子在此流连盘桓，过着精神和行为的双重浪荡生活，地点便是“旧院与贡院相对”的秦淮两岸。中国历史上这段特殊的秦淮风情，我们曾有专文揭橥，此处一笔带过。

[1] 孔尚任《桃花扇》，人民文学出版社，1982，第6页。

柳敬亭像

晚清王小某临本，原藏福州杜氏，1928 年披露于《小说世界》第十七卷第三期。

《桃花扇》· 听稗

见《桃花扇》第一出，侯方域与陈贞慧、吴应箕访柳敬亭，听他说书，柳为几个才子说了一段《论语》。

那些思想上的吸排，柳敬亭岂能省得？须知，他连粗通文墨也算不上。所以，刚刚接近文人圈的他，栽了不大不小的跟头。所幸他不乏黠智，仅凭察言观色也能分出好歹——这样说，是我们的推测，而根据是他后来一直紧紧追随东林、复社一派文人，不再与阮大铖那种人交往。至于他究竟怎样从阮大铖的朋友，变成了陌路人，这经过并无任何的资料。《桃花扇》中吴应箕说："小生做了一篇留都防乱的揭帖，公讨其罪。那班门客才晓得他是崔魏逆党，不待曲终，拂衣散尽。"指柳与阮分道扬镳，是受崇祯十一年（1638）《留都防乱揭帖》事件的震动。这说法得不到实际史料的佐证，我们姑妄听之。

但孔尚任有此想象，亦非毫无根据。根据就是，柳敬亭确实跟《防乱揭帖》的主谋成了铁哥儿们，比如冒辟疆。冒乃反阮先锋，他在《防乱揭帖》之前两年，便为魏学濂两肋插刀，尽邀天启党祸死难遗属，举行向阮大铖示威的"桃叶渡大会"。柳敬亭与冒辟疆有一辈子的交情，晚年，冒还在赠诗中回忆彼此当年：

> 也是高阳一酒徒，嵚崎历落老黔奴。青灯白发江湖里，常梦当年旧狗屠。[1]

感慨着"如今衰白谁相问"，显然曾经有过许多难忘的经历。以冒辟疆反阮的坚定和激烈，柳敬亭若无同样态度，他们做不成朋友。

附带说一下，孔尚任没有写冒、柳之交，却安排柳敬亭、侯方域做了忘年交。实则他们关系究竟怎样，反而是不明的。那些与柳敬亭有所投赠的名士中间，我们恰恰不见侯方域的名字。侯方域亲自写的《李姬传》，也未提到柳敬亭。所以，《桃花扇》柳敬亭的这部分，以基于编剧之需的捏合成分居多，尤其所谓柳敬亭之识左良玉是出于侯方域引见，这个比较重大的情节与史不符。

不过在大背景上，柳敬亭与复社名士在秦淮河频繁过从、俯仰共游，绝非虚构。余怀的《板桥杂记》，两处提到他："柳敬亭……常往来南曲"，南曲即曲中，或旧院；并形容他的表现："酒酣以往，击节悲吟，倾靡四座"[2]，此与冒辟疆"高阳酒徒"之忆正相吻合。另一处，

[1] 冒襄《赠柳敬亭》，泰州市文史资料第8辑《评话宗师柳敬亭》，江苏省政协文史资料委员会出版，1995，第71页。

[2] 余怀《板桥杂记》下卷佚事，周瘦鹃校阅《板桥杂记（全一册）》，上海大东书局，民国二十二年，第38页。

更具体些：

> ……柳敬亭说书，或集于二李家，或集于眉楼，每集必费百金。[1]

二李，与李香无涉，指旧院另两位名妓李大娘、李十娘。眉楼，便是顾媚的居处，顾后来嫁给龚鼎孳，称横波夫人。由此我们也知，日后龚、柳甚笃之交的起因，是在顾媚那里。

八

拉拉杂杂写来，貌似是些奇闻逸事，读者或不明了语义何在。我们试图阐明的是，艺人柳敬亭生命轨迹的一些关键之处。

他迄今为止的人生轨迹，实际上是这样的：首先，倘不走出泰州，不必说等于什么也没发生，连“柳敬亭”这个人也不存在；其次，到了盱眙，虽无师自通、操了说书之业，但若止于此，历史上也将了无痕迹；复次，经范府、何府的扬名，柳敬亭三个字，大概可以留下些印记了，然不会更多，后世顶多偶尔在故纸中可以找到这个人名而已；最后，当终于卷入崇、弘之间南京的思想纷争，进而又在政治漩涡中充一角色，这个人的存在才突然放大，并深深刻写在历史上。

综上所述，我们要斗胆下个断语：没有后面两个节点，柳敬亭什么也不是。这并非贬低他的艺术，实在是古人根本不会因那种“小技”给予一个人以隆重的承认。实际有多少就“小技”而言比柳敬亭更其绝伦的人，已经湮没于历史，我们是无法知道的。

以他的认知能力，未必理解自己正在经历和发生的事。他的历史观、是非观，应不超出说书的“稗官”中那一套。他会有一些忠奸、善恶、好坏的观念，但对时下思想、政治、文化究竟怎么回事，很难知其所以然。他真能分清马、阮与东林复社间的是非么，我完全怀疑。但他可以感受，什么是潮流，什么是大势所

[1] 余怀《板桥杂记》下卷佚事，周瘦鹃校阅《板桥杂记（全一册）》，上海大东书局，民国二十二年，第33页。

趋。他就这样被一种整体氛围所激荡,走到时代的风云之中。而他的加入,则丰富了那个时代的色彩。我们在天启末苏州“五人义”事件中,曾见到市民阶层奋起与东林并肩战斗;眼下,柳敬亭又补充了一个来自民间艺人的例子。

但他的意义,不仅是打破色调;他的历史痕迹,也有更实际的内容。在那风云际会的时刻,这个手执醒木、以“耍嘴皮子”为业的说客,因为某种意外,扮演了一个特殊角色。在这角色中,他曾被寄予厚望;而其一生的传奇性,也因之走向顶点。

那是他所曾讲述过的最扣人心弦的情节。不过与以往不同,这次,他自己成了剧中人。

九

甲申之变,明遭重创。随后的事情,因为处置失机,致新君即位时朝权落于“小人”之手。此既有主事者(史可法等)能力和魄力的原因,也有为礼法、制度所阻碍和束缚的原因——福王朱由崧之立,是完全遵循礼法的结果。对此,有变革思想的人士,一面批评史可法,一面提出很激进的主张。例如黄宗羲当时就对老师刘宗周提出,不应拘泥礼法,而应本着社稷为重君为轻之义,以贤愚为标准确定新君人选,刘宗周对此也表同情。[1]当时,持这叛逆认识的人本来不少,等马、阮集团当政的恶果充分显示出来,欢迎或暗中期待变局的心态更加普遍。实际上,到弘光朝最后一二个月,朝野都有一种等待革命和政变的情绪。尽管出于伦理禁忌,人们不会将这愿望公开表达,但从左良玉被寄望、被美化乃至理想化的情形看,他们内心实际上渴念这种事发生。

朱由崧在南京登基,除了帝制伦序赋予他的优先权与合法性,还因为马士英(他背后的高参是阮大铖)联合四大军阀所提供的武力保障。反过来说,政治变革力量的困境,除了在于伦理,也因为实力上无法挑战马、阮。

此时明朝武装,“四镇”以外便是左良玉,其军力或比“四镇”加起来还强,此其一。其二,左部没有参与拥戴福王

[1] 古藏氏史臣(黄宗羲)《弘光实录钞》,《南明史料(八种)》,江苏古籍出版社,1999,第5页。

的行动，加之因侯方域之父侯恂的关系，左良玉被认为亲东林。左良玉政治立场实际怎样以至究竟有无政治立场，笔者觉得并不能看清，我于他的印象，基本是标准的军阀，而东林、复社却有那样的理解或想象。当然，有些迹象易于使人抱此幻想。例如，弘光即位后左与南京一直龃龉不断，来自他身边的湖广巡按黄澍曾当廷笏击马士英。马、阮也加以打压、报复，尤其是克扣其军饷，断他命根子。但这恐怕是争权夺势，并非政治主张不同，而东林、复社却愿意解读为后者，把左良玉看成自己人。

乙酉三月，左良玉借童妃、假太子案发难，以清君侧之名从武昌起兵东下。南中反马、阮一派视为重大转机，翘首以待。其时恰当清军渡河南下，马士英尽撤江北之防以应左患，虽然明军早已人心窳坏、朽木粪土，但清军所来一马平川之势，究竟与此不无关系。反过来，设若左良玉东进能将马、阮一举击溃，局面是否另有所变亦未可知。总之，左部之叛是弘光尾声的决定因素之一。

而在这大变局中，柳敬亭被目作一个关键人物。他具体起到何种作用，我们试图从史料上详其经过、细节，并无所获。但东林、复社人士确信他对左良玉举事具有重大影响。钱谦益《左宁南画像歌为柳敬亭作》写：

> 吹唇芒角生烛花，掉舌波澜沸江水。宁南闻之须猬张，佽飞枥马皆腾骧。誓剜心肝奉天子，拼洒毫毛布战场。秦灰烧残汉帜靡，呜呼宁南长已矣……[1]

这几句，一谓柳敬亭以唇舌说动左良玉扬帆顺流而来；二谓他对左激以忠心、晓以道义，有教化之功；三谓事变本可扭转明朝大局，可叹时运不济，正好被清廷钻了空子（“秦”乃清廷之喻，“汉”则明朝）。王猷定《柳敬亭为左宁南画像赞》，以“辩士舌，将军刀”并称，彰显柳敬亭在事变中的作用：

> 辩士舌，将军刀，白骨遇之以枯以豪。人知辩士之所快者英雄既朽之士气，吾知将军之所恨者当年未血之战袍。[2]

[1] 钱谦益《左宁南画像歌为柳敬亭作》，泰州市文史资料第8辑《评话宗师柳敬亭》，江苏省政协文史资料委员会出版，1995，第30页。
[2] 王猷定《柳敬亭为左宁南画像赞》，同上，第42页。

冒辟疆《赠柳敬亭》之二：

> 忆昔孤军鄂渚秋，武昌城外战云愁。如今衰白谁相问，独对西风哭故侯。[1]

从这些言辞看，东林、复社人物确对左良玉起事抱有极大幻想，故而都用了“呜呼”、“恨”、“哭”一类字眼，对于左变败乎垂成，表示痛惋。关于这一点，我们今天认为左良玉断无成功可能，当时却归结于昊天不佑、纯属意外。因为左部未抵南京，左良玉本人就中途暴亡；四月初，他在军次九江时呕血而死，左兵遂群龙无首而不久降清。在东林、复社人物看来，这是“出师未捷身先死”，觉得若不出此意外，事尚可图，历史可以改写。

十

一切都太富于戏剧性：设若左良玉不是死在半途，设若清军南下行动稍迟而非恰好几乎与左军兵变同时，设若左侯虽死而黄得功、刘良佐并未挡住叛军东来……旬日之内，南京可有大变，而一个微如芥豆的小人物，将有可能成为改变历史的英雄。

这就是柳敬亭故事当时所以风魔天下的最终、最大的谜底。他在明清鼎革之际，被名公巨卿、才俊贤彦谈论不休，以至是活着的传奇，成为每个人争相一睹、倾心结纳的对象，根本是因他头上顶着这道奇特的光环。而当他顶着这光环载入历史后，他的一切——技艺、性格、言谈、经历，哪怕是脸上的麻子，都有了不同以往的意义，被渴求、猎奇、挖掘和放大。

王士禛亲聆他说书，给出“与市井之辈无异”的劣评。这令柳的拥趸忍无可忍，然而，人们大概没有注意，王士禛谈的主要不是好坏，是失望。在表示

[1] 冒辟疆《赠柳敬亭》，泰州市文史资料第8辑《评话宗师柳敬亭》，江苏省政协文史资料委员会出版，1995，第71页。

“与市井辈无异”之前，他有这样的交代：

> 左良玉自武昌称兵东下，破九江、安庆诸属邑，杀掠甚于流贼。东林诸公快其以讨马阮为名，而并讳其为贼。左幕下有柳敬亭、苏昆生者，一善说评话，一善度曲。良玉死，二人流寓江南。一二名卿遗老袒良玉者，赋诗张之，且为作传。[1]

很显然，他是在特殊心理准备下，得到了亲聆其说书的机会。这种等待或企盼，制造了太多的悬念，让王士禛对柳氏书艺的期待，保持在与他离奇的传说同样的高度。然而，现实降临，他发现高度突然消失，眼前这位说书家与素常所见没有本质区别(参考张岱记叙，事实或正如此)。于是，他深深失望了，并推其原因：柳氏神话，植根于士大夫的“左良玉情结”——一班“名卿遗老”，因心中对左氏事变的伫望想象、惋惜痛怅或不能释怀，而移情于曾亲历其事而此身独存的柳敬亭，借他为酒杯，浇自家块垒。王士禛称之为“爱及屋上之乌”；左良玉是“屋”，柳敬亭是那个“屋上之乌”。

有没有道理呢？我们来看两个事实。

第一，左良玉事件后，柳敬亭的价值以至职业，便是向人讲述他的左营见闻：“故至今及左，辄泫然白其心迹。”[2]“军中轶事语如新，磊落宁南百战身。”[3]“柳生冻饿王郎死，话到勾阑亦怆情。好把琵琶付盲妇，裹头弹说旧西京。”[4]“江南多少前朝事，说与人间不忍听。”[5]“飘零大树蔓寒灿，翁也追思一惘然。”[6]“逢人剧说故侯事，涕泗交颐声堕地。”[7]“乔姥于长堤卖茶，置大茶具……杜茶村尝谓人曰：‘吾于虹桥茶肆，与柳敬亭谈宁南故事，击节久之。’”[8]左良玉之为柳敬亭的不变谈资，与祥林嫂逢人便说儿子阿毛显然不同。在柳敬亭，这不断重复的诉

[1] 王士禛《分甘余话》卷二，泰州市文史资料第8辑《评话宗师柳敬亭》，江苏省政协文史资料委员会出版，1995，第115页。

[2] 周容《柳敬亭(杂忆七传之二)》，同上，第95页。

[3] 梁清标《赠柳敬亭南归白下》，同上，第97页。

[4] 顾景星《阅梅村王郎曲杂书十六绝句志感》，同上，第100页。

[5] 毛奇龄《赠柳生》，同上，第101页。

[6] 陈维崧《左宁南与柳敬亭军中说剑图歌》，同上，第104页。

[7] 顾开雍《柳生歌并序》，同上，第40页。

[8] 李斗《扬州画舫录》卷十一，中华书局，1997，第262页。

武昌城

柳敬亭传奇在南京萌芽，而成就于武昌，他在这里被左良玉揽为座上客。用王士禛的话说，士大夫爱屋及乌，因“左良玉情结”而追捧柳敬亭。

滑稽列傳第六十六　　史記一百二十六

孔子曰六藝於治一也禮以節人樂以發和書以道事詩以達意易以神化春秋以義太史公曰天道恢恢豈不大哉談言微中亦可以解紛淳于髡者齊之贅壻也長不滿七尺滑稽多辯數使諸侯未嘗屈辱齊威王之時喜隱好爲淫樂長夜之飲沈湎不治委政卿大夫百官荒亂諸侯並侵國且危亡在於旦暮左右莫敢諫淳于髡說之以隱曰國中有大鳥止王之庭三年不蜚又不鳴王知此鳥何也王曰此鳥不飛則已一飛沖天不鳴則已一鳴驚人於是乃朝諸縣令長七十二人賞一人誅一人奮兵而出諸侯振

《史记·滑稽列传》

司马迁最早记载了语言表演者事迹，且将他们定位为智者，以“谈言微中，亦可以解纷”看待其意义和作用，对后来文人深有影响。

说，与其说出于挥之不去的记忆，不如说构成了存身立命的资本，凭借乎此，他不仅作为一种稀缺资源而被永远需求着，最后本人也变成那传奇的一部分。

第二，在柳敬亭周围，先后曾有两拨士夫文人。头一拨，是前明时候，在南京秦淮的旧相识；第二拨，是入清以后结交的新朋友。其典型代表，前如冒辟疆，后如龚鼎孳。而柳敬亭与这两拨士夫文人朋友的关系，各有特点。先前在秦淮河，他与冒辟疆等，一道经历放浪与纵谑，可以美其名曰“个性解放”，亦不妨呼之“酒肉朋友”，是不拘行迹的表达，是慨以当歌的豪莽。而在第二拨朋友当中，不知不觉，柳敬亭失去了那种生气、野气、草莽气，被包围、膜拜和偶像化，成为凭吊的对象，及破碎心灵的遮遮掩掩的寄托。在这复杂情怀的后面，有龚鼎孳、阎尔梅那样的“过来人”，也有王士禛等对前朝并无多少经历然而仍在情感或心理上有种种好奇、萦想的人。总之入清以后，柳敬亭因为那关键时刻的关键事件，成为独一无二的存在。龚鼎孳如下一番话，把大家曲折的心态都道了出来：

> 敬亭吾老友……丁亥(1647)春冬，相从于桃叶、金阊间，酒酣耳热，掀髯抵掌，英气勃勃，恒如在宁南幕府上座时。[1]

“恒如在宁南幕府上座时”，重逢柳敬亭，彼英气不减、豪情依旧，仿佛重现左侯帐中一幕——龚鼎孳观感如此，他人岂有例外？龚不远千里，迎他来京，盛情款待，固可视为交厚谊深，但又岂知没有奇货可居的因素？“龚鼎孳集同人听柳敬亭说隋唐遗事”[2]，真的是“隋唐遗事”或只有“隋唐遗事”么？有没有别的“遗事”呢？

最终，柳敬亭的传奇，非得放到明末清初的大背景和时代心理下解释，才落到实处。而当代的传记作者，却根据某些“义理”，给予这样的解读：“民间的艺术，是广大人民所热爱的东西，所以能够永久的流传不衰。因为它包含着人民的思想感情和人民的斗争生活，是大多数人民心情的寄托……他以丰富真切动人的语言，通过细致而深刻的艺术手腕，描出鲜明的形象——封建社会的帝王将相、地主豪绅以及具有人民性的英

[1] 龚鼎孳《赠柳敬亭文》，泰州市文史资料第8辑《评话宗师柳敬亭》，江苏省政协文史资料委员会出版，1995，第82页。

[2] 周志陶《柳敬亭考传》，姜堰文史资料第8辑，姜堰文史资料编辑部，1998，第69页。

雄豪杰。他把历史和传奇人物描摹得那样惟妙惟肖，把封建社会丑恶的面貌揭露得不留余地……”[1]直至眼下，中学课文对黄传的删改，仍旧秉持同样的精神。这样做，是为迎合根据“义理”重塑历史的需要，并丰富其“材料”。然而，柳敬亭这个人、这件事原来怎么回事，就全然失其本相了。

十一

所以，末尾一定得专门谈谈黄宗羲的《柳敬亭传》。

首先来揭破一点：黄宗羲此文，不是创作，是改写。对谁的改写？对吴梅村《柳敬亭传》的改写。而中学课文通过删节造成假象，似乎黄宗羲特意为柳敬亭作了这篇文章——尤其是，似乎黄宗羲为了歌颂目的写了它。这不但全非黄宗羲原意，而且刚好颠倒了黑白。

黄宗羲本人不认识柳敬亭，也不曾听过他说书——表述更严谨些，或应说：我们从他著作中未见这类记载。

所以，黄宗羲没有条件为柳敬亭作传；文中所述，不是他自己的见闻，是对他人叙述的重写。

其实，黄、柳结识的机遇是有的：第一，崇、弘年间黄在秦淮曾有不少活动；第二，黄的忘年至交钱谦益，同时也与柳敬亭友善。

那么，为什么黄、柳未发生交往？很简单，黄宗羲抱不屑与排斥的态度。而这不屑与排斥，就是他改写吴伟业的动因。

要搞明白这一点，非看黄宗羲原文不可。原文，在《黄宗羲全集》第十册第572至574页可以找到。把原文与中学课文一对比，立刻知道后者的处理是“掐头去尾”。所掐之头是：

余读《东京梦华录》、《武林旧事》，记当时演史小说者数十人。自此以来，其姓名不可得闻，乃近年共称柳敬亭之说书。[2]

[1] 陈汝衡、杨廷福《大说书家柳敬亭》，四联出版社，1954，第34页。
[2] 黄宗羲《柳敬亭传》，《黄宗羲全集》第十册，浙江古籍出版社，1993，第572页。

所去之尾则为：

> 马帅镇松时，敬亭亦出入其门，然不过以倡优遇之。钱牧斋尝谓人曰："柳敬亭何所优长？"人曰："说书。"牧斋曰："非也，其长在尺牍耳。"盖敬亭极喜写书调文，别字满纸，故牧斋以此谐之。嗟乎！宁南身为大将，而以倡优为腹心，其所授摄官，皆市井若己者，不亡何待乎！
>
> 偶见梅村集中张南垣、柳敬亭二传，张言其艺而合于道，柳言其参宁南军事，比之鲁仲连之排难解纷，此等处皆失轻重，亦如弇州志刻工章文，与伯虎、征明比拟不伦，皆是倒却文章架子，余因改二传。其人本琐琐不足道，使后生知文章体式耳。[1]

黄传全文，只此三段真正是黄宗羲自己笔墨（其余皆本吴传，大家可与吴传自行比照）。而难以置信的是，恰恰这三段，中学课文尽删。

为什么？因为里面全是对"柳敬亭现象"加以批判的意思。

黄宗羲不满的根源，可参《明夷待访录》"兵制三"：

> 豪猪健狗之徒，不识礼义，喜虏掠，轻去就，缓则受吾节制，指顾簿书之间，急则拥兵自重，节制之人自然随之上下。[2]

"豪猪健狗"，指君主专制所造就的武人，谓其徒有野蛮之体魄，而无文明之理性。联系《柳敬亭传》"宁南身为大将，而以倡优为腹心，其所授摄官，皆市井若己者，不亡何待乎！"的评论，可知他对左良玉的看法，与王士禛基本一致，即：左良玉只是嗜血的军阀，与流贼无异，或"杀掠甚于流贼"，绝非可以寄望的对象。

在他看来，柳敬亭之为左良玉赏识，是因精神文化层次相当，物以类聚，同属粗鄙少文之人，而国家前途和历史未来，岂可付之此辈！这就是文中为何

[1] 黄宗羲《柳敬亭传》，《黄宗羲全集》第十册，浙江古籍出版社，1993，第573—574页。

[2] 黄宗羲《明夷待访录》，《黄宗羲全集》第一册，浙江古籍出版社，1985，第34页。

会谈到柳敬亭的"别字满纸"。他是文明至上论者,以文明高低为估衡一切事物的准绳。晚年之所以能够超越民族矛盾,逐渐捐弃对清廷的敌意,正是由于经过观察、比较,认为当下政治较前明反而更不野蛮。从他对左良玉、柳敬亭的态度,我们已发现这一思想根源。他批评吴传"倒却文章架子",历来的理解殊乖其意,竟以为"'文章体式'也就是结构"[1],而实际上,他是批评吴传价值观有问题,本末倒置、"皆失轻重",他同时批评王世贞某文曾将一位匠人(刻工章文)与唐伯虎、文征明相提并论,是"比拟不伦",同属于将不同层次和价值的对象混为一谈。

黄宗羲上述思想倾向,置之现今,少不得落个"鄙薄劳动人民"、"阶级偏见"罪名。但这是他的真实思想。他之改写吴梅村《柳敬亭传》,正是为着表达这看法。他的观点与个性,每每显出既超拔卓出又不无偏激的特色,有时至于狭隘。《史记》讲了这么一句话:"天道恢恢,岂不大哉。谈言微中,亦可以解纷。"[2]并于"七十列传"之第六十六篇,特撰"滑稽列传",记述到那时为止曾经出现过的三位名伶淳于髡、优孟和优旃的事迹。这三人的共同特点,是都用演技和口才影响了政治。他们原本属于地道的小人物,其貌不扬、操持贱业、供人取笑,登不了大雅之堂,写于正史更是闻所未闻。司马迁将这视阈打破,给这些小人物大大的提携,让他们与王侯将相比肩,予以"岂不亦伟哉"[3]的评价。在此,黄宗羲的视野确实不及司马迁。我们尽可不赞同、不佩服,但是,不能出于某种目的和需要,偷梁换柱、改头换面,使其根本变成另一种东西。

---

[1] 吴功正《一篇独特的人物传记——读黄宗羲的〈柳敬亭传〉》,《古典文学知识》,1995年第4期。

[2] 司马迁《史记》卷一百二十六滑稽列传,上海古籍出版社,1997,第2410页。

[3] 同上,第2415页。

龚鼎孳

我原要死，小妾不肯

重新现身秦淮河畔的龚鼎孳，不复是偏僻县城苦干七年、寂寂无闻的小官，而是京城政坛的新星，声气、门户潮流中的弄潮儿，后张溥时代的复社已将他捧为上宾。他在顾媚面前有了足够的资本，在东南士林有了足够的人脉。

一

合肥三孝口以南两站地，有片水域，过去名“鱼花塘”，其实是古庐州护城河的一段，我们当时不知，以为是野水。传说水深处藤草虬密，缠住就不得脱身，也确实每年都有人淹死，然而到了盛夏，一班顽野少年仍背着父母，去那里嬉水。我学会游泳，即于此处。

水并不很宽，然无人敢于横渡。除了害怕水草，听说对岸是禁区。

所谓禁区，指稻香楼宾馆。郁郁苍苍一小丘，湾水而卧，中有红瓦白楼，自茂林深处露其半截身子。其正门入口处，在金寨路（“文革”中改名大寨路）西侧，单独的马路，被高削的水杉林夹拥，蜿蜒西去，尽头隐约可见士兵把守。我几次从路口经过，居然未见路上有半条人影。听长辈闲谈，1958年，毛泽东来皖视察下榻在此。

直到因求学离开合肥，我所知的稻香楼，只有神秘的政治意义。二十年后，忽见一件材料：

> 稻香楼主首先是龚鼎孚。当然，龚鼎孳系长兄，又做了那么大的官，说楼主与他沾不上边，似乎也说不过去。况且，稻香楼落成后，龚鼎孳携顾媚数次回合肥，就住在稻香楼内。[1]

原来，稻香楼还是古迹，还有这样的渊源。刹那间，“鱼花塘”水边的少年记忆，如经过修拉笔触的点染，有些斑斑驳驳。

[1] 戴健《声名煊赫的“合肥龚”（一）》，《江淮文史》，2004年第4期。

二

历来合肥本地所产名人,包拯、李鸿章以外,龚鼎孳排第三。虽然现在普通人绝少知道这名字,但在自己那个时代,他可是名声籍甚。而合肥的三大名人,除了名气、地位相近,还构成奇特的组合。“包青天”无人不知,那是古代公卿的正面典型;李鸿章正好相反,至少过去很长一段时间,他“臭名昭著”;在这一好一坏、一正一邪之外,龚鼎孳则补上另一种类型——他是所谓“贰臣”的代表。

“贰”,有反复、不一、变易、可疑堪忌之意。郑玄:“变易无常谓之贰。”[1]杜预:“贰,违命也。”[2]它既不像“忠”,一目了然地善;又不像“奸”,一目了然地恶。作为人格,重心在于被打上了问号。

乾隆四十一年十二月庚子(1777年1月11日)发布上谕,“命国史馆编列明季贰臣传”[3]。什么人列在其中呢?

> 若而人者,皆以胜国臣僚,乃遭际时艰,不能为其主临危授命,辄复畏死倖生,靦颜降附,岂得复谓之完人?即或稍有片长足录,其瑕疵自不能掩。[4]

胜国,指前明。亦即,凡曾在前明为官复又供职本朝者,都是收录对象,其中不乏劳苦功高者,如洪承畴。单就这一点来看,入《贰臣传》也不意味着就是“反面人物”。不过,乾隆还有进一步的要求,命“查考姓名事实,逐一类推,编列成传,陆续进呈”。[5]逐一类推,是要区别对待、有扬有抑的意思。根据这个要求,最终形成共计一百二十余人的名单,分为甲、乙二编。入甲编的,为降附之后品节无亏者(自清廷看来);入乙编的,是既已降附而又为人猥琐者(同样是自清廷看来)。龚鼎孳列在乙编;因为乾隆的上谕一开始就点到他的名字,给他定了调:

[1]阮元校刻《十三经注疏》,中华书局影印,1980,第493页。
[2]同上,第2091页。
[3]《清实录》第二一册,中华书局影印,1986,第693页。
[4]同上,第694页。
[5]同上。

合肥鱼花塘·稻香楼

鱼花塘是古庐州府护城河一段。图中左前方林丘上数楼，即当代新建的稻香楼宾馆。从前的稻香楼为龚家产业，龚鼎孳携顾媚数次回合肥，就住在稻香楼内。

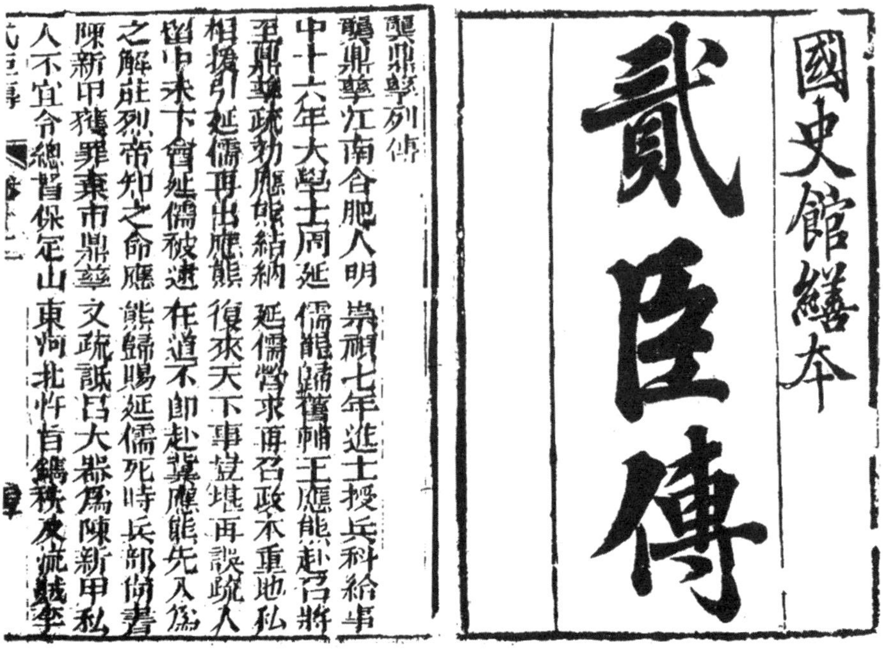

《贰臣传》· 龚鼎孳列传

乾隆四十一年颁旨，命将由明入清的文武百官编入《贰臣传》。分甲、乙二编，龚鼎孳在乙编。

如王永吉、龚鼎孳、吴伟业、张缙彦、房可壮、叶初春等，在明已登仕版，又复身仕本朝，其人既不足齿，其言岂当复存。[1]

贰臣现象本身并不足奇。每当朝代新创，人材稀缺都是突出问题。面对骤增的理政需求，新朝总是设法罗致一切有用之人，为己服务。这当中，前朝旧吏始终是一大来源。所以只要改朝换代，贰臣现象无可避免。清初不但概莫能外，实际上，顺、康两朝为使更多士子出来做事，不光加以利诱，还施展了威逼、强迫的手段。当时，抵制情形颇为严重。《桃花扇》尾声，出现了一个县衙的皂隶，说："现今礼部上本，搜寻山林隐逸。抚按大老爷张挂告示，布政司行文已经月余，并不见一人报名。府县着忙，差俺们各处访拿。"[2]这是实录。可是时过境迁，清廷翻脸不认账，倒打一耙，转而以道德高调斥责别人"畏死倖生，靦颜降附"。难怪谭嗣同论到此事，把它比做"始乱终弃"：

而必胁之出仕，不出仕则诛，是挟兵刃搂处女而乱之也。既乱之，又诟其不贞、暴其失节，至为《贰臣传》以辱之。[3]

但清廷的出尔反尔，有难言之隐。

其一，它有隐患。去今未远的三藩之叛，吴三桂、尚可喜、耿精忠，都曾是清廷招降纳叛的成果，但到头来，成果也变成苦果。当时挖别人墙脚，如今要警惕自己的墙脚。于是，从降叛的怂恿者改为诅咒者，从热衷吊膀子变成了鼓励贞操。"崇奖忠良"、"风励臣节"[4]的实质，不过如此。

其二，清初贰臣现象不同以往。历史上的归顺者，大多自认顺天承命、弃暗投明、有如新生，明清之际却不然。由明入清的诸多士大夫，一面在新朝供职，一面在心理和感情上苦苦挣扎。羞惭不安者有之，悔而抽身者有之，乃至还有暗中同情、支持复明运动的。而这种状况并非一朝一夕，迁延甚久，即便经过了康熙

[1]《清实录》第二一册，中华书局影印，1986，第693—694页。

[2]孔尚任《桃花扇》，人民文学出版社，1982，第261页。

[3]谭嗣同《仁学》，华夏出版社，2002，第106页。

[4]《清实录》第二一册，中华书局影印，1986，第694页。

大帝那么辉煌的文治武功，汉族士夫的心态也没有彻底扭转。所以我们看到，清国定鼎已然八十余年，雍正皇帝还在那里愤愤不平地指斥：

不知文章著述之事，所以信今传后，著劝戒于简编，当平心执正而论，于外国入承大统之君，其善恶尤当秉公书录，细大不遗。庶俾中国之君见之，以为外国之主且明哲仁爱如此，自必生奋励之心，而外国之君见是非之不爽，信直道之常存，亦必愈勇于为善，而深戒为恶，此文艺之功，有补于治道者当何如也。倘故为贬抑淹没，略其善而不传，诬其恶而妄载。[1]

他认为，爱新觉罗氏遭遇了严重不公。尽管"政教兴修"、"万民乐业"、"黄童白叟，一生不见兵革"，但就因是"外国入承大统之君"，士夫阶层的一般舆论与心理，仍"故为贬抑淹没，略其善而不传，诬其恶而妄载"。其之所陈，确为事实。这就是清初贰臣问题的特殊性，与普通的改朝换代不同，清之代明，与文化、民族冲突深深缠绕，融入了特定心态。故也难怪为何贰臣现象自古皆有，唯独清廷才搞什么《贰臣传》。我们固可笑其气量褊隘，但不要忘了，它从中所受窘迫也是既往所无。

三

《贰臣传》对龚鼎孳的明朝经历，记载比较简单：

龚鼎孳，江南合肥人。明崇祯七年进士，授兵科给事中。十六年，大学士周延儒罢归，旧辅王应熊赴如。将至，鼎孳疏劾："应熊结纳延儒，营求再召。政本重地，私相援引，延儒甫出，应熊复来，天下事岂堪再误?"疏入，留中未下。会延儒被逮在道，不即赴，冀应熊先入，为之解。庄烈帝知之，命应熊归，赐延儒死。时兵部尚书陈新甲获罪弃市，鼎孳又疏

[1] 爱新觉罗·胤禛《大义觉迷录》，近代中国史料丛刊第三十六辑，文海出版社影印本，1966，第17—18页。

诋吕大器为陈新甲私人，不宜令总督保定山东河北，忤旨，镌秩。[1]

主要讲了他入京担任谏职以后的两件事，一件得逞，一件失手。周延儒因他检发而死，随后参劾吕大器，却不为崇祯皇帝所喜，反将自己送入监狱。

这时，已是其明朝宦涯的尾声。他于崇祯七年（1634）登进士，翌年，放了湖广蕲水知县。“流寇蔓延，江北州县多陷。鼎孳官蕲七载，日与寇相持，发号施令，威惠整肃，城得无恙。”[2]那阵子，鄂皖一带情势甚紧，到处岌岌可危，大批士民逃亡（何如宠、阮大铖都是此时过江避白下）。龚鼎孳这七年县官，当得实属不易，而“城得无恙”简直要算奇迹。

所以他的升迁京城，是“政声”使然。而对于来到中央，未及而立之年的龚鼎孳深受鼓舞，高度亢奋。“一月中，疏凡十七上”[3]。我们不清楚他是急于脱颖而出，还是对新职守一片赤诚，抑或两者兼而有之，总之用力过猛，如同打了鸡血，或上足劲的发条。他崇祯十四年（1641）秋入京，仅两年，便因冒躁轻倨获罪下狱。

了解他这一段的行状，主要可阅李清《三垣笔记》。

李于崇祯十五年春末补刑科给事中，从家乡兴化动身来京，比龚略晚几个月。他们分属刑、兵二科，但同居言路，所以不光亲自打交道，更有不少从旁观察的机会。在《三垣笔记》中卷，涉龚记述有十余条，为卷中被提及者之最，反映了龚当时的活跃。

但李清对他的印象，相当不好：“每遇早朝，则自大僚以至台谏，咸啧啧附耳，或曰曹纠某某，或曰龚纠某某，皆畏之如虎。”[4]曹是曹良直，与龚同为兵科给事中，两人关系密切。李清用“险刻”形容他们，说他们“日事罗织”[5]，联系合肥县志“一月中，疏凡十七上”的记载，颇对得上号，不过“罗织”之词想必言重了。无中生有、多方构陷才可称“罗织”，那是很坏的做法和很恶的居心。从龚两次为我们所知的弹劾看，参周延儒，不无事实，对吕大器则是阻止有关他的一

[1]《清史列传》贰臣传乙，中华书局，1987，第6593页。

[2]《嘉庆合肥县志》，卷第二十四，中国地方志集成，安徽府县志辑5，江苏古籍出版社，1998，第244页。

[3]同上。

[4]李清《三垣笔记》，中华书局，1997，第53页。

[5]同上，第54页。

项任命,既谈不上构陷,也是他身任给谏的分内之事。

然而,两次他都属于推波助澜。参周延儒是在崇祯将其罢相后,纠吕大器也是因为陈新甲已经失势。就此,希意干进的嫌疑是脱不了的。我们感到,作为新从地方提拔上来的人,他有急于立足、一炮打响的冲动。为人稳重、平和的李清,认为这不是什么好品质,也有他的道理。

不过,李清对他的反感,连同他到北京后的躁动表现,其实别有原因,个人气质并非主要。

那便是明末政坛甚嚣尘上的党派政治。从万历年起,这种因素之于明朝,既病入膏肓、无可救药,又可谓挟雷掣电、虎虎生风。它就是这样有深刻两面性的东西。一面,王朝为此内耗不休、大伤筋骨,多少事情滞碍难行,皇帝徒呼奈何;另一面,反映了新的政治意识和格局,士大夫开始从传统的君权奴仆与工具,向带有独立性的政治角色转化。后来人们相信,"门户"是明朝亡国主因之一。其实,换一下时间、背景条件,"门户"的结果完全可能是另外的样子,比如带来政治改革。历史的两面性,中间往往只隔一层。

李清是一位爱国者,更确切地说,是比较传统的忠君者。他毕生保持这种情怀,明亡后闭门著述,凡忠事明室者他都崇敬有加(如左懋第),凡曾淆乱国家者则概予指斥。所以他的著作才有如此奇特情形:既对十足的奸佞(如马、阮等辈)丑行有闻必录,也对作为改革势力的东林、复社啧有烦言。他自认无党无派,"存公又存平"。

他既有此立场,龚鼎孳却刚好相反。龚鼎孳有鲜明、强烈的党派倾向。综合《三垣笔记》的记述,我们明白地看到,龚鼎孳一到北京,就深深卷入党派政治:

> 予与韩给谏如愈,每谒吴辅甡,则曹给谏良直、龚给谏鼎孳必先在坐……两人与甡密,人有以此疑甡者。[1]

> 龚给谏鼎孳日趋吴辅甡门,江南诸人啧啧,疑其构周延儒隙。[2]

[1] 李清《三垣笔记》,中华书局,1997,第53页。
[2] 同上。

当时，首辅周延儒、次辅吴甡各有派，称“江南党”、“江北党”。龚鼎孳作为江北人，加入吴甡一派，十分卖力，以致人们私下认为，周、吴矛盾其实是这类人挑唆起来。为此李清举证说，“吴辅甡既奉旨杜门待罪，予往谒，适龚给谏鼎孳至，曰：‘必首辅所为。’”吴甡却“正色”否认，李清评曰：“方知两辅水火，皆若辈构成也。”[1]后来，吴甡戴罪出京，行前对李清说：“幸语龚给谏，弗言及首揆，人将谓吾教之。”[2]竟似对龚颇为头疼。

明末政坛门户，因正邪而起，事情发展却不那么简单。政治从来长着理想主义和功利主义两条翅膀，二者你中有我、我中有你，为着高远目的，手段上的卑劣是并不拒绝的。所以党派之间政见之争，很容易演为纯粹的争权夺势，以致权势反而变成主题，彼此都不择手段。这在周延儒身上，表现就很突出。其崇祯十四年二度为相，后面有复社支持，可他暗中也接受了阮大铖贿赂，答应上台后为之谋复出，后因阻力太大，只做到起阮的朋友马士英为凤督，而这也直接种下了弘光朝祸根。恐怕不只周延儒如此，那些身居高位的大僚老手，眼里都有时势，知道妥为利用。吴甡一面信用龚鼎孳，一面背地里又对李清作种种与己无关的表示，就很见圆滑和策略。

易抱理想主义的，多是涉世不深的青春派。我不知道龚鼎孳在党派斗争中踔厉风发，是否抱功利目的，但李清讲述的这样一件事，让人感到他当时满脑子正邪之念：

> 一日，鼎孳言及逆案，振铎佯曰：“能相示否？”鼎孳出诸袖，振铎故指龚萃肃问曰：“若为谁？”鼎孳曰：“予嫡伯也，最无行。”振铎一笑。[3]

旁人想借他嫡亲伯父身附逆案，予以讥讽，他竟不以为意，脱口表示对伯父的唾弃，可见他心目中标准，简单到只有清、浊二字。这种对“正义”的自命与痴迷，在年轻人常有，有时会达六亲不认的地步。我体会吴甡临行对李清一番话，也有嫌龚偏激太过的意味，已到连吴甡自己都不能驾驭的地步。吴不主张对周

[1] 李清《三垣笔记》，中华书局，1997，第62页。
[2] 同上，第66页。
[3] 同上，第53—54页。

延儒“痛打落水狗”，龚鼎孳却一意孤行，吴感到无奈，想借李清之口撇清与龚鼎孳日后所为的干系。

理想主义不一定是褒辞。理想主义的祸害，有时不在朽腐现实之下。我猜龚鼎孳在兵科给事中任上的狂热，受蛊于理想主义，主要是李清对他“日事罗织”的解读不能显其情怀，以及促他如此行事的时代背景。我觉得明代末年的气氛、格调，与我们上世纪六七十年代是有些相似的；一班自命正义而苦闷、叛逆的知识青年，呼朋引类、五湖四海、啸聚串联。这个运动或潮流，已持续十年以上，而过去并没有龚鼎孳的身影。壬午年(1642)春，他终于出现在苏州。此行是为复社“虎阜大集”而来，这并非著名的壬申年(1632)“虎丘大会”。那次大会，复社实现了全国统一(“合诸社为一”)，并“定名复社”。[1]那时，龚鼎孳还是偏远小县的县令，既无机缘也无资本与金陵、姑苏、云间等地一呼百应的学生领袖结交。眼下则不同，他很好地借跨入京城之机，凌厉出击，把自己打造成青年政治精英和党社运动冉冉升起的新星。我们在杜登春《社事始末》所载与会者中，见到了“龚鼎孳”三个字：

> 壬午之春，又大集虎阜。维扬郑超宗先生元勋、晋松李舒章先生雯为主盟，桐城方密之先生以智……合肥龚孝升先生鼎孳、溧阳陈百史先生名夏……查伊璜先生继佐……郴臣曹秋岳先生溶……楚中杜于皇先生濬……余澹心先生怀……维扬冒辟疆先生襄……暨前所称诸先生之子弟、云间之后起，皆与焉；其他各省名流，余不能悉得之。[2]

这些人，有不少做了他日后一生的朋友。这次集会的前一年，复社领袖张溥刚因暴病去世，但复社势焰并不稍减，“西铭(张溥之号)之变，海内会葬者万人”[3]。当他被这组织引为同志且揖于上座的时候，我觉得完全找到了他在北京亢奋激昂、砥砺奋前的由来。他追求这种认可，渴念那样的加入。

作为后起之秀，他有时不我待、只

[1] 眉史氏《复社纪略》，中国历史研究社编《东林史末》，神州国光社，1947，第168页。

[2] 杜登春《社事始末》，中国野史集成，第27册，巴蜀书社，2000，第636页。

[3] 同上。

争朝夕的心态。但一味奋前,是把自己送入监狱。这个情节,没什么内容可以挖掘。崇祯是以喜怒无常而出名的皇帝;高兴,就纳你“嘉言”,不高兴,就嫌你碍事,关一阵子甚至砍头。被他杀掉的大臣,首辅两人,督抚以上十一位。不过,他的好处是脾气虽然反复,并不以摧折为乐,手下也没有纪纲、许显纯一类如狼似虎的大酷吏。龚鼎孳下了狱,罪不至死,无性命之忧,在狱中应该没有太遭罪。而且正像入狱一样,四个月后,又突如其来地放出来,毫发无伤。短暂的牢狱之灾,看上去也只是人生一次小波折。

四

随后的事情就不那么轻松了,龚鼎孳需要面临人生的分水岭。

他是甲申年(1644)二月获释,出狱刚一个月,就遭遇天崩地解的大事:李自成攻克北京,崇祯皇帝命殒煤山。

被围困城中的龚鼎孳,和其他千名明朝京官一样,目睹并亲身经历了这场巨变。他在事件中的行止,《贰臣传》仅录一句:

> 鼎孳从贼,受伪直指使职,巡视北城。[1]

历史中的个人遭际,往往被如此简化。因为较诸国家陵谷之变,个人渺如芥豆、微不足道。龚鼎孳并非无名之辈,但是当我们试图搜集他在李自成占领北京四十余天之中的踪迹时,却发现寥寥无几,可凭可信的更近乎为零。

现在,我们所以还能在那草草一语之外,为龚鼎孳城陷之后的日子,补上一些重要细节,得感谢同时代一位古人、龚的朋友顾景星。他在康熙四年,读了龚鼎孳怀念方以智的一首诗,百感交集,和以诗篇的同时,写有长序,记下自己所知道的事情。我们完整抄在下面:

> 当岁癸未(1643),公建言忤政府,致下廷尉。烈皇帝降《哀痛

[1]《清史列传》贰臣传乙,中华书局,1987,第6593页。

诏》,始出公于系,犹不免戍谴。朝夕冀见帝陈国是,仓皇难作不可为矣,江左流言絓公。又四年,丁亥遇公丹阳舟中,执手呜咽。是夕匆匆别去,明年秋,拏舟送公梁谿,比舷结缆,浃旬不忍去。一日始旦,公衣短衫襦,过予舟,出袖中书,大如车轴,皆奏疏及所拟上书,述遭难壮(状)甚悉。公于三月十九日闻变,二十日即亡走。史官方以智为贼得,劫令索公。胁降不可,抵金不得,五木交下无完肤,然后舍。公曰:"是区区者,吾未尝以示人也。"而顾独示予,毋亦谓斯言也不可使不知吾者知,不可使知吾者不知邪!又十五年,壬寅遇药地禅师于清江,言与公合。药师者,即以智也。自岭峤跳归得,付曹洞法矣。又三年,乙巳从卢大恭所见公忆以智诗并序,嗟呼,今如不言,后世何述!灯下步原韵四章,兼怀药师。[1]

主要内容是讲丁亥年(顺治四年)与龚鼎孳意外邂逅于丹阳,而听龚鼎孳亲口讲述自己在北京城破后的遭遇。其大概经过是:三月十九城破,二十日龚鼎孳逃亡,潜于某处。闯军先抓到了方以智,方知道龚下落,又供出龚,龚由此被逮。逼降不果,勒金又无,遂遭严刑而体无完肤,然后放了他。

重要的是,顾景星还对龚的自述做了求证——又过十五年,康熙元年,顾见到另一当事人方以智,就事情经过询问方本人,"言与公合",龚、方说法完全一致。

顾的为人颇能保证这材料的可信。他入清后屡征不仕,以遗民终老,事迹可在《明遗民录》找到:

顺治庚子,征天下山林隐佚之士,大吏强之,不起。康熙戊午,又以博学鸿儒征,有司强迫就道,辞不赴。杜门息影,翛然遗世。[2]

他虽是龚鼎孳的朋友,但依其人品,我们没有道理怀疑他会因为褊私而说谎。而且我们看到,他不光待朋友有情有义,对事实也很负责、谨慎,过了十五

[1] 顾景星《和龚公忆方密之诗有序》,《白茅堂集》卷之十三乙己,康熙刻本。

[2] 孙静庵《明遗民录》,浙江古籍出版社,1985,第282页。

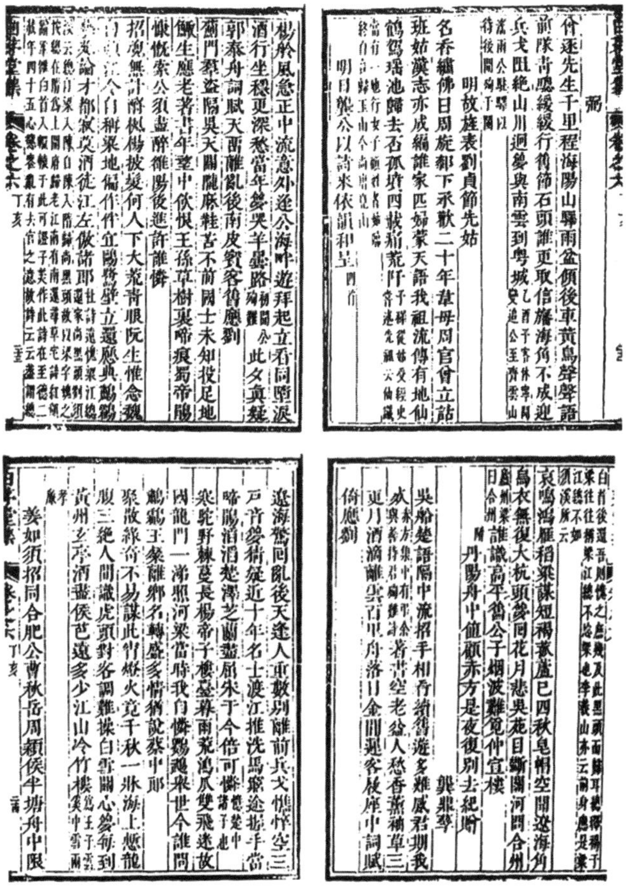

《白茅堂集》顾赤方龚鼎孳往还诗

顺治四年，龚鼎孳与老友顾景星在丹阳舟中意外相逢，互赠诗篇，其中都涉及龚鼎孳曾经殉难事。

顾媚像

明末金陵有“秦淮八艳”，顾媚既列其中，且是最树大招风的一位。嫁龚鼎孳后，人称横波夫人，龚则称之善持君。

年时间还要求证，然后才记于文字。由于他的认真，我们终于握有龚鼎孳在北京国难期间的一条确切线索，这也是迄今仅有的完全没有疑问的材料。从中我们知道，龚鼎孳当时从家中逃亡，躲藏在外，不想投降，而且遭遇悲惨。

当然，方以智提供的旁证，严格说只到龚鼎孳被闯军抓获为止。之后的事情，即龚鼎孳所述他遭到拷掠然后释放的情节，已经没有目击者。野史所记与他自述相反，说他接受了“伪职”；《贰臣传》持相同说法，却没有指出材料来源，应该是以野史为本。

说到明末的野史，因为出版和商品经济相当发达，许多情形与现代已很相似，凡社会关注度高、因而有明显牟利空间的重大事件，编辑家和写手的反应十分敏捷，第一时间搜罗撰述，编成纪实时闻，售而获利。这当中，有几分事实，又有几分得之耳食、捕风捉影，乃至生造臆测，实际很难搞清。尤其甲申国变这种塌天大事，真真假假的传闻，更无从断之。举个例子，后被阮大铖借题杀掉的周镳，便是“以南身记北事”的一位。他当时编了两本书，一名《燕中纪事》，一名《国变录》，被失睦的亲戚告发为“私刻”[1]。这类根本不在现场，却言之凿凿、有如亲历的叙事，曾让杨士聪忍无可忍。他在北京，也被闯军逮捕、羁押，但因与闯军某将交好，未受拷打而脱身南来。到了南方，他发现，上述经历根本无人相信，不由分说一致认他必定身降，有人说其所授为“伪户政府少堂”，甚至“亲见门粘钦授官职”[2]，好像千里之外的人们，竟比当事人更了解事实。杨士聪觉得岂有此理，于是写了一本《甲申核真略》，专讲真相核实的问题：

> 称核真者，以坊刻之讹，故加核也。坊刻类以南身记北事，耳以传耳，转相舛错，甚至风马牛不相及者，其不真也固宜。[3]

而除了起于各种原因的道听途说，对事实的轻率以及急欲落井下石的心态，还受到道德义愤的有力怂恿：

> 自南中欲锢北来诸臣，遂倡为刑辱之说，计将一网打尽。坊刻竖

[1] 徐鼒《小腆纪年附考》，中华书局，2006，第250页。
[2] 计六奇《明季北略》，中华书局，1984，第603页。
[3] 杨士聪《甲申核真略》，《甲申核真略（外二种）》，浙江古籍出版社，1985，第7页。

儒，未喻厥旨，乃谬引刑不上大夫之说，横生巧诋，何比拟之非伦也。[1]

这在那时代很典型，全社会以“烈夫贞妇”为尚，但闻某人非是，立刻争先恐后齐声唾弃，以示自己和“烈夫贞妇”保持一致，至于实际究竟发生了什么，反而不遑乃至无意加以澄清。所以杨士聪表示：“余偶未罹贼刑，兹于受刑诸臣，悉为明著于篇，以质公论。”他自己未曾受刑，但了解那些受刑者的惨毒之状，觉得南中对他们的堂而皇之的道德批判十分不公，要把自己所知的真实情形明明白白写出来，让大家评判受刑者的过失究竟如何。

城破后，龚鼎孳没有主动归顺，他潜逃然后被逮、受刑，这一部分事实我们已可确定。关键是之后情节不明，当时，屈打成降的例子既不少，可能性也相当大。但我们究竟不能因而推之，凡遭刑鞫者最后都吃打不过而投降、接受“伪职”。

从他多年如鲠在喉，终借与至交重逢之机郑重白冤来看，我们或许应该慎重其事。当时，时过境迁，他曾降闯的说法早就木已成舟，无论其辩白对顾景星有无作用，至多只能影响某一个人，丝毫无改整个社会和历史的评价。他应明知于此，但仍不放弃对顾景星孜孜剖陈，这几乎无谓的举动，唯一的解释是心灵需要，即面对一位真正知己，一位可托心腹的至交，他觉得必须示以肺腑，把真实的自己展示给他，此亦顾景星所感受的：“不可使不知吾者知，不可使知吾者不知。”

况且，这展示只与其中一个事实有关，无助于整个洗刷他的污点：

本朝顺治元年五月，睿亲王多尔衮定京师，鼎孳迎降，授吏科右给事中，寻改礼科。二年九月，迁太常寺少卿。[2]

以上记述出乎清朝官方，不复可疑；总之，他是做了明朝的叛臣——即便未降于闯，亦终降于清。但我们体会，即便是普通罪犯，对所犯之罪、所该当的罪名无从推卸，但对那些确非其所为而强加、阑入的指控，恐怕也将大为不甘，断不会因有罪之身而乐意把一切全都揽在身上。

[1] 杨士聪《甲申核真略》，《甲申核真略（外二种）》，浙江古籍出版社，1985，第9页。

[2]《清史列传》贰臣传乙，中华书局，1987，第6593页。

从这一点来说，我们对于龚鼎孳在崇祯自尽至多尔衮入城之间四十余天的情形，以存疑为妥。我们既不轻信他的表白，也不一口咬定他必定“从贼”。无论哪一种，我们都还不能证明。而其间留给我们的困惑，还不仅于此。例如，闯军溃走后，北京约有半月左右真空状态，大批自城破前困囿在此的南籍官员乘机逃离。工部员外郎赵士锦所著《北归记》，即为上述情形之亲身实录。余如杨士聪、方以智、陈名夏、周钟、光时亨等等，都是此时南还。那么，龚鼎孳何不采取相同行动，却留在北京“迎降”？此有不可解处。以当时来论，北为乱邦、南方尚安，一目了然，而避危趋安应是合理、本能之选，为什么龚鼎孳却反向而择？对此，他的弟子严正矩有个说法：“寇胁从不屈，夹拷惨毒，胫骨俱折，未遂南归。”[1]说他伤势严重，根本不胜远途。这解释倒很合理，但假使果如所说，就又牵出另一点，即他伤到这个样子——胫骨是小腿，俱折则两腿都被打断——怎么出来为闯军做事？然而此说既孤，又出其弟子，我们无法采信。

无论如何，未死而滞留北京的龚鼎孳，就此开始了他的“贰臣生涯”。

五

搁在当下，龚鼎孳要担两个罪名，一为“叛徒”，一为“卖国贼”。从归附敌对阵营的角度，他为“叛徒”；从替外来占领者效劳的角度，他是“卖国贼”。都是第一等的罪名，他兼而有之，对此我们也有一词，称“双料分子”。总之他的丑陋，便是孟森名作《横波夫人考》所简括的“既陷于闯，旋即降清”[2]。

然而列位有所不知，上述两个在我们看来遗臭万年、应该踏上一只脚永世不得翻身的罪名，却非明朝人士最为义愤填膺的地方。言及此，就不得不感慨于古今话语的暌隔与陌生了。

当时，龚鼎孳或其一类人的问题，焦点在哪儿呢？在于“不死”，亦即他们居然还活着！为着说明这一点，我们来看一件事。

随着闯军西去，众多京官如脱樊笼之鸟，络绎南逃，沿途遍尝艰辛、备历凶

[1] 严正矩《大宗伯龚端毅公传》，《龚端毅公奏疏》，光绪九年刻本，国家图书馆藏。

[2] 孟森《横波夫人考》，《明清史论著集刊续编》，中华书局，1986，第142页。

险，但等待他们的，却是朝中汹汹的舆论，还有闾里摩拳擦掌的乡亲。当时，盛产官员的江浙两地，好些地方发生针对本乡在京“苟且偷生”者的暴力事件，焚掠其家，捣毁其宗祠。一时间，朝野上下议处南来生还者之罪的呼声高涨，好像那是头等大事、当务之急，别的反倒不足论，为此史可法不得不专门从扬州上了一道《论从逆南还疏》，中云：

先帝惨殉社稷，凡属臣子皆有罪，在北始应从死，岂在南独非人臣耶？……使天下晓然知君臣大义，不但在北者宜死，即在南者亦宜死。[1]

他的意思，朝廷有更重要的事做，不能把注意力和时间浪费在这种道德义愤上头。但史可法也不敢直接唱反调，而用抹稀泥的“人人有罪”说，来解构清算论——“不但在北者宜死，即在南者亦宜死”。从礼法论，大家都不该活着，谁又例外？他不惜点了自己名字，顺便把马士英、高杰、刘泽清等文武重臣都拖进来：“即臣可法谬典南枢，臣士英叨任凤督，未闻悉东南甲，疾趋北援；镇臣高杰、刘泽清，以兵力不支，折而南走，是首应重论者。”借“人人有罪”说，他呼吁宽容，“为雪耻除凶之计，宽以死而报以死”，“不但在南者姑宽，即在北者亦姑宽”[2]，把精神集中于做实事。

人类经常从它的同一产物中接受好处与坏处，伦理道德也是如此。社会不能没有这种东西，可是，有时候又深受其害。像明末对于君主蒙难臣民便不能“偷生”的纠结，当时是作为一种美德而提出，实际上，美德的名义下却塞进了肮脏货色。当政的马、阮等人围绕它大做文章，与对品节的推崇毫无关系，真正缘由在于崇祯期间政坛主流派是东林、复社，所谓“在北者”多出此脉，眼下权柄既已易手，正好借此为题谋兴大狱，以泄多年之恨。这且不说，我们更发现，抽象地看伦理道德四个字总是美好高尚的，一旦化为具体，却那样荒唐：君上死于社稷，臣子即无生理，俱宜从死，不死便都有罪。这么不可理喻的要求，当时却认为很道德。所以，伦理道德与是非曲直，可以风马牛不及。

回顾这些，与龚鼎孳故事的一个特定内容有关——当时，他真正出名、遭

[1] 史可法《论从逆南还疏》，《史忠正公集》卷一，商务印书馆，民国二十五年十二月，第11页。
[2] 同上。

人诟谇、举世哗然的情节，就是他的“不死”及“不死”之理由。

《明季北略》“从逆诸臣”：

> 龚鼎孳，南直合肥籍……官兵科。伪直指使。每谓人曰：“我原欲死，奈小妾不肯何？”小妾者，所娶秦淮娼顾媚也。[1]

这记载的出处，应该是马士英为动议惩治南还诸臣，所上的《请诛从逆疏》：

> 龚鼎孳降贼之后，每见人则曰：“我原要死，小妾不肯。”小妾者，其为科臣时收取秦淮娼妇也。[2]

在马士英，这必是作为最得意、最煽情的证据抛了出来。龚鼎孳扮演着近来东林、复社的急先锋，在京城一向对门户、声气标榜最力。然而请看此人嘴脸，不但畏死倖生，原由还如此卑污不堪——是为一个“小妾”，而这“小妾”竟然还是“秦淮娼妇”！莫非在他那里，先帝连娼妇都不如么？

可想而知，在那样的年代，此爆料一出，人们将如何为之色变。即便远隔三四百年的我们，见到那样的表白，也不禁揉揉眼睛，仿佛不能相信。在我而言，“龚鼎孳”三个字之所以深深刻在脑海，起初纯粹因为这句话。假使他仅只是一位“贰臣”或今人所谓“叛徒”、“卖国贼”之类，我多半感觉不到什么兴趣，那种人史上多如牛毛，而他显非其中最昭著者。然而，当着那种情形而公然讲“我原要死，小妾不肯”的，以我所知，从古到今好像只此一人。我实在被他引动了莫大的好奇心。

六

事实如何？

马士英并非与人闲谈时，而是在正式的奏呈中举其事为例。出于此，我们如断言纯属他的捏造，大概不尽合理。

[1] 计六奇《明季北略》从逆诸臣，六科给事，中华书局，1984，第631页。

[2] 马士英《请诛从逆疏》，抱阳生《甲申朝事小纪》，书目文献出版社，1987，第39页。

他或许并不掌握事实本身，但比较可能的情况是，他有消息来源，或至少别人问起出处时，能回答得上来。总之，就像老话讲的，无风不起浪。

作为从旁观察者，我们自然努力去找线索，也模模糊糊好像发现了一点。顺治四年（丁亥，1647）龚与顾景星在丹阳舟中意外相逢，互赠诗篇。顾诗有句：

> 杨舲风急正中流，意外逢公海畔游。拜起立年同堕泪，酒行坐稳更深愁。当年梦哭羊昙路，此夕真疑郭泰舟……[1]

羊昙，典出《晋书·谢安传》，感旧兴悲之意。顾景星于是句下面自注"闻公难"，意思是曾听说龚鼎孳在国难中死了。而龚鼎孳和诗答以：

> 吴船楚语隔中流，招手相看续旧游。多难感君期我死，著书空老益人愁……[2]

他在"多难感君期我死"句下也有自注："赤方集中有吊余与善持君殉难诗"，善持君，便是顾媚。从顾、龚互答的上下语意看，顾景星当时听到的"死难"传闻，只及龚本人，不包括顾媚，但龚鼎孳自注，却主动提到了顾媚。这个微细区别可以玩味，似乎一提到有关死的问题，记忆就本能地与顾媚联系在一起。这是怎样的联系呢？

一直以来，对这句名言大家注意力都在"小妾不肯"上。那也的确最让人惊骇，一见这四个字，鄙夷之心油然而生，如孟森先生的评论：

> 芝麓于鼎革时既名节扫地矣。其尤甚者，于他人讽刺之语，恬然与为酬酢。自存稿，自入集，毫无愧耻之心。盖后三年芝麓丁忧南归，有丹阳舟中值顾赤方，是夜复别去，纪赠四首，中有"多难感君期我死"句，自注"赤方集中有吊余与善持君殉难诗"云云。生平以横波为性命，其

[1] 顾景星《明日龚公以诗来依韵和呈四首》之一，《白茅堂集》卷之六，康熙刻本。

[2] 龚鼎孳《丹阳舟中值顾赤方是夜复别去纪赠》，《白茅堂集》卷之六，康熙刻本。

> 不死委之小妾，而他人之相讽者，亦以龚与善持君偕殉为言，弥见其放荡之名，流于士大夫之口矣。[1]

事之两端，一头国难、一头小妾，判若云泥。而龚鼎孳为小妾而舍国难，其所宜乎唾弃，在所有人恐怕都不假思索。我自己第一次见这句话，目光也完全落在“小妾”上。对于我们“臭男人”，“小妾”云云实在吸引眼球，很难越过它首先注意别的。

直到发现了孟森的误读。

误读的凭据，是孟文这一句：“于他人讽刺之语，恬然与为酬酢。自存稿，自入集，毫无愧耻之心。”它是针对龚诗“多难感君期我死”及自注“赤方集中有吊余与善持君殉难诗”之语而发。

读《横波夫人考》的时候，我还没读《定山堂集》，更未读到《白茅堂集》，故于孟氏评论欣然接受，同样做出代表龚鼎孳恬不知耻的裁判——及至读了龚、顾二人原诗（已引于前），这才发现，孟氏或我们大家的理解全都错了。

首先，顾诗非“讽刺之语”。顾景星“当年梦哭羊昙路”句的自注“闻公难”，讲得很清楚，当年他听到了龚鼎孳死难的消息，为此才于梦中一哭。龚鼎孳诗句“多难感君期我死”，则是对顾“当年梦哭”的回答。他们双方，一方并无“讽刺之语”，另一方更不是明知他人讽刺自己，却厚颜地“恬然与为酬酢”。

其次，“多难感君期我死”的“感”字，没有半点轻薄谑浪的意思，却是对契怀知己的深切感念。其中的心情是，满世界都把他看扁，唯独顾景星这样的至友才深知他、了解他、不会误解他。当年顾景星梦中一哭，表明他面对龚死难的传言没有怀疑，在龚鼎孳看来，这种不怀疑，非心灵相契不能致。故而，他写下那个“感”字，分量极重，虽只一字，实有万语千言，断然不会出于“恬然”和“无愧”。

我以为，但凡读到了顾诗原句，或但凡知道“多难感君期我死”的由来是顾的“闻公难”，对其语意就很难发生误解。所以我斗胆推测，孟森先生写《横波夫人考》时，没有读到《白茅堂集》。

从孟森的误读，我又忽然意识到过去对“我原要死，小妾不肯”，太专注于

[1] 孟森《横波夫人考》，《明清史论著集刊续编》，中华书局，1986，第142页。

“小妾不肯”，而忽视了前半句。一见到“小妾不肯”，我们就被道德点燃了羞耻心，而忘记打量一下作为完整的一句话，龚鼎孳究竟在说什么。于是，我开始审视“我原要死”四个字。

从字面来说，“我原要死”可能有两种意思。一是说有死的想法和打算，而未实行；一是说已经付之行动，结果却没有死成。顾景星说“闻公难”，证明当时确实传出了龚鼎孳死难的说法，这传闻本身的存在，不必怀疑。然而，它究竟是空穴来风，还是也有其事呢？

有三件材料。年代最早的一件是《顺治元年内外官署奏疏》所收启本：“流寇陷城，夹拷惨毒，胫骨俱折，阖门投井，为居民救苏。”[1]其次是严正矩《大宗伯龚端毅公传》：“寇陷都城，公阖门投井，为居民救苏。”[2]从词句看，严传所本应为前者。最后一件，是龚鼎孳《绮罗香·同起自井中赋记，用史邦卿春雨韵》一词：

弱羽填潮，愁鹃带血，凝望宫槐烟暮，并命鸳鸯，谁倩藕丝留住。搴杜药、正则怀湘。珥瑶碧、宓妃横浦。误承受、司命多情，一双唤转断肠路。

人间兵甲满地，辛苦蛟龙外，前溪难渡，壮发三千，粘湿远山香妩。凭蝶梦、吹恨重生，问竹简、殉花何处。肯轻负、女史苌宏，止耽莺燕语。[3]

该词写作时间不明（既像当时所写，又像事后追记），而意象众多，几个紧要字眼意思大约如下：上阕，“宫槐”指崇祯缢死，“烟暮”指闻讯时分为当日傍晚，“并命鸳鸯”指顾媚同死，“怀湘”指思效屈原，“误承受、司命多情，一双唤转断肠路”指死而不成（与“为居民救苏”合）；下阕，“兵甲”指闯军，“前溪难渡”指无逃路，“壮发三千”指愁绪，“蝶梦”指虚实和生死幻化，“苌宏”——即苌弘，周代忠臣，清避乾隆讳而改——借指内心。

这三个材料，与顾景星所陈的“闻公难”不谋而合，但有一个问题，均出龚之自白，真伪无从断之。假如龚鼎孳的结局是投井而死，什么疑问也没有；事实却是，他没死、还活着。然而从逻辑上说，

[1]朱希祖辑《顺治元年内外官署奏疏》，国立北京大学研究所国学门藏并编，民国二十年影印。

[2]严正矩《大宗伯龚端毅公传》，《龚端毅公奏疏》，光绪九年刻本，国家图书馆藏。

[3]龚鼎孳《绮罗香·同起自井中赋记》，《定山堂诗余》卷一，续修四库全书一四〇三·集部·别集类，上海古籍出版社，2001，第273页。

活着的事实并不能否定有过死的尝试。究竟如何呢？他逢人就说“我原要死，小妾不肯”，关键在于，这是对经过的陈述，还是对责任的推托。分野就在这里。如果是推托，当然如大家历来解读的，“其不死委之小妾”，不必多言，他只能被视为无耻之尤。但如果是陈述，亦即假如他是简单概括一下活下来的经过，这个句子，就有重新理解的必要——比如，可能包含这样的情节：他和顾媚自杀过一次，但被人救活；之后，他想再次自杀，顾媚却没有勇气尝试了，并求他陪自己一道活下去。

七

我倾向于把它看做陈述句。证据自然没有，但从情理角度品鉴，倘使此语之出，意在文过饰非，则如此鲜廉寡耻之言，效果只能适得其反。人的行为都出于自利，此为本能，即便给人定罪，也得推其合理动机——除非我们认为，龚鼎孳到处对人讲这句话，目的是要自增其丑。所以作为推理，我觉得他是在陈述什么。但事情本身太过离奇，超出“正常人”的心理和价值观之外，看上去反而像是狡辩和抵赖。

那么，横亘在龚鼎孳与我们这些“正常人”之间的障碍何在呢？显然是“小妾”。“小妾”者，旧时所谓侧室、小老婆，今之所谓“小三”、“小蜜”。在我们男权的视角下，或者是生育工具，或者是性特权，或者是私有财产，或者是花瓶、玩物，以至冶荡、恣欲、淫猥之类的表征。尤其这位“小妾”，就像马士英为了突显龚鼎孳的丑恶，马不停蹄地点到的，“其为科臣时收取秦淮娼妇也”。对这种“身份”，我们很难抱以尊重。我们或许也愿意与她们取乐，但绝不能在心理上给以接受，脑子里都免不了装着西门庆的那句口头禅“贼小淫妇儿”，贱之、蔑之。

我不知道龚鼎孳是否完全越出了男性的普遍心理。我能肯定的是：单就顾媚这特定对象而言，龚鼎孳没有西门庆意识；此时此刻从他嘴里说出的“小妾”一词，与“贼小淫妇儿”毫无关系。相反，他视她为生命中独一无二的女人，甚至喻以自己的“宓妃”。前面所引的《绮罗香》中“珥瑶碧、宓妃横浦”一句，径出《洛神赋》“珥瑶碧之华琚”，而曹植说：“斯水之神名曰宓妃”[1]。

龚以宓妃比顾媚，是把她摆到心中

[1]《曹植集校注》，人民文学出版社，1998，第282页。

女神的位置上。但同一个女人对于其他男人，却只是“贼小淫妇儿”。我们不能责怪大家何不与龚鼎孳一道，将某位妓女视为女神；然而，“子非鱼安知鱼之乐”，毕竟龚鼎孳自己有此感受，他也正是带着这种旁人所不知甚至不能理解的感受，说出了“我原要死，小妾不肯”那样骇世惊俗的话。这足令说者一副心肠，听者另一副心肠。在龚鼎孳，或许是掏心剖腹；旁人却一片哗然，以为人间丑秽无逾乎此。

这当中，显然有个巨大的落差。当事者本人，与社会舆论之间，视阈不同，处境不同，价值观更不同。

于是我们想到，有些历史公案，除开一眼可见的大伦大节，还隐藏着个体自我价值问题。大是大非面前，我们总是强调个体去承担对于社会整体的责任和义务，这并不错；但与此同时，个人心灵的安放是否全然不必予以考虑，却仁者见仁，智者见智。主流的态度，尤其历来中国的主流态度，置个人于无条件牺牲的位置。这样的习惯见解，至今我们仍没有多少动摇。但我们也通过与异质文化的接触，了解到有采取其他看法的可能。比如，在不伤害、损害社会整体利益前提下，对个体的苦衷持宽谅态度，从而在历史观和伦理观中，增加对个体的考虑。我们的社会，还不能普遍做到这样，但作为方向，一般都不否认那是更文明、更善意，也更利于历史进步的。我们曾经讨论过“杀降”的问题。古代世界一致认为投降乃极丑恶极可鄙的行为，不但本方所痛恨，即在敌方也视如草芥而往往大开杀戒。中国直到清末仍有此心态，李鸿章平苏州后，杀太平天国降军据说达二十万，以致他的盟友常胜军统帅戈登、英军驻华陆军司令柏朗等人怒不可遏，要求解除其苏抚之职，否则就要攻击淮军。[1]如今，对于战败而降，我们虽仍不能捐弃鄙视的心理，却至少在行动上接受了不得歧视俘虏的国际公约。这种不歧视的道理就在于，国家、民族整体利益的正当性，并不表现为对个人的无度索取。

这是我们和龚鼎孳时代的不同。当时他身为臣子，“不能为其主临危授命，辄复畏死倖生”，便是有罪，可以立断为失德之人。我们则不然。我们会问以下几个问题：他做到了什么？没做到什

[1] 苑书义《李鸿章传》，人民出版社，1995，第87—88页。

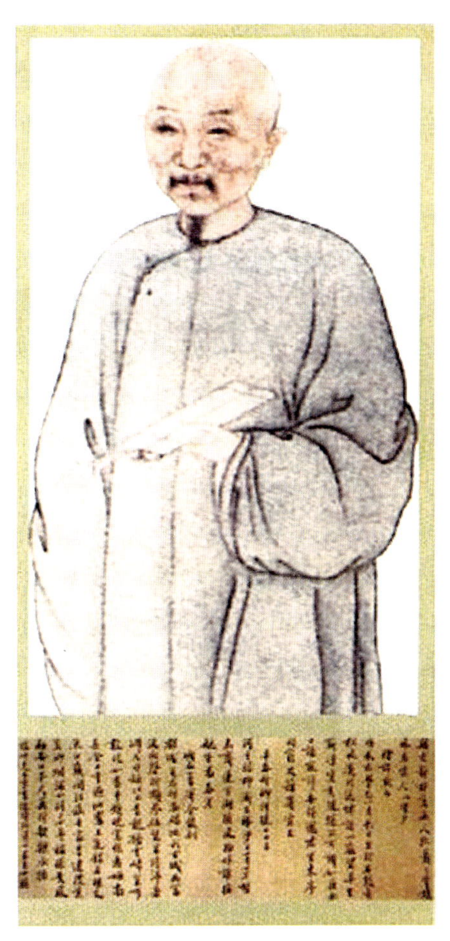

龚鼎孳小像

着便服、持书卷，如同一位布衣。他让人给自己留下这样一幅小像，应非无意。

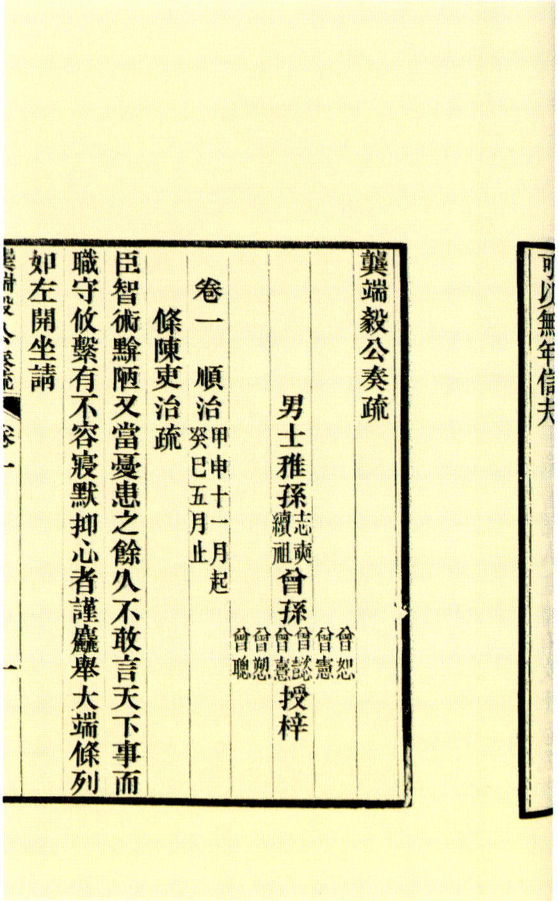

可以無年信夫

龔端毅公奏疏

男士雅 孫志奭 續祖 曾孫曾恕 曾憲 曾誌 曾憙 曾翹 曾聰 授梓

卷一 順治甲申十一月起癸巳五月止

條陳吏治疏

臣智術黔陋又當憂患之餘久不敢言天下事而職守攸繫有不容寢默抑心者謹麤舉大端條列如左開坐請

龔端毅公奏疏 卷一 一

龚鼎孳奏疏

崇祯间，龚鼎孳官居言路，曾“一月中，疏凡十七上”，表现非常抢眼。这是龚氏后人编刻的入清后的奏疏集。

龚鼎孳扇面

是他从近作中摘出的几句诗。书斋名“心远斋”，应出陶渊明诗句：“结庐在人境，而无车马喧。问君何能尔，心远地自偏。”

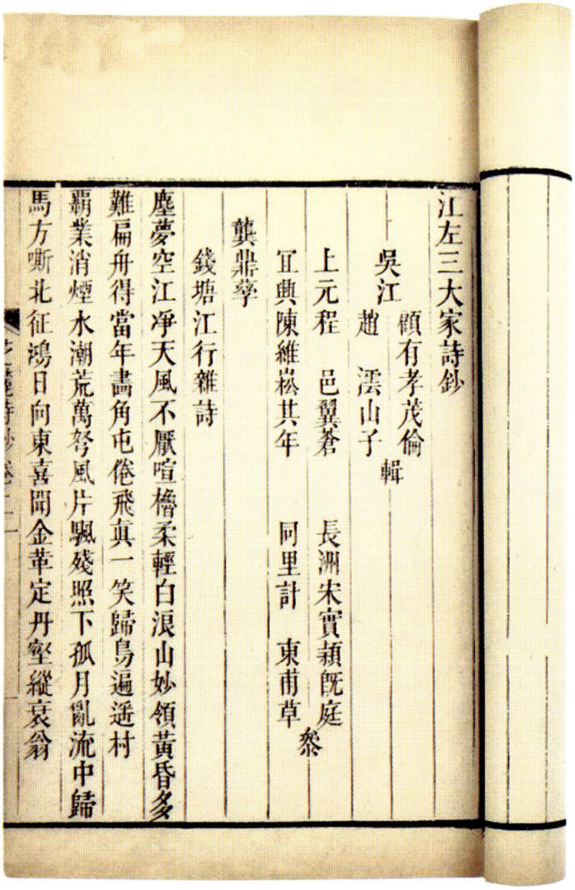

江左三大家詩鈔

顧有孝茂倫

吳江 趙 澐山子 輯

上元程 邑翼蒼 長洲宋實穎既庭 參

宜興陳維崧其年 同里計 東甫草

龔鼎孳

錢塘江行雜詩

塵夢空江淨天風不厭喧櫓柔輕白浪山妙領黃昏多

難扁舟得當年畫角屯倦飛真一笑歸鳥遍遥村

霸業消煙水潮荒萬弩風片颭殘照下孤月亂流中歸

馬方嘶北征鴻日向東喜聞金華定丹堅縱哀翁

《江左三大家诗钞》

钱谦益、吴伟业、龚鼎孳并称清初诗坛“江左三大家”。他们彼此是要好的朋友，另外还有一共同点：都有“贰臣”的身份。

么?在没有做到的方面,原因是什么?可以为常理所接受,还是不可接受?当问题来到这些层面,只停留在某些抽象义理上,我们所见将不比乾隆皇帝更多。对历史当事人来说,生活与生命,每一步、每个瞬间都是具体的。他们从有血有肉、活生生的体验中,获得认识、感受和价值。在龚鼎孳而言,能否“为国难舍小妾”,并非道义箴规那样明了易断,而要面对唯个人所自知、亦唯个人才承担的处境。为此,我们在对龚鼎孳人格高卑做出评判前,最好先探一探龚、顾关系的始末。

八

先说顾媚。明末金陵有“秦淮八艳”,顾媚既列其中,且是最树大招风的一位。余怀说她“风度超群”,“时人推为南曲第一”,不管是否有诸妓之冠的地位,风头之健的确难比,崇拜者无数,居处有“眉楼”专名,余怀鉴于她的魔力,更为之改名:“此非眉楼,乃迷楼也。”迷楼典出隋炀帝故事,所谓“真仙游其中,亦当自迷”[1]。顾媚的为人和性格,也不低调收敛,敢爱敢恨,多情而张扬,搁在今日,恐为八卦记者的最爱。她永居中心、焦点,排场足、慕者众,“设筵眉楼者无虚日”,不断闹出新闻。有个文人,因她失恋而自杀了。冒辟疆的好友张公亮有点步后尘的意思,另一好友陈则梁也围着她转,在身边扮演护花使者,类似的角色还有余怀,总之,她就是这样一个被男人们环绕投花的对象。“然艳之者虽多,妒之者亦不少。”崇祯末年,终于惹了一场较大风波,即《板桥杂记》中“浙东一伧父”事,某有权有势子弟,自觉在顾媚那里失意,“使酒骂座,讼之仪司,诬以盗匿金犀酒器,意在逮辱眉娘也。”这位“伧父”,其叔为“南少司马”,即南京兵部侍郎。而余怀时在南京兵部尚书范景文幕府,他为顾媚打抱不平,想必借范景文施加了影响,侍郎自然不敌尚书,“斥伧父东归,讼乃解。”[2]此事有诸多名流卷入,我还从黄宗羲《思旧录》偶然看到:“一日,礼部陶英人邀饮,次尾出一纸,欲拘顾媚,余引烛烧之,亦一笑而罢。”[3]次尾,是吴应箕的表字,复社大名士,那位

[1] 佚名《迷楼记》,陶宗仪《说郛》卷三十二,涵芬楼本,中国书店影印,1986。

[2] 余怀《板桥杂记》中卷丽品,周瘦鹃校阅《板桥杂记(全一册)》,上海大东书局,民国二十二年,第15—16页。

[3] 黄宗羲《思旧录》,《黄宗羲全集》第一册,浙江古籍出版社,1985,第357页。

陶英人也是声气达人，再加上黄宗羲，都搅在里面。顾媚似乎真有引众人折腰的魔力。

经此一事，护花使者陈则梁“力劝彼出风尘，寻道伴，为结果计。辟疆相见亦以此语劝之”[1]，认为顾媚应赶紧找个合适的人嫁掉，冒辟疆也持同样意见。顾媚虽风光无限，但重创之下，心有余悸，对陈、冒建议颇以为然。

问题是，“那人”在哪儿？

第一，他要有一定的地位，算得上“成功人士”，足以托得了终身。第二，他显然还须有才，有大才；顾媚雅人深致，墨兰一绝，诗词清婉，通晓音律，烹技无出其右，秦淮口碑“尤艳顾家厨食”[2]……若非八斗之才，别说顾媚自己，旁人都得替她抱屈。第三，声誉要好，品节要正，不可是奸邪之辈，秦淮风尚“家家夫婿是东林”，顾媚喜欢和密迩的人，都是激进的新潮派。第四，不能太老，虽说柳如是相中了六十岁老头子钱谦益，然揆以常情，那到底不是普遍的口味。第五，既然要摆脱困境，她或许希望对方不是身边圈子中人、不在本地为官，能够带她远走他乡……

这些条件都适合，几乎不可能。然而，他竟然出现了。

崇祯十四年秋，龚鼎孳由皖奉调入京。他的北上之路，一定是假道金陵，再从扬州登舟，由运河而抵通州张家湾。那时，水路的舒适及安全远胜陆路，往来南北者如无特殊原因，总是选择这条路线。

《横波夫人考》认为：“《定山堂集》有《登楼曲》四首，盖即为始入眉楼之作”，“按此诗既写出初会情境，而末首又见一晤即须告别之意，盖北上过金陵时也。”[3]我们接受这一分析。

到此，龚、顾算是认识了。有没有订情？从龚鼎孳诗作看，他对她已经怦然心动。但顾媚是否芳心已许，可能性却不大。一晤即别，时间太短，还待乎更多的了解。尤其是，龚鼎孳这时只能算初出茅庐，在衮衮名公中，他的名望与魅力有待提升。顾媚或留下了不错的印象，若说擦出火花，为时尚早。

[1] 陈梁《书》，《同人集》卷之四，书，水绘庵清刻本，北京师范大学图书馆藏，第三十一页。

[2] 余怀《板桥杂记》中卷丽品，周瘦鹃校阅《板桥杂记（全一册）》，上海大东书局，民国二十二年，第16页。

[3] 孟森《横波夫人考》，《明清史论著集刊续编》，中华书局，1986，第136页。

我推测，这匆匆一晤，对于龚鼎孳到京城后的亢奋表现，是一种力量源泉。他像因她打了一剂强心针。他不难发现顾媚所仰所慕是哪一类人，为了跻身这个行列，直至领一定风骚，他将不遗余力。爱情和政治，经常是这样互为表里的。李清笔下那个上蹿下跳、精力充沛的龚鼎孳，多大程度上得之于顾媚倩影的激励，很值得体会。

大约过了半年，“壬午之春，又大集虎阜……合肥龚孝升先生鼎孳……皆与焉；其他各省名流，余不能悉得之。”我们还记得杜登春的这笔记述。虎阜就是苏州虎丘，南京自然是途中必经之地。既然又到了南京，龚鼎兹没有理由不会到顾媚，且不是匆匆一晤，而有略长的勾留，令彼此订了终身。

以上推断基于，从这时起，到顾媚启程去北京之间，龚鼎孳没有再来过南京。订情只能于此次勾留中完成。

重新现身秦淮河畔的龚鼎孳，不复是偏僻县城苦干七年、寂寂无闻的小官，而是京城政坛的新星，声气、门户潮流中的弄潮儿，后张溥时代的复社已将他捧为上宾。他在顾媚面前有了足够的资本，在东南士林有了足够的人脉。或许，十里秦淮已经形成了这样的舆论，如果像顾媚那样的名媛愿意把自己托付给谁，年轻有为的龚给谏可以是不错的人选。我们没有听见顾媚身边陈则梁、冒辟疆诸友表示异议，事实上，顾媚颇为倚赖的余怀，也和冒襄一样是日后龚鼎孳终生的挚友。他们想必乐于玉成其事，而顾媚本人经过较充分接触，想必也对他有了更深的认识。

去年秋初晤，写有《登楼曲》，这次，则用不同词牌填了三支《楼晤》。从“登楼”到“楼晤”，题目上的变化，使我们看出龚、顾关系的变化。其中有云：“月低金管，带飘珠席，两好心情难罢。”[1]“今生暂作当门柳，睡软妆楼左右。”[2]难罢、暂作，分明是表了一生相爱的决心。

然而，并未立即携归。根据我们隐约知道的，龚鼎孳希望顾媚感到被郑重和慎重对待，并非寻常那种“某地一游，购得一妾”。总之他只身还京，做必要的筹备。顾媚仍留南京，但断绝应酬，暂时算是“待字闺中”，就像孟森所说“必

[1] 龚鼎孳《误佳期·其二》，《定山堂诗余》卷一，续修四库全书一四〇三·集部·别集类，上海古籍出版社，2001，第268页。

[2] 龚鼎孳《鹊桥仙·其三，用向芗林七夕韵》，同上。

已为金陵外宅”，“已正名为闺人，而尚居金陵”。[1]

这一等，竟一年有余，因为发生了意外。就在当年十一月，清兵大举入塞，京畿危殆，山东尤惨，当时提兵北援的史可法在家书中写道：“北边破了五七十州县，不知杀了多少人。昨山东济南满城官员家眷，都杀绝了。真是可怜！”[2]南北路途，由此隔断。史可法本欲将逃到天津的父母接来南方，也束手无策，告以“俟至春间，仍坐船回南为是，不可冒险而行”。[3]

经过如此的波折，翌年秋，终于盼到顾媚北上的消息。龚鼎孳以“得京口北发信”为题，写了一首《贺新郎》：

莺馆安排静。待珠轮、逐程屯札，柳旗花令，预遣探香乌鹊去，露洒星桥玉冷。可曾见、卢家官艇，金字虎头青鸟印，押红泥、遮抹春愁影。骑凤月，破烟暝。

瑶箱泪叠朱丝剩，试芙蓉、两行宫烛，对摊芳信。薇雨细揉弹事笔，温熟低心软性，料锦鲤、今番情定。雾幔晴衫深打叠，怕秋棠、不耐商飙劲。因早雁，嘱君听。[4]

新房静待着新人，每程的驻发，都在望眼中记惦；派出使者前去探迎，等候之人独自于夜晚烛光下摊开“芳信”，读视萦想；忽念到秋风渐起，怕南来的花朵般娇娃，不禁北地凌厉的风寒，特意再寄鸿书，细予叮咛……

顾媚是娼妓出身不假，然面对如许心声，我们若视龚、顾相遇为狎邪，或将龚之娶顾，等同于现在有钱势者包养“小三”，应当过意不去。他们之间发生着爱情，是无疑的。他们的情意，不比其他倾心相结的男女来得浅薄或猥陋。考虑到顾媚的身份，或许恰恰应该说，龚鼎孳的爱不光真诚，还有一种难得的干净。须知，这在他并非一时一地，而是始终保持了这种感情成色。不要说是四百年前，即便偏见、歧视已不能那样

[1] 孟森《横波夫人考》，《明清史论著集刊续编》，中华书局，1986，第139页。

[2] 史可法《家书八》，《史忠正公集》卷三，商务印书馆，民国二十五年十二月，第38页。

[3] 史可法《家书二》，同上，第35页。

[4] 龚鼎孳《贺新郎·得京口北发信，用史邦卿韵》，《定山堂诗余》卷一，续修四库全书一四〇三·集部·别集类，上海古籍出版社，2001，第271页。

嚣张，种种自私卑劣的男性心理大为收敛的今天，这样的心地，又得能之于几人？

顾媚显然深幸自己不曾错看。她用行动表达着内心的满意。两人聚首不久，龚鼎孳便获谴下狱。在爱意激发下，这位曾经娇骄二气十足的秦淮名媛，展现了所未有过的一面。龚有《寒甚，善持君送被，夜卧不成寐，口占答之》诗：

> 霜落并州金剪刀，美人深夜玉纤劳。停针莫怨珠帘月，正为羁臣照二毛。
>
> 金猊深拥绣床寒，银剪频催夜色残。百和自将罗袖倚，余香长绕玉栏干。[1]

此时顾媚，与任何贤淑坚忍的普通人妻有何分别？他们相扶相持渡过这段灾厄，龚鼎孳的狱中之诗，多次吟到顾媚如何温暖和鼓舞了他。如《上元词和善持君韵》："芳闺此夕残灯火，独照孤臣谏猎书。"[2]因了那柔弱肩膀的支撑，他意志从未颓落。另一首为顾媚生日而作的《生辰曲》，这样赞叹他的红颜知己："吾家闺阁是男儿！"[3]

面对这份感情，我们不忍接受"放荡之名，流于士大夫之口"的议论。有什么理由贬低他们呢？难道只因这对爱人不是结发夫妻？其实我们可以看到，他们的真挚，以及患难与共的情操，都并不输于结发夫妻。这里，应该谈谈龚鼎孳与发妻的关系。发妻姓童，《板桥杂记》：

> 元配童氏，明两封孺人。龚入仕本朝历官大宗伯，童夫人高尚，居合肥，不肯随宦京师。且曰："我经两受明封，以后本朝恩典，让顾太太可也。"[4]

他们之间是冷淡的。这种冷淡，我们虽不便臆测就是旧时代所常有的"包办婚姻缺乏爱情"，但可以确认：顾媚在龚鼎

[1] 龚鼎孳《寒甚，善持君送被，夜卧不成寐，口占答之》，《定山堂诗集》卷三六，续修四库全书一四〇三·集部·别集类，上海古籍出版社，2001，第178页。
[2] 龚鼎孳《上元词和善持君韵》，同上，第179页。
[3] 龚鼎孳《生辰曲》，同上，第178页。
[4] 余怀《板桥杂记》中卷丽品，周瘦鹃校阅《板桥杂记（全一册）》，上海大东书局，民国二十二年，第18页。

孳那里，名分是妾，事实是妻。远在合肥的童氏，并不跟龚鼎孳生活在一起。龚、顾之间，不是一夫多妻、一男数宠的关系，是事实上的专一夫妻。

至此我们总算明白，“我原要死，小妾不肯”中的“小妾”，是这么回事。假如“同起自井中”曾有其事，现在我们可以这样加以体会：一对新婚燕尔的年轻夫妇，刚熬过牢狱之灾，又经历了一次不成功的死亡，妻子惧怕了，男人再次想死时，她已无勇气尝试，而活的愿望却分外强烈，于是她求他不死，或者说，为了她而活下去——因为她好不容易才寻着这个对她倾心相爱的男人。

九

我们笔下，出现过形形色色的人物。有临难不苟免的史可法，有父亲殉国后便如孤魂野鬼的夏完淳，有降于清军然而却疯癫而死的阮大铖，也有毁家纾难却在晚年欣然承认清朝合法性的黄宗羲……他们无论是谁，我都感到难于三言两语了断，即便史上已有定评的人物。龚鼎孳既陷于闯、旋复降清，被认为满身污秽，甚至连他所归顺的清廷也把他打入另册。乾隆上谕之后，他的各种痕迹——除负面的以外——被下令抹去，不但作为公职行为所上奏疏遭封存，连作为诗人、作家创作的作品也在禁行之列。这种查禁，一直维持到清末光绪年间。可是，他究竟做过哪些实实在在的坏事呢？我并不知道。

其实，清廷对他的嗛啣，并非嫌其对明朝失节，而是恶其对大清不专。看看他和那些著名的明遗民冒襄、杜濬、曹灿、余怀、顾景星、阎尔梅、邢昉、顾梦游、纪映钟、李渔等的友近，就可知他的心曲。他与钱谦益、吴伟业交厚谊深，非因同为“江左三大家”而互相借重，其实是同病相怜——都在或曾在清朝入仕，又都为此感到苦涩。他对评书家柳敬亭的热烈推重，一多半是夺他人酒杯浇自家块垒；柳敬亭因和左良玉的传奇关系，成为明亡时刻复杂历史的象征，龚把他迎到北京，在京城士夫儒巾中广为推介，宴集酬唱，同叹兴亡。他屡屡凭借职务，保护甚至袒护明遗民乃至反清斗士，其中著名的例子，一个是傅山，一个是阎尔梅，其他还有姜埰、陶汝鼐等，这引起了顺治皇帝本人的注意：

> 朕每览法司覆奏本章，龚鼎孳往往倡为另议。若事系满州，则同满议，附会重律。事涉汉人，则多出两议，曲引宽条。[1]

下旨要他“明白回话”。《贰臣传》说，旨意既下，龚鼎孳“具疏引罪”却“词复支饰”，态度不能令人满意，“下部议应革职”，顺治还算开恩，决定给予“降八级调用”的处分。[2]

关于他入清后做过的好事，邓之诚这样概括：

> 时兵饷严急，赋敛繁兴，屡疏为江南请命，复请宽奏销案之被革除者。官刑部尚书，宛转为傅山、陶汝鼐、阎尔梅开脱，得免于死。艰难之际，善类或多赖其力，又颇振恤寒孤。钱谦益所谓长安三布衣，累得合肥几死。吴伟业谓倾囊橐以恤穷交，出气力以援知己。以是遂忘其不善而著其善，得享重名，亦由此矣。[3]

值得一提，这些善举中，不少都有顾媚参与。这一对活下来的“并命鸳鸯”，并非躲在爱巢之中，图自己的逍遥。

龚鼎孳不是英雄，甚至算不得一条汉子。但正如英雄偶然才有，男人的定义也不见得非是条汉子。龚鼎孳主要是个文人，我们对他的鉴裁，也以此为重点。他在文才方面，天分奇高，令亲眼所见之人匪夷所思，顺治皇帝曾对左右惊叹：“龚某下笔千言，如兔起鹘落，不假思索，真当今才子也！”[4]但这仅是天赋，作为特定的一类社会存在，我们对文人还有专门的要求。关于这一点，周亮工讲了十二个字：

> 孤寒之士，望影知归；铅椠之徒，闻风借荫。[5]

时誉之“爱才若命，通儒老学，俱从之

[1]《龚端毅公奏疏·明白回话疏》，清光绪九年刻本，国家图书馆藏。

[2]《清史列传》贰臣传乙，中华书局，1987，第6595页。

[3] 邓之诚《清诗纪事初编》卷五，清代传记丛刊，学林类28，明文书局，1985，第553页。

[4] 郑方坤《国朝名家诗钞小传》，三十二芙蓉斋诗钞小传，钱仲联主编《清诗纪事》顺治朝卷，江苏古籍出版社，1987，第1359页。

[5] 周亮工《定山堂诗集序》，《定山堂诗集》，续修四库全书一四〇二·集部·别集类，上海古籍出版社，2001，第335页。

游”,“其好士之诚,实出肺腑,非寻常贵人所能及”。[1]像陈维崧、朱彝尊,都是在极贫困状态下,经他汲引,成为文豪硕学。从使文明薪火相传的使命来说,龚鼎孳是无愧于一个文人的职守的。我们突显他这方面的事迹,确实是有感而发。按我们当代的经验,一个文人,能这样对待同类,惺惺相惜、提携救助、古道热肠、曲与回护,记忆中好像是没有的;岂止没有,在那“夜来风雨声,花落知多少”的年代,能够做到不落井下石、出卖揭发,我们都会叹其难能可贵、高风亮节。恐怕有了我们这种阅历,方能省悟对他的人生表现应该换一换眼光。过去只因他做了贰臣,便觉可鄙;其实想想,肯为保护善类连降十几级,这样的人任何时候都并不多见。

最后,交待一下龚、顾情缘的结局:对于这不肯他死的“小妾”,龚鼎孳尽到了心意。他很对得起她。顾媚以四十四岁死于康熙二年,是年龚鼎孳还不满五十岁,没有听说他再立妻房。他们一同走过二十年人生。当年,秦淮名姬名士之间,发生过五段著名的恋情。龚、顾之外,还有钱谦益和柳如是、侯方域和李香、冒辟疆和董小宛、吴伟业和卞玉京。侯、李因有《桃花扇》渲染,好像最浪漫,其实最平庸(与侯的为人有关);吴、卞是悲剧;钱、柳故事波澜大,结局不幸;冒、董情深可比,而声色不逮。总之五大姝丽当中,顾媚的个人命运和幸福度,都首屈一指。

顾媚死后三年,龚鼎孳扶其柩回合肥。又七年,龚也离开人世,与“小妾”重逢于地下。但我这个在合肥出生和长大的人,以前不知那片土地埋着这段风流,至今也未见他们坟茔所在的报道。

---

[1]陈康祺《郎潜纪闻四笔》,中华书局,1997,第26页。

徐　汧

士与死

两人显然走了很多地方，考察、确定最后献身地。据此推知，后来自沉于虎丘新塘桥，应该是事先曾经考察过的一个地点。

一

徐汧，万历二十五年（1597）生，弘光元年（1645）死。苏州府长洲人氏，字九一，号勿斋，崇祯戊辰（1628）进士。

明末名士大多文笔楚楚，徐汧却有点“述而不作”的样子。倘通过文墨来寻他的人间屐痕，所见寥寥。较醒目者，是他与张泽共同评点的二十三卷《新刻谭友夏合集》。书成于崇祯癸酉（1633），朱彝尊《静志居诗话》：“《诗归》出，而一时纸贵，闽人蔡复一等，既降心以相从，吴人张泽、华淑等，复闻声而遥应。”[1]友夏乃是谭元春的表字，他和钟惺所构成的竟陵派，在明末执文坛牛耳，《诗归》便是钟、谭合编的一本体现他们文学观的书。张泽和徐汧也是竟陵派拥护者。张泽说，他们花了十年工夫精研谭诗，“搜剔真隐，博通奥会，摩娑既久，径路斯熟”[2]，终于将这些心得运用于评点，推出《新刻谭友夏合集》。这崇祯六年的刻本，我们今天仍能见到，刻印精良，朱彝尊说它“取名一时”[3]，可见影响不小。但此书从编到刻，主要归之于张泽，徐汧只承担了一部分评点工作；张泽使他列名在前，大概出于谦让。徐汧名下的铅椠之制，除此块然可见，其他形诸纸面的，现存既少且散。顺治间陈济生所辑《启祯遗诗》，收其诗二十六题、二十九首，算是最全的；其余，零散见于《明诗别裁》及《明季南略》《忠义录》《明诗纪事》《居易堂集》《陈子龙文集》《红兰逸乘》等的引用。

但这“述而不作”之人，名望非常高。《明季北略》：“（周钟）与苏州杨廷枢、徐汧等立复社，名驰海内。”[4]他是

[1] 朱彝尊《静志居诗话》，人民文学出版社，1990，第502页。

[2] 张泽《〈新刻谭友夏合集〉序》，《新刻谭友夏合集》，续修四库全书一三八五·集部·别集类，上海古籍出版社，2001，第316页。

[3] 朱彝尊《静志居诗话》，人民文学出版社，1990，第503页。

[4] 计六奇《明季北略》，中华书局，1984，第606页。

这炙手可热的准政党组织的创始者之一。甲申年十月，阮大铖的同伙安远侯柳祚昌，在南京疏讦徐汧："自恃东林渠魁、复社护法。狼狈相倚，则有复社之凶张采、华允诚，至贪至横之举人杨廷枢。鹰犬先驱，则有极险极狂之监生顾杲。"[1]在政敌眼里，他是"罪魁祸首"，而张采、杨廷枢、顾杲等等如雷贯耳的名字，好像还在其荫庇之下。这固有将他打为"首恶"的用心，我们却亦借以感知了他在士林的分量。

因为遗作既少，其他资料又欠详尽，我们对其生平难以了如指掌，仅知一个大概。兹据《忠义录》《小腆纪传》《明季南都殉难记》与罗振玉及其后人罗继祖所编《徐俟斋先生年谱》《罗振玉徐俟斋年谱校补》，撮述如下：当还是诸生的时候，对于是非去从，他就有了鲜明的态度。"天启中，魏大中、周顺昌先后就逮，汧同里人杨廷枢敛金资其行，顺昌叹曰：'国家养士三百年，如徐生，真岁寒松柏也！'"[2]崇祯元年中进士，名次并不好，列三甲第一百四十二名[3]。之后，选为翰林院庶吉士，开始五年京宦生涯。这当中，清兵两度薄京师，颇危，徐汧"置刃袖中"，做好随时殉国的准备。[4]崇祯五年，妻吴氏在京病故，同在京的老母朱氏乏人侍奉，徐汧于是告假，奉母归里终养，直到五年后朱氏去世。他参与创建复社，即于里居期间；《徐俟斋先生年谱》"崇祯六年"条目记道："文靖公开文社于家，先生社作为张天如溥、张受先采、周仲驭镳诸先生所赏，一时传诵。"[5]文靖公即徐汧，"文靖"是他的谥号，而"先生"这里指徐汧长子徐枋。崇祯十三年，丁艰期满，徐汧还朝复职，"除简讨，迁左赞善、右谕德、右庶子"。不久被派为使节，去江西册封益王，公事毕，"以病归"，再次回乡，其时当在崇祯十五年。[6]"周延儒之再相也，招之，不应，久之，始行。抵镇江，闻京师陷，一恸几绝。"[7]这已是崇祯十七年四月间的事情了。

二

弘光登基，徐汧起为詹事府少詹

[1] 李清《南渡录》，《南明史料（八种）》，江苏古籍出版社，1999，第276页。
[2] 徐鼒《小腆纪传》，中华书局，1958，第187页。
[3] 罗继祖《罗振玉徐俟斋年谱校补》，《居易堂集》，华东师范大学出版社，2009，第605页。
[4] 屈大均《明季南都殉难记》，国学丛书社，1907，第79页。
[5] 罗振玉《徐俟斋先生年谱》，《居易堂集》，华东师范大学出版社，2009，第528页。
[6] 朱溶《忠义录》徐汧传，《明清遗书五种》，北京图书馆出版社，2006，第585页。
[7] 徐鼒《小腆纪传》，中华书局，1958，第187页。

新刻譚友夏合集卷一　嶽歸堂新刻

竟陵　譚元春友夏著

長洲　徐　汧九一

古吳　張　澤草臣　評

五言古詩

蔡敬夫先生賦寒河二詩見寄奉答二首又和

其來韻二首用呈懷抱

杳杳吳越路從此門前路我歸欣有所河光資伏臘

天陰濕素練月上瀾玉塔雖曰流不惡林居有吞納

那屋闢長隄水火自相匝瀟池界爲垣春流歸無雜

桐卉覆雞鳴渡口聲颯颯兄弟成鄰里賓朋知老衲

衡樹時不冠人迷無拜答庶幾桑者心泄泄猶沓沓

吾師曰不然大道明闢闔

其二

異哉洶河夾門斷十年橋大夫始深之亦以寫胸陶

嶽歸堂　卷一　一

囂囂無成心高懷若冰納可斷亦可藏斯人德先照

我欲志尚友雜念懷其操河水鷗所家以我充乃僚

釣雪催短心耿耿貫晨宵落葉知將生落月知將朝

落翎知將飛落岸知將潮君子閉門深百物稟榮凋

蘆荻性所堅松栢脂所銷吾師師此水何以寞靜囂

其三

寒泉亦此寒寒山亦此寒深巖閟靈化蕭蕭反難干

河流周舍北幽躅已造端自我桃能花瀾士將往還

緬將無競心吐入煙物間衣冠陳俎豆磊磊寫人閑

非詠先王風無以發其瀾舟車不言勞使令不言安

所難提携人數子咸逄觀物外生笑語竹風吹肺肝

豈不慎威儀我友聊相寬

其四　氣偏朴思獨淡悠然相深

欲臕先濟世此意空蹉跎仰彼易名叟竿外不求他

臺池僮僕力微其溪與阿曾袖南嶽雲投之東皐河

春杵雜鐘磬緇俗相盤磨罷結風雨數視此笠與蓑

朴心良以一抑乃幽緒多弱柳亦有浪古松亦有波

蕭蕭乃娟娟懷君能不歌我歌臨河水河水流奈何

嶽歸堂　卷一　二

《新刻谭友夏合集》

崇祯六年刻本，谭元春撰，徐汧、张泽等评。

太史又編年賜出黃星曜。披看綠字鮮因知天曆數如日起虞淵

蔣　燦 燦字韜仲長洲人崇禎戊辰曾歷官至天津兵備副使

題杜少陵像

誰貌杜陵老憂懷筆底傳凋殘悲瘦馬慷慨拜啼鵑作客依江閣浮家寄楚船高才同濩落千古有青蓮

大雅長往矣遺容後代看萬間思廣廈一諫失微官抗志隆中對饑驅蜀道難蕭騷兩鬢白應爲憶長安

徐　汧 汧字九一長洲人崇禎戊辰進士官至少詹事家居殉節死

三月十九日

珍饌精鏐賜講筵每逢令節主恩偏十章書未陳金鑑九逝魂猶戀細旃社稷風雲誰奏曲園林霜露已經年龍髯回睇橋山遠玉匣珠襦不忍傳

萬壽祺 壽祺字年少徐州人崇禎庚午舉人

入沛宮

泗亭春盡樹婆娑漢帝宸遊不再過魂魄有時還至沛樓臺落日半臨河風吹大澤龍蛇近天入平沙雁鶩多我亦遠隨黃綺去東山重唱采芝歌

《明诗别裁集》

沈德潜编《明诗别裁集》，录徐汧诗一首。从诗题及内容看，当是乙酉三月十九日崇祯皇帝忌日所作，其距徐汧殉国仅余三月。

事，兼侍读学士。南京的权柄，很快落入马士英之手。而马士英扶立朱由崧，包括几年前他起复为凤督，阮大铖都是幕后主角。因此，马士英得势，便等于阮大铖得势。

阮大铖能十几年含羞忍诟，只因有“君子报仇，十年不晚”信念的支撑。现在，他终于可将积怨倾囊而出了。一个庞大的报复方案正在形成，欲将所怀恨的人一网打尽。他编了两份名单，分别名之《蝗蝻录》《蝇蚋录》，“盖以东林为蝗、复社为蝻，诸和从者为蝇为蚋”，意思都是害虫。稍后，又依地位、重要性及怀恨程度不等，“造十八罗汉、五十三参、七十二菩萨之目”，徐汧与史可法、高弘图、姜曰广、吴甡、张慎言、徐石麒、黄道周等为十八罗汉，五十三参中有陈子龙、熊汝霖等，划入七十二菩萨的有张采、祁彪佳等。

罪名，却并非反对他阮大铖。“前者潞藩在京口，汧朝服以谒。”潞藩即潞王朱常淓，东林曾想拥戴他南京为君；“朝服以谒”是说徐汧身着官服而非以私人身份拜见朱常淓，有认潞王为君的含意。其事如何，我们完全不知。当时，阮大铖为达目的，不惜公然造谣，以至于信口雌黄的地步。乙酉年三月十九日，是崇祯殉国周年忌日，百官献祭。仿佛是为制造特殊效果，阮大铖故意略晚一点赶来：

> 号而曰：“致先皇帝殉社稷者，东林诸臣也，不尽殄灭之，不足以谢先帝。今陈名夏、徐汧皆北矣。”马士英掩其口曰：“九一节义士，勿妄言。”

这已约略可见阮大铖后来发狂而死的端倪。他在仇恨煎熬下，像是鬼迷心窍了。他公然说，徐汧和陈名夏一样，逃到北方投降清廷了。然而，徐汧当时明明和百官一样，就在现场。

此时，对如此丧心病狂有些失常的阮大铖，马士英也有点难以接受了。李清曾说，阮大铖奸而贪，马士英贪而不奸。归根结底，马这个人，兴趣不在于政治斗争，而专意于搞钱，贿足乃饱。书上说：“幸士英不欲兴大狱，寝其奏”[1]，他把阮大铖就徐汧所罗织的那些东西，压了下来，不报告给朱由崧。当然，具体经过不只是“士英不欲兴大狱”那么简单。

[1] 徐鼒《小腆纪传》，中华书局，1958，第188页。

徐枋曾于《杨无补传》述其始末：

> 时贼臣构文靖公甚急，而杨文骢为柄国者至亲，官武部郎，贵用事，所言无不得当于柄国者。无补曰："龙友不言，可以绝交矣。"龙友，文骢字也。乃立起如金陵，语文骢曰："天下以文章声气推君垂三十年，天下之所以交重君者，以君能右善类，附正人也。君于柄国者为至亲，君言无不得当者。天下莫不闻徐公负天下苍生之望，天下方倚望之为相，以佐大业。君居能言之地，而不为推毂，天下故失望。今事急，君固何以谢天下？"语未卒，文骢曰："子责某是也。微子言，吾已谒之相君，此非相君意，寻当解耳。"于是即出金陵而归。[1]

柄国者即马士英。这个杨文骢也是金陵的一位闻人，他与马士英为姻娅之亲，本人却喜欢结交东林、复社，《桃花扇》中那柄桃花扇，便是他将香君溅于扇上血迹，点缀成"几笔折枝桃花"。他在弘光后期马士英与东林、复社之间，充当了润滑剂，不单徐汧因之得脱阮大铖魔掌，祁彪佳的免祸也跟他有关。

就这样，徐汧得以逃出南京。这一走，躲过了阮大铖的迫害，但也与南京陷落失之交臂。我们并不知道徐汧脱身的确切时间，据一些线索推测，应该在三月下旬或四月间。而清军渡江是五月八日，在这之前，南京已经戒严。所以假如稍晚，徐汧就可能困在南京，而故事也多半将是另一种结局。

五月十四日南京投降后，清军东进，一个多月时间，东南腹地基本为其所控。闰六月十二日，下薙发令。当日，就传来徐汧虎丘自尽的消息[2]。

三

我之所以想到写一写徐汧，主要是因为他的死。若非这一情节，我们大约难以特别注目于他。他虽然很有名望，又卷在弘光朝一些漩涡中，不过事迹本

[1] 徐枋《杨无补传》，《居易堂集》，华东师范大学出版社，2009，第290页。

[2] 依罗振玉《徐俟斋先生年谱》，亦有记为闰六月十一日者。

身比较单薄，没有太多萦迂系绕的内容。前面说，假使困在南京没有脱身故事多半是另一结局，是依其性格与人格来看，他极可能当南京陷落之时就有决绝之举。那样的话，虽然结局的本质相同，过程却失去不少意味。

他的死，给我留下别样的印象，最初是从《爝火录》见如下描写：

> 大清贝勒剃发令下，长洲少詹事徐汧慨然太息，作书戒二子，肃衣冠北向稽首，投虎邱新塘桥一死，阅三日，颜色如生，郡中赴哭者数千人。又一儒冠蓝衫而来，跃虎邱剑池中死，土人怜而葬之，卒不知何人也。[1]

那时，我还不曾更多了解他，纯为此场景所击中，双目骤然一张，神魄悚然。尤其“郡中赴哭者数千人”一句，给我仪式般的错觉，以为徐汧是当着数千人，以庄重的礼仪，从容赴水。

后来我才明白并没有那样令人屏息的仪式。最清晰的记载当属以下：

> 勿斋太史当先帝之变，已义不欲生，避迹虎丘之长荡，一泓秋水，朝夕徘徊。乙酉六月十二日，有剃发之令，默无一言。是晚月明如昼，以酒犒诸从，躬倚船舷，对月独坐，突跃入水中，人不及救。[2]

虽非我所误会的场景那么摇魂夺魄，但也颇有精神或哲学的境氛，甚至于“美”。

对于死这件事，中国文化留给我们的认识，主要是物质的、肉体的。若干年前，将不同文化加以比较，一时流行；而年轻、颇喜思辨的我，亦随而追风，以生命哲学为题，就中西文化进行对比，自以为取得了心得，把中国文化死亡意识的短处，归于缺少“彼岸”观念的支撑，还貌似找到绝好的证据，即中国土产的道教如何以延年益寿、肉身不死为旨归。我进而认为，尽管对死的恐惧，人类皆然，但在许多其他文化那里，因了“彼岸”信念，这恐惧得以净化，将肉身之死的绝

[1] 李天根《爝火录》，浙江古籍出版社，1986，第501页。

[2] 罗振玉《徐俟斋先生年谱》，《居易堂集》，华东师范大学出版社，2009，第530页。

望升华为精神永生的解脱——我称之为“超越此岸”——而中国文化却不能提供这种出路。那时，出于对死亡命题的哲学意味的玩味，我还曾考察，“死”与“美”怎样在有些文化中融通转合，死之为美、死则益美，以致将死理解为更高一等的生命内涵。所以，我在一篇谈京剧的短论中表示，对于美和纯粹的事物来说，死或毁灭可以是极好的护持，而不死、活着有时反而意味着糟蹋与污染；此理所当然地招来一片恚忿，有人至于以“民族虚无主义”痛诋，但在我而言，收获此种反应，却益发增加对“吾土吾民不足与言死”的印象。

那是很多年前的事了。后来，我读到类似徐汧这样的中国古代事迹，先前的印象开始受到颠覆。过去，也知道古代有“死节”者，但那种知道，同时伴随着传统批判者们的辅导。他们说，这些古人为“愚忠”所害，无非是一些中了毒的陪葬品。可当我亲眼睇视徐汧的死，却发现他并不在被动和盲目的精神状态下，相反，有明显的自我省思和确认，毋庸置疑出乎主动追求，并在追求中表现了澄明与平静。这显然含具对生命止归的合于个人理想的思考，是经过心灵与情感充分沉淀的，没有理由认为他不曾将死亡置乎审美观照的层次。

乙酉之变后，当时一流知识分子中，这情形并非偶然和个别。我曾讲过刘宗周及其弟子祁彪佳、王毓蓍之事，都不是一团蒙昧地“死节”。他们付诸行动的过程，或庄严，或逸详，或脱放。当这样的历史现场，再三呈于眼前，我无法不意识到，自己过去那些概念化的疏率之论，状若高远，实乃浮云。

四

之以徐汧为乙酉年知识分子死难群体的一位代表，可参考陈子龙这样的论述：

> 儒有劫之以众，沮之以兵，见死不更其守者，吴郡徐詹事勿斋是也。乙酉之夏，三吴之间尚忍言哉？拥旄者弃甲，绾纶者解印。荐绅之伦，蛇行鱼贯，胁肩循墙，匍匐于狼纛之下，褫冠带、杂厮侲，箕踞魋结，割肉而奉觞，几于蛾化蛤变忘其初服矣。先是，徐公独遁荒于野，既而听闻日异，扼

吭仰天而叹曰："国家养士三百年，临难觍然，若此三纲绝矣，我必死之。"遂返棹乎虎邱之阴，夜半揽衣而起，两仆觉而挟持之。公曰："我志决矣，毋苦我，我且拜若。"两仆感其意而止。公遂从彭咸之所居，时闰六月十有二日也。自是而后，吴士之仗节者若冢宰徐公（徐石麒）、纳言侯公（侯峒曾）、考功夏公（夏允彝）、进士黄公（黄淳耀）若而（同"若干"）人，然公死最先，若为之倡。[1]

"若为之倡"，就是起到倡导、表率作用，换言之，东南士林那一口不屈之气，由徐汧开其先河。

清军入关后，先下河北，继破江南。前者望风而降、几无反抗，后者却义帜遍树、投袂奋起。我们对这判然之别，都有深刻印象。然而陈子龙却说，江南最初也并非如此，面对清军虎狼之师，怯懦之状令人不忍言。正当此状，徐汧眼见"听闻日异"，遂以责任自命，挺身郑重一死。虽然我们不必以为，后来诸多的踵继者，都出乎他的示范，然而以他素来名望之重，和颇为沉稳、真慎的死亡方式，确应产生陈子龙所称的那种登高一呼的感召力。

我们进一步回溯他的行动经过。闰六月十二日，不是徐汧唯一一次采取行动。《南疆逸史》（他记亦载）：

乙酉六月四日，闻郡城不守，夜自缢，仆救之而甦。其友朱薇曰："公大臣也，野死可乎？"汧曰："郡城非吾土矣，我何家有？"[2]

看来，友人提醒于他是很大的触动，让他觉得，死，不能仅是其本身，而草草了事。于是，暂时按捺痛不欲生的心情，去做充分、郑重的准备和谋划。徐枋在为杨补（即前之劝杨文骢解徐汧之难者）六十寿辰所撰贺文中回忆：

金陵破，先文靖死志已决，独操小舠出阊门，就先生邓尉山居，谋死所，周旋日夕，慷慨流连，惟先

[1] 陈子龙《徐詹事殉节书卷序》，《陈子龙文集》上册，华东师范大学出版社，1988，第407—408页。

[2] 温睿临《南疆逸史》，中华书局，1959，第91页。

生是共，则先生与先文靖之所以周旋于死生之间者为何如哉。[1]

“谋死所”，和杨补严肃地探讨如何死、应死何处，“周旋日夕，慷慨流连，惟先生是共”，两人显然走了很多地方，考察、确定最后献身地。据此推知，后来自沉于虎丘新塘桥，应该是事先曾经考察过的一个地点。

不过，闰六月十二日这个死亡日期，或不在计划之中。因为事情有些突然，首先是薙发令突然下达，令徐汧感到再也不能淹留，“语人曰：‘留此不屈膝不薙发之身，以见先帝先人于地下。”[2]其次还有一事，清国某贝勒王将至，众缙绅闻风而动，相约迎迓，即陈子龙所述“荐绅之伦，蛇行鱼贯，胁肩循墙，匍匐于狼纛之下，褫冠带、杂厮侲，箕踞魋结，割肉而奉觞，几于蛾化蛤变忘其初服矣”，面此局面，徐汧一则义不受辱，二来不能再忍，他要立即行动，舍己之命，褐橥其丑：

顷之郡中传贝勒且至，缙绅约郊外奉迎。汧怒曰：“刃可受，我膝不可屈。”[3]

传贝勒王至郡，绅士郊迎。汧谓其从孙某曰：“刃可加，膝不可屈也。”[4]

回味徐汧之举全过程，我们认为基于充分的理智，并非某种片面情绪裹挟下的冲动。它的指向是，“士”阶层之于国家、社会或历史，担有何种责任。古以士农工商为“四民”；农民奉天下以食，工匠以技力事营造，商贾则货殖输通，都以物或实际劳作而益社会。自兹而言，士阶层“四体不勤，五谷不分”，似乎“不劳而获”，历来极易有此印象，而实则不然。这阶层的存在，其之所“获”，自有其“劳”。他们的“劳”，平时体现于对社会的管理，危难时则要挺身而出，做天下的脊梁，承担令国家民族精神不垮、魂魄不灭的责任。这便是“国家养士”的

[1]徐枋《杨隐君曰补六十寿序》，《居易堂集》，华东师范大学出版社，2009，第144页。

[2]温睿临《南疆逸史》，中华书局，1959，第91页。

[3]朱溶《忠义录》徐汧传，《明清遗书五种》，北京图书馆出版社，2006，第587页。

[4]屈大均《明季南都殉难记》，国学丛书社，1907，第80页。

本义，是他们取俸禄而可无愧的根由。古人虽无“为人民服务”之谈，却有“尔俸尔禄，民脂民膏”的信条，其于自己职守的认识，绝非后世批判家想象的那么肤浅。他们知道，国逢大难，人民无死的义务，士却独不可逃此责任。所以徐汧说：“国家养士三百年，临难觍然，若此三纲绝矣，我必死之。”此语明确指出，身为一“士”，所获与所劳该当为何。他的死，不单单是死君王，也是死社稷、死俸禄、死于素来供己衣食的人民。他有这样的觉悟。

五

然而，如何看待徐汧的行为，我内心又并非没有犹豫。我不赞成自杀。在西方，自杀者据说不得教士的超度，因为自杀和杀人一样，犯了杀生之诫。佛教亦以杀生为严戒。不杀生的理念，本质上基于防恶，以阻遏人类天性中野蛮暴虐的一面。它确认生命最为尊贵，无论以何理由都不当妄行剥夺。一个能够对生命奉以善意的社会和文化，才合乎根本的道义。

而在明代，对生命缺乏尊重，确是突出而严重的现象。舆论狂热鼓吹死，二千多年，尚死之风无逾明代。这当中，纲常的愚化与施虐无可否认。多年前，因读《贤博编》一事，我写短文《有妾曰淑芹》，其事为：

> 祁门县方复，有妾曰淑芹，杭州人，颇有姿，年未笄事复。复老，与诸子异居，俄卒。家人怜其少，欲移之去。不可。强之至再三。淑芹知不免，诡曰，俟殡即惟命。将发引，淑芹乃沐浴更衣，缝其衽，缢于其所，时年二十六。[1]

这位淑芹，《贤博编》是当作人杰记下的（所谓“贤博”），还发了一通议论，赞她“以色事人，主又垂老，乃能矢志不移”，进而感慨：“何异孤远小臣，未蒙宠录，一朝临难有奇节者哉！彼二三其德者，可以愧矣！”淑芹尚未及笄而为人妾，自杀时年仅二十六，前后十年稍多的光景，那方

[1] 叶权《贤博编》，《贤博编·粤剑编·原李耳载》，中华书局，1997，第14页。

复居然已经老死了，彼此年龄悬殊可想而知。对她的命运，连方家都过意不去，“怜其少”，要放她条路开始新生活，奇怪的是，她居然不领情。所以，我也忍不住发了感慨：

> 鲁迅曾说，中国有两种人，一种是已将奴隶做稳了的人，一种是想做奴隶还未做成的人。现在，由淑芹的例子，我们发现至少还有第三种人：曾做稳了奴隶而一旦不让他做，寻死觅活还非做不可的人。[1]

出于舆论压迫的“死节”，是明代的招牌式特色，然而这当时所以为的“厚德”表现，在我们今天看来，却是一种罪恶。崇祯殉国后，这种舆论更是甚嚣尘上。每个身在北京而未从死的官员，皆属有罪；而侥幸置身其外的臣子，争先恐后板起卫道的面孔，斥责那些在北而居然不死者。其间，跳得最高、言辞最烈的，居然是马、阮一伙，个中的绝大伪善可想而知。对此，史可法一针见血，指出若依礼义，不单在北者宜死、在南者岂独例外？然而，这种持平能恕的声音，既寥且微；普遍的舆论是，死与不死，是衡量是非的唯一标准。龚鼎孳就这样而遗臭万年——他和徐汧一样，死过一次，被人救起，唯未死第二次——于是，从马士英直到一百年后的乾隆皇帝，都把他当作觍颜偷生的绝好典型。

死则忠，不死即品节有亏；死便光荣，不死就孬种。这好像在论是非，其实完全非理性，是道德怂恿下的一种极端心态。温州遗民叶尚高（一作尚皋）就不以为然，他说：

> 与其自经于沟渎，何如托之佯狂，以嬉笑为怒骂，使乱臣失色，贼子寒心，则吾死且无遗恨也。故或赋诗以见志，或托物以寄情，或击柝于中宵，或持铎于长夜，无非提醒斯世，使人类不等于禽兽耳。[2]

他身体力行，以实际行动展示活着可比盲目的死，更体现是非。“尚皋婆娑市

[1] 李洁非《有妾曰淑芹》，《书窗如梦》，中原农民出版社，1999，第21页。

[2] 叶尚高《狱中自述》，陈光熙编《温州文献丛书·明清之际温州史料集》，上海社会科学院出版社，2005，第59页。

上，或歌或泣，或优人状。家有妻女，皆弃不顾。夜则偃卧市旁，或数日不食，如是者八阅月。”[1]明亡后足足八个月，装疯卖傻，为民族哭喊。“陈诗孔子庙，横甚。”因而被逮入监。这时，他觉得尽完了最后的气力，“一日，取毫楮作自叙，赋《绝命诗》，以手扼吭而毙。”[2]他曾拒绝死，而又终于死。在叶尚高的例子中，我们知道了怎样的死才非屈从于道德压力，而基于清醒的自我生命意志的贯彻。

长久以来，我们有出于崇隆道德目的而讴歌死、鼓励死甚至索取死的风尚，我们做过大量这样的宣传，去培养大无畏的狂热。在美国纪录片《重返危机现场》中，随“挑战者号”丧生的女航天员的母亲，没有说“为女儿献身感到骄傲”一类话，而是表示，对美国宇航局感到愤怒，认为他们应该为此承担责任。永远对生命的消逝抱以痛惜，是人类应有的正常的态度，也是当我想到写一写徐汧时，马上对自己耳提面命的一点。我们写他，不是为了宣扬死，他不是以对生命视如敝屣的形象出现在我们笔下。对我来说，徐汧的意义，在于他所体现的历史内容和精神指向。

六

就死谈死，使其形而上，视为一种人本学命题，是哲学家喜欢的做法。此未为不可，但颇易步入歧途，使这样一件事、这样一个问题，诗化和绝对化。我曾经也热衷于摹仿哲学家思路，但现在，史学才是我所认为的更靠得住的方法。对明末士夫轰烈赴死的现象，我以为非做一历史的考察，才见得着来龙去脉。

何以见得？让我们先从东邻日本说起。

日人以自杀倾向闻名。神风特攻队开了一种超限攻击法的先河，我颇怀疑，伊斯兰极端分子喜欢的“人肉炸弹”，是拜其启迪——毕竟神风特攻队对美军航母的自杀式撞击，比纽约世贸大厦遭袭早了半个多世纪。除在国家、民族的集体层面有此表现，作为个体，日本人也极易作轻生之想，而有举世无双的切腹仪式。黑泽明回忆日本战败那一刻：

[1] 钱仲联主编《清诗纪事·明遗民卷》，江苏古籍出版社，1987，第1183页。
[2] 同上。

1945年8月15日,为了听天皇宣读诏书的广播,我被叫到制片厂。那时我在路上看到的情景是永远难忘的。

去的时候,从祖师谷到制片厂的商店街上,真有一亿人宁为玉碎的觉悟一般,非常紧张。有的老板拿出日本刀,拔刀出鞘,目不转睛地看着那刀身。[1]

总之,历来我们从各种描写和叙述中得知,对自杀的崇尚,是日本人性情的一部分,甚至,是一种独有的文化,与生俱来、根深蒂固。

然而,本尼迪克特的《菊与刀》却提到:

有些日本权威说,这种自杀倾向在日本是新近出现的。是否如此,很难判断,但是统计表明,近年来观察者往往高估自杀的频率。按比例来说,上一世纪的丹麦和纳粹前的德国自杀人数比日本任何时代都要高。[2]

还特别指出,古代日本武士自杀,是"为了免受不名誉的死刑,按照朝廷的命令而自杀","近代的自杀则是主动选择死。人们往往把暴力转向自己"。[3]这实际上是说,日本的自杀现象有不同的历史形态,是随着历史变化而变化的观念,而并非我们所想的什么民族原始根性和心理倾向。具体而言,古代日本武士选择自杀,是在必死的前提下,因为自杀较之处死更有名誉而愿就前者,其实是不得已和被动的;而比较普遍的主动自杀,"是新近出现的",亦即进入近代史之后才发生的现象。既如此,原因自然也应到新的历史现实中寻找,比如近代环境下,日本新的民族意识、国家意识、国民意识等。就此附带表示一点看法:方今著名而频仍的自杀式袭击,主要根源想必也源自现实悲情,试图解释为文化和宗教特性,多半会是一种偏见。

我对日本人、日本文化并无研究,但据说《菊与刀》乃是一部日本学名著,出于这一点,我愿意对它的表述予以信任。总之,当时一旦从中读到日本人自

[1]黑泽明《蛤蟆的油》,李正伦译,南海出版公司,2006,第196页。

[2]鲁思·本尼迪克特《菊与刀——日本文化的类型》,吕万和、熊达云、王智新译,商务印书馆,1996,第115页。

[3]同上,第116页。

杀问题的如上讨论，很觉耳目一新、大异以往，而留下深刻印象。眼下，当我试图对明末士夫大批死节有所解释时，又油然想起它的启示，恍然觉得我们的思考，也该从一时一地跳出来，到中国历史更广范围去观察。

七

观察到的结果，颇引人入胜：一、依有朝代的历史来计，从夏到明，约历三千六百年，而显著出现这种现象的不足四百年，其余时间有个别例子而无群体行为。二、过去对死节现象作忠君的解释，视为后者衍生物，但历史实际与此对不上号，姑将有明确忠君论的春秋战国撇在一边，仅从“皇帝”制度建构以后算起，一千八百年左右，大部分时间忠君伦理都未形成死节的要求与舆论，虽然王朝更迭大大小小无虑数十次，什之八九并无普遍死节的情形。三、值得注意的，又有时间的先后——无独有偶，与自杀作为主动追求出现在日本相仿佛，死节之为中国士夫所尚，也是“新近出现的”，集中发生在中国王朝史的晚期。

这个时间点，就是两宋之际。当这朝代先为金人所击走、后为蒙古人殄没时，士夫间都弥漫着不屈的气息，从而发生较为普遍的殉节。以“人生自古谁无死，留取丹心照汗青”垂史的文天祥，只是诸多赴义者中今天妇孺皆知的一个，而同类抑或更加决绝的事迹和人物，彼时层出不穷。比如张叔夜，战败被俘押往金国，行至宋金交界处的白沟(今河北)，“驭者曰：‘过界河矣。’叔夜乃矍然起，仰天大呼，遂不复语。”[1]翌日自绝。南宋最后一战厓山失利，时年四十四的丞相陆秀夫，背负九岁幼帝赵昺，君臣蹈海。万斯同《宋季忠义录》述之：

> 拜幼君曰：“陛下不可再辱。”拜，起抱幼君，以匹练束如一体，用黄金玺硾腰间，君臣赴水而死。[2]

其情景，至今思之，百骸犹震。而此讯传出后，“后宫及诸臣多从死者，七日浮尸出于海十余万人。”[3]地方上情形也

[1] 脱脱等《宋史》卷三百五十三，中华书局，1977，第11142页。
[2] 万斯同《宋季忠义录》卷三，约园刊本，民国二十三年。
[3] 同上。

很惨烈，潭州（今长沙）城破前，“多举家自尽，城无虚井，缢林木者累累相比。”[1]

读《宋史》《宋季忠义录》等书，这种记载累盈于目。而鲜明对照的是，以前却只是偶见于史。屈原的例子固然很早了，然而自他忧国自沉以来，屈子格调一直也谈不上蔚成风气。欧阳修撰《五代史》，是官史单立《死节传》之始，而情况怎么样呢：

> 语曰：“世乱识忠臣。”诚哉！五代之际，不可以为无人，吾得全节之士三人焉，作《死节传》。[2]

五代十国，仅得三人。次之，又有《死事传》，其序曰：“吾于五代，得全节之士三人而已。其初无卓然之节，而终以死人之事者，得十有五人焉。”[3]两者相加，拢共十八人而已。

后来的统治者，竭力将事情内涵引向或限制于忠君层面，乾隆皇帝论其颁示《贰臣传》的理由说：“若而人者，皆以胜国臣僚，乃遭际时艰，不能为其主临危授命，辄复畏死倖生，靦颜降附，岂得复谓之完人？”[4]其实，揆之于史，这立论难以成立。照这标准，过往一多半朝代不合格，“为其主临危授命”者既寥寥，“畏死倖生，靦颜降附”的“贰臣”（改朝换代之际跨代而仕者）现象反倒十分平常。要是乾隆逻辑讲得通，我们只好认为历代多无忠君观念，这当然不是事实。不死节，不表示不忠君；或者说，忠君不必然要求死节。其道理正如欧阳修所说：“责士以死与必去，则天下为无士矣。”[5]

这涉及对儒家忠君观的全面理解。儒家讲忠君，不是无条件的。君君、臣臣，君如君则臣如臣，倘若君不像个君、失了君道，臣子也可以使态度有所修正，以合于道。忠君，是感恩、敬业，食人之禄而敬人之事，但绝非吃人嘴软、拿人手短，受了你的好处就俯首帖耳、任凭驱策，士者还有自己的“道”，亦即关乎美恶、正义的理念。孔子说邦无道卷而怀之，孟子进而主张可以效伊尹的样

[1]脱脱等《宋史》卷三百五十，中华书局，1977，第13256页。

[2]欧阳修《新五代史》卷三十二，1974，第347页。

[3]同上，第355页。

[4]《清实录》第二一册，中华书局影印，1986，第694页。

[5]欧阳修《新五代史》卷三十三，1974，第355页。

子，对暴君予以放逐。历史上的改朝换代，往往是“汤武革命”，儒士一般不难于视为历史合理兴废欣然从之。搞明白这些关系，我们对古代虽讲忠君，大多数朝代并无轰轰烈烈死节情形，便不为怪。

根由既不在此，就要转而他求。怎么求？还是回到历史本身。其实，历史已给出足够明确的提示。这普遍的死节风气，只出现在两个朝代：宋肇其始，而明继于后。次而，将这两代加以分析，又见它们还有一重要共同点，即同作为汉族国家而整体地亡于蛮族入侵者。此一历史情境，是宋、明在历代王朝中独有的现实，又是它们的消亡较之一般改朝换代的迥异之处。抓住这一点，我们才触到了历史的脉搏。

我们需要对中国历史情形作一番回顾。《三国演义》开篇道：

> 话说天下大势，分久必合，合久必分；周末七国分争，并入于秦；及秦灭之后，楚、汉分争，又并于汉；汉朝自高祖斩白蛇而起义，一统天下，后来光武中兴，传至献帝，遂分为三国。[1]

此虽小说家言，对王朝史的基本规律，却不失为要而不烦的概括。它总结的这个规律，直到宋初，基本是不错的。秦灭六国，为华族国家内部的统一；汉变三国，则为华族国家之内乱。余如晋、南北朝、隋、唐、五代十国，大致无逾乎这两种类型。但从宋代开始，上述规律突然消失或被打破，不再属于“分久必合，合久必分”，而进入一种新格局。这新格局是：汉族国家一再被外来蛮族所灭亡；再重建、再灭亡。从十世纪北宋起，到二十世纪的末路王朝清代，一千年来，没有例外。北宋为金所灭，南宋重建，又为蒙古所灭，明朝重建，复为清国所灭。明显地，中国王朝史在宋代迎来分水岭，步入了新的历史处境和主题。

其基本特征有二，一是民族冲突，一是文化冲突。过去，从周到宋朝初建为止，历史内容、主题不表现于此，而主要是华族自身文明发展，及随之而有的内部制度的冲突与更迭，我们可用“鼎故

[1] 罗贯中《三国演义》，人民文学出版社，2000，第1页。

革新”一词予以标识。到宋末、明末，我们明显看到，原有主题虽继续存在，历史却增添了新的焦点，与外部民族、文化的冲突日益凸现，态势遽然严峻，而在相当程度上压倒原有主题，上升为中国的主要矛盾。

还可以做一些更细致的发微，具体看看我们历史处境的变化。

在我们这片土地的文明早期，蒙昧初开，谈不上“华夏”，也没有“中国”概念。大约经过夏、商两代一千年的孕育，到了周代，以黄河流域为中心，开始形成带有一致性、系统性的华夏文明，同时，也有了“中国”和“蛮夷”的概念。之后多达二千年，华夏或中国文明，在亚洲大陆之东一枝独秀，“化外之民”远瞠其后；虽然“夷夏之辨”话语已经发生，但作为现实问题或威胁，尚不紧迫。如果我们从遥远的将来，为这态势寻其草蛇灰线，会在战国赵武灵王胡服骑射故事中嗅到最初的气息，在秦大将蒙恬那里听到历史山谷传来了新的脚步声，最后在汉代见到胡马奔腾而至的景象。总之，大致就是这个时候，周边蛮族部落开始走出初民阶段，形成自己的民族并有所组织，人口亦繁殖渐盛，“对外问题”于是对中国提出。然而，那时诸蛮族究竟尚处极野放状态，仰天俯地，文明简陋，不足以抗拒大自然播弄，故东奔西突、忽聚忽散，甚至自生自灭。当其瞬间强盛，破坏性不可轻视，然无一持久，不足真正为中国之患，像班超仅以三十六人，纵横西域多国，而击破之，固然大智大勇，但也实在说明诸戎鄙朴卤拙。这种情况，由汉至唐，有抑扬，有起伏，总体而言未见实质性扭转。故民族冲突、文化冲突，问题虽已出现，在中国却大致仅为肤受。即有所冲突，中国多半是压制者，纵有失利落败，也是暂时的。这基本格局，也在我们的心态上表现出来。汉族名称虽得之汉代，但很长时间中很少真正有“汉族”意识。民族观不如天下观，四海意识大于中国意识。当时提起“中国”，每每是无远弗届的“天下”。此种心态，到唐代登峰造极。今之俗论，喜欢以“开放”字眼形容唐代气象和文化，实则唐人的包罗万方，是因为没有或缺乏强烈的民族意识。

民族意识强化，必以激烈民族冲突现实为前提，创巨痛深之后方被唤醒。在中国，首先尝此滋味的乃是晋人。西晋灭亡，北方黄河流域为匈奴、羯、鲜卑、氐、羌等所盘踞，成为他们血拼争杀之地，此为中国遭蛮族蹂躏之始，史称“五胡乱华”。也正于此时，中国思想界首次提出了民族意识命题，江统《徙戎论》、顾欢

《夷夏论》等,大概是我们最早从民族立场论述文化冲突的论文。同时,相应地发生祖逖北伐、桓温北伐等确实含了民族冲突意识的战争行为(与过去出于拓疆目的的边地战争不同)。所以,东晋这朝代,本身在中国历史上虽不具第一等的重要性,但就民族冲突这特定主题而论,却有划时代的意义。它有如序幕,将一千年后中国的焦点,做了预告和预演。但这预告和预演,划然而过。诸蛮族苦于未脱忽生忽灭的命运,其破坏力的瞬间发作,对中国更像是突遭火山地震一类的无妄之灾。

这样一直到了北宋。此时历史条件,再也不是先秦汉唐光景,"夷夏"双方,各自都发生了一些大的改变。一面,中国文明日臻精美,其附带的结果是,去质野益远。另一面,周遭新崛起的蛮族,既更多从当时人类文明平均水准得益,而早已不像它们千年前的前辈那么简陋,同时呢,较之"过度文明"的中国,又足够原始和野性。两相对照,中国对抗野蛮的能力在退化,后者反制文明的能力却增强。终于,汉唐模式一去不返,历史开始转入宋明故事。

新故事的情节特色,便是野蛮战胜文明。我们普遍将一句话信为真理:落后挨打。实则近代以前的人类史,刚好要颠倒过来:挨打的每每是先进。不单中国有金人、元朝分灭两宋和清国灭明的例子,古埃及、古罗马、古印度被毁,亦庶几如是。个中道理,盖因在冷兵器时代,近代科技未曾发展起来并成为军事国防底蕴以前,文明之美盛一般都意味着武力下降。直到四百年前武器大革命为止,从青铜时代到宋明之际,不论物质和精神文明有何跃升,战争元素的改变微乎其微;二三千前何者为强,刻下依旧如此——主要视身体、蛮力及勇悍程度来定。显而易见,这种条件下,文明愈烂漫则武力反而愈衰退,就像咬文嚼字、耽于书斋的学者,之于风餐露宿、茹毛饮血的强梁,双方斗狠恃勇,压根儿不成其对手。所以在古代,骑射征伐之事,较文明民族比于较原始民族,很少不落下风。粗野少文的蒙古人,居然横扫欧亚大陆,将儒教、伊斯兰教、基督教三大文明均斩马下,在现代全不可想象,当时却很合情理。

以文明而毁于野蛮、以先进而败于落后,是我们对宋明两代需要体会的重点。不用心这种体会,我们对宋明时的民族意识及其奥秘,做不到设身处地。一些现代中国人,因了1840年以来的感受,以为自己颇能懂得宋明的亡国之痛。殊不知近代史与宋明史，表面相似，其实差得很远。近代中国固为西方列强凌折，但对方却是更“先进”的文明；宋明之亡，完全相反，以茂美锦绣而遭野蛮愚昧的涂炭。这两种痛，如何同日而语？一个只是面子问题，一个却痛彻心腑。

类似宋与蒙古、明与清国的反差之巨，我们从身边现实根本找不到恰当的类比。哪怕当今最最发达国家与最最落后国家之间，落差也到不了那种程度。篇幅所限，不能着墨过多，权借一语略事管窥：

> 公元960年宋代兴起，中国好像进入了现代，一种物质文化由此展开。[1]

好像，是有如和仿佛。在黄仁宇看来，一千多年前的宋朝，已去“现代”不远。然而，将这王朝的君臣活活逼至跳海的蒙古人，却连农业文明门坎也还不曾迈入。明朝和清国之间，差距不至于此，但亦足令人眙愕。嘉靖朝的外交官严从简，有《殊域周咨录》，记述了当时女真人的生活和社会情形。其诸部不一，略好些的“不专射猎”、“略事耕种”，有初步的农耕文化；较落后的则仍为“常为穴居”、“无市井城郭”的景状，乃至保持父母死后“以尸饵貂”或“亲死刳肠胃，曝干负之，饮食必祭，三年后弃之”之类野蛮习俗。[2]

重返这样的历史情境和历史现场，我们才可能谈论和评估宋末明末的思想感情。当其末路之时，成批成批知识分子义不欲生，这种现象，古人以他们自己的语汇，诸如忠信节义之类来表达，而越过这些字眼，举目前望，我们见到的是美善文明行将陨落和隳坏，黑暗、鄙陋、粗粝和蒙昧的逼近。今人或对陆秀夫身为大臣竟背负幼君纵身投海的行为愕然难解，但可以明了他对赵昺所讲的四个字：不可再辱。凡曾置身高度文明的人，对于野蛮的耐受力，都降至极低，表现脆弱。我想起了茨威格的例子。1942年2月22日，这位失去故国的奥地利犹太作家，偕妻在里约热内卢双双自杀。他于遗书中写道：“我向我所有的友人致意！愿他们度过漫长的黑夜之后能见到曙光！而我，一个格外焦急的人，先他们而去了。”[3]作为教养极佳、只能

[1] 黄仁宇《中国大历史》，三联书店，1997，第128页。
[2] 严从简《殊域周咨录》，中华书局，2000，第742—744页。
[3] 茨威格《人类的群星闪耀时》，三联书店，1986，第355页。

适应理智和文雅的绅士，他弃世时的心情，与宋明之季纷纷赴死的中国儒士或许不乏相通之处。

八

当然，除了历史处境、主题的变化，也要谈道德。对于明代，道德的话题绕不过去，尤当涉及知识分子意识形态的时候。

就此我们先从一个甄辨讲起——至今许多人有误解，以为儒家思想在中国一直居文化领导地位。实际上，二千多年大致只有一半时间如此。

春秋战国，儒家仅列“百家”之一。孔子屡梦周公，其学不行于世；孟子一生，基本在现实中扮演“反对派”角色，忙于争霸的国君也不能用其“王道”。秦，是法家的爱好者，它觉得“儒以文乱法”，于是报以“坑儒”暴行。魏晋间，领一时风骚的士夫，多视儒为酸腐而谑浪之。由隋至唐，文化烂漫，但儒家在其间纵非居于弱势，起码也在苦苦争取稍有利的地位，道、释两家权势都比它大，李姓皇室自命老子后代而崇道，武则天出于打压李氏目的则佞佛，儒家仅在官僚集团部分知识分子中拥有信徒，杜甫、韩愈是两个杰出代表，前者将诗歌创作用于诠释儒家精神，故称“诗圣”，后者文起八代之衰、排斥佛老、为儒家鼓与呼，但终唐一世，文化纷杂多流，无定于一端，儒家绝不享有文化领导权。

故而，直到我们眼下讲述的这段历史为止，儒家确居领导地位的，仅三个朝代：汉、宋、明。汉代初年尚非如此，从武帝用董仲舒起，儒家独尊。两汉之儒，筚路蓝缕，披荆斩棘，丰碑累建，中国之有学术实奠于此，吾族之称汉人、学问之称汉学，允当之至。但此后约七百年，汉代文化取向并未延续，否则也不会有“八代之衰”的喟叹。直到宋儒起来，汉儒衣钵才被传承。但随之又有元朝百年截断和停顿，以“光复中华”自命的明人，理所当然大力弘扬、踵继宋学，如此二百七十余年，儒家终于稳居领导地位而不可动摇。清廷的入主，虽属元朝旧事重演，却记取了后者的教训，对儒学改歧视为崇隆。

此为儒家二千年简略沉浮史，从中我们看到，它对文化的绝对统治并不如何久远，严格说距今仅七个世纪。而这段时间，恰好与中国历史重心从“分久必合，合久必分”模式移往“夷夏冲突”模式，相吻合、相平行。这绝非巧合。换言之，儒家的思想文化权威地位的确立，与新的历史主题同步，适应、满足、支持了汉族国家意识、民族意识的生长。我认为，它既是中国历史转型和“民族国家”形成的文化产物，也是这一过程明确的表征。

过去，人们将儒学在宋明的绝对统治，视为中国文化趋于封闭、僵化，活力、创造力消失，和所谓“封建性”因袭益重、气息益朽的迹象。此论的由来，是“五四”后对中国自身文化全盘否定，而当时所以觉得可以做此否定，又基于中国在现代性转型中完败于西方的事实——其实就是结果论，既然结果不好，文化就一定是坏的。如今我们知道，线性因果律逻辑，只有极少数情况下才能成立，很多事情，有其因而不一定有其果，知其果也未见得知其因。其实，针对中国历史和文化的现代批判，一开始就无关学术、学理，仅出于迫切的功利需要，即以快刀斩乱麻方式使中国开始革命。

中国的现代转型输给西方，是文化本身的问题，还是有特定的历史原因？西方的现代之路，是不是唯一和必由之路？如无意外干扰，以中国历史和文化原有轨迹，有无可能形成方案不同但殊途同归的现代之路?以我粗浅的了解，都有研究余地。我觉得，宋明之际，中国文化出现了重要异动，中国历史开始了明显有别于过去的叙事、篇章。宋代中国，发生了可能自春秋以来最重要的一次精神思想资源空前大整合，明代则在消化宋学成果基础上，酝酿具有未来意义的新精神格局。两代思想学术的活跃与兴盛，我个人认为，前无古人、后无来者。大师、巨匠辈出，尤其是以学派为特色的思想探索和互动，乃“上下五千年”所仅见。哲学、文艺、史学、宗教、政治、伦理、历算、农学、地理、技作以至命理象数之学，中国所有文化积累，都于此时融汇贯通。而且不止是繁荣而已，更重要的迹象是，于多样化中表现出了超强的思想凝聚能力。理学的诞生，意味着中国第一次出现全国性思想体系。其他划时代思想事件如，儒、释、道在此时实现合流，这是中国精神文明一大进展，突出显示了宋明在文化上的化育力、再生力……

换个眼光，我们从宋明所见，恐怕就不是封闭、僵化，而是在新的历史处境和主题下，以明确的民族意识，构建纯正中国文化体系。借时下术语，宋明是中国“文化认同”的开端。我们发现，在大致相当的时段，中国所发生和经历的，也是

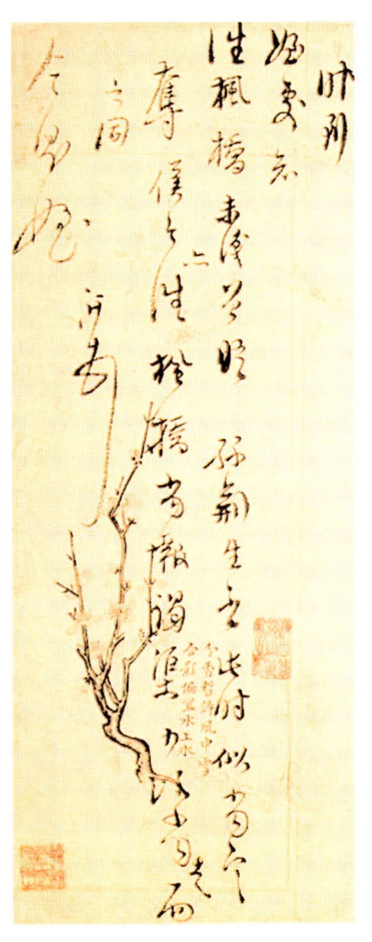

徐汧便笺

古人笔迹中，这类随手写下的字条，最见性情。

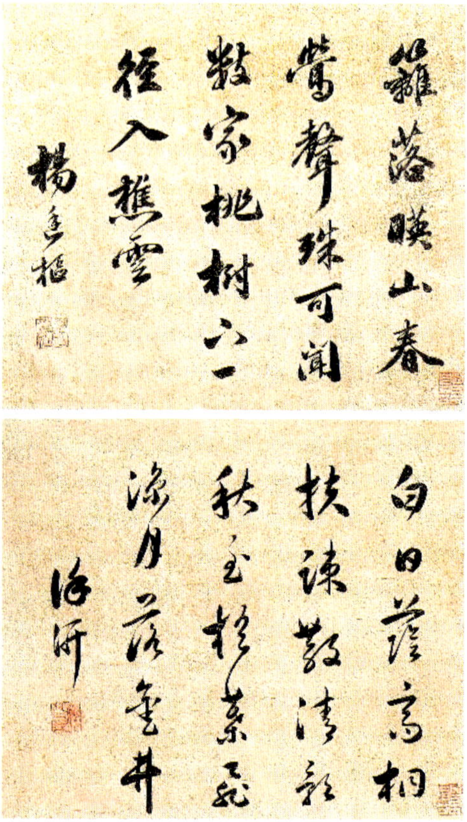

徐汧、杨廷枢唱和诗墨

徐、杨同为复社领袖，人生结局亦同，后者“清至不剃发。丁亥四月，时隐山中被执，大骂不屈”，然后被杀。

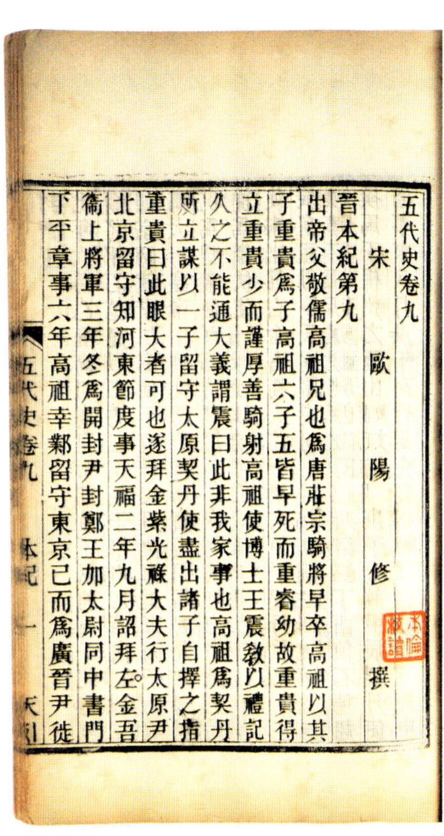
五代史卷九

宋　歐　陽　修　撰

晉本紀第九

出帝父敬儒高祖兄也爲唐莊宗騎將早卒高祖以其子重貴爲子高祖六子五皆早死而重睿幼故重貴得立重貴少而謹厚善騎射高祖使博士王震敎以禮記久之不能通大義謂震曰此非我家事也高祖爲契丹所立謀以一子留守太原契丹使盡出諸子自擇之指重貴曰此眼大者可也遂拜金紫光祿大夫行太原尹北京留守知河東節度事天福二年九月詔拜左金吾衛上將軍三年冬爲開封尹封鄭王加太尉同中書門下平章事六年高祖幸鄴留守東京已而爲廣晉尹徙

五代史卷九　本紀一

欧阳修《五代史》

欧阳修《五代史》，为正史单立《死节传》之始。宋代之于中国文化精神，有转折点的意义。中国历史的主要矛盾，自兹从原来的自身内部“分久必合，合久必分”，转到“攘夷尊夏”或曰文明与野蛮冲突方面，之后历次朝代更迭，要么是华夏沦亡，要么是民族复兴，二者必居其一。这时渐形其盛的“士与死”现象，将忠君伦理与文化冲突、民族悲情混合在一起。

欧洲的情形。宋明的复古与文艺复兴，历史内涵与性质十分接近；宋明理学（近年也称“新儒学”）亦如宗教改革之于欧洲，借解释学的方法和途径，对各自传统的核心价值，加以梳理和镀新；参考马克斯·韦伯新教伦理论述，我们感觉，宋明理学与之有并行的精神向度，“一粥一饭，当思来处不易；半丝半缕，恒念物力维艰。宜未雨而绸缪，毋临渴而掘井。自奉必须俭约，宴客切勿流连……”[1]这些写在中国童蒙之书里的日常道理，清教徒们也许会觉得眼熟。

知识阶层是国家精神纽带，价值观变化将首先作用和体现在知识者身上。观宋明士风，敬事不懈、求笃致诚，标引道德、极重格调。那是先前所不见的样态，且一日甚似一日，南宋甚于北宋，明代复甚于宋代，以致终于有了海瑞那样的典型。这种人物，似乎只能属于明代，放到其他历史时期，都难免有失协调。

黄仁宇称之“古怪的模范官僚”，用“个人道德之长，仍不能补救组织和技术之短”[2]概括他身上的内在矛盾。道理本身不错，但没有放到合适的时间来讲。

组织和技术的建构，没法发生在道德之前；社会现实的改进，总是有赖思想层面的先期豹变，道德也是思想的一个方面。我们都认为法律比道德可靠，道德可以弄虚作假，法律是刚性规则、不易做手脚（其实不尽然）；所以，我们呼唤法治社会。不过，法律其实要以道德为先导，在不正确的道德下形成的法律，本身就可能是邪恶的；法律自古就有，显然曾有很多旧法因为错误或邪恶而被淘汰、废除，所以在更好的法律出来之前，实际上有赖道德的先行进化。欧美近世政法制度，就明显是先有新的伦理道德提出，再经社会革命和其他实践转化、落实为约定条文。启蒙思想者所谈平等、博爱，新教伦理所倡劳动、节俭、诚敬，都属于道德范畴。

由此可知，尽管明代士夫“个人道德之长”，暂未“补救组织和技术之短”，也仍不失为中国历史的积极进取信号。至于“以熟读诗书的文人治理农民，他们不可能改进这个司法制度，更谈不上保障人权”[3]，此语若加之于彼特拉克、莎士比亚、伏尔泰，其实还不是一样，他们也不能辩驳。“文人”如果能够提供新的精神尺度，就已尽到了作用，改进司法制度、保障人权等，是留待社会加以解决

[1] 朱用纯《朱子家训》，《蒙学经典》，经济日报出版社，第112页。

[2] 黄仁宇《万历十五年》，中华书局，1995，第135页。

[3] 同上。

的事务。

何况自万历间起，“个人道德之长”已经显现出了向干预社会现实方向伸展的趋势，开始与不公、不善、不合理制度发生冲撞（三案、党争），进而因为碰得头破血流，隐然产生革命的思想和愿望。《明夷待访录》，可算一个明证。有人这样评价它：“其中《原君》《原臣》《学校》诸篇，置诸洛克之《政府论》中可无逊色，较之卢梭之《民约论》已着先鞭矣。”[1]而黄宗羲的思考，在当时知识分子中并不孤立。我读过本文主人公徐汧之子徐枋所著《封建论》上下、《井田论》诸篇，觉得他和黄宗羲具体主张虽不同，但所关切的同样是中国如何找寻更文明、更善良的制度。可见“个人道德之长”，迟早总会带来社会进步的追求，它是历史弃恶扬善的温床。

最后，还想额外谈一个问题。今天，我们普遍厌倦道德论调，确实，道德似乎成了遮羞布。罗兰夫人在法国大革命时期说：“自由，多少恶行假汝之名以行！”我们于道德二字，感受庶几近之。我们的厌烦，殃及了古人。说起明代道德厚重，大家每每想到“满口仁义道德，一肚男盗女娼”的名言。诚然，确有那样的事例与现象，我们前面也曾谈到一些。但此刻我想说，明代士夫在何种现实中砥砺名节，这一点人们谈得很不够。虽然帝王君主从来一路货色，虽然历朝历代各有其暴君，但像朱明王朝这样，昏君多如过江之鲫，却实属少见。它先后十多位皇帝，全无劣迹的只有建文帝，基本无劣迹的有洪熙（在位仅一年）、宣德、景泰、弘治四位皇帝。这五人的统治期，全部相加四十年，只占明朝二百七十九年历史的七分之一。其余诸帝，或暴虐或残忍或变态或昏聩或刚愎，不一而足。在他们治下，明代的惨狱酷刑为历代之最、阉祸登峰造极、酷吏凶顽巨星迭出。朱棣虐杀建文忠臣，令人发指，戮其本人不算，复辱其妻女、发为婢奴，甚而株连乡闾、村里为墟；朱厚熜视“刑不上大夫”、“士可杀，不可辱”为屁话，对胆敢抗旨的官员，当场打屁股，是为闻所未闻、明朝独创的“廷杖”；朱由校的镇抚司诏狱，赛过阎罗地府，惨死其中的东林诸君，个个身被重伤、血肉模糊、尸供蝇蛆、溃烂不可识……明代的士夫，是在这样的摧折中讲求操守，将胸间那口正气保持下来，以致山穷水尽时分，我们仍能见到徐汧、夏允

[1] 金耀基《中国民本思想史》，台湾商务印书馆股份有限公司，1979，第150页。

彝、刘宗周等个人品质近乎完人的例子，其之不易，作为有“反右”、“文革”经历的当代人，我们应深有体会。近年因为当代文学和精神思想史研究，我考察过当代几十位重要文人和知识分子；两相对照，唯有默然。

九

为什么写一写徐汧，现在显得比较明朗了。我们不是要表彰他的死，而是借他为例，追溯中国士阶层的精神史，认识一下中国知识分子曾经并不缺少的尊严和高贵。我要补充的是，挑选他来做这种呈现，还有一个原因，即他与徐枋之间的父子传承，这或是徐汧故事更能打动我的一点。

对于赴死的决定，一开始徐汧就没有瞒着儿子。他的死亡准备过程，对儿子是公开的。但当徐枋要求从死时，徐汧阻止了他：

> 乙酉陆沉之日，先君子日谋死所，顾呼枋而命之曰：“吾固不可以不死，若即长为农夫以没世，亦可无憾。”[1]

自认有死的责任，但不是人人须死。他让儿子用另一种方式抗争：活着，做自食其力的人，终生不食清朝俸禄。

徐枋用一生来践行父嘱。当年他二十来岁，之后，还有四十年的余生。这四十年间，前二十年遁迹山野、不入城市，后二十年坚卧土室、闭门扫却。长年“炊则无米，爨则无薪”[2]，“床床屋漏，几废坐卧”[3]；其子“衣无襟袖，两手瘴瘃，履穿不苴，足趾在地”[4]；自己三十来岁时，“须鬓亦半白矣”[5]。后为维持一家生计，不得不作画卖画。如今，这些遗墨已成艺术品市场炙手可热的奇货，然在徐枋当日，“近资笔墨，聊以全生”，“若欲求富，当不为此”，有的买家出于所购增值目的强求署名，遭到坚拒：“以避世之人不应以姓名笔墨流落人间”，“比年以来，物力日艰……故不得已而卖画，聊

[1] 徐枋《答吴宪副源长先生书》，《居易堂集》，华东师范大学出版社，2009，第7页。
[2] 徐枋《与葛瑞五》，同上，第88页。
[3] 徐枋《致灵岩老和尚》，同上，第89页。
[4] 徐枋《病中度岁记》，同上，第183页。
[5] 徐枋《杨隐君曰补六十寿序》，同上，第145页。

以自食其力而不染于世耳"，"卖者不问其人，买者不谋其面"。[1]不知今之徐枋书画购藏者，有几人不是出于价昂逐富，而能把它们视为中国文化一笔高洁的遗产？丁酉年(1657)，鉴于孩子渐渐懂事，徐枋特作《诫子书》，订十条规矩。第一条"毋荒学业"(必须读书)，第二条"毋习时艺"(不准研习八股，以杜绝仕事清朝)，第三条"毋服时装"(不着满服)，第四条"毋游市肆"(不预交际)……满纸令人肃敬惕兢。

故汧、枋父子，有死有不死，而死与未死，精神则一：都以一介书生，按照使命或本分，竭己所诚，稍效涓埃。

士者云何，如此而已。

[1] 徐枋《答友人书》，《居易堂集》，华东师范大学出版社，2009，第33—34页。

左良玉

杀掠甚于流贼

名将，一定是打出来的，一定战功显赫傲于同侪。但这位名将却有些特别：常胜，却也常败；常大胜，复常大败。

一

历史视阈有“现场”与“后世”之分。

说到明朝最后时刻，我常不禁有此一想：设若十七世纪四十年代，南京报业发达亦如今天，那么，四百年后我们从那尘封的故纸堆中拣起几份，翻开一看，或将眙愕不解：牢牢占据报纸头条位置的消息，并非虏之将至，而另有其事。

——左良玉兵变。

“后世”以为，乙酉（1645年）春末，中国头号大事乃是清兵南下，而我们却郑重相告，那并非当时南京最热门的话题。满城骚然汹惧、街谈巷议的，不是名叫什么“多铎”的清军统帅，这名字对许多人全然陌生，甚至没有意义。“左良玉”才是争相说及、令人欲罢不能如雷贯耳的名字。这三个字，在形形色色的人中间，激起或恐慌或亢奋或迷茫不一而足之种种反应。大家随便找一种时人所著亲历录、目击记之类纪实文字，不拘《金陵野钞》《弘光实录钞》《甲乙事案》《南渡录》《明亡述略》《江变纪略》《浔阳记事》《鹿樵纪闻》《续幸存录》……都将看到，南京覆亡前夕，从三月到四月，左良玉兵变是不变的舆论中心。兵变三月下旬爆发以来，南京当权者视为灭顶之灾，尽撤北面之防，溯江迎拒，弘光之初所设四镇防御体系瞬间一空，明军几大主力彼此火并，阋墙于内。多铎大军，恰当此时渡过黄河，除在扬州遭史可法率数百人抵抗，致稍滞数日，余则如入无人之境，高歌猛进，直抵江口。某种意义上，多铎向南进军的过程，甚至显得寂寞冷清，很少受关注、谈论。直到左氏兵变化为泡影，人们才将视线从西南收回，转向北方，而此时清军士兵早已闯到眼皮底下。一场轰轰烈烈的改朝换代，就这么突然而又淡然地发生。一路南来的多铎，对如此唾手而致的胜果，或许也多少感到乏味或不够刺激。

几个世纪后，情况已完全颠倒了过来。如今说起乙酉倾覆，我们眼前只会浮现清军铁蹄遮天蔽日情状，左良玉兵变却仿佛天际一抹微云而已，望之杳然，甚至鲜予一瞥。这就是今古视阈之差。随着时间推移，无可奈何地，“后世”所知历史往往远离“现场”，经验世界被理性认识所代替，当时感受强烈、铭心摧腑之事，后来可能觉得根本不重要，而后来目为本质、关键的地方，当时却未必抱同感。凡读史遇到这种反差，都会激起我的好奇以及探知的欲望，眼下亦然。我很想知道，左良玉其人其事，反映着明朝人对自身处境的何种理解，中间包含哪些他们的困扰、失落与关切。

二

左氏籍贯，《明史》谓“临清人”[1]，隶籍山东，侯方域《宁南侯传》则曰“辽东人也”[2]。侯方域父侯恂，乃左良玉“恩相”，以其知根知底而记为辽东人，当属可信，但《明史》作为官史而明指其临清人，想亦自有根据。《宁南侯传》有“少起军校”一语，我们据以推测，他或许本是山东人，但很小就投军，随即到了辽东。万历末年，辽东便已吃紧，兵丁不足，当时穷人家孩子不乏十二三岁即入伍吃饷，求一条生路。左良玉的情形，一定正是这样。“良玉少孤，育于叔父。其贵也，不知其母姓。”[3]从小是孤儿，父亲早死，依叔父而活。他甚至连母姓都不知道；或许母亲死得更早，或许他干脆就是非婚生子。而且既然“少起军校”，被迫早早投军当兵，大概连叔父这仅有的倚靠也难以持续。究竟是叔父也死掉了呢，还是叔父不肯多养活他，我们不知其情，只觉着会有苦衷在内。总之，他虽非流浪儿，实际却恐怕迹近“无家”，若非日后显赫，真的就是社会最底层最微末的人。这种一无所有，一直影响到他的生年——究竟生于何年何月，我们既不确知，也没更多资料可考。《明史》本传，通篇未及其年甲。《宁南侯传》亦不曾专门提到，仅叙事间带出一笔：“会大凌河围急……连战松山、杏山下，录捷功第一，遂为总兵官……年三十二。”皇太极兵围大凌河，

[1]张廷玉等《明史》卷二百七十三，中华书局，1974，第6987页。

[2]侯方域《宁南侯传》，《壮悔堂集》卷五，商务印书馆，1937，第126页。

[3]张廷玉等《明史》卷二百七十三，中华书局，1974，第6987页。。

在崇祯四年(1631)。我们由此推算,左良玉大约生于万历二十七年(1599)。

他在辽东“以斩级功,官辽东都司。”[1]都司,为明朝的军政建制,都指挥使司之简称。“初,洪武二十六年定天下都司卫所,共计都司十有七”[2],以后屡有增易,而辽东都司即其中之一,隶属左军都督府。“官辽东都司”,当指左良玉在辽东都司任车右营都司。崇祯元年(1628),以宁远兵变受牵连削职[3]。此时情形是:

> 苦贫,尝挟弓矢射生。一日,见道旁驼橐,驰马劫取之,乃锦州军装也。坐法当斩,适有丘磊者,与同犯,愿独任之,良玉得免死。[4]

日子仍贫苦,有时要靠偷猎打野食吃,甚至暗中做响马、剪径的勾当。最后一次误抢军用物资,罪该杀头。但同伙丘磊很够朋友,愿独担罪名,左良玉幸免于死。顺便交待一下,很幸运地,丘磊也没有死,活了下来,后也积功做到总兵,却在弘光间被东平伯刘泽清所杀。此事加重了左良玉与南京的龃龉,因为刘泽清素与马士英、阮大铖等沆瀣一气,救命恩人被杀,左良玉觉得未必不是针对自己。

左良玉在辽东都司待不住,闲了一阵子后,大概托人帮忙,来到昌平,找“明末四公子”之一的侯方域之父侯恂,投在他帐下。其时,侯恂出镇昌平。以下情节,有些《水浒传》的意思:“久之,无聊,乃走昌平军门,求事司徒公。司徒公尝役使之,命以行酒。”司徒公就是侯恂,他后来官至户部尚书,即古称“大司徒”者,侯方域以故凡所提及一律称“司徒公”,而当时侯恂官职应为兵部右侍郎。左良玉初来情形,很像杨志和梁中书故事的重演:“只说杨志自在梁中书府中早晚殷勤听候使唤,梁中书见他勤谨,有心要抬举他……”[5]但左良玉运气比杨志好,杨志丢掉生辰纲后只能去

[1] 侯方域《宁南侯传》,《壮悔堂集》卷五,商务印书馆,1937,第126页。

[2] 张廷玉等《明史》卷九十,中华书局,1974,第2196页。

[3] 张廷玉等《明文》卷二百七十三,中华书局,1974,第6987页。徐鼒《小腆纪传》卷六十四,中华书局,1958,第720页。《明史》记左后复官,以军功进秩,隶侯恂麾下。与《小腆纪传》不同。

[4] 侯方域《宁南侯传》,《壮悔堂集》卷五,商务印书馆,1937,第126页。

[5] 金圣叹评点《第五才子书施耐庵水浒传》,中州古籍出版社,1985,第210页。

梁山落草，左良玉也出了类似事故，却得到侯恂安慰：

> 冬至，宴上陵朝官。良玉夜大醉，失四金卮。旦日，谒司徒公请罪，司徒公曰："若七尺躯，岂任典客哉！吾向误若，非若罪也。"

可见左良玉在帐下虽做着除扫杂役之事，侯恂却注意到他，认为将来是个人物。他不责怪左良玉丢失金器，反而检讨自己委任不当。恰于此时，辽东发生大凌河之围，需要增援，总兵尤世威因护陵任务在身，不能亲往，对可代己而行者，又都不满意，于是来找侯恂汇报。他提出左良玉实堪大用，可惜目下仅为小卒，没资格带兵。侯恂立即表示："良玉诚任此，吾独不能重良玉乎？"时将四鼓，侯恂命尤世威立即先行通知左良玉，自己随后亲至。而左良玉那边，正如热锅上蚂蚁，以为丢失金卮之事，会翻出丘磊案陈年老账。总兵大人夤夜突至，他"以为捕之"，"走匿床下"。尤世威"排闼"呼之："左将军，富贵至矣，速命酒饮我！"已以"将军"相称，左良玉却还惊魂难定，"战栗立，移时乃定"。俄顷，侯恂至，"乃面与期"，当面表达对他的期望。天亮，立召众将于辕门：

> 以金三千两，送良玉行。赐之卮酒三，令箭一。曰："三卮酒者，以三军属将军也。令箭，如吾自行。诸将士勉听左将军令。左将军今已为副将军，位诸将上。吾拜官疏，夜即发矣。"

侯恂此举，确实雷厉风行、不拘一格。一个普通士兵，连夜拔为军区副司令兼援军主将。能够如此，一则左良玉必有过人资禀，二要佩服侯恂有识人之准。果然，左良玉于战事中"录捷功第一，遂为总兵官"，自此跻身大将行列。

从辽东前线奏凯，很快，西北内乱起。左良玉奉命往剿，行前辞侯恂：

> 司徒公曰："将军建大功，殊不负我。欲有言以赠将军，将军奚字？"良玉曰："无也。"司徒公笑曰："岂有大将军，终身称名者哉！"良玉拜以为请，司徒公曰："即昆山可矣。"自此乃号为昆山将军。

有名无字，是低微出身的残余痕迹。如今，左良玉已为大将，将来前程万里。细心的侯恂，连这一层也替他想到，赐字“昆山”。名、字相表，“昆山”盖取“良玉出昆仑”之意，很适合一位将军，又满含侯恂对他功业的期许。左良玉虽无文化，心思并不愚痴，对恩相的种种厚待，从内心认为恩同再造、义近父子。这一点，对后来好些事情都是很大的伏笔。[1]

三

他自崇祯四年起任总兵官，作为高级将领东征西讨，身经百战，尤其在与今所喜称为“反对派武装”的战事方面，堪称“政府军”所仰仗之干城。但我们的兴趣，却并不在将他这些军事履历做一番流水账式讲述。他的行为特点，或怪异表现，比具体经历更有意思。

两军相逢勇者胜。勇，他不缺乏。“长身赪面，骁勇，善左右射。”[2]于是，很快出人头地，成为名将。名将，一定是打出来的，一定战功显赫傲于同侪。但这位名将却有些特别：常胜，却也常败；常大胜，复常大败。

所历第一个战区在山西，尤其晋豫冀交界处。当时，山西情势颇危，“贼势已大炽”，官军不敌，损兵折将，增援后“胜负略相当”，左良玉“斩获尤多”，连战于涉县、武安、官村、沁河、清化、万善等地，“屡破之”。自崇祯六年正月起至翌年冬，“贼大困，官军连破之柳泉、猛虎村。贼张妙手、智双全等三十六家诡词乞抚”，官军遂暂停进攻，“俟朝命”；此时天甚寒冷，黄河为之冰封，“贼遂从渑池径渡”，逃过黄河，进入卢氏山，再转向鄂、川、秦、豫一带，“中原益大残破，而三晋、畿辅独不受贼祸者十年。”[3]

之后，“崇祯七年春夏间”，朝廷决定合山西、河南、湖北、四川四地之兵，会剿时在河南的李自成。入了河南，左良玉既曾“遇贼于磁山，大战数十，追奔百余里”，也曾“御之灵宝，不能支，陕州

[1] 以上均据《宁南侯传》，《壮悔堂集》卷五，商务印书馆，1937，第126—127页。

[2] 张廷玉等《明史》卷二百七十三，中华书局，1974，第6987页。

[3] 同上，第6988页。

陷”。这段河南作战历时较长，直到崇祯十四年。中间，也曾离开河南，往援、转战他处，“十年正月，贼老回回合曹操、闯塌天诸部沿流东下，安庆告警，诏良玉从中州救之”，“十二年二月，良玉率降将刘国能入援京师”，任务结束，又返回河南。大大小小战斗数十次，成绩差强人意，说得过去，有几次比较窝囊的情形，实出他自己要奸使猾。最惨重的失利，是崇祯十二年七月在罗猴山遭伏，“良玉大败奔还，军符印信尽失，弃军资千万余，士卒死者万人。事闻，以轻进贬三秩。”[1]

在左良玉，这是军兴以来的重创。但非常时期，用人之际，左良玉贬职没多久，又获重用，反而加了“平贼将军”封号。“十三年春，督师杨嗣昌荐良玉虽败，有大将才，兵亦可用，遂拜平贼将军。”他即率部进入湖北作战。闰正月，他与友军配合，击败张献忠，令其西窜。关于如何追剿，左良玉与主帅相左，而坚持己见，事实也证明他是对的，“嗣昌度力不能制，而其计良是，遂从之。”随又发生将帅猜忌，左良玉和另一大将贺人龙，皆不奉嗣昌令，导致张献忠突围出川，攻入襄阳城，宗室襄王被执，杨嗣昌自度责任难逃，竟绝食而死。事后，“帝既斩贺人龙以肃军政”，令左良玉“削职戴罪”。[2]

如此，在忽胜忽败的起伏中，左良玉长成参天大树，崇祯“专倚良玉办贼”。崇祯十五年左右，农民军诸部强弱盛衰渐分，李自成明显高出一大截，而为明朝主患。深受倚重的左良玉，自然被寄厚望，用为对李作战主力。该年四月，李自成重兵包围开封，崇祯皇帝为使左良玉戮力用命，特意把当时因罪系狱的侯恂放出，委为督师，又专发十五万两白银为犒赏，“激劝之”。左良玉的分量、地位，以及朝廷的依赖，一时无两。

我们说他作为军人、将领，常胜而常败，既像很会打仗、又像不太会打仗，时而“英雄”时而“狗熊”，这种怪现象，突出地通过两大对手表现出来。与张献忠对垒，左良玉绝少落下风；岂但不落下风，简直还是张的克星，至少有两次，张献忠险些命殒彼手。可对手一旦换成李自成，左良玉就威风扫地、一败涂地，以至未战先怯，如鼠畏猫。这极为费解的情形，竟然像是一条规律，下面我们为读者言其大概。

前述崇祯十二年七月，左良玉遭受

[1] 张廷玉等《明史》卷二百七十三，中华书局，1974，第6989—6992页。

[2] 同上，第6992—6994页。

其军兴以来首次重创，对手便是张献忠。除此，情形都得颠倒过来。而且这一次惨败，缘由是“轻进”，不把张献忠放在眼里，而致失手。吸取教训后，左良玉逢张俱大胜。崇祯十三年春，左、张大战于川陕交界的太平县玛瑙山：

> 贼阵坚不可动。鏖战久之，贼大溃，坠崖涧者无算，追奔四十里。良玉斩扫地王曹威、白马邓天王等渠魁十六人。献忠妻妾亦被擒，遁入兴山、归州之山中，寻自盐井窜兴、归界上。是役也，良玉功第一。事闻，加太子少保。

紧接着，穷追猛打，战果不断扩大，张献忠部曲屡有降者，诨名“过天星”的惠登相即于此时归顺左良玉。张献忠实已走投无路，后能得脱，是用计说动了左良玉：

> 当献忠之败走也，追且及，遣其党马元利操重宝啗良玉曰：“献忠在，故公见重。公所部多杀掠，而阁部（指杨嗣昌）猜且专。无献忠，即公灭不久矣。”良玉心动，纵之去。

结果在开县，诸军追至。张献忠登高一望，见“良玉兵前部无斗志”，决定由此突围，果不其然，“良玉兵先溃”。此番兵溃不同于崇祯十二年，显系左良玉主动纵敌逃逸。本濒覆亡的张献忠就此“席卷出川”，逼得功亏一篑的杨嗣昌自尽谢罪。过了几个月，逃至大别山一带的张献忠，“屡胜而骄”，左良玉再适时给他一些教训：

> 良玉乃从南阳进兵，复大破之，降其众数万。献忠中股，负重伤夜遁。

这位逢张每大胜的将军，逢李辄必败。典型如解开封之围所引发的朱仙镇一役。当时，左军刚对张献忠取得信阳大捷，气势很盛，皇上事先赏下十五万两，又为鼓其士气而特意释放和起用侯恂。在这种形势下，左良玉提兵来到开封以南的朱仙镇，协同虎大威、杨德政等部，大有一决雌雄的样子。但不知怎的，与李军相望，“良玉见贼势盛，一夕拔营遁，众军望见皆溃”，未曾交手，即已生畏。李自成还格外沉得住气，左军溃退，他并不动手，“戒士卒待良玉兵过，从后击之。”左军狂奔八十里，发现没人追上来，正“幸追者缓”，却钻入李自成布下的方圆百里巨大包围圈：

良玉兵大乱，下马渡沟，僵仆溪谷中，趾其颠而过。贼从而蹂之，军大败，弃马骡万匹，器械无算，良玉走襄阳。

一路逃到襄阳。败绩奏闻朝廷，崇祯改令侯恂在黄河北岸“拒河图贼”，调左良玉“以兵来会”，左良玉却已被李自成吓破了胆，“迁延不至”，根本不敢再来。开封自崇祯十四年十二月起被围，至十五年九月不能解，最后靠决黄河水淹城，“一夜水声如数万钟齐鸣”[1]，方致李自成退却。此为明末极惨一幕。开封生生被黄河吞没后，崇祯皇帝大怒，将侯恂重新下狱，直到本人吊死煤山为止，都不曾赦其罪。[2]

李自成不遗余力攻开封，是欲得此大城以为根本。水淹之后，积尸如山的古都，失去那种意义，而他看中的下一座城池，又恰恰是左良玉所逃往的襄阳：“自成无所得，遂引兵西，谋拔襄阳为根本。”真是祸不单行、福无双至，左良玉刚从朱仙镇溃退至此，犹在喘息，李自成大军后脚便到：

自成乘胜攻良玉，良玉退兵南岸，结水寨相持，以万人扼浅洲。贼兵十万争渡，不能遏。良玉乃宵遁，引其舟师，左步右骑而下。[3]

这一“下”，下到哪里了呢？径直逃往武昌。他崇祯十五年十二月二十四日抵武昌，以后都在这一带，不离左近，开始了驻楚时期，中间一有风吹草动，听说李自成向南运动，便张皇避之，所幸闯

[1] 李光壂《守汴日志》，中州古籍出版社，1987，第33页。
[2] 以上引文，除另注外，均出《明史》卷二百七十三，中华书局，1974，第6994—6995页。
[3] 张廷玉等《明史》卷二百七十三，中华书局，1974，第6995页。

军后来主攻方向转为陕晋京畿，左军在楚乃暂有年余之安。而更有一种说法，乙酉兵变真正缘由，就是得到报告，在潼关被清军大败的李自成一路南逃，直奔武昌，左遂以“清君侧”为借口，擅离汛地，移兵下游。总之，几次与李自成打交道，左良玉皆如梦魇，乃至杯弓蛇影。

把对张献忠作战的左良玉，与对李自成作战的左良玉，加以对照，我们难免疑非一人。一个那么能打，一个只是能逃。一勇一怯，几无例外，道理实在没法说清。难道是对手强弱不同所致？似亦无从谈起。张、李二军，纪律状况有差异，战斗力却不分彼此。论狡诈多智，张献忠既不输李自成，论凶悍狂野，抑且过之。张部豪杰之多亦所公认，其“四义子”孙可望、刘文秀、艾能奇、李定国，个个能征惯战；尤其李定国，他在张献忠死后归顺永历皇帝，几以一人之力独撑南疆抗清大局十余年。可见，左良玉对张献忠每有完胜，相当不简单，其为名将，洵非过誉。但为何与李自成对垒，却一触即溃，甚至未触即溃，表现浑似草囊饭袋？个中缘由，思来想去，似唯有一解：李自成后期即商洛山再起之后，用李岩、牛金星等，渐超流寇层次，张献忠则始终无此变化；而左良玉，并不惧与人就狠恶野勇比其高低，独无法面对组织紧密、纪律严明的对手。

四

以上，常胜又常败，遇张则胜、遇李则败，不过是左良玉种种“乖张”情形中较突出的一点。类似的悖反，他还有许多。

比如，他究竟是忠于朝廷呢，还是奉行“有奶便是娘”的实利主义，“缓则受吾节制”骗取朝廷军饷，“急则拥兵自重”不惜哗变叛乱？很多事例表明，部队就如他的私人武装，朝廷能否用上，要看他乐意与否。不听调遣，在他是家常便饭。高兴则来，不高兴就置若罔闻，旨意、军令均如废纸。张国维三檄不应，熊文灿在安庆“部檄以良玉军隶焉，良玉轻文灿不为用”，杨嗣昌“九檄皆不至”，连侯恂召之“以兵来会”，也“迁延不至”……初为总兵，从昌平带出来原班人马不过二千，到崇祯末年，“兵八十万，号百万”，十年左右扩充数百倍，皆因屯兵自肥，为此招降纳叛、强征强敛，曾“驱襄阳一郡人以实军”。朱仙镇之役时，“兵以三十万称盛，然止四万在额受粮”[1]，即合法的部队编制人数应为四万，他实际拥有却超数倍之多。到武昌时期，竟有众八十万、号称一百万；一二年间，在原基础上再急剧扩充近两倍。这些，无不是明显的军阀标志。然而，当我们觉得可以轻去就、骄兵悍将、挟寇自重而断之时，他又给我们来一点小意外：“闻京师被陷，诸将汹汹，以江南自立君，请引兵东下。良玉恸哭，誓不许。”[2]《甲申朝事小纪》所载较具体：

> 崇祯十七年正月，上既封左良玉为宁南伯，升其子以平贼将军印，俾功成后世守武昌。诏到，方受命，而京师陷，贼之信踵至。良玉审知登遐凶问，三军缟素，率诸将旦夕临。翼日，诸将前请曰：“天下事皆当关我公，今南中立君，挟王子以坐诏我辈，宜乘其未定，引兵东下可也。”良玉抚膺而号曰：“不可！世守武昌，此非先帝之旨乎？先帝甫弃天下，而我背之，是幸国家之变以自利也。封疆之臣，应守封疆。南中立君，我自以西藩为效。有过此一步者，良玉誓之以死！”[3]

为阻止这次叛乱，左良玉不惜“尽出所藏金银彩物凡二三万，散之诸将”，同时采取强硬措施，“以巨舰置炮断江”，封锁去下游的航道。散财于众时，儿子左梦庚“有吝色”，左良玉大摇其头，连声叹息：“你以为这些都是你的财产吗？唉，左家军看来是保不住了！”当然，他只是将叛乱暂缓一年而已。翌年乙酉之叛，他再没能控制住局面，但诸多迹象表明，在此过程中左良玉即不尽属违心，相当程度也是身不由己。发兵不久，途次九江，面对前来质问的袁继咸，以及部下焚掠场面，他愧恨交迸，大叫“我负临侯！”呕血数升而死。

又如，此人心中有无“礼义廉耻”，我们所得信息也不一致。一方面，他许多做法根本没有原则和底线，一如丛林野兽，为了生存什么都干得出。他将军令置若罔闻，对敌人贿赂却欣然受之，余如谎报战功、捏造民意等事，也是信手拈来，毫无心理障碍。崇祯九年二月，

[1] 侯方域《宁南侯传》，《壮悔堂集》卷五，商务印书馆，1937，第128页。

[2] 张廷玉等《明史》卷二百七十三，中华书局，1974，第6996页。

[3] 抱阳生《甲申朝事小纪》，书目文献出版社，1987，第557页。

归德（商丘）侯府

左良玉受侯恂重用，感恩戴德。朱仙镇之役，左军三过归德，必严令无扰，入谒侯父，“拜谒如家人”。他与侯恂的特殊关系，是弘光内讧的重要线索。

左良玉所立碑

在许昌灞陵桥头，上刻“汉关帝挑袍处”六个大字，左侧两行小字：“总兵挂平贼将军印援剿总兵官后军都督府都督左施银十两 岁次庚辰中秋吉旦”，说明此碑立于崇祯十四年（1641）。俗谓碑文乃左氏遗墨，实则他目不识丁，写不了这样一笔字。碑中言之甚明，他仅为出资人而已。但此碑终究与左良玉存在直接关系，也算稀有难得。

奉命与另一总兵“夹剿”，而“中道遁归”，导致友军“无援败殁”，“良玉反以捷闻”。[1]崇祯十年，朝廷调其兵，左良玉出于避战目的，“令中州士大夫合疏留己。帝知出良玉意，不能夺也。”[2]以其行事惯常如此，我觉得判他一个“天良已泯”，绝不冤枉。但偶尔地，他又回到常识之内。朱仙镇之役，左军三过侯恂故里商丘，“必令其下曰：‘吾恩府家在此，敢有扰及草木者，斩！’入城谒太常公，拜伏如家人，不敢居于客将。”[3]世间所传，都是他如何跋扈，以上表现却对不上号。杨廷枢也为此作证，他在侯方域那里见过左良玉写给侯恂的信：“卑谨一如平时，乃知宁南感恩”[4]。原来，这样一个人心中不单也有“感恩”二字，而且愿意奉行。我们还可以看看他的私生活。“左家室尽于许州”——崇祯十一年十二月，左良玉奉调入陕作战，驻地许州（许昌）失陷，家眷因留彼处，除儿子左梦庚随军之外，全被杀光——此后他一直独身，而无近女色，“在武昌诸营，娼优歌舞达旦，元帅独块然一榻，无姬人侍侧者。”一日，部众“召某将官营妓十余人行酒。杯斝纵横，履舄交错”。左良玉在场，却格格不入，“少焉，左顾而咳，命以次引出，宾客肃然，左右莫敢仰视。”[5]除非身体有疾，否则我们应当承认，这种态度说明他并非恣睢其欲之人。

他的乖张，还体现在“反智”而又“足智”。《明史》本传一开始就评价他：“目不知书，多智谋。”好像格格不入——不知书何以多智？但他确将这两点集于一身。他纯属文盲，以至于有下面的怪事：

> 宁南不知书，所有文檄，幕下儒生设意修词，援古证今，极力为之，宁南皆不悦。而敬亭耳剽口熟，从委巷活套中来者，无不与宁南意合。[6]

幕下文人起草的文件，他休说读懂，听都听不明白。结果，来了个说书匠柳敬亭，半文盲，比他略强，写点什么错别字连篇，但没有关系，左良玉喜欢，认为水平远在文人之上。为什么？因为柳敬

[1] 张廷玉等《明史》卷二百七十三，中华书局，1974，第6990页。
[2] 同上，第6991页。
[3] 侯方域《宁南侯传》，《壮悔堂集》卷五，商务印书馆，1937，第128页。
[4] 侯方域《为司徒公与宁南侯书》之杨廷枢附记，《壮悔堂文集》卷三，同上，第57页。
[5] 抱阳生《甲申朝事小纪》，书目文献出版社，1987，第558页。
[6] 黄宗羲《柳敬亭传》，《黄宗羲全集》第十册，浙江古籍出版社，1993，第573页。

亭的言辞套路，都从“说部”中来。之乎者也左良玉听不明白，评书故事却不难入耳即懂，于是“无不与宁南意合”。黄宗羲对此忍无可忍，斥其“宁南身为大将，而以倡优为腹心，其所授摄官，皆市井若己者，不亡何待乎！”然而，黄宗羲只知其一，不知其二。左良玉虽目不识丁，不读书、不看报、不学习，在明末赳赳武夫中却偏以多智著称。明军将领“肌肉男”多如牛毛，左良玉不是。他打仗不用蛮力，靠的是心眼儿、经验、审时度势和预见。崇祯十一年正月，左良玉大破张献忠于郧西，后者逃到南阳，效孙悟空灌江口“摇身一变，变作二郎爷爷”之计，全部换上官军旗号。左良玉赶到后留了心眼儿，不曾中计，躲过圈套。张献忠只得拔腿再逃，左良玉“追及，发两矢，中其肩，复挥刀击之，面流血，其部下救以免”。逃到谷城，张献忠情急再生一计，“请降，良玉知其伪，力请击之，文灿不许。”[1]入川作战，左良玉见识再次高出主帅一筹；当时，杨嗣昌认为要截张献忠后路，防止其掉头返回湖北，“促贼反楚，非算也”，左良玉指出，恰恰相反，“贼入川则有粮可因，回郧则无地可掠”[2]，应集中兵力正面歼之。此皆以智用兵之例。不但对敌，对朝廷、上司、友军，他同样工于心计。二千人起家，十余年间握百万之众，倘非深惟重虑，何以致之？其实，连他吃败仗，包括贻误军机，有时未必因为别的，而是过于黠慧狡狯的副作用，所谓聪明反被聪明误。

五

多方观察，他是难以一语括定的人。但围绕他，却经常各执一词。

一种，如清朝官方所修《明史》为他写的本传，看法是负面的。本来，左良玉与清廷关系甚浅。虽然他从军之始在辽东，“发迹”（得任总兵）亦由松山、杏山对清作战，但大部分戎马生涯毕竟是“剿寇”。清廷所以对他维持负面评价，应非出于“私仇”，主要是不满他的不忠王事。官史，都以弘扬忠君大伦为主旨，对左良玉这种公然叛逆之臣，裁以贬斥并不意外。不过，我们想借这机会谈谈官史的可信度。

历来，一提到官史，普遍奉为“信

[1] 张廷玉等《明史》卷二百七十三，中华书局，1974，第6991页。
[2] 同上，第6992页。

史”,对野史(私家史撰)则抱以疑薄。这是误区。首先,官史、野史的关系,远非所以为的那样悬隔。至少对《明史》我颇有把握说,它的修纂,大量采用了野史。康熙间史馆初开,即以两事为要,一是征鸿儒博学,一是征民间私撰,后者便是为修《明史》充实资料计。实际上,如果阅读积累较广,对《明史》某传某事,往往不难于指出其本自某某野史,甚至原样字句抄于后者的情况也很常见。以左良玉本传为例,“大凌河围急,诏昌平军赴援,总兵尤世威护陵不得行,荐良玉可代率兵往。已,恂荐为副将,战松山、杏山下,录功第一”,即出侯方域《宁南侯传》;“长身赪面,骁勇,善左右射”一句则径录自侯传,字字不差。其次,迷信官史之不可取,还因它出于满足自身意识形态需要,必对史事有所“笔削”,或加抹隐,或有捏合,总之要动些“手术”。比如,对重要的朱仙镇之役,本传就要了不少滑头:

> 十五年四月,自成复围开封。乃释故尚书初荐良玉者侯恂于狱,起为督师,发帑金十五万犒赏良玉营将士,激劝之。良玉及虎大威、杨德政会师朱仙镇,贼营西,官军营北。良玉见贼势盛,一夕拔营遁,众军望见皆溃。……帝闻良玉败,诏恂拒河图贼,而令良玉以兵来会,良玉畏自成,迁延不至。

《宁南侯传》则记其本末:

> 壬午,大出兵,与李自成战朱仙镇,三日夜而败。良玉还军襄阳。初,良玉三过商邱,必令其下曰:“吾恩府家在此,敢有扰及草木者,斩!”入城谒太常公,拜伏如家人,不敢居于客将。朝廷知之,乃以司徒公代丁启睿督师,良玉大喜踊跃,遣其将金声桓,率兵五千,迎司徒公。司徒公既受命,而朝廷中变,乃命距河援汴,无赴良玉军……卒不得与良玉军会。未几,有媒孽之者,司徒公遂得罪,以吕大器代。良玉愠曰:“朝廷若早用司徒公,良玉敢不尽死?今又罪司徒公,而以吕公代,是疑我而欲图之也。”自此意益离,遂往来江楚为自竖计。

有几点不同:一、左良玉朱仙镇之败,本传作“一夕拔营遁”,侯传记述是记大战三昼夜后，左良玉才落荒而逃。二、本传“诏恂拒河图贼”的叙述，缺“朝廷中变”，“无赴良玉军”的背景；根据侯传(及《崇祯实录》《国榷》等)，左良玉得到的消息本来是侯恂直接涖临左军，所以他特遣金声桓前往迎接，讵料朝廷中途变卦，改让侯恂在黄河北岸督师，阻其与左军相会。三、“而令良玉以兵来会，良玉畏自成，迁延不至”，叙述也是含糊的，倘依侯传，左迁延不至的原因是“司徒公遂得罪，以吕大器代”，亦即再召左良玉时，侯恂已遭解职，而代以吕大器；换言之，左良玉所拒奉的非侯恂之令，是吕大器之令。

“一夕遁”之说，以我读到的，应出《明季北略》：

> 良玉与自成相距于朱仙镇，麾下近二十万，郧抚王永祚在内，良玉在外，约为固守。一夕，良玉忽携大众遁去，城中遂不可守。[1]

本传舍“三日夜”而就“一夕”，自然因后者较吻合全篇的左良玉形象定调，而从与左良玉史事的亲疏远近论，本来明显应首先考虑从侯传。况且，即便对计六奇的笔意，本传实际上也做了手脚。《明季北略》原文的“一夕”只有“某晚”的意思，改为“一夕拔营遁”，给人印象是，左良玉“仅一夜”就拔腿而逃。

照《明史》定下的基调，左良玉该入“奸臣传”才对。但是它有些为难，因为“奸臣传”里有马士英和阮大铖，而左良玉恰恰是马、阮死对头，连兵变也打着讨马、阮的旗号。于是，只好将这棘手问题置之不顾，既不入左良玉于“奸臣传”，又把他写得与奸臣无两。在另一些人，同样为着这棘手的原因，很难面面俱到、自圆其说，也索性执于一端，顾头不顾腚。这些人，便是东林—复社分子或其同情者。他们因为左良玉乃唯一明确反马、阮的军事强人，而回护之，替他作种种辩护、遮掩，甚至是粉饰。东林大佬钱谦益称之“誓剜心肝奉天子”[2]；复社魁首杨廷枢认他“原不欲负朝廷者”[3]，张岱则说：“左宁南，真挚开爽人也，而为黄澍所弄。黄澍挟左帅而参士英，挟左帅而杀缇骑，挟左帅而传檄南都，挟

[1] 计六奇《明季北略》，中华书局，1984，第324—325页。

[2] 钱谦益《左宁南画像歌为柳敬亭作》，泰州市文史资料第8辑《评话宗师柳敬亭》，江苏省政协文史资料委员会出版，1995，第30页。

[3] 侯方域《为司徒公与宁南侯书》之杨廷枢附记，《壮悔堂文集》卷三，商务印书馆，1937，第57页。

左帅而称兵向阙。"[1]用一个"挟"字,开脱所有。入清后的龚鼎孳始终有"宁南情结",念念不忘、爱屋及乌,把曾为其座上宾的柳敬亭炒作成"活着的传奇"……正是这些舆论,经过半个世纪的发酵,才促成《桃花扇》中那么一个英姿、悲情的左良玉形象。

他在"抚兵"、"投辕"、"哭主"、"草檄"、"截矶"中多次登场。与《明史》本传截然相反,孔尚任笔下左良玉不仅完全正面,甚至直追当代文艺"高大全"人物。他的开场诗唱道:"七尺昂藏,虎头燕颔如画,莽男儿走遍天涯。活骑人,飞食肉,风云叱咤。报国恩,一腔热血挥洒。"[2]外予张翼德之雄姿,内赋"一腔热血"之胸怀,真是忠勇俱全了。随后的"自报家门",说"那李自成、张献忠几个毛贼,何难剿灭。只可恨督师无人,机宜错过,熊文灿、杨嗣昌既以偏私而败绩,丁启睿、吕大器又因怠玩而无功。只有俺恩帅侯公,智勇兼全,尽能经理中原,不意奸人忌功,才用即休,叫俺一腔热血,报主无期。"[3]都是旁人误国,他左良玉只能像岳飞那样空悲切。癸未(崇祯十六年,1643)左良玉曾移军东下,准备"就食南京",当时南京兵部尚书熊明遇,请侯方域以其父名义,修书劝阻,此信即《为司徒公与宁南侯书》,《壮悔堂文集》卷三可见,信中说"阖门百口,将寄白下,喘息未苏,风鹤频警,相传谓将军驻节江州,且扬帆而前,老夫以为必不然"[4],语气虽缓,而暗藏指责。此事凿然不疑,而《桃花扇》写到此,居然让收到信的左良玉含冤叫屈:"恩帅,恩帅!那知俺左良玉,一片忠心天可告,怎肯背深恩,辱荐保。"[5]"草檄"一折,安排了兵变发生前左良玉一段独白:

> [小生大怒介]我辈戮力疆场,只为报效朝廷;不料信用奸党,杀害正人,日日卖官鬻爵,演舞教歌,一代中兴之君,行的总是亡国之政。只有一个史阁部,颇有忠心,被马、阮内里掣肘,却也依样葫芦,剩俺单身只手,怎去恢复中原。[跌足介]罢,罢,罢!俺没奈何,竟做要君之臣了。[6]

[1]张岱《左良玉列传》,《石匮书后集列传》,明文书局,1991,第241页。

[2]孔尚任《桃花扇》,人民文学出版社,1982,第62页。

[3]同上,第63页。

[4]侯方域《为司徒公与宁南侯书》,《壮悔堂文集》卷三,商务印书馆,1937,第57页。

[5]孔尚任《桃花扇》,人民文学出版社,1982,第75页。

[6]同上,第201页。

一身正气，舍身成仁，犹在史可法之上，简直成了明末孤忠。及至九江吐血而亡，场上齐声献上一曲："大将星，落如斗，旗杆摧舵楼。杀场百战精神抖，凛凛堂堂，一身甲胄。平白的牖下亡，全身首。魂归故宫煤山头，同说艰辛，君啼臣吼。"[1]歌颂他的忠魂飞向"故宫煤山头"，与崇祯皇帝聚首。

无论《明史》左良玉传，还是《桃花扇》左良玉形象刻画，都说明了一点，即：假如人们只是专注于自己观点，会离事实多么远；抑或，如何不在惜客观。以至于它们明明描写同一个人，读者却无法在这个人身上找到共同点。

六

幸好，我们还有其他选择。我们可以抛弃官方《明史》死死抱定的对乱臣贼子的憎恨，也可以丢开东林—复社的党派热情。我们既不指责，也不护短；我们的兴趣，只是去看一看他究竟做了些什么，然后为此找找原因。

前面曾讲到他诸多自相矛盾、自我背反的情形，其实还有最突出的一点我们按下未表。那就是，左良玉整个军旅生涯都可用一句话概括：既为官军，又是土匪。我们要将它作为重点，单独提出来。因为此一情形，在明末的"政府军"中是极普遍的，而左良玉尤其可以做它的一个代表。

他的部队岂止是像土匪，乃至为害甚于土匪。这习气应该很早就有了，可以追溯到当年在辽东偷猎和伏道剪径，说明从一开始他意识里对越货行抢之类便没有禁忌。在他领导下部队的群体性肆虐，《明史》第一笔记载，见于从河南入皖作战期间："应天巡抚张国维三檄良玉入山搜剿，不应，放兵掠妇女。"十二年二月，奉诏入援京师，经过灞头、吴桥，"大掠"。左军纪律之坏，路人皆知，以致敌人都久仰大名。张献忠劝他放自己一马时，就以"公所部多杀掠"为告诫，提醒他大家彼此彼此，应该同病相怜，把别人斩尽杀绝，同样命运就会落到自己头上。他的匪气，尤当不利、落败时，更要发作，似乎非烧抢一番，不足以补偿或平衡内心的抑郁、失意和恐惧。他被李自成追击的时候，就是这样受着刺激，从襄阳到武昌，一路扫荡，"良玉纵兵大掠，火光

[1] 孔尚任《桃花扇》，人民文学出版社，1982，第219页。

照江中”，践踏武昌大半个月，“兵始去。居人登蛇山以望，叫呼更生，曰：‘左兵过矣！’”[1]他“剿寇”十几年，从来是一边“剿寇”，一边去填补被剿者的位置。

以上为《明史》所载，另据《明季北略》：“左良玉自朱仙镇南溃，久居襄阳，诸降卒附之，有众二十万，其饩（泛指粮食）于官者仅二万五千，余俱打粮村落，襄人不聊生。”[2]“左良玉大造战舰于樊，将避贼入郢，襄人怨其淫掠，纵火焚之。良玉怒，掠巨贾舟，载军资妇女其中，而身率诸军营于高阜。襄民焚香牛酒以迎贼。”[3]“闻左兵数万从汉口抢船渡江，汉口居民逃散，江上舟楫不行……见纷纷逃难者如蚁，皆南走，舟中携老稚妇女啼号徙窜者，络绎皆是。相传左兵所过，奸淫剽掠，鸡犬不留。武昌城下，居民一空。”[4]

后期任其督师的袁继咸所著《浔阳记事》：“壬午冬……左师则以襄、郢摧败避闯锐，窜踞池、皖间，上下数百里，江帆中断。或劝余改辕浙省，余曰：‘某不东，左乱未有底也。’径趋小孤，属浔将某差人赍书左帅，责以大义。左帅意悔悟，江路稍通。余念此兵不措饷，虽暂辑，剽掠终未可止。度总宪李公旦暮至，留书具言其故。李公言诸浔道，府移川黔饷十四万两之兵。自是不复出掠矣，然犹翱翔江上，先帝遣中使宣谕，不肯动也。”[5]

震动最大的一次，是崇祯十六年正月，左良玉名曰就食、实避李自成，舳舻蔽江，“声言诸将寄帑南京”，“破建德，劫池阳，去芜湖四十里，泊舟三山、荻港，漕艘盐舶尽夺以载兵。”南京大恐，“诸文武官及操江都御史至陈师江上为守御，士民一夕数徙，商旅不行。”[6]其中除左兵为乱，也颇有其他部队及土寇趁火打劫：“良玉既避贼东下，沿江纵掠，降将叛兵，所在蜂拥，俱冒左兵攻剽，南都大震，留守诸军尽列沿江两岸，不问为兵为贼，皆击之。”[7]

这是他无法洗掉的污点。对此，王士禛论道：

> 左良玉自武昌称兵东下，破九江、安庆诸属邑，杀掠甚于流贼。东林诸公快其以讨马、阮为名，而

[1] 张廷玉等《明史》卷二百七十三，中华书局，1974，第6991—6995页。
[2] 计六奇《明季北略》，中华书局，1984，第323页。
[3] 同上。
[4] 同上，第324页。
[5] 袁继咸《浔阳记事》，《中国野史集成》第三十三册，巴蜀书社，1993，第68—69页。
[6] 张廷玉等《明史》卷二百七十三，中华书局，1974，第6995页。
[7] 计六奇《明季北略》，中华书局，1984，第356页。

> 并讳其为贼。左幕下有柳敬亭、苏昆生者,一善说评话,一善度曲。良玉死,二人流寓江南,一二名卿遗老,袒良玉者,赋诗张之,且为作传。……爱及屋上之乌,憎及储胥。噫,亦愚矣。[1]

"杀掠甚于流贼"、"讳其为贼",是我所见有关左良玉其人其事以及社会心态,最捣要害之论。而当代有为柳敬亭作传者,却"爱乌及屋",为柳敬亭而维护左良玉,称王士禛"诋毁左良玉",乃至暗示他因讨好清廷有此"新贵谰言"。[2]是非颠倒,何至于此?

七

简单地指出左良玉既为官军、又是土匪,并非目的。假如到头来本文所论仅关乎左氏及左军品质如何,在我而言,是没有意义的。我写左良玉,兴趣其实不来自他本人。他值得我们讲述与认识之处,是藏在他背后的某些东西。基本上,这可以浓缩成两个问题:为什么会有左良玉?这类现象是怎么形成的?因此,以下我们不谈左良玉,谈他的原因和由来。有远有近,而从近处讲起。

左军军纪败坏虽有传统,但客观地看,是逐步加重的。山西时期似乎还没有记录,河南时期的早期,开始出现,但既不多也不特别突出。问题变得严重,以至常态化,与三点相随。一是军力越来越强,二是部队成分大变,三是兵饷缺口加大。军力愈强,骄兵悍将之心益无忌惮,而勇于为恶,这是心理上总的趋势。相比之下,后二点产生的问题更加实际。"朱仙镇之战,左精锐已尽,其后归者多乌合,厮役崽养之人居大半"[3]。为不隳实力,左良玉每战必招降纳叛,泥沙俱下,久之,实际左良玉已不能制,"亲军爱将大半死,而降人不奉约束,良玉亦渐衰多病"[4],军中暴行令人发指:

> 左将画楚疆为各镇,自惠登相(即从前江湖上称"满天星"者)驻

[1] 王士禛《分甘余话》卷二,中华书局,1989,第52页。
[2] 周志陶《柳敬亭考传》,姜堰文史资料第8辑,姜堰文史资料编辑部,1998,第56页。
[3] 抱阳生《甲申朝事小纪》,书目文献出版社,1987,第558页。
[4] 张廷玉等《明史》卷二百七十三,中华书局,1974,第6995页。

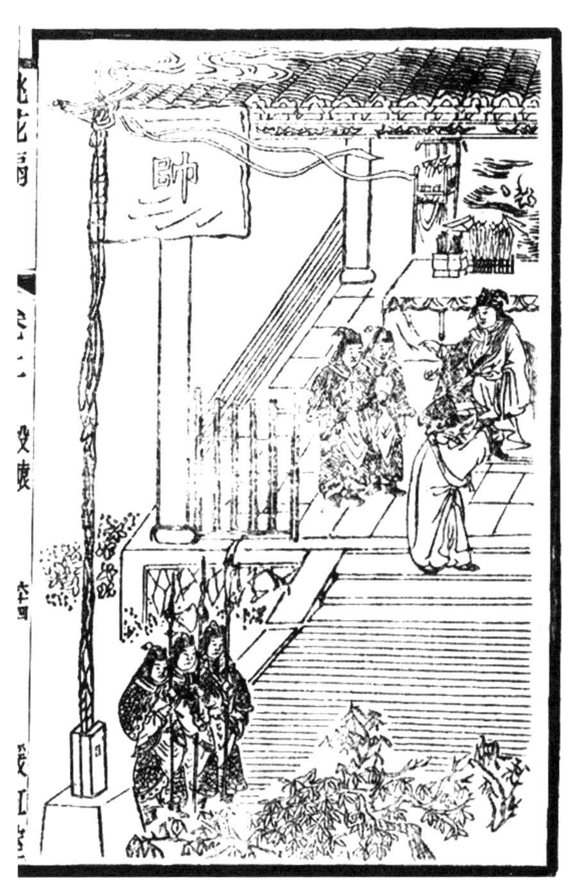

《桃花扇》· 投辕

崇祯十六年正月，左良玉名曰就食、实避李自成，舳舻蔽江，“声言诸将寄帑南京”，南京大恐，“士民一夕数徙，商旅不行。”遂由侯朝宗以其父名义，致书左良玉阻之。《桃花扇》本折演柳敬亭携侯朝宗书信，赴行辕面见左良玉。堂上坐者，即左良玉。

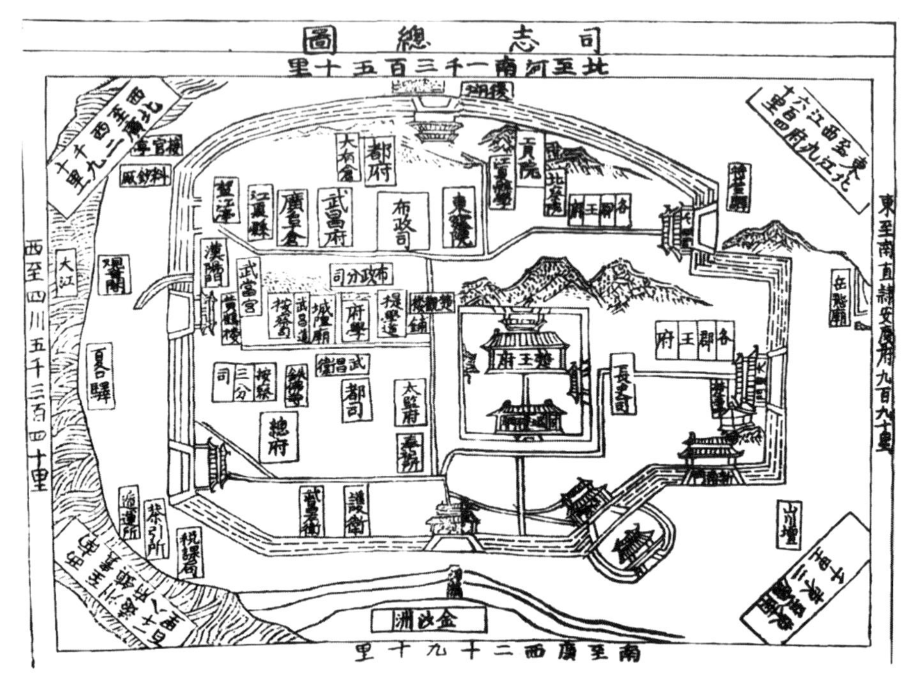

明代武昌军政总图

图中详细标识了武昌各官署分布，顶端注明“北至河南一千三百五十里”，这是左良玉躲避农民军一路溃逃的来路，也是沿途掳掠的过程。

汉阳外,诸将咸有分地,楚人多苦之。王之纲者,在武昌县尤残忍,好以人为粮,裸而悬于柢,灌沸汤以荡尽其肠腑,而后烹之。之纲别号扛子,百姓闻其名,皆夺魂魄。楚绅士之不能去者,出子女财帛,所以奉镇将者百端,冀得免。[1]

文中"在武昌县尤残忍"记为王之纲,应误。王之纲是高杰的部下,"十三总兵"之一。不过,人名虽然搞错,事情应非妄传。无度扩张,除导致左军成分复杂、乌合之众,另一可怕危机就是兵饷奇匮。前引《明季北略》称其有兵二十万,而仅二万五千人在额有饷;《宁南侯传》则说"兵以三十万称盛,然止四万在额受粮",总之缺口都在九成左右,换言之,绝大多数士兵粮饷都要自行解决,不事抢掠何以致之?开封之围,侯恂受命督师前奏对,所谈中心问题就是粮饷:

诚使臣得驰赴其军,宣谕将士,鼓以忠义,用三楚之粮,养全镇之兵,臣不就度支关饷,陛下亦不必下军令状责取战期,机有可乘。[2]

要求将湖北全境之粮供其支配,以养左军。这个要求显然没有答应,于是左军自行剽抢;对楚地百姓来说,结果总之一样。《桃花扇》写柳敬亭替侯方域到武昌下书,被两个军士拿住,说他们"饿的东倒西歪",设若武昌时期左兵果达八十万众,此距事实应该不远,当时情况正像二卒所念民谣:"贼凶少弃囊,民逃剩空房,官穷不开仓,千兵无一粮。"[3]嗷嗷待哺八十万兵卒,置之此境,岂非洪水猛兽?

切近地看,左军"杀掠甚于流贼",似乎有特殊原因造成,甚至有其"不得已"。如将这些原因消除,危机就应该能够解决。侯恂当时奏对崇祯皇帝,似乎就是这个意思。他把左军纪律之坏归之"督抚驾驭乖方,兼之兵多食寡"[4]两点,言下之意,倘如督抚得人、兵得其食,问题即可消失。但果真如此么?

某些具体、特定原因,不无考虑价

[1]抱阳生《甲申朝事小纪》,书目文献出版社,1987,第559页。
[2]谈迁《国榷》,中华书局,2005,第5937页。
[3]孔尚任《桃花扇》,人民文学出版社,1982,第72页。
[4]谈迁《国榷》,中华书局,2005,第5937页。

值，但我们不能为之所蔽。因为，假如眼睛不是死盯着一人一事、一时一地，很容易发现更广阔的事实。从明末当时实际看，即便并无左良玉所部那种问题（招降纳叛过度导致部队成分复杂、兵饷缺口巨大），“兵匪一家”情形也照样发生。崇祯末年起，官军罗九武部多年为害桐城、安庆一带，“入人家劫掠”，“十百为群，横县中”，“贼乱于外，兵乱于内，一县中如困汤火”，罗九武“自谓城守功高，桐之子女玉帛相随入两营者，不可胜计”，“桐人苦兵之扰也，纷纷渡江而南。”福王立于南京后，罗九武不仅升官，且“乘中外危疑，益肆剽掠无忌。”左良玉乙酉东犯时，“安庆戒严，罗九武等乘间遂掠仓库”，四月八日夜，罗九武“命其兵作乱，大掠三日乃止。十七日，分兵入西乡焚掠。又数日，分兵入东乡、南乡、北乡焚掠。少妇幼女男子，被掳者凡五六千人，相号于道”。直到清兵打下桐城，此害方除：“散其所部兵。凡所掠子女，俱令释去。”“斩九武等于市”。[1]而罗九武部并非得自降将降卒的收编，它的作乱与成分复杂无关。再来看“四镇”之一刘泽清。刘镇于淮安，根据设四镇时明确的政策，除了“每名给饷二十两”[2]，所部三万兵额每年有银六十万两（后实际增至九十万两[3]），又特许其“各境内招商收税”[4]，即地方财税大权悉付彼手，论理绝无兵饷不足之忧，但刘泽清竟嫌不足，御史郝锦奏：“各镇分队于村落打粮，刘泽清尤狠，扫掠民间几尽。”[5]扫掠民间同时，还唆使地方官为他额外“请饷”。尤其他不像高杰要为北征做准备，镇淮安期间，从头到尾未作一战、未发一矢，巨额军费悉用于挥霍，“大兴土木，深邃壮丽，日费千金”[6]，“四时之室具备，僭拟皇居”[7]，规制比照皇宫。清兵渡河南来，他望风即逃，同时不忘劫掠，“泽清闻北兵至，遂大掠淮安，席卷辎重西奔，沿河竟无一人守御。”[8]他的例子清楚显示，当时官军是否变土匪、是否“杀掠甚于流贼”，与饱饿富穷毫无关系。

跟什么有关呢？我们先不急着揭秘，而把目光拉得更开些。南社姚鹓雏

[1] 抱阳生《甲申朝事小纪》，书目文献出版社，1987，第492—495页。

[2] 古藏氏史臣（黄宗羲）《弘光实录钞》，《南明史料（八种）》，江苏古籍出版社，1999，第72页。

[3] 原定四镇饷额共二百四十万两，乙酉年九月朱由崧抱怨：“东南饷额不满五百万，江北已给三百六十万”，则四镇实际平均各九十万两。李天根《爝火录》，浙江古籍出版社，1986，第332页。

[4]《圣安皇帝本纪》《弘光实录钞》《南渡录》等皆同。

[5] 李天根《爝火录》，浙江古籍出版社，1986，第418页。

[6] 同上，第332页。

[7] 计六奇《明季南略》，中华书局，1984，第31页。

[8] 李天根《爝火录》，浙江古籍出版社，1986，第443页。

有谴责小说《龙套人语》,写的是民国初年军阀混战的事。云:

> 他们只晓得"苏常一带是好地方,我们一到那边,只要放开手,掳他一掳,就可以快活过下半世了,还当他妈的什么兵!"真所谓军无斗志。何以没有斗志?就因为他们早已存了个"抢志"和"逃志",那种军队,如何能叫他们真个去抵敌呢?但是浏黄一带地方,却早给他们蹂躏得一个不亦乐乎。……两军在黄渡浏河之间,一打就打了四十多天,双方阵地始终没有移动一寸。倒是那班丘八太爷们,在战线上寻欢作乐,实行"食""色"主义的成绩,却多得不可开交。如今略举几件,总算替代老百姓们对徐罗表示一点"去思"。其实当时那种事儿,多的不可胜纪。著书的真不免"孤陋寡闻,挂一漏万"之诮呢。[1]

读这些议论、感慨,岂不恍若回到明末?稍稍变其字眼,安到左良玉、罗九武、刘泽清头上,是不是也丝丝入扣、分毫不爽?

这且不说,目光再拉得开一些,将从前汉、唐等等各朝各代末日情景考察一番,就更堪惊奇了:凡当此时,兵之为匪,少有例外,竟是中国历史的规律。

《后汉书·董卓列传》:

> 卓尝遣军至阳城,时人会于社下,悉令就斩之,驾其车重,载其妇女,以头系车辕,歌呼而还。[2]

> (卓)于是尽徙洛阳人数百万口于长安,步骑驱蹙,更相蹈藉,饥饿寇掠,积尸盈路。卓自屯留毕圭苑中,悉烧宫庙官府居家,二百里内无复孑遗。[3]

> (李傕、郭汜等)击破河南尹朱俊于中牟。因掠陈留、颍川诸县,杀略男女,所过无复遗类。[4]

[1]龙公(姚鹓雏)《江左十年目睹记》,文化艺术出版社,1984,第130—131页。

[2]范晔《后汉书》卷七十二,中华书局,2003,第2325页。

[3]同上,第2327页。

[4]同上,第2332页。

（李傕、郭汜在长安）其子弟纵横，侵暴百姓。是时谷一斛五十万，豆麦二十万，人相食啖，白骨委积，臭秽满路。[1]

唐末，僖宗时，节度使高骈无恶不作，又信用一个叫吕用之的人：

用之既自任，淫刑重赋，人人思乱。乃擢废吏百余，号“察子”，厚禀食，令居衢閧间，凡民私阋隐语莫不知，道路箝口。诛所恶者数百族。又募卒二万，为左、右“镆邪军”……用之每出入，驺御至千人，建大第，军胥营署皆备。建百尺楼，托云占星，实窥伺城中之有变者。左右姬侍百余，皆娟秀光丽，善歌舞，巾韝束带以侍。月二十宴，其费仰于民，不足，至苛留度支运物。[2]

后有毕师铎等几位军阀起而攻吕：

扬州雄富冠天下，自师铎、行密、儒迭攻迭守，焚市落，剽民人，兵饥相仍，其地遂空。[3]

节度使、吴兴侯朱玫传：

诸军遂大乱，烧京师。时盛寒，吏民被剽敚，僵死尸相藉。[4]

另一军阀、后来的前蜀君主王建，对朝廷不满意，公开宣称要“作贼”：“与诸将断发而拜辞曰：‘今作贼矣！’”当权者惧他三分，答应撤其对头的职。打成都前，他这么鼓舞部众士气：

建好谓军中曰：“成都号‘花锦城’，玉帛子女，诸儿可自取。”[5]

其他的大军阀，朱温、李存勗、石敬瑭，

[1] 范晔《后汉书》卷七十二，中华书局，2003，第2336页。
[2] 欧阳修、宋祁等《新唐书》卷二百二十四下，中华书局，1975，第6397页。
[3] 同上，第6404页。
[4] 同上，第6405页。
[5] 同上，第6408—6409页。

左良玉人物扮相

左氏影容难以发现，于今可见者，是戏曲里的人物扮相。虽属艺术想象，亦可藉以了解有关左良玉的叙事话语。其脸谱为三块瓦型，以油白、黑为主色调，前者代表横蛮、刚愎、暴虐，后者表示粗莽、勇猛、憨直。他头戴王冠，身着蟒袍，穿这身行头的人物，在戏中是可以称“孤”的，而左良玉本身不过是侯爵。

朱仙镇年画

大概是历史积淀所致，著名的朱仙镇年画，尚武之风突出。这里曾有岳飞的大捷，也发生过左良玉的大败。后者在明末，对官军、闯军皆有决定意义。此役败后，左军益愈向“杀掠甚于流贼”发展。

《流民图》明·周臣绘

“白骨露于野，千里无鸡鸣。生民百遗一，念之断人肠。”中国历史多灾多难。蝗灾、洪水、瘟疫等天灾之外，造成大黑暗、大惨淡的，很多时候是“兵灾”、“兵乱”。此画今藏美国克里夫兰艺术博物馆，作者周臣，字舜卿、号东村。苏州人，生卒年不详，但唐寅、仇英皆曾从其学画，可知为中明时期画家。

无一不是暴徒。基本上,中国每当朝代解体,或轻或重,或长或短,都免不了有一段兵化为匪的肆虐经过,那番光景,正像魏武帝所唏嘘的:“势利使人争,嗣还自相戕。淮南弟称号,刻玺于北方。铠甲生虮虱,万姓以死亡。白骨露于野,千里无鸡鸣。生民百遗一,念之断人肠。”[1]

八

中国历史多灾多难。蝗灾、洪水、瘟疫等天灾之外,造成大黑暗、大惨淡的,很多时候是“兵灾”、“兵乱”。中国百姓所以对社会动荡心怀特殊恐惧,一个重要原因,在于此类历史记忆过于深刻,乃至沉淀为一种集体无意识。其实,兵荒马乱的体验,非中国所独有。因战乱导致人口骤减、财富荡然、生产力凋零,此情此景不论哪国历史都可找到记录。然细察焉,还是有重要的不同。在世界别处,类似苦痛多由外侵造成,是不同文化、民族间的非理性仇恨,才足以挑起狂乱的毁灭冲动。中国固也有过那种遭遇,但更多时候,梦魇却不来自外敌,恰恰是国家、民族内部发生自残与戕害。其中,国家武力的失控,导致黎民百姓成为宣暴泄欲对象,最为常见——正如我们就汉、唐、明、清等大朝代解体过程所举证的那样。

这本是绝无此理之事。

军队,不事生产、力不奉己,从衣食到一切耗用,毫厘均取自人民。军队与人民之间的根本伦理,基于以下契约:人民以其劳作和成果供养军队,军队则为人民提供安全、和平保障,并以此作为贡献,独免于种地、做工、货殖等社会生产劳动。

难道这样的道理,古人不知么?非也。请看黄宗羲怎么说,关于明军他明确指出:

> 官军三百十三万八千三百,皆仰食于民。[2]

除此总揽之论,还抠细账:“都燕(朱棣

[1] 曹操《蒿里行》,《三曹诗选》,中华书局,2005,第11页。

[2] 黄宗羲《明夷待访录》兵制一,《黄宗羲全集》第一册,浙江古籍出版社,1985,第29页。

迁都北京)而后,岁漕四百万石,十有二总领卫一百四十旗,军十二万六千八百人,轮年值运,有月粮,有行粮,一人兼二人之食,是岁有二十五万三千六百不耕而食之军矣。""中都、大宁、山东、河南附近卫所,轮班上操,春班以三月至八月还,秋班以九月至二月还,有月粮,有行粮,一人兼二人之食,是岁有二十余万不耕而食之军矣。""一边有事则调各边之军,应调者食此边之新饷,其家口又支各边之旧饷。旧兵不归,各边不得不补,补一名又添一名之新饷,是一兵而有三饷也。"[1]为了强调每个士兵都是由人民赋税供养,还提出人民只能承担合理的负担——以五十个百姓供养一位士兵,或按平均五口之家计,十户人家供养一位士兵为宜:"如以万历六年户口数目言之,人口六千六十九万二千八百五十六,则得兵一百二十一万三千八百五十七人矣,人户一千六十二万一千四百三十六,则可养兵一百六万二千一百四十三人矣。"[2]这显然是认为,崇祯年间三百多万官军规模,大大超过了民力。

可见,军费取于何、军队养于谁的道理,对古人不成问题。不过,黄宗羲不成问题,不等于左良玉不成问题。黄宗羲是儒者,儒家有"民本"观,"尔俸尔禄,民脂民膏"。左良玉则"不知书"。"不知书"的真正害处,不在不识字,而在不明事理,对世间万物的前因后果、来龙去脉不认识,或认识根本错误。所以黄宗羲对于"官军"变而为"匪"之荒谬绝伦,不难一语中的:

> 拥众自卫,与敌为市,抢杀不可问,宣召不能行,率我所养之兵反而攻我者。[3]

"我所养之兵反而攻我",实质就在这里。而左良玉或其前辈、后进,完全认识不到这一点。他们没有觉得攻击百姓相当于弑父害母,相反视百姓犹如肥羊弱鹿,合该是猛虎强狼口中的美味。

但归根结底,其实不怪左良玉们。温睿临说:"尊用粗暴猛厉之夫,奉以为将。"[4]黄宗羲则谓:"豪猪健狗之徒,不识礼义,喜虏掠,轻去就,缓则受吾节

[1] 黄宗羲《明夷待访录》兵制一,《黄宗羲全集》第一册,浙江古籍出版社,1985,第30页。
[2] 同上,第31页。
[3] 同上,第30页。
[4] 温睿临《南疆逸史》,中华书局,1959,第65页。

制，指顾簿书之间，急则拥兵自重。”[1]自古，绝大多数武人起自底层，像左良玉那样苦贫，甚至温饱都是奢望，何谈教育？武夫多为“粗人”，是我们一贯的印象，民谚“好男不当兵”盖由此来。出身，确能部分解释他们黯昧所为的根由，但仅此而已。当试图把问题归咎于“粗人”时，毋忘一问，是否尝试过改变这粗野？这是关键。谈到左良玉，《明亡述略》有番话：

> 良玉精勇善战，多智谋，岳忠武之流亚也。《宋史》言忠武少习《春秋》，而或曰宗泽初见忠武曰：“为大将者，不可不知书。”遂授以《春秋》。良玉大将才，而无人以《春秋》授之，惜哉！[2]

左良玉将才是否亚赛岳飞，可置不论，但是，岳飞得宗泽授《春秋》而左良玉无此际遇这一点，却是很有价值的问题。所谓“《春秋》”，不必是孔子那本书，无须拘泥于此，将其理解为“正确价值观”即可。这样的“《春秋》”，人人该授，人人当晓。然在中国为将卒，却无人为之备此课程。他们如偶尔知之，要么如岳飞般有幸遇到一个宗泽，要么像关羽那样根性特别、自学而通。

人们不免奇怪，给予武夫正确价值观，使其清明理性，本乃好事，裨益国家、进步历史，何乐不为？倘是现代国家之军界，这样的教育岂止必备，还将从治乱高度，视为根本。然而，现代国家如此，是因有完全不同的国家理念，并将对武力和军队的认识归依于此。左良玉们所处现实，则在相反的一端。照黄宗羲所批判的：“以为天下利害之权皆出于我，我以天下之利尽归于己”，“以我之大私为天下之大公”，“视天下为莫大之产业，传之子孙，受享无穷”，“独私其一人一姓”[3]……一切根源，皆在于此。武力军队，虽片甲半粟无不取诸民脂民膏，却视为私家扈从爪牙，专供一人一姓“屠毒天下之肝脑，离散天下之子女，以博我一人之产业”[4]之驱策。孟子说：

> 今之事君者曰：“我能为君辟土地，充府库。”今之所谓良臣，古

[1] 黄宗羲《明夷待访录》兵制三，《黄宗羲全集》第一册，浙江古籍出版社，1985，第34页。
[2] 锁绿山人《明亡述略》，《中国野史集成》第三十三册，巴蜀书社，1993，第603页。
[3] 黄宗羲《明夷待访录》原君，《黄宗羲全集》第一册，浙江古籍出版社，1985，第2—3页。
[4] 同上，第2页。

之所谓民贼也。君不乡道，不志于仁，而求富之，是富桀也。“我能为君约与国，战必克。”今之所谓良臣，古之所谓民贼也。君不乡道，不志于仁，而求为之强战，是辅桀也。[1]

“民贼”，贼于民、偷于民、抢于民、夺于民之谓也，此系君权本性、本质，李傕、郭汜、王建、左良玉之流，即为此造，亦为此设。所以，锢其心智、夺其灵魂，使如“豪猪健狗”，宜也固也。在中国语意之中，猪无脑、狗势利，以之比人，辱詈之至。但黄宗羲之称武夫“豪猪健狗”，却并非骂辞。明代武夫“其门状自称走狗”[2]，拜见督抚时，投状具名都自注“走狗”字样。盖皇权历来以“走狗意识”灌输、调教和愚化武人，《史记·淮阴侯列传》：“上令武士缚信，载后车。信曰：‘果若人言：狡兔死，良狗烹……’天下已定，我固当烹。”[3]可知武人自居走狗，远在汉代已然如此。

凡事有一利则有一弊。武人自认走狗，虽有俯首帖耳、任意唆使的一面，却也有沦落蒿莱、六亲不认、反噬其主的可能。既以禽兽待之，岂能逃脱为禽兽所伤的结果？“始则慢之，继则畏之。”[4]皇权与其武夫之间的故事，总是这样开头，又这般结束。这在皇权，只是咎由自取，却可怜一代一代黎民百姓无辜重复承受“兵灾”、“兵乱”，眼睁睁看着自己血汗喂养的军队，将朗朗乾坤化作人间地狱。

九

言至于此，我们略可领会乙酉春末南京城中，左氏兵变引起的舆情，何以远较清军南下更加甚嚣尘上。这种惶惶不可终日，来自两个层面。马、阮等当权者，有其恐惧；普通百姓，亦有其恐惧。我们还记得，癸未（1643）左兵拟东下就食之际，这恐惧已预演过一次，“士民一夕数徙，商旅不行”，整个南京濒临崩溃。上次躲过一劫，今番好像在劫难逃。对于南中士民畏左兵而超清军，后

[1] 朱熹《四书章句集注》，孟子集注卷十二告子下，中华书局，1983，第345—346页。
[2] 黄宗羲《明夷待访录》兵制二，《黄宗羲全集》第一册，浙江古籍出版社，1985，第32页。
[3] 司马迁《史记》卷九十二，上海古籍出版社，1997，第2005页。
[4] 温睿临《南疆逸史》，中华书局，1959，第65页。

世或诧之何置内乱于外侮之上，鄙其“攘外必先安内”。然而诸君有所不知，彼时东南一带对“北虏”如何暴虐尚无体验，北地传来的见闻一般还算温和，可是十余年来，左兵肆虐各地的劣迹，却臭名昭著、凿然可据，你没法让民众丢下炼狱在即的绝望，忧清军而甚于惧左兵。这就是为什么，“后世”不能依自己历史视阈代替古人说话；“当时事，当时语”，知此方足论史。

补充几句关于左良玉的公道话。

我们认同了王士禛“杀掠甚于流贼”的描述，但无意把他妖魔化。他的表现和行为，受制于觉悟和心智，特别是受制于君权军制刻意追求和保持的对武人的愚化。就其本人来说，我们并不目作天性邪恶、魔头下界，实际他具有克服社会与生活加之于己的黯昧的愿望。“良玉大将才，而无人以《春秋》授之，惜哉”，这句感慨，可以成立。我们持此观点，有事实根据。左的一生，明显取决于遇到什么人。他先后从两位士大夫那里接受了理性的影响。一位是侯恂，另一位是袁继咸，尤其是袁继咸。崇祯十五年，袁继咸总督江西、湖广、安庆、应天（南京）等处军务，为左良玉最后一任督师，彼此有频密接触。他是杰出的士大夫，到任以来，以正直、忠悫、敢于任事而折服左良玉，使之得睹何为高峻人格并生见贤思齐之心。乙酉兵变，袁继咸闻讯，在九江凛然至左营，面折之，左心是袁辞而大羞惭。袁继咸当时书于衣带，准备发往南京的密奏说：

> 呜呼！臣所以不死江州者三。非偷生焉，宁南不忘先帝，疏救皇太子，原云束身赴阙待罪，其辞尚顺，不忍成其为乱，一也；易檄为疏（兵变之初，左良玉草以檄文，公然立于敌叛，经袁继咸劝告，改檄为疏），缓程候旨，冀得从中维挽，少报国恩，二也；诸镇面许不再焚杀，因势利导，稍沽百姓万分之一，三也。[1]

从中，不仅可见说服工作很有成效，更可知只要堂堂正正、晓之以理，左良玉非不能从。所以，左良玉的问题，不在品质，而在未遇其宗泽，或遇之太晚。

[1] 袁继咸《绝笔一》，六柳堂遗集余卷续录，《四库禁毁书丛刊》集部第一一六册，北京出版社，1997，第412页。

《明亡述略》载，左良玉临死前悔愧交加，"召诸将曰"：

> 吾不能报效朝廷，诸君又不用吾法制，故至于此。自念二十年来，辛苦戮力，成就此军。吾死之后，出死力以捍疆土，上也；守一地以自效，次也；若散而各走，不惟负国，且羞吾军，良玉死不瞑目矣！[1]

此为其遗嘱。质之以袁继咸衣带奏疏，应属可信。只是这个觉悟，为时晚矣。

[1] 锁绿山人《明亡述略》，《中国野史集成》第三十三册，巴蜀书社，1993，第603页。

徐　枋

绝代之隐

隐，是目的本身，不是任何意义上的手段，不是姿态，不是敲门砖，不是计谋，也无关乎崇拜、虚荣或沽名钓誉。徐枋一生，从始至终，我们不会找到这种破绽。

一

旧历甲戌年(1694,清康熙三十三年)九月二十日巳刻(上午十时许),苏州天平山破敝的涧上草堂,一位体若鸡骨的老者卧于病榻之上。环绕身旁,有另一老者,和一位拖带着髫龄幼童的年轻妈妈。那老者名叫杨震百,与这病翁乃是世交;年轻母亲则是病翁的儿媳华氏,而幼童为其独孙,名唤复官,年甫四岁。

病翁姓徐,单名枋,时年七十有三,而望之远为衰朽,满口牙齿几乎脱尽,眼窝深陷,稀疏白发蓬乱而干枯,脖颈犹如无毛秃鹫一般瘦瘪松弛,眼珠既浑浊又黯淡。此刻,他悲楚的目光全部投向破衣烂衫、面有菜色的孤孙。往事如云,纷纷先他亡故的亲人身影,交替浮在脑畔……

长子孟然,我们握有的资料,只及三十岁。之后死于何年,并不清楚。1681年,徐枋为修家谱作《告家庙文》,只列了小儿子文止的名字,未提孟然。假如这年孟然还活着,应该四十二岁,但却显然已经不在,以此估之,享年恐怕未逾不惑。

次子叔然,"能书画,见者以为神童。而饥不得食,病不得药,遂殒其命。"[1]这孩子,只活到十二岁。

第三子,我们甚至不知其名,因为尚在哺乳期即已夭折。

四年前的1690年,徐枋最小和最后一个儿子文止,又撒手人寰,时年不过二十四岁。

女眷当中,老伴张氏死于1680年;大儿媳、孟然之妻郑氏,也是早死的。

次第失去的六位亲人,活得最长的五十来岁,最短则未满周岁。

弥留中,徐枋眼望独孙复官,心内

[1] 徐枋《与冯生书》,《居易堂集》,华东师范大学出版社,2009,第59—60页。

阵阵揪痛。他从复官稚气的脸庞，再想起文止。那是他最心爱的儿子。十多年前，在给朋友一封信中，他这么谈论文止：

> 小儿能体乃父之志，将来其文墨不必言，尤其至性过人，今实赖以延吾视息也，此则可以稍慰道义骨肉者。[1]

如此溢于言表地夸奖孩子，在徐枋绝少。然而，死神仍未放过文止，竟令之抢在老父之前谢世。送走文止，徐枋致信友人答谢相助殡事，叹曰：

> 此儿能秉师训，纯孝笃行，实有古人所少者。求其一言一动之谬，竟不可得。不特鄙人有丧明之悲，意夫子亦有丧予之恸。[2]

将文止的死比于颜渊早亡，痛惜之意，有逾丧子之上。更可惨然者，复官乃是遗腹子，文止连其出生都未能等到——据罗继祖，“康熙二十九年庚午四月，文止卒，年二十四。补：十七日，文止妇华遗腹生男。”[3]即文止死与复官生，同在四月；只差几天或十几天，文止就可以见到儿子降生。

数十年来，门衰祚薄、人丁零落。眼下，涧上草堂仅余一老翁、一嫠妇、一稚子。念此，徐枋投向华氏母子的目光，酸怆中不免闪过一丝歉疚。他命华氏取来纸笔，强撑病羸，于枕上草成遗书。头一句便写：

> 寡媳孤孙，不可移居荡口，山居不便，入城可也。[4]

半世纪前，徐枋立誓“不入城市”，矻孜以持，无论怎样艰难困苦，从不动摇。此时，眼望寡媳孤孙，他终于改口。荡口，大概就是位于苏州、无锡之间的荡口古镇，其距城市益远。想来华氏曾经提出，一旦阿翁故去，孤儿寡母恐难存活山间，可否迁往既远离城市、又较易生

[1] 徐枋《与葛瑞五朱致一书》，《居易堂集》，华东师范大学出版社，2009，第67页。
[2] 罗振玉《徐俟斋先生年谱》，同上，第545页。
[3] 罗继祖《罗振玉徐俟斋年谱校补》，同上，第610页。
[4] 《俟斋先生手书遗嘱》，同上，第636页。

存的荡口小镇？现在徐枋明确表示：不必迁荡口，华氏应该带着复官直接返回苏州城内居住。

"吾平生知之深而信之笃，谓在我可托孤寄命者两人，一为易亭，一为次耕。"易亭乃杨震百之号，此刻正在身边。次耕，是徐枋弟子兼忘年交潘耒的表字，时在外地；因此，遗嘱特地写道："今次耕在远，不及面属，然小孙将来自叨卵翼，奚俟面属哉。"老牛舐犊，情所难禁。还有一条是专写给华氏的："自我身后，一应家事，无论巨细，俱要仰重杨先生经理。"虽是嘱命儿媳，其实是对友人的深深恳求，仿若说：这可怜的孤儿寡母，往后就全拜托你们了！随之有"书毕洒然"四字，是仅有的自写心情的一句。终笔：

> 甲戌年九月二十日巳刻，秦余山人俟斋遗属，付寡媳华氏，临危之笔。

"临危之笔"，显示他的情况相当糟糕。所以我们推测，应是写完遗嘱不久，徐枋便阖上双目。

至此，清初明遗民"海内三高士"的最后一人，亦告殁卒。之前，沈寿民（眉生）死于1675年（康熙十四年），巢鸣盛（端明）死于1680年（康熙十九年）。

叶燮（《原诗》一书作者）为徐枋撰写墓志铭，记述死讯传出人们的反应：

> 康熙岁甲戌九月，有明孝廉徐俟斋先生以疾卒于天平之山舍，阖郡之人咸惊相告曰："噫，俟斋先生死矣。"四方之士无论与先生识与不识，其知有俟斋先生者，亦无不惊且疑曰："俟斋先生信死乎，其传者妄耶？信死矣，后死者其孰与于斯矣？"欷歔太息，至有泣下者。[1]

"惊且疑"，并非突然和意外——以徐枋的健康状况，死亡对他随时都有可能——而是无所适从。似乎斯人之逝，一种精神也随他远去。

读徐枋资料，以及构思谋篇，无论行坐，《勇敢的心》A Gift Of A Thistle、The Secret Wedding、For The Love Of A

[1] 叶燮《徐俟斋先生墓志铭》，《居易堂集》，华东师范大学出版社，2009，第636页。

Princess诸段，都在耳畔，即此时亦然。尽管徐枋与那苏格兰好汉华莱士，个性无关，一生作为也殊少相类，然而詹姆斯·霍纳的配乐，却能投合我对徐枋的感受，尤其爱尔兰风笛和哨笛所奏主题，似能把苏格兰高地的荒莽，幻化于苏州西山的清孤。有心读者，亦可一试。

二

弘光元年（1645）五月，清军下南京。

闰六月十二日，发布薙发令。徐枋的父亲、复社名宿、弘光朝詹事府少詹事兼侍读学士徐汧，即日在苏州虎丘新塘桥从容赴水。至友陈子龙认为，此举起到表率作用，“自是而后，吴士之仗节者若冢宰徐公（徐石麒）、纳言侯公（侯峒曾）、考功夏公（夏允彝）、进士黄公（黄淳耀）若而人，然公死最先，若为之倡。”[1]

徐枋本欲追随父亲，而受阻于两点：

> 乙酉陆沉之日，先君子日谋死所，顾呼枋而命之曰：“吾固不可以不死，若即长为农夫以没世，亦可无憾。”而枋窃不自量，必欲从死，不谓天实靳之，致闰月十二之变，枋以病垂死另居，弗克从。[2]

自南京失陷，徐汧即抱殉国之志，开始郑重考察适合的死所。薙发令突然下达，将计划打乱。闰六月十二日之死，应属仓猝。这时，徐枋正好生一场病，而错过和父亲一道行动。但更重要的原因是，父亲命令他活下去。他多次追述父亲的遗命：

> 乙酉之夏，先人将殉节，仆誓必从死。先人呼仆而泣，谕之曰：“我固不可以不死，若即长为农夫以没世可矣。”仆死志未遂，故谨守先人之一言，至二十八年而不变也。[3]

今人若以为此乃托辞，也不足怪。

[1] 陈子龙《徐詹事殉节书卷序》，《陈子龙文集》上册，华东师范大学出版社，1988，第407—408页。

[2] 徐枋《答吴宪副源长先生书》，《居易堂集》，华东师范大学出版社，2009，第7页。

[3] 徐枋《与冯生书》，同上，第59页。

大家不免犯些嘀咕：即便当初因病错过，以后仍有的是机会，何以不为呢？

其实，当时对于徐枋，死相对容易，活下去反更艰难。这一点，待我们将他后五十年岁月细细看过，不难知悉。眼下，先讲一点时代的隔膜——几百年来，道德观隔如霄壤，古人的内心世界，我们往往已无法走近。关于徐枋“誓必从死”而未死，可着重体会他所说“命之曰”、“谕之曰”的含意。

所涉及的是孝道。

虽然“孝”之一字，至今也仍常言及，古意却已宕尽。今人言孝，指对父母感恩、报恩，实即“爱”的一种。而在古人，严格说，孝并非情感概念，至少不能只以情感视之。爱，不是孝的前提或根芽。子之孝亲，并非因爱而孝，在于不得以不爱为由而不孝。孝乃天经地义，没有理由、不得推托。为人之子，无论父母如何待你，或你认为父母待你如何，都必须尽孝。否则，对父母满意则孝，不满意则不孝，岂有此理？进而言之，由于孝本乎责任和义务而非感情，其之落实便明确地归之两个字：服从。“父要子亡，子不得不亡”。不论父母让你做什么，也不论你以为他们对与不对或有无理由拒绝，都得不折不扣执行，绝不违命——这才是孝。

搞清孝的原义，我们乃明白，为什么徐枋“誓必从死”，最后却将这念头熄灭而活了下来。

父亲遗言很清楚：他不能死，他得活着。徐汧此嘱，可能是怜惜儿子年轻，可能是为了家族血脉有续——原因我们不多揣测，总之，徐枋必须遵照。这就是“命之曰”、“谕之曰”的含意。命、谕一类字眼的分量，今天多不能体会，此处却非体会不可。

徐汧不单命他活下去，还规定了活下去的方式：“长为农夫以没世”。这是更关键的。

“长为农夫以没世”，直译是“当一辈子农民”。但我们又遇到了古今言语的隔阂，当真理解为“当一辈子农民”，我们对徐汧究竟在说什么，就不能读懂。“农夫”在这里非指农民，而是一种生存状态。大家知道过去有“养士”一词。古代士阶层本身不事生产，支取俸禄以存，是靠国家养着的，故称“养士”。既为国家所养，就得听命、服从、效忠国家，这叫食人之禄、敬人之事。农夫正好相反，寸丝半粟皆取诸己，不靠人养，自奉自给。因而很好理解，“长为农夫”，实际是要徐枋彻底退出士的行列。说白了，徐汧命令儿子，终身不做清朝的官、不食其禄、不为它做事。崇祯十五年(1642)徐枋已经考取举人，有正式的做官资格，这资格到清朝仍然有效。清朝定鼎之初，干部稀缺，需要大量知识分子，曾在各州县发榜"征贤"，甚至到处派公人"缉拿隐逸"。显然徐汧已料到如此，故遗此严命。

"严命"之"严"，不是严厉的意思，好像徐枋是个官迷，徐汧知子莫如父，为此给他下了这道死命令。并不是那样。这里的严，是指严峻。假若一个人自从生下来，便以将来做官为旨归，围绕他的教育和养成也都以此为计划，除此以外再无长技，而一旦断了此路，还得活下去，徐枋的未来就是这样。他已经二十四岁，任何实际的养活自己的技能，一丁点儿没有。父亲立下"长为农夫"的规矩，只给他原则，不告诉他办法，实际是空洞的。怎样去做那个"农夫"，完全要靠他自己来落实和解决。

然而，这尚属后话。

三

头一道难关，不是如何活着，是不被活着所击倒。

父亲死后大约四个月，发生了这件事：

> 昭法(徐枋表字)匿身松陵，全发被获，长立不跪，叩亦不答。主者无如何，乃髡而释之。[1]

髡，就是剃发。清人发式，髡其前顶，而以脑后之发结辫。中国则自古任其自然，幼年散发披肩，成人束发而冠。清军入关后，最初仅规定出来做官的须改清人发式，对民间无要求。乙酉年五月下江南后，却突然改变政策，在全国不分阶层全面推行薙发令。当时，徐枋隐姓埋名，匿身乡间，终还是被捉住而惨遭剃发。

这个"惨"字，今天大抵也不知从何说起了。事情本身，无非关乎几绺头

[1] 罗振玉《徐俟斋先生年谱》，《居易堂集》，华东师范大学出版社，2009，第531页。

发，何伤大雅？如今，谁又在乎换换新的发型呢？历史沧桑，有时确实让人哭笑不得；同一桩事，今人觉得或仅涉趣味、时尚，古人却目为性命交关。打个比方，按那时中国人心情，把头发剃作清人那副模样，就好比业已习惯以衣裹身的文明人，突然被强迫赤身裸体，或如野人一般仅以树叶、兽皮遮羞。

这如何可以接受，又如何不激起拼死抵制呢？

说到明清鼎革一段，人往往以为，清朝灭明引发了尖锐民族矛盾。实则细细考究，单论明朝灭亡本身，并未如何造成巨大冲击。江南初下，各地都还平伏。清军占领南京后，一路东进，颇称顺利。计六奇在无锡目睹清军过境，有“观者如市”[1]的描述，民间态度可谓处之泰然。

波涛陡起，全因那条薙发令。此令既下，旬日之间，江阴、嘉定、松江、无锡、吴淞等地义帜遍树，烽烟四起。那么，清廷本可“平稳过渡”，却为何惹是生非，死活要搞薙发令？其实，双方对此事的读解是一样的。汉人把薙发视为亡国奴标志，如刺于罪犯额上的金印。清廷则对汉人心理洞若观火，知他们虽“观者如市”，暗中还是以文明人、优等民族自居，而视胜利者和新统治者为野人部落；所以，决意借薙发令打掉其自尊心，令彼知悉今日世界乃何人之天下，以及谁是主子、谁是奴才，胆敢不遵，格杀勿论，“留头不留发，留发不留头”。

于是，头发或发型，成了1645年中国的殊死主题。如今，听说过“嘉定三屠”、“江阴八十天”的人总还有一些，然而，知道这些大血案完全都因薙发令而致，恐怕是不多的。在此我们却可明言，若无薙发令，根本不会有那些惨剧。多少人为此死去？整座江阴城，最后仅剩躲在寺观塔上隐蔽处的五十三人[2]，嘉定“浮胔满河，舟行无下篙处，白膏浮于水面”[3]。

我们要把徐枋受髡放置在上述大背景下，来领略他的奇耻大辱。应该提到的背景还有，乃父徐汧是为不受薙发之辱匆匆自尽，徐枋最尊敬的两位父执杨廷枢、陈子龙，他的经师朱集璜（《朱子家训》作者朱柏庐之父），也都为反抗薙发而死。

所以，先要蒙受这个耻辱、忍住死的冲动，继而又带着这样的痛楚、顽强活下来，事中事后对徐枋都是可怕的折磨。徐枋于这遭际，自称“偷生苟活，致毁体辱

[1] 计六奇《明季南略》，中华书局，1984，第232页。

[2] 韩菼《江阴城守纪》，《中国野史集成》第三十三册，巴蜀书社，1992，第149页。

[3] 朱子素《嘉定县乙酉纪事》，同上，第188页。

亲。”[1]《答吴宪副源长先生书》悲愤写道：

> 因变姓名，匿迹芦中，濒死数番，流离四月。意或可以徼倖万一，不谓更罹意外，身婴骇机。当是时，全发被戮，早见先人，未始非初心也，而事与心左，复受髡刑。[2]

他的用词是“被戮”，认为等于死过了一回。经历此事，身虽犹存，感觉却如百孔千疮。可以想象，当他挺直身躯，一语不发，仰受耻辱，“活着”怎样变成了冷酷的刑罚。倘听从于内心，他必愿一死；难就难在父命在身，竟不能死——他的用语是“偷生”和“苟活”。

他与父亲的生命，也许都在于证明什么。不同的是，徐汧用死，徐枋却必须用活着来完成。后者其实是更难的。五十一岁那年，他检视既往，郑重地说：“二十八年未尝有一转念，未尝萌一退心”。此语的分量，在于说这话的人内心已无生理，生命每分每秒都仅剩下痛苦，然而却要咬牙坚持。有时我想，当徐汧要求儿子活下去时，大概未曾替他虑到这一层。

四

甲子(1684)秋，国亡四十年之际，徐枋编定其文集《居易堂集》，为之序。曰：四十年来“束身土室，与世诀绝”[3]。又曰：“前二十年不入城市，后二十年不出户室。”[4]这是他对自己“死志未遂，苟存于时”生涯的基本概括。此等情状，我们今天也有一词，叫“自闭”，自我封闭。乙酉年后，徐枋用以抵抗现实的唯一办法，就是完全自闭。

头四个月，显然是为逃避薙发，他变换姓名，藏身吴江乡下一朋友处，终于还是“全发被获”。翌年(1646)，草葬父亲于长洲县金墅镇，遂结庐于墓，此即“居易堂”，其文集取名于此。墓地应

[1] 徐枋《答苏松兵备王之晋书》，《居易堂集》，华东师范大学出版社，2009，第1页。
[2] 徐枋《答吴宪副源长先生书》，同上，第7页。
[3] 徐枋《序》，同上，第1页。
[4] 同上，第2页。

处偏远,《徐俟斋先生年谱》引《苏州府志》:“金墅镇在长洲西北五十里。”又在提到有朋友来墓庐看望时,称“徒步至先生山居”[1],想来人迹罕至。这段居易堂时期,凡十二载,止于1658年。

由于发生逋赋麻烦(稍后叙之),他连安居也不能了。1659年,避迹积翠山寺,“依穹窿南宏大师”。1660年,避迹邓尉山青芝山房。1661年,避迹梁溪常泰山某寺。1662年,避迹秦余山(即阳山,秦余是其战国古称)。四年播迁四地。1662年冬,经灵岩和尚筹措,于天平山上沙村为徐枋筑涧上草堂,“先生自是不复移徙矣”[2],直至辞世。

故,“前二十年不入城市,后二十年不出户室”,非谓后二十年回到了城市、在城内居住但不出户室。其实是,前二十年虽不入城市,却因到处播迁做不到足不出户;涧上草堂安稳后,才不但远离城市,亦终于做到自闭茅屋,真正与世隔绝。

生活中有自闭型人格,对与外部世界、人群打交道缺乏自信而离群索居,心理学所称“广场恐惧症”是也。徐枋的自闭,与此无关。他与外界隔绝,是竖一道墙,挖一道沟壑来保护自己。因为生活本身关系到一些非常实际的方面和内容,唯有把自己封闭,才能守住立场和父亲的遗命。1657年,因为贫困,徐枋不得不令长子孟然入赘苏州郑氏。这意味着,孟然离其左右回到城市。临行,徐枋作《诫子书》[3],长达万言,嘱以十事。这十件事,约略可见在徐枋那里,城市或人群聚集之处,对他构成哪些难题与潜在威胁。

前三件事相互关联,依次为“毋荒学业”、“毋习时艺”、“毋预考试”。里面的关系,今人不易明白。以我们看,学业即考试、考试即学业,徐枋却既要其子“毋荒学业”又命之“毋预考试”,岂不矛盾?其实徐枋并不怪异,反是我们处在误区。真学问与考试向来无关。当然,这里“毋预考试”之禁,有其特定含意,即不入仕途。科举考试,只是做官资格考试。不打算做官,考那玩意儿一点意义没有;反过来,既然参加科举,也不存其他解释,就是准备做官。我们知道,徐汧为子孙立下在清朝“长为农夫”亦即永不做官的规定,“毋预考试”之禁实由此来。但“毋预考试”之前,徐枋又有“毋

[1] 罗振玉《徐俟斋先生年谱》,《居易堂集》,华东师范大学出版社,2009,第532页。

[2] 同上,第537页。

[3] 徐枋《诫子书》,《居易堂集》,华东师范大学出版社,2009,第73—87页。以下引自此者,不另注。

习时艺”之禁，这需要单独解释一下。“时艺”，即八股文，是科举专用的文章套路。学做八股，目的完全在于考试，不预考试，它毫无用途，既不关知识教养，亦无增文才诗采。总之有关上述三事，徐枋付诸儿子的道理是：书要读、学宜为、心智须文明，但功名之念丝毫不能有。如果孟然一直在他身边，空对山林，徐枋不必有此担心。现在不同，既然无奈送子返城市，对那种环境下的诱惑、影响，必须考虑到，而给以严格的限制。

城市生活与徐枋准则的对立，从后几条看得更清楚。

第四条“毋服时装”，粗心些，不免误为徐枋禁子“奇装异服”，犹如若干年前曾禁中学生穿喇叭裤之类。其实，“时装”在此，专指清人装束。以清人装束为大防的概念，现在当然早就没有了；不但没有，某年APEC中国峰会，竟将对襟、盘扣服式，命名为“唐装”，加诸各国元首之身。而真正的汉服，交领、右衽，广袖、博带。此又足为历史沧桑之一叹。清初有薙发令，但对服式上易汉为满并无强令，故而我们从那时所绘明遗民真容，仍见他们是明朝装束。但这究竟是少数，城市里已开始接受满服。这是因为，经过薙发令，汉人从风俗上的抗拒心已被化解，头既已剃，易装又何在话下？这更显得薙发令对清廷统治确有纲举目张之效。正鉴乎此，徐枋对即将入城的孟然，才“反复再四以告诫”。他把用“时装”所暗指的满服，斥为“奇邪”，明白告以禁绝的原因：“况今之所为时服者……汝祖以不服此而殒身，汝父以服此而废弃，而汝独可以汙其身乎？”你爷爷即因不肯着此装而死，你爸爸即因不肯着此装而与世隔绝，难道你敢以此污染自己身体吗？“此而不遵，则非人矣。我即不知，尔先祖在天之灵亦必阴殛汝也。”话说得非常之重。

第六条“毋游市肆”，开始便举孟子的例子：“孟夫子以亚圣之德，然幼志未定，邻屠酤则习屠酤之事，邻学宫乃为俎豆之容，而况于中下之童蒙乎？”市井驳杂，最易染人；有亚圣之德，尚因之移性，而况普通人？“屠酤”是隐喻，并不真指杀猪卖酒，而言“市肆”之污浊。污浊何在？当然是异族统治的现实。山高皇帝远，“山野”与“市肆”的本质不同，在于制度疏密。城市是高密度的政治空间，置身其内，久之就会适应，被它同化。徐枋最担心儿子入了城市，慢慢对异族统治习惯成自然。“我今与汝约，除入山省我之外，岁不过二三出，即至亲尊长岁不过一二出，无徘徊于街巷，无来往于市肆，键户一室，如在深山，经年累月，足不窥户，乃我子也。”指望孟然“大隐隐于市”。

第七条“毋预宴会”，第九条“毋通交际”，问题相关联。赴宴、交际，都涉及礼仪。现代中国，礼仪早废，晚近尤甚，如今宴集晤聚，行迹无拘，狂呼纵语，东倒西歪。从前不可以，有身份的人家自幼教以礼仪，使举手投足、音容笑貌皆有度，而后乃可待人接物。徐枋禁止孟然置身宴会和交友场合，基于两点。第一，乙酉国难时，孟然年方五岁，徐枋因决意与世绝，早就放弃对孩子的礼仪教习：“我自遭世变，决志终隐，世间礼数都已废绝，故汝年十八而登降揖让、周旋折旋之礼蒙然不知也。设大会宾朋，称觞为寿，他家子弟进退可观，而汝独形容木僵，举止生疏，不独见笑宾朋，亦且取嘲僮仆。”第二，旧礼蒙然不知尚在其次，重要的是万万不可学会“新礼”。交往频密即是入世，入世则必学当世交际之礼。“交际之礼，所从来久矣。然此为世人言之也，若隐居避世则不然。阮籍曰：‘礼岂为我辈设？’”借阮籍之口，以义不入清的明遗民为“我辈”，“礼”当然指清人习俗。那为入世者而设，“我辈”隐者用不着它，或者说，隐居避世题中之义之一，就是终身不习满俗。“故我十三年以来片纸不通于人间，一缕不入于吾室”，“汝今虽寄迹城市，然终当继父之志，从父之隐，若冒昧入世，非我子也。”后来徐枋师母逝世，徐枋自己不入城市，只好派孟然为代表前往吊唁。为此，专门致信好友葛瑞五，请他督导孟然：“惟吾兄敦古人之谊，教以隅坐随行之礼，勿作世法，则感荷无量。”[1]所谓“世法”，即随世而变的一套礼节，其中必然夹杂清人习俗，徐枋绝不欲其子有染。

以上对孟然的告诫，正好供我们了解徐枋何以“不入城市”。这些方面都很实际，如欲回避、不沾，办法只有不踏进城市一步。曾有世交，忧其安危，写信劝他回城：

> 空山不可久居，乡村多盗，剽掠之患，其小者也。近来匿影山阿者多不测之祸，维斗、卧子、公旦、彦林无辜惨戮，大可畏也。况妒贤之人此间不少，不以忠节仰慕，转以立节萋菲，每闻其言，不胜浩叹。倘有谗毁，做成机穽，谁能挽回？深为大兄虑之。今日之计，速速回城，与二哥同居，兄弟相依，和光混欲，可以乱处，可以避祸。[2]

[1] 徐枋《柬葛瑞五》，《居易堂集》，华东师范大学出版社，2009，第92页。

[2] 徐枋《答吴宪副源长先生书》所附来书，同上，第6—7页。

清初,隐逸者往往有反清嫌疑。杨廷枢(维斗)就是在隐居地搜出罹难。鉴于这情势,朋友觉得人言可畏,万一有人饶舌,以此谈议徐枋,后果难料。徐枋见书作复,除申明父亲“长为农夫”遗言非遵不可,也谈了自己个性方面的原因:

> 性本忤俗,未克三缄,即深自悔艾,而遇一时人,闻一时事,则当机辄发,嚼齿穿龈,不可复遏,以转喉触讳之人而欲周旋于箝语防口之世,一不可合也……来而不往,疵衅更生,即欲强事奔趋,而木强面目猝不能改,二不可合也。世网日密,新法愈奇,而枋祖腊非王,衣冠犹旧,幸与樵牧为伍,略能自豁,一入城市,动皆桎梏,而必罹不测,三不可合也。[1]

认为自己第一口无遮拦,第二不肯趋奉,第三拒改衣冠,如此,断不宜城内生活。这样的人,到了城市,“则世人视之将同怪鸟,迹之所至,矰缴随之”,等于送死。既然进城是祸、不进城也是祸,而“遁荒则祸迟而或可免,入城则祸速而必无幸,均一祸也,何必去迟而就速乎?”

借《诫子书》,而辅以这封信,我们对徐枋的不入城市,乃有比道德、人格之类较不空洞或更具体的了解与解释。

五

然而问题在于生存。

当时徐汧嘱以“长为农夫”,认为徐枋不出仕仍可生存,某种意义上是因为有家族田产。

徐家有地六顷[2],阖族共有,称“义田”:“先人创立义田,均润同宗”,“十七年来,食租则阖族成丁”。[3]据以知,国变后头十七年,徐枋可从田租中分得一些维持生活。但这来源到辛丑年(1661)戛然而止。原因是,这年正月二十九日,甫继位的康熙皇帝下达奏销令,指责“直隶各省钱粮拖欠甚多,完解甚

[1] 徐枋《答吴宪副源长先生书》,《居易堂集》,华东师范大学出版社,2009,第8页。
[2] 罗振玉《徐俟斋先生年谱》,同上,第535页。
[3] 徐枋《与阖族书》,同上,第12页。

少”。[1]东南逋逃严重,实因赋税太重。康熙为制伏江南士族,厉行追逋。竟下令“十年并征”,要将十年来拖欠的一并征缴,很快酿成血雨腥风的“奏销”、“哭庙”之案,“江南奏销案起,绅士絓黜籍者万余人,被逮者亦三千人。”[2]由此,东南一带颇以地多为忧、以田产为累,急于脱手而争相贱卖。

这情形,徐汧哪里能料?然而父亲死后不久,曾有人以先见之明悄悄指点徐枋“将来田必为累”,他并未引起警觉,而“坚执以先人遗泽,岂敢轻毁”。如今,事实果如人言:“讵意年来钱粮干系如许重大,豪里罣误则身受戮辱,家以破碎……展转思之,不寒而栗,俱非世外隐居之人所宜以身为尝试者也。”乃于是年秋致信阖族,建议“逐分剖田”,“在阖族仍享义田应得之利,而在枋则无户役非常之害”,急欲摆脱赋役阴影。[3]徐枋与这六顷田产的具体关系,资料不详,然揣《与阖族书》“枋虽不肖,仰遵先志,守而勿失,亦十七年如一日也。”似乎他在其间是个主事的角色。现在他想通过分田,由阖族分担责任。但这建议,族内不但反应冷淡,事实上还想把逋赋之责全推在他一人身上。罗振常就徐枋遗墨《与吴修之书》所作说明称:

> 事急,先生弟贯时及族人独诿为先生所欠,先生乃为逋犯,辗转逃匿,倖免于祸。此与吴修之书当在初逃亡后,其时必遭公文逮捕,须对簿公堂,不得已携眷逃匿。书中“种种横逆,种种构陷”与夫“避讼”云云,明指此事。[4]

情况之危急,也可从当时写给友人的求援信看到:“今又为弟侄官逋之累,非死则辱”,“一家八口,尽在危地”,因此产生逃亡念头,“卜隐苕霅之间,埋名避世,便当与吴门绝”,请求为他提供托身之地:“未知执事能以伯通之庑假我否?必绝远城市,可以栖托,数椽足矣。”[5]求援似乎无果,徐枋不得不在茫无去处情况下逃离金墅,窜伏山林、寺院,开始

[1] 王先谦《东华录》,《续修四库全书》三六九·史部·编年类,上海古籍出版社,2001,第487页。
[2] 孟森《奏销案》,《明清史论著集刊》,中华书局,1959,第439页。
[3] 徐枋《与阖族书》,《居易堂集》,华东师范大学出版社,2009,第13页。
[4] 徐枋《遗墨一·与吴修之书》罗振常案语,同上,第692—693页。
[5] 徐枋《与武部李霜回使君书》,同上,第12页。

四年逋赋生涯。逃时，“举家孑身而出，仅存一随身单布衣，一衣之外，荡然靡有一存。”[1]显然从这时起，他完全失去生活来源。先前《诫子书》谈及这六顷田地，还说：“我意守此汙莱，上足以供祭祀，下足以给饔飧，迨汝曹之长成，各授百亩，以为衣食之资。”[2]现在可算“破产”，沦为一无所有的流浪者。所以，说起徐枋彻底隐居，不全是思想方面的发展，实有奏销令这一直接原因，否则金墅十二年那种状况也许会持续下去。

徐枋真的需要“自食其力”了。然而，能做些什么呢？我读过的明遗民事迹，有的靠砍柴卖柴谋生，有的靠小手艺。比如巢鸣盛，“种匏瓜用以制器，香炉瓶盒之类，款致精密，价等金玉。”[3]徐枋大概没有这些本事。本来对他最合适的，或是像黄宗羲那样，做西席、办书院，收徒授学、指导制艺，但他对此誓不肯为，连自己儿子都禁止，又怎会教别人？

幸好，他是一位绘画天才。自幼能画，“仆作画三十年，而卖画未及数载。”[4]如果他是在奏销令后即约康熙元年其四十一岁开始卖画，推算起来，“作画三十年”起点大概相当于五六岁的时候，可谓神童。其之画作，当时已享誉甚高，如今更乃拍卖之奇货、藏家之珍颖。他凡事谦抑，独对己画不掩自得，一次谈其《邓尉画册》：“写景命意，颇极笔墨之致，自谓不让古人，见者亦惊叹绝倒。”[5]黄宗羲曾叹“其画神品”。[6]他后来生计，依他自己概括只有两条：“佣书卖画，典衣损食”[7]，一靠出售书法画作，二靠卖衣缩食。黄宗羲说：“苏州好事者哀其穷困，月为一会，次第出银，买其画。以此度日而已。”[8]佩服他志节的人，每月聚集一次，共同出资买画，有“义买”的意味。又传有故事：

> 豢一驴甚驯，通人意，日用间有所需，则以所作书画卷置篚于驴背驱之。驴独行及城闉而止，不阑出一步，见者争趣之曰：“高士驴至矣。”亟取卷，以日用所需物如其

[1] 徐枋《遗墨一·与吴修之书》，《居易堂集》，华东师范大学出版社，2009，第692页。

[2] 徐枋《诫子书》，同上，第78页。

[3] 黄宗羲《思旧录》，《黄宗羲全集》第一册，浙江古籍出版社，1985，第373页。

[4] 徐枋《答友人书》，《居易堂集》，华东师范大学出版社，2009，第33页。

[5] 徐枋《邓尉画册复还记》，同上，第198页。

[6] 黄宗羲《思旧录》，《黄宗羲全集》第一册，浙江古籍出版社，1985，第372页。

[7] 徐枋《与冯生书》，《居易堂集》，华东师范大学出版社，2009，第59页。

[8] 黄宗羲《思旧录》，《黄宗羲全集》第一册，浙江古籍出版社，1985，第372页。

> 指,备而纳诸篚以为常。[1]

罗振玉以事异乎常识,斥为“市井无稽之谈”。倒也未必。“老马识途”确实是有的,动物不一定如人想的那般低能。

然而,佣书卖画,仅不致饿死罢了。如今画家是好职业,稍有名声,可致优裕,几百年前恐不其然。尤其徐枋的卖画,“态度”又很不好——除非作而以赠切近朋友者,他拒绝署名。换言之,他的署名之作非卖品,公开出售的却都不署名。还有,他卖画不肯见面交易(故有上述驴载画至城边随人自取故事),凡欲面请,一概谢绝。当时有个王生,屡次强求徐枋署名,且以为诱以金钱即可让徐枋改变态度,徐枋大戚:

> 仆之佣书卖画,岂得已哉?仆之佣书卖画,实即古人之捆履织席,聊以苟全,非敢以此稍通世路之一线也。而足下每每强仆以书字,毋乃与仆之初心大刺谬乎?况仆之不书字,亦正以苟全也。心之精微,口不能言,岂易一二为足下道哉?乃仆辞之甚苦,而足下犹必絮言其人若何品行,若何家世,不妨为书字。噫,何足下之难晓如是乎?岂仆之有所拣择,简傲而云然乎?噫,亦谬甚矣。仆尝谓索仆书画而必强仆以书字,亦犹于茹素之人而必强进以鱼肉,既已谬矣,及其坚辞,而犹盛言鱼肉之可食,不更大谬乎?承委种种,并厚币,一一完璧。鄙人硁硁,苟非吾意,虽千金所不欲也。[2]

致另一人信也说:“今不知我者至因仆之卖画而屡屡强其所不欲,或欲书字,或须面请,尔尔则输重价,不尔则未能如值,仆笑谢之曰:‘若欲求富,当不为此。’”[3]这些人,其实重其名而不重其画,买画非因艺术价值,而是借高士之名以炫耀,所以才非求署名或面请。话说回来,徐枋若想脱贫脱困,并非难事,只须给画作标上姓名,或卖画时不吝谋人一面,对方出价都可翻倍。但他坚持不肯,还说:“若欲求富,

[1] 孙静庵《明遗民录》卷四十三,浙江古籍出版社,1985,第323页。

[2] 徐枋《与王生书》,《居易堂集》,华东师范大学出版社,2009,第45页。

[3] 徐枋《答友人书》,同上,第34页。

当不为此”，卖画不为求富，求富则不卖画。

既然卖画，便涉金钱，为何又“耻言利”呢？这就是他“犯轴”的地方。他有界限，界限又极简单：他的卖画，只是谋生；限度只及自给，俾以独立、不求或不染于世，逾此分毫不取：

> 故不得已而卖画，聊以自食其力而不染于世耳……卖者不问其人，买者不谋其面，若百年采箬，桃椎织屦，置之道头，需者随其所值，亦置道头而去。[1]

说自己书画，就像摊头的鞋帽伞笠，不是雅艺玩设，也无关声誉名望，随值随给，不值则不取。没有人到集市买菜，会问黄瓜、豆角、茄子是哪家地里长出，或非待农夫刻名其上而后买之。在徐枋，书画就是由他出产的黄瓜、豆角、茄子，没有任何不同。

这些书画，精神内涵绝无仅有。西方也有凡·高等在世贫而不售、死后身价飞腾之例，徐枋却还不属于这种情况。他明明可获丰厚润笔，而敬谢不敏、甘守贱价。不知今以高价购藏徐枋作品之买家，有几人能于行情之外也能珍重这种内涵？

六

以他的冥顽，而若实现温饱，岂得能之？于是，寒馁之诉便一直尾随他的笔端。逃离金墅不久，他挨饿不过向姐夫求救，语气近乎乞怜：“今所切商者，吾兄前云有米几挑，欲携以饷弟，弟日日绝粮，万望即日设法送来，至感至感。”[2]大约1654年，忽接久疏音讯的老师姜荃林先生来信，回信报告自己近况，说是“粗布不完，饘粥不给，室人遍谴，稚子恒饥”。[3]1672年一信称，这年冰雪连旬，特别寒冷，然而全家却不得不将棉被送去典质，以换口饭吃，整个冬天

[1] 徐枋《答友人书》，《居易堂集》，华东师范大学出版社，2009，第34页。

[2] 徐枋《遗墨一·与吴修之书》，同上，第692页。

[3] 徐枋《答房师姜弱荪先生书》，同上，第11页。

“妻孥号寒，酷同露处”。[1]《与葛瑞五》述其写信当日，大雨如注，“炊则无米，爨则无薪”，只好“闭门高卧”。[2]过不多久，就连以睡觉抵抗饥饿这法子，也失去了——因为破屋已经严重漏雨：“日来独处一椽，而床床屋漏，几废坐卧，此又是饥寒之外另一况味。”[3]《诫子书》中有一段，专讲境况如何之愈下，“十三年来穷愁困顿，日甚一日。数年之前俯仰粗给，仅无余资以供杂事，两三年来则左支右吾，仅得三餐。至于去冬以及今夏，则日食一饭一糜而已，或并糜而无之，则长日如年，枵腹以过”，全家每天最好不过一干一稀，有时索性连那顿稀粥也得省却。孩子们脚上鞋子破了不能补，身上寒衣里面是没有棉絮的。他很惭愧地对孟然说：“独是俯育不周，不得不令汝寄食外家”，做父亲的没有尽到责任，只好让你入赘外家……[4]孩子如此，他自己呢？“冬夏止服一苎衣。”[5]苎，是麻的一种，毫无保暖性。从冬到夏，亦即全年，徐枋都只有一件麻衣可穿。

印象尤深，是戊戌年（1658）春节所作《病中度岁记》的叙述。文中先回忆了昔年父母及祖母都还在世时，徐家的过年情景。那时，平时虽亦拮据，但父亲出于孝敬，慰祖母之心，逢年总是办得隆重：“每当除夕晡时，先公必呼枋、柯易礼服，先公率之，以祠五祀，拜家庙，鱼菽糕果秩秩也。进而少休，甫暝，集余兄弟及女兄弟于堂上，则已烧椽烛如画，焚百和香，香气烟煴袭人衣，先公先夫人各盛服而出，率余兄弟同人，至太夫人冏前拜请，至堂中共举觞焉。”继而述当下：

> 至于今之岁交，瓶罄罍耻，除夕晡时尚未午饭，而又未知次日饔飧之何在也。复值余危病，息偃在床，百度皆废，以致祠神祀先，鱼菽不供，糕果不荐，青灯荧荧，家人相对，四壁悄然。而子女幼稚，但知令节，不解人意，竞来相聒。姜豹操井臼，通子觅梨栗，而衣无襟袖，两手瘴瘃，履穿不苴，足趾在地，每一顾之，焦心腐肠……

他特别提到，这一年年景原少有的好，“米价甚贱，为数十年来所未有”，就连最穷的人家，“无不食精凿，制糕糜”，唯独自己家，一直到除夕晚间，却连午饭

[1] 徐枋《与冯生书》，《居易堂集》，华东师范大学出版社，2009，第59页。

[2] 徐枋《与葛瑞五书》，同上，第88页。

[3] 徐枋《致灵岩老和尚》，同上，第89页。

[4] 徐枋《诫子书》，同上，第78页。

[5] 罗振玉《徐俟斋先生年谱》，同上，第535页。

还没吃上![1]

七

岂止温饱成忧？一生病厄从未稍离这一家子。四个儿子寿命短夭，皆因营养不良、长年冻饿而体质羸弱，最后又病不得药以终。他另有女儿，资料缺乏我们不知其所终，有一回提到这样说："有一女止三岁，冬无絮衣，患成寒疾。"[2]寒疾，兴许是慢性支气管炎，或严重的关节病。睹此一家景状，油然想到韩愈《祭十二郎文》之句："少者殁则长者存，彊者夭而病者全"。年轻体强的接踵死掉，年老而弱者却能够活下来。然而大家并不晓得，徐枋七十三年之寿是怎样达致的，看完我们下面的讲述，恐怕便都不免愕然以为奇迹了。

他生过好几场大病，每次都堪称夺命经历。我们先从1673年那次说起。这年八月，徐枋姊夫、抗清传奇人物吴佩远来山中看望，过后徐枋有书信与之，借此我们知道了这次生病的一些情形。

病起于八月刚刚入秋的时候，何病未详，但言"垂死之病"，可见严重。严重程度，一是足足病了三旬(整月)，二是"展侧须人，气息纔属"，翻个身子要人帮忙，自己只剩下了喘气的份儿。大概九月初，开始有起色的时候，吴佩远来了。徐枋十分高兴，"既奉色笑，欻然起坐，谈对浃晨夕"，精神一振，病情似为之全消。兄弟间睽隔甚久，"十年离愁，一旦大慰"，竟夕而谈，彼此有许多话要倾诉。这里介绍一下吴佩远，其讳祖锡，佩远乃其字。他和徐枋儿时即友，后娶徐枋长姊为妻。1648年夫人病故，吴佩远年三十余，而誓不再续。除了亲情，两人的相得，更有思想缘故。明亡以后，吴佩远长期抗清，先后追随鲁王、永历于浙桂，与郑成功也有联络，郑军反攻长江据说即为其所招，以此屡遭名捕，亡命天涯。[3]两人上次相见还是1661年，故曰"十年离愁"。此番重逢，亦颇匆匆，从徐枋"一昔话言"来看，吴佩远只待了一天。而这一天，徐枋全情投入，至有"宁不可歌可涕耶"之感。不仅如此，吴佩远走后，他还久久不能自拔："言别之后，别绪扰

[1] 徐枋《病中度岁记》，《居易堂集》，华东师范大学出版社，2009，第182—183页。

[2] 徐枋《与葛瑞五》，同上，第88页。

[3] 罗振玉《徐俟斋先生年谱》，同上，第537页。

人，且回首往事，又复下年，愁痛一时攒集，为之黯然闵默者竟日，遂致复病。”本趋平复的病情，由于“疾痛忧患，聚散暌合，歌哭梦觉，生死死生”，大伤内心、大损精神，再而复起，重新把他击倒，“直至九月杪始得强起”，杪即树梢，意指尾端，亦即到九月末才勉强爬起来。[1]

仅过一年，竟然又生大病，而惨重危殆较上次远甚。当时，宣城沈家来人，请徐枋为刚刚去世的沈眉生（即与徐枋、巢鸣盛并称“海内三高士”的沈寿民）作传。罗振玉《年谱》纪其时为康熙十四年乙卯，即1675年，因知此距吴佩远之会仅隔一年。徐枋曾于一信言其经过：

> 宣城沈公湛兄不远千里，徒步至吴者再，以畊岩（沈眉生号）先生一传见属，仆深愧其意。去春临岐（临别），至于洒泣，仆尤深感之，握别谆订初冬为期。不谓一别之后，未及数日，遂婴贱恙，且两病相继，至八阅月，岁底益剧，而支离委顿，竟同废人。新岁以来，幸渐向愈。[2]

这回，连病两场，从春天直到年底，严重时，“竟同废人”。

另一次比较厉害的，是1671年染“血痢”。中医分痢疾为血痢、白痢，前者即腹泻而带血者。徐枋这次血痢，病程达两月。以我们平常经验，普通拉肚子，一周都很难吃得消，而他有两月之久，并且是血痢，身体损伤可想而知：

> 去秋复病血痢两阅月，死而复苏者屡，虽得再生，颓然衰瘁，耳聋眼暗，四体不仁。[3]

四场大病，连发于1671、1673、1675，试想世间何人可禁如此折腾？即强健壮汉，怕也丢其半条命，而况年逾半百，而况那条身子已在饥寒交迫中挣扎了二十余年！

但若跟另一次相比，以上都不算什么。

那是徐枋三十六岁时，一场跨年

[1] 徐枋《与吴子佩远书》，《居易堂集》，华东师范大学出版社，2009，第57页。
[2] 徐枋《与姜奉世书》，同上，第67—68页。
[3] 徐枋《与冯生书》，同上，第59页。

度、骇人听闻的大病。以骇人听闻相形容，是在笔者历来听闻中，论病情之惨烈、病状之猛厉、病程之惊险，都无法相提并论。徐枋自己，以其久病多病之身，对此也是没齿难忘。他好些患病经历，在我们看来非同小可，却通常只是信中略微语及。可是这一次，他专门作一篇《再生记》[1]详其始末，并说："苟非身受者，亦未敢遽信也。"

兹据《再生记》，撮其要而迻述如下：

丁酉年十一月初五至初七日（1657年12月9日到11日）之间，苏州刮起奇寒大风。徐枋连条裤子都没有，只穿一件旧绉纱薄衫，还被老鼠咬过，洞大如碗，平时坐于屋内犹肌栗毛竖，这天刚好有客，徐枋出来相送，行至旷野，寒风如刀，无可逃避。隔了一天，九日急病突发，寒热交战。初以为疟疾，尚能支撑。二十日，不能下床。二十一日，不再进食。"寒热交战"每三日一发，发如排山倒海，同时胸口窒息，憋闷如埋土中，而口内作恶、痰满喉间。每天惟饮几十碗茶水，余者哪怕略进菜汤，也必大吐大呕。这样过了一个月，十二月廿一日（公历即1658年1月24日），胸中憋闷稍减。为他治病的郑三山大夫说，必须进一些粥食，于是"强啜之，然仅能一口而止"。四天后，又吃不下任何东西。时已戊戌年春节，病情转恶，特征是发疟见缓而胸腹饱闷加重，痰大量增多，到了仰卧床上而痰水自动溢出两颊的地步，且因痰满咽喉，已说不出一句话，整个人衰弱至极，气若游丝。再有一点，至此，已整整五十天不曾排便。他胡乱猜想，认为胸腹饱闷致使不能进食，而胸腹饱闷是久不排便所致，要求用药行泻，"中饱必得滂然一行，然后胸鬲必宽，饮食可进也"。郑三山断然否之：对于四十天绝食之人，"此万万不宜者"。留下此嘱，郑三山因事暂别，这使徐枋有乱来的机会。和不少患者一样，徐枋久不能愈，也不免怀疑大夫医术，决意背着郑三山一试。他延请了另外一位医生，该医"闻余欲行，欣然从事"，付之以泻药。大泄之后，胸腹感觉却依故，而该医断为"此积食尚未消也"，又开四剂很厉害的"消导剋伐之药"。服后，"而胸鬲饱愈甚"，该医说"当再以四剂消导之"。这时是正月初十，徐枋绝食已愈四十五天，"肌肤消铄，大肉尽去"，躺在床上休说翻身，哪怕动动手脚，亦须借力他人，

[1] 徐枋《再生记》，《居易堂集》，华东师范大学出版社，2009，第187—188页。有关这次生病的内容，均出此文，不另具注。

又“畏闻人声”，虚弱无以复加。前四剂虎狼之药，已让他元气殆尽。初十，服第五剂，当天大呕吐。“药与痰杂出，而呕吐之苦，心肝震荡，百骸俱痛，每吐一次则气绝半日。”庸医却称好现象，命继续服药。以后，服药必吐，每吐必加剧，一日数回，吐得地动山摇。到这时，徐枋已知不妙，停药不服。十四日果不再吐，然勺水不能进。停药又四天，正月十七日，突然“无端复吐”，而吐出之物却仍为药汁（可见已无任何消化吸收功能）。十八日再吐，吐的则已是血。徐枋感到自己将不久于人世，“诀遣家人”，招老友张苍眉托以后事：

> 张君别去时，余已绝食五十五日，而是日又复三恸，而语言蝉联，大耗神气，下午遂益加沉笃，气绵缀无半丝，命在呼吸间矣。

千幸万幸，此时郑三山事毕返回，来看徐枋。病人半月之内变成这样，令他大惊。其时徐枋口不能言，唯“张目而颔之”。郑三山端视良久，忽然问道：“是不是怕见人？厌闻人声？”这一问，非同小可。因为无人相告，是郑三山通过观察自行发现。旁边的人，一味催促诊脉，郑三山却摇手不急；虽然徐枋口不能答，郑三山却不断提问，来观察他的反应。过了一会儿，开始用手将病人从头到脚，循序摸索，如是者三。最后才诊脉。诊至一半，跃然而起，对徐枋说：你不会死，几天之内我当可令你坐起来。无人相信。郑三山把道理讲了一番，再次肯定：“绝无他虑，吾当起之于数日间耳。”言毕，“自剂药而自煮之”，亲自配药且亲自煮药。夜间一鼓时分，命人扶起徐枋，亲自捧药喂饮。药量熬至很少，徐枋一饮而尽。临去前，郑三山又说：“今夜当安眠，明日病必减。”他走后，过了一段时间，徐枋竟然又吐了，且连吐两次。家人认为断无可救，“惟痛哭待尽”，同时奔告郑三山。郑三山也大出意外，“默然良久，曰：‘服吾药而吐，何也？’”摸黑踉跄赶回来，嘴里仍念叨：“维不吐乃佳，服吾药而吐，何也？”沉吟中，取来呕吐物，举灯以视而“大喜”，“因呼余家人示之曰：‘所吐者皆痰也。既不咯血，而余药不反，则已奏功矣。他人之药四日后而尚停胸膈间，吾药未食顷而已遍行经络，自此当日就平复也。’”判断不但不悲观，反而更加乐观。次日黎明，徐枋一家尚未起床，郑三山就捧着熬好的药再至，让徐枋第二次服药。午后，徐枋四肢开始有知觉，神气转清，而最重要标志，是能说话了。翌日，愈益向好，身体进而感到“种种安适”，“有言”进而变为“竟复健谈”。至此，家人不再怀疑，“惊叹下拜曰：‘先生真神人也。’”第三天亦即正月廿三日，一大早，徐枋已能喝粥，终于恢复进食。徐枋回忆道：

> 先生于二十日晡时始到，时余正弥留，甫两日而起坐，又一日而思进饮食，以八十日沉疴六十日绝食之人，而又为庸医误药，至于呕血垂毙，而起之之速如此，求之史册，亦罕其伦也。

确实，若非徐枋亲身所历，复亲笔所书，谁肯相信？徐枋说“病有六不治”，自己已占其三：衣食不能适、形羸不能服药而又庸医杂进。不治者三却能向死复生，只能让人感叹两点：徐枋一则命硬，二则命大。命硬者，如此里里外外、一波三折的摧毁，他居然扛住了。命大者，自然是遇到郑三山，不幸中的万幸。

尽管命硬、命大而未死，健康的损减却毫不留情地蚀刻于其身体。

《杨隐君曰补六十寿序》云：“余年三十六，须鬓亦半白矣。”[1]三十六岁，刚好是起死回生那年。

《答惠生而行书》未详年月，然中有“乱后将二十年”语，据以知当在1665年之前，盖即上述不死之病后数年，是时年齿应才四十出头，信中却说：“两日贱恙稍减，然耳聋如故。窃思千古闻人，如左丘之盲，扬雄、邓艾之吃，仲长子光之瘖，刁凿齿之跛，皆有之，而未有以聋著者，意造物者今将以仆厕其间耶?”[2]似乎听力奇差已有时日。

《与葛瑞五书》写于四十三岁，其云：“弟今年才四十三耳，而须发半白，齿牙摇落，而筋骨关窍之间自知有深入之病。”[3]综合两信，可知徐枋在四十五岁之前，便齿脱耳聋、头发花白。

五十岁，记忆力所剩无几。年轻时读过的书“茫如隔世”，昨日之事隔宿即忘，“年虽五十而委顿如七八十老人”。[4]

六十岁时自况：“今枋年已六十矣，

[1] 徐枋《杨隐君曰补六十寿序》，《居易堂集》，华东师范大学出版社，2009，第145页。
[2] 徐枋《答惠生而行书》，同上，第23页。
[3] 徐枋《与葛瑞五书》，同上，第25页。
[4] 徐枋《与冯生书》，同上，第59页。

忧患余生，侵寻衰病，聪明顿减，须鬓如雪，不啻七八十老人。”[1]

本文起首绘其“望之远为衰朽”老态，在笔者虽已极尽想象，却觉得实际也许更差。一个人，假如五十岁已如七八十，六十岁看上去已不止七八十，那么，待其活到七十三岁竟该是怎样的形容，确实已超乎想象了。

八

今人喜谈“秀”，觉得没什么事情是真的，什么都可以是表演。古人虽无此字眼，对徐枋也不免有理解的障碍。此人吃那般苦，遭那般罪，为啥？总有所求吧？以读书人历来喜欢沽名钓誉的特性，藏头露面、神秘其踪这一套，经常作为搏出位的术策，以触发思贤若渴、求访高人的情节。自打有了刘玄德三顾茅屋的典故，这就成了一种习惯的思路，不但某一方心存此意，另一方也乐得配合，去演礼贤下士的角色。眼下，徐枋也唤起类似反应。

长洲县知县田本沛投书徐枋：

> 恭惟老先生鸿飞冥冥，天际人也。弟心切识荆，而风尘面目，自愧不堪登硕人门……昨面按台卢大人，对弟辈极道老先生之高，心切仪之。老先生何吝一见，定有为台台（旧时对官长的尊称，应为“台臺”，今以简体字乃如此）处之最当者也。[2]

徐枋答书，以身体奇差为由谢绝：“经年伏甴，鸡骨支苫，身不胜衣，口绝饘粥，余气游魂，百事尽废，所欠惟一死耳。执事试思鲜民之生也如此，而尚能扶之而起，令入世法乎？”[3]

按台卢大人觉得不给面子，命另一下属吴县知县汪爚南再致信徐枋，除“南州高士，未及握手，殊云耿悒”的恭维话，还稍施压力：“概以引避相绳，未免触忌，有累明哲耳。祈台兄速裁

[1] 徐枋《致阖族书》，《居易堂集》，华东师范大学出版社，2009，第65页。

[2] 徐枋《答长洲县知县田本沛书》所附来书，同上，第2页。

[3] 徐枋《答长洲县知县田本沛书》，同上。

之。"[1]徐枋见信,也有点犯倔,说"且先人毕节捐生,藐孤(死者遗属之谦称)义当相从止水,更不敢以应死之身随时俯仰。"[2]我本是不想活的人,您看着办吧。

事情不了了之,顾茅庐、礼贫士的戏剧没有演成,后来的地方官大约吸取了教训,不复讨此没趣。直到康熙二十四年(1685),徐枋六十四岁时,一位更高级别的官员出现。其人便是汤斌,清初理学名臣,一生做过明史总裁、礼部尚书、工部尚书等,入了"贤良祠",名誉足够正。康熙二十三年,江苏巡抚出缺,康熙皇帝就把他派来任这个抚台。第二年,就屈尊来访徐枋。他本人既为理学名家,对知识分子那套讲究自再清楚不过,来找徐枋时,以其身份和地位,居然脱掉官服只着便装,不携任何随从,只身入山。《年谱》记之:

> 睢阳汤公斌抚吴,屏徒从,微服访先生者再,先生预走避,留老苍头宿门外,扣门不启。汤公喟然曰:"贤者不可测如是耶?"徘徊久之乃去。君子两贤之。是岁,汤公建祠于虎丘以祀文靖,杨明远处士炤以诗纪之。[3]

来访不止一次,徐枋都躲开,只托村里一老头替他看门。要说汤斌此来,脱了官服,意思大概是只以学者相见。徐枋硬是不肯。汤斌看来是真诚的,并不见怪,反于当年在虎丘新塘桥徐汧赴水处,建一座祠堂纪念他。对此,徐枋亦无分毫表示,倒是他的朋友杨明远去祠堂看过,回来写了一首诗。

但徐、汤会面之未成,居然成了好些人的心事。他们想象,倘若"理学名臣"、"海内高士"得以聚首,该是何其之盛?结果,过了一百二十九年,到康熙重孙子嘉庆皇帝的时候,忽然冒出来一封汤斌写给徐枋的亲笔信:

> 先生清名满东南,弟斌幸得拜见颜色,窃自以为不见绝于巢许,此宿世有缘也。连日捧诵大制,觉道气流行,溢于言表。文字之外,孤儿诗一篇,弥见忠厚悱恻之意,令人读之百回不厌。所诣至是,能不敬

[1]徐枋《答吴县知县汪爚南书》所附来书,《居易堂集》,华东师范大学出版社,2009,第3页。

[2]徐枋《答吴县知县汪爚南书》,同上。

[3]罗振玉《徐俟斋先生年谱》,同上,第544页。

《仿许道宁松下听泉图》

许道宁，北宋奇人，以采药、卖药为生，后为招顾客，随药送画，竟有画名，其画多写萧山野水。徐枋生存状态与许道宁颇有暗投。画内人物对面枯坐，泉声松风，意境高旷。

《鹧鸪图》清・余省绘

这就是“飞必南翔，集必南首”的怀南之鸟。可惜我们没有徐枋亲绘之图，此画为乾隆时画家余省（曾三）作，张廷玉题诗。

《芝石图》

徐枋爱画兰、芝。古以兰、芝为高格。在他画中，兰、芝常与石相倚。他曾指出，宋遗民画兰草从不沾土，而灵芝的可贵，也在于不依污泥浊土而活。

《兰芝图》

壬申即康熙三十一年（1692），是年徐枋七十一岁。

《霜林秋艳》

徐枋束身土室、屏绝人迹，但并不自我幽闭。他爱自然，不时有踏游之举。此画是对他这一面的呈现，虽然设色纤淡，但当描绘自然时，枯索的生命却突然溢出了色彩。

《江上雪霁图》

岸岩裹雪，莹白至洁，唯美之图，笔触精雅。如不知作者真实景况，难免以为他优游恬适，实则隆冬腊月中，他不光常饿肚子，身上也只有一件单衣。画中的美洁，与生活体验无关，纯为他精神之表现。

《秋林茅草堂》

我们可将图中山峰视为秦余山，将茅屋视为涧上草堂，而以此画为徐枋自己生活的写实。茅屋内一男人一童子各坐案前，就像是徐枋正在课子。

徐枋墨迹

徐枋不惟擅画，亦工书，兼糅行书、章草，是他的特色。

印章四方

其一“徐枋”，阴文；其二“俟斋”，阴文；其三“俟斋”，阳文；其四“秦余山人”，阴文。

佩。并赍到拙撰散体二首、恤葬一则,深悯吴民,用意良苦,望即批示来役,感望之至。[1]

若依此信,徐枋、汤斌竟是见了面的。信发现于嘉庆十九年甲戌,时任江苏巡抚的初彭龄,接待了据称是徐枋后人的某来客,手执此信,请初彭龄作跋。初彭龄的心理,自然和大家一样,如获至宝:"余窃惟俟斋国初高士,文正公当代名臣,百余年来,海内声望,如在目前。余生也晚,亦深幸得遇山民,获见前贤手迹,如聆两先生之謦欬也。因沐手敬识数语于后。"[2]来人请他作这个跋,其实相当于文物鉴定,借重其言、变伪为真。但正像罗振常指出的,此札断系"伪托"。此前,无论诸家或地方府志,所载都是汤、徐未晤,百年后,却乍现此信。况信中口吻,既明显有"后学仰视"视角,又颇陶醉和玩味着双璧先贤终得一晤。尤其汤斌谈己作,自称"深悯吴民,用意良苦",殊非合体。这封信,如果是徐枋后人造假,应出于增重涂饰之私心;倘系旁人伪托,便是好事者以制造名人"佳话"之所为。

按照经验,隐者避官不见,往往是嫌来者职衔不够,或放长线钓大鱼,或攒足人气、等待更合适的时机。然而徐枋,县处级不见、厅局级的按台婉拒也罢了;眼下,来了省部级高官,布衣枉驾、给足面子,还让人家吃闭门羹,这就不免让人不懂。于是有人揣摸,既然不求显身,应该意在扬名吧?一位王姓书生,我们不详其名,就这么猜测徐枋。从徐枋语气看,彼此还是朋友。可对这位朋友,徐枋却发了很大的脾气:

仆三十年来息影空山,杜门守死,日慎一日,始则不入城市,今更不出户庭,仆之自处确乎不移,然亦冀友朋之默体吾心,有以相成也。今足下自称与仆相知,乃尝言时称颂我于当世,已大谬矣;又尝谓我某公欲求见,某公欲问遣,某公欲一及徐子之门,不更谬耶,何不知我如是耶?以仆今日所处,一与世接,便是祸机,何也?从之则改节,违之则忤时,忤时祸也,改节尤祸也。故仆于斯世,宜使日就相忘,而不宜使误有采取也。切望足

[1] 汤斌《汤文正公书》,《居易堂集》,华东师范大学出版社,2009,第654页。

[2] 初彭龄《汤文正公书》后跋,同上,第654页。

下,凡见当世之人,绝勿置我于口颊,总勿道及我一字,更勿使今之人因足下而阑及于我,则大幸矣。譬如芝兰生于篱壁,而毋为之径路,则得以自全其芳;珠玉远在山海,苟有为之梯航,则不得自匿其宝。若足下贸贸然逢人说项,是爱我者害我,誉我者毁我也。此吾之所以叹恨,大声疾呼,欲足下之痛改也。

王生做了什么?无非是逢人推崇徐枋,称道其境界,来引起世人敬仰。王生做这些,一定是以朋友之爱替徐枋考虑,觉得这能让徐枋高兴。他这么想,也没什么不对。不料,徐枋"人怕出名,猪怕壮"。他恳求王生,不要炒作他,不要让他扬名,不要以爱的名义做伤害他的事。他举退翁和尚为例,说自己曾赠以书法,退翁和尚平时悬于方丈之内,但是一天,有官员来寺院,退翁和尚却取下藏起来。徐枋说:"此真知我矣。中夜思之,时为流涕,诚感其心知也。"希望朋友们都这样待己。而这位王生,屡言不听,屡请不从。他不得不说了比较难听的话:以后,无论王生遇见,不必齿及一字,只当徐枋已经死掉;实在想说,就说徐枋这个人如何乖张、如何不近人情,万勿有半句好话,"以绝当世之垂念,则受赐多多矣。"[1]

记得好像在茨威格那里,读到过关于人格魅力型政治领袖的论述。说对于这种人,一定的灾厄不光必要且大有好处。比方,曾坐过牢或遭受一些坎坷、打击,反而有增他的威望,令世人对之更加心驰神往。我觉得这倒不只适用政治家,任何人,如果受过苦中苦,或有点稀奇古怪的经历,都会平添丰厚的人生资本。隐士们把自己藏起来,使外界到处流传他们的种种神秘,把大家胃口吊得老高,而愈以一睹真容为幸。

徐枋却要打破我们的认识。他说他很苦恼,大家总是依经验或习惯心理揣想他。"不知我者以为异","知我者又从而矜诩之",不了解我的人把我当怪物,了解的人又把我拿去到处夸耀。"弟谓如吾昔之所遭,则我今之所处正自不得不尔",实际自己所做的,不过是因内心和处境而不得不这样,自然而然,没有什么可奇怪,更没有什么了不起。他说,

[1] 徐枋《与王生书》,《居易堂集》,华东师范大学出版社,2009,第60—61页。

最不愿意被作为“名士”看待和谈论，“实恐同我于名士之妄语，无其事而夸其谈”。[1]

或许我们只好接受他的表达：隐，是目的本身，不是任何意义上的手段，不是姿态，不是敲门砖，不是计谋，也无关乎崇拜、虚荣或沽名钓誉。虽时有“明却周粟，暗饮盗泉，公义虽严，私交不废，一己徒养林泉之望，子弟仍为垄断之登。甚至中道回车，甘作美新之颂”[2]那种人与事，但徐枋一生，从始至终，我们不会找到这种破绽。

九

然而，究竟怎么理解他呢？一个人，平白地忍受赤贫与疾苦，既谢势利、复掷浮名，还巴不得被人忘得一干二净才好。人的生命，不离得失二字，只得不失是白日做梦，只失不得则生命难支。到现在为止，我们所见徐枋，却都在失却和舍弃，除非自虐变态，我不认为这种人生可以成立。中国对于异乎常情的人和事，喜欢简单处理，“坏”的鄙视，“好”的膜拜，这倒省事，却造成了各式各样“不通人性”的怪胎。徐枋已经表示很为“不知我者以为异”、“知我者又从而矜诩之”所苦恼，可见他自认绝非怪胎，他在其生涯中，应该充分有着自己的快乐与所得，只是别人不加体会和觉察罢了。

所以，抱着不以他为怪胎的意识读《居易堂集》，愁云遍布之外，意外地，发现不少恬美的篇什和笔触：

> 愿吾兄于十三日来，正当月色极佳时，今年天气少雨，新夏寒燠适宜，可坐岩石之侧，倾尊剧饮，以醉为期。酒渴则汲涧泉瀹新茗啜之，而山中老友有能吹洞箫弹鸣琴者，倩其一弄，与松风涧水互为响答，吾与兄则赓采芝之歌，和幽兰之操……[3]

这是邀友月夜山会。

[1] 徐枋《与葛瑞五》，《居易堂集》，华东师范大学出版社，2009，第52—53页。
[2] 罗振常《订补涧上草堂纪略序》，同上，第622页。
[3] 徐枋《与葛瑞五》，同上，第18页。

昼则轻帆柔橹，与凫乙相出没，夜则烟水沦涟，与月上下，而孤村远火，明灭林外，此中深趣，信幽绝矣。[1]

这是品味乡村之悠长。

丁酉春日，则挐舟见其友徐子于五湖之滨。徐子故隐者，死生契阔十有三年矣，握手劳苦，俯仰今昔，泫然濡睫者久之。文中乃邀徐子至其舟中，则见其满载皆金石刻及宋元名人书画也，垂帘抚卷，婆娑意得。文中即出酒相与痛饮，谈风月，讨古今，浮白歌呼，以酒自雄，不复知其遇之穷矣。[2]

这是欣逢故交、江湖一握。

我们知他束身土室、足不出户，很容易因这常人不能忍的情状，以为他堪比锁在黑冷石屋里、了无生趣的欧洲中世纪修士。然而，他乃中国的儒者，就像"吾日三省吾身"而同时"食不厌精，脍不厌细"、"闻《韶》三月不知肉味"、"浴乎沂，风乎舞雩，咏而归"的孔夫子，能够爱这世界及生命万物，也根本不会失去对于美善的感觉和享受。《邓尉山十景记》说："余避世土室，足不窥户，惟春秋仅一出展先文靖公之墓"，然而紧随其后，却又读到："而独以酷爱邓尉山水之胜，不得不破土室之戒，一岁中尝三四过之，每至虎山桥，辄徘徊不能去也。"[3]记得初读此段，不由会心一笑。隐者徐枋，非面如焦土、心如死灰者也，其避时、避世，不避天籁、自然。"沧桑以后，绝迹城市，而遐搜幽讨，山巅水澨，惟恐不及。"定居天平山涧上草堂以来，确尝十余年裹足未出，但"诸山之胜无时无日不在吾前"，心驰神往，从未放下。甲寅年(1674)重阳日，友人冯鹤仙载酒邀徐枋登高，欣然从之：

于是少长数人，联袂而出，度小桥，越涧而南，出乔松之下，松皆数百年物，复度涧而陟山麓，循石磴曲折而登高焉……余与鹤仙卓

[1] 徐枋《吴氏邓尉山居记》，《居易堂集》，华东师范大学出版社，2009，第180页。
[2] 徐枋《芥舟饮酒记》，同上，第181页。
[3] 徐枋《邓尉山十景记》，同上，第194页。

立云际，引声长啸，山鸣谷应，风起云涌，而天籁吹我衣裾，松涛起于足下矣。[1]

故而，谈徐枋，不可只见忧，而忘其乐。他并不拂逆快乐原则。“余于人世寡所嗜好，而独负山水之癖。”有人愈是闹市愈爱，有人却以僻静清冷为佳，性情、喜厌不同而已。徐枋之隐，在别人看来是苦行、苦志，在他自己，反而是解形大快亦未可知。他曾经强调，自己所为根本不是出于“气节”：“生平耻语气节，实以气节非吾人归宿之地”，“高语气节，鲜有不败者”。为什么？“吾之不敢徒立气节者，若卓立于此山之顶，而仰彼峰之更高，而必欲勉跻焉者也。”[2]气节是强迫症，是对自己高悬一鞭，不停地抽打和驱策，而徐枋，只想依其本色顺心而为罢了。他的所得与所苦相比，也许不多，然而足够重要。有人一生在世，欲望广泛、多多益善，但有人弱水三千惟取一瓢，只看重自己最想要的那一点点。徐枋当为后者。

十

当时以及后世，大家只顾赞叹、崇敬、感动，以为这是对他一生苦行的最好回应。我倒觉得，徐枋对此毫不领情。他诚然很苦，但明明得了自在、自适，内心是充实的，从无懊悔，这些为什么看不到呢？

他曾向友人表示：“弟迩年以来，静中若有所进，临文似别作一境界”，说自己所以历“三十余年之艰苦”而“犹未至即颠殒者”，归根到底是有自己的人生目标和趣求：“以立言之志未尽酬，妄冀以未尽之年卓然大有所成”。就如曹雪芹所说“蓬牖茅椽，绳床瓦灶，并不足妨我襟怀”，生活捉襟见肘，尽可由精神充实所补偿。“近因督课儿曹，未免见猎心喜，时时有所课撰”，一面课子，一面随时有心得，而欣然命笔。[3]每个耽于思想者，都知道他这番愉悦并不虚妄。

读书，是他自幼的事情。然以功名、世心为骛的读书，鲜有乐趣可言。如今终脱桎梏，可凭喜好任意读书，读想读之书。“不肖枋兀居土室，孤陋寡

[1] 徐枋《甲寅重九登高记》，《居易堂集》，华东师范大学出版社，2009，第192—193页。
[2] 徐枋《与葛瑞五书》，同上，第53页。
[3] 徐枋《与葛瑞五朱致一书》，同上，第67页。

闻，而独于史学微有所见”，“此二十年中所成书，通鉴纪事类聚三百若干卷、廿一史文汇若干卷、读史稗语二十余卷、读史杂钞六卷、建元同文录一卷、管见十一篇，计成书亦且几百卷矣。”史学是他真正所好，设若仍在世网中，焦头烂额于大比，断然不能遂此所好。这数百卷积稿，是他自由读书、快乐思考的最好证明。那抄抄写写、随思偶想的散漫，乃是名缰利锁下所谓求学无从设想的事情。《五柳先生传》所谈“好读书，不求甚解；每有会意，便欣然忘食”[1]，徐枋必定领受到了。而自由之学，方有自由之思：

> 二十年读书课文，编辑之中盖亦有得于身心之学焉。圣贤每谓能自得师，又谓无常师，弟虽不敏，然于土室面墙形影相吊之时，而往往自得师也。

“自得师”，即得之心灵、得之自我、得之感悟，那是为身名所累的读书和为学，所永远不窥的。

他感受到愉快的馈赠，把它浓缩为一个“痴”字：

> 凡嗜之胶于心而物不能解者，皆痴也。当其专心致志，举吾之身无非是者，故饥寒不能惨吾体，忧患不能动吾心，举天下之美好不足以易吾欲，而其所成亦遂以名天下而不腐于后世。

他举围棋为例，说明什么可以谓“痴”：嗜弈之人，每天早晨刚一睁开眼，帷帐顶上立刻浮现纵横十九路，“皆杀活争劫之势也”。笔者有此亲身体验，愿证其言不虚。他又举例：“昔蔡邕一见王粲，尽以书籍付之，此亦痴也。”痴即爱，痴即因某事而美悦，自得其乐、乐此不疲。津津乐道于“痴”的徐枋，是满足、惬意的徐枋。可惜，人们都不曾注意他其实有这种感受。孔子也曾出人意料地指出：“在陋巷，人不堪其忧，回也不改其乐”[2]，人看颜回，很替他愁苦，岂知颜回心里实际快活得很哩！

粗知其事，我脑海里所能绘出的徐

[1] 陶渊明《五柳先生传》，《陶渊明集》，中华书局，1979，第175页。

[2] 朱熹《四书章句集注》论语集注卷三，中华书局，1983，第87页。

枋形象，也是一个苦节者。那是他的传记作者所给予的，但我本能地不甘心。凡是事情变得不易理解，我直觉便是不信。我认为，凡切实活在同一世界的人，都在常识以内，没哪个超凡入圣。当徐枋亲口拒绝“气节”的装饰、美化，认为自己一切均出自然时，我很高兴事情确在常识以内。

十一

现在，我们能够撇开道德美化和浮夸，理性评估或理解徐枋的隐者生涯和半世纪苦行。在我看来这基于三点：第一，父亲遗命；第二，自我、性情和内心真实；第三，他对现实的美恶去从。我们已经谈论了其中两点，还剩下最后一个。简而言之，这个问题有关他对清廷的态度。

他曾发过誓，或对自己立下严戒：

> 风波之世，斗诤之交，誓不欲以此身一涉其间。故今不特欲口绝讥评，亦并欲口无赞叹。

《诫子书》十禁令，有一条也是“毋言世事”，引“口铭曰‘祸从口出’，淮南子曰‘妄言则乱’，扬雄氏曰‘言轻则招忧’”等格言古训，亦以身教：“故我十三年来绝口不道世事，其有入吾室对吾饮者，论文艺，考古今，谈风月，则娓娓往复，或夜以继日，或坐以待旦而不倦也。若言及时事，我辄默不应，或再言之，则谢曰不知，如是者三，而其人之喙已塞矣。”[1]

显然，这是避祸、保身。小心翼翼，像个庸人。乙酉之后，东南一带慷慨悲歌之士随处可见，像他这般晦迹韬光、妥为自保，反差太大。其中一个已知原因，是必须践行父亲要他活下去的遗命。而更实际的原因，恰恰是他的肚子里面，有太强烈的危险情绪，装了一大堆恶毒的“腹诽”。既有“活下去”的使命，他就非自誓自儆不可，否则早就管不住嘴，引祸上身。实际上，即便“誓不欲”，他也经常犯戒。

[1] 徐枋《诫子书》，《居易堂集》，华东师范大学出版社，2009，第82页。

一次，谈其老师郑士敬的精神影响，自称“不与时俯仰”[1]。当下之“时”谓何？明亡清兴。不与之“俯仰”，就是不与之俱进，就是抗拒。

批评扬雄：“夫子云学问文章，穷亘古今，独是汉祚甫移，而侈言符命，剧秦美新，为学者羞。”[2]王莽篡政，扬雄第一时间献上颂辞，徐枋为之害臊。但显然没人认为，他只是在谈汉朝，或批评扬雄。

古体诗《乙酉》，抒写1645年：“良时既不再，日月忽已沉。杳杳竟长夜，悠悠失路人。”[3]何为“良时”？“日月”是指什么（日、月合之即“明”）？当朝怎么成了“长夜”？你又“失”了何“路”？

不光诗文，丹青也难脱干系。徐枋爱画兰、芝，古以兰、芝为高格，说来普通，然而且看他画上题诗：“吾闻宋遗民，画兰不著土。况复芝无根，自然绝泥滓。”[4]由宋入元的遗民画家，笔下兰草，从不沾土；灵芝的可贵，也在于不依污泥浊土而活。是“自作解说”，是自况，也是不打自招。

如果以上还仅限于让人猜忌，下面两例，可谓无遮无拦。一为古体诗《故给谏陈公子龙》。乙酉之夏，陈氏在太湖起义，两年后失败被捕，趁隙自尽。以这样人物为题原已犯忌，而诗中居然讴之：“先臣毕志死，公心大复仇。泣血提一旅，迴天扫旄头。”[5]次则《郑业师云游诗序》，借老师郑士敬北游经历写道：“当其登金台，渡易水，顾瞻帝都，恍如隔世，城郭犹是，人民已非。”[6]北京还是北京，北京人却不是原来的北京人！可以说，分别破了“口无赞叹”、“口绝讥评”之戒。两个誓言，他哪个也没守住。

所以，他的反清情绪实在是浓厚的，努力自制，犹且难禁。这于其“不入城市”、“杜门死守”，是最深刻注脚。设想一下，倘若这种情绪不过于激烈，他又有多大必要远离人群、自闭屋内？实际上，隐遁于他是一个特别现实的问题。他清楚自己实际管不住嘴，做不到将对清廷的敌意化于无形。唯一办法，自放山林、切断外界联系，把自己关在土屋中。这就是为何别人以为他高风亮节，徐枋却断然否认，自称“本无气节之可

[1] 徐枋《赠业师郑士敬先生序》，《居易堂集》，华东师范大学出版社，2009，第131页。

[2] 徐枋《故侍御秦大音先生遗笔序》，同上，第117页。

[3] 徐枋《送远诗十一首》之三乙酉，同上，第400页。

[4] 徐枋《题画芝》，同上，第418页。

[5] 徐枋《五君子哀诗》故给谏陈公子龙，同上，第408页。

[6] 徐枋《郑业师云游诗序》，同上，第110页。

语”[1]。他别无选择，非隐不可。他有一种别人所无的矛盾两难处境，既对清廷抱刻骨仇恨，又要恪从父命坚持活下来；当是时也，惟隐与自闭可使二者相安。乙酉后，黄道周、陈子龙都曾招其参加反清，而悉予谢绝；对与父执杨廷枢往还，也抱躲避和极谨慎态度。陈子龙来信，是以徐汧英名相期待，徐枋却回答：“先公大节，与日月争光，亦何藉小子之区区，况今欲申大义于天下者，亦当弗待忠节之后为之区区也。”[2]不知内情者，对他如此冷漠拒绝参加反清斗争，必感齿冷。他默默吞咽的痛苦惟己自知，倘若不为恪守父命，他只怕早就揭竿而起，绝不落于人后的。

反清是明遗民群体的共同立场，而追溯徐枋的反清，情况还尤为复杂。首先，父亲因忠于明朝而死，他当然也要接过父亲衣钵。其次，清廷不仅使他亡国丧父，还夺走许多他所尊敬、亲近的人，包括他的老师与父执。复次，他本人蒙受了奇耻大辱，强行薙发对他等同受戮。还有奏销令，逼得他连“庐墓”(结庐伴于父墓)亦不能得，流落天涯……

这些，对我们了解其反清情怀，已属充分。后来，又读到《鹧鸪赋》，从而得到更深入甚至我以为是最终的答案：

> 鹧鸪南方之鸟也，飞必南翔，集必南首，其鸣曰但南不北，故亦名怀南。余闻而悲之。[3]

整篇都围绕“南”字作文章，用了很多中国的古典与意象。“南为向明之位，北为宅幽之扃。”“维南为阳，维北为阴。”“司天有南正之官居，吹风有南吕之律。”“朱雀踞正南之位，大鹏奋图南之翼。”南为光明、开阔，北为阴暗、压抑。南是主，北是从。南气活跃向上，北气低沉晦死。南方神鸟所居，是飞翔、灵动、生气盎然之地，连北方的大鹏振翅，也是要投南方怀抱……总之，南是美善的象征，北乃劣下之所凝。

这里，“北”影射清廷(北虏)，一望可知。然而，“南”又指什么呢？假如从

[1] 徐枋《与葛瑞五》,《居易堂集》,华东师范大学出版社,2009,第53页。

[2] 徐枋《答陈给谏卧子先生书》,同上,第3页。

[3] 徐枋《鹧鸪赋并序》,同上,第397—382页。凡引此文皆同。

清灭明这一层，以为“南”之所指仅是明朝，我以为太窄。把历史略回顾一番，不难看出南、北的意蕴，一为华夏/蛮夷，一为文明/野蛮。晋代以来，中国历史冲突的重要主题，便是南北相攘。蛮族不断从北方发起冲击，将华夏文明向南压制。从而，南方慢慢成为正统华族及其先进发达文明的畛域、保留地，北地则华胡混成、习染胡风，文化纯正性渐失，而为诸蛮驰骋之地和较落后文明的空间。在这种对立和排拒中，从东晋五胡到宋代的金元再到明末的清国，绚丽优雅的南方，都一再为鄙陋粗野的北方所蹂躏毁圮。徐枋显然是在这意义上，以“怀南之鸟”为比兴，表达对美善文明的伤悲，故曰“望南天而碎心，溯南风而泣血”。

至是乃知，在徐枋那里，反清一事不是单纯的仇恨，也不仅出乎民族意识，而有历史的高度，核心问题是文明立场。这从他也屡次用“秦”来暗指清廷，而获旁证。秦是中国王朝史内部的朝代，无关乎华夷冲突，不具民族对立意味，之所以是个负面象征，主要在于反文明特色。它为了自身权力稳固，燔毁了大量文化，禁绝民间言论、思想和著述，几致文明链条断裂（这种事，许多古代文明都实际发生了，如埃及、印度），所幸祚命短促，继起的汉代还来得及补救，经过两汉学者筚路蓝缕的辛劳，才使华夏文明回到复兴之路。秦代的教训，令人没齿难忘。所以，但凡提到反文明，历来知识者总以秦为喻。眼下，清廷以陋瘠文明涂炭丰美文明，徐枋认为可谓嬴秦第二。《怀人诗九首》：“呜呼鲁仲连，屈强不帝秦。区区蹈东海，大义终能伸。胡然天帝醉，金符被强嬴。”[1]这里的“秦”、“强嬴”，显然寓指清廷。《题画松·之二》：“支离冰雪丹心在，偃蹇岩阿绿发茸。自是千年知汉腊，何曾一日受秦封。”[2]腊指礼仪，古时祭神称“蜡”、祭祖称“腊”。这里“汉腊”，意同“汉仪”。他以“汉腊”与“秦封”相对，表示文明的去从，他不可能接受和服从落后的文明。

对当时中国之变，黄宗羲曾以“天崩地解”来形容。无独有偶，徐枋笔下也出现“天崩地坼”[3]一词。这当然是巧合，却足证两人对于中国所遭现实，感受不谋而合，对中国未来，则抱同样的担忧。他们都是文明至上者；文明何去何从，是他们悲欣的主宰。因此，徐枋自比“怀南之鸟”，为文明的销铄放其悲音。

---

[1] 徐枋《怀人诗九首》，《居易堂集》，华东师范大学出版社，2009，第405页。

[2] 徐枋《题画松》其二，同上，第456页。

[3] 徐枋《答房师姜弱荪先生书》，同上，第10页。

《陶渊明像传》(局部)元·赵孟頫

沿着夷齐传统而来的隐者之流，以往在中国文化里是自主精神的体现。从最早的代表许由、夷齐，到孔子时代的接舆、长沮、桀溺，到陶渊明，再到徐枋……这伟大传统，源远流长，只是到当代才渐为轻蔑的对象。

徐俟斋祠堂图

据罗振玉《年谱》，徐祠由门人潘耒（次耕）先生出资，于康熙三十九年建，址即徐枋旧居涧上草堂，以后又曾数次重修。

十二

不过我们得说，在徐枋身上，反清其实是个小题目。虽然他的以"隐"抗清，颇有特色，但跟众多颠踣亡命的志士比，终非可以大书特书的人物。然而这并不削弱他的意义，事实上他有更广的历史幅度，是超乎特定时代之上的。

他寄寓着古代士阶层一种"核心价值观"。他既从其中来，也经由个人实践而给以发扬，直至构成一个总结。

我们借《史记》说明这一点。《史记》体例，三足而鼎，曰本纪、世家、列传。本纪纪帝王，世家纪诸侯，列传"叙列人臣事迹"[1]。列传七十，今本为"老子伯夷列传第一"，这不是原貌。"老子、庄子开元二十三年奉敕升为列传首，处夷、齐上。"[2]李唐王朝自认老子后人，胳膊肘向里拐，把老子及其一派的庄子提到首位，而原本老庄与韩非"同传第三"。换言之，在太史公当时，七十篇列传开篇就是伯夷、叔齐故事。

其中包含两个主要情节。一是兄弟让位，夷、齐同为商代孤竹国君之子，父欲立叔齐，叔齐让长兄伯夷，伯夷以遵父命而不肯、逃走，叔齐则以长幼之序，也不肯、逃走，国人遂立孤竹君中子。二是等到武王伐纣，殷亡周兴，而夷、齐"耻之，义不食周粟，隐于首阳山，采薇而食之"[3]，仅靠野菜充饥，直至饿死。

两件事迹，前者讲循礼义为人、不贪权利，后者讲对有违道义的现实不合作、拒绝。本来，殷亡实属不义自毙，周革其命却是以仁除恶。但在夷、齐看来，周的正义形象亦有瑕疵，他们有歌辞吟道：

> 登彼西山兮，采其薇矣。以暴易暴兮，不知其非矣。[4]

似乎，他们思想竟和老托尔斯泰、圣雄甘地一路，是尽善至美论者，不认为所反对事物是恶的，便有理由采取恶的方式来反对。他们用这标准衡量周武王，

[1] 司马迁《史记》卷六十一，上海古籍出版社，1997，第1650页。
[2] 同上。
[3] 同上，第1656页。
[4] 同上。

觉得他用一种暴力推翻另一种暴力，还不知自己错在何处（“不知其非”），实在不值得赞美。为了秉持心中道义，他们拒食周朝生产的粮食，宁肯野菜充饥（野菜得之天地，与周朝无关）而一点点饿死。

夷齐故事，反映中国古代士阶层有极苛细的正义观、是非观。它不限于或满足于泛泛区分善恶，甚而对合乎正义大方向的事物，也究根刨底，考问正义是否裹挟着恶。

而更重要的，夷齐传统标识了士的独立意识。任何时候提到这传统，都是重申知识者应该保持独立品格。本来，夷齐反对的武王、周公，乃是儒家眼中“圣人”，从具体观点层面，儒家并不同意他们。但孔子和孟子显然都认为，跟坚持己见、独立精神、“适于义而已，不顾人之是非”[1]的品格比，观点不同不算什么。《论语》三次提到夷齐，表扬他们“古之贤人”、“求仁而得仁”[2]。孟子亦誉为“圣之清者”：

> 伯夷，目不视恶色，耳不听恶声，非其君不事，非其民不使。治则进，乱则退。横政之所出，横民之所止，不忍居也……故闻伯夷之风者，顽夫廉，懦夫有立志。[3]

古史讲“书法”，《史记》载述“人臣事迹”，选择两位弃隐者破题，就是一种“书法”，以伸张士阶层独立不倚，舍正义无所认、无所从，对逆天违道能够拒绝和不合作，甚至是敢于抛别的精神，认这精神有头等的重要性。

因此，沿着夷齐传统而来的隐者之流，以往在中国文化里，主要是自主精神的体现。从最早的代表许由、夷齐，到孔子时代的接舆、长沮、桀溺，到陶渊明，再到徐枋……这伟大的传统，不单源远流长，也从来被目为高拔、洁净品质。只是到了当代，隐逸才渐为轻蔑乃至负面对象。1959年，毛泽东《七律·登庐山》有句“陶令不知何处去，桃花源里可耕田”，用陶渊明借喻对“大跃进”持怀疑或游离态度的人。更早，1949年有《别

[1] 韩愈《伯夷颂》，《中华活页文选》第37辑，中华书局上海编辑所，1961，第9页。

[2] 朱熹《四书章句集注》论语·述而第七，中华书局，1983，第96页。

[3] 朱熹《四书章句集注》孟子·万章章句下，中华书局，1983，第314页。

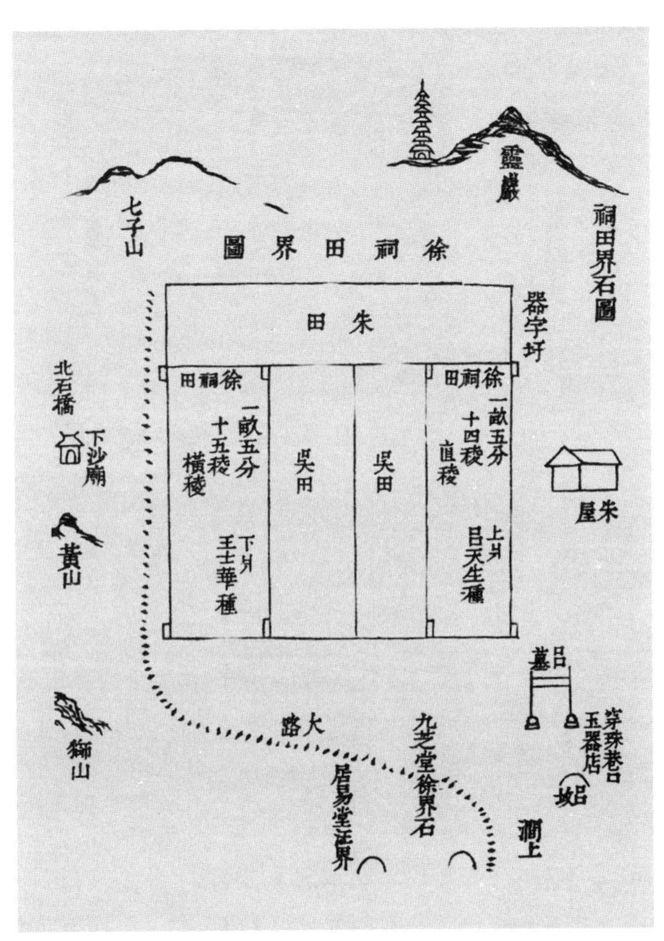

徐祠田界图

据徐达源为《澗上草堂纪略》所收《公议潘徐合同议单》（潘未赎回澗上草堂契约）而写的附识，“澗上草堂祠屋地址共五亩八分”。这几亩地所在地点，及前后左右各家田产的分界，本图标之颇明。

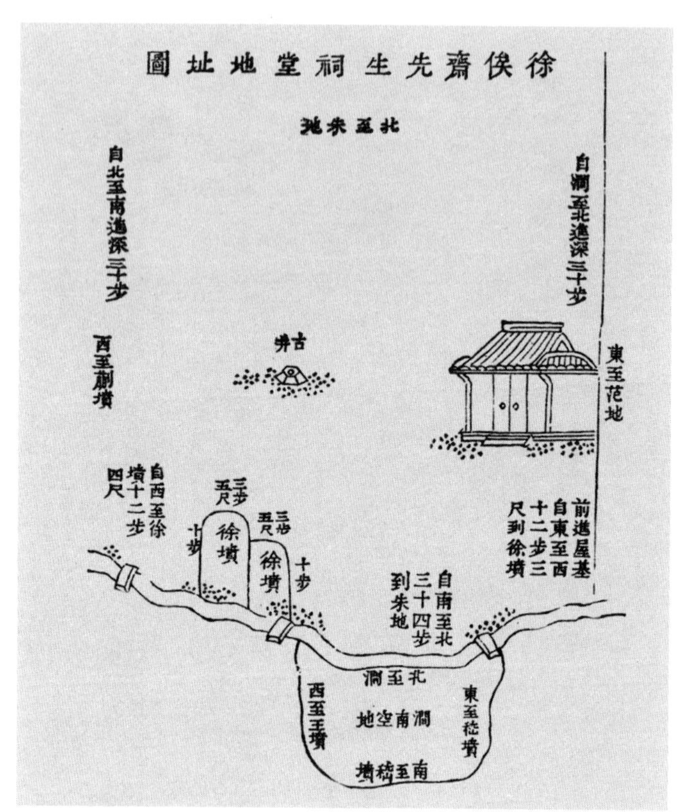

徐俟斋先生祠堂地址图

徐枋殁后，涧上草堂为豪强所得，幸赖门生潘耒次耕先生出资赎回，改建祠堂，则徐祠即其故居涧上草堂矣。始建于康熙三十九年，嘉庆、道光间各有修葺。据罗振玉《徐俟斋先生年谱》："后燬，同治六年重建。"此为徐祠最后一次修建记录。闻之苏州当地人士，近年曾经多方找寻徐枋遗迹，而无所确定。此图取自徐达源《涧上草堂纪略》，中有若干地名（包括徐坟），且于位置距离等亦有具体描述，可资参考。

了，司徒雷登》批判伯夷：

> 唐朝的韩愈写过《伯夷颂》，颂的是一个对自己国家的人民不负责任、开小差逃跑、又反对武王领导的当时的人民解放战争、颇有些“民主个人主义”思想的伯夷，那是颂错了。[1]

抛弃人民、逃跑、反对革命、个人主义，这些字眼，重新构建了当代语境下的隐者形象。久之，他们在中国历史和文化中原本的含义，已少有人知。

十三

罗振常《订补涧上草堂纪略序》说：

> 嗟乎，上商有里，用聚顽民；首阳名山，爰栖义士。自斯厥后，代有传人，莫不苦身焦思，与世相遗。迄乎先生，流风未坠，奈何世运愈降，薪火无传，一餐涧上之薇，遂结遗民之局。[2]

认为夷齐传统，是在徐枋这儿画上句号的。某种意义上，确乎如此。以采薇自食方式，躬行古隐之道的，徐枋纵非最后一人，也是最后的显著代表。

徐枋既死，赤贫无殓。时任江苏巡抚宋荦欲赠厚金，华氏母子“以遗命辞”，辞而不受。本拟归葬家族墓地，遭到拒绝（逋赋以来，其弟贯时已经反目）。华氏无措，想卖掉涧上草堂，以为葬费。徐枋门生潘耒（遗嘱托孤者之一）不可，认为涧上草堂应该保存，愿由自己身任葬费筹措之事。然进展缓慢，东林名人之后、周顺昌子周茂藻为作《募葬徐俟斋先生疏》求捐，“当世之仁人君子闻之，知必有慷慨而乐从我者”，可是大家都很穷，一时也无果。事闻于山阴（今绍兴）遗民戴易，“慨然卖字以资之”。戴易时以八分书（楷书）知著，“求者虽出多金不可

[1] 毛泽东《别了，司徒雷登》，《毛泽东选集》第四卷，人民出版社，1991，第1495—1496页。

[2] 罗振常《订补涧上草堂纪略序》，《居易堂集》，华东师范大学出版社，2009，第622页。

得，至是榜于门幅，受银一钱……所费所四十余金，皆出山人十指间也。”与此同时，潘耒和其他故交，也集得七十余金。之后，戴易为墓地植松柏等费用，第二次卖字，筹得三十余金。前后多方义募约一百五十两，买地、营墓、下葬，徐枋终得入土。[1]

华氏和复官，孤儿寡母，困顿艰难。《年谱》于复官记曰“后亦夭折”，看来未能长大成人。如此，则徐枋膝下子孙尽殁，那个拿着伪造的汤斌手迹去见初彭龄的，只能是旁支之后。

[1] 罗振玉《徐俟斋先生年谱》，《居易堂集》，华东师范大学出版社，2009，第547—548页。

附

辛巳、壬午开封之围

七月十七日，他们把“土城”全部削得墙壁般陡直。同时，墙下还掘出深沟，进一步增加“翻墙”难度。隔一段留一二条小路，以供出入，派人日夜把守、巡逻。这样，整个开封城已经变成一座被高墙圈起来的巨大监狱。

前　引

尝读某报告文学，其于1948年长春之围这么说："一座城市，因战争而后活活饿死这么多人，古今中外，绝无仅有！"看来，作者应不知道早三百年，李自成有开封之围。崇祯辛巳、壬午，即1641、1642年，前后十七个月中，李自成三次围开封，皆不能下。开封终以河决倾覆。初围时，开封有居民百余万，难后赈济，入册领赈者不足十万，所存仅十之一焉。其大部在淹城前即已饿死，据《汴围湿襟录》，饿死者达七成，即约七十万上下，远超长春四十三万二千之数。围困战，乃人类战争史常有之战法，从古希腊到第三帝国，均有用之，然论罹祸之惨，恐未有逾于辛巳、壬午开封者。这一幕，距今不过三百多年，似乎却知之者鲜矣。鉴此，笔者乃有为今读者一述之念。其不可不知有三：一来，这是历史极可悲的一页，凡人类一分子，均应铭记；二来，它的经过奇峭骇绝，远胜任何小说戏剧，足以摇魂沮色，让人深受震撼同时惕然有省；三来，开封之围是明代尾声一大节点，关系颇重，是了解许多人和事的背景。我们的讲述，主要依据李光壂《守汴日志》[1]、白愚《汴围湿襟录》[2]，兼取周在濬《大梁守城记》、郑廉《豫变纪略》等。李光壂、白愚均为开封之围幸存者，后二书作者是同时代人，但本人并未亲历现场，以此有别。

开　封　城

开封作为重要城市的历史，从战国算起。魏国都城原在安邑（山西夏县），前361年魏惠王时迁都。新都城在东方

[1] 本文所用版本，为中州古籍出版社1987年出版之王兴亚点校本，简化起见，后面除直接引用段落外，不一一另注。

[2] 本文所用版本，系由中国历史研究社编入"中国历史研究资料丛书"《虎口余生记》、神州国光社1951年出版、上海书店1982年复印本，后除直接引用段落外，亦不一一另注。

六百里以外，并且越过黄河，从河之北到了河之南。这便是开封，当时称大梁。过了一百多年，前225年，秦将王贲包围大梁，决黄河水灌之，三阅月而魏王降，魏国遂灭。我们惊讶地注意到，这城市第一次惨痛经历，就与黄河联系在一起。

此后经过千年沉寂，公元九世纪，开封才再度崛起。唐亡后的五代，有四代以此为都，即后梁、后晋、后汉和后周。十世纪，后周军队实权人物赵匡胤，在陈桥兵变，黄袍加身，取周而代之，创立宋朝，开封于是过渡为大宋京师，称东京，就此开始一段辉煌繁盛的历史。金灭北宋，曾以开封为汴京，继而改称南京。金人对于“京”的名称颇为随意，他们有“上京”、“东京”、“西京”、“中京”、“燕京”等很多地名，另外，还有被称为“京兆府”的西安。所以，开封之称“南京”，很长时间中都没什么特殊含义。直到1214年，因为蒙古人的压迫，金人弃燕京（北京）迁南京，开封才重新真正成为一座都城，然为时甚短，仅有十九年，金即亡于元。又过一百多年，明朝建国，以民族英雄自居的朱元璋，曾有意置帝都于开封，以绍续大宋之盛，然而最终割舍了此念。

开封城制，曾和北京一样，分外城、内城、皇城。失去都城地位后，上述规制自不能存。元、明、清的开封城墙，实际是金以前的内城。原有十三座城门，1357年，为防御红巾军封堵了八个，留下五门即丽景（东门）、大梁（西门）、南薰（南门）、安远（北门）和仁和（曹门）。曹门在东北角，是唯一留下来的侧门，因直通曹州（菏泽）而俗称曹门。这五座城门，是后面攻防战中的重要地名，会经常提到。

开封城墙自然随历史废兴屡毁屡建，值得一提的，是洪武元年（1368）整体改用砖石构筑。虽然“秦砖汉瓦”很有名，但明代以前，中国筑城多为夯土。十年前，笔者旧居与元大都外城墙遗址相邻，散步常至彼处，其实就是一隆起的土坡。目今所能见的砖筑城墙，几乎全为明代及以后之物，包括长城在内。这一方面显示了明代财力的强盛，另一面，也与战争条件变化相适应。人们往往以为，火器在中国战争中的大量运用，要等到十九世纪西方列强东来。八十年代激烈反传统时，有人撰文谈“四大发明”，称中国虽发明指南针却只用来看风水，虽发明火药却只用来放爆竹。其实并非如此，十九世纪中国落后于西方的，是武器性能和技术水平。西方“船坚炮利”，中国只是船不坚炮不利，而非无炮也。火药在宋代已运用于军事，《水浒传》中轰天雷凌振，便是炮兵专家。若以为小说家言不

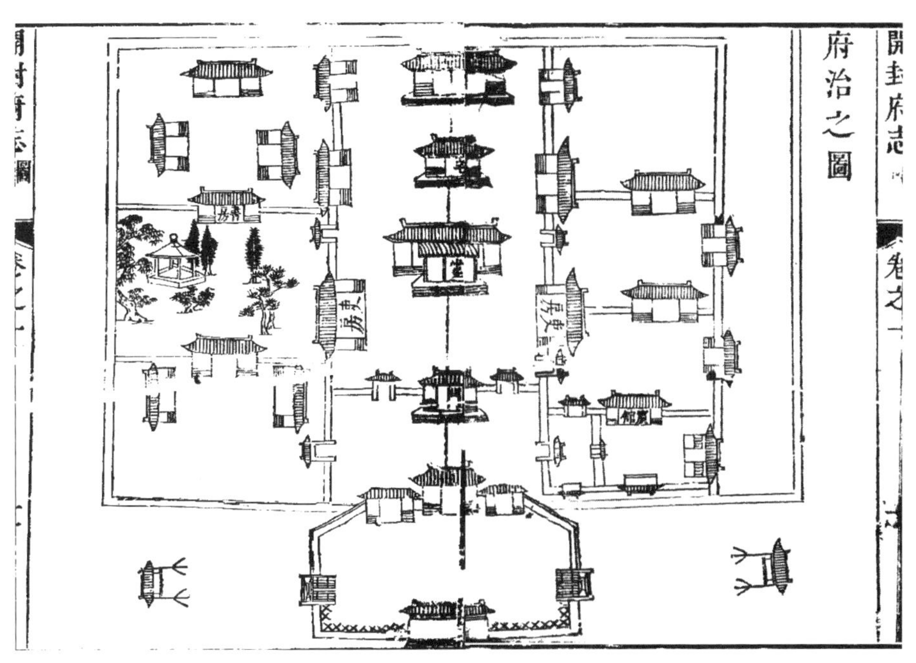

康熙三十四年《开封府志》卷之一“图考”选图二·开封府治

府衙布局严整，功能丰富，除了官署和官邸，左侧有花园、书房，甚至还有宾馆——右首第一个院落。

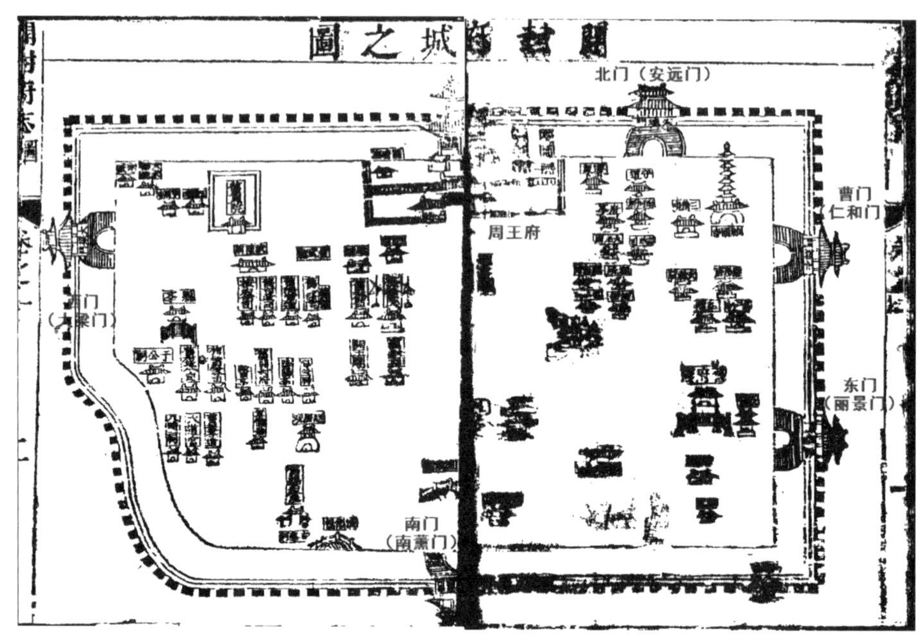

康熙三十四年《开封府志》卷之一“图考”选图一·开封府城

开封解围之后，近二十年迹近废墟。清朝对其首次修复在康熙元年（1662），随后两次是二十七年、三十三年，“各门营一如旧制”，依照崇祯时开封城旧制给以恢复。本府志即为第三次修复工程的翌年编刻，换言之，图上所绘开封，与围城时面貌一致。原刻墨渍团漫，为便观览，对几个重要地名添了标注。

足凭，我们在开封之围中却将切实看到，热兵器已经成为交战双方一致仰恃的军事手段，不仅有炮战，且有地雷战。所以，开封之城由土墙改砖墙，提高了抗御能力，对于李自成久攻不下，是一个颇为关键的因素。

另需了解的与攻防相关的设施，还有护城河。《汴京遗迹志》："其濠曰护龙河，阔十余丈，濠之内外皆植杨柳，粉墙朱户，禁人往来。"[1]这是宋代的情形。而据明人陈所蕴引郑之鋆《续东京梦华录》："今之城门有五，各建谯楼。城之外百步许，有海濠焉。匝城四围，阔数十丈，深四五丈。"[2]可见宋人所称"护龙河"、明人所称"海濠"的开封护城河，颇为壮阔。然而，上述描述或许夸张。一丈合三米许，十余丈则有四十米，数十丈或达百米以上，与北京长安街最宽处相当，应无可能。《守汴日志》说，闯军掘河引水后，海濠变得广有四五丈，深三丈余，似更合实际。总之"海濠"在攻防中也发挥了重要作用，后面我们会看到。

万历二十八年(1600)，在河南巡抚曾如春要求下，对开封城池进行了一次大的增修。《增建敌楼碑记》说，当时城墙完好，"惟敌楼阙如"。一日，曾如春率省府各大员，登城绕行视察，"四顾而叹曰，城以卫国、楼以翼城，匪直为观美也"。城乃军事工事，不能变成摆设，而敌楼阙如，似乎就是如此。士兵守城，风雨来袭有无避身之处？矢石猬至如何得到有效保护？"不待敌人攻我，我业已坐而自困矣。即金城千里何为？是当亟议早图者。"此时开封，为何有城无楼，不太清楚。考嘉靖二十五年(1546)成书的《汴京遗迹志》："今省城，即宋之旧里城……门五……外建月城，上各建楼"[3]，则五十四年前，敌楼还是有的，恐怕就是在此期间所圮坏，亦未可知。总之，视察的结果，决定增建敌楼，而由布政使姚进主其事。"楼既成，大夫相与落之，登楼四望，太行嵩室居然在几案间，大河汤汤，仅如衣带，城之大观于是乎备矣。"[4]

此距辛巳、壬午之围发生，还有四十年。当时，陈所蕴便称道："异日者，父老子弟攫(或为"撄"之误)城自守时，计必追颂中丞、方伯，永赖不朽功。"明清官场出于风雅，好用古称。"中丞"即巡抚，指曾如春。"方伯"在殷周原指诸

[1] 李濂《汴京遗迹志》卷之一，中华书局，1999，第2页。

[2] 陈所蕴《增建敌楼碑记》，《祥符县志》卷九建置，乾隆四年刻本，第8页。

[3] 李濂《汴京遗迹志》卷之一，中华书局，1999，第4页。

[4] 陈所蕴《增建敌楼碑记》，《祥符县志》卷九建置，乾隆四年刻本，第8—10页。

侯，后指地方长官，明清则借称布政使，这里当然是指姚进。事实的确验证了这番预言。若非这次未雨绸缪增修敌楼，后来开封想要抵挡闯军三次攻城，亦属渺茫。

洛阳失陷

开封之围，要先从洛阳失守说起。

洛阳在明代，乃河南八府之一，称"河南府"。乍一听，颇易让人误为河南省会。其实，当时省会是开封，但洛阳之重要性毫不逊于开封。一则，其作为古都的历史，即不傲视开封，起码不在其下。二则，其城市规模和开封一样，都在全国屈指可数的大城之列。三则，同为明代重要藩王的封地。开封有周王，朱元璋第五子朱橚之嗣；洛阳则有福王，资格不如周王老，而论眼下势焰却远非后者可比——此人非他，正是万历皇帝之宠儿、今上崇祯皇帝嫡亲的叔父、明末三案的祸根或起因朱常洵。

所以，方方面面而言，开封、洛阳这两座河南大城，铢两悉称、形同手足，理应一荣俱荣、一损俱损，谁能想到它们的实际表现却分处极端。我们已经知道，开封面对李自成大军，足足坚挺了十七个月。可是洛阳却连一天也没坚持住——崇祯十四年正月二十日[1]（1641年3月1日），它"一夕而陷"，一夜之间即告陷落。

是否在打洛阳的时候，李自成方案成熟、用兵有方、战法得当？也并不是那样。实际上可以说，洛阳的陷落跟李自成几乎没什么关系。它得之"意外"，起于一个突发事件：兵变。

《绥寇纪略》：

> 河南总兵王绍禹者，贪而无厌，好断军士缣谷以自肥。贼近后，载重坚请入洛阳。又收福王犒士三千金入其橐，兵益恨，乘夜反招自成入。洛阳陷。[2]

[1] 洛阳陷落日期，除正月二十日外，有十九日、二十二日、二十五日诸说。

[2] 吴伟业《绥寇纪略》卷九，商务印书馆，民国二十六年，第179页。

《豫变纪略》提供了一些具体细节：闯军迫近的消息传来，正月十七日，驻于城外的王绍禹要求带兵入城，福王虽加阻止，不听、执意入城，撇下刘、罗两位副将所部，孤悬城外，置之背水之地。十八日傍晚，城外有火光、传来喧闹声，据报告，为官军驱逐闯军。实际那不过是掩护，一片大呼小叫中，叛军代表假借追击，径赴七里河，与闯军就里应外合进行接洽。十九日，大量闯军现身城外，双方激战一天——当然是假象；到了夜间，叛兵赚开北门，引闯军一拥而入，兵不血刃得了洛阳。[1]

若以为兵变罪魁祸首是那总兵王绍禹，则又只知其一、不知其二。王绍禹固贪，但比之福王朱常洵，却是小巫见大巫。“时岁凶民饥，兵无饷，盗贼遍野。福王以神宗爱子，性啬，喜蓄积，丰于财。淅川教谕樊梦斗劝王散财收人心，以佐国家之急……王善之，不能从也。”[2]“福王者，神宗爱子也……王之为人，性鄙啬而酷嗜货财，守国二十余年，无一事可称者。洎乎国变，连岁饥荒，民不聊生，盗贼遍野，王之粟红贯朽自若。”[3]他与他的神宗老爹，像一个模子刻出来，贪财吝啬皆至于不可理喻。洛阳王府，富可敌国，而所赖以保命的军队因严重缺饷处在叛变边缘，他却只是抠抠搜搜以三千两犒士，即便钱串线绳已经断烂、存粮已经变色。“既而城破矣，身横俎矣，向之朽贯红粟，贼乃藉之以出示开仓而赈饥民，远近饥民荷旗而往，应之者如流水，日夜不绝。”[4]“贼从李岩、牛金星策，发福邸中库金及富人之赀，以号召饥民。”[5]《平寇志》说，闯军开仓用以赈饥的钱粮，只占王府蓄积区区十分之一。[6]设若这些钱粮，朱常洵亲自发到饥民饿兵手中，而不是自己被捉而由旁人打开库藏发放，洛阳是否仍会“一夕而陷”呢？

我们最后发现，洛阳被破，归根结底既不在于闯军，乃至也非因为王绍禹的贪忮而导致兵变，而是它骨子里已如福王府里堆积如山的钱串、陈粮，朽烂无比。不管表面看来，它是多么巍峨的大城，有着怎样高大、威猛、坚厚的城墙，实际却虚弱不堪、摇摇欲坠，禁不得

[1] 郑廉《豫变纪略》卷四，浙江古籍出版社，1984，第73页。
[2] 同上。
[3] 同上，第75页。
[4] 同上。
[5] 吴伟业《绥寇纪略》卷九，商务印书馆，民国二十六年，第179页。
[6] 彭孙贻《平寇志》卷之四，崇祯十四年，上海古籍出版社，1984，第87页。

一丁点儿风吹草动。

暂且丢开对鄙陋愚蠢的福王的不屑，这不是眼下我们于洛阳陷落瞩目所在。该事件与本文故事的关联，实为以下两点：

> 洛为王国，积藏素饶，且多战具。城破，金帛子女悉为贼有。其所降之兵，皆边陲劲旅。[1]

> 一呼百万，而其势燎原不可扑。自是而后，所过无坚城，所遇无劲敌。[2]

洛阳之变的历史意义在此。我们试为读者总结之：一、这是李自成所克第一座大城，而因其中有位富甲天下的福王，此大城尤非别者可比，闯军财力由此获空前提升。二、福王府有大量军资储备，闯军武器装备水平有了突破、飞跃式变化，从此具备打大仗、多兵种立体作战能力，例如对战斗手段要求很高的大型攻城战。三、哗变的明军乃是训练最严、作战能力最强的边防正规军，其于闯军军事素质改进大有补益。四、洛阳令闯军急速扩军成为可能，先前，闯军本身饥肠辘辘，如今充足的钱粮，令其既足吸引复能容纳众多渴望一饱的饥民，"吃汝娘，着汝娘，吃着不尽有闯王"[3]之谣遂遍传天下。

可以说，洛阳之陷无论对李自成和明朝，都具转折点意义。经此一事，闯军一夜长成参天大树，旬日内从几万人奇迹般膨胀为百万之众，从装备原始之草寇变成辎重满载、火力强大与官军不相上下甚至取得某种优势，而军心斗志远为高昂的劲旅。此时，它正掣电挟雷、山呼海啸地向六百里外第二座大城、省会开封扑来。

初　围

从军事角度说，当时开封是座空城。

之前，城内有两支部队。游击高谦部，先期随抚台李仙风往河北剿寇。另

[1] 白愚《汴围湿襟录》，中国历史研究社编《虎口余生记》，上海书店，1982，第45页。

[2] 郑廉《豫变纪略》卷四，浙江古籍出版社，1984，第75页。

[3] 谈迁《国榷》卷一百，中华书局，2005，第6027页。

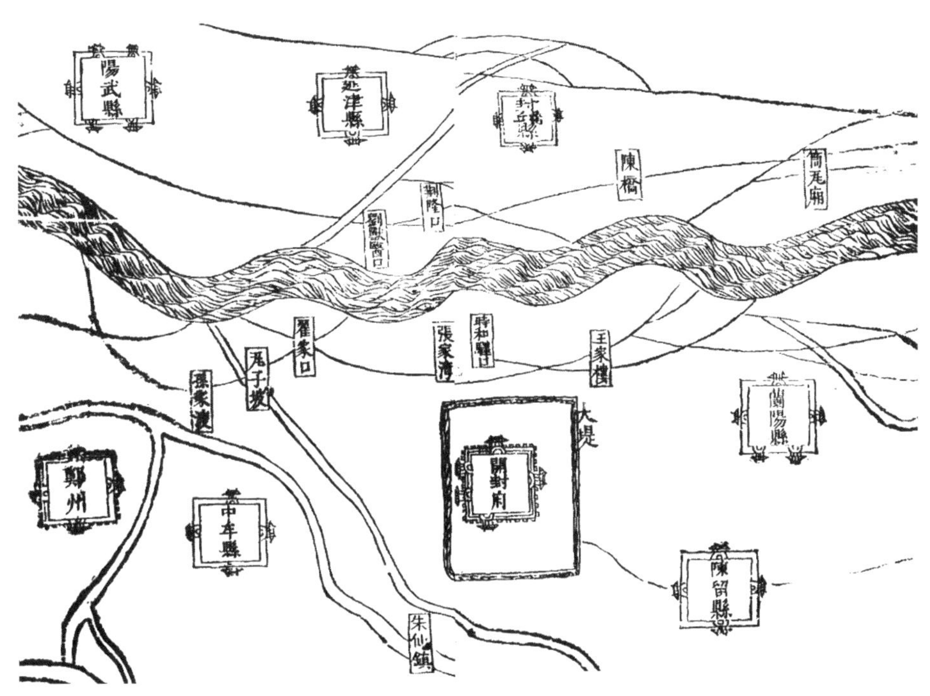

康熙三十四年《开封府志》卷之一“图考”选图四·开封周围

开封左近环境，首先要注意黄河，其次是大堤和朱仙镇两个地点。

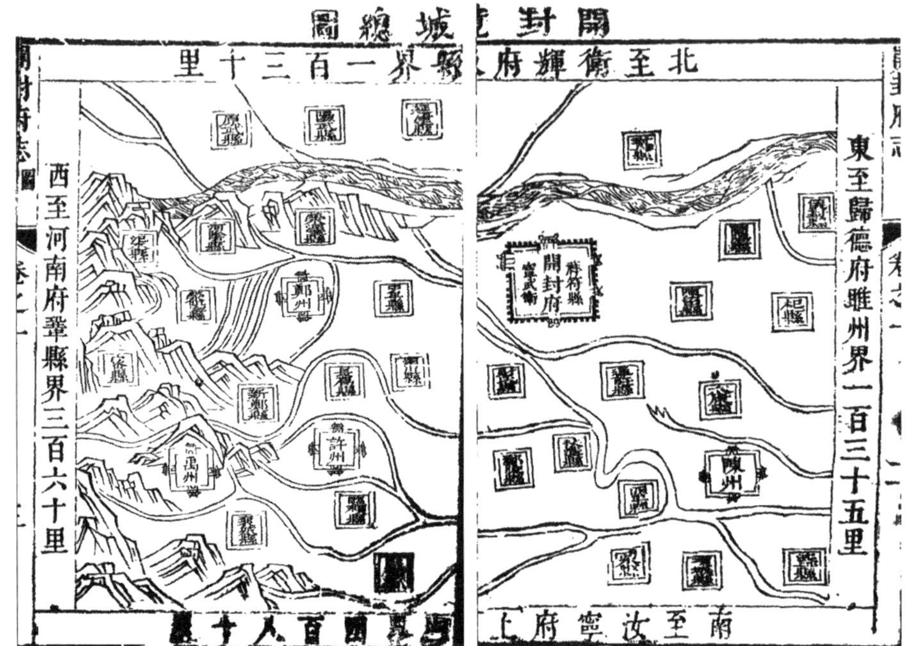

康熙三十四年《开封府志》卷之一“图考”选图三·开封位置

显示开封与东南西北四方的关系。其中“西至河南府”，即洛阳。初围时，李自成大军就是从那里向开封扑来。

一支则因闻警洛阳，由副总兵陈永福率领驰援。不久，李仙风得知洛阳的消息，亦率高谦赶往那里。我们不知道政府军方面是否料到李自成会接着来打开封，总之，开封兵力倾巢而出，已经没有守军。

而李自成那边，却尽悉开封实为空城，为之兴奋不已。“二月初九日甲寅，贼乘汴兵尽出，疾走三昼夜，十二日丁巳，直抵汴梁。”[1]如此高强度的急行军，显然是意识到机会难得，于是一口气直扑过来。

二月十二日辰巳时，上午九十点钟的样子，闯军一支先头部队抵达城外，大约三百人，都是骑兵，显然负有侦察任务，因为他们都化了装，自称官军。但开封居民仿佛嗅出了什么，纷纷入城躲避，城门随即关闭。午未时（下午一时许），闯军大部队及李自成大营赶到。巡按高名衡下令，所有城门一律以沙袋堵死，开始固守。同时，主要官员迅速分工。祥符县（开封府治所在地）知县王燮带领衙役兵（相当于公安干警）登城守御，左布政使梁炳负责东门、右布政使蔡懋德负责曹门（东北门）、管河同知桑开第负责北门；由于闯军主攻方向在西门，此处由高名衡亲自坐镇，开封府推官黄澍与守道苏壮协守，另有周王府内侍曹坤与左长史李映春率王府卫士八百人，登西城之上抵抗。

分派停当，各官遂分头履其职守。

其中，祥符知县王燮即刻邀集全城有声望及影响力的人士会议，権定以下方案：马上组建民兵队伍；开封有八十四坊（八十四个街道社区），每坊立一社，每社兵额五十名；各家出兵原则是，全部由富人承担，越富则出兵越多，家庭资产一二千银者出兵一名（或两家合出一名），资产过万者出兵二至三名；这样，八十四社共得民兵四千余名；每社设长、副二人统之，全部八十四社再依五门分为五个总社，各置一人为总社领导。

组建民兵守城的构想及方案，既有效克服了开封无兵可用的困境，又解决了临时建军而无兵饷的难题（军饷按额分配给建制内军队，政府财政并无单独款项可供额外的军事消耗），同时，严格体现公平原则——受益愈多则分担愈多，由富人贡献所有人力物力，与普通百姓无涉。

借社兵组建一事，可略见知县王燮

[1] 李光壂《守汴日志》，中州古籍出版社，1987，第1页。

或开封政界的高效与干练，与洛阳之涣散浊乱恰为鲜明对照。其于开封的久围不下，是很好的注脚。

另外一大不同，在福王、周王之间。明室宗亲，有远近、有大小、有穷富。福、周二王，其显赫及富有相当，而所藉不同。福王靠的是所谓“神宗爱子”，与今上血缘最近，原本连紫禁城都可能让他来坐，虽德行不修，又哪里有人奈何得了他？周王不然，该王虽为朱元璋诸子一代最老亲王之一，身份尊贵，然而如果看看二百多年来第一批亲王怎样或削或废或得罪或破落，即知能够葆其福祜至今，殊为不易，故不可像福王那样有恃无恐，而须另有进退之道。这一点，当着开封被围之际，立刻表现了出来。

《大梁守城记》说，周王不但以八百王府卫士投入战斗（不必说，费用完全出自王府），且将大批银子直接搬上城头，立此为证：谁建功，立马给赏。这笔钱有数万两。他开出赏格：打死一个敌人赏五十两；能够退敌、解围者，赏十万两，外加保奏皇帝授升官职。

据《汴围湿襟录》，捐资初非周王主动，“知县王燮巡视兵情懈怠，单骑驰入周府，启王云：‘城破旦夕，王多积藏，万一失守，恐非王有，乘此人心未危，兵民可鼓，重赏犒之，或可救急！’王随发饷金数万，遍赏合城，敌忾大振，城遂可保。”[1]

虽出王燮之劝，周王至少能够纳其言。而且以上还是初围时情形，最后，李自成三围开封过程中，周王总共支出一百二十余万两银子[2]，或作为赏金、或作为给守兵购粮之用。另外，他还捐掉了自己当年的“岁禄”——我们正好知道他一年“岁禄”是多少，《弇山堂别集》卷六十七“亲王禄赐考、各府禄米、诸王公主岁供之数”载：“周王岁支本色禄米二万石”。[3]二万石，姑且不依围困中开封离谱的粮价算，即按平常的米价，崇祯十六年每石值银三点三两（此为北京米价，至于别地，崇祯初即可高达每石值银四两）[4]，折成银子又至少值六万两。

我们当然又想起朱常洵如同割了心头肉一般，拿出的那三千两慰劳金。

政府方面同样立有赏格：出城斩敌

[1]白愚《汴围湿襟录》，中国历史研究社编《虎口余生记》，上海书店，1982，第52页。

[2]谈迁《国榷》卷九十八，中华书局，2005，第5941页。

[3]王世贞《弇山堂别集》卷六十七，台湾学生书局影印本，1965，第2853页。

[4]秦佩珩《明代米价考》，《明清社会经济史论稿》，中州古籍出版社，1984，第199—210页。

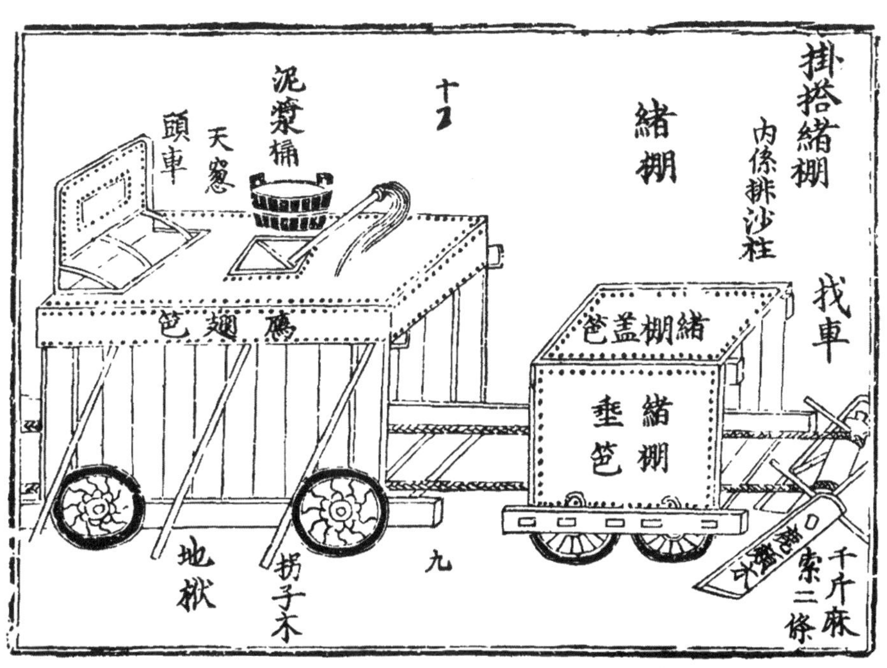

《武经总要》选图六・工兵器械

当系挖“地道”部队之装备。闯军在开封城墙下挖过许多大洞，不知可曾用到。

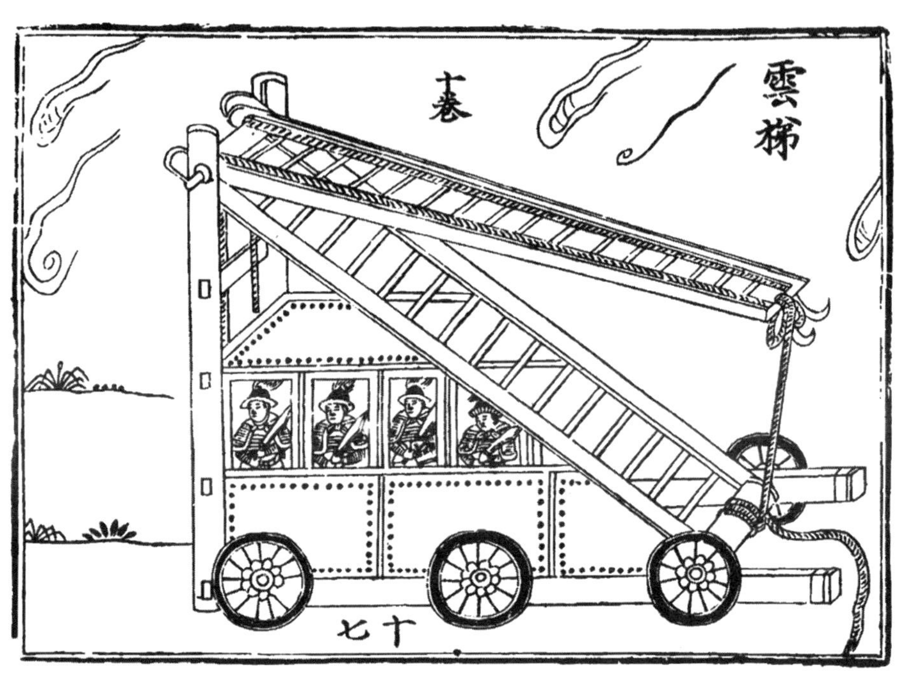

《武经总要》选图三·大型云梯

云梯，登城之具，种类颇多，这是比较大型的。两段云梯之间有轴，以绳缆操纵，即升高一倍。下部有类同巴士一般的车厢，将登城士兵安全运抵城下。

一级者可得银五十两，射杀一人赏三十两，措施有力，调配得当，官吏有为，周王表现也不让人失望。于是，开封士气便与洛阳判然有别。群众抵抗积极性高涨，除了组建起来的社兵，还有不少百姓自发参加守城战，“百姓挈弓矢刀槊登城者，纷纷恐后”。

闯军首选攻城方式，是挖墙脚。在矢石掩护下，驱赶乡民接近城脚，然后挖洞。其作用，一是想打通城墙作为入口，二是可以藏匿兵员以备发动统一攀城行动，三还可以填炸药通过爆破毁城。而进展颇为顺利，头一天就在西门一带墙体挖出六个大洞，威胁极大。起初，城上对此束手无策，因为敌人深藏洞中，城上无论射箭、火攻皆不能及。十三日，一个叫张坚的人，发明了破解之策，称“悬楼式”，以巨木制成栅格式大吊楼，宽度跨五垛或三垛，其实就是可探出城外、可升降之活动掩体，每楼容十人，从里面发矢、投石、扔火罐，攻击洞内之敌。黄澍采纳了张坚发明，下令立刻赶制五十座。“悬楼式”果然奏效，闯军行动严重受阻，死伤甚众，大怒，十四日一整天，万箭齐发，以阻止“悬楼式”探于墙外，“箭插城垣如猬”。

然而，洞中所存之敌却未停止工作，昼夜挖掘，对此，“悬楼式”也无能为力，如不设法制止，城危旦夕。王燮遂向高名衡献计，照着敌人打洞位置，自城上下挖，将其凿穿。大家觉得冒险，害怕这么做弄不好反而帮敌人打通城墙，王燮却说古有成功之例，于是选了一处来试。开封城墙高约十一米，相当于三层楼房。打了一整天，终于打通一洞，井口粗细。下面闯军惊慌失措，“哄然遁出”，守军则将火药从洞口抛下，“贼皆不敢入洞”。然后，“各口效之，皆得固守”。

十五日，围城第四天，闯军换了攻城术，改用云梯强行登城。云梯多达百余座，有大有小，最大的一座由四十八人共抬而至。对城上来说，比之于挖墙脚，云梯较易对付。距城较远，以大炮击之；迫近，则用火攻。有一种火罐叫“万人敌”，可以理解为古时的大型燃烧弹，威力不小。这样，闯军云梯纵队无一得手，不死炮下即葬火中。

尽管如此，闯军并无退意。城内分析，或许敌人认准开封内虚，所以不肯轻罢。于是布疑兵之阵，将竹厂数万竹竿，悉数买下发给百姓，每人每天付酬五分银子，让他们高举竹竿，登城游行，呼喊口号，誓师“发兵出战”。据说，闯军果然有点摸不着头脑,将大营后移,而“攻危稍缓”。

十六日,迎来转机。救洛在外的副总兵陈永福,闻知闯军攻汴,兼程回援。他手下兵将,都是开封本地人,“闻贼寇城,顾家心急”,故能一鼓作气赶回,夜半时突袭闯营,斩敌若干,自损二将及兵士数百,撕开一条口子,抵于城下。高名衡犹恐有诈,命陈永福子城楼认父,辨得确实,才开门放入。至此,开封度过完全由百姓自守的四天,而重新拥有正规军,“合城欢噪,人人鼓勇,民心大定”。

正规军回归,底气果不同。十七日闯军复攻,薄近城池时,紧闭多日的城门居然打开了——陈永福率部出城迎战。双方相互靠近,到海濠边上,各自止步。闯军退却,或出于诱敌或对城内大胆略感意外。陈永福则不中其计,也勒住马头,从容回城。

消息惊动了李自成,他要亲自一探虚实,化装成普通士兵的样子,杂于众中,至城下窥视。城上照例以箭射之,其中一箭,“中左目下,深入二寸许,抱头惊拥而去。始知为闯贼也。”意外获此重大战果。从此,李自成就成了“独眼龙”。这一特征,过去的当代小说、连环画、戏剧之类叙述,是回避的。我自幼脑中的李自成形象,并无眇一目之印象。但作为事实,1641年起李自成确只剩下一只眼,那正是开封之围给他的烙印。

二月十八日黎明,闯军前锋部队掉转方向,在西边“逡巡终日”,傍晚,终于全军撤离。闯军的动摇,除了陈永福回归和李自成中箭,还因为传来消息,左良玉大军将至,保定的官军也即将渡河。当时,左军名头还很有威慑力;一年后,打完朱仙镇战役,左良玉神话才告解构。

闯军自十二日先头部队现身,至十八日西去,前后六天半,此即开封三围之初围。几乎没有驻军的省城开封,通过发动民众,顶住和化解各种危机,令刚刚取得洛阳大捷、信心爆棚的闯军,空徒往返。不宁唯是,其领袖竟至不能全身而退。

二月十九日,脱险后的开封,开始收拾烂摊子。王燮督众修葺城垣,夜以继日,仅用十天把所有的挖洞及其他破损修好。三月初一,进一步备战,各官募兵选将,添设营伍。高名衡添设了清真营,“皆募回回充之,称劲旅。”按:开封为回民聚居地,当时清真寺就多达十余处,大多是元初随蒙古远征军来此。此外,还有守道苏壮所设“道标营”。王燮创建的八十四社社兵，当然也并未解散，“无事则团练习艺，有事则登陴守御”。

大家都有预感：李自成还会再来。

二　围

平静持续了足足十个月。

年底，十二月二十日（公历已是1642年1月20日），大寒节气当天，城中已到处传闻闯军将至。二十三日下午，忽见七骑疾驰而至，将两张纸贴在曹门外栅栏上，卫卒急追不及。众人看时，正是李自成的布告。

“是夜，贼大营至。”前度，闯军是偷袭战术，意乘开封空虚打一个措手不及，故假扮官军等等。此番，态度迥然，大军未到，先张布告，可谓堂堂正正。

所以如此，盖出四者：一，开封久备不懈，自成已知偷袭无益。二，一箭之仇、眇目之辱，令其耿耿于怀，此番再来，自当以雷霆威震之势，荡平汴梁。三，初围兵力是小股轻装，昼夜疾行，“精兵不过三千，胁从之众不过三万”。此次不然，“时自成有众五十万”，另外还带了一个帮手——结义兄弟、外号“曹操”的罗汝才。“汝才战士四五万，战马万余骑，马骡斯养不下四五十万。闯兵长于攻，罗兵长于守，相倚为用。”[1]《守汴日志》《汴围湿襟录》《明史》均载李、罗规模百万，《甲申传信录》至言合计“二百余万”。四，既然是大兵团作战，装备方面自非昔比，整编整备、精锐悉出，“每一贼有马三匹”，各种重型武器应有尽有。总之二围重来，李自成麾以重兵，耀武扬威，是决战姿态。

连主攻方向亦先予明示。初围地形不明，主攻西门是错误的，因为开封西门海濠特别宽阔，易守难攻。这次总结经验，将主攻方向放在东北至正北一线，故贴告示于曹门。

二十四日，进攻正式开始。当时，督师丁启睿率兵三千从南阳来援，在北门外立营迎敌。闯军刚发动冲击，兵刃未接，丁师即告崩溃，败卒狂奔进入北门月城（即瓮城，掩护城门之用，半圆形，

[1] 谷应泰《明史纪事本末》卷七五中原群盗，广雅书局刻本，上海古籍出版社影印，1994，第331页。

故又称月城），而闯军骑兵紧追，随之而入。堵在月城中的官兵“哀号求入”，丁启睿在城上见此，要求打开北门令其部下入内，遭到王燮严辞拒绝：“此何光景？尚敢启门也！”拥入月城的闯兵，开始徒手攀援，很多已经爬上月城上面，进而再攀主城，则轻而易举，情形甚危。一名叫李耀的军官，率数十名回族勇士，“各持大柳椽，跃过瓮城，尽击贼落城下”。然闯兵仍不断向上攀爬，后续闯军也大批拥来，“炮击不退，贼兵拥集城下”。督抚面面相觑，又是王燮站出来充当“恶人”。他提出了冷血的建议：“火攻下击，以解其危”，不分敌兵己军，一律烧死。丁启睿还在沉吟犹豫（在他自当如此），王燮已下令投火月城，“兵寇不及避，霎时皆焚于火”。白愚对此记道：“合城称快”。后来，兵部于其文件中评估事态，称“若非知县王燮付之一烬，则汴城不可问矣！”

北门危机之后，转入胶着之攻防战，挖墙脚重新成为焦点，闯军一心把城墙挖透，城内则极力阻之。承担挖墙任务的，并非闯军士兵，而是被驱赶而来的四乡农民。盖因此事伤亡巨大，闯军自不肯以其徒耗有生力量。《大梁守城记》记之：

> 贼每令数十人持锤凿，闻鼓蚁进。至城下施锤凿，人一声，舍而退，继者进。砖石微动，施鹰嘴镢，亦人一声。首得砖者，劳而休之，终身不与攻城之役。[1]

撅得一砖，即得豁免。这种办法，利用掘城者求生欲，而听驱策，但因此所需乡民，人数也十分惊人，《守汴日志》有曰“胁从之众近百万”，数目应不夸张。偶有乡民反抗，《大梁守城记》载，有一乡民被闯军执刀逼迫前来，忽然“回身紧抱，向城大呼曰：‘我不为贼用，速发炮，愿与贼俱死。’”[2]不少乡民接近城下前，已死炮火之下。躲过炮火，到相对近些的地方，还得防城上之箭。闯军令所有掘城之民，都背负“版扉”亦即门板窗板前来，作为挡箭牌。虽然伤亡巨大，但毕竟征夫极多，故进展仍旧显著。到二十五日，环城所掘之洞有三十余处，每洞可

[1] 刘益安《大梁守城记笺证》，中州书画出版社，1982，第53页。
[2] 同上，第44页。

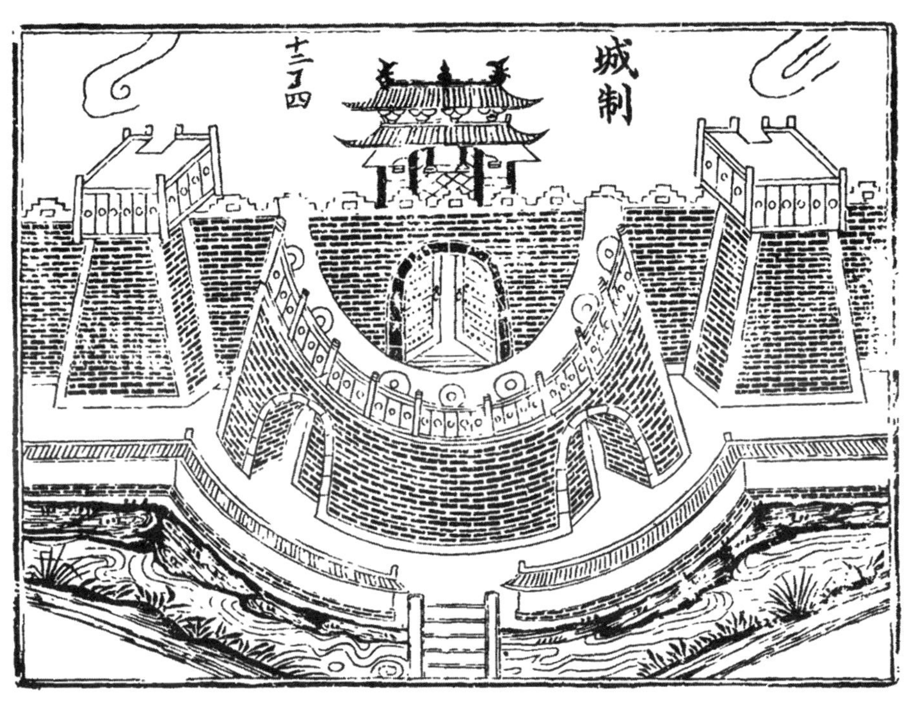

古代城防体系

由外至里：护城河、瓮城、城墙及墙上敌楼和战屋。每种设施，俱为一道防线，从而构成纵深的、空间立体的防御体系。

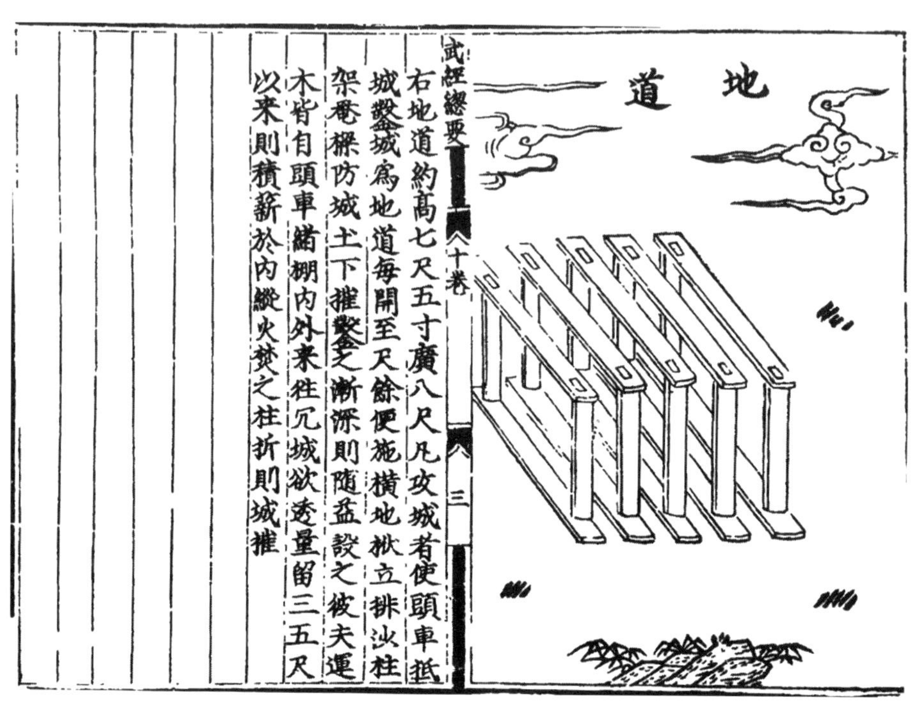

《武经总要》选图一・地道

《武经总要》为宋代官修军事大全，兹从攻城战角度选图若干作为参考，但应说明，四百年后明末武器装备较之已有很大提高。这里的“地道”不同于现代地道战，而是城下掘洞，将一种名“地栿”的木框架置入其中，然后“积薪于内，纵火焚之”，“地栿”烧塌，形成悬空，城墙因墙体沉重，自然下沉而崩陷。

容数十人，大小应在十平方米以上。对于已经潜入洞中的闯军，“砖石不能击，系柴加烘药下烧之，贼自出”；于是，“火昼夜不绝，自曹门至北门环亘十余里”。从中可以注意战争的实质是消耗，一切最终取决并归结于物力。从烧柴这一端，即可体会开封城的巨大消耗，“周府出苇柴，官府买蜀柴无几，强半出之社中”，从开战第一天起，所有物资都在急剧消耗中；目前吃紧的是柴，将来则必发展到粮食。

二围战事突出之处，在于大炮成为主角。初围是奇袭，轻装简从，故少见炮战身影。二围再来，李自成倾巢而动。而且此时他的家底，除得之洛阳外，还有初围后十个月中间各地攻城的斩获，“贼之再围也，沿途攻陷郡邑，所获火药器械大称饶足。”[1]无疑，他已拥有一支非常完备的炮兵。

炮火显示了威力。一是重创城上守兵，死伤惨重（城上亦唯还以炮击，方能反制）。二是直接击毁城墙，二十七日，闯军“列大炮十余，一时并击，城垣随声而堕。”[2]坍现二丈余大口子，然后以步兵登城，骑兵随之。城内也迅速调集十余门炮，“步贼至半途者，一拥而下，死者无数。”如此炮火掩护下的来回攻防，一夜竟达数十次，黎明才稍见稀疏。

最猛烈一次炮战，见于十余天后。元月十二日，闯军调百余门大炮，构建空前火力，“齐燃击城，城被炮，倾颓如坂”。现场情形，“飞铁镕铅，四面如织，空中作响，如鸷鸟之凌劲风。”大约一百多名闯兵趁势已登上城墙，插旗城头。当时，“城上炮苦后坐”，可能是地势关系，安放炮的位置不理想，后坐力致炮不稳、准头欠佳，陈永福（这时他已晋升总兵）遂骑于炮上压之，“命左右曰：‘速点，速点，忠臣不怕死。’”经他的鼓舞，守军炮火重拾攻势。闯军稍却，城上赶紧以水大量倾于“倾颓如坂”的城墙缺口。这是聪明的救急办法，时当严寒，水很快变冰，闯军重新攻至却已不能由此缺口登城。

大炮既为杀手锏，双方便都动心思，改进、提升其效果。闯军首先有所发明，他们伐木制成大炮台，长十丈余，宽五丈余，高可三丈，容百余人，置炮其上，显然是为了改善发射角度和射程。效果应该显著，城内于是亦予仿效，但苦于缺少木料，故较简陋，只是做了炮架子，“立长柏木三如鼎足，悬大炮其上”。

[1] 白愚《汴围湿襟录》，中国历史研究社编《虎口余生记》，上海书店，1982，第51页。
[2] 郑廉《豫变纪略》卷四，浙江古籍出版社，1984，第98页。

围绕炮战,还生出迷信与邪术:

贼驱妇人,赤身濠边,望城叫骂。城上点大炮,悉倒泄。城上令僧人裸立女墙叫骂,贼炮亦倒泄。[1]

里面的道理,大致是阴阳相克。以为炮是阳物,女人为阴,阴之咒阳,阳即不举。另一边,也认同这道理,尔既以女人骂我,我则以无欲则刚之和尚反骂。双方都脱光了身子,试看谁怕谁。事属邪妄,是否果如所说一骂便灵,不得而知。但从中可见炮对双方的重要。

闯军战法直追现代处,尚在炮兵之外——它似乎还有爆破部队。连日来,一直在开封东城脚下不停开挖,直至挖成一个十余丈大洞。然后,每天往里面搬大麻袋,袋中满是炸药。待将大洞填满,再装上两根引线。引线粗得骇人,"长四五丈,大如斗"、"忽肩二长物如大屋柱贯坎中者,药线也"。终于一切停当,元月十三日这天,"马贼千余俱勒马濠边,步贼无数",就等爆破成功,冲进城去。巳时(上午九时至十一时),点燃引线。《守汴日志》述说:

药烟一起,迷眯如深夜,天崩地裂声中,大磨百余及砖石皆迅直空中,碎落城外可二里。[2]

威力巨大。然诡异的是,"城上城内未伤一人。里半壁城墙仅厚尺许,卓然兀立。"被刨得仅剩一尺多厚的城墙,居然无伤。城外却惨不忍睹:"势若反击城外,贼在二里内者皆死。或尸著马上,块而糜烂,如塑鬼物未成者然。""马、步贼俱为齑粉,间有人死马惊逸者。"大约当时所用的黑火药,究非诺贝尔所发明黄色炸药可比。引爆后,能量由敞开的洞口处释其大部,而闯军攻城部队又不明智地围在洞外等候,遂罹惨祸。当时人们不明就里,以为"此真天意,非人力也"。

古城在战火中迎来壬午年春节,进入崇祯十五年。正月初一当天,战况尤

[1] 李光壂《守汴日志》,中州古籍出版社,1987,第7页。
[2] 同上,第11页。

烈。李自成认为时值过年，开封守备不免松懈：

> 随于本日调集马步精贼数万，伏于海濠之外，乘元旦以为我兵守懈，约令各贼同时齐攻。前驱乡民，继以骇贼，蚁附而上。复用大炮上击，各贼随响拥登，势危万分，存亡俄顷。巡抚高名衡(初围后升任巡抚)、总兵陈永福率兵将躬临危险，指挥我兵奋死力敌，加以火药砖石齐施，贼不退兵，又以“万人敌”(燃烧弹，前有述)芦柴浇烘油，烈烟弥天，贼从不能立足，焚死无数，方始退却……全汴之功，此战称第一。[1]

初四、初八，连降两场大雪。守城士兵不能离岗，露宿城头。巡按任濬找到《守汴日志》作者李光壂，说：“大雪湿衣，兵寒难忍，须各给绵被或毡条御之，非立办二万件不可。”李光壂立刻去办，议定每名社兵出十件、每家当铺出五十件、大商人每户出三十件，不等；得到积极响应，“未及晚，城头山积”，被毡堆满。雪停后，任濬又找来李光壂，让他将征用的被毡，一一还给捐主。

李光壂在二围前夕，受命担任左所总社，是开封民兵五大领袖之一。自此以后，便以极强责任心投身守城战斗。曹门民兵力量不足，他自出资募丁，“每次人给钱百文、饼四个，百姓蜂拥愿雇，虽日用数十人，不缺。”每天，李家还自制厚饼三千个送城上，及二围结束，他一家制饼送饼数量超过十万。李光壂表现虽然突出，却并不孤立。开封许多富户每天都主动送饼给守军，“巨商巨族，各送饼千百不等。”又有乡宦刘昌、郑封、张文光等，“于上方寺安立大锅数百口，倡督乡耆，捐输米面，昼夜供食不绝”[2]，以援城上士兵。

应该说狂攻之下开封屹立不倒，军事层面之外，重要因素是合城齐心。以苇柴一项物资为例，上自周王，下至民间，咸与共担；“周府苇柴，令宫人运出园外，骡车数辆，昼夜载运”，而在民间，“每一社兵，出柴五束、十束，后至二三十束”，李光壂每天早晨天没亮，便要去找乡约派四轮车十五辆，专门搬运周府和社兵苇柴。到二月初九，仅经他手就运输十二万束以上；此后至解围，又运十余万束。

[1] 白愚《汴围湿襟录》，中国历史研究社编《虎口余生记》，上海书店，1982，第53页。

[2] 同上。

有迹象显示，李自成正失去信心和耐心。正月初三，他做了两件事。一是把丁启睿手下投诚过来的三千士兵，借口点名，骗到老营，全部杀死，原因是“恐其为内应”。二是将头领李狗皮打了四十军棍。李狗皮是进攻开封北门的前线指挥官，“闯贼怒其弗克，责之”。

以下情形同样说明这一点：初十，闯军持刀逼迫民夫重返原来所掘城洞，继续干。然而，诸洞已为守军夺取，民夫接近不得，“欲另掘，又为悬楼砖石击走，回到濠边，持刀贼乃尽杀之，屡驱屡杀，如是终日，死者万余。”[1]如此格杀勿论，显示了久攻不下的急躁。

躁进，直接表现在李自成身上。他的大营，本来距城十里，现在贸然移至仅三里许的地方。这一位置，更利于他观察部队表现，加以监督、指挥。他或许想以此给部队施压，或者出于对手下不够信任。他自然知道这很冒险，但迟无进展令他不能安坐十里之外。他险些付出比眇一目更重的代价——城上一炮手，注意到这新的营帐，“遂安红衣大炮一位，照的（瞄准）贼营，祭毕施放，远望飞烟尘灰一道，正中其营，打死人马无数，闯逆幸免。”[2]

反之，守方一边，却有不少进展。

正月初七，重赏之下，开封市民朱呈祥率百余人，决定“承包”夺取闯军所掘各洞的任务。他们的办法是，通过从城顶打通的洞，将烧着并加了助燃剂的柴堆悬入洞中，再不断投以新柴，使洞内烧至极热，人不能存——驱出洞外的闯兵，自然被城上箭石毙命——随即迅速、大量灌水使洞降温，己兵带短刀跳入实施占领，之后每洞各以五十名士兵守之，闯军卷土再来，则据洞击退。如此，闯军废时半月辛苦所掘总共三十六洞，尽落守军之手，开封一大隐忧消除。

甚至大胆出城骚扰。夺洞翌日，正月初八夜半三更，天降大雪，巡按任濬忽生一计，选奇袭兵五百，悄悄开了城门，渡过海濠，分几处杀入敌营。一阵乱砍，砍了就跑。闯军惊起，急追。过了海濠，接近城边，埋伏在闯军所掘城洞中之兵杀出，截断归路，五百奇袭兵也掉头回杀，共斩敌七百八十三级。李光壂叙至此写道：“推官黄澍同壂立城头，浑身雪厚寸余，竟不自觉。”

[1] 李光壂《守汴日志》，中州古籍出版社，1987，第9页。

[2] 白愚《汴围湿襟录》，中国历史研究社编《虎口余生记》，上海书店，1982，第55页。

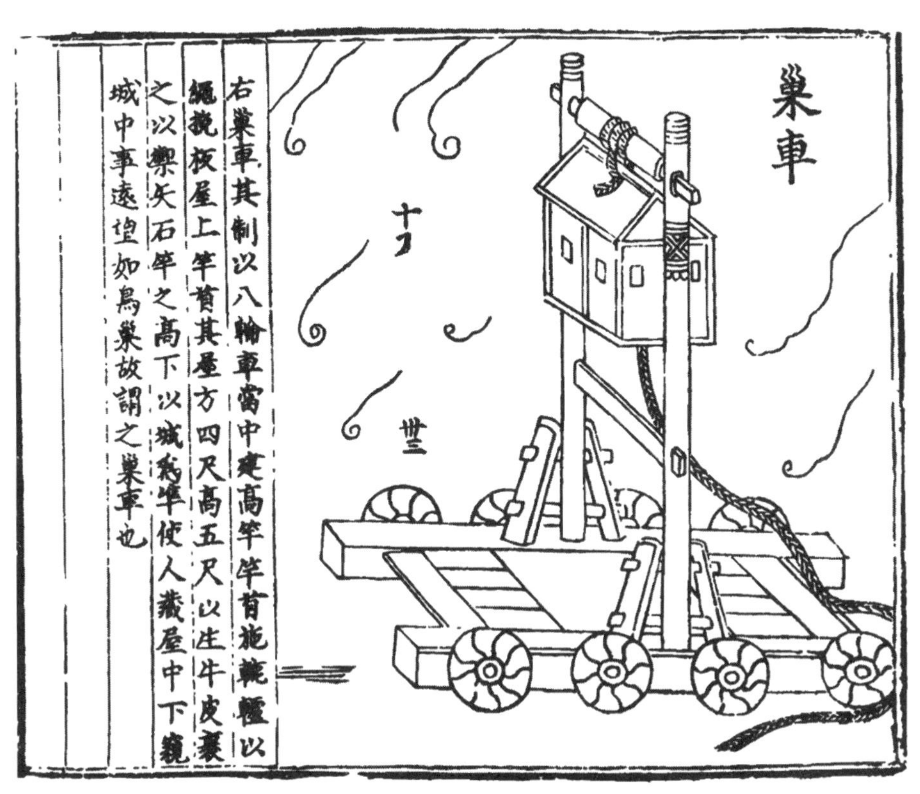

《武经总要》选图二・巢车

用于侦察，高度逾乎城墙，侦察者以车上小屋为掩体，“窥城中事。远望如鸟巢，故谓之巢车”。

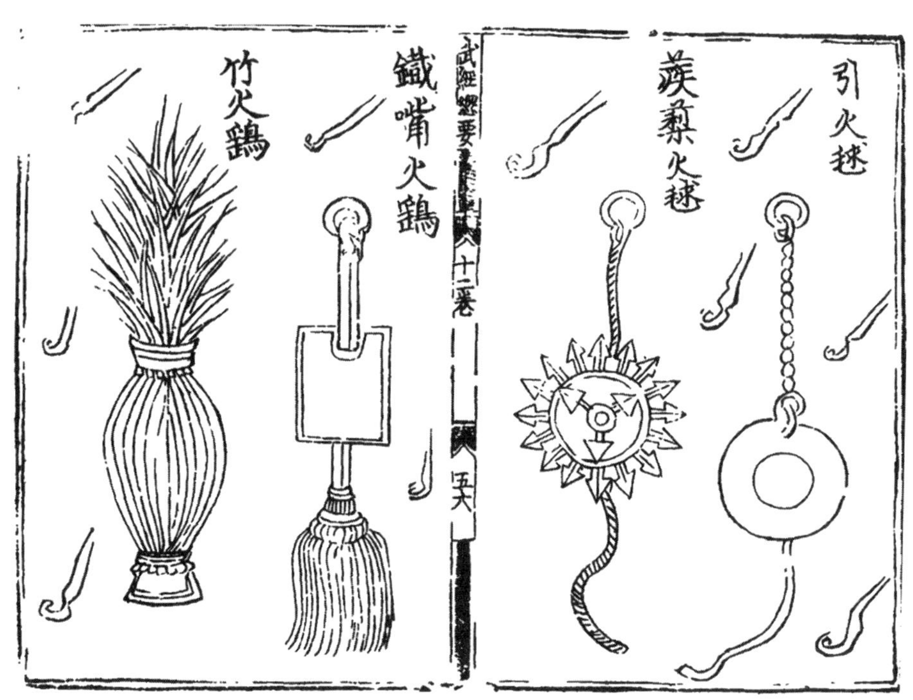

《武经总要》选图五·各种火攻器

投掷型燃烧物，有的兼具利刃，以杀灭敌人有生力量。

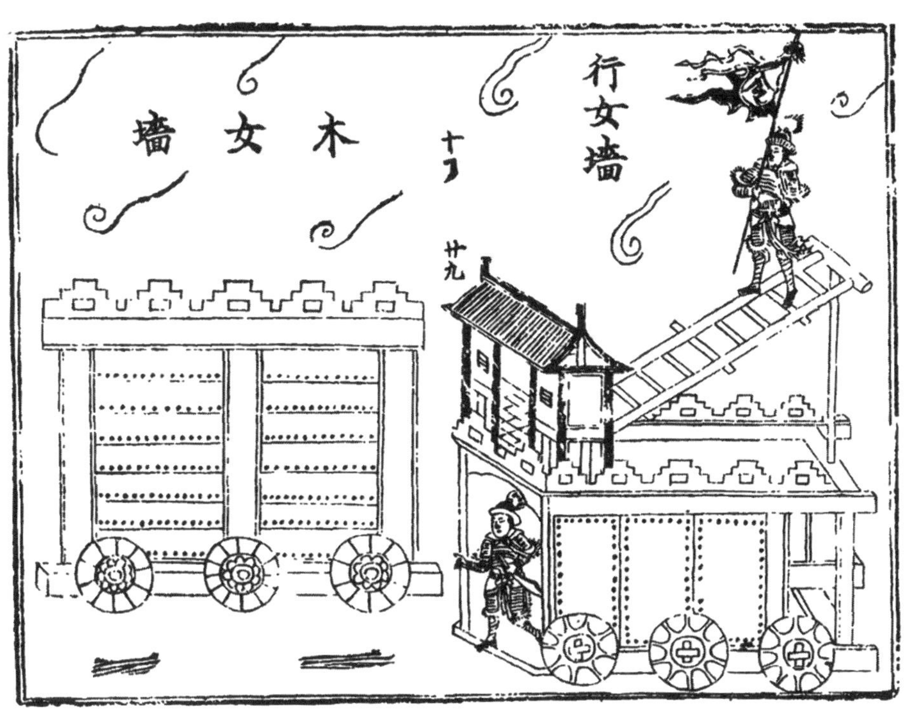

《武经总要》选图七・移动堡垒

大概来自将城墙由死变活的灵感，有如现代装甲运兵车，在蝟集的矢雨中，有效保护进攻的士兵。

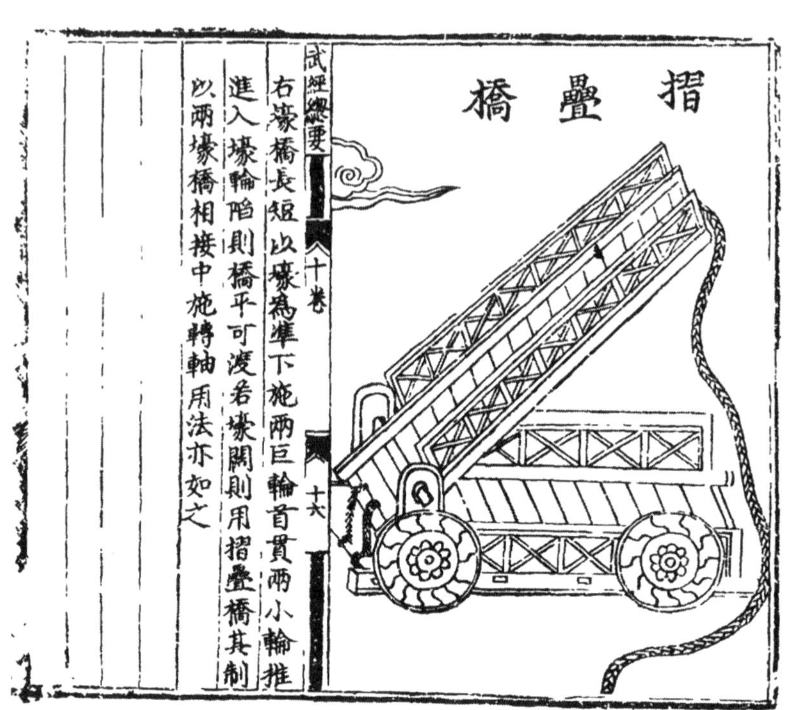

《武经总要》选图八·折叠壕桥

城壕上有吊桥，遇事收起，此装置则为攻方解决了架桥问题。双层，如遇壕短仅用一层，壕宽则打开折叠层，达到延长目的。

随即是十三日爆破失败、重创自身一幕，闯军很有些黔驴技穷之感，又恰此时，"忽见打粮贼(去各乡搜粮的闯军)数千自西蜂拥溃回，皆云'不知何处兵马，尽是白旂，已渡黄河，长驱飞至！'"[1]当时，明军援军保定总督杨文岳部以及左良玉、虎大威等，确正向开封运动。初二，杨文岳曾派密探扮乞丐至城，告以"大兵即至"。闯军所见渡过黄河明军，应即杨文岳部。

元月十五日，元宵节。一大早，"老营贼五鼓拔营"。李自成总部先撤，"攻城之贼未动"。很小心，怕城内追击。其实，城内筋疲力尽，顾不上。到了中午，闯军飞骑传令，"呼众贼速走"。围城部队遂撤，"自西北往东南，扬尘蔽日。"

城内仍未敢轻动，直到第二天，巡按任濬方传谕各总社开城门。李光壂所任左所总社，协防曹门。接到命令，他找来器械，军民并力齐发，颇费一番气力，才将曹门打开。一行人出城察视，李光壂记道：

> 壂骑马戎服前导，黄推官、王知县各骑马行，周府方、邱二小内使亦同往，周视贼营，牛、驴、马头皮肠肺，间以人尸，秽满营内外，约广八里，长二十里，以繁塔寺为聚粮之所，粮深三尺。[2]

景状令人作呕，然并不为奇。凡战争盖不免如此。战争没有美好的一面。

从存粮看，闯军供应充足。除了粮食，被丢弃的还有妇女。十七日，"贼所遗妇女二千三百余人，悉归城下，因收月城内，禁兵民掠夺，俟其亲属认领。"这些无助的女人，单独置于瓮城内，以防再遭争抢。说是"俟其亲属认领"，恐怕也难，没人知道她们的丈夫、父兄是否为遍野尸体中的一员。十八日李光壂随黄澍等出城埋尸，他的所见："尸横遍野，断发满地，死伤者无虑十万。令地方夫掩埋，十日未毕。"用了十天，仍未能尽埋。

总兵陈永福所部，从战场上共收集到闯军所弃牛只三万余头，是从乡民手中或征或抢，用来运输各种物资的，如今无主。巡按任濬指示，按市价折半卖与农民做耕牛，凡欲购牛者发给小票，排队领牛，李光壂负责收票。他察看了牛

[1] 白愚《汴围湿襟录》，中国历史研究社编《虎口余生记》，上海书店，1982，第57页。

[2] 李光壂《守汴日志》，中州古籍出版社，1987，第12页。

的情形后，报告任濬：这些牛闯军顾不上喂，“唯食草根泥水，腹有宿泥，不出十日必死。”任濬找来兽医诊断，结论相同，“事遂寝”。虽然似乎是微不足道的细节，却足彰战争破坏性。在农业时代，牛为主要的生产资料；一战即损牛只三万余头，而每头牛都可折合若干粮食产量，算一算账，会是一个吓人的数字。

二十七日，残局收拾得差不多，开封开始重建，主要是修补城垣，按下不表。

此即开封二围。崇祯十四年十二月二十三日，李自成纠合罗汝才复至，崇祯十五年元月十五日遁去，凡二十三天，历时较初围长四倍，且跨了年度。攻城者动用了所能的一切手段，而开封仍得保全。身为开封人，白愚自豪地写道：

> 守城之功莫赖兵将，而民壮之兵，亦称勇健。当攻城之顷，兵已拼死，协守二十昼夜，贼退。抚按于教场量功行赏，仍具题优叙，奉旨褒嘉升赏有差。[1]

他的意思，开封坚强主要在于开封人，奇迹属于开封人民。

三　围

说奇迹，因为确实绝无仅有。那时闯军所向披靡，所到皆如探囊取物。洛阳、西安、北京……无有他打不下的城池。从头到尾，令其悻悻然的，只有开封，且接连三次终于无奈其何。别的不说，仅二围至三围这段时间，在开封周围，闯军即连陷十七州县，唯独开封居然已让他栽了两回。

原其根由，至今也拿不出一目了然、令人茅塞顿开的解释。我们虽曾设法找了若干理由，比如官吏干练、周王不悭、士绅效命、民众团结等，但与事情本身难度比，其实都欠充分。不但我们为之纳闷，李自成显然也是大惑不解。以他战无不胜的势头，开封这根骨头如此难啃，实在是怪事一桩。他心里放不下这根骨头，如鲠在喉，不吐不快，非吐不可。哪怕是为自己，他也必然回来，求一个彻底了断。

[1] 白愚《汴围湿襟录》，中国历史研究社编《虎口余生记》，上海书店，1982，第58页。

崇祯十五年二、三、四月，当他极其顺手地连克连捷之后，开封留下的郁闷，便更显突出了。

四月二十八日，李自成去而复返的消息，已传遍开封城。从事后看，开封居民错过了逃生的重要时机。如果他们这时便弃家离城避于他乡，很多人是可以活下来的。恐怕前两次开封屹立不倒的经历，麻痹了众人神经，以为李自成不过尔尔。似乎也不是没有道理，尤其经过二围，闯军各种招数、能耐，大家都见识了，而扼腕引退的不正是闯军么？

大家只和以前一样，加强备战，做好准备。仍然以开封五门为核心，布置任务。人员基本是老面孔，只是少了祥符知县王燮；他因两次守城有功，得到提升，去了北京。

五月二日，闯军出现在城外。先到一队哨兵，李自成大部队次日方至。罗汝才仍然是盟军，故可知三围兵力与二围相当。

有两点变化或不同。首先，李自成大营选址于阎李寨，其地距城二十里，比先前都远。第二点，是更为重要的迹象——闯军完全不进攻，却派出大批士兵，数十或一百为群，“分头刈麦”。当时，麦子接近成熟，正是收割时节。不过十天工夫，到五月十三日，开封城外附近田里麦子，除了黄河堤边一小块区域，都被闯军收割一尽。十四日，对堤边余麦，闯军已无耐心收割，索性放火烧之。这过程中，有个怪现象：闯军割麦时，城内也派兵出来抢割，“贼东兵西，两不相值。偶遇时，兵多贼即走，贼多兵亦趋避。”双方都避战。守兵避战很正常，寡不敌众也。闯军避战，大有深意，应该引起警惕。

割麦、避战、大营更远，这些，都透露了李自成的重大战略调整：围而不打，困死开封。甚至，选择麦熟时节重围开封，也是这战略深思熟虑的一步棋。

这意味着，他承认靠强攻无法使开封就范。他第三次来此，不是为了重复失败的过去。他有新的思考和方案。他要完全换一套战法。

史上最可怕的围困战，撩开幄幕。

开封军民则并未意识到已陷绝境。他们掉以轻心，不仅有初围、二围留下的乐观，还因为有一颗定心丸——朝廷已经调集重兵，要以开封为决战地，全歼闯军。初围及二围，李自成都在大批政府军赶到前溜掉，这一次他是避不开了，官军已从四面呈合围之势，其中包括著名的左良玉将军。情报表明，左部正接近朱仙镇，那里将是会战地点。这位崇祯年间成长起来的名将，与农民军作战拥有骄人战绩，部众庞大、实力强劲，无人认为闯军可以撄其锋。

十五日传来喜讯：左总兵已在朱仙镇驻扎，“连营四十里，号四十万”，与之遭遇的闯军三千骑兵，“俱被擒斩”。

十六日，夜。人们发觉“闯贼踉跄移营，驰拒左兵”。狼狈地拔营，跑了。

天亮后，别处逃来的难民证实，闯军确已一跑而空。总兵陈永福派侦察兵往探，果是空营，还满载遗物而归。

于是，十八日大开城门，让百姓随意出城，去捡闯营丢下的东西。“贼遗麦、豆甚多，鱼、鸡、鹅、鸭、猪、羊之属及金银器物、床帐、车辆、衣服，无不备。”百姓们担粮一回不够，还来得及担第二回。兵民运回的粮食达二万余石。

不逃，而往城里搬粮，令人太息。其实，朱仙镇大战这几日，乃是逃命的最后时机。然而初围、二围奇迹，使开封成为人们心中不破之堡垒。岂不见别处难民也纷至沓来，拥入城中躲避？

官军在朱仙镇的崩溃，我们曾于左良玉故事中述及，这里可以略去。一周后，二十三日，督师丁启睿帐下将官杨维城自朱仙镇逃回，通报朱仙镇失利的消息：“维城至城下叫门，内丁营中军吴国玺识之，白巡抚縋上，言朱仙镇失利甚详。”出于可想见的顾虑，恐怕开封当局未敢把这爆炸性的消息，如实地告知市民。二十四日，闯军前哨已回，而开封兵民还在继续搬运闯营遗物：“营中诸物已尽，惟麦、豆犹有存者，兵民往取之，见贼马奔回。”

二十五日，李自成的大营重新在阎李寨驻扎。他很安静，一点不像刚打完一场大胜仗的样子。人在城上瞭望，只见闯军或驱民收割余麦，或二三百一群在村中搜粮，丝毫没有攻城迹象。事实上，从五月二十六日直至六月初二，连续七天，城内都能大胆开门，让兵民外出割草（饲马之用），好像没有什么危险。

这不祥的宁静，开封人慢慢回过味儿来。率先嗅出气息的，当然是商人。开封有位大粮商，名唤李遇春，他在这行业有垄断地位，“开囤户能领御诸经纪”。当时，开封一两银子可买麦四斗，“遇春暗令腾其价”，价格翻了一倍，每两二斗。黄澍查实后将李遇春逮捕斩首。行刑前，李提到自己还有麦八百石，愿以赎命。

黄澍说："不要汝麦，只要汝头。"黄澍知道，李遇春行为的危险性在于培育和散布恐慌。杀李后，麦价暂时回归原价。但商人的投机，归根结底以现实为依据，他们无非嗅觉比常人更灵，而能提前行动从中牟利而已。所以，李遇春虽然被杀，他所预告的粮食危机并不因此消失。

粮价回归，恐慌却成为共识。六月初五，李遇春斩首；初六，开封买粮大军就排起长队，从早上五鼓直到天黑，"拥集不散"。如此整整十天，到十七日，开封所有粮店俱已售罄，而"民粮不卖，从此乏粮矣"。

缺粮的首先后果，并非社会动乱，而是公权变质。当某种资源奇缺时，握有公权者肯定会利用权力去多占以至强占。六月二十日，巡抚高名衡发银派差役"访有粮家"购粮，"定价麦四两一石，杂粮三两一石"。合每两二斗五，已接近李遇春每两二斗之价(可见他死得颇冤)。然而，此时这价格其实已经过贱，政府的出价实有强买之嫌。李光壂向黄澍提意见："粮从民便，不可定价，惟取其足以养民，若干买，若干卖，无损于兵，无损于民，无损于官。"黄表示同意。李光壂遂本着这一精神，逐户"访有粮者踵门劝谕"，买粮二百余石，每石五两至五两三、五两四不等，价格等于或超过了李遇春的每两二斗。

这时情况还未真正恶化，开封民心未散，斗志仍然高昂。他们制旗帜、备器械、编队伍，一切搞得井井有条。除了先前五社社兵，又结"义勇大社"。黄澍"竖大白旗于曹门上，大书：'汴梁豪杰愿从吾游者，立此话旗下。'""郡王、乡绅、士民、商贾，无不愿入社，四方豪杰及土著智勇之士悉至，约得万人。"彼时开封为中国大商都，商贾云集，他们也行动起来，参与开封保卫战；义勇大社的左翼，即由南方籍武官程丹统之，"皆徽、杭商人"。到七月初一，义勇大社组建完毕，人马尽皆登城，"周城四十里，人马络绎，旌旗蔽空。"连正规军看了亦感军容甚壮，总兵陈永福"称赏不已"。

这段时间，我们能看到的闯军唯一举措，是杀了一些自己人。何故？因为这些人掘了黄河，本意是淹城，不想"反将海濠注满，广处四五丈，深三丈余，虽欲攻城，不能飞渡"。这是失误，失误的原因则是不了解黄河水情。时虽雨季，然黄河水量大至却须待乎上游，此时开封段河水不足以淹城，故所引"反将海濠注满"，给己方造成不利。揣味此记载，掘河一事似为闯军部将擅主，未报闯王本人，故

“杀主谋掘河贼”。值得注意的是,这是黄河被掘的最初报道,理应是两个月后河决的重要线索。

当时情景,思之颇觉可笑。城内热火朝天,信心饱满,每天操练不辍,劲头十足。七月初六,在操练场搭起高台,请高名衡莅临检阅。高名衡惊讶问道:“新兵练操,不过三天,怎可能合营演练?列队通过衙前,我看一看也就是了。”前来报告的军官说:“大家昨天便已合营演练完毕,请大人先到操场阅操,然后再列队过衙。”高名衡犹不能信,及亲见演练,才发现“练习颇熟,喜曰:‘此劲旅也。’赏银二百两”。还时常出击,而有小胜。初七日,黄澍领兵出城,“逐贼至土堤外,斩首四十一级,生擒十二人,夺马九匹,布帐、器械百余件,射杀三百余人。”初八日晨五鼓,陈永福“出南门劫贼营,斩二百余级”。李光壂说:“从此,各营或交战,或劫营,无日无之。”然而,以上情形若从李自成百万大军静置不动的角度来考虑,不免令人先有喜剧之感,复而脊生凉意。好像不知什么地方,有一双眼睛,阴冷如冰地注视着折腾颇欢的开封人,嘴角则是一抹嘲讽的笑纹。有句俗话:秋后的蚂蚱,蹦跶不了几下。那抹笑纹,也许正是这种含意。

初围、二围攻防之激烈,让人印象至深。然而,自打三围展开以来,我们竟然查不到闯军像样的作战记录。事实上,岂止“像样的作战记录”,简直毫无记录。尽管开封人今杀其数十、明砍其数百,闯军却有些打不还手、骂不还口的样子,并不报复。它就那样毫无表示,乃至死气沉沉地,将开封围住,不动如山。

不知不觉,时间就这么过去了。到了七月,开封人被窒息的感觉应该比较强烈了,但人们还存最后一线希望——救援。七月十二日得报:“十四日援兵渡河。”援军由山东总兵刘泽清率领。为了会师,高名衡亲自写下十八张借条,向开封富户借款三万(实际借到一万),作为赏金发给准备出城迎接援军的部队。李光壂记道,到约定的十四日那天,“东北角烽火连起”,但“未见船只、人马”。听说刘泽清已经过河,但“营中忽自惊扰,仍退还河北”。根据我们一贯知道的,刘泽清此人绝不可能与敌有任何认真接战,“忽自惊扰”,多半是他的避战小花招。

刘泽清虚晃一枪消失后,直到遭受灭顶之灾,开封从此与世隔绝,再没等来任何救援消息。而与此同时,闯军却越来越让人不寒而栗。

七月十七日,他们把“土城”全部削得墙壁般陡直。土城,就是金“南京”的外城，距内城亦即眼下的开封城墙五华里。原以夯土筑成，久之，变成了土坡。现在闯军截去坡面，直上直下，使之重回“墙”的形态。同时，墙下还掘出深沟，进一步增加“翻墙”难度。隔一段留一二条小路，以供出入，派人日夜把守、巡逻。每到夜晚，土城上火光冲天，不时传来闯军相互联络的呼喊声。这样，整个开封城已经变成一座被高墙圈起来的巨大监狱。

为了加重“囚犯们”的恐惧，闯军还扮演起刑罚者的角色。

有位将官，和先前一样，夜间带兵劫营，“被贼断双手”，其下属来抢，也任其抢回——显然是故意的——“舁至城上，黄推官一见，放声痛哭”。要的原是这种效果。放着可攻之城不攻，可杀之人也不杀，让他带着血淋淋的断手放回城去，演示何谓“人间地狱”。

几天后，人们发现将官的遭遇绝非偶然：一队五百人壮丁，被派夜间偷运麦子入城，途中被闯军擒获，“尽去双手，驱至西门”。这些被断了双手的壮丁，有一半逃入城，另一半过于痛苦当即投海濠自尽。经察看和了解，还发现李自成、罗汝才之间又有不同：“闯贼断手，必至尺部。曹贼止断手指一半，间有断中三指尖者，犹不至为废人。”尺部，为中医术语，即切脉时无名指所按部位。

开封之围的策略，明显越出单纯军事层面，向心理战、恐怖战发展。然而，真正致命的终极武器，还是饥饿。

李光壂述说，七月二十六日，他把黄澍交给的买粮钱一千六百两，原封不动送还回去：

> 前此犹曰少粮，至此将绝粮矣，无处可买，遂将银交回。

记住这一天。开封最后绝境，就此到来。之前，七月初九，我们还能看到这样的记载：开封街头有许多无家可归的妇女，“昼坐衢路，夜即卧地”，不断有饿死者，黄澍见之恻然，而“选乡约五人、社长十人、掾史三人，施粥于东岳庙，三日用米四十五石”。不到一个月，类似救济再也无影无踪。反之，政府及其军队愈益朝着盗寇的方向演化。

八月初三，五门负责夜间巡逻的士兵，拿着割下的首级，献于周王请赏，从七八个头颅到二三十颗不等，每颗可领赏三四两。得了赏银，士兵便到处买吃的。一连几天这样，周王和高名衡发话，以后领赏必须捉活的。于是，再也没有领赏者。因为，先前所献头颅，都是被派出夜间悄悄执行割麦任务的平民！

八月初四，将校奉令派往富民巨商家缴粮。有的被追万金，有的三五千两至一二千不等。"每至欠粮家，先捉幼男女。以大针数百刺其肤，号叫冤惨。""营官百方锻炼，死而后已。"甚至，完粮"犹不免一死"。

八月初五，黄澍发布告示，令各家各户如实申报存粮，并亲至居民家中搜粮。初七日，巡抚也发令箭给部队"搜民间粮"。"一将弁领数十饿兵，持令箭直入人卧内，囊箧尽开，至掘地、拆屋、破柱以求，有一搜竟日不了者，有一日搜六七次者。"如此十五天后，"搜亦无也"。搜不出粮食，"则糠、秕、盐、酱、油、醢，无不搜矣。"

饥饿摧毁了一切，从秩序到良知。

八月十六日，"令乡约报民间牛、骡、马、驴充饷"。是为最后一点犹属人类正常饮食之列的食物。然仅供军队，"每兵给肉一斤"。五天后，也没有了。之后，吃牛皮、皮袄。之后，所有药铺里的药材被搜罗一空，搬上城充军饷，"山药、茯苓、莲肉为上"，余如何首乌、川芎、当归、白术、柴胡、桔梗……"无不食之"。吃了药材，不能解饿，反而普遍浮肿。但好歹算有吃的。八月二十八日，从某茶商处起获茶叶八百包，也被军队充为饷粮。

民间则无所不吃，吃皆非食。依《守汴日志》和《汴围湿襟录》所记，有野菜、草根、树皮、树芽等。但这些尚在人类饥荒史知识之内，另一些东西，却闻所未闻。比如，旧纸、涨棉（浸泡过的棉絮）、胶泥、喂金鱼的沙虫、粪蛆（堆积较久的粪堆，因藏蛆更多，最为抢手）。偶有骑马者路过，后面会有一群人尾随，随时捡食新排泄之马粪，"用水吞服"。

八月十七日，发生一件不可解之事：城中五门大开，数以万计妇女出城，"放出三万余口，任其所之"。所以如此，《守汴日志》载"先闻闯贼有令：窝铺内藏匿妇女者斩"。则令此成千上万妇女离城，不特为闯军所允许，抑且正是它的要求。其"不可解"，在于这将缓解城内压力，而与围困战初衷相拂逆。1948年6月28日，肖华就长春之围所做政治报告指出："长春约有六十万居民，十万敌军，如果我们在空中陆上断决(绝)敌人的生活资料,严禁城外食粮输入,不让长春与市外来往(现敌空运已受阻碍,两机场在我控制下),这样经过两三个月后,敌内部情况定会发生剧烈的变化,将会造成敌人的饥饿与困难,军民交困,军掠,民怨,士气瓦解,社会秩序发生骚乱,生存条件为我操纵”,“据我们了解现敌存粮已难支持很久,高粮(粱)米已卖到三十八万元一斤,树叶也卖到八九万元一斤,因此我党政军民须全心全力,一致动员起来,认真执行这一封锁长春的任务”。他特别告诫,防止因为“部分暂时的群众利益”而有“片面慈善观点”。[1]具体论述“如何进行封锁斗争”时,第九条为“严防敌人疏散市内人口”:“敌人疏散人口的方法,可能有以下几种:一,强迫逼出;二,组织群众向我请愿;三,搞抬价政策,收买存粮,逼得群众无法生活不能不外逃;四,出击护送群众出境。因此我对长春外出人员一律阻止,但不能打骂群众……”[2]一般来说,这才是围困战正常、连贯、合乎逻辑的策略。

也许是因为,以当时开封景状,这三万余人对于保持城内负担压力的作用,基本可以忽略不论。在此之前,已经发生“人相食”的事情。《守汴日志》:“(八月)初八日乙巳,人相食”,“有诱而杀之者,有群捉一人杀而分食者。每擒获一辈,辄折胫掷城下,兵民兢取食之”。《汴围湿襟录》以下段落,更有电影镜头般的身临其境感:

> 粮尽之日,家家闭户,甘心待毙。白昼行人断绝,遇有僻巷孤行,多被在家强壮者拉而杀之,分肉而啖,亦无人觅。间有鸣官,亦不暇为理;虽出示禁拿,亦不胜其禁也。甚有夜间合伙入室,暗杀其人,窃肉以归。[3]

被吃的对象,并不只有陌生的路人。内中,至有“父食子、妻食夫、兄食弟、姻亲相食”。[4]

进入九月,“城中白骨山积,断发满地,路绝行人”:

[1]《肖华同志在围城政工会上关于围困封锁长春的政治工作报告提纲》,《长春党史资料》第一辑,长春市地方史志编纂委员会,1987年,第86—87页。

[2]同上,第89页。

[3]白愚《汴围湿襟录》,中国历史研究社编《虎口余生记》,上海书店,1982,第67—68页。

[4]李光壂《守汴日志》,中州古籍出版社,1987,第28页。

> 间有一二人，枯形垢面如鬼魅，栖墙下，敲人骨吸髓。自曹门至北门兵饿死者，日三四百人。[1]

李光壂叙述颇为客观，只讲了“曹门至北门”情形，是为其协防之地，他处则未及；但不难设想，举城皆然。其次需要注意，上文所说曹门至北门每天饿死的三四百人，都是士兵；而我们知道，军人在遭围困城市中，居于食物链顶端，连他们都成群饿死，寻常百姓必然毫无活路。

《守汴日志》如其题所示，乃是逐日追述辛巳、壬午开封之围。三次围城，每天经过、发生何事，笔笔叙来，故令读者一目了然。然而，我们从中发现一点，初围及二围，几乎天天都有关于闯军行为、动向的描述，但三围的大部分篇章，尤其断粮以后，笔触完全集中在开封城内景象，有关闯军则难觅一笔。这一方面反映了闯军的“只围不打”，另一方面也符合作者“城内人”的视角。换言之，当闯军不采取明显的军事行动时，城内人对于他们的所为与行踪，处于盲点。这一点上，《汴围湿襟录》大体相当。

也正因此，后来洪水的发生，在所见叙述中似乎有某些链条缺失，显得突如其来。李光壂只是以三个简短的陈述句交待了最基本的事实：“十四日辛巳，夜，河伯震怒，水声远闻。”“十五日壬午，黎明水至城下，西南贼俱远遁，东北贼溺死无算。”“十六日癸未，水大至。”

《大梁守城记》略可补此不足。作者周在濬，开封人，周亮工之子，当时年甫两岁，而且不在开封。《大梁守城记》明显是以《守汴日志》为蓝本，我想他应是读了此书，为故乡这段痛史所震动，另外加以自己的搜考，写成《大梁守城记》。关于河决的这一段，他的补充颇为重要：

> 无何而河决之难作。
>
> 先是贼老营在阎家寨（李光壂作“阎李寨”），适当黄河旧决故道，故河北诸公议决之以解困城之急。而贼亦决马家口欲以陷城，但时未入秋，水势平衍。我所决者仅没坑

[1] 李光壂《守汴日志》，中州古籍出版社，1987，第31页。

坎，旋为沙碛闭塞，无如贼何。贼所决者注满城壕，城反恃以无恐，贼亦无如我何也。

至是暮秋，水势暴涨，加以淫雨，堤埽颓坏。贼复决之。于十四夜波涛汹涌，水声远闻。十五日，水至城下，西南贼望之遁，东北贼多死。[1]

因为事关百万开封人性命，对于河决责任，历来各执一辞。明朝方面诿于闯军所为；而爱惜农民军声誉者，例如我们当代，则列为官军罪状。细读周在濬所陈，则可确定几点事实：一，官军有决河行为；二，闯军也有决河行为；三，暮秋水大，导致灾难。综合起来，无论官军与闯军，决河仅为军事攻击手段，这为古代所常用，本来都无淹城目的；但客观上，秋水大至时，双方前期的决河行为，却共同导致开封被洪水吞没。需要指出，周所谓"贼复决之"应不可信。首先，前面李自成已痛责自作聪明决河致海濠增宽加深之将，说明他并不以为这办法高明；其次，洪水暴发后开封东北正当其冲的闯军全被淹死，西南闯军逃之夭夭，说明闯军对此也措手不及，所以"复决"之说不可信。

到洪水发生、闯军逃走，开封三围结束。这最后一围，始于五月二日，终于九月十五日，凡百日，为期又超二围四倍。最终，李自成仍未得到开封。

九月十七日，全城俱没，能够露出水面的，只有钟、鼓两楼，王府的屋脊及城墙，相国寺寺顶等极少数最高建筑余尖部分。李光壂比较幸运，他家所在土街，为开封自然地势最高者，洪水只淹到门基，屋内居然还都是干地。在这一小块幸土之上，挤满了避水之人。

九月十八日，巡抚高名衡、推官黄澍等弄到船只，去王府城墙上接到周王。

李光壂"二十五日始得携妻、子乘筏至河北"。

最终的死亡数字：

初，城中男女百万，加以外邑大户、在野庶民，避寇入城者又二万余户。贼难以来，兵死、饥死、水死，得出者万人而已。[2]

[1] 刘益安《大梁守城记笺证》，中州书画出版社，1982，第112页。

[2] 同上，第125页。

前引《汴围湿襟录》,有七十万之数,但那仅为饿死者。及洪水发生,又溺死一大批。《绥寇纪略》《明史》也都记脱难者"不及二万"。《汴围湿襟录》则说赈灾时受赈者"不足十万"。此皆非正规统计数字,以那时王朝穷途末路,事后自无暇展开详尽调查,故开封确切死难人数只能是一个谜。不过,可以参考周王府情况求得遇难的比例:"乙酉(十八日),监军道王燮连夜亲督二十余船,从北门扬帆直入,同巡抚、推官至紫金城,见周王恸哭。遂请王率宫眷五六百人同渡河。"[1]周府原有宫眷、人役过万,而活下来的仅五六百人,约即百分之五六。这一生还比例,只会比民间更高。

余　绪

周王后来去了南方,甲申三月,他在抵达淮安后,薨于湖嘴舟中,虽然颠沛流离,却算是善终。

原知县王燮,二围后入京为监察御史,洪泛中他回到开封,组织救难工作,"数日救渡难民数万,沿途安设锅灶,煮粥以待。饥民得食,延甦甚众,汴人至今尸祝。"[2]

巡抚高名衡,以守城功加兵部右侍郎,但他推辞了,回沂水老家里居。我们不知他的推辞,是否因开封惨剧阴影太重。归里甫两月,同年十一月,清兵入侵山东,大杀掠,名衡痛不欲生,遂偕妻子殉国。他的自杀,很难说与开封经历无关。

总兵陈永福三围表现始终出色,"拒守尤坚",然而"终降自成",[3]其缘由及结局我们不得其详。

开封推官黄澍,是王燮离开后,亦即第三围过程中最勇任事的中层官员。难后,以守城功擢巡按御史,监军左良玉。他在乙酉左军兵变中为关键人物,多家记述称左良玉与马士英的水

[1] 郑廉《豫变纪略》卷六,浙江古籍出版社,1984,第138页。

[2] 白愚《汴围湿襟录》,中国历史研究社编《虎口余生记》,上海书店,1982,第79页。

[3] 纪昀《四库全书总目提要》,《守汴日志》附录一,中州古籍出版社,1987,第42页。

火不容，由他挑起，左军部将鼓噪东下，也是他煽风点火。左良玉九江暴亡之后，他随左子梦庚降清。

左良玉，不必说，他的名将生涯在开封一蹶不振。这同时也是明朝命运的一个象征。

另有一位间接人物，朱由崧。他父亲的自私、愚蠢，不单导致洛阳陷落、本人分尸，也为开封惨剧奠定一切基础。开封承受苦难时，福世子正作为难民流落河南各地。但两年后，根据礼法，却成为帝位继承人，从而成功地毁掉南京。

历史上发生的事，说起来并不复杂，都可以概括为作用力与反作用力。做过什么，就会有相应收获与回报。但这么简明的逻辑，并不能解释开封之围一类惨剧。李自成或其他反抗者，有充分理由向明王朝寻仇，但百万普通人民生命被裹其间，令人太息。辛巳、壬午开封之围给我个人的感想是：战争有正义、非正义之分，但无美丑之分。倘如不失理性，人类当尽所有努力避免战争；倘如战争不得不是人类的选项，至少也置于最后和最不可能的地方。

后　记

本书以弘光为时间概念来选材，但弘光朝本身为时仅一年，没有哪个人物活动范围真正以此为限。故而它主要是一个历史聚焦点，从明清易代的意义上，构成一种辐射和联系。

因此说明一下，有些人和事，并不严格处在这时间概念下，例如龚鼎孳在北降清、未入弘光，夏完淳、徐枋以至于黄宗羲等人的故事情节，也多在弘光之后。不过，他们一来以不同方式与弘光历史相关联，二来时代透过他们提出的问题很典型。假如我们于“弘光”，不止看作甲申年五月至乙酉年五月那十二个月份，而作为明清易代的历史节点来看，那么应该说他们之于本书主题，都还不失代表性。

另外，《辛巳、壬午开封之围》一篇，写的是事件而非人物，且时在崇祯间，但提供了很多来龙去脉，对了解后事是用得着的线索和背景，故亦以附文阑入。